U0140516

大国重工 叁

齐橙 作品

上海文艺出版社

第 二 百 一 十 章

日本三立制钢所的亚太销售总监长谷佑都对中国并不陌生。两年前，中国的南江省有意引进一条三立制钢所的热轧机生产线，长谷佑都是这个项目的首席谈判代表，往京城和南江都跑过若干趟。在那个时候，冯啸辰还在南江冶金厅帮着搬图纸，长谷佑都自然不会认识那个不起眼的临时工。

长谷佑都把自己定位为一名纯粹的商人，他最喜欢说的一句话，就是"友谊是长存的，合同是无情的"。在需要拉关系的时候，他可以把双方的友谊说得地久天长，而到涉及利益的时候，他就能翻脸不认账，能坑别人一毛钱，他绝对不会只坑九分就罢休。

南江钢铁厂的轧机项目，原本不会闹成后来那个结果。一开始，三立制钢所的工程师们是照着单纯的一条生产线去设计的，预期的报价是3亿美元左右。长谷佑都在与中方的谈判代表见过面之后，发现对方既不了解现代西方的冶金技术发展动态，又对日本具有盲目的崇拜，于是自作主张在方案中加入了一大堆中方并不需要的东西，包括高大上的轧钢厂房等等。其实像这种厂房是完全可以交给业主方自己去建设的，设备制造方只需要提出一些技术要求，再提供少数关键的设备就可以了。

在当时，中方也不是没有人发现这其中的问题，如南江冶金厅的工程师陆剑勇就质疑过这个问题，但长谷佑都直接扔了几个概念出来，把陆剑勇说得一头雾水，也就不敢继续纠缠下去了。

那个项目的谈判进展得非常顺利，如果不是中国的高层突然调整经济发展方向，提出压缩基建规模的目标，合同早就已经签订，三立制钢所的工人们已经在帮南江钢铁厂搭建新的厂房了。

为了把整个项目的预算压缩掉 4000 万美元，中方对日方提供的图纸进行了重新审核，意外地发现了设备中居然还包括厂房里的厕所马桶，而且报价不菲。这惹恼了中方的高层，他们断然拒绝继续谈判，转而与西德的克林兹公司签订了新的引进合同。

关于这件事的内情，只有长谷佑都带领的谈判团队清楚，三立制钢所的高层并不是特别了解，这才使长谷佑都躲过了一场责难。在此之后，长谷佑都转战东南亚，在泰国成功地推销出了一条轧钢生产线，其中同样包含着一套华丽的更衣室设备，赚够了黑心钱。志得意满的长谷佑都刚刚回到日本，就接到了一个新的任务，要他到中国秦州重型机器厂去谈判，获得包括板坯定宽侧压、中间带坯边部加热、交叉轧辊板型控制等一系列轧钢新技术的授权。

"你说什么，从中国获得轧钢新技术的授权，你没有发烧吧，太田君!"

长谷佑都在听到这个任务之后的第一反应，就是跳起来向公司的技术总监太田修发出质问。

太田修看起来像是一位文质彬彬的学者，戴着金丝边的眼镜，头发梳得一丝不苟。见长谷佑都反应如此强烈，他也是咧着嘴苦笑道："我们太大意了，板坯定宽侧压这个概念，我们早就已经提出来了，只是因为技术上还不够成熟，我们暂时没有发布，也没有申请专利。谁料想，中国人也不知道是从什么地方获知了这种思路，居然抢在我们之前递交了专利申请，这样一来，我们想用这项技术，就不得不请求中国人授权了。"

"公司难道没有去查一查是谁泄漏了我们的技术秘密吗?"长谷佑都问道。

太田修道："我们想不出中国人有什么方法能够窃取我们的秘密，或许只能用巧合来解释了。中国人提出的方案里面，有几个地方是我们不曾想到的，而且的确解决了一直困扰我们的一些技术难题。从这个角度来说，我个人相信中国人应当是独立提出了这些想法。"

"唉，这也难免吧。"长谷佑都的语气缓和了一些，说道，"中国人毕竟也是设计过轧机的，虽然他们继承的苏联技术已经过时了，但在个别方面有一些创新也是可以理解的，太田君也不必自责了。"

太田修却没那么轻松，他说道："这一次中国人提出来的设计思想，可并不是一两项，而是多达十几项，并且自成体系，对我们传统的设计思想形成了强烈的冲击。中国人的文章发表出来之后，我与在美国、西德的几位同行都通过电话，他们都表示非常震撼，而且他们的感觉与我一样，那就是不敢再设计新的轧机了。"

"什么意思?"长谷佑都纳闷道。

"我的意思是说，这些新思想代表着轧机设计的方向，我们如果不吸收这些思想，再按传统方法去设计轧机，那么这些轧机将会迅速地过时。"太田修说道。

"有这么厉害?"长谷佑都惊讶道，"太田君，难道我们自己就不能提出一些新的方法，绕过他们的专利吗?"

太田修道："当然可以，但这需要时间。他们申请的这些专利，恰好是我们现有技术的合理延伸。如果我们要绕过这些专利，就必须找另外的途径，这是需要时间的。目前各家轧机制造商的看法基本一致，那就是应当谋求中国人的授权，先把这一段时间撑过去，同时开发自己的技术，直到我们能够不依赖于这些专利为止。"

"这实在是太被动了!"长谷佑都嘟囔道，随即，他又信誓旦旦地说道，"太田君，你放心吧，我马上就到中国去，我会用最短的时间说服中国人把专利授权给我们的。"

太田修叮嘱道："公司的出价是每条生产线的授权费不超过 500 万美元，包括所有这十几项专利打包授权，我们统统都需要。"

长谷佑都笑道："如果是这样的条件，随便找一个新入职的业务员去中国，都能够谈下来。既然公司派我去，那么我就绝对不会向中国人出这么高的价格。500 万美元应当是无限制的授权费用，甚至可能是专利转让的费用。"

"这未免太苛刻了吧?"太田修担心地说道，"这几项技术的价值，怎么估算都不为过。如果是我们日本企业提出来的，那么一条生产线的授权费收到 2000 万美元也不算多。不过，中国人目前还只是对这种设计思想申请了专利，一些技术细节他们并没有完善，所以这些专利放到他们手里，并不能发挥作用。你去和他们好好谈一谈，我觉得 500 万美元一条生产线的授权价格，他们是能够接受的。至于说是直接转让的价格，这是对技术的亵渎，我并不赞成。"

"哈哈，太田君，你是一位君子，而我是一个商人。"长谷佑都用教训的口吻说道，"友谊是长存的，但合同是无情的。在我心目中，只有公司的利益是至高无上的，其他的都与我无关。我对中国人是非常了解的，他们需要的只是一种荣誉而已，只要我给他们足够的尊重，他们会以自己的技术能够被三立制钢所接受而感到自豪的，至于授权费，反而不是他们关心的重点。"

"好吧，我的确只是一个技术人员而已。"太田修无奈地说道。三立制钢所是一家非常尊重技术的企业，太田修拿到的薪水是非常高的，公司的董事长见到他，也是恭敬有加，一口一个"太田君"。但太田修知道，在涉及公司利益的问题上，董事长却是更信任和器重诸如长谷佑都这些人，因为只有他们才能给公司带来最大的利润。既然长谷佑都坚信自己能够以买白菜的价格从中国人手上把专利弄过来，太田修作为三立制钢所的一员，又有什么权力要求他不这样做呢？

带着出色完成任务的期望，长谷佑都与随从吉冈麻也飞到了京城，与事先约好的胥文良、崔永峰一行在京城饭店见面，开始了有关技术授权的谈判。

"胥先生，崔先生，请允许我向你们做出的具有划时代意义的成就表示祝贺。"

长谷佑都以一个极其抒情的表示作为开头，并辅之以一个 90 度的大鞠躬，弄得坐在会议桌对面的胥文良、崔永峰等人赶紧起身还礼。

"长谷先生太客气了，我们只是提出了一些新的设想，没想到会引起像三立制钢所这样的国际一流企业的关注，让我们深感荣幸。事实上，我们的一些设想也是受到三立制钢所原有技术的启发，在这方面，你们是我们的老师。"

胥文良诚恳地说道。他是一位老知识分子，有着冯啸辰这种年轻人所无法理解的节操。按冯啸辰的建议，胥文良应当在三立制钢所的人面前摆出架子来，等着对方放下身段来求自己，这样才能获得谈判的主动权。而胥文良却觉得自己的技术本来就不成熟，只是投机取巧才占了上风，在这种情况下过于桀骜，有悖他的良知。

对于胥文良的这种高尚情操，崔永峰、冯啸辰等人也只能是仰望，然后再无奈地接受了。

第 二 百 一 十 一 章

胥文良的表现，并没有出乎长谷佑都的预料。在他看来，中国人的迂腐是根深蒂固的，从唐朝，到明朝，再到现代，日本人已经一而再再而三地利用中国人的迂腐获得过无数好处，而中国人却从未对此有过反思。

这也难怪，中国是一个地大物博的国家，拿出点好处去送给别人，是无关大局的。相反，日本地小物贫，时刻都面临着地震、海啸等自然灾害的威胁，生存问题永远都是悬在日本人头上的达摩克利斯之剑，这种特殊的国情培养了日本人独特的性格：唯利是图，不择手段，欺善怕恶，忍辱负重。刚才那会，长谷佑都摆足了谦恭的姿态，就是为了能够从中国人手里获得最大的利益。

"胥先生提出的设计思想，的确与我们三立制钢所原来的技术颇有渊源，所以我们的技术部在看到胥先生发表的文章之后，非常感兴趣，有意与胥先生以及胥先生所在的秦州重机进行合作，开发新型的轧机。我这次来，就是代表公司来与胥先生探讨合作事宜的。"长谷佑都说道。

胥文良点点头，道："非常欢迎长谷先生的到来，我们在以往也曾经与三立制钢所有过合作关系，这一次有这样的机会，我们也是非常高兴的。不知三立制钢所希望以什么样的方式来与我方合作？"

"我们的合作意向是非常有诚意的，只要贵方允许，我们愿意在未来的轧机设计中使用这些技术，并且向客户说明这些技术来自于贵方。"长谷佑都说道，他的脸上写满了"诚恳"二字，当然，是用日语写的，看着横一条竖一条的，煞是好看。

"嗯嗯，没问题。"胥文良礼节性地点头应允道，同时认真地看着长谷佑都，等着他继续往下说。没想到长谷佑都说完上述那些话之后，便停了下来，同样用认真地目光看着胥文良，似乎是在等胥文良开口。两个人大眼瞪小眼，气氛顿时就僵住了。

"呃……长谷先生，你接着说啊。"胥文良做了个手势，他以为是自己刚才插了句话，打断了对方，心里还颇有些自责。

长谷佑都一脸茫然："这个……我已经说完了，请贵方指正。"

"说完了？"

中方这边的众人面面相觑，全都懵了。

你这才刚说了开头好不好？你说你们愿意在未来的轧机设计中使用我们的思想，可你来中国跟我们谈判，不就是为了这件事吗？那合作条件呢？专利授权费是多少，授权方式是买断，还是许可证，或者是别的什么方式，这才是我们最关心的内容。你啥都没说，就告诉我们说完了，你确信在日本上飞机之前把智商托运了吗？

"长谷先生，不知道贵方希望采用什么授权方式，你们对授权费是如何考虑的？"

外贸部派来主持谈判的一位名叫徐振波的处长轻轻地提示着。

长谷佑都像是刚刚想起来一般，说道："哦哦，的确是存在这个问题。我们的看法是，目前这几项专利技术的使用效果还不清楚，所以对其价值进行估计有一定的难度。我们希望采取一种合作的方式，通过专利互换来实施授权，你们看如何？"

"专利互换？"胥文良眼睛一亮，这恰恰是中方希望的方式啊，他记得谈判之前冯啸辰对他的叮嘱，没有把这种喜色溢于言表，只是平静地问道，"你们打算如何进行专利互换呢？比如说，你们打算拿出哪些专利来和我们交换这些专利？"

"贵方目前拥有的专利一共是 15 项，我方的考虑是，可以拿出 30 项专利来与贵方进行交换。贵方的 1 项专利，可以换到我方的 2 项专利。"长谷佑都答道。

"1 项换 2 项？"胥文良心里有些不痛快。同样是专利，大专利和小专利的价值是完全不同的。有的专利值几千万，有的专利连 20 块钱都不值。

秦重这次申请的 15 项专利，都是涉及轧机总体设计思想的专利，能够影响到轧机技术的发展趋势，价值可想而知。三立的确也有一些这个层次的专利，但却不是中方想要的，中方想要的是一些基础材料、基础工艺方面的专利，因为这才是中方最缺乏的东西。而这些基础专利，价值远比总体设计的专利要小得多，中方拿 1 项换 20 项都嫌吃亏，更别说是 2 项了。

"贵公司打算拿哪些专利来和我们进行交换？"崔永峰在旁边发话了。

长谷佑都道："这个取决于你们的兴趣所在。三立是国际顶尖的重型装备制造商，拥有数以万计的技术专利，你们可以自由选择。比如说，我知道贵国在氩弧焊方面的技术还比较薄弱，我们可以向你们提供双热丝钨极氩弧焊堆焊、铝镁合金钨极氩弧焊、小管径薄壁自动焊等专利，这都是目前全球最先进的技术。"

"你刚才说的，算是 1 项，还是 3 项？"崔永峰问道。

长谷佑都一愣："当然是 3 项。"

"这样的专利就算是 3 项？用来跟我们换 1 项半的专利？"胥文良听明白了，一股无名的邪火涌上来，瞪着眼睛对长谷佑都质问道。

"这些技术……的确是最先进的。"长谷佑都的声音弱了几分。想偷鸡却被人发现的感觉是很不好的，也就是长谷佑都的脸皮厚，还能坐得住，换成其他人，这会就该掩面而走了。

"怎么，胥总工，他们提出的条件不合理吗？"徐振波不懂技术，只是从胥文良和崔永峰的反应中感觉出了不对。

胥文良低声道："岂止是不合理，简直就是欺负傻子嘛！这几项氩弧焊工艺的确是非常先进的，我们也还没有掌握，但它们加起来的价值连我们一项专利的百分之一都抵不上。一个是万人敌的技术，一个是一人敌的技术，二者根本就不是一个档次，他还想浑水摸鱼，太欺负人了！"

"这个……我来和他们说说吧，你和崔总工不要太激动，还是要注意一点国际影响嘛。"徐振波说道。接着，他便转头向着长谷佑都，"长谷先生，双方既然是合作，就应当有平等的意识。刚才贵方所提出的条件，对于我方来说，是不够公平的。我认为，我们是不是应当把专利进行正确的估价，在价值相当的情况下来实现交换。"

"徐先生的意思，我非常明白。"长谷佑都从善如流地应道，"其实，我方是非常有诚意的，我刚才所说的那几项技术，都是贵方最缺乏的，这些技术也是三立制钢所的核心技术，美国、西德的同行出过很高的价钱希望我们转让，我们都没有答应。当然了，可能是贵国在这些方面的需求还不是那么迫切，所以对于它们的价值有所低估，这也是难免的。"

你他妈这不是胡说八道吗！

胥文良张了张嘴，想驳斥一句，但徐振波及时地向他投来了一个眼神，他也就不便再发作了。胥文良咬了咬牙。

长谷佑都可是个人精，中方谈判成员之间的这些表现，他是看在眼里的。他意识到胥文良和崔永峰都是有备而来，想靠瞒天过海的方法把专利骗到手，估计是不那么容易了，于是便话锋一转，说道："刚才徐先生说的进行正确估价，也是一个不错的建议。如果贵方对于专利互换这种方式不太能够接受，我方也可以考虑以支付专利费的方式来得到贵方的授权，这样是不是更符合贵方的意图。"

"这种方式，也不是不可能。"徐振波道，"不知道你们对于这些专利的估价是如何，愿意支付多少专利费用。"

"8 亿日元。"长谷佑都答道。

"8 亿日元？"徐振波道，"也就是 350 万美元？"

"当然，可以再增加一些，比如说，370 万美元左右。"长谷佑都大方地提了提价格，显出一副不差钱的土豪模样。

"这个价格，是针对哪项专利的？"崔永峰问道。秦重这次申请的 15 项专利，也是有大有小。小一点的专利，一次的授权费可能连 50 万美元都不值。所谓一次，就是指对方制造一台轧机的时候需要支付的费用。如果对方再制造第二台，还得再付一次，这就相当于许可证的方式了。对方光说了一个 8 亿日元的报价，如果是针对每项专利的平均报价，那可算是非常厚道的价钱了。

第 二 百 一 十 二 章

"这当然是指全部的专利。"长谷佑都用理所应当的口吻回答道。

"全部的专利!"崔永峰眼睛都瞪圆了。有没有搞错啊,全部的专利打包,才报 370 万美元,你知道我们从克林兹引进一些非核心部分的专利花了多少钱吗?还有过去与你们三立谈判的时候,除了专利授权费之外,你们光是提供图纸,就能额外增加上千万美元的报价,现在我们提出了一整套的轧机设计思想,你才出 370 万,这还叫有诚意?

"贵方的这些专利,代表的是一个完整的设计思想,我们如果要获得授权,肯定是希望全部打包授权的。至于价格方面,当然还可以有一点余地,增加到 10 亿日元也是可以考虑的。"长谷佑都说道。

10 亿日元相当于 420 万美元,这个价格依然在胥文良他们期望的水平之下。胥文良正想说点什么,崔永峰忽然脑子里一个念头一闪,盯着长谷佑都问道:"长谷先生,我再多问一句,你说的这个价格,是一份许可证的价格吗?"

"当然不是!"长谷佑都想都没想,直接就否认了,"这是专利全部转让的价格。"

"呵呵呵呵。"胥文良哑然失笑了。他刚才还想和长谷佑都谈谈这些专利的价值,给他讲讲这些专利意味着什么,现在听长谷佑都说想用 420 万美元的价格买断所有这些专利,形成永久授权,他便怒极而笑了。

"长谷先生,你对京城不是特别熟吧?"胥文良说道。

"嗯……"长谷佑都下意识地应了一声,一下子没明白胥文良的意思。

胥文良用手指了指外面,说道:"你出饭店的门,向东走两个红绿灯,再向右转,那是崇文菜市场。你想买大白菜,去那比较合适。"

"我……"长谷佑都傻眼了。

"啪!"胥文良用手一拍桌子,指着长谷佑都便训开了,"你给我听着,我们技术和你们日本有差距,这是事实,但这不是你们可以随意欺骗我们的理由!我们这些技术不是大白菜,你开出的这个价钱,只配去买大白菜。永峰,咱们走,不跟这些小鬼子谈了!"

胥文良这一拍桌子,把一屋子人都给吓着了。尤其是徐振波,哪见过这样的场面。这可是外交场合,外交官都得是温文尔雅的,说话都得十分委婉,那叫作外交辞令。你老胥可好,拍桌子不算,连"小鬼子"这样的蔑称都说出来了,好在对方不懂中文,外贸部派来的翻译也颇有一些政治头脑,不会把这话原样照翻过去,否则就得闹出外交纠纷来了。

如果冯啸辰在场,对于胥文良的这番表现就不会觉得意外了。老胥那可是火爆脾气的人,与冯啸辰第一次见面的时候就拍过桌子,如果不是冯啸辰有几把刷子,能把他给镇住,两人大打出手的可能性都有。这个长谷佑都觉得自己比别人聪明,开出一个白菜价来买老胥的心血,岂能不让老胥震怒。

"胥总工,息怒,息怒!"徐振波拼命地安抚着胥文良,好不容易让老爷子暂时坐定了,他这才转回头去,黑着脸对长谷佑都说道,"长谷先生,我方认为,贵方提出的条件是非常缺乏诚意的,如果贵方不能改变谈判的态度,我方认为没有进一步谈下去的必要了。要不,今天的谈判就先到这里,请长谷先生回去请示完公司的意见,我们再确定是否需要继续谈判,你看如何?"

徐振波这样做,也是迫不得已。从他的本意来说,争议是可以用更温和的方式来解决的,没必要弄得剑拔弩张。可胥文良已经发作了,徐振波就不能再和稀泥了,他必须表现出与胥文良同仇敌忾的样子,否则就会被对方抓住破绽,从中挑唆。

谈判谈到这个程度,最好的办法就是果断中止,让双方都冷静一下,然后再重启谈判。至于说长谷佑都会不会一气之下就跑了,徐振波是不太担心的。除非对方根本就不想谈,否则现场就算闹得再厉害,过两天大家再见面还能谈笑风生，这就是做生意的特点，有时候发脾气和吵架都是谈判技巧的一个部分。

长谷佑都也知道现在已经谈不下去了，胥文良已经急眼了，再谈什么都是多余。要想让胥文良接受这样的价钱，只有等他自己冷静下来才行，而且长谷佑都还相信，如徐振波这样的官员，也会在会后对胥文良进行劝解的。此外，既然10亿日元这样的买断价不能让中方同意，下一次谈判的时候，他肯定要稍微加一点价钱。暂时休会，等上几天，也可以给他创造一个加价的台阶。届时他可以说自己花了九牛二虎之力说服了公司，把价钱加到了11亿或者12亿，对方也就能够接受了。

"非常抱歉，让胥先生心情不好了。"长谷佑都站起身，向胥文良又鞠了个躬。

这一回，胥文良可不会再被长谷佑都的虚情假意感动了，他冷冷地哼了一声，站起来，拎着公文包转身就走。崔永峰也站起身来，向长谷佑都冷笑了一声，便跟着胥文良离开了。

徐振波倒是尽了地主之谊，他一直把长谷佑都一行送到电梯间，看他们坐上电梯返回下榻的楼层，这才走出饭店，与站在饭店门外抽烟的胥文良、崔永峰一行会合，步行往外贸部走去。

"胥总工，刚才你太冲动了。"走在路上，徐振波委婉地提醒道。

胥文良冷笑道，"徐处长，你问问永峰，我刚才那算是冲动吗？"

见徐振波愣了，崔永峰道："徐处长，胥总工刚才已经非常克制了。如果不是顾虑外事政策，那两个小鬼子不可能站着离开会议室的。"

"呃……"徐振波感到一阵恶寒，这就是重工业企业的文化吗？看着挺像个知识分子的老爷子，骨子里还有这样的暴戾之气呢？不行不行，下次再谈判，一定得把司里那个退休的侦察兵带上，免得真发生了暴力事件。

胥文良没在意徐振波在想什么小心思，他愤愤不平地说道："徐处长，你不了解技术，体会不出这两个小鬼子有多可恶。我们提出的这些设计思想，都是能够改变整个轧机技术发展方向的，说是价值千金都不为过。

我给你打个比方，这些技术就相当于一个渔网，一网下去就能够捞到价值几千万美元的鱼。日本人想借我们的网用用，可以，但一次起码得付1000万美元，这才合理。结果呢，他们准备拿420万美元，把我们的渔网买走。你说说看，这不是欺负人吗？就这个姓长的小鬼子的心思，搁在抗日的时候，估计连这些钱都不想出，直接就上手抢了。你说说，像这样的强盗，我能不揍死他吗？"

"这个……呃呃，还不到这个程度，中日之间，现在还是友好关系嘛。"徐振波听出了一脑门子汗水，不过，对于双方争议的焦点，他也算是弄明白了。他说道，"胥总工，既然日方不能报出一个合理的价格，那下一次谈判，还是由我方来报价吧。重装办提出的方案，不是说要以专利换对方的技术吗，咱们干脆也别兜圈子了，直接就这样跟对方提出来，看看他们是如何回答的。"

"我也觉得这样更好。"胥文良道，"就是那个小冯，还说什么欲擒故纵，纯粹是脱了裤子放屁，多此一举。"

"你说的是重装办的冯处长吧？我记得胥总工对他不是挺欣赏的吗？"徐振波有些丈二和尚摸不着头脑。为了这次谈判的事情，徐振波是和冯啸辰见过面的，对冯啸辰也有一些好感。在与胥文良接触的过程中，他不止一次听到胥文良夸奖冯啸辰，结果一次谈判下来，冯啸辰就成了脱裤子放屁的人，这画风转得也太快了。

听到徐振波的质疑，胥文良一下子笑了出来，刚才给长谷佑都惹出来的那股气也消得差不多了。他说道："这小子，在技术上还是有一套的，搞阴谋诡计也不错。下次谈判，还是让他一块来参加吧，我老头子性子急，不适合跟人家玩心眼。小冯这家伙鬼点子多，说不定一物降一物，还真能把长谷佑都这个小鬼子给降服住呢。"

"也好，那我就给重装办行文，请冯处长也来参加这个谈判吧。"徐振波赶紧说道，他可不在乎冯啸辰的出现会不会抢他的功劳，能够有一个人克制住胥文良就行，徐振波真是不敢单独和胥文良去参加谈判了。

第 二 百 一 十 三 章

胥文良和崔永峰到外贸部去向徐振波的司长作了个汇报，又听了听司长的指示，这才告辞离开，返回自己住的招待所。吃过晚饭，师徒俩在一块聊了会技术，胥文良熬不住，先睡下了。崔永峰没那么早睡，又怕待在屋里影响了胥文良，便披上衣服，出了门，准备到街上去随便转转，也思考一下白天谈判中的一些细节。

刚走到楼下，门卫就把他叫住了，然后指着他对旁边一个穿着西装的汉子说道："你不是要找秦州来的崔同志吗，他就是。"

"你找我？"崔永峰诧异地看着那汉子，问道。这年代穿西装也不算特别稀罕了，但一般都是做生意的个体户，或者一些特别追求时尚的小年轻会这样穿。在一般的机关单位里，普通工作人员是不太敢穿着西装去上班的，这样会给领导留下一个不太稳重的印象，影响仕途的发展。

眼前这人，就穿着一身西装，脖子上还挂着一条白围巾，看他的岁数，也有30出头了，身材显得比较文弱，不太像是个体户。崔永峰有点吃不准他的身份。

"你就是秦州重机的崔总工吗？"那人问道。

"我是崔永峰。"崔永峰答道，同时在心里快速地盘算着，谁会这样来找自己呢？

"我叫郭培元，原先是京城无线电九厂的技术员。"那人自我介绍道。

"原先？那你现在在什么单位？"崔永峰奇怪地问道。

"咱们外面说吧。"郭培元示意了一下，说道。

崔永峰倒没在意，他一无财二无色，也不怕人暗算他。他猜想郭培元应当是有什么不太合适当众说的话要跟他讲，所以才会叫他出门去。

两个人来到门外，站到一处僻静的地方，郭培元掏出烟盒，向崔永峰比划了一下。崔永峰摆摆手，示意自己现在不想抽烟，不过，他还是很敏锐地发现郭培元拿出的烟盒上写着几个古怪的汉字，那是一种日本品牌的香烟，他过去曾在到秦重去指导技术的日本技师那里看到过。

"我现在已经辞职了，瞎混。"郭培元自己给自己点着了烟，吐着烟圈对崔永峰说道。

"哦？"崔永峰应了一声，心里的狐疑更重了，自己从来也不认识一个这样的人啊，他怎么会问着自己的名字找上门来呢？

"你找我有什么事情吗？"崔永峰问道。

"不是我要找你，是我的一位朋友想和你谈谈，长谷佑都，你们今天见过面的。"郭培元说道，他的语气里带着几分炫耀，似乎能够与长谷佑都以朋友相称是一件很值得骄傲的事情。

崔永峰眉头一皱："他想跟我谈什么？"

郭培元道："这我就不知道了，要不，你跟我去一趟？其实，长谷先生很喜欢和人交朋友的，就算不谈什么事情，一起喝喝茶也行吧？人家日本人是非常讲究茶道的，可不像咱们这里，弄个大壶子，跟牛饮似的。"

崔永峰琢磨了片刻，点点头道："也好，既然是他邀请我去，那我就去看看。他住在哪家饭店，离这远吗，咱们怎么去？"

"不远，一会就到。"郭培元说着，抬起手向前面招了一下，一辆一直停在暗处的出租车发动引擎，向他们这边开了过来。

崔永峰暗暗心惊，这年代的出租车可不是普通工薪阶层能够坐得起的，即便是有些先富起来的个体户，大多数时候也不敢叫出租车。这个郭培元自称自己是"瞎混"，却抽着日本烟，还能让出租车在门外等着，明显是出手极为阔绰的人，他的财富莫非与长谷佑都有关？

崔永峰是个心思缜密的人，越是面对复杂的情况，他越是冷静。他没有多说什么，跟着郭培元上了车。

汽车在行人稀少的街道上开过，两边的路灯灯光不时闪进车窗，照得崔永峰的脸一明一暗。郭培元坐在前排，扭转头来，对崔永峰说道："老崔啊，不是我说你，你真是抱着金子要饭吃，可惜材料了。"

"此话怎讲？"崔永峰平静地问道。

郭培元道："这不是明摆着的吗？长谷先生对你非常欣赏，他跟我说，像你这样的人才，如果到日本去，工资起码比现在翻上五番，那得是多少钱？还用得着你穿个破军大衣，住个破招待所的？"

时下正是京城的初春，天气还颇为寒冷。崔永峰他们是从更为寒冷的秦州过来的，都带着军大衣御寒。白天谈判的时候，胥文良、崔永峰都照着外贸部的要求换上了西装，但这是在晚上，崔永峰准备出门散步，自然要披上了军大衣，结果就被郭培元给鄙视了。

崔永峰看了看自己身上的军大衣，的确是有些旧了，有几处还开了口子，露出了里面白色的棉花。他自嘲地笑了笑，说道："你说的是日本，在咱们国家，我的工资比上不足，比下有余，我很满意了。"

"屁，什么比下有余。"郭培元不屑地说道。

他原本是企业里的技术员，学过日语。前两年厂里引进日本设备，他作为厂里少有的日语人才，担负起与日方的销售人员和技术人员沟通的任务。在那个过程中，他向日方人员流露出想攀龙附凤的愿望，当即被对方接受，从而成为日企在京城的掮客。他辞去了企业里的工作，专门帮日企做一些搜集情报、拉拢关系方面的事情，也因此而获得了不菲的收入。

赚到钱之后，他的自我感觉就开始膨胀了。在他眼里，所有的中国人都是傻瓜。崔永峰是秦重这种特大型企业里的副总工，走到哪里也都是受人高看一眼的，但郭培元却没把他当一回事，说话的时候自然也就口无遮拦了。

"老崔，你就不用自我安慰了。我也是企业里出来的人，一个月能赚多少钱，我还能不知道？你是副总工，工资比别人高那么一点，也就是一百多块吧？你看我这条围巾没有，纯羊毛的，英国货，能抵你半年的工资。"郭培元说道。

"是吗？我看着不如军大衣暖和。"崔永峰没好气地顶了一句。

"嗤！"郭培元有些羞恼，"我说老崔啊，我看你也是个实诚人，就跟你说几句掏心窝子的话吧。这年头，什么都是假的，只有钱是真的。咱们过去讲过那么多理想、主义，有个屁用啊，一切向钱看，这才是正道。我看出来了，长谷先生对你很看重，我琢磨着，他要么是想把你挖到日本去，要么就是想让你帮他们干点啥活。我劝你一句，千万别犯傻，日本人给钱那叫一个痛快。随便画张图纸，你们厂能给你八毛钱加班费就了不得了，日本人给钱，1 万日元起，你算算，那是多少钱。"

"我算不出来。"崔永峰道，"我从小就知道一点，该是我的钱，拿多少都无所谓；不该是我的钱，我一分也不要。你说 1 万日元也好，1 亿日元也好，跟我都没啥关系。"

"你就嘴硬吧！"郭培元正想再说几句话，出租车已经在京城饭店的楼下停住了。

郭培元给出租车司机结了账，跳下车，对崔永峰说道："你在这等一会，我先去跟门卫说一声。这是涉外酒店，咱们中国人进去要事先跟里头的外宾确认的。"

说着，他便一路小跑地向大门奔去了，崔永峰跟在他身后，慢慢地踱着。出租车司机收好钱，一踩油门，追上崔永峰，然后摇下窗玻璃，探出头来，对崔永峰问道："大哥，刚才那孙子是干嘛的，我听着怎么像是个汉奸啊！"

崔永峰乐了，笑着说道："也不能算是汉奸吧，搁在旧社会，叫作买办。搁在现在嘛，就不知道叫啥了。"

"我他妈就看不惯这种二鬼子，如果不是公司有纪律，我他妈在路上就不想拉他了！"出租车司机恨恨地说道，接着又低声叮嘱道，"大哥，他在车上跟你说的那些，我都听见了，他肯定是想帮日本人收买你，想让你当特务呢。我觉得你是个正派人，可千万别贪这小便宜，一失足成千古恨，咱们再穷，也不能当汉奸啊，是不是？"

崔永峰感激地点点头，说道："多谢你，师傅。你放心吧，我肯定不会出卖国家利益的。"

"得嘞，那我就放心了。刚才那孙子，下回别让我碰上，碰上了我非踹死丫不可！"出租车司机说着不花钱的承诺，开着车走了。

第 二 百 一 十 四 章

也不知道郭培元跟门卫说了点什么，门卫拉开大门，放郭培元和崔永峰进了饭店。二人坐电梯到了六楼，郭培元领着崔永峰来到了长谷佑都住的房间。

"长谷先生，崔总工请到了。"

一进门，郭培元便如献宝一般的向长谷佑都说道，他脸上全是谄媚之色，与刚才在出租车上那副骄横跋扈的模样判若两人。

"崔总工，快请进来吧。"长谷佑都迎上前来，用英语对崔永峰说道。他知道崔永峰不懂日语，但懂得英语，双方用英语交流，就可以省去翻译的麻烦了。

"长谷先生，你好。"崔永峰不卑不亢地答应着，随着长谷佑都走进了房间。

宾主分别落座，长谷佑都的随从吉冈麻也端出了一套茶具，果然是要向崔永峰表演一下日本茶道的意思。崔永峰也不矫情，只是等着长谷佑都说话。他对于长谷佑都深夜请他过来的原因心知肚明，也打定了主意，绝对不会出卖国家的利益，他现在要做的，就是听听长谷佑都能开出什么样的价钱，又想达到什么样的目的。

长谷佑都却并不急于开口，他慢吞吞地等着吉冈麻也把茶沏好，端到崔永峰的面前。看着崔永峰小口地抿着茶水，长谷佑都脸上露出一个温和的笑容，说道："崔先生，这茶的味道还好吧？"

"不错不错，的确是好茶。"崔永峰应道。这年代国内对于喝茶并不特别讲究，只有极少数的官僚偶尔会论论茶道。崔永峰这个层次的人，喝茶只是为了解渴，哪里会挑剔茶叶的好坏。现在乍一喝日本人泡的茶，崔永峰感到的确是清醇可口，顿觉自己过去几十年喝的都是假茶了。

"这是日本的玉露茶，在茶树发芽之前，农夫就会搭起一个凉棚把茶树挡住，避免阳光直射。这样生长出来的茶叶味道甘甜，有一种清新之气。如果崔先生对这种茶叶感兴趣，一会我可以送一盒给崔先生。"长谷佑都说道。

崔永峰道："这倒不必了，我不懂得品茶，好茶叶送给我就是浪费了。长谷先生，茶我已经喝过了，有什么事情，你就直说吧。"

"好的，好的。"长谷佑都收起先前闲聊的神情，正色道，"我对崔先生的才华是非常欣赏的。你与胥先生合作的那篇论文发表之后，我们三立制钢所的技术总监太田修先生对之给予了高度评价。在来中国之前，我们认为这篇文章主要是出自于胥先生之手，到了中国之后，才知道原来这都是崔先生的思想，只是因为胥先生的身份更高贵，所以崔先生才在署名上屈居第二。"

长谷佑都的这番话，明显带着挑拨的意思了。如果崔永峰真是一个被权威压制着的人才，听到这些话，必然会将长谷佑都引为知音，同时还会发出若干抱怨。这样一来，长谷佑都就有了策反崔永峰的机会，能够以名利为诱饵，吸引崔永峰为他们做事。

崔永峰是怀着高度的警惕来喝茶的，长谷佑都话里的玄机，他岂能听不出来。不过，他并不急于去纠正，只是淡淡地回答道："长谷先生过誉了，胥总工是我的老师，这篇文章的思想也都是他贡献的，我只是一个执笔者而已。"

"我明白，我明白的。"长谷佑都并不以自己的话被否定为忤，他向崔永峰递去一个"你懂的"的眼神，然后继续说道，"像崔先生这样的才华，在秦州重机，一定是非常受器重的吧？"

"还好吧。"崔永峰惜字如金。

"如果崔先生不介意的话，我能不能冒昧地问一句，崔先生的年薪能达到 100 万日元吗？"长谷佑都又问道。

100 万日元，按当时的汇率相当于 4000 多美元，再换算成人民币，差不多就是 8000 元的样子，也就相当于月薪 700 元左右，这已经是崔永峰工资的 4 倍以上了。

崔永峰笑了笑，说道："我们的工资没那么高，按日元来算，我一个月的工资不到 2 万日元吧。不过，在我们秦州那个地方，这个收入已经是很高了，吃喝都不用发愁。"

"一个月才 2 万日元，这简直就是对人才的侮辱啊！"长谷佑都像是感同身受般委屈地叫嚷起来，"像崔先生这样的才华，如果到我们日本去，月薪最起码是 50 万日元，甚至 100 万也是可能的。"

100 万日元！

像条京巴一样乖乖坐在旁边的郭培元眼睛都瞪圆了。这个穷小子何德何能，居然能够拿到 100 万日元的月薪，这不比他成天跟在日本人屁股后面阿谀奉承赚得还多吗？

郭培元在出租车上对崔永峰说他的工资能够翻上五番，其实只是一句诱惑崔永峰的话而已。翻五番就是增长 32 倍，郭培元觉得这是完全不可能的。可偏偏刚才长谷佑都说的，却是能够让崔永峰的工资涨上 50 倍。

整整 50 倍啊，只要答应日本人的要求，就能够一夜成为人上人，吃香喝辣。这个傻子怎么一点心动的表示都没有呢！

正如郭培元观察到的那样，听到长谷佑都开出来的价码，崔永峰坐在那里稳如泰山，脸上连一点表情的波动都没有，似乎长谷佑都说的是一件与他无关的事情一般。

其实，要说崔永峰一点都不动心，那是假的。夫人徐敏刚刚调回秦州，厂里也给他们分配了两居室的住房，但他们还缺冰箱、彩电、洗衣机，儿子想买足球和白胶鞋，女儿想买连衣裙，这一切都需要用钱，崔永峰怎么会对钱无动于衷呢？

可是，这不是自己应该拿的钱，对方抛出这样一个诱饵，不外乎是想要那十几项专利技术。这些专利技术的价值高达几百亿日元，绝不是自己能为了几百万日元的好处而出卖掉的。

崔永峰还想到，其实这些专利的真正拥有者，应当是那个连名字都没有出现的小处长冯啸辰。他没有索取任何回报，就把这些宝贵的思想告诉了胥文良和崔永峰，最终所有的专利都成为秦州重机的资产。如果自己贪图私利，给日本人当内应，廉价地卖掉了这些专利，那他还有脸去见那位小处长吗？

"长谷先生，我想，三立愿意给我开出这样的条件，不会仅仅是因为欣赏我个人的才华吧？"崔永峰直言不讳地问道。

"这……当然，当然。"长谷佑都有些尴尬。这种事情讲究的就是心照不宣，哪有当面说出来的。以他原来的想象，崔永峰应当是先婉言谢绝，然后再在长谷佑都的"坚持"下，半推半就地接受，接着就是心甘情愿为长谷佑都所驱使了。像现在这样直接把问题挑破，显得多不含蓄啊。

不过，挑破了也好，省得大家再绕来绕去。带着这样的想法，长谷佑都点点头，说道："崔先生真是一个爽快人，既然如此，我就直说了吧。贵厂的那几项专利，目前对于我们还有一些价值，不过最多一两年时间，我们就能够开发出超过这些专利的技术，那时候这些专利对我们就没什么意义了。我们目前有一两家客户，希望在轧机中用上这些专利，所以我们希望贵厂能够把专利授权给我们使用。"

"这一点，长谷先生在白天不是已经说过了吗？"崔永峰道。

"没错，白天我们已经交流过这个问题了。"长谷佑都说道，"不过，我方开出的价格，没有被贵方接受，对此，我认为贵方是不够明智的。我让郭先生去请崔先生过来，也是希望在一个更轻松的场合里，把这件事情说开。其实，贵厂的这些专利，是很容易过时的，如果现在不转让出去，等上一两年，恐怕连5亿日元都卖不出去，那时候你们就很吃亏了。我知道这一点你们那位胥先生理解不了，但崔先生是肯定能够理解的，所以希望崔先生在未来的谈判中，能够发表自己的意见。"

这些话，长谷佑都并不指望崔永峰相信，其实他说的都是在给崔永峰找理由。崔永峰如果愿意接受他开出来的条件，帮他们把价钱压下去，那么就需要一些理由来说服胥文良、徐振波他们。说专利有可能过时，这是能够吓唬住一干外行的。崔永峰作为中方代表中对西方技术进展最为熟悉的人，如果发出这样的预言，中方的其他人员是会认真考虑的。

可惜的是，崔永峰似乎并不懂长谷佑都的暗示，他摇摇头，说道："长谷先生，你说得不对。我们提出的这些 15 项专利，覆盖了轧机发展的各个方面，我们预测，在 10 年之间，很难有其他的技术能够替代它们。而 10 年之后，新的技术也会在很大程度上继承这些专利。说它们会迅速过时，这是非常不客观的。"

"这……"

长谷佑都快哭了，你到底是真傻还是假傻呀，怎么连真话假话都听不出来呢！

第 二 百 一 十 五 章

"长谷先生，关于这个问题，我倒是有一些想法，不过，现在这里的人未免太多了一些吧？"崔永峰向郭培元那个方向瞟了一眼。

长谷佑都明白了崔永峰的意思，他向吉冈麻也和郭培元挥了挥手，说道："你们都暂时离开一下吧，我和崔先生有一些机密的事情要谈。"

吉冈麻也和郭培元应声出去了，临走还把长谷佑都的房门也严严实实地关上了。看到他们离开，长谷佑都说道："崔先生，现在这里没有别人了，有什么话你就说吧，如果有什么额外的条件，你也可以提出来，我们对于朋友是从来不会吝啬的。"

崔永峰微微一笑，说道："长谷先生，谢谢你的慷慨。不过，既然是要谈生意，大家就不要遮掩。你刚才说，我们提出的那些专利技术都是即将过时的，三立对我们的技术并不感兴趣，这话就是明显的谎言。如果我们基于一个谎言来谈合作，那是不可能达到一个良好的结果的。"

长谷佑都不置可否，道："你继续说吧。"

崔永峰道："我对于全球轧机行业的技术动态有过深入的研究，也正是在这种研究的基础上，我才会提出这些新的设计思想。你说得很对，这些思想主要是我提出来的，与我的老师胥总工没有太大的关系。我前面说过，这些技术至少在 10 年之内都会保持领先，10 年之后出现的新技术，也会依赖于这些已有的技术，这个判断，三立制钢所是否接受？"

长谷佑都无法回避了，他支吾了一下，说道："我只是一名销售代表，对于技术动态没有发言权。不过，我们姑且承认你的观点是正确的，那么，你的结论又是什么呢？"

崔永峰道："我的结论是，在谋求与中方合作的问题上，三立制钢所别无选择。如果你们无法得到我方的授权，那么在未来10年内你们将难以得到客户的承认，从而会丧失大量的市场。而你们的竞争对手，比如克林兹，将会抢走你的市场份额。在这种情况下，无论我们开出什么样的高价，你们都是会接受的，是不是这样？"

"话也不能这样说吧。"长谷佑都黑着脸说道，"即便不能得到你们的授权，我们也可以使用一些替代的技术来满足客户的要求。当然，这些替代技术的确不如你们的技术完美，但我们可以通过降低一部分价格的方式来抢回市场。所以，你们如果开出过高的价格，我们是不会屈服的。"

"这就对了。"崔永峰笑道，"这就是我们合作的基础。我们的专利授权价格，应当是在你们向客户降价的额度之内的，如果比这个额度高，你们就不会接受了。但不管怎么样，这个价格肯定不会低到能够用420万美元打包买断的程度，你承认吗？"

这就是在扒长谷佑都的皮了。崔永峰一口一个"你承认吗"，逼得长谷佑都不得不说实话。他渐渐悟出了崔永峰的意思，那就是要逼出三立的底价，然后再以这个底价为基础，来争取自己的好处。

这个姓崔的，看着挺正人君子的，实际上比郭培元那个孙子还黑呢！长谷佑都在心里恨恨地想道。不过，崔永峰能够大大方方地谈条件，总比那些又想要钱又想立牌坊的伪君子强吧，至少说话不会那么累了。

有了这样的判断，长谷佑都也就不再和崔永峰打哑谜了，他直截了当地说道："崔先生，你说吧，你想要什么条件，你又能帮我们做到什么？"

"1亿日元。我能帮你们一分钱都不用花就拿到这些专利的授权。当然，是有限授权，比如说，在10条生产线的范围之内。"崔永峰干脆利落地说道。

这意味着三立可以用这些专利生产10条轧机生产线，而无须额外付费。以三立的生产能力，一年也就是生产1条到2条生产线的样子，再多的话，市场上也没这么多的需求。10条生产线能够满足六七年的生产需求，等到六七年后，新的技术也该初露端倪了，届时即便是新技术还不够成熟，老技术的授权费用也会大幅度降低，对三立来说，就没有什么压力了。

长谷佑都在心里盘算了一下，觉得这个条件几乎好得让人不敢相信。区区1亿日元的好处费，就能够拿到10条生产线的专利授权，比自己先前最乐观的想象还要好得多。可是，崔永峰怎么能够做到这一点呢？

"如果你说的情况属实，我完全可以答应。"长谷佑都说道，"可是，你怎么能够说服你的上司们，让他们把专利授权交给我们呢？"

崔永峰脸上露出一个得意的微笑，说道："长谷先生，你们在谈判的时候，犯了一个战略性的错误，正是这个错误，让你们陷入了被动。"

"什么错误？"长谷佑都问道。

"你们错判了我们的目的。"崔永峰道。

"错判了目的？你们的目的是什么？"长谷佑都瞪圆了眼睛问道。

崔永峰道："在我们国家，根本就没有卖专利的传统，你们和我们谈专利授权费，对于我们来说，是完全没有感觉的，也不能让我们的领导感觉到价值。"

"可是……"长谷佑都有些懵了，他认真地回忆了一下谈判的过程，似乎确实如此，那个外贸部的官员，好像对于专利授权费的确是没啥概念，10亿日元也好，100亿日元也好，估计他根本就判断不出是多是少。

可是，授权费这一条，不也正是中方提出来的吗？虽然中方没有报价，但他们应当是有这个想法的呀！

崔永峰似乎看出了长谷佑都的疑惑，他解释道："我们提出授权费的问题，只是想给你们一些刁难，让你们知难而退，最终接受我们的要求。"

"那你们的要求是什么？"长谷佑都终于被崔永峰给绕进坑里去了，顺着崔永峰的话问道。

崔永峰叹了口气，说道："我们的领导，眼里只有政绩，他们才不管我们能挣到多少钱呢。像我这样一个副总工程师，一个月才拿不到200块人民币的工资。而我的一个同学，去年到美国去了，一去就进了一家大公司，一个月的工资有3000美元。你说说看，这是什么样的差距……"

长谷佑都无语了，怎么又说到待遇来了呢？他赶紧低声地说道："崔先生，你不用难受，只要你能够帮助我们拿到授权，你就可以一次性地拿到 1 亿日元，相当于你那个同学 10 年的收入。"

"是的是的。"崔永峰这才意识到自己跑题了，他接着说道，"我刚才说到哪了？对了，我说我们的领导只看重政绩，其实他们在乎的就是能够自己建造一条轧机生产线，这样他们就可以向他们的上级去报喜，说我们掌握了世界一流的技术，能够独立建造轧机生产线了。"

长谷佑都点点头，他对中国也有所了解，知道许多政府官员的确是特别注重这种标志性工程的。他问道："可这件事情，和专利授权有什么关系呢？"

崔永峰道："关系大着呢。你是知道的，我们的轧机设计能力和制造工艺都非常落后，根本不可能造出具有世界一流水平的轧机。而三立在这方面是有成熟技术和经验的，如果三立能够以指导我们独立制造轧机为条件，与我们交换这些新的设计专利，那岂不就可以一分钱都不花，就拿到这些专利了？"

"指导你们独立制造轧机？"长谷佑都揣摩着这句话，总觉得什么地方有点不对。

为其他企业提供技术指导，也不是没有成本的，起码你得派人去给人家讲课，或者手把手地教别人怎么做，但这些成本与动辄数十亿日元的授权费用相比，的确可以忽略不计。崔永峰说一分钱都不用花，虽然有些夸张，但也不能算说错了。

可是，仅仅是提供一些指导，中方就会放弃这么大的一笔授权费吗？这其中是不是有什么陷阱呢？

第 二 百 一 十 六 章

崔永峰开始耐心地给长谷佑都解释道：

"我们秦重目前有意承接一条轧机生产线，具体是哪家企业的，我就不便透露了。我们在设计的过程中，遇到了不少困难。我们传统的轧机设计方法，无法得到客户的认可，而现代的轧机设计方法，我们掌握得又不够充分。领导对于我们这种情况非常不满意，要求我们必须马上解决这些问题。但包括胥总工在内，都不知道该如何解决这些问题。我们通过南江钢铁厂的轧机引进项目，从西德获得了全套的轧机图纸，但在没人指导的情况下，我们要想独立地掌握这些技术，还是有非常大的难度的。"

"那你的意思是？"长谷佑都问道。

崔永峰道："我打算去向胥总工以及我们的上级领导提一个建议，用我们手上的这些专利作为交换，换取三立制钢所对我们进行全程指导，帮助我们完成这条生产线的建造。"

"具体一点，需要如何指导？"长谷佑都追问道。

崔永峰道："我的想法是，我们先派出一些技术人员，到三立去，参与你们现有的轧机设计工作，学习你们的设计经验。然后，再请三立派出工程师，到我们秦重来，与我们共同设计我们这条生产线，直至完成。这其中可能会涉及一些三立独有的设计专利，当然，都是一些不值钱的小专利，三立可以授权给我们使用，对外就说是与我们交换专利的代价好了，我们领导是会相信的。"

长谷佑都倒抽了一口凉气，在心里骂道，什么叫不值钱的小专利，轧机设计中的专利数以千计，其中涉及总体设计思想的专利，并不比你们那些专利的价值低，而那些边边角角的小专利，加起来价值也极为可观。你一句话，就让三立拿出所有的设计专利和你们交换，说得好像还只是一个添头似的。

"在这之后，具体的制造过程中，我们也是需要三立提供一些帮助的。尤其是大件铸造、特种焊接、精密机床加工这些方面，我们还有一些缺陷。三立可以给我们安排一些机会，让我们的工人到三立去学习一下这些制造工艺，以便回来之后能够完成这台轧机的制造。只要轧机能够制造出来，领导脸上好看了，专利授权费之类的事情，他们就不会在乎了。"崔永峰轻描淡写地说道。

"这不会就是你们的谈判要求吧？"长谷佑都脑子一转，盯着崔永峰问道。

崔永峰坦承道："这是我自己设想的谈判要求。因为如果这样做，我可以成为这个项目的副总师，对于我提职、提薪，都是有好处的。而如果是把专利卖出去，我连一分钱奖金都拿不到。"

"这只是你个人的想法？"长谷佑都被崔永峰给说晕了，不知道哪句话是真，哪句话是假。

崔永峰道："到目前为止，这个想法还只存在于我的头脑之中。如果你们能够答应我的条件，我会想办法说服我们的领导，接受这个方案。我们领导对于中日之间的技术差距根本没有概念，他们还以为凭着我们自己的能力就能够把轧机制造出来呢。"

"可是，这个条件对我们更吃亏啊！"长谷佑都道，"照你这个方案，我们要拿出来的东西比你们的专利要多得多。光是我们三立独有的设计专利，就有几千项，还有工艺上的专利。今天白天的时候，我们提出用 2 项专利换你们 1 项，最终都没有谈成。而你这个方案，是用你们 1 项换我们几百项啊。"

崔永峰不屑地说道："2 项换 1 项，亏你们好意思说。你们的专利数量虽然多，但都已经是过时的东西了。你们不愿意换，克林兹也会愿意换的。像你说的氩弧焊工艺，除了搞轧机的这些企业，其他行业也有企业能够做到，你们这些工艺能值多少钱？再说，你们开发这些技术的投入早就已经收回了，现在复制一份给我们，你们相当于什么成本都没有，为什么不干呢？"

"你想得太美了，这样的交换条件，我们是绝对不会答应的。崔先生，我看出来了，你根本就不是想和我们合作，而是想欺骗我们，让我们答应你们更好的条件。"长谷佑都说道。

"是吗？"崔永峰冷笑一声，"我这样做，有什么好处？谈判成败，和我们这些小工程师什么关系都没有，我何必眼看着你们给的好处不要，故意去欺骗你们？我说的方案行不行，你们自己考虑吧，我生性不喜欢求人，你们如果不愿意，那就拉倒。"

说着，崔永峰站起身来，说了句"再见"便往外走。长谷佑都一时猜不透崔永峰的话是真是假，哪会让他就这样离开，连忙拦住他，说道："崔先生，不要激动嘛，有些条件，我们还可以再谈的。"

崔永峰半推半就地坐回座位，长谷佑都不敢再质疑他的诚意，只是从一些细节上与他继续推敲起来。两个人又聊了近一个小时，达成了一些初步意向。

长谷佑都会把崔永峰提出的方案汇报给公司，由公司判断是否可以接受，以及以什么样的条件接受。如果三立制钢所认为这种方式可行，崔永峰将负责说服胥文良以及其他的中国官员。作为交换条件，三立制钢所将向崔永峰支付1亿日元的辛苦费，崔永峰这两天会请在海外的朋友帮助开一个瑞士银行的户头，届时三立将把这些钱汇入那个户头。

除此之外，长谷佑都还答应会为崔永峰争取去日本考察的机会，帮助崔永峰购买日本家电产品等等。这些要求对于三立来说都是微不足道的，长谷佑都连一个磕绊都没打，就满口答应了。

崔永峰拎着一大兜日本礼品从长谷佑都房间出来的时候，郭培元已经提前走了。长谷佑都给了崔永峰厚厚一叠日元，说是给崔永峰打车用的。崔永峰装出一副贪婪的样子，收下了钱，与长谷佑都互相鞠躬，然后才离开了饭店。

出了饭店，崔永峰才发现夜已经很深了，街上人迹皆无，公交车更是早就停运了。视力所及的地方，还真有一辆出租车在饭店门前趴活，但崔永峰哪里舍得叫出租车。他叹了口气，迈动双腿，向着自己住的招待所走去。

这一走，就是好几公里。当他走进房间的时候，胥文良已经睡了一觉醒来，他有些奇怪，问道："你怎么才回来，现在几点了？"

"三点二十了。"崔永峰看了看手表，苦笑着说道。

"你去哪了？"胥文良道，"你开灯吧，黑灯瞎火的，别磕着。"

也就是胥文良的级别高，住招待所能够享受双人间的待遇，换成其他人出差，就只能住四人间或者八人间了，那么崔永峰这么晚回来，难免要惊扰到其他人。崔永峰开了灯，胥文良披着衣服坐起来，看到崔永峰把一兜花花绿绿的东西搁到桌上，不由又诧异道："你去买东西了？这么晚，还有商店开门吗？"

"我从长谷佑都那里回来，这是日本人送的礼品。"崔永峰说道。

"你去见长谷佑都了！"胥文良这回可真是惊了，他盯着崔永峰，问道，"你去见他干什么？还有，他为什么送你这么多礼品？你不会是向他们泄露了什么消息吧？你去见外宾，为什么不向组织上请示！"

这一连串的问题，把崔永峰问得招架不住，不知道先回答哪个才好。他坐下来，对胥文良摆摆手，道："胥老师，你先别急，听我解释。我也是受党教育多年的人，不会出卖国家利益的，这一点你尽可放心。"

听到崔永峰这句话，胥文良算是平静了一些。对于这个学生兼下属的人品，胥文良还是有些信心的，只是崔永峰深更半夜私自去见外宾，还带回一堆价值不菲的礼品，这种事情的性质非常恶劣，他必须要听听崔永峰的解释才行。

崔永峰伸手从兜里掏出一叠日元，放在胥文良面前，说道："这是我从长谷佑都那里出来的时候，他给我叫出租车的钱。我没用这些钱，是一路走回来的。这些钱，明天我会交给组织，一分钱都不会截留。"

"这么多，这是多少钱？"胥文良拿起那叠日元，翻了翻，见上面写满了"0"，不觉有些眼晕。

"我算过了，这是 20 万日元，合将近 1500 元人民币。"崔永峰淡淡地说道。

"他为什么给你这么多钱？这些钱，够叫多少回出租车了？"胥文良道。

崔永峰笑道："胥老师，这还算是少的呢。长谷佑都叫我帮他们做事，答应事成之后，给我 1 亿日元。"

"你答应了？"胥文良不敢相信地问道。

"答应了。"崔永峰轻松地答道。

"什么，你竟然答应了！"胥文良怒吼道，他的目光中透着浓浓的杀气，似乎打算仅凭眼神就把崔永峰给万剐凌迟了。

第 二 百 一 十 七 章

日本，三立制钢所。

小会议室里，一个紧急会议正在进行。参会的有公司董事长小林道彦、技术总监太田修、副技术总监寺内坦、销售总监荒木保夫等，大家讨论的话题，就是长谷佑都刚刚通过长途电话报告回来的新的交易方案。

"长谷佑都判断，崔永峰可能是中国方面的反间，他故意装出贪财的样子，其实是引诱我们接受他的真实要求。"荒木保夫向众人介绍完崔永峰提出的方案之后，补充了这样一句。

"我倒不这么认为。"寺内坦道，"我们给出的价钱很高，这个价钱足够在中国收买 100 个像他这样的人，我认为他没理由不会动心的。"

太田修道："这倒不一定，我接触过一些中国人，我发现中国人都是非常爱国的，他们不会为金钱所动。"

寺内坦摇摇头道："太田君，我觉得你是在用过去的眼光看中国人。我去年刚去过中国，我发现如今有很多中国人对于日本的生活方式非常羡慕，他们毫不掩饰自己对于财富的追求。他们经常说一句话，叫作'一切向钱看'，也就是为了钱能够付出一切代价。我相信，只要给他们足够多的钱，他们是一定会愿意和我们合作的。"

"的确有这种情况，但这个崔永峰不会是这样的。我认为，他是一位非常出色的工程师，不会那么容易被收买的。"太田修坚持道。胥文良和崔永峰合作的那篇文章，令太田修叹为观止，他爱屋及乌，顺带也就对这两个中国人产生了非常良好的印象。

"太田君，你应当知道，学识和道德不一定是成正比的……"寺内坦微笑着反驳道。

小林道彦打断他们的争论，说道："太田君，寺内君，猜测中国人的用意是没有意义的。我们还是应当重点思考一下，中国人提出的这个替代方案，对于我们三立制钢所来说，是更好的选择，还是更差的选择。"

"我认为是更好的。"寺内坦抢先答道。他倒不忌讳太田修是他的上司，按道理来说，这个问题应当是由太田修先回答的，但寺内坦一向认为太田修思想已经老化，不如他懂的东西多，所以经常会抢太田修的话头，而且还屡屡与太田修唱反调，以显示自己的高明。

"毋庸讳言，由于中国人抢注了有关新型热轧工艺的相关专利，我们三立制钢所已经陷入了被动。在中国人的那篇论文发表之后，轧钢界已经形成了一种共识，即新型轧机必须采用中国人提出的这些新技术，否则就是落后的。这样一来，如果我们不能从中国人手里获得这些专利的授权，我们就无法在市场上取得竞争优势。我们原来认为中国人对于这些专利的价值并不了解，希望能够以较低的价格获得授权。但从长谷君返回的消息来看，他们已经意识到了这些专利的价值，也可能是德国人给了他们一些启示。我敢断定，克林兹目前也正在与中国人进行谈判，希望能够获得这些专利的独家授权，中国人是乐于见到这种情景的，他们可以利用我们与克林兹的竞争关系，索取最高的报价。而如果按照长谷君提供的这个新方案，我们通过与中方交换技术的方式来获得这些专利的授权，就可以极大地降低成本，甚至可以说是零成本的。我们拿出来与中方交换的这些技术，并不尖端，大多数技术都是已经非常成熟的，中国人即使不能从我们这里获得，也可以从德国人那里得到。我们保守这些技术秘密没有太大的必要。用一些已经过时的技术，来交换中国人手里的最新技术专利，这是非常划算的一笔交易。"寺内坦滔滔不绝地论证道。

听他说完，太田修摇摇头，道："我不赞成寺内君的看法。虽然站在国际轧机业的前沿来看，中国人所希望得到的这些技术并不算什么核心技术。但对于中国人来说，它们还是非常先进的。中国人如果得到了这些技术，就有可能迅速地赶上我们的水平，从而成为我们未来的竞争对手。"

"太田君，你认为确实存在这个风险吗？"寺内坦不屑地说道，"中国

33

人与我们之间的技术差距，不是通过一次技术转让就能够填平的。我去年在中国考察过他们的车间，甚至能够看到相当于我们明治时期的老设备。即使是他们称为重点企业的那些工厂，数控机床在所有机床中所占的比例也不超过10％，甚至可能还更低一些。以这样的装备水平，以及他们工人的技术水平，就算从我们手上获得了各种制造专利，他们能够造出与我们同样质量的设备吗？"

"这……"太田修有些语塞了。

与寺内坦一样，太田修也曾经到过中国，他承认寺内坦说的情况是真实的，中国企业的装备水平落后于日本20年以上，工人和技术人员的技术水平也都远远不及日本。

轧机的设计技术以及制造工艺最终都是需要由人去实现的，拿着同样的工艺文件，日本工人能够做到的事情，中国工人恐怕是很难做到的。从这个意义上说，中国人就算得到三立转让的技术，一时半会也很难对三立形成竞争威胁。

"可是，中国人的确是希望能够凭借自己的力量去完成一条热轧生产线，这一点他们已经很明确地提出来了。"小林道彦说道。

荒木保夫道："是的，长谷佑都说，据崔永峰的讲述，中国方面希望能够自己建造一条热轧生产线，作为一项政治献礼工程。类似于这样的政治献礼，在中国是非常常见的。我们觉得，中方急于要得到我们的技术，或许就是出于这样的政治考虑，经济方面的因素倒是其次。"

"能不能判断出是中国的哪家企业需要新建一条热轧生产线？"小林道彦问道。

荒木保夫道："我们正在积极地了解，不过中方对于这个问题好像采取了非常严格的保密措施，崔永峰也没有向长谷佑都透露。"

"这或许是他的一种策略吧。"小林道彦说道，"一旦他把实情都透露给我们，我们就有可能绕过他，直接与中国的官员进行接触，这样他想要的佣金就无法拿到了。"

"是的，我们也是这样看的。"荒木保夫道。

"如果是出于政治方面的考量，那么我们向中方转让一些技术，倒也无妨。"小林道彦分析道，"作为政治献礼工程，他们在质量和成本上都不会特别在意，只是需要一个形式上的效果而已。太田君、寺内君，你们认为，中国人需要多长时间才能够掌握我们目前拥有的技术。"

"如果仅仅是学习，估计需要 3 年左右的时间。但如果要形成他们自己的能力，我估计需要 10 年以上。"太田修说道。

寺内坦耸耸肩膀，道："我认为太田君的看法太悲观了。我们的技术积累可以追溯到 50 年前，而中国人真正开始自己制造轧机，也就是过去 15 年的事情，我们之间的技术积累差距有 30 至 40 年之久。他们要想通过学习的方法来掌握我们目前拥有的技术，至少需要 20 年。而到那个时候，我们已经拥有新的一代生产工艺了，他们是无法超过我们的。"

"20 年时间，我们应当能够研究出替代中国人这些专利的新技术了吧？"小林道彦向太田修问道。

"完全可以。"太田修恭敬地答道。这一次被中国人抢了先，让他脸上很没有光彩。他已经下了决心，无论如何也要在 10 年之内提出全面替代中国人那些专利的新技术，届时三立就不必再去求中国人提供专利授权了。

听完这些分析，小林道彦心里有底了，他说道："既然是这样，那么我们可以答应中国人的要求。荒木君，请你告诉长谷佑都，让他在允许的范围内，尽可能地压低中方的开价，为公司争取最大的利益。"

"哈伊！"荒木保夫站起身，冲小林道彦鞠了一躬，以示接受命令，他说道，"董事长，你放心吧，长谷君是一位有经验的谈判代表，而且对公司忠心耿耿，他一定能够在谈判中为公司争取到最大利益的。"

"我对此深信不疑。"小林道彦应了一声，然后又转头对太田修和寺内坦说道，"太田君、寺内君，你们马上组织技术部，对中方的技术水平作出全面评估，列出我们可以转让给中方以及不能转让给中方的技术清单，我们不能给自己培养出潜在的竞争对手。"

"明白！"太田修和寺内坦同时大声应道。

第 二 百 一 十 八 章

十天之后，谈判重新开启了。

中方的谈判代表依然是上次的那几个，只是在最旁边的位置上，多了一位不太起眼的年轻人。长谷佑都感觉自己可能是见过这个年轻人的，但又想不起来是在什么地方见过他，估计也不是什么重要人物，所以也就懒得再去琢磨了。他肩负的谈判任务还很重，需要集中精力才行。

在接到荒木保夫从日本国内通过电话发来的指示之后，长谷佑都又紧急约见了崔永峰，与他探讨如何能够压低中方的要求，尽可能减少向中方让渡的技术。崔永峰给长谷佑都带来了一个比较悲观的消息，那就是克林兹的谈判代表也已经到了京城，正在与中方进行一个同样内容的谈判，并且表示希望能够得到中方各项专利的独家授权。

听到这个消息，长谷佑都真的有些慌了。上一次南江钢铁厂的事情，中方就是因为对日方不满意，而果断甩掉日方，与克林兹签了约。如果这一次又如此，那么不管长谷佑都如何粉饰，公司恐怕都是饶不了他的。

幸好，崔永峰拍着胸脯向长谷佑都做了保证，说自己一定会说服领导，拒绝对任何外商给予独家的授权，要授权就是无歧视、无差异的，不能厚此薄彼。虽然对于崔永峰这个保证能不能起作用还心存疑虑，但长谷佑都还是觉得抓住了一根救命稻草，可以暂时安慰一下自己了。

崔永峰带来了一个瑞士银行的账号，说是他委托在国外的朋友帮忙开立的，要求三立制钢所把给他的佣金打入这个账号。长谷佑都向公司做了汇报，小林道彦指示，先往账号里打入一半的费用，也就是 5000 万日元，余额将在谈判结束之后再补足。当然，小林道彦也让长谷佑都向崔永峰发出了警告，如果崔永峰拿了钱不帮忙办事，日方会把这件事捅给中国的官方，届时崔永峰非但捞不到钱，还会面临中国法律的严惩。

做完这些准备之后，长谷佑都才带着助手吉冈麻也来到了谈判会场。这一次，谈判是在外贸部的会议室进行的，更为正式。

"长谷先生，经过我们的认真测算，并听取了一些国际同行的建议，我方同意将我们拥有的 15 项新专利以打包方式授权给贵方使用，授权使用的费用为每套轧机 1500 万美元。"会谈一开始，徐振波便摆出一副非常官方的表情，向长谷佑都一行正式通报道。

这个报价，长谷佑都在两天前就已经从崔永峰那里听说过了，此时听徐振波一说，他马上露出一副不满的神色，回答道："徐先生，这个报价我们是绝对不能接受的，这并不符合国际技术转让行动准则的要求，与贵国政府在联合国贸发会议上的承诺是相悖的。三立制钢所一直致力于中日之间的技术合作，向中国转让过许多重要的技术，为中国的现代化建设做出了很大的贡献，你们用这样的歧视性条款来对待合作伙伴，是不公平的。"

"那么，贵方上次提出的条款，难道就是公平的吗？"徐振波反问道。

"这可能只是我们双方在计算方法上的差异。"长谷佑都狡辩道，"或许我们提出的价格稍微低了一点点，但这并不是你们漫天要价的理由。"

"那么，我们是不是可以重新计算一下呢？用我们双方都能够接受的标准。"徐振波道。

长谷佑都道："我们已经重新计算过了，我们认为，2000 万美元，获得 10 套轧机的授权，是一个比较合理的价格。"

"这不可能。"徐振波道，"1200 万，1 套轧机，这是我们的底线。"

"这是一个任何人都无法接受的高价……"长谷佑都义正辞严地表示了拒绝，同时向坐在对面的崔永峰递过去一个不易被人察觉的眼神。他早就知道，这一轮与徐振波的讨价还价完全是浪费时间，他们今天的谈判重点，是技术换技术的新方案。

"徐处长，长谷先生。"崔永峰在合适的时候发话了，"既然我们双方在授权价格上难以达成共识，而且分歧极大。那么我们是否可以换一种方式来进行合作呢?"

"什么方式?"

"怎么换方式?"

徐振波和长谷佑都一前一后地问道,连惊讶的表情都如出一辙。

长谷佑都的惊讶当然是装出来的,因为崔永峰的提案是他早就知道的,甚至可以说是他亲自参与修订过的。长谷佑都也知道徐振波的惊讶是伪装的,崔永峰没有权力在这个会场上提出一个未经讨论的新方案,他的发言貌似唐突,事先却是一定要和徐振波他们商量过的。

换句话说,中方在谈判之前就约定了这样一个唱双簧的策略,以此来吸引日方接受。这个策略的唯一漏洞在于,崔永峰是个内奸,事先就把这件事通报了长谷佑都。那么,徐振波是否知道崔永峰把这件事告诉了长谷佑都呢?或者说,崔永峰是不是一个反间呢?这是长谷佑都拿不准的地方。

"长谷先生,在上一次的谈判中,贵方提出了以专利交换专利的方法,我认为这个方法还是有可取之处的。不过,贵方提出的交换比例,不够有诚意,对于我方来说,达不到全面弥补我方技术缺陷的作用,所以我们对贵方提出的方案是不能接受的。如果贵方愿意在这个方案上做一些调整,我们双方或许可以达到一种双赢的效果。"崔永峰咬文嚼字地说道。

"崔先生的这个提议,我方有点兴趣,能不能请崔先生说得更全面一些?"长谷佑都假模假式地说道。

崔永峰向徐振波递去一个询问的眼神,徐振波点了点头,崔永峰于是继续说道:"我方的要求其实并不高。我们目前已经能够独立建造 1700 毫米以上的热轧生产线,但在某些技术性能指标上尚有差距。我们希望三立制钢所能够为我们提供必要的指导,帮助我们建造出一条达到国际先进水平的热轧生产线,如果三立制钢所能够答应这个条件,我们可以将我方拥有的 15 项专利授权给三立制钢所使用,范围是 5 台轧机之内。"

长谷佑都认真地听着,同时在本子上做着记录,待确定崔永峰说的方案与此前他们一起商量过的方案并没有差别时,他转头看了看徐振波和胥文良，问道："请问，崔先生说的方案，你们能够认可吗？"

徐振波假意地看了胥文良一眼，问道："胥总工，这个方案，是你和崔总工讨论过的吗？"

胥文良点点头道："是的，这是永峰和我讨论过的，还没来得及上报给外贸部。原来我们没打算在这里提出来，永峰刚才也是一时冲动了。"

"既然是这样……"徐振波沉吟了一小会，然后点点头道，"长谷先生，这是一个新的方案，我们还没来得及进行全面的评估。不过，我们有兴趣先听听贵公司对此的看法，如果贵公司认为这个方案具有可行性，我们再就其中的细节进行探讨。"

长谷佑都转过头与吉冈麻也小声商量了几句，然后回转头来，对中方的代表们说道："各位，贵方提出的这个新方案，也是符合三立制钢所一直以来对中方所采取的政策的。我们一直致力于与中方分享技术进步的成果，帮助中国实现现代化，也符合日本政府的对华友好政策。我们愿意接受这个新的交易方案。"

说到此，他带头拍了几下巴掌，吉冈麻也见状，也跟着拍起掌来。这样一来，中方的谈判代表们也不好傻看着了，一时间会议室里的众人全都开始鼓掌，气氛为之一振。不过，长谷佑都的目光扫过，发现那位初次参加谈判的年轻人显得有些懒洋洋的，象征性地拍了两下巴掌就停下了。长谷佑都心里咯噔一下，总觉得似乎有什么地方不对劲。

"从贵方的掌声里，我能够感觉到贵方对于我们双方的友好合作也是持积极态度的。那么我想我们可以把合作的程度再加深一些。"大家都停止鼓掌之后，长谷佑都说道，"我可以向公司提出要求，我们不仅仅是向中方提供技术指导，还可以把我们所拥有的 200 余项轧机设计专利授权给中方无限制地使用。我希望贵方也可以采取对等措施，允许我方无限制地使用贵方的这 15 项专利。"

"这个条件，对我方很不利吧？"胥文良发话了，"我们并不需要你们的无限授权，事实上，贵方的很多专利已经快到专利失效期了，而我方的专利是刚刚申请，还有很长的保护期。这种交换实质上是不利于我方的。"

第 二 百 一 十 九 章

胥文良的质疑，也是长谷佑都事先就知道的。崔永峰曾经告诉他，胥文良那一关不好过，老爷子对技术前沿不太了解，但却喜欢认死理，自己也无法说服他。既然是谈判，肯定要有讨价还价的环节，长谷佑都对此并不介意。不过，因为上一次谈判中胥文良发了脾气，长谷佑都对他有一些莫名的畏惧感，一听他说话，脑子里就有点乱了。

"胥先生，我觉得账不是这样算的。"长谷佑都讷讷地说道，"我们向贵方转让的是 200 多项专利，涉及轧机设计的各个方面。而贵方只有 15 项专利，这种交换，无论如何都是对贵方更有利的。"

"我正要说你这 200 多项专利呢。"胥文良没有理会长谷佑都的辩解，继续说道，"你光说了轧机设计专利，这对我们来说远远不够，有些专利我们一时也用不上。我们更需要的是轧机制造工艺方面的技术，这些技术也是需要纳入交易范围的。"

"制造工艺？这里涉及的内容就太多了吧？"长谷佑都皱着眉头说道。

"小崔，我让你列的单子呢？你给小鬼……嗯，给日本朋友看看。"胥文良差点又说漏嘴了，话到嘴边赶紧改了口。徐振波在旁边听得真真的，不由得翻了个白眼，在心里叹了口气。

崔永峰从公文包里拿出一叠纸，隔着桌子递给了长谷佑都，同时还向对方使了个眼色。长谷佑都看不懂崔永峰的眼色是什么意思，不过，以他的猜测，觉得崔永峰大致是想说自己开出这个单子是迫于无奈，来不及与长谷佑都通报。这也是可以理解的，毕竟崔永峰与长谷佑都的接触机会很少，不可能事事都进行充分的沟通。

"焊接件表面清洗工艺，喷丸处理工艺，管材酸洗工艺、轧辊表面堆焊工艺……"长谷佑都读着单子上的标题，一种上当受骗的感觉再次油然而生。这张单子列得如此详尽，几乎把轧机制造中的技术难关一扫而尽。长谷佑都相信，如果中方能够掌握所有这些技术，那么制造一台达到国际先进水平的轧机，就真的不是什么梦想了。难道，中方要的不仅仅是做一项政绩工程，而是真的想赶超世界先进水平，与三立、克林兹这样的企业同场竞技？

这个念头在长谷佑都的脑子里一闪而过，随即就被他否定了。掌握这些技术有那么容易吗？这需要有大批一流的工人，经过相当长时间的磨炼。中方提出这样的要求，只是一种自我安慰而已，三立就算是答应了，中方也没有足够的能力去真正地掌握这些技术。

虽然有了这样的判断，长谷佑都还是把头摇成了一个拨浪鼓，说道："这太过分了。这相当于获得了我们三立制钢所的全部核心技术，如果我们把这些制造工艺都传授给你们，那你们将成为我们三立最大的竞争对手，这样的要求，我们是无论如何都不能答应的。"

"长谷先生，你的担心未免太不必要了吧？"崔永峰说道，"以我们秦重的实力，要和三立形成竞争关系，起码是 30 年以后的事情。而这 30 年中，三立制钢所本身也是会发展的。我们没有与三立争夺市场的意思，我们只是希望能够独立地掌握轧机技术而已。"

"话不能这样说，我对贵国的学习能力还是敬重的。"长谷佑都道。

"你是说，因为我们有可能成为你们的竞争对手，所以你们无论如何也不愿意向我们转让技术？"坐在最旁边位置上一直没有吭声的那个年轻人发话了，他的脸上流露出一种极度不悦的神情。

"这是我们国家重大装备办的冯啸辰处长。"崔永峰赶紧向长谷佑都做了个介绍，他似乎是担心长谷佑都不了解冯啸辰的地位，又补充了一句，"我们准备新建的轧机生产线，就是受重大装备办指导的，冯处长是分管这件事情的领导。"

"我不是什么领导。"冯啸辰冷冷地打断了崔永峰的介绍，继续对长谷佑都问道，"长谷先生，你刚才说，因为担心我们会成为你们的竞争对手，所以你们不能向我们转让相关技术，是这样吗？"

"我不是这个意思。"长谷佑都否认道，"我只是说……"

长谷佑都说不下去了，他在心里咒骂：我到底该怎么解释呢？我们之间有竞争关系，我们不能扶持自己的竞争对手，这不是一个大家都明白的道理吗？这样的事情，怎么能够拿出来问呢？我如果否认这一点，那么就相当于否认前面说的话。而如果不否认这一点，又没法解释我们不能转让技术的原因。

冯啸辰没有在意长谷佑都的支吾，他说道："我们是把你们当成合作伙伴来进行谈判的，如果你们是把我们当成竞争对手，那么今天的谈判根本就没有必要。你们不愿意向我们转让你们拥有的技术，又有什么理由要求我们给你们专利授权呢？如果你们坚持这样的态度，那我们完全没必要浪费时间，克林兹公司的代表已经约了我好几次，我想我会和他们找到共同感兴趣的话题的。"

"不不不，冯先生，完全不是这样的。"长谷佑都慌了，这个年轻处长怎么一张嘴就是这么犀利的问题，一言不合就打算砸锅，哪有这样谈判的？我知道你们和克林兹有往来，但这种话你能当着我的面说出来吗？

"冯先生，我想这可能是一个误会。"长谷佑都在心里组织着语言，对冯啸辰说道，"我的意思是说，胥先生和崔先生提出希望我们转让的这些制造工艺，属于我们公司的核心技术，我们轻易是不会转让给其他企业的，不管这家企业是我们的合作伙伴，还是我们的竞争对手……"

"轻易不会转让是什么意思？"冯啸辰问道。

"就是……"长谷佑都苦着脸，支吾了一会，才说道，"我想，我们应当商讨一个合理的技术转让价格，仅仅用你们拥有的那15项专利就想换到我们所有的核心技术，这样的交易是不公平的。"

冯啸辰道："你的意思是说，我们需要给你们付费？"

长谷佑都含糊其辞道："我想……你这样理解也是可以的。"

"一共要多少钱？"冯啸辰逼问道。

长谷佑都傻眼了，这让他怎么报价呀。他前面一直在压中方那15项专利的转让价格，现在轮到他自己报价了，报高报低都很被动啊。

崔永峰似乎意识到了自己的责任，他转头对冯啸辰说道："冯处长，这个价格一时还真不太好估计。我和胥总工原来的设想，是双方用技术进行互换，看起来，长谷先生有些顾虑，觉得这种互换对他们不利……"

"是这样吗?"冯啸辰看着长谷佑都，问道。

长谷佑都想了想，点点头道："是这个意思。因为我们的技术是全套的轧机设计和制造工艺技术，比贵方的技术更为完整，也更为成熟。双方直接这样交换，对我们来说是不太公平的。"

"我们不是合作伙伴吗? 你们技术比我们先进，日本也比中国发达，你们一直都说愿意和中方竭诚合作，怎么稍微吃点亏就不行了呢?"冯啸辰理直气壮地质问道。

长谷佑都又觉得牙疼了，他决定等谈判结束之后，一定要找崔永峰好好地问一问，这个年轻古怪的处长到底是什么来头，怎么说话的口气这么大，而且一副蛮不讲理的样子。可偏偏这种质问又是长谷佑都无法回避的，因为三立制钢所的确一直都在声称自己是中国人民的好朋友，愿意为中国人民作贡献。现在这样谈价钱，似乎有悖自己的承诺。

"冯先生，我想这可能是中日两国文化的差异吧?"长谷佑都道，"我们日本人也非常重感情，但我们同时也非常看重商业规则。"

"这不就是你经常说的话吗，什么友谊是长存的，合同是无情的。你过去到南江去的时候，就成天把这话挂在嘴边。我真不明白，你们三立制钢所的董事长脑子是不是被驴踢过，居然选了你这么一个不懂得客户关系的人来做中国区的谈判代表，他难道是想放弃中国市场了吗?"冯啸辰口无遮拦地说道。

听到冯啸辰的话，徐振波好悬没把一口老血喷在桌上。他先前只知道胥文良不会说话，没曾想这个冯啸辰说话更冲，幸好他说的是中文，人家外商听不懂。外贸部的翻译这点基本素质应当还是有的吧? 不会把这种骂人的话直接翻过去。

第 二 百 二 十 章

正如徐振波想的那样，外贸部安排的翻译没有照着冯啸辰的原话进行翻译，而是换了一种更为委婉的说法。没等徐振波一颗心放下去，只见冯啸辰摇了摇头，对那翻译说道："不对，你译得不对，我的原话不是这样说的。"

"冯处长，这……"那翻译向冯啸辰递过去一个无奈的眼神。他当然知道，但他们这些当翻译的，平时也接受过外事纪律教育的，知道哪些话可以译，哪些话不宜直译。

"行，你也不必为难了。"冯啸辰看出了翻译的意思，他向翻译做了个手势，然后转过头，对着长谷佑都叽里呱啦地飙出了一串日语，说的正是刚才那番话，连什么"驴踢了"这样的骂人话都一字未改。

其实，长谷佑都那边也是带着翻译的，只是那翻译并不负责翻译中方的发言。谈判桌上的规矩，只要对方的翻译没把这些话译过来，自己这方就可以假装没有听到。他万万没有想到，冯啸辰居然会说日语，而且说得如此流利。

徐振波听到冯啸辰说日语，也是愣了一下，旋即便在心中暗暗叫苦。他向自己这方的翻译递过去一个眼神，询问冯啸辰说话的内容。翻译没有说话，只是向徐振波露出一个苦笑，徐振波便明白了，这个冯啸辰是一点亏也不肯吃，也不知道长谷佑都听到这番话，会有什么样的反应。

长谷佑都一开始还明白是怎么回事，前面中方翻译译过来的话，虽然态度很强硬，但用词至少是比较客气的。听到冯啸辰自己用日语直接就把小林道彦给骂了，长谷佑都的脸腾地一下就变成了绿色，一句"巴嘎"涌到嘴边，好不容易才又咽了回去。

"冯先生，我对你的挑衅提出强烈的抗议，如果你不收回对我们董事长的不敬之词，我们将立即结束这次谈判，并且不会再主动恢复谈判！"长谷佑都怒气冲冲地说道。

"这正是我所希望的。"冯啸辰冷冷地说道，"既然是你们主动退出谈判，那么我们就不存在拒绝技术转让的问题了。"他这段话，也是直接用日语说的。中方的翻译迅速转换了角色，开始把冯啸辰的话译成中文，说给徐振波等人听。徐振波心里又是一凛，有心站出来打个圆场，却又不知道冯啸辰的用意，不便插话。涉及热轧机技术引进的事情，重装办才是正主，外贸部只是帮着跑腿打杂的。

冯啸辰这句话，正击中了长谷佑都的软肋，让他一时不知道该如何做才好。冯啸辰前面骂了小林道彦，长谷佑都是真的愤怒了，他几乎是下意识地发出了要退出谈判的威胁。可听到冯啸辰的话，他一下子有些懵了，不知道冯啸辰这话是真心话，还是在虚张声势。

这场谈判，对于三立制钢所方面来说，压力更大一些。中方拥有的这些专利，代表着未来几年内轧机设计的方向，三立制钢所必须得到这些专利授权，否则就会失去既有的市场。

从中方来说，向三立制钢所提供专利授权是一项国际义务，不能随意地拒绝。有些人认为，一个国家拥有某项独有技术，就可以凭借这种技术向别人任意开价，其实是不对的。国际上有一整套促进国际技术交流与合作的行为规则，除非你不打算参与国际合作，否则就得按照这套规则行事。

中方没有权力拒绝与三立制钢所谈判，但如果是三立制钢所自己退出谈判，中方就没有什么责任了。长谷佑都吃不准中方到底想不想达成这笔交易，他甚至有点怀疑，冯啸辰如此肆意挑衅，没准就是不想和日方做交易，故意用这样的方法来激怒自己，以诱使自己主动退出谈判。

有了这样的猜测，长谷佑都就不敢真的拂袖而去了。这是一场他输不起的赌博，对方越是强硬，他就越没有底气。

"冯处长，冯处长，你别生气。"崔永峰向冯啸辰连连地点着头，脸上赔着笑，随后，他又把头转向长谷佑都，说道，"长谷先生，请不要误会，我们对于与三立制钢所的合作，还是非常有诚意的。"

"崔总工，你是站在哪边说话的？"冯啸辰板着脸向崔永峰问道。

崔永峰一怔，脸上露出尴尬之色，低声说道："冯处长，你听我解释。我们秦重的确非常需要三立制钢所的技术，否则我们恐怕很难完成重装办交给我们的热轧机制造任务。三立制钢所和我们秦重一直都有良好的合作关系，我们不希望因为一点小小的分歧而导致合作出现障碍。"

"对于引进技术，重装办的态度是一贯的，那就是积极鼓励。但与此同时，我们还有一个态度，那就是在合作中不能丧失国格。对于愿意和我们精诚合作的国外企业，我们热烈欢迎。对于极少数把我们当成竞争对手加以防范的，我们要采取最坚决的态度予以还击。"冯啸辰大声地说道。

他们俩的这番对话，日方的翻译自然是要解释给长谷佑都听的，冯啸辰那副态度，摆明了就是要向长谷佑都隔空喊话。看到崔永峰一脸惶恐和无奈的样子，长谷佑都真的糊涂了，不知道中国人唱的是什么戏，到底哪句是真，哪句是假。

"徐先生，这位冯先生的态度，是代表了中国政府的态度吗？"长谷佑都转向徐振波，向他求证道。

徐振波道："冯先生是这个项目的主管官员，他的意见是有一定权威性的。"

"原来如此。"长谷佑都有些沮丧，他刚才这样问，是想让徐振波出面来说打圆场，谁料想徐振波直接就闪了，不愿意掺和。徐振波的这种态度，也向长谷佑都传递了一个信息，那就是冯啸辰是颇有一些来头的。

"冯先生，我想，我们之间可能是有一些误会吧。"

长谷佑都经过痛苦的思考之后，终于决定低头了。遇到这么一个二愣子的官员，偏偏还没人能够制得住他，长谷佑都又怎么能够和他死杠下去呢？真把他逼急了，这件事没准还真就被搅黄了。

长谷佑都不担心崔永峰和胥文良犯什么别扭，因为他知道秦重方面是有求于三立制钢所的。但对于冯啸辰的行为，长谷佑都一点底都没有。没准这个官员拿了克林兹什么好处，到这里来就是专门来搅局的，长谷佑都敢和他赌气吗？

"我只是认为，刚才崔先生和胥先生向我们提出来的要求，有些地方过于模糊了，如果不能清晰地界定，对于双方的合作是不利的。我们希望能够与中方在这些地方进行更详细的探讨，只要是在许可的范围内，我方愿意帮助中方掌握轧机的设计和制造工艺。"长谷佑都说道。

"你刚才是这样说的吗？"冯啸辰不屑地反驳道。

他这句话是用中文说的，翻译一张嘴，便打算译成日语说给长谷佑都听。崔永峰急了，连忙向翻译喊道："这句话先别译！"

说罢，他又转向冯啸辰，用哀求的口吻说道："冯处长，双方都有一些误会，既然长谷先生已经改口了，咱们就别再计较了吧？"

"你说这是误会？"冯啸辰不情不愿地问道。

"我想应当是误会吧。"崔永峰道，他又转向胥文良，说道，"胥总工，你也说两句吧。"

胥文良闻声，转过头来，对冯啸辰说道："冯处长，请重装办还是体谅一下我们企业的难处吧？我们的确有一些技术上的困难，仅仅凭借自己的力量是难以解决的，需要取得三立制钢所的合作。一些口舌之争的事情，咱们就不必计较了，你看怎么样？"

听到胥文良也这样说，冯啸辰终于不再说话了，他的脸上露出一丝悻悻然的表情，又恢复了此前那沉默的姿态。

"长谷先生，我想，我们下一步是不是可以针对合作的细节进行讨论了？"崔永峰向长谷佑都问道。

"好的，我需要向公司做一个汇报，关于贵方提出希望我们转让的制造工艺，我也需要发回公司，请公司进行审核。不过，崔先生、胥先生，你们请放心，我们三立制钢所是非常愿意与贵厂进行合作的。"

长谷佑都显出一副推心置腹的样子，再也不敢说什么"合同无情"之类的口头禅了。冯啸辰刚才的发飙，让他真有些心有余悸，生怕再有哪句话说得不妥，又惹恼了这个愣头青，这厮压根就不是一个讲理的主啊！

第 二 百 二 十 一 章

在随后的时间里，冯啸辰没有再说话，只是黑着一张脸坐在旁边，也不知道在想什么事情。崔永峰和胥文良就一些合作上的细节和长谷佑都又交换了一下意见，长谷佑都声称自己无法做主，需要回宾馆给国内的公司打电话请示，这次谈判便这样草草结束了。

当天晚上，崔永峰借口出去散步，随着郭培元到了一处民宅，在那里见到了长谷佑都。一见面，长谷佑都便把脸拉成了马脸，对崔永峰质问道："崔先生，今天的谈判到底是怎么回事？你们那个冯处长到底是干什么的，你和他之间有什么关系？"

崔永峰见状，把脸沉得比长谷佑都还要难看，他气冲冲地说道："长谷先生，你是什么意思？如果不相信我，你可以自己去和冯啸辰谈判，你也可以回日本去。瑞士银行那些钱，我让我的朋友退还给你们就是了。大不了我回秦重接着当我的工程师去，靠我夫妻俩的工资也能活下去！"

"这……"长谷佑都没辙了，他与崔永峰打了这么几回交道，还真有些摸不清这个中国工程师的脉。说他贪财吧，他还真不像郭培元那样见钱眼开；说他廉洁吧，他却又一口开出一个亿日元的要求，还向日方透露了中方的底价。

时至今日，长谷佑都也没办法了，如果真的和崔永峰撕破脸，就意味着前一阶段的努力全都泡了汤，与中方如何重开谈判，也成了一件麻烦事。他忍了忍肚子里的气，赔着笑脸对崔永峰说道："崔先生，你误会了，我们从来没有怀疑过你对我们的友谊。我是说，为什么你们会突然增加了这么一个年轻的处长，还有，我为什么觉得他对我们非常不友好。"

"这件事我也是刚刚知道。"崔永峰也换了一个和缓的口气，"这个冯啸辰，是重装办的一个副处长，分管我们秦重。我和胥总工写的那篇文章里，就有迫于他的压力而写的向他表示致敬的内容。"

"是他!"长谷佑都一下子就想起来了。从日本过来之前，太田修还专门和他说起过这件奇怪的事情。

一篇学术论文里，专门对一个人表示敬意，这种情况并非没有，但被致敬的这个人，要么是什么学术大师，要么就是某些重大发现的当事人，比如第一个在山里拍到野生华南虎的英雄之类。可这篇文章中提到的冯啸辰，并不满足这两个条件，太田修作为一名资深的轧机工程师，从来也没有听说过冯啸辰这样一个名字。

鉴于此，太田修还专门叮嘱过长谷佑都，让他到中国之后，找时间了解一下这件事。长谷佑都因为忙着谈判的事情，把这事给忽略了，此时听崔永峰一说，他才想起来，太田修说的那个人，的确是叫冯啸辰。

"你是说，这个冯啸辰是仗着他的官职，逼迫你们在文章里提到他的名字?"长谷佑都不敢相信地问道。他打听过，胥文良和崔永峰也都是有一定级别和地位的人，能够逼迫他们做出如此离谱的事情的人，其势力之大，简直是难以想象了。

崔永峰沉重地点点头，道："他的事情，唉，我也不能多说。你也看到了，他是那么年轻，实际上，他今年才21岁，但却已经是一名副处长了。其中的原因，你可以想象得出吧?"

"你是说，他的父母是……"长谷佑都脑洞大开。

崔永峰不置可否，继续说道："长谷先生，你是只知其一，不知其二。这位冯处长，当年在南江省冶金厅工作过，你或许不记得他，他却是对你印象深刻的。"

"啊?"长谷佑都又吃了一惊，细一想，似乎还真有那么一点印象，难怪自己今天一见到冯啸辰，就有一种似曾相识的感觉。

崔永峰道："南江钢铁厂那套轧机的事情，你们做得太过分了，很多官员都对你们三立制钢所非常有意见。如果不是我和胥总工拼命为你们说话，他们甚至就不同意和你们继续谈判，想把我们那些专利独家授权给克林兹。有一位领导公开说了，要让你们尝尝苦头，省得你们再想办法来坑我们。"

"难怪……"长谷佑都把今天谈判会场上的事情从头到尾回忆了一遍，不觉后背有些发凉。幸好自己当时没有一时冲动，如果真的被冯啸辰激得愤然离场，那才真是中了这小子的奸计呢。

"崔先生，现在你们这边是什么态度？"长谷佑都惴惴不安地问道。

崔永峰叹了口气道："我让胥总工向重装办表了态，我们必须要取得三立制钢所的支持，否则我们无法完成重装办交给我们的新轧机建造工作。不过，具体的合作条件方面，你们恐怕还是稍微退让一些为好，别让这个姓冯的抓住把柄，否则我们也不好再说什么了。"

"你们……"长谷佑都刚说了两个字，便把后面的话又咽回去了。他本想试探一下崔永峰，问他是不是和冯啸辰在唱双簧，想到崔永峰也是一个暴脾气，没准这话一说，崔永峰也翻脸了，自己可就真的一点办法也没有了。他想了想，换了个说法，问道："崔先生，如果照着你和胥先生提出的条件，是不是冯先生就不会从中作梗了？"

崔永峰摇摇头，道："我也不敢保证。谁知道他会从什么地方再找出新的理由来反对这件事呢？实不相瞒，我们已经在和克林兹那边谈判了，条件和你们是一样的。姓冯的根本不需要破坏这件事，他只要把和你们的谈判无限期地拖下去，对于克林兹来说，就是最为理想的了。而且他会好几国外语，你听他说日语很熟练吧？他说德语比说日语还熟练。昨天我陪他去见克林兹那边的人，他和人家用德语聊得火热，我是一个字也听不懂，不知道他们到底谈了什么。"

"有这样的事情？"长谷佑都有些不相信了，崔永峰这话说得也太玄了，让他觉得像是一个骗局一般。

崔永峰冷笑道："你如果不信，可以找人问问，谁不知道重装办的冯处长和德国人好得像穿同一条裤子一样。我想，你们在京城也不止有我这一个信息来源吧？冯处长原来是在经委冶金局工作过的，冶金局撤销之后，不少人去了冶金部，你随便一问就知道了。"

崔永峰把话说到这个程度，长谷佑都已经相信了七八分。的确，三立制钢所作为一家冶金设备制造商，与冶金部的关系是比较密切的，长谷佑都想找人打听一点八卦消息并不困难。

"这么说，我们只能接受你们的苛刻条件了？"长谷佑都问道。

崔永峰耸耸肩膀，说道："苛刻不苛刻，你们自己看着办吧。长谷先生，要我说，你们日本人也真是太精明了，其实你们那些技术都是很成熟的东西，转让给我们，对你们也没什么损失。至于说担心中国人会成为你们的竞争对手，未免太高看我们的能力了吧？中国古代有句话，叫作聪明反被聪明误。你们把什么事情都算得太精，最后反而是会吃亏的。"

"受教了，谢谢崔先生的批评。"长谷佑都装出一副谦逊的样子说道。

送走崔永峰，长谷佑都一点时间也没耽误，马上返回宾馆，通过长途电话，把从崔永峰那里了解到的情况向公司作了详细的汇报。在涉及冯啸辰的身份时，他发挥了自己最大的想象，说冯啸辰有着极硬而且极神秘的背景，能够强迫两个工程师把自己的学术成果归功于他，而且还敢在谈判桌上大放厥词，而外贸部的官员在旁边居然不敢吭声。

鉴于这样一个强势人物对三立制钢所存有偏见，三立制钢所已经失去了与中方讨价还价的有利地位，稍微强硬一点的态度都可能被对方利用，作为中止或者拖延谈判的理由。商场竞争，时间是第一宝贵的，如果让克林兹抢到了先手，三立制钢所就很麻烦了。

"同意他们的要求，表示我们愿意和中方合作开发新一代轧机，我们可以接受中方的工程师和技术工人到三立制钢所来观摩设计、制造等环节的工作，并向中方让渡我们拥有的设计和制造专利。"小林道彦在电话中向长谷佑都作出了指示。

放下电话，小林道彦叫来了太田修、寺内坦等人，向他们吩咐道："我们已经答应了向中方传授我们的技术。中国人来观摩的时候，你们注意不要透露太多的技术细节，让他们自己去看就行了。他们自己能看到多少，就让他们学多少。如果他们自己看不到，那就怨不了我们了。"

第 二 百 二 十 二 章

中国秦州重型机器厂与日本三立制钢所的专利互换合作协议在一片友好、热烈的气氛中签订下来了。秦重的厂长贡振兴专程赶到京城,在协议上签字,并主持了签字仪式之后的宴会。

长谷佑都也不知道是如释重负,还是心结难解,在这场宴会上喝得酩酊大醉,最后被几名中方的工作人员像抬死猪一样抬上车,送回了宾馆。

日本人离开之后,中方的人员便更放开了,大家三五成群地聚在一起,畅谈着谈判过程中的种种花絮,展望着从三立学到技术之后自己建造大型轧机的美好前景,一个个都聊得满脸通红,也不知道是酒意还是心意。

"冯处长,我真是太佩服你了,生生把小日本给吓得不敢搞名堂了。"

在宴会厅的一角,崔永峰端着酒杯,与冯啸辰坐在一起,恭敬地说道。在他们身边,胥文良已经有些不胜酒力的样子了,却还是满面笑容地强撑着,不肯回去休息。

因为涉及谈判过程中一些不便向外人道的秘密,他们的聊天是压低了声音的,没有让其他人参与。

冯啸辰微微笑着,说道:"崔总工,你太谦虚了,这一次我们的谈判能够如此顺利,最大的功臣是你啊。不过,你恐怕只能当无名英雄了,这件事起码在 20 年内是不宜曝光的。"

"哈哈,无所谓,无所谓。"崔永峰笑着说道,"只要组织上相信我的忠诚,我就无所谓了。冯处长,你知道吗,就为了我去见长谷佑都的事情,胥老师差点拿他的龙头拐杖敲碎我的狗头呢。"

"还说呢,我是没带着龙头拐杖,要不我还真敲了!"胥文良带着笑斥道。

冯啸辰道："崔总工，你放心吧，你们的忠诚，组织上一直都是相信的。我们要搞建设，如果连自己培养出来的工程师都不信任，我们还能信任谁呢？"

"也不能完全这样说，像郭培元这样的混蛋，还是有的。"崔永峰牙痒痒地说道。

胥文良道："说起这个郭培元，我虽然没见过，可听永峰说起来，这就是一个汉奸啊。小冯，咱们国家怎么能够容忍这样的人存在呢？"

"这也是难免的吧。"冯啸辰道，"再说，有几个这种人也挺好的，没有郭培元在中间牵线，崔总工和长谷佑都还接不上头呢。"

"说的也是，八路军有时候也需要让维持会长帮着带带话什么的，先留着他吧。"胥文良倒是从善如流，迅速就接受了冯啸辰的解释。

崔永峰道："冯处长，关于三立制钢所汇到那个瑞士银行账号上的钱，国家是怎么考虑的？如果需要我出面去取出来再交给国家，恐怕还得找个懂行的人教教我，说老实话，我还不知道怎么从瑞士银行里取钱呢。"

冯啸辰摇摇头道："这笔钱目前还不能收归国有，如果这样做的话，三立方面就会看出我们的破绽，在后续的合作中，搞不好会玩一些花招。只有让他们相信我们对这桩合作的兴趣并不大，基本上都是由你崔总工在推动的，他们才不敢乱来。以后这几年，你唱红脸，我唱白脸，这种格局还得维持下去。"

"我明白了，那我就向长谷佑都解释，说我没机会出国，所以也享用不了这些钱，让这些钱先在银行户中存着，未来连本带利一块归公。"崔永峰说道。

冯啸辰笑道："这倒也不必，你如果动用里面的钱在国外买点专业资料，或者到国外旅游一趟，还是可以的。"

"这怎么行！"崔永峰正色道，"冯处长，这笔钱是国家的钱，我崔永峰如果动了一分一毫，那就是叛国了。"

冯啸辰摆摆手，道："老崔，你这个人怎么不懂得变通呢？你买资料，难道不是为国家做事？你和胥总工出去旅游，难道真的是旅游，而不是去考察国外的轧机设计？都是为国家做事，动用这笔钱有什么不好的？"

崔永峰愣了一下，旋即眼睛便亮起来了："冯处长，你是说……"

"天知地知，你们知，重装办知。"冯啸辰道，"这笔钱的事情，罗主任专门向经委领导做了汇报，经委领导又和外事部门的同志进行了讨论，最后决定，这笔钱仍以崔总工的名义存在瑞士银行，但全部划拨给秦重，作为秦重购买国外资料以及安排技术人员出国考察的经费。你们注意一点，花钱不要露出破绽就可以了。"

"这太好了！"崔永峰差点喊出声来，他用手捂着嘴，强迫自己把声音压低一些，然后才喜滋滋地对胥文良说，"胥老师，您记得吗，咱们过去想买点国外的资料，批外汇半年都批不下来，现在可好了，一下子有了40多万美元的经费，能办多少大事情啊。这笔经费，由您全权做主，您说怎么花，我就怎么花。"

"这可是你帮咱们赚来的钱，你可以多出点主意。"胥文良笑呵呵地说道。重装办这件事办得的确挺厚道，崔永峰为了麻痹三立制钢所，故意狮子大开口，向三立索贿。这些钱到了手，按规定当然是要全部交公的，但为了不让三立方面察觉出异样，又不能直接充公。重装办采取这样一种方式，把钱交给崔永峰支配，用于秦重的科研工作，就是两全齐美的做法了。

崔永峰和胥文良当然不知道，给罗翔飞出这个主意的，正是冯啸辰。依着罗翔飞他们的想法，40多万美元的外汇，是一笔大钱，国家应当悉数收走，用于重要的方面。但冯啸辰指出，这笔钱本来就是意外之财，并不在国家的预算范围内。还不如把它留给秦重，让秦重在引进技术的过程中不至于在外汇方面捉襟见肘。

冯啸辰能够有这样的想法，也是因为他的前瞻眼光。搁在30年后，几十万美元对于国家来说完全不算什么了不起的事情了，而同样这些钱，留到秦重的手里，对于鼓励秦重一干工程技术人员的积极性，将发挥难以替代的作用。

冯啸辰说完瑞士银行存款的事情，又笑着说道："还有一件事，长谷佑都平时送给你的小额日元，都已经按规定上交国库了。不过，他每一次送给你的那些礼物，经过上级批准，同意全部留给你个人支配，也算是组织对你的奖励吧。"

"这我可不能要，这算是收受外商礼物，是违反规定的。"崔永峰说道。

冯啸辰道："这是一种特殊情况下的礼物，与公职人员同外商接触时收受的礼物不是一个性质。经过上级领导批准，你收下这些礼物就不算违规了。崔总工，长谷佑都送了你手表、领带等东西，如果你不穿戴出去让他看见，也不好解释，是不是?"

"这样啊……那，那我就服从组织的安排吧。"崔永峰半推半就地接受了，心里则是乐开了花。这些礼物，他当然要分出一部分给胥文良以及厂里的其他一些领导、同事，但自己能够留下的那些，也还是价值不菲的。

在这其中，有一套日本产的高档化妆品，他从一开始就想截留下来，带回秦州送给妻子，只是碍于规定，不便这样做。现在冯啸辰说上级领导已经批准他接受这些礼物，这个障碍就扫除了。想着妻子拿到那套化妆品的时候会有何等的喜悦，崔永峰简直比自己得了什么好东西还要开心。

冯啸辰看着崔永峰的表情，在心里微微地笑了。重装办这也算是借花献佛，用三立制钢所的东西，奖励了有功之臣。这些日常礼品，国家收上去也没啥用处，还不如以一个冠冕堂皇的名义奖励给崔永峰。说实在话，面对着1亿日元的诱惑，崔永峰能够不为所动，而且将计就计，诱使三立制钢所接受了中方的真实要求，这样忠诚的人员，也理应受到重奖。

经过这件事，罗翔飞也受到了一些教育。时代毕竟已经与过去不同了，建国之初的人们可以只谈奉献，不计报酬，但经过30多年的和平建设，今天的人多多少少都有了一些私心。如果一味地要求他们作出牺牲，而不给他们相应的回报，那么就难免会有一些人像郭培元那样被别人利诱，走上出卖国家利益的道路。

要让马儿跑，就要让马儿吃草，这是冯啸辰向罗翔飞说起的理念，也得到了罗翔飞的认同。在政策允许的范围内让参与项目的人得到一些好处，能够让他们在未来的工作中干劲倍增，细算起来，国家的所得反而是更多的。

在与三立制钢所的谈判结束之后不久，由浦海重型机器厂牵头，与西德克林兹公司的谈判也告圆满结束。克林兹接受了与三立相仿的条件，同意向浦海重机提供完整的轧机设计和制造技术，帮助浦海重机培训工人，建立工艺体系，用以交换轧机设计的 15 项新专利。这些专利虽然是由秦重向国际专利组织提交的申请，但所有权却是属于国家的，浦重也同样有份。

按照重装办的规划，秦重和浦重分别受让日本三立和西德克林兹的轧机制造技术，获得技术后将进行充分的交流，以形成中国自有的轧机技术。这随后的协调，重装办是会一直跟进的。

第 二 百 二 十 三 章

京郊，重装技师学校。

经过半年多时间的建设，这个在废弃工厂里兴办的高级技工师范学院已经颇有几分规模了。原来的车间有一些被分隔成小开间，当作教室使用；另外一些则保留了原来的功能，成为学校的实验车间。工人宿舍经过修整之后，改成了教师和学员的宿舍。还有行政楼、食堂、礼堂、图书馆、实验室等一系列建筑，一所学校所需要的内容一应俱全。

学校的招生工作也异乎寻常地顺利，甚至可以说是火爆。最开始，一些厂子不清楚这所学校能够教什么东西，还想着把厂里的待业青年送过来，拿个文凭以便回去分配工作。待到详细看过学校开设的课程内容，以及招生通知上列出的几十位教师的名单，各厂的领导们都无法淡定了。

那些教师，全都是国内赫赫有名的高级技师，五一节登过城楼与伟人握过手的，就有十几位之多。这些人亲自出山，传授他们的看家绝技，这是派几个小年轻去应付一下的事情吗？谁不想有机会让这些人指点一二，就算一下子学不到人家的本事，光是合张影挂在自家墙上，也是能够骄傲一辈子的。

就这样，各企业的报名函一下子把薛暮苍的办公室都给塞满了，报名人数之多，足够薛暮苍开出一百期培训班。许多企业还直接把电话打过来了，张嘴就问："学费多少，我们出五倍，条件是多给我们几个名额。"

第一期招生，来了200名工人，多是四五级工，这也是重装技师学校最初就确定的培训对象。这些工人一般都有着比较扎实的实践功底，但在基础理论方面比较欠缺，此外就是缺乏名师指点，在技术上逐渐进入了瓶颈期，很难再有突破了。

薛暮苍参考冯啸辰、吴仕灿等人的意见，设计了培训大纲，针对学员们的短板，开设了理论课和实践课。理论课主要是请在京一些高校和科研院所的专家来给学生讲授工业制造的原理，让他们知道自己做了多年的工作到底是基于什么样的理论基础，而未来这些理论又会有什么样的发展，将会对他们的工作带来哪些影响。实践课方面，就是由这些从全国各家重点企业请来的高级技师进行现场指导，包括传授一些工艺诀窍，纠正学员以往的操作中存在的问题，等等。

薛暮苍自己就是工人出身，技术水平颇为了得，对于工业制造有很深的领悟，因此能够分辨出哪些课程是必要的，哪些是多余的，哪些授课者讲授的内容有价值，哪些则是金玉其外、败絮其中。前来学习的学员也都非常珍惜这个难得的机会，学习热情极高，这使得培训的效果也十分令人满意。

这200名学员都是优秀的工人，既能干又勤快，学校里那些打扫卫生、修缮校舍的事情，只要薛暮苍一声令下，学员们就能够自觉自愿而且出色地做好。短短半年时间，校园里已经看不出原来那副破败萧条的样子，代之以整洁有序，欣欣向荣。

"小薛，干得不错啊，看来，当校长才是你的本行，经委原来让你管后勤行政，是浪费人才了。"

在学校的荣誉室里，前来参观的孟凡泽一边欣赏着学员们参加各种技能比赛获得的奖杯、奖状等物，一边笑呵呵地对陪同他的薛暮苍说道。

孟凡泽从煤炭部副部长的位置退下去之后，在冯啸辰的鼓动下，担任了经委下属经纬咨询公司的名誉总经理兼首席顾问。经过一年时间的筹备、磨合、尝试，经纬公司的工作已经走上了正轨。经纬公司的主要业务就是进行企业全面质量管理体系的建设和评估，最多的时候，全公司同时有上百个项目在进行，前后为数百家大中型工业企业建立起了它们的质量管理体系，取得的效果之显著，甚至惊动了中央。

在经纬公司的示范下，各省市区的经委也分别成立了自己下属的企业管理咨询公司，为所辖企业提供类似的咨询服务。国家经委对此给予了积极的鼓励，并从经纬公司抽调出一批有经验的管理人员和咨询师分赴各省市区，指导他们的工作，从而形成了一股从上到下的开展全面质量管理的热潮。

按照冯啸辰事先设定的路线图，国家经委正在会同有关部门制订中国的质量管理认证体系，此事还得到了国际标准化组织，也就是 ISO 的关注。ISO 正在酝酿建立一套国际性的质量认证体系，也就是后世众人皆知的 ISO9000 体系，中国正在搞的这套东西，与 ISO 的思路有颇多吻合之处，有些地方则超出了他们目前所考虑到的范围，令一干 ISO 专家都赞叹不已。

当然，这其中只有冯啸辰自己知道，他替经委设计的这套体系，原本就是 ISO 在几年后将要提出来，并在此后的几十年中不断完善的那套东西。用人家自己的东西去唬人家，能没有惊艳的效果吗？

孟凡泽在这项工作中投入了极大的热情，据他的家人和老部下说，他甚至比过去当副部长的时候还要忙碌得多。不过，孟凡泽这一类人，向来都是越忙越精神的，闲上几个月，反而就蔫了。

冯啸辰有一阵子没见过孟凡泽了。这一回孟凡泽说要来参观重装技师学校，还专门让他赶过来作陪。冯啸辰第一眼看到孟凡泽时，差点都有些认不出来了，孟凡泽的精神状态之好，脸上的容光之耀眼，哪里像一个70 岁的退休老头。

陪同孟凡泽一起来的，还有一位 50 岁上下的男子，孟凡泽介绍说他叫张鲁彬，是他的一位老朋友。至于张鲁彬现在的身份、职务等，孟凡泽一概没说，冯啸辰和薛暮苍自然也就不便细问了。

孟凡泽到了之后，让薛暮苍带着他们参观了教室、车间、实验室等地方，最后才来到了学校的荣誉室。这一路上，薛暮苍都是走在孟凡泽的身边，给他当引导员兼讲解员，冯啸辰则陪着那位张鲁彬走在后面。张鲁彬话不多，但对学校里的事物也显得颇有兴趣，偶尔问出一两个问题，还挺专业，一看就知道也是搞工业出身的。冯啸辰回忆了许久，也想不出这个人是谁，但有一点他是清楚的，能够跟着孟凡泽跑到这里来的人，绝对不会只是一个打酱油的闲人。

"这张照片是怎么回事？这像是用齿轮和弹簧随便焊出来的一个东西吧？干什么用的？"孟凡泽走到一张挂在墙上的照片跟前，细细端详了一番之后，不解地向薛暮苍问道。

"这可不是随便焊出来的，这东西挺有讲究呢。"薛暮苍笑着说道。

孟凡泽又看了看，说道："有什么讲究，钟表不像钟表，机器不像机器的，搞什么鬼？"

冯啸辰说道："孟部长，这是一个工业雕塑，名叫'时间'。"

"时间？"孟凡泽又揉了揉眼睛，看了看，然后对张鲁彬问道，"小张，你看出啥来了？这玩艺和时间有什么关系？"

薛暮苍和张鲁彬都是50岁左右的人，可在孟凡泽的嘴里，只能是小薛和小张，他们俩还一点脾气都没有。听到孟凡泽问自己，张鲁彬苦笑道："孟部长，你这可把我问住了，我哪懂这个。依我看，这就是工厂里处理废品的一种方法吧，把这些小零件焊到一起，省得东一个西一个的，将来收拾起来浪费时间。刚才冯处长说这个东西叫'时间'，是不是就是这样来的。"

"……"

冯啸辰和薛暮苍面面相觑，都无语了。这张照片上的东西，其实是美术学院的一位青年教师设计出来的，上面的每一个零件，都是重装技师学校的学员加工出来的，其中还颇有一些讲究，比如有的齿轮上面每个齿都各不相同，据说代表着什么含义。这件作品，在港岛的一次现代艺术展上获得了银奖，并且以8万港币的价格被一位港岛的富商买走了，所以现在孟凡泽只能看到它的照片，而无法看到它的实物。

"时间"雕塑让设计者一下子就在西方工业艺术界出了名，据说国外好几家艺术院校都向他发出了邀请，让他去做访问学者。对于薛暮苍来说，他关心的只是雕塑带来的收益，8万港币，对于重装技师学校来说，可是一笔非常不错的收入。

"你们怎么会想出这么一个点子来的？"孟凡泽听薛暮苍说完这张照片

背后的故事，尤其是听说这么一堆废零件焊在一起就能卖出8万港币，不由惊愕万分。

没等薛暮苍回答，孟凡泽便把手指向了冯啸辰，说道："不用问，这个点子，肯定是小冯给你出的吧？你小薛能耐是大，但要论这种鬼点子，你十个小薛捆一块，也不如一个小冯好使，我没说错吧？"

"哈哈，孟部长果然是明察秋毫，这个鬼点子，的确就是小冯出的。"薛暮苍笑着承认道。说实话，冯啸辰最早跟薛暮苍说起这个思路时，薛暮苍还有几分怀疑，等到"时间"雕塑卖出去，8万港币到了学校的账户上，薛暮苍才真正服气了。

第 二 百 二 十 四 章

"小冯啊，都知道你的鬼点子多，我今天到这里来，就是专门来向你求助的。"

孟凡泽话锋一转，目光直视着冯啸辰，郑重地说道。刚才这一路上，他都是带着笑容的，偶尔还会和薛暮苍开个玩笑，显得十分轻松的样子。这一刻，他脸上已经没有了调笑的意味，转而带上了几分凝重。

"这……"薛暮苍愣了一下，旋即说道，"要不，你们到我办公室谈吧，那里比较安静，不会有人打扰的。"

孟凡泽摆摆手道："不必了，我看这里就挺好。这不都有凳子吗，大家坐下谈。"

说着，他自己先拉过一把椅子，当仁不让地坐了下来。张鲁彬转头看看冯啸辰，两个人用眼神互相谦让了一下，也都坐下了。薛暮苍迟疑了一下，说道："也罢，那你们在这里谈，我让人给你们倒点水来，顺便再去安排一下午饭。"

孟凡泽道："小薛，你不用忙，坐下一块聊吧，这件事情，我说是请小冯帮忙，我知道你小薛也是一个能人，也一块出出主意吧。"

他这样一说，薛暮苍也就不便离开了。不过，他还是先出门叫了一位工作人员来帮大家倒上了茶水，然后再关上门，拉了张椅子坐下，等着孟凡泽开口。

"这事，是小张那边的事。"孟凡泽指了指张鲁彬，说道，"他是航空口的，搞的业务和我没多大关系。不过他的老领导是我的一个老战友，这不，就介绍到我这里来了。"

"真不好意思，孟部长这么大年纪，我们还在麻烦他……可是，这件事情，实在是没办法了，所以……"张鲁彬支支吾吾，脸上的表情有几分惭愧，也有几分怨怼。

薛暮苍有些丈二和尚摸不着头脑，他向冯啸辰递了个眼色，想看看冯啸辰对此有什么反应，却见冯啸辰一脸风轻云淡，并不急着刨根问底的样子。

唉，这个小冯，啥事都不急，难道他早就知道孟凡泽的来意？薛暮苍在心里暗暗地琢磨着。

冯啸辰还真不知道孟凡泽找他是要干什么，但感觉孟凡泽带着张鲁彬到重装技师学校来肯定是有什么事情的，绝非像他自己说的那样，只是来参观参观、取取经。不过，对方不直接说出来之前，冯啸辰是不会去询问的，反正孟凡泽也不会是那种扭扭捏捏的人。

"小张，你先介绍一下自己的身份吧。"孟凡泽看出了薛暮苍和冯啸辰的心思，对张鲁彬说道。

"好的。"张鲁彬转向薛暮苍和冯啸辰，自我介绍道，"我的名字你们都知道，弓长张、鲁迅的鲁，彬彬有礼的彬。我是浦海飞机制造厂的副总工程师，也是 P15 大飞机的副总设计师兼发动机项目的总设计师。"

"原来是张总工，失敬了。"冯啸辰向张鲁彬微微点了点头，恭敬地说道。

P15 飞机在当年可谓是赫赫有名。它是中国自行制造的第一款起飞重量超过 120 吨的大型飞机，各种媒体在进行报道的时候，都不吝采用"国威"、"志气"之类的词汇。以当时中国的工业水平，能够制造出这样一种大型飞机，也的确是令人赞叹的奇迹。

然而，表面的风光背后，是 P15 研发团队，或者说整个浦海飞机制造厂无法言状的艰难。P15 的立项，原本就非常草率，那是在政治压倒一切的年代里，纯粹出于政治原因而确定的一个项目，在此前的国家科技发展计划中，根本就没有做过这样的准备。

从全国各地调集的工程师和技术人员用了 10 年的时间，制造出了两架 P15 大飞机，一架用于做地面的静力实验，另一架则用于试飞。也就在

P15 试飞成功之际，浦海飞机制造厂得到了国家计委的通知，宣布后续的投资将全部冻结，浦飞非但没有继续研制第三架样机的资金，甚至连全厂1000 多位工人和技术人员的工资发放都成了问题。

这个情况的出现，与整个国家的大方向调整有着密切的关系。在 P15立项的年代里，国家投资算的是政治账，而非经济账，P15 的研制从一开始就没有考虑商业用途，仅仅是希望能够成为一张国家名片，造出一两架来证明中国具有这方面的实力。

而到 1978 年之后，国家开始提出以经济建设为中心的目标，所有的工作首先要考虑经济效益，不再是虚幻的政治形象。P15 的经济性被当作一个重要问题提出来，并成为决定 P15 生死存亡的关键。国家民航部门在分析了 P15 的经济指标之后，表示不愿意接受这种飞机用于民用航空，而军方则声称暂时没有足够的资金装备这种级别的大型运输机，更遑论加油机、预警机之类的奢侈品。

没有了需求，P15 的研制就没有意义了。浦海飞机制造厂当然不能眼睁睁地看着做了 10 年的一个项目就这样终结，更何况 P15 一旦下马，浦飞的存在意义也就消失了，这家工厂将会被关闭，所有的职工都会被分流到其他企业去，这对于一家企业来说，无疑是难以接受的。

浦飞的领导干部开始向各部委进行游说，P15 的研发团队也同样全体动员起来，试图挽回 P15 覆灭的命运。张鲁彬作为副总设计师，自然也在积极地联系各方面的关系，希望能够给 P15 以一线生机。他找到了过去的老领导，老领导又把他推荐给了孟凡泽，请孟凡泽帮忙。

孟凡泽虽然在工业系统里颇有一些影响力，但煤炭与航空毕竟还是隔着一座山，他也不知道该如何帮忙才好。为难之下，他心念一动，想起了智计百出的冯啸辰，这才以参观技师学校为名，把冯啸辰约了过来，向他问计。

"张总工，你们的想法是什么呢？"

冯啸辰听完事情的前后经过，平静地向张鲁彬问道。其实，在冯啸辰前世的记忆中，对于 P15 的事情已经了解得很多了，也知道 P15 最终并没有逃过灭亡的命运。现在，他需要了解的是张鲁彬作为一个当事人的想法，以及对方希望自己做的事情。

"P15是我们的心血，我们希望能够把它做下去。"张鲁彬沉重地说道。

冯啸辰道："如果要做下去，你们需要什么条件？"

"5000万元的拨款。"张鲁彬不假思索地说道。

这段时间，整个浦飞都在跑这件事，目标就是谋求5000万元的追加拨款，这笔钱原本应当由国家计委划拨过来，在计委表示不能追加拨款之后，浦飞寻求的是从其他部门来获得这笔钱，比如说军队、航空部或者别的什么对口单位。

在张鲁彬看来，找重装办要钱是一件不可能的事情，因为重装办只是一家协调机构，本身并没有拨款的权力，而且大飞机也并不在重装办协调的重大项目之列，重装办是不可能狗拿耗子来管这件闲事的。

当然，孟凡泽非要带他来，他也不能拒绝，只能无望做有望，过来探探虚实。让他没有想到的是，孟凡泽并没有带他去见重装办的负责人罗翔飞，却来到这个位于京郊偏僻位置的学校，见了这样一位年轻得不像话的副处长，这就让张鲁彬更不理解了。

刚才，听说冯啸辰一个点子就让薛暮苍赚到了8万港币，张鲁彬倒是有些动心。不过转念一想，又觉得这类点子与浦飞离得太远，大飞机项目不可能靠几个这样的点子来救活。

听到张鲁彬的话，冯啸辰微微笑了一下，问道："如果有了5000万，你们能够做到哪一步呢？"

"我们能够把第三架样机制造出来，进行后续的试飞。"张鲁彬道。

"然后呢？"冯啸辰追问道。

"然后……"张鲁彬磕巴了一下，说道，"进行了试飞之后，我们的飞机就可以初步定型了，只要民航部门有订货，我们就可以继续生产。如果有可能的话，我们还可以出口到亚非拉国家去……"

他的话说归这样说，声音却是越来越弱，显然自己都没有足够的底气。作为一名资深的飞机设计师，他岂能不知道飞机的试飞是一件漫长而费钱的事情。5000万的追加拨款，只够浦飞再造出一架样机来，连试飞的油料都买不起，还不用说在试飞过程中需要进行各种各样的测试、维护。

浦飞的想法，是先把项目保留下来，然后一边造样机，一边再寻求新的投资，走一步算一步。最乐观的情况，是民航部门突然良心发现，下几个订单，这样浦飞就完全活过来了。

那么，民航会这样做吗？

张鲁彬心里比谁都没底。

第 二 百 二 十 五 章

冯啸辰从张鲁彬的语调中已经听出了他内心的彷徨，于是平静地说道："张总工，你觉得，P15 还有希望吗？"

"如果民航……"张鲁彬说了几个字，便说不下去了。

冯啸辰没有绕弯子，而是直截了当地说道："事实上，您心里也非常清楚。即便是民航愿意接受 P15，P15 也不会有前途。民航一年的订货也就是两三架，即便是考虑到国家经济水平提高，未来对飞机的需求量增大，在未来十年中，民航能够采购的飞机也不会超过 50 架。仅仅凭着 50 架飞机的订单，你们能做到什么程度？"

"如果有 50 架，那我们完全可以活下来了。"张鲁彬说道。他可真没有冯啸辰那么乐观，以他的计算，民航部门未来 10 年能够采购 20 架飞机，都已经是很不错了，有 20 架飞机的订单，足够浦飞维持住现有的生产了。

冯啸辰毫不留情地质问道："张总工，我们造 P15 的目的，就是为了活下来吗？美国有波音、麦道，欧洲有空中客车，这些公司每年的产量都是几百架，我们以每年一两架的规模去制造，能积累下多少技术，又能够形成什么样的竞争优势，这样造上十年、二十年，一旦离开国家的保护，你们能够在国际市场上与波音、空客一争高下吗？"

"这……"张鲁彬语塞了，冯啸辰的这些问题，还真是他无法回答的。

"小冯，话不能这样说……"薛暮苍看张鲁彬有些窘迫，赶紧出言打圆场。

"小薛，我倒觉得，小冯说的有道理。"孟凡泽在旁边缓缓地说道，"要说起来，我也不是第一次听小冯提到这个观念了，最早我和他讨论

MT25 矿用挖掘机的时候，他就说过类似的话。我们这些人，喜欢算政治账，觉得能够造出一个产品就是胜利。小冯和咱们都不一样，他算的是经济账，是国际竞争的账，在他看来，如果在国际上没有竞争力，这个产品就是失败的。"

"没错，我就是这个观点。"冯啸辰道，"如果我们花了很大力气搞出来的产品，必须靠国家的保护才能生存下来，只要失去保护，就会被外国产品打得落花流水，那这样的产品对于我们又有什么价值呢？"

薛暮苍反驳道："小冯，你不能这样说，我们本来就是发展中国家，技术比国外落后一些是必然的。如果不如国外的水平高，就不该发展，那咱们还要自己搞重大装备干什么？"

冯啸辰道："咱们搞重大装备，从一开始就是瞄准国际先进水平去搞的。在初期，咱们可以对自己的产品进行一些保护，甚至采取一些手段从国外获得先进的技术，来提高咱们自己产品的技术含量。但所有这些措施都是为了将来我们的产品能够走向国际市场，而不是把一个产品永远地保护下去。"

"那你怎么知道张总工他们的 P15 就不能逐渐完善，最终达到国际先进水平呢？"薛暮苍抬杠道。冯啸辰说的这些道理，薛暮苍既支持又反对，他也说不出到底什么地方不对，但就是有些难以接受。

其实，又何止是薛暮苍一个人，那个年代里的许多干部都有类似的困惑。多少年来，大家都习惯于自力更生，总觉得什么东西只有自己能够造出来，才是最踏实的。可打开国门之后，却发现自己这么多年引以为豪的东西与国外的先进产品相比，简直是不堪入目。照着这样的道路走下去，自己只会被别人越甩越远，根本谈不上有追上别人的希望。

在这段时间里，对中国的未来抱着失望情绪的人可不是少数，当然，更多的人心里是憋着一股气，希望能够通过学习国外先进经验，再加上十倍、百倍的汗水，最终实现飞跃。

冯啸辰理解他们这些人的心态，他比其他人更乐观的一点，在于他是一名穿越者，他实实在在地看到了中国工业全面振兴的时代。也正因为此，他比孟凡泽、薛暮苍等人有更多的耐心。三十年时间，对于一个人的一生来说，也许是过于漫长，但相对于一个国家的崛起而言，不过是白驹过隙而已。

"我相信中国总有一天会有自己的大飞机，而且能与波音、空客一决高低。不过，这不是现在，也不是未来十年或者二十年能够做到的事情。道理很简单，咱们国家没钱，咱们也没有足够的工业基础。"冯啸辰看着张鲁彬，认真地说道。

冯啸辰这话，并不是凭空说的。在真实的历史中，欧盟几乎是倾整个欧洲之力，才发展起了空中客车。空中客车公司在最初的十年中，一直处于亏损状态，全靠欧盟的补贴生存，差一点就把整个欧盟都拖垮了。财大气粗的欧盟尚且如此，以当年中国的实力，能有多少钱砸到大飞机这样一个无底洞里去？

张鲁彬坐在那里没动，但冯啸辰分明能够感觉得到，支撑他意志的那股力量突然间就消失了。他的身体瘫软下来，如果没有椅背靠着，他甚至可能会滑到地上去。他的眼睛里也失去了神采，像是一下子苍老了许多一般。

"冯处长说得对，其实……从一开始我们就应当接受这个结果的。"张鲁彬喃喃地说道。

"接受什么结果？"薛暮苍问道。

张鲁彬抬起头，勉强地笑了笑，说道："冯处长刚才说的那些，我在十年前就已经想到了。大飞机是工业科技的顶峰，它需要强大的工业基础和大量的资金来作为支撑。美国有波音、麦道，欧洲有空中客车，都是因为它们的工业水平已经达到了这样的程度，同时它们的经济水平很高，民航业发达，能够提供足够的需求，在这样的情况下，大型客机的研发才是有保障的。咱们国家从一穷二白起步，从开始搞大工业到今天，也不过才三十年的时间。这么短时间的积累，要和别人拼大型客机，完全是不自量力的行为。你们是不知道，制造前两架 P15 的过程中，我们连一个合格的螺栓都要到各地去找，说是举全国之力，其实仍然是捉襟见肘。这样搞出来的大飞机，正如冯处长所说，根本就没有国际竞争力。民航局拒绝接受我们的飞机，反而是对国家、对人民负责的态度，我们实在是没有资格去抱怨。"

"小张，你不能这样说。"孟凡泽有些听不下去了，他说道，"P15 大飞机的试飞成功，对于咱们国家的航空工业还是有很大意义的。我看过有关的工作简报，P15 研制过程中形成的一些技术，对于整个航空工业，尤其是军用飞机的发展，都有很有价值的。"

张鲁彬自嘲地笑笑，说道："我们前前后后花了国家六七个亿，如果一点东西都没有拿出来，岂不成废物了。但扪心自问，得不偿失啊。这些钱如果直接花在更有前途的项目上，能够取得的成果，远比现在要大得多。"

工业圈子里的这些事情，外人看不透，内部的人其实是非常清楚的。张鲁彬作为一名航空专家，怎能不知道 P15 存在什么样的问题，又哪里不明白要搞出真正有竞争力的大飞机需要什么样的投资，以及什么样的配套体系。

由于没有足够的资金支持，P15 的很多部件都是以行政命令的方式，请其他系统的企业协助生产的。这些企业并不具备航空工业所需的质量控制体系，只是照着图纸要求拼凑一个配件出来交差了事。在 P15 的 02 号机试飞过程中，不知道出了多少质量上的问题，张鲁彬自己就几乎成了一名救火队长，不断地去处理这些毛病。

如果 P15 继续造下去，这种格局并不会发生改变。一架样机可以这样制造，试飞过程也允许出现各种各样的问题，真到要向民航部提交成品的时候，还能这样凑合吗？民航飞机是要载着上百名旅客飞上天的，质量问题不能保障，他张鲁彬敢让这样的飞机出厂吗？

"罢了，罢了，亏我张鲁彬也干了快三十年航空，见识居然还不如冯处长这样一个年轻人。冯处长，谢谢你的逆耳忠言，我想明白了，P15 应该下马，我们应该放手了。"张鲁彬用悲壮的语气说道。

"那……未免太可惜了吧？"薛暮苍说道。这毕竟也是一个大项目，前后花了十几年时间，投入好几个亿，最终这样放弃，也的确是挺可惜的事情。

张鲁彬凛然道："壮士断腕，该放手就得放手，我们不能为了个人的荣辱去浪费国家的资金。"

"这两年，国家搞经济调整，放弃的项目可不止是你们这一项。"孟凡泽沉声说道，"从理性上说，伤其十指不如断其一指，把有限的资金集中到少数项目上，避免四面出击，这个策略是正确的。但从感情上说，像P15这样的项目，咱们倾注了这么多的心血，一下子就扔掉了，也真是有些接受不了啊。"

第 二 百 二 十 六 章

张鲁彬的眼圈有些泛红，低着头不说话。过去十年时间，他的心血全投入到 P15 上面了，要论感情之深，没人能和他相比。在今天之前，虽然他也已经强烈地预感到 P15 项目很难再维持下去，但多少还存着一线希望，能够欺骗一下自己。今天被冯啸辰一下子捅破了窗户纸，他知道这个项目一定是要下马的，一种感伤的情绪蓦然溢满了他的全身。

"张总工，如果……我是说如果，这个项目真的要停止了，你们浦海飞机制造厂怎么办？"薛暮苍低声地问道。

张鲁彬道："还能怎么办，原来从哪来的，还回哪去呗。我原来是在大学里教书的，现在接着回去。好在这些年做的也都是航空研究，回去教书也不至于误人子弟了。"

"那 P15 呢？"薛暮苍又问道。

"P15？"张鲁彬诧异道，"国家不继续拨款，P15 也就不会再生产了。至于已经完成的两架样机，有一架在做地面静力实验的时候解体了，另一架经过一段时间的试飞，也有了不同程度的损伤，无法正常使用，估计就是送到博物馆去当个文物了吧。这方面的事情，厂里和航空部肯定会有安排，这就不是我这个教书匠需要操心的事了。"

说到最后这句的时候，他笑了笑，想到自己要回到教学岗位上去，他也不知道是轻松还是失落。

薛暮苍摇摇头，道："张总工，我问的不是飞机本身，我是说，咱们这十多年时间积累下来的技术，难道都不要了吗？小冯刚才也说了，我们迟早是要搞大飞机的，这些知识，到时候用得上啊。"

薛暮苍是搞工业的，对于技术的重要性，比谁都更有体会。一个大飞机项目搞了十几年，投入好几亿，形成的技术不可胜数，如果都扔掉，实在是太可惜了。

张鲁彬苦涩地说道："这也是我一直在想的问题啊。这十多年时间，我们突破了无数的技术障碍，培养起了一支大飞机设计和制造的队伍。P15一下马，这支队伍就散了。图纸和工艺文件之类的东西，倒是能够保存下来，可还有更多的知识是在我们这些人的头脑里的，一旦大家各奔东西，以后再想把这些知识汇集起来，就不可能了。"

"这些知识，都是国家的财富，绝对不能丢掉！"孟凡泽用领导的口吻说道。

"项目停了，厂子也得解散了，这些知识怎么可能再保留下来？"张鲁彬黯然道。

孟凡泽转过头，对着坐在一旁不吭声的冯啸辰说道："小冯，你有什么看法？"

"我？"冯啸辰指指自己的鼻子，苦笑道，"孟部长，这个问题您不该问我啊，这是国家考虑的事情吧。"

"你不是国家的一分子吗？"孟凡泽没好气地斥道，"你平时不是总吹牛说自己有本事吗，对这件事，你就不能想个办法？"

"我啥时候吹牛了？"冯啸辰叫起冤来。

"这么说，你不是吹牛？那就是真的有本事了。好吧，你给张总工出个主意，看看怎么能够把P15的技术保留下来。"孟凡泽说道。

孟凡泽这就是典型的倚老卖老，他也是没办法，冯啸辰的道理是对的，他也赞同，但薛暮苍说的也是对的，他同样赞同。既不能让P15再搞下去，又要保留住P15的技术，这是一个两难选择。如果孟凡泽再年轻20岁，他会自己去想一个万全之策，但现在，他已经没有这样的精力了，于是便把主意打到了冯啸辰的身上。

其实，在刚才说服张鲁彬放弃P15项目的时候，冯啸辰就在思考如何保留住P15研发过程中形成的经验和知识的问题。国家迟早是要重启大飞机项目的，P15尽管有种种不尽人意之处，但毕竟是一次有益的尝试，无论是成功的经验，还是失败的教训，都价值连城。

在后世，人们评说起中国最早的大飞机项目时，认为最遗憾的就是没有保留下这个团队，以至于当年花费十几年时间积累的经验全都付之东流。等到国家有了实力，准备重启大飞机项目的时候，一切都要从头开始，这不能不说是一种极大的浪费。

可是，项目没有了，工厂也要关闭了，如何才能留下这个团队呢？

"张总工，你刚才说如果P15项目下马，你就要回学校去教书。我想问问，在教书和继续研制大飞机之间，你更倾向于选择哪个？"冯啸辰对张鲁彬问道。

"继续研制，什么意思？"张鲁彬奇怪地问道。

冯啸辰微微一笑，道："你先别问是什么意思，你只说你是想去教书，还是愿意继续搞大飞机。P15下马了，你还有搞大飞机的激情吗？"

张鲁彬想了想，说道："如果能够选择，我当然还是更愿意做大飞机的研究。教书育人也是一件很光荣的事情，不过，在我的心里，还是有一个造大飞机的梦想。"

"我明白了。"冯啸辰点点头，又转向孟凡泽，说道，"孟部长，这件事，不是我这个级别的小干部能够左右的，不过，我可以提一个建议，至于能不能办到，就得您去思考了。"

"什么建议？"孟凡泽问道。

冯啸辰道："建立一个国家工业实验室，选拔一批人才做面向未来的技术储备，我们可以把这些人叫作……面壁者。"

"面壁者？什么意思？"孟凡泽诧异道。

冯啸辰说道："有很多事情，比如大飞机，或者高速铁路、磁悬浮，再远一点的，登月、火星探险、量子通讯、核聚变，我们目前都没有能力去做，但未来是肯定要做的。我们不能等到万事俱备的时候才开始进行探索，而是需要组织一些人，从现在就开始进行这些项目的预研。由于条件不具备，这些研究在相当长的时间内注定不会有看得见的突破，从事这些项目研究的人员，可能要忍受寂寞，要坐冷板凳，没有任何能够向他人炫耀的成就。他们就像那些为了寻求真理而长年面壁的圣贤一样，连名字都可能被人忘记。"

"但他们终有一天是会大放异彩的。"孟凡泽接过冯啸辰的话头，说道。

他听懂了冯啸辰的意思，也深深地被冯啸辰描述的场景所感动。一群最优秀的人才，放弃唾手可得的名利，专注于 20 年后、40 年后，甚至 100 年后才可能出现的新技术，默默无闻地进行着知识的积累，这是一种何其伟大的精神，这又是何其壮丽的一局大棋。

"面壁十年图破壁。如果有这样一个机会，我愿意成为一名面壁者。"张鲁彬毅然地说道。

"可是，怎么做呢？"孟凡泽皱起了眉头，"小冯，你刚才说的是什么，国家工业实验室，这是一个什么样的机构？"

"一个着眼于高端重大装备研究的机构。"冯啸辰道，"这个机构由国家直接管理，不以短期的经济效益或者成果为导向，所有的项目至少是十年之后才能发挥作用的，有些甚至可能是二十年、三十年都见不到结果。比如说张总工的 P15 团队，就可以作为工业实验室的一个部门，专门从事大型客机的理论研究、工艺设计，积累相关经验，但他们的研究成果，在短时间内不会有任何应用的机会。只要到时机成熟，国家有实力来实施这些计划的时候，他们才能够重见天日。"

"这和咱们现在的科学院，还有各单位的研究所，有什么区别呢？我们的科学院，也可以搞一些这样的项目啊。"孟凡泽追问道。冯啸辰的思维之活跃，让他有些跟不上，他必须要把事情问清楚，再考虑这件事情是否有操作的余地。

冯啸辰道："和这些单位的区别，在于这些单位都有自己的科研任务，一两年内看不到成果，国家就不会再拨款，科研人员自己也会觉得不好意思。我说的国家工业实验室，一定要跳出这个圈子，务虚多于务实，要让科研人员有天马行空的自主权，充分发挥他们的想象力。这样一个机构，要么就不出成果，只要出成果，就一定是顶尖的，能够震惊世界。"

"好大的魄力。"孟凡泽笑道，"让这么大的一群人不出成果，天马行空，这也就是你小冯敢去设想了。你有没有想过，如果一个研究机构不出成果，不能产生出效益，谁来养活它呢？"

冯啸辰耸耸肩膀，说道："我一开始就说了，这不是我能考虑的事情了。国家有没有这么大的魄力，拿出一笔钱来养一群人。比如说，把张总工的团队养起来，让他们能够毫无精神负担地继续做大飞机的研发工作。我知道咱们国家还很穷，但不管再穷，这件事也是需要做的，只是看领导有没有这样的意识，以及魄力。"

孟凡泽点了点头，道："这件事……让我想一想。如果这个主意真的可行，我会向中央领导同志提出来的。最终的决策，当然是得由中央领导来做。不过，在这之前，小张他们的团队，你们得先养起来，别让他们散架了。对了，小薛，我看你这个学校就挺不错嘛，怎么样，让张总工带着他的人到你这里来待一段时间，可以吗？"

说到这里的时候，他的脸上浮出了得意的笑容。薛暮苍和冯啸辰则只能是对视一眼，一齐无奈地笑了。

第 二 百 二 十 七 章

"你可真能给我揽事啊！"

罗翔飞坐在办公桌后面，看着冯啸辰，用略带着几分无可奈何的口吻说道。

冯啸辰提出的建立国家工业实验室的建议，经孟凡泽汇报到了中央领导那里。中央领导对此颇为重视，专门请了十几位科学界、工业界的老人前去座谈，讨论这个思路的可行性。令人惊奇的是，所有这些老人对于这个设想都给予了高度的评价，认为在当前的条件下安排一些人专门从事面向未来的技术研究，非常必要。

这几年，由于国门打开，国内的科学家、企业家纷纷走出去，接触到了国外的先进技术。在这个过程中，他们有一个共同的感受，那就是中国已经被世界先进潮流抛出了很远，需要补课的地方太多，有一些差距甚至大到让人失去勇气。

在这种情况下，国家选择的策略是扎扎实实地向国外学习，弥补缺陷，尽可能地缩短与国外的差距。许多行业确定的追赶目标都定在 30 年之后，也就是在 2010 年前后能够达到与国外并驾齐驱的程度，或者至少能够望其项背，不至于像现在这样，完全没有一点竞争的能力。

不要觉得用 30 年时间赶上国外先进水平是一个过于消极的目标，事实上，这个目标在一些人看来甚至觉得是非常激进的。道理很简单，你在进步的时候，你的追赶目标也在进步。你现在和别人有 20 年的差距，准备在 30 年之间赶上对方，就意味着你的 30 年需要走完人家 50 年的道路，这可不是一件轻松的事情。

规划是这样定下来了，但从中央领导到部委高官，从科学家到工程师，心里都有一股不平之气。他们期待着有朝一日中国也能够成为引领潮流的那个国家，而要做到这一点，就不能仅仅亦步亦趋地跟在别人后面，而是要派出一支奇兵，穿插到别人尚未到达的领域中去，抢占一些先机。

冯啸辰提出的"面壁者"的方案，恰好与大家的想法相吻合，自然便得到了广泛的赞同。

其实，冯啸辰提出这个方案，也是有参照蓝本的。他知道，在真实的历史中，美国将在下一年提出星球大战计划，日本则会提出"今后十年科学技术振兴政策"，西欧推出了尤里卡计划，其内容都是由政府投入巨额资金，集中大量的人力物力，发展高技术，以赢得未来的国际竞争。

针对这种情况，1986 年 3 月，中国确定了"国家高技术研究发展计划"，也就是著名的"863 计划"。在这项计划的支持下，中国在生物、航天、信息、激光、自动化、能源、新材料、海洋技术等方面取得了丰硕的成果，奠定了 21 世纪参与全球产业竞争的基础。

冯啸辰提出的国家工业实验室方案，与后来的 863 计划有所不同，立意甚至更为深远。他提出的，是组织一批科学家，放下短期的科研计划，专注于 20 年甚至 50 年后的尖端技术。在这个过程中，这些科学家可以不出任何成果，也无须向任何人负责，完全是自主、自愿地进行研究，唯有如此，他们才能够集中精力，去探索那些隐藏在厚壁之后奥妙，从而成为"面壁者们"。

"面壁"这种说法，虽然显得有些突兀，但很快就被决策层接受了。能够成为中央领导的这些人，都是睿智过人的，他们悟出了"面壁"二字的玄机，在一些正式的会议上，也同样用起了"面壁"这样一个词汇。

建立国家工业实验室的方案得到了中央的批准，因为孟凡泽汇报说这个思想来自于重装办，中央领导便指名道姓地把筹备工作交给了重装办。要说起来，重装办承担这项工作也是顺理成章，因为建立国家工业实验室的初衷就是对未来的重大装备进行预研。

消息传到罗翔飞这里，罗翔飞惊得目瞪口呆。细一打听，才知道是冯啸辰出的主意，于是便把冯啸辰喊过来，对他兴师问罪。

"罗主任，这事可真不能怨我啊！"冯啸辰叫着撞天屈，"这是孟部长给我出了难题，我万般无奈，给他出了个主意。可谁知道最后这件事会落到咱们重装办来呢？"

"你就不能管住你的嘴？"罗翔飞质问道，"P15 大飞机的事情，跟咱们重装办有什么关系？你直接回了孟部长，说你没有办法，不就行了？这么多人都想不出办法，就你冯啸辰能干？"

冯啸辰从罗翔飞的语气中听出他其实并不是真的生气，于是笑嘻嘻地说道："罗主任，您想想看，P15 搞了十几年，虽然说有些超前，国家也支撑不了，但把这个团队就这样解散了，资料都销毁掉，经验也留不下来，你不觉得可惜吗？"

"唉，这些年咱们干过的这种事情，可真不少了。"罗翔飞叹道。他是搞工业的，哪会不知道这其中的事情。

过去中国被西方国家封锁，很多新技术都无法得到。看到别人搞出一些高精尖的东西，国内也想搞，于是便组一个团队，投入若干资金去做。因为技术积累不够，资金也捉襟见肘，一些项目做到一半就停下了。随后，因为又有新项目出来，原来的团队便被调去做新项目，结果老项目的所有积累都付之东流了。

身在圈子里的人，都明白这些事。冯啸辰提出搞一个国家工业实验室，用于容纳这些超前的项目，罗翔飞其实也是打心眼里赞同的。至于说工业实验室的筹备工作被交到重装办来，罗翔飞脸上显得挺不高兴，心里其实却是美滋滋的。当领导的，谁不乐意自己管的事情更多一点，管事多就意味着重要性更大，罗翔飞虽然不是官迷，但能够有更大的权力，他还是喜闻乐见的。

"罗主任，工业实验室的事情，确定下来了？"冯啸辰试探着问道。这种高层决策的事情，他还真不清楚细节。

罗翔飞道："大方向已经定了，基本上是你提出的那个思路，就是面壁者的思路。中央领导同志专门说了，面壁者这个词非常形象，还说提出这个词的同志是一个人才呢。"

"呃，其实我也是听人说起的……"冯啸辰有些脸红了。剽窃三立制钢所的技术专利，他一点心理压力都没有，但剽窃人家大刘（刘慈欣）的创意，就不太合适了。可这种事情，他还真没法向罗翔飞解释。

幸好，罗翔飞也没有去深究这件事，面壁这个词在当年挺流行，主要来自于周公诗里的"面壁十年图破壁"一句，罗翔飞认为冯啸辰肯定也是从这里得到的启发。

"具体的细节，包括管理机构、资金来源、投入、项目选择等等，还要进一步细化，科委、军工等部门都会提出意见。等到正式文件下来之后，咱们重装办的门口就要再挂一块牌子，写上国家工业实验室筹备组，怎么样，你有没有兴趣到筹备组工作？"罗翔飞终于收起了刚才装出来的凶相，笑呵呵地对冯啸辰问道。

冯啸辰对此事的态度挺犹豫，一方面觉得这件事情挺有意思，另一方面又觉得搞装备协调才是他的强项，因此便含糊地回答道："我服从组织安排。"

他这样一说，罗翔飞便明白他的意思了，于是笑着说道："这么说来，你是不打算去做这些婆婆妈妈的事情了。其实我也觉得让你去不太合适，这项工作，还是吴处长来主持比较适合。他本来就是战略处的处长，这一段时间提出了不少战略方面的设想，正好和工业实验室的宗旨相吻合，他来主持这项工作应当是更为熟悉的。"

罗翔飞说的吴处长便是吴仕灿了，这大半年来，他已经成功地实现了从一名科学家向一名战略官员的转变，让他来管理一个面向未来的国家工业实验室，的确是更适合的。

"至于你，也别闲着了，你一闲下来就会生事，还是赶紧找点事情做为好。"罗翔飞半是玩笑半认真地说道。他这话未免有些冤枉冯啸辰了，前一段时间，冯啸辰在忙着和三立、克林兹等外商的谈判，随后又与秦重、浦重的人员一起制订引进国外轧机技术的策略，还真没怎么闲着。

"轧钢设备那边的事情，忙得差不多了吧？"罗翔飞问道。

冯啸辰点点头道："差不多了。秦重的胥总工、崔总工他们下月初就要飞到日本去，参加三立制钢所一条轧机生产线的设计工作，主要是现场观摩他们的设计过程。浦重那边是受让克林兹的技术，可能要稍缓一步，下个月底也差不多能够开始了。咱们过去虽然搞过轧机，但没有建立起设计规范。这一次，胥总工他们将要全面地学习三立的设计规范，使我们自己的设计工作也走上正轨。"

"这很重要。"罗翔飞点头道，"搞工业，我们不能总是用游击队的思维方式，也得逐渐转为正规军了。"

冯啸辰道："罗主任说得对，这一次，咱们不但要学习三立的设计规范，还要把他们的行业标准也学习过来，制订适合于咱们的重型机械行业标准。"

"很好。"罗翔飞道，"你也准备一下，正好和胥总工他们一道出发吧。"

"去哪？"冯啸辰一愣。

"日本。"罗翔飞答道。

第 二 百 二 十 八 章

东京，新国际机场。

一群中国人从到达口出来，站在外面依依不舍地告别：

"小冯处长，再见，咱们回国见！"

"胥总工，再见，注意保重身体！"

胥文良与冯啸辰二人握了握手，又互相交换了一个微笑的眼神，便各自随着自己的队伍而去了。

按照与三立制钢所签订的协议，秦州重型机器厂派出了由胥文良带队的一支技术团队，前往三立制钢所参加轧机设计工作，从头开始亲身体会三立制钢所的轧机设计流程，学习他们的设计经验。

冯啸辰跟随的是另一支队伍，这是一个大化肥设备考察团，组成人员非常复杂，部委方面包括了国家计委、经委、农业部、机械部、化工部等等，地方上则有几个省的政府官员，企业方面则包括了五六家大型化肥厂和四五家化工设备制造厂的干部和技术人员。如果要从专业上划分，大致是两个阵营，一个是用化肥和造化肥的，另一个则是制造化肥设备的。

这个考察团的任务，从一开始就充满了矛盾。地方官员和化肥厂方面提出的是考察日本的化肥设备制造情况，进而直接引进大化肥设备，尽快形成化肥生产能力。机械部以及几家化工机械厂方面则认为应当引进化肥设备的制造能力，以便实现大化肥设备的国产化，以后想建多少家化肥厂，就能够建多少家了。

计委、经委、农业部、化工部等方面则是态度模棱两可，既有支持买设备的，也有支持引进设备制造能力的，更有在中间抖机灵的，说可以买几套，再自己造几套，这样两边的想法都可以兼顾了。

中国是一个农业大国，化肥的需求量一向是非常大的。从五十年代开始，我国引进苏联技术，逐渐形成了年产 1 万吨级至 5 万吨级的中小型氮肥设备生产能力，并以此为基础建立起了"五小工业"中的小化肥体系。

而在此时，国外的化肥生产技术却已经走向了大型化，年产 30 万吨合成氨装置成为流行趋势。大化肥与小化肥在能耗方面差距极大，据测算，年产 30 万吨合成氨的大型装置每吨氨电耗为 38 度，而年产 5000 吨的小型装置每吨氨电耗为 1363 度。不同的消耗水平带来了成本和利润的巨大差异，在八十年代初，大型厂生产的合成氨每吨利润为 130 元，而小型厂每吨仅为 27 元。

此外，国产氮肥主要为含氮量较低的碳酸氢铵，也就是农民俗称的碳铵，含氮量仅为 17％，国外普遍使用的则是尿素，含氮量为 48％，肥效上的差异也是极其明显的。

七十年代初，为了提高粮食产量，中国开始大量从国外进口尿素，花费了大量的外汇。为了摆脱这种困境，七十年代中期，国家从美国、荷兰、法国、日本等国家引进了 13 套年产 30 万吨合成氨和 52 万吨尿素的大化肥设备；七十年代末，又追加了 4 套同等规格的设备。

然而，仅仅依靠这 17 套引进设备，并不能完全满足国内农业生产对于化肥的需求。农业部和化工部估计，到本世纪末，国内农业生产需要的化肥按折纯量计算将达到 4000 万吨以上，综合考虑大中小型氮肥以及磷肥的结构，国内至少还需要新建 30 套以上的 30 万吨合成氨装置。

这样一来，便形成了买设备和造设备的两派，而且势均力敌，相持不下。

造设备是国家定下的大方向，冯啸辰所在的重装办就承担着这样的使命。在重装办负责的 11 项重大技术装备中，就包括了大化肥这一项。国家明确提出，大化肥设备是保障国家农业安全的重点装备，必须自己掌握这方面的技术。从这个意义上说，主张自己造设备的一方是有着"政治正确"这把尚方宝剑的，说话也有底气。

然而，主张买设备的一方也有充分的道理。买一套设备进来，三年就能够投产，为农业生产提供急需的尿素。而如果选择自己造设备，从消化吸收到技术成熟，没个十年八年是办不到的。在这段时间里，农民需要化肥，如果国家不能提供，那么就意味着粮食无法增产，饿着了 10 亿人的肚子，由谁负责？如果由国家提供，那么就只能是依赖进口，同样要花费宝贵的外汇。

一吨尿素的进口价格按 100 美元计算，年产 52 万吨尿素的装置早一年投产，就能够节省 5000 万美元的外汇支出。如果等待国产设备，哪怕只是耽误五年时间，损失的外汇也会高达 2 至 3 亿美元，而这些钱已经足够引进五套设备了。

有一个历史数据，从 1971 年至 1985 年，国家引进 17 套大化肥设备以及其他一些相关设备，花费的外汇为 10.6 亿美元；而 1988 年一年进口化肥的外汇就已经达到了 20 亿美元。是抓紧时间引进设备替代化肥进口，还是宁可进口化肥而不进口设备，为国产设备让路，这道选择题恐怕并不难做吧？

"造不如买"这句话，如果不掺杂进意识形态上的标签，在有些时候的确是有道理的。

除开这些能够拿到桌面上来说的大道理，还有一些不能说出来、但又谁都知道的小道理，也是非常重要的，甚至可以说比前面的大道理还要关键。

与轧机不同，大化肥设备的引进价格并不特别高。七十年代中期，中国引进的 1700 毫米热轧和冷轧生产线，总投资是 38.9 亿元人民币，而同期引进一套 30 万吨合成氨和 52 万吨尿素的生产装置，投资仅为 3 亿元。前者因为投资额巨大，地方政府无力承担，必须由国家出钱，所以经委可以强制要求必须是"联合制造"，并逐步提高国产化水平。而后者所需要的投资是省一级政府能够筹措到的，人家自己掏钱买设备，国家又有什么理由去说三道四呢？

大型的化工设备企业都是国家直属的，省里养不起这样大的企业。而化肥厂却是属于省里的，生产出来的化肥以及获得的利润，都是省里的好处。哪个省愿意放弃嘴边的肥肉，拿去给国家直属的化工设备厂练技术？

至于说到引进设备能够给当事者个人带来的好处，就更摆不上台面了，可谁又能说这方面的因素不重要呢？

冯啸辰现在跳进去的，就是这样的一个旋涡。这次的考察团是由经委牵头的，从一开始商定参加人员的时候，就已经是矛盾重重、剑拔弩张，让经委领导都头疼不已。因为涉及大型装备引进的问题，经委便要求重装办派人参加，相机协调。罗翔飞也知道这件事的麻烦之处，带着死马当活马医的心态，派出了自己的看家法宝冯啸辰，希望以冯啸辰的机智，能够在这团乱麻中间梳理出一个头绪来。

大化肥设备考察团与秦重的轧机设计代表团是同机前往日本的。冯啸辰原打算在飞机上和考察团的人员多聊一聊，谁料想一上飞机就被胥文良和崔永峰给拉过去了，谈了一路的轧机问题。这会好不容易把胥文良他们送走，冯啸辰这才回到自己的团队里来了。

"小冯，我给你介绍一下，这位是日本化工设备协会的副理事长乾贵武志先生。"

考察团团长王时诚看到冯啸辰过来，笑呵呵地给他引见着日方前来迎接的人员。王时诚是经委的一名副司长，而重装办是设在经委下面的机构，所以王时诚算是冯啸辰的间接上级。不过，王时诚是个挺聪明的人，他早就听说大主任张克艰对冯啸辰颇为欣赏，而且由于冯啸辰出了一个成立经纬咨询公司的主意，解决了经委许多待业子弟的就业问题，经委许多干部都对他心存感念，因此王时诚也就不便在冯啸辰面前摆上级的架子了，话里话外对他都很是客气。

"乾贵先生，很高兴认识你。"

冯啸辰走上前，与乾贵武志对鞠了一躬，用日语向对方打着招呼。

"想不到小冯你的日语这么好！"王时诚半真半假地发出一声惊叹，"怪不得罗主任那么器重你。对了，乾贵先生，我忘了向你介绍了，这位是我们经委重大装备办公室的副处长冯啸辰先生，有关重大装备引进的问题，便是由冯处长所在的部门直接负责的。"

后面这句，他便是向乾贵武志说的了。翻译把他的话译给乾贵武志，乾贵武志脸上露出几分惊讶之色，接着便向冯啸辰又鞠了一躬，说道："如此说来，这一次贵我双方的合作，就要多多仰仗冯处长了。"

冯啸辰笑道："哈哈，乾贵先生搞错了，刚才王司长是在跟你开玩笑呢。王司长是我的领导，我们代表团里所有的人都是我的领导，我只是给他们当当翻译、跑跑腿的勤杂工罢了。不过，还是希望我们合作愉快吧。"

乾贵武志也分不清王时诚的话和冯啸辰的话谁更靠谱，但本着宁可错杀、决不错过的念头，他还是向冯啸辰客客气气地说道："对对，合作愉快。来，各位，这边请，我们先到宾馆去下榻，然后到东京郊外最负盛名的疗养地去泡泡温泉，解解旅途上的乏累。"

第 二 百 二 十 九 章

"小日本真是会享受啊！"

穿着日方免费赠送的高档化纤泳裤，泡在热腾腾的温泉池子里，喝着鲜榨的果汁，郝亚威目光迷离，对身边的冯啸辰感慨万千地说道。

冶金局撤销后，郝亚威被调整到了经委工业交通司，依然当了一名分管预算拨款的处长。这一次大化肥考察团赴日考察，他也是成员之一。在整个考察团里，与冯啸辰关系最好的，就莫过于郝亚威了，这倒还不仅仅是因为他们俩同在冶金局工作过，而是因为在德国的时候，冯啸辰曾经帮郝亚威买下过一部打折的莱卡相机，这台相机至今仍然是郝亚威家里最贵的物件。这么说吧，在郝亚威家里，孩子自然是地位最高的，其次是郝夫人，然后便是那台莱卡相机，郝亚威自己只能屈居第四。

"咱们国内也有温泉吧，汤山那边，据说温泉的质量还挺好的呢。"冯啸辰不以为然地说道。这个池子，相比后来国内的豪华温泉，应当算是比较简陋的了。在冯啸辰的印象中，后来在京北的汤山一带就有几处颇为奢华的温泉酒店，泡一次的花费足够一户工薪人家一个月的生活费了。

郝亚威笑道："你说汤山温泉啊，那就是一个大澡堂子，男的一池子，女的一池子。我去泡过几回，五分钱一次，倒是不贵，听说能治关节炎和哮喘啥的，有不少老头每星期都去的。"

不过，时下国内的情况的确如此，大家的温饱也就是勉强刚刚解决，哪有闲钱去享受温泉。温泉浴对于国人的价值，就是一个澡堂子，加上少许的医疗功效，不像日本这边，已经成为一种休闲、享受的方式了。

"郝处长，冯处长，啥时候到我们滨海省去，我们那里的谷山温泉，也是赫赫有名的呢。相传早年乾隆下江南，路过我们滨海，当地士绅就请他去泡温泉，现在谷山上还刻着一行字，天下第一汤，说是乾隆的手笔。"

滨海省化工厅的生产处处长郑斌游到他俩身边坐下来，笑吟吟地发出了邀请。这一回，他来日本的目的就是为滨海省引进一套大化肥设备，省里给化工厅的指令是，必须是原装进口，三年投产。听说国家有政策要求新建项目必须达到一定的国产化比例，郑斌颇感头疼，这些天正在拼命地游说各部委官员，希望能够在政策上网开一面，让他完成省里的托付。

"谷山温泉吗？的确是很有名气啊，一直都没有去过，啥时候去叨扰叨扰郑处长。"郝亚威随口应道。

"郝处长，我听说，中央有要求，不能再成套进口大化肥设备，必须采取国内分包的方式。这件事，有没有明确的文件规定啊？"郑斌压低了声音，向郝亚威问道。

郝亚威用手一指冯啸辰，笑道："郑处长，你问我可是问错人了，大化肥属于重大装备，现在都划到重装办管了。小冯处长就是重装办的人，你应该问他才对。"

"呵呵，是啊，是啊，我们在地方上，弄不清楚部委里的分工，原来这方面的工作是冯处长负责的。"郑斌装出无知的样子，腼腆地笑着，向冯啸辰点头致意。

其实，他怎么可能不知道这方面的权责关系呢？他此时凑过来，就是为了向冯啸辰打听消息的，只是他与冯啸辰素未谋面，必须要借郝亚威来搭个话而已。

冯啸辰对郑斌的心思也是非常清楚，此时并不点破，只是淡淡地说道："有关政策方面的事情，是罗主任他们这一级的领导掌握的，我就是帮领导跑腿打杂的而已，哪里会知道得这么详细？"

郑斌抓住冯啸辰话里透出的一点松动，问道："没关系，没关系，冯处长就算是只知道一点，也比我们下面的人强多了。关于大化肥成套设备引进的问题，中央的态度到底是怎么样的？"

冯啸辰没有回答，反而向郑斌问道："咱们省里的态度，是怎么样的呢？"

郑斌是个正处长，冯啸辰是个副处长，年龄也比郑斌小得多，但他可以不回答郑斌的问题，郑斌却不能不回答他的问题。究其原因，那就是京官与地方官的差异。京城的部委官员平时自己调侃，说司长遍地走，处长不如狗。但到了地方官员面前，他们就属于见官大三级。像郑斌这样的省厅官员，见了郝亚威和冯啸辰，就必须一口一个领导地恭维着，而后者也能坦然接受。

"我们地方上的态度嘛，还是觉得直接成套引进更为理想。这中间的道理也是很明显。一来，成套引进可以节省时间，设备每提前一年投产，就能够为我们省里的农民早一年提供大量的化肥。你们知道，农村搞了承包制之后，农民的种田积极性空前高涨，连带着对化肥的需求也就与日俱增了。这两年，我们省每年都要因为化肥销售的问题发生几十次斗殴事件，其实那都是没买到化肥的农民情绪激动，一时冲动才起的纠纷。"郑斌用激动的语气说道。

"这方面的情况，我们在调研的时候也听说过。"冯啸辰微微点头，表示这个问题可以不用再铺陈开了。

"二来嘛……"郑斌也是聪明过人，马上就进入了下一个主题，"说起国内的设备制造企业，当然，他们都是非常努力的，这一点我们也都承认，但国内的技术水平和国外还有不小的差距，这一点也是客观存在的，不能说是咱们的企业不努力，对不对？"

"你说得对。"冯啸辰点点头。他知道郑斌这样说就是要贬损那些化工设备企业了，事先说一些话垫一下，省得太得罪人而已。

果然，郑斌做完铺垫，就开始发牢骚了："这样一来呢，他们提供的设备无论是质量还是进度，都有些差强人意，有时候让我们下面的人真是很头疼。前年，我们建一座 5 万吨的尿素厂，是请国内某家企业负责的。2 台容积不到 10 立方米的分子筛容器，交货时间就能延期了 3 个月，而且筒体上的焊缝多次返工，到现在还有隐患。还有 4 台炉水预热器，技术要求并不高，两年不到，就坏了 3 台，给我们造成了很大的损失。你们说说看，这种都算不上是高、精、尖的设备，都不能保证质量和工期，我们怎么敢把 30 万吨的大装置交给他们？"

"这是哪家企业提交的设备？"冯啸辰问道。

"是新阳第二化工设备厂。"郝亚威解释道，"老郑前几天就跟我们几个说起过。"

出国之前，照例是有几天集中培训的。冯啸辰因为懂日语，又有其他的事情牵扯，所以没有参加。在那期间，考察团的成员们已经有过一些接触，有关新阳第二化工设备厂为滨海省提供尿素设备的事情，郑斌已经在私下里跟不少人聊过，所以郝亚威能够说出厂家的名称。

在这一次的考察团中，就包括了新阳二化机的人员。郑斌说他们坏话的事情，其实也已经传到新阳二化机的耳朵里了，他们对此事也只是闷在肚子里生气，而无法找郑斌说理。要论起来，郑斌可真没造谣，新阳二化机提供的那套设备，的确出了不少问题，怨不得人家用户抱怨。

"新阳二化机，我知道了。"冯啸辰点点头，并不过多评论，这让郑斌颇有一些失望。

"国家希望掌握大化肥设备的制造能力，这一点我们都是理解的，而且是举双手赞成的。但是，我们基层的难处，国家也应当考虑吧？像新阳二化机这样的企业，我们是真的有点不敢合作的。"郑斌装出一副可怜巴巴的样子，说道。

"嗯，地方上的同志能够理解国家的政策，就很难得了。"冯啸辰直接略过了郑斌后面的话。开玩笑，他是重装办的人员，当然是倾向于国产化的。国产化是一项政治任务，郑斌这些人有再大的意见，也不敢公开反对，只能是找客观理由而已。不过，国产化中存在的问题，冯啸辰也是必须要正视的。反正考察的时间还长，他准备找机会和新阳二化机的人员也聊一聊，看看他们对这个问题到底有什么想法，是知耻而后勇，而是打算靠着国家的保护来混日子。

"各位，大家都泡好了吧？我们准备了一顿正宗的日本料理，请大家赏光。"乾贵武志恰到好处地出现了，他裹着浴袍，笑容可掬地向众人发出了邀请。

第 二 百 三 十 章

日本化工设备协会的态度是非常热情的，也是非常真诚的。一个 10 亿人口的农业大国，需要多少化肥设备，谁都能估计得出来。天字第一号的大客户来到自己面前，不热情、不真诚，那还能叫作经济动物吗？

在随后的十几天时间里，乾贵武志带着考察团一行在日本各地巡游，东京、横滨、岐阜、大阪。每到一处，除了参观当地的化工设备制造商以及大型化肥厂之外，余下的就是体味当地的风情，泡温泉、吃日餐、看歌舞伎表演、上街购物，让一干中国人玩得乐不思蜀。

能够进入这个考察团的，也都是有些身份的人，司局级就有六七个，处级干部根本就不算什么。也就是企业里的那些人员地位低一点，可架不住人家手里有钱，临到需要考察团自己花钱的时候，都是这些企业的人上赶着去付账的。

"冯处长，这套护肤品打完折才合 100 多块钱人民币，你不买上一套，回去送给你爱人？资生堂可是日本的大牌子，听说有上百年的历史呢。咱们国内的女同志都知道这个牌子，你如果买一套回去送给你爱人，她肯定得高兴坏了！"

新阳二化机的副厂长邓宗白拉着冯啸辰，凑在一个护肤品柜台前，热情地推荐着，就像他是资生堂的销售小姐一般。他有一点说得不对，那就是在这个时候，国内还真没有多少女性知道资生堂的名字，也就是一些官太太们有这样的见识而已。这些官太太平日里也就能够在嘴上说说，谁也舍不得真的去买。一套资生堂的护肤品实在是太贵了，一支手霜的价钱足够买一箱"百雀羚"了，谁花得起这样的冤枉钱？

可是，买不起归买不起，对于那些家境还过得去的女性来说，谁又不喜欢这类奢侈品呢？这趟到日本来，考察团里八九成都是男性，而其中起码又有五六成带着给老婆买资生堂的重任。这种东西在日本买，能够比在中国国内便宜一半以上，如果遇上打折销售，又能再便宜两三成，花钱不多，却能够博老婆一笑，这种好事可是"妻管严"们最乐意干的了。

这几天，像郑斌这样的化肥设备用户在拼命游说冯啸辰，而邓宗白这种设备制造商也同样在往他身上贴，想把他拉到自己的阵营里来。今天乾贵武志安排大家在大阪逛街，邓宗白便盯紧了冯啸辰，不断地怂恿他买东西。

邓宗白知道，官员们出国来，只能领到少许的外汇作为零花钱，如果要买东西，就只能找企业的人借外汇，而这就是企业能够巴结官员的机会。他如果知道冯啸辰是个身家几百万西德马克的大富翁，恐怕就不会再这样说话了。

"邓厂长，资生堂就免了吧，我现在还是光棍一条呢，买了也不知道送给谁呀。"冯啸辰笑呵呵地婉拒了邓宗白的好意。

在他京城的宿舍里，放着五六套欧美的护肤品，什么香奈尔、雅诗兰黛、兰蔻之类，都是他那个时尚而且热情过分的德国三婶送给他的。依着冯舒怡的愚见，冯啸辰可以拿着这些护肤品套装在京城勾搭到一大群女孩子，同时脚踏七八条船也不为过。冯啸辰对于冯舒怡的这个提议敬而远之，在那个年代里搞三角恋无疑就是自绝于人民，流氓罪这个罪名就是为这种人准备的。

"怎么，冯处长还没对象吗？"邓宗白装出惊讶的样子，"哎呀，我们厂就有合适的，大学生，人长得漂亮，性格也好，怎么样，冯处长如果有想法，我回去就给你介绍，不敢多说，五个以上，随便你挑。"

冯啸辰暴汗，这听着怎么有点像是选妃的样子啊，新阳二化机为了拉自己做同盟，也真是够下本钱的。

"这件事，还是从长计议吧。"冯啸辰道，"邓厂长，我看你倒是可以买上一套，回去送给你爱人。对了，你女儿也该挺大了吧，是不是也该给她挑一套？我帮你讲讲价钱，说不定还能再落点折扣下来呢。"

"哈哈，不管她们，一个是乡下老太婆，一个是乡下柴火妞，用点什么友谊润肤脂都是多余的，要依我的话，擦点蛤蜊油足够用了。"邓宗白毫不留情地把自家的妻女都给贬了一通。

"邓厂长，这话我可记下了，下回我上你们新阳去，可得讲给嫂子听。"冯啸辰装出一副威胁的嘴脸说道。

"这可不行！这话也就是在背后说说，我那个老伴是车工出身，厉害着呢。"邓宗白赶紧告饶，接着又顺梯下房地说道，"嗯，也好吧，冯处长，你懂日语，帮我问问看，这些护肤品到底有啥区别。"

冯啸辰正待上前去和售货员沟通，忽然听到旁边有人"咦"了一声，接着便是一句中文："是……是冯处长吗？"

冯啸辰转头一看，不由得也惊讶地喊起来："高师傅，怎么会是你啊！"

说话那人，原来正是通原锅炉厂的电焊工高黎谦，因为钳夹车抢修的事情而与冯啸辰认识了，后来因为杜晓迪没能进入电焊工大比武的前 20 名，冯啸辰专门去机械部进行了斡旋，又见了高黎谦一次。此时在大阪街头遇到高黎谦，冯啸辰还真觉得有些意外，转念一想就反应过来了，那一次大比武的一个奖励就是前 20 名优胜者会被送到日本来培训一年，这会高黎谦应当是刚到日本三个月左右，只不过冯啸辰此前并不知道他们培训的地方是在大阪。

想到这里，冯啸辰的心里蓦然涌起了一阵春潮，高黎谦在这里，那么杜晓迪呢？

"冯处长，真的是你啊！怎么，你是来日本出差的，还是来学习的？"高黎谦也算是他乡遇故知，脸上泛着欣喜的神色。他与冯啸辰打过两次交道，对冯啸辰的印象非常好，此时在异国他乡遇到，喜悦之情自然是难免的。

"我是来考察大化肥设备的。"冯啸辰解释道。他把身边的邓宗白向高黎谦做了个介绍，听他们俩互相客套了两句，便又继续问道，"怎么，高师傅，你们培训的地方就是在大阪吗？"

"是的，我们21个人到日本以后就分开了，我和小杜是在大阪的鹤羽工业会社培训，他们是搞压力容器的，业务范围和我们一样。其他那些师傅也都各自在对口的公司培训，有些在大阪，还有一些在其他地方，我也说不过来。"高黎谦唠唠叨叨地说道。他本来不是喜欢说话的人，但可能是因为太长时间没有和其他人说中国话了，他这会颇有一些兴奋。

"晓迪……啊，不，我是说小杜没跟你一块上街来吗？"冯啸辰问道，他脱口而出一句"晓迪"，话已出口，又觉得这个称呼可能显得过于亲昵了，没准会让高黎谦觉得不悦，于是便迅速改口了。

高黎谦把冯啸辰的语气变化听得清清楚楚的，心念微动，说道："小杜没出来，她到了日本以后总共也没出过厂门几次，完全都钻到技术里去了。白天跟着日本这边的师傅学习，晚上就自己抱着一本日汉辞典学日语，看那些日文的技术资料。啧啧啧，那股劲头，我可真是学不了，难怪在我们几个年轻徒弟里，师傅最看重她了。"

"这个还真得劝劝她，劳逸结合也是需要的嘛。"冯啸辰说道。

高黎谦试探着问道："冯处长，你要不要去看看小杜？不过鹤羽会社离这里有点远，坐公交汽车过去差不多得有40分钟呢。"

"好啊，我今天其实也没啥事，考察团今天休息。"冯啸辰顺着高黎谦的话说道，其实他在看到高黎谦的那一刹那，就想着要去看看杜晓迪了，正在犹豫着如何开口，却不料高黎谦抢着给他送来了台阶。又转念一想，没准高黎谦还真是故意这样说的，是人就有八卦之心，在李青山的那几个徒弟里，没准怎么编排他和杜晓迪的事情呢。

"对了，高师傅，你上街来是不是有什么事情，不会耽误你的事吧？"冯啸辰问道。

高黎谦看了看卖护肤品的柜台，笑着说道："其实我也没啥事，就是随便看看。我刚才还琢磨着，把生活费节省一点下来，等到回国的时候，给媳妇带一套资生堂回去，让那老娘们也能在厂里的姐妹们面前嘚瑟嘚瑟。"

第 二 百 三 十 一 章

冯啸辰找到团长王时诚，向他请假，理由是去看望几位重装办派出来培训的工人。按照规定，这种出国的考察团是不允许个人无故脱团的，主要是怕有人借机逃走，造成恶劣的国际影响，这种事情在此前是发生过的。不过，王时诚是比较放心冯啸辰的，年轻的副处长，又颇得经委大领导和重装办主管领导的赏识，这种人完全没有私自出逃的理由。他向冯啸辰叮嘱了几句注意外事纪律以及注意安全之类的话，便让他离开了。

冯啸辰与高黎谦出商场的时候，冯啸辰的手里已经拎上了两个精美的大纸袋，那是两套今年新款的资生堂护肤品。资生堂的护肤品是有年龄讲究的，哪个年龄用哪种类型，绝对不能弄错。冯啸辰虽然不懂这个，但他可以向售货员打听。最后，他买下了一套适合20岁上下女性的，以及另外一套适合于25岁左右女性的。

"冯处长，你这是……打算送给小杜?"高黎谦看着冯啸辰手里的纸袋，诧异地问道。

"难得在日本见面，给你们俩送点小礼物。"冯啸辰把那套适合25岁左右的护肤品递到高黎谦面前，说道，"这是我送给嫂子的，你可千万别嫌弃。"

"这怎么行! 这……这很贵的!"高黎谦像被烫了手一样，拼命地拒绝着。他是个模范丈夫，因为心里存着给妻子买一套护肤品的想法，所以这一段时间也经常逛护肤品柜台。他知道，冯啸辰买的这个，可不是那种打折的过时货，而是当季的流行品，二者的差价能高出一倍多，这是高黎谦做梦都舍不得买的档次。

冯啸辰笑道："贵不贵都是我送给嫂子的东西，与你有什么关系? 高师傅，你要做的，就是写个纸条，嗯，最好画个什么桃心之类的，放到这纸袋里去。我回去的时候，直接带回国，再给嫂子寄过去，就说是你省钱买的。"

"不行不行，这绝对不行。"高黎谦坚持道。

冯啸辰耍赖道："我已经买了，你让我怎么办？"

高黎谦道，"要不，就一块送给小杜吧，她多用一段时间就是了。"

冯啸辰道："高师傅，你这可是让我招骂呢！你看看，这套护肤品上面写明了仅供 25 至 28 岁女性使用，如果送给小杜，岂不是说她太老吗？"

"这……"高黎谦傻眼了，他还真不懂这个，或者说，即使是知道，也根本不会在意。他们出来之前，都突击学习了一点日语，这套护肤品包装上写的年龄限制，他也认得出。冯啸辰以这个理由说不能送给杜晓迪，好像还真的能站住脚。

"要不……"高黎谦想了想，咬咬牙说道，"要不，我给你钱吧，你帮我带回去，就算我提前给媳妇送礼物了。"

冯啸辰把纸袋硬塞到高黎谦手里，佯嗔道："高师傅，你当我是朋友，就别废话，踏踏实实收下，回头写封信搁里头，再写上嫂子的地址，我回头给你带回去。给钱之类的话，你敢再说一次，我以后就不认识你了。"

高黎谦无语了，他是个憨厚的老实人，还真不知道该如何跟人客套。他低着头讷讷地想了一会，说道："好吧，那我就替我媳妇谢谢冯处长了。现在也没机会，等我培训完回国了，给冯处长寄我们东北的大松蘑，你可不许不要！"

"你如果寄少了，我可不依你！"冯啸辰笑着说道。

话说到这个程度，高黎谦心里也就平衡了。他其实还有一个想法，那就是觉得冯啸辰如此大手笔地给他送礼，真正的目的是在杜晓迪身上。以后还有大半年时间，自己多在杜晓迪面前说说冯啸辰的好话，多照顾照顾杜晓迪，也就算是还上冯啸辰的这个人情了。

要说这套护肤品，还真是比那些打折货要漂亮得多，媳妇看见了，估计会笑疯了吧？高黎谦想着妻子那爽朗的笑容，心里像喝了蜜一般的甜。

"Taxi!"

冯啸辰没搭理已经进入花痴状态的高黎谦，伸手拦住了一辆出租车。拉开车门，便招呼高黎谦坐进去。

高黎谦愣了一下，拉着冯啸辰低声说道："冯处长，日本的出租车很贵的，咱们还是坐公共汽车吧，虽然麻烦点，要换两次，可价钱便宜多了。"

冯啸辰看看表，道："我们团长给我准的假时间不多，咱们还是省点时间吧。费用方面，你不用替我担心，实不相瞒，我的亲奶奶是在西德的，她平时会补贴我一点零花钱。"

"哦，原来冯处长有海外关系，难怪……"高黎谦这才恍然大悟，看着手里那一袋子护肤品，也不再觉得扎手了。他们厂里也有几家是有海外关系，那都是八竿子打不着的什么远房叔叔、七舅姥爷之类的，随便寄点钱回来，也能让这几户人家一步进入小康了。如果冯啸辰真有一个亲奶奶在西德，他买一套护肤品，打一趟出租车，能算得了什么呢？

两个人坐着出租车回到鹤羽会社，这是建在大阪郊外的一家工厂，规模不小。高黎谦和杜晓迪是被安排在厂子外面的一处民宿居住的，一人一个鸽子笼大小的房间。高黎谦先回自己房间，把冯啸辰送他的那套护肤品放下，然后才带着冯啸辰来到了杜晓迪住的房间门外。

"笃笃，笃笃。"高黎谦轻轻敲了敲门。

"谁呀！"屋里传来杜晓迪的声音，说的却是日语。女孩子毕竟比男性更有语言天赋，经过短时间的培训，再加上到日本三个月，杜晓迪的日语已经说得挺不错了，至少刚才那一句的发音就没什么硬伤。

"小杜，是我！"高黎谦答道，"你快开开门，看看谁来了。"

门开了，杜晓迪出现在门里。她第一眼看到了高黎谦，没等招呼，紧接着就看到了跟在高黎谦身后、面含微笑的冯啸辰。小姑娘瞪大了眼睛，伸手遮着嘴，脸上的表情在一瞬间就由惊讶变成了压抑不住的喜悦。

"冯……冯处长，怎么会是你呀！"杜晓迪的声音都有些变调了，带着几分笑音，又像是喜极而泣的样子。

"专程来看看你，可以吗?"冯啸辰笑道。高黎谦在旁边撇了撇嘴，还是人家京城里的人套路深，撩个妹都这么炫，换成自己，还真不好意思撒这种弥天大谎。人家姑娘听在耳朵里，那可就会感动得要投怀送抱了。

"你……"看着冯啸辰向自己伸出的手，杜晓迪迟疑了一下，脸一红，终于没勇气去握，她用手指了指屋里，说道，"快请进来吧……啊，不行不行，太乱了，等一分钟，让我先收拾一下。"

说着，她像惊了的鸟儿一般，转头冲回屋子里，乒里乓啷地拾掇了一番，这才气喘吁吁地重新出来，请高黎谦和冯啸辰二人进屋。

"乱得很，是吧?"招呼着冯啸辰在床前的椅子上坐下，又让高黎谦坐在床沿上，杜晓迪怯生生地说道。

这个房间，总共也就是八平米不到，其中有两平米被隔开成了盥洗室和卫生间，余下的地方贴着墙摆了一张单人床，加上衣柜、书桌等等，能够活动的地方也就是两三平米了。日本是一个人多地少的国家，对土地的节约贯彻在每一个细节上。像这种民宿，每个房间都很小，不过却是五脏俱全，各种生活设施应有尽有。

杜晓迪此前说自己的房间很乱，也就是一种女孩子的本能，总是担心有什么没做好的地方被别人看见，会笑话自己。以高黎谦和冯啸辰的眼光来看，这个屋子收拾得井井有条，处处透着一种细腻和温馨的气息。

在小桌子上，摆着一叠日文资料，中间夹着长长短短的纸条子，明显是读者留下的标记。资料旁边则是一本很厚的日汉辞典，是国内出版的。冯啸辰伸手把辞典拿过来一看，只见书页的边缘都已经被摸得变成深褐色了，这才短短几个月的时间呢。

"怎么，刚才在看资料吗?"冯啸辰问道。

杜晓迪也在床沿上坐下了，听冯啸辰问起，她点点头，道："是啊，礼拜天也没啥事情，就在屋里看看书了。"

"能看懂吗?"冯啸辰又问道。

杜晓迪道："一开始挺难的，好多日语都不认识，看一页书要翻上百次辞典。现在好多了，有些词看多了就认识了。"

冯啸辰把辞典放回去，又抄了一本资料过来看，里面圈圈画画的，留下不少娟秀的笔迹。他细细读了几行，不禁吃惊道："这些资料非常难啊，你就凭着一本辞典啃下来了？"

杜晓迪有些难为情地说道："其实，多看看也就懂了。"

高黎谦在旁边说道："冯处长，你是不知道呢，小杜来日本以后，天天像魔怔了似的，回来就看资料，有时候还带着资料去车间，师傅说休息的时候，她也坐那看。你看看，这几个月下来，都瘦成啥样了？"

第 二 百 三 十 二 章

"我瘦了吗?"

杜晓迪下意识地抬手去摸自己的脸。冯啸辰就坐在她面前不过半米远的地方,看到她抬起来的手,不由一愣,情不自禁地便伸出手去,一把抓住了她的手腕。

"你干嘛呀!"杜晓迪吃了一惊,有心想甩开冯啸辰的手,可胳膊却突然不听使唤起来,一点力气也用不上,脸早窘得通红了。

高黎谦在旁边看到这一幕,赶紧把脸转开了,装作在研究墙上的楔形文字。

冯啸辰没意识到自己的动作有什么不妥,他把手腕一翻,正好让杜晓迪的手落到了自己的手心里。他伸出另一只手在杜晓迪的手背上摸了一下,然后抬头盯着杜晓迪质问道:"你的手怎么弄得这么粗糙了,出了什么事情?"

"你放手呀!"杜晓迪压低声音恶狠狠地说道,见冯啸辰没有反应,她又换成了哀求的口吻,还是低声地说道,"你放开手好不好,你放手,我就讲给你听。"

冯啸辰这会才反应过来,好像自己的举动是有些唐突了。现在不比21世纪,在新世纪里,男男女女互相拉下手不算个啥,但在时下,没来由地去拽人家姑娘的手,是会被挂牌子游街的。想到此,他松开了杜晓迪的手,讪讪地说道:"呃,对不起,我……我没别的意思,就是……关心则乱吧。"

其实,也难怪冯啸辰会吃惊,一年前,他和杜晓迪初次见面的时候,也曾注意过她的手。作为一名电焊工,杜晓迪的手掌上有老茧,但手背却是光滑圆润的。而刚才这会，冯啸辰看到的是一只粗糙起皮的手，像是常年在地里劳作的农夫一般，这如何不让冯啸辰惊异而且心疼。

"人家……"杜晓迪芳心乱跳，垂着头，用另一只手捂着刚才那只手的手背，不想让冯啸辰看到。转念一想，另外那只手的手背也同样起了一些老皮，落到冯啸辰眼睛里仍然有些不堪，于是索性把手反到了身后。她倒没觉得冯啸辰刚才的举动是冒犯了她，相反，她还被冯啸辰说的那句"关心则乱"给深深地感动了。

关心则乱……原来他一直都关心着我的呢？

"人家是工人嘛，手本来就粗……哪像你们当干部的，细皮嫩肉的。"杜晓迪嘟囔着说道。

高黎谦这会也不好再装瞎子，装得太过头反而显得刻意。他讪笑了两声，说道："这个嘛，其实我也觉得来日本以后，皮肤有些变糙了，可能是水土不服吧。"

杜晓迪的皮肤变差，原因是多方面的，水土不服，饮食不习惯，加上熬夜看书，这都是皮肤保养的大忌。她自己明白这一点，有时候也在心里着急，但因为在这里没有其他人关心她的皮肤如何，她也就听之任之了。现在这个变化被冯啸辰看见了，她又是窘迫，又是担心，担心的地方，自然是怕这个男孩子会因此而看不起她。

"不知道你会来日本，要不让你给我带两盒蛤蜊油来的，我带来的都用完了。"杜晓迪给自己找着理由，同时也是没话找话说。

"哈哈，不用了。"

冯啸辰也从刚才的惊愕中回过神来了。当着一个女孩子的面说人家皮肤不好，是挺犯忌的。冯处长情商不算太高，但多少还有那么一点。听到杜晓迪说起蛤蜊油，他一反手，从身后拎过来那袋专门为杜晓迪买的护肤品，笑着说道："看看，我是不是未卜先知，知道你的蛤蜊油用完了，这不就给你送来了吗？"

"资生堂！"杜晓迪吃惊地看着眼前一个精美的纸袋，失声叫道。她虽然到日本之后就一门心思扑到了学技术上，但还是抽空进过几回大阪市区，也去光顾过护肤品商店。女孩子在研究护肤品方面从来都有无师自通的天分，所以冯啸辰把袋子一拿出来，她就知道这是什么，甚至还能回忆起自己曾经看过的价签上那一串长长的日元数字。

"送给你的，喜欢吗？"冯啸辰把袋子递过去，说道。

"给我？"杜晓迪的反应和高黎谦如出一辙，她也是连连地摆着手，说道，"这可不行，我不要！"

"你就收下吧，就当是……嗯，劳保用品。"冯啸辰说道。

"劳保用品？"杜晓迪扑哧一声就笑出来了，同时伸手接过了那个纸袋，"呀，这可是资生堂1982年的最新款呢，一套好像要400多块钱呢。如果劳保用品都发这样的东西，我们厂子非要发穷了不可。"杜晓迪从纸袋里翻看着，不时拿出一个软管或者小玻璃瓶把玩一番，一脸欢喜的样子。虽然她还没有决定要不要收下这套护肤品，但能够拿到手上摸一摸，也是一种享受。

"这和你们厂可没关系，是我们重装办给你们发的。"冯啸辰笑道。

"真漂亮。不过，冯处长，我真的不能收，这太贵重了。"杜晓迪说着，把纸袋还给了冯啸辰。

"老高，你给小杜解释一下政策。"冯啸辰没有接，转头对高黎谦说道。

高黎谦苦笑了一声，唉，拿了人的手短啊。自己这算不算给冯处长当了帮凶呢？好像也不能这样说吧，人家冯处长是好人，年轻有为，性格也好，人品也端正，师妹能够和他走到一起，应该不算是进了火坑吧？

高黎谦在心里和天人打着仗，嘴里却说道："小杜，人家冯处长一片心意，你就收下吧。不瞒你说，冯处长给我媳妇也送了一套呢，他说咱们在日本辛苦了，他是以他个人的名义来慰问咱们的。"

"原来嫂子也有一份？那……那我就收下了，谢谢冯处长啦。"

杜晓迪拖着长腔，美滋滋地收下了这份礼物。

一套高档护肤品对于一个工薪层的女孩子是有着绝对的杀伤力的，更何况这是来自于一位自己颇有一些好感的男孩子。杜晓迪先前拒绝，只是觉得东西太贵，而两人的关系又没到这个程度，现在听说高黎谦也收了一份，她就没有心理压力了。冯处长说得对，劳保用品嘛，过去厂里也发过蛤蜊油的。

"走吧，我请二位吃顿便饭，你们不会拒绝吧？"冯啸辰送出了礼物，心里高兴，站起身来邀请道。

"要不……"高黎谦也站起身，他看了看杜晓迪，有心说应当是他们俩请冯啸辰吃饭才行。话到嘴边，终于还是没说出来。日本这个地方吃顿饭贵得吓人，一碗面条就要 700 日元，合五六块钱人民币，要想请冯啸辰吃一顿过得去的便饭，他们俩非得搭上一个月的生活费不可。

"你们别跟我客气了，我请你们是应该的。"冯啸辰说道。

"嗯，好吧。"杜晓迪说道，"师哥，冯处长，你们先走一步，我换件衣服。"

杜晓迪换上一件压箱底的漂亮衣服，与冯啸辰、高黎谦一道走出了民宿。冯啸辰四下张望了一下，问道："对了，你们平时都是在哪吃饭的？"

杜晓迪道："是会社给安排的，就是让民宿的阿姨给我们做。"

"是会社出钱？"冯啸辰问。

"不是的，是机械部统一给的生活费。"高黎谦道，"一个月是 2 万日元，合咱们的人民币是 150 块钱的样子。"

"一个月才 2 万日元？"冯啸辰吃惊道。150 元人民币的生活费，放在国内当然是极其奢侈的，但在日本这个地方，恐怕连吃饱都是奢望了。街上一碗面条就是 700 日元，2 万日元相当于 30 碗面条。日本街上的面条冯啸辰是见识过的，以他的饭量，一顿起码得有两碗才能吃饱，那么杜晓迪、高黎谦他们是怎么生活的呢？

"日本的物价太贵了。"杜晓迪低头说道，"其实民宿的阿姨对我们挺好，每天给我们做饭团，有时候还会放点肉松、梅子什么的，味道挺好的。"

"没有菜吗？"冯啸辰问道。

"其实，日本人自己吃得也挺节省的。"杜晓迪答非所问，却印证了冯啸辰的猜测。

"难怪。"冯啸辰心里有数了。每天两个饭团,夹点肉松、乌梅之类,估计还会有些酱油来调味吧。这样的饭食吃一两回还挺新鲜的,三个月吃下来,人不消瘦才怪呢。刚才看到杜晓迪的手粗得像老树皮一样,其实与伙食也是有关的,这是典型的维生素缺乏症嘛。

"走吧,我带你们去吃大餐,今天让你们把三个月的亏空都吃回来!"冯啸辰豪爽地说道,"你们想吃什么,寿司,天妇罗,三文鱼刺身,尽管说!"

杜晓迪迟疑了一下,像下决心似的跺了一下脚,狠狠地说道:

"我……我想吃面条!"

说完这句,不知咋的,她的眼泪一下子就涌出来了。

第 二 百 三 十 三 章

"慢点吃，还有菜呢。"

看着坐在自己面前狼吞虎咽吃着日式面条的杜晓迪和高黎谦，冯啸辰自己也想掉眼泪了。两个东北人，跑到日本来，天天只有饭团吃，没有一点面食，这简直就是生理摧残啊。

日本的餐饮业足够发达，杜晓迪他们如果想出去买面条吃，自然也是可以的。但一碗面700日元，这是他们能吃得起的吗？

馋了好几个月，终于有机会说出想吃面条这句话，杜晓迪那份委屈，冯啸辰是感同身受了。

日本菜很贵，但相对于冯啸辰的身家来说，就是小意思了。他从国内出来的时候，没带多少外汇。但到了东京之后，他去了一趟德国明堡银行的东京分行，报出一个账号，取到了200万日元作为在日本期间的花费。他的三叔冯华是明堡银行的高管，早就给他开立了一个明堡银行的账户，他可以在全球各地的明堡银行分行或者其他与明堡银行有业务往来的银行提取现款。

看到杜晓迪受困于每天700日元的伙食费，冯啸辰真是心疼至极。他叫了辆出租车，带着杜、高二人来到大阪市区，找了一家非常上档次的馆子，把自己能想到的好吃的东西都点上了。

照着杜晓迪的要求，他先给二人要了日式乌冬面，这面条与东北的面食口味略有不同，但对于吃了三个月米饭的这两个东北人来说，简直就是珍馐美味了。除了面条，他又点了肉食、海鲜、蔬菜等等，摆了一大桌子。杜晓迪和高黎谦一开始还有点拘谨，待到吃起来，也就放开了。一桌子好东西，冯啸辰自己没吃上几口，全进了杜、高二人的肚子。

"怎么样，饱了吗，要不要再来点？我看他们这里的烤鳗鱼也不错。"冯啸辰好心好意地询问着。

杜晓迪和高黎谦二人对视一眼，不约而同地举起一只手，向冯啸辰摆了摆，意思是说不要了。到这会，两个人才发现自己刚才吃得太多了，现在已经撑得连说话都困难了。

"呃……"冯啸辰哭笑不得了，高黎谦也就罢了，毕竟是个大老爷们，吃饭豪放一点也无可厚非。杜晓迪你好歹也是个淑女好不好，刚才吃的竟然一点都不比高黎谦少。

杜晓迪从冯啸辰看向自己的眼睛里猜出了他的心理活动，不禁恶狠狠地瞪了冯啸辰一眼，瞪完，自己也觉得可笑，不由得又捂着嘴笑了起来。

冯啸辰叫过服务员，收拾掉桌上的餐具，泡了一壶茶过来，然后与二人一边喝茶消食，一边聊起了有关这次培训的事情。

"冯处长，我这次真是大开眼界了。"杜晓迪抿了一口茶水，对冯啸辰说道，"日本人的电焊技术，已经远远走到咱们前面去了。他们发明出了很多新的电焊方法，都是我们过去没有听说过的。我们一直都觉得日本公司造的压力容器焊接质量比我们好，但不知道是什么原因。这次过来一看，我们才明白，人家从方法上就比我们先进，这不是个人技术怎么样的问题，是整个工艺上的差距。"

"日本师傅在教你们的时候，在技术上有什么隐瞒吗?"冯啸辰问道。

杜晓迪想了想，说道："有一些工艺他们是保密的，一开始就说好了，不会教给我们。不过，只要在协议上说了可以教给我们的技术，日本师傅还是非常尽心的。对了，我发现日本人做事很认真，师傅给我们讲解的时候，一点问题都不会放过，完全没把我们当成外人的样子。"

冯啸辰点点头，道："你记得我在钳夹车上跟你说过的话吗?"

杜晓迪道："我记得，你跟我说，国家是国家，个人是个人，日本这个国家跟咱们有仇恨，但日本百姓里是有好人的。这次到日本来，我真的认识了不少日本的好人，我觉得他们和我们厂里的那些师傅也没啥区别，都挺善良的。冯处长，你真的很了不起，这些事情你早就跟我说过了。"

冯啸辰摇摇头，道："我问的不是这个，在钳夹车上那次，我还跟你说过别的，你肯定忘了。"

"别的？"杜晓迪皱起眉头，那一晚上，冯啸辰跟她讲过不少事，她也能记得其中的很多，但似乎没有哪件是和眼前的事情相关的。

"看看，唉，看来我是白费口舌了。"冯啸辰装出失望的样子说道。

杜晓迪有些心慌，她怯怯地说道："我……你说的话，我都记得的，就是不知道你要说的是哪句嘛，要不，你提示我一下。"

冯啸辰道："那好，我就提示你一下。我当时跟你说了，咱们俩岁数差不多，你不要叫我冯处长，你是不是忘了？"

"……"杜晓迪猝不及防，一下子就被噎住了。这句话她当然记得，可谁会想到冯啸辰居然是在追究这句话呢？她也明白，其实冯啸辰是在逗她玩，甚至可以说，是在向她暗示什么。

冯啸辰笑呵呵地转向高黎谦，说道："高大哥，大家都这么熟了，以后你也别一口一个冯处长了，你就叫我小冯吧，怎么样？"

"小……呃，不行不行，我真是不习惯。还有，如果师傅知道我这样叫你，非得教训我不可。"高黎谦试了一下，发现自己都无法适应这种身份的转弯，于是连声告饶，表示自己还是继续称呼冯处长为好。

冯啸辰叹了口气，又转回头，看着杜晓迪，问道："晓迪，你呢？"

杜晓迪瞪了冯啸辰一眼，然后一咬牙，一字一板地说道："不就是让我叫你的名字吗？我有什么不敢的。冯啸辰！呼啸的啸，星辰的辰，以后我就叫你冯啸辰，谁叫你冯处长，谁就是小狗！"

"小杜……你这不是骂我吗？"高黎谦一头黑线，你们小年轻在这打情骂俏，干嘛把我绕进去啊。

杜晓迪咯咯笑了起来，说道："师哥，我没说你嘛。我是说我自己。他不是不想当冯处长吗，那我就成全他，就叫他的名字，看他生不生气。"

"这有啥好生气的，我这个处长是拣来的，不算数，还是听人叫我的名字更舒服。"冯啸辰笑着应道。

又喝了一通茶，冯啸辰去结了账，带着杜晓迪、高黎谦二人离开了饭馆。这顿饭，花了 5 万多日元，折算成人民币差不多是 400 块钱了。杜晓迪他们没看账单，不知道具体数目，只觉得肯定花了不少钱，心里都有些不安。但对冯啸辰来说，花这么一笔钱博美人一笑，实在是太值了。

三个人重新坐出租车回到了杜晓迪他们的住处，杜晓迪看看天色，对冯啸辰说道："冯啸辰，挺晚了，我和师哥就不留你聊天了，你早点回去吧。"

冯啸辰道："是的，我是得赶紧回去了。对了，临走之前，我还得去见见你们房东。"

"你见她干什么？"杜晓迪诧异道。

冯啸辰笑道："表示一下感谢嘛，这也是一种礼貌。"

杜晓迪要跟冯啸辰一道去找房东，被冯啸辰拦住了，说自己去就好。杜晓迪不明白冯啸辰的用意，也只能由他。

冯啸辰到民宿的二楼，找到房东太太。他先以中国官员的身份，就房东太太照顾了杜晓迪和高黎谦的生活向她表示了感谢。双方互相说了一些客套话之后，冯啸辰换了一副郑重的表情，说道："多田太太，有一件事情想麻烦你，不知道合适不合适。"

"冯先生，你请讲吧，只要是我能够办到的，我非常愿意帮忙。"60 来岁，长得慈眉善目的房东太太说道。

冯啸辰从兜里掏出一叠钞票，递上前去，说道："这是 20 万日元，我想请你在杜小姐和高先生目前的伙食基础上，给他们增加一些营养。每个月再增加 5 万日元的伙食费吧，等这些钱用完，我会让人再给你寄过来。"

"这是你们政府给他们增加的津贴吗？"房东太太接过钱，好奇地问道。

冯啸辰道："也可以这样说吧。对了，杜小姐和高先生都是习惯吃面食的，麻烦多田太太经常帮他们做一些面条。还有就是要给他们增加一些肉食和新鲜蔬菜，保证他们的营养。"

"没问题，我一定会照办。"房东太太鞠着躬说道。

安排好这件事，冯啸辰重新回到楼下。高黎谦已经把刚才冯啸辰送他的那套护肤品拿出来了，他果真在里面附了一封信，并写了一个地址，请冯啸辰回国后寄给他的妻子。把这事托付了之后，高黎谦找了一个蹩脚的借口，一溜烟地跑了，把杜晓迪和冯啸辰二人留在了原处。

"你还是叫出租车回去吗？"杜晓迪低头看着脚尖，问道。

"嗯，太晚了，公交车可能也没了。"冯啸辰道。

"今天……让你花了那么多钱。"

"没事，我不是说了吗，我有点海外关系，手头还算宽裕。"

"那也不该乱花钱啊……不过，还是谢谢你。"

"吃饱了吗？"

"讨厌！就知道笑话人家！"

"我只是关心嘛，干嘛踢我……"

"你还会来吗？"

"可能没时间了，我们明天要去广岛。"

"哦……"

"回国以后，记得到京城找我。"

"嗯……你会给我写信吗？"

"呃……"

"呃什么，写不写嘛！"

"写，我写！"

第 二 百 三 十 四 章

冯啸辰做贼心虚地回到下榻的宾馆，到自己房间放下高黎谦托他带回去的资生堂护肤品，然后来到王时诚的房间销假。一进门，见屋子里烟雾缭绕，四五名部委的官员正抽着烟，不知谈着什么。

"王司长，我回来了……呃，各位领导，这个宾馆是禁烟的，你们在房间抽烟，弄不好要被罚款了。"冯啸辰苦笑着向众人提醒道。

"什么？罚款？"

"不会吧，抽支烟，还罚款？"

"不行不行，赶紧掐了！"

官员们纷纷把手里的烟头掐灭，又把临时用纸叠出来的烟灰缸里拿到卫生间去，撕烂了扔进马桶，冲水灭迹。这些人在国内的时候都是随便惯了，尤其是到地方上去出差，哪怕有些宾馆也有禁烟的提示，但他们也都不会当一回事。可到了国外就不同了，人家才不管你们是不是司局级干部，该罚款就罚款，那叫一个毫不留情。

日本的消费水平高，一旦要罚款，金额估计小不了。这钱到时候让公家出还是私人出呢？公家出吧，无名无分。如果让私人出，还不得让这干人等都吐一口老血？

"唉，都是郑斌这小子给害的！"

化工部一位名叫牛克安的副司长悻悻然地说道。人犯了错误，总要找个替罪羊，这也是人之常情了。

"没错，不是为他们那点破事，我这会早就睡了。"来自于农业部的副司长赵丞也附和道。

冯啸辰不明就里，不过也懒得打听。这一屋子人里有四个副司长，官最小的是一位名叫潘卫华的正处长，可人家是来自于计委的，大衙门里的处长，权力不亚于职能部委里的副司长了。他自己是个小小的副处级，哪能待在这跟大家打诨。想到此，他笑了笑，对王时诚说道："王司长，如果没什么事，我就先回房间去了，你们慢聊。"

"小冯，别走，坐下一块谈谈。"王时诚用手指了指旁边一把椅子，对冯啸辰说道。

"你们是在谈重要工作吧？我在这，合适吗？"冯啸辰假意地问道。

王时诚道："合适，大家一直在等你呢。"

听到王时诚这样说，冯啸辰就不好再离开了。他知道肯定是考察团里有什么事情需要讨论，他自己的职务虽低，但却是代表重装办来的，也有一些发言权。王时诚说大家一直在等他，当然是客套，但至少也说明这件事与他是有关系的。他走到椅子前坐下来，用惴惴的口吻问道："怎么，王司长，出什么事了吗？"

"郑斌和邓宗白打起来了，就在宾馆的大厅里，很多日本人都看到了。"王时诚恨恨地说道。

"啊？"冯啸辰这回是真的傻眼了。两个干部在国外当众打架，而且还被外国人看见了，这在当年可是了不得的大事件。如果被有心人拿回国去炒作一下，王时诚这个团长恐怕都得担一个"管理不当"的责任，也难怪官员们大晚上睡不着觉，都跑这抽闷烟来了。

"还是为了滨海省那套化肥设备的事情？"冯啸辰问道。

"可不是！"牛克安道，"这个郑斌，也真是个大嘴巴。我早跟他说过，这些不利于团结的话，说一两回也就好了，哪能没完没了地说下去？邓宗白又不是不知道他在背地里说的那些，就是不好跟他计较罢了。现在可好，他当着邓宗白面损人家技术不行，这还能不打起来？"

郑斌是滨海省化工厅的干部，邓宗白是新阳省第二化工机械设备厂的干部，都是化工部系统的人。这两个人闹起来，脸上最难看的自然就是牛克安了。当初滨海省要建一套中型化肥设备，是化工部安排由新阳二化机承建的，最后这套设备出了质量问题，滨海省除了对新阳二化机不满之外，对化工部也颇有一些怨言。

这一次考察团出访日本，郑斌在私下里不知跟多少人讲过新阳二化机的技术不行，产品质量低劣。邓宗白因为自己的确有短处，所以也不好发作，只能闷在肚子里生气。今天，大家欢欢喜喜去逛街，邓宗白买了一套护肤品回来，准备带回家送给老婆。进宾馆的时候，也不知道怎么就招惹了郑斌，郑斌直接来了一句："没错嘛，面子上的功夫还是要好好做一做的。"

这句话，搁在其他场景下面，也可以认为就是一句普通的调侃，毕竟护肤品就是做面子功夫的东西。可邓宗白脑子里始终是绷着一根弦的，觉得郑斌不管说什么都是冲着他来，羞恼之下，便用手一指郑斌，喝道："姓郑的，你把话说清楚，什么叫面子上的功夫！"

郑斌可能还真是无意，听到这话，先是有些愕然，待明白了对方的意思之后，他也不去辩白，反而梗着脖子道："我说什么了？许你们做，还不许人家说吗？"

这一来可就把邓宗白彻底惹急了，他上来就是一句骂："姓郑的，我忍你好久了，你个鳖孙欠揍是不是！"

人家郑斌也是堂堂省厅里的处长，平日里谁敢管他叫鳖孙，听到这句，他还能不炸。这两个人都是当过工人的，体格好，骨子里也都有点暴脾气，一言不合就动起了手。等到王时诚、牛克安等一干人把他俩拉开，两个人的脸上都已经挂上了彩。万幸的就是那年月没有智能手机和互联网，否则这会俩人就已经是全球扬名了。

"我判断，郑斌那句话可能不是冲着邓宗白来的。"赵丞分析道，"这家伙平时就喜欢开玩笑，说化妆是面子工程，这在我们部里的一些年轻人那里也是经常说的，可能真不是有所指。"

王时诚道："是不是冲着邓宗白来的，并不重要。这两个人的矛盾也不是一天两天了，只是在这个时候爆发出来了而已。要我说，郑斌的责任是更大的，他们滨海省和新阳二化机的矛盾，怎么能带到考察团里来呢？就这十几天时间，大家都听他讲过这件事情吧？为这事，我也提醒过他，他嘴上答应得好好的，一转身又说开了。"

"说穿了，他就是不想要国产设备。"机械部的副司长饶志韬慢悠悠地说道。他是个奔六的老头了，可以算是见多识广，属于动不动就可以给人一些人生忠告的那种人。他说道，"郑斌和邓宗白之间没有私仇，郑斌到处放这些风，就是希望滨海马上要兴建的滨西化工厂能够用日本的原装设备，而不是用国产化设备。我估计，这也是他们厅里的意思，郑斌是下面跑腿的，如果没办成，回去向厅长交代不了。"

"滨海省不想要国产设备，这是他们早就明确说过的。"牛克安证实道，"为这事，滨海化工厅可没少往部里跑。"

"化工部是什么想法？"饶志韬问道。

牛克安扭头看了看冯啸辰，笑着说道："这件事，我们得听冯处长他们这边的，要不，还是先让冯处长说说吧。"

11套重大装备里，有3套是涉及化工部的，分别是大化肥、大乙烯和大型煤化工，所以重装办和化工部的沟通不少。牛克安让冯啸辰说话，是想听听重装办的态度，以此来确定自己的策略。政府里的决策，从来都是相互妥协的结果，一件事做下来，总得让各个利益主体都感觉满意才行。

冯啸辰笑了笑，说道："刚才饶司长说郑处长是替厅长跑腿的，其实我也是替我们主任跑腿的，我哪敢随便说什么。各位领导对于这件事有什么意见，我负责记录下来，回去向我们主任汇报。我们主任派我出来，只让我带了耳朵，可没让我带着嘴呢。"

"哈哈，我看你不但带着嘴，还带了好几张嘴呢，这几句话说的，比我们这些老在机关里待着的人还圆滑。"饶志韬笑着揭露道。

冯啸辰不愿意说，大家也不会强迫他。一个副处长，在一干司级干部面前保持低调，也是应有之义。王时诚指了指潘卫华，说道："小潘，你说说看吧，计委是管大局的，这件事计委的意见是什么？"

潘卫华倒是没有冯啸辰那么多的顾虑，他清了清嗓子，说道："这件事，这些天我也一直在思考，还真是有点两难。牛司长、饶司长你们都是具体职业部门的，可能考虑本部门的事情多一些，计委是统筹全局的，所以考虑问题不能不从全局出发。"

此言一出，牛克安、饶志韬等人的脸上都露出了诡异的神色，牛克安伸手就摸出了烟盒，拿出一支烟来。正想摸打火机，又想到抽烟罚款的事情，便放弃了点火的念头，只是把烟凑到鼻子跟前，轻轻地闻着烟上的味道，做出了一副悠闲的模样。

小样，就你知道统筹全局，老子统筹的不是全局吗？

牛克安在心里不愤地想道。

第 二 百 三 十 五 章

潘卫华没有感觉到大家的不悦，也可能是不在乎这些。他是一位正处于上升期的干部，对于牛克安、饶志韬这些岁数比他大得多，职务却只比他高出半级的官员没什么敬畏之心。他是从某省的计委提拔上来的，到了国家计委之后，一心想做一番大事业。这次跟着大化肥考察团出国，他看到团里各种乱象，心里早就生出了不屑之意，现在有一个机会能够一吐为快，他哪会在乎别人怎么想。

"大化肥引进这件事，涉及三方面的利益。第一，是农业方面的利益，农业部门自然是希望大化肥越早建成越好，因为这样就能够保证农业的增收，从这方面来说，直接引进设备是最好的选择；第二，是化肥厂方面的利益，他们希望设备早日投产，能够获得利润，同时，他们也希望设备质量要稳定，三天两天维修，谁也受不了，从这方面来说，直接引进同样是最好的选择；第三方面，自然就是设备企业和机械部这边的利益了，自己造设备肯定是更好的，如果全盘引进，机械部就该解散了。"

潘卫华侃侃而谈，浑然不知自己已经把饶志韬给得罪了。

"小潘，依你说来，我们提出自己造设备，就是为了部门利益着想了？是生怕我们机械部解散，弄得我们都没饭吃？"饶志韬用轻蔑的口吻质问道。

"为部门利益着想并没有错啊。"潘卫华道，"经济学理论认为，人都是有利己动机的，各个经济主体追求自身利益最大化的结果，能够促进经济效益的最大化。"

这位仁兄时下正在攻读在职社科院的研究生，颇学了一些西方经济学的理论。当时虽然国内主流的经济学理论还是政治经济学，但在高校和科研机构里，研究西方经济理论的人并不少，而且影响越来越大。潘卫华过去从来没有接触过这方面的概念，乍听了几节课，觉得茅塞顿开，忍不住就要在这里显摆显摆了。

饶志韬不懂什么西方经济学，他甚至连政治经济学也只是一知半解，知道与潘卫华去纠缠这个问题是很容易吃亏的，当下便撇开前面的话题，说道："依你的意思，农业部门、化工部门，都是希望引进设备的，而且都有道理。只有我们机械部门是为了部门利益，阻挠引进设备，是不是这样？"

"机械部门当然也有自己的道理。我说过了，考虑部门利益并不是什么错误。"潘卫华说道。

饶志韬道："你这话，不就是造不如买，买不如租吗？照你这个观点，咱们不但应该解散机械部，就是化工部下属的那些机械厂，也应该关门大吉，大家直接从国外买设备就是了嘛。"

潘卫华带着雍容的笑意，说道："饶司长，你这话就偏激了，我并没有说要解散机械部，更没有说要关掉机械厂，我只是陈述一个事实而已。再说，造不如买、买不如租，这不是运动年代的政治语言吗？现在已经被批判了，我也从来没有这样说过。"

"你不就是这个意思吗？"饶志韬被潘卫华给激得恼火了，再没有刚才那种淡定模样。

"饶司长，别激动，咱们是在讨论问题嘛。"王时诚看出了苗头，连忙拦住饶志韬。像这样激下去，没准考察团又要发生第二起打架事件了，而且是在部委干部之间打起来，王时诚这个团长也就算是当到头了。

"小冯，要不你还是说说你们的看法吧，自主研发大化肥设备，是你们重装办的任务嘛，并不只有机械部是这样考虑的。"王时诚把火力引向了冯啸辰。他知道，像饶志韬这种老一辈的干部，玩嘴皮子肯定是玩不过潘卫华的，而他们又有倚老卖老的资格，最终肯定是要吵起来。冯啸辰就不同了，王时诚虽然过去没有和冯啸辰打过什么交道，但也知道他在经委里能言善道，可以让他去与潘卫华争论，至少能让饶志韬冷静下来吧。

王时诚这一打岔，饶志韬便不再说什么了。他刚才和潘卫华争吵，自己也觉得有些力不从心。再说，以自己的岁数和职位，争赢了没啥光彩，争输了就更是丢人，王时诚让冯啸辰出来给他挡枪，他也乐得看热闹。看到旁边的牛克安在闻香烟，他索性直接把烟抢了过来，拿过茶几上的打火机点着了，嘴里还说道："反正刚才也已经抽了烟，要罚款就一块罚吧，这不让抽烟，还活个什么劲？"

"没错没错，我也憋不住了。"牛克安见有人出头，赶紧自己也拿了支烟点上，并向饶志韬笑着点头致意，其中颇有一些对饶志韬刚才的观点表示支持的意思。

他们在那里自娱自乐不提，冯啸辰刚才看着潘卫华和饶志韬争论，心里已经有了一些想法。听到王时诚点将，他也就不再扮低调了，抬起头来，笑吟吟地对潘卫华问道："潘处长刚才的分析，还是挺有道理的。现在各方利益存在冲突，不知道潘处长是怎么考虑的。"

潘卫华看了看冯啸辰，心里有些不痛快的感觉。饶志韬级别比他高，但潘卫华并不放在心上，他觉得自己的年轻就是最大的资本，到他奔六的时候，肯定不止是一个副司长而已。而冯啸辰却是比他更年轻的干部，和他之间同样只差半级。照着这个发展速度，到冯啸辰30出头的时候，估计就不止是一个正处能够打住的了。

潘卫华一向觉得自己是个优秀人才，只是时运不济，提升得不够快。在别人眼里，他这样一个刚刚30岁的正处长已经是很了不起了，他自己却觉得很不满意。看到冯啸辰刚刚21岁就是副处，他心里的不爽是可想而知的。

也不知道是拍了谁的马屁，才混上来的，潘卫华在心里已经不止一次地这样腹诽过冯啸辰了，此时听冯啸辰向他发问，他便有心要表现一下自己的才华，最好能够让冯啸辰自惭形秽、掩面而走，那就痛快了。

"我们计委就是负责协调各方面利益关系的，但我们传统上的协调方法，并不是从理论出发，而是过多地考虑了人情关系，这就是我们过去几十年工作没有做好的原因所在。"潘卫华一张嘴就把一船人都打了。屋子里几乎所有的人都在盘算着，要不要把这小子的话记下来，找机会传到计委的主任或者司局长们那里去，看看这小子还能蹦跶几天。

潘卫华不在乎大家的想法。他这些话在自己委里也曾说过，正好他上面的司长是个思想比较开放的人，觉得他这种观点也有可取之处，又出于保护年轻干部的想法，所以并未因此而批评他或者跟他为难，这也就助长了潘卫华的口无遮拦。

"我认为，我们要搞改革，就要打破这种官僚体系，要用经济学的观点来解决经济问题，不能总是站在和稀泥的角度上，看谁能闹腾，就给谁好处，这样是搞不成四个现代化的。"潘卫华激昂地说道。

如果没有"四个现代化"这样充满时代色彩的词汇，冯啸辰几乎要怀疑潘卫华是个穿越来的"网络大V"了。其实，还真不能说潘卫华这些话没有道理，在随后几十年的改革中，中国的确是在朝着打破官僚体系、用经济规律指导经济建设的方向发展，潘卫华说的话，充其量是有些超前而已。

"潘处长说得挺有道理的。"冯啸辰平静地应道，"你说的经济学观点，又是什么呢？"

"自然就是自由竞争，适者生存。"潘卫华想当然地说道。

"这个……我不太懂，潘处长能给我解释一下吗？"冯啸辰道。他已经隐隐猜出了潘卫华的立场，这个立场在当年可以算是惊世骇俗，但到20年后，就一点都不新鲜了。说穿了，就是新自由主义观点，强调减少政府干预，鼓励自由竞争，相信经济系统能够内在地达到最优。

这个观点，怎么说呢，有其正确的一面，也有其幼稚的一面。如果只是取其合理之处，予以应用，那是很好的，竞争的确能够提高效率，减少权力寻租。但把这种理论当成教条，走到极端的方向上去，那就成了一剂毒药。

时下，南美的一干新兴国家正在欢天喜地地喝着新自由主义的鸡汤，而且经济也的确发展得很不错，堪称发展中国家的楷模。但冯啸辰知道，过不了几年，南美这些国家就会毒发病倒，而且一病数十年而无法翻身，从而让"拉美化"成为最恶毒的一个诅咒。

到那时候，各国领导人开会的时候是这样骂街的：

"你们国家要拉美化了！"

"你们国家才拉美化了呢，你全家都拉美化了！"

现在还是八十年代初，在改革的中坚派中，喜欢新自由主义观点的学者和官员都不少，潘卫华算是其中一个吧。或许也正因为他的思想与一些更高的官员相一致，他才有如此张狂的本钱。

第 二 百 三 十 六 章

"其实很简单。"潘卫华摆出一副精英论道的模样,对一屋子人说道,"我们既不用支持郑斌,也不用支持邓宗白。我们只需要提出目标,让他们自己去协调就是了。如果新阳二化机的设备更便宜、服务更好、交货更快,滨海化工厅自然会接受。如果他们做不到,滨海化工厅希望选择其他来源的设备,也是无可厚非的。"

"你这就是拉偏手。"饶志韬终于还是按捺不住了,"我们的技术比日本人差,这是众所周知的事情,照你这个思路,不就是支持滨海直接从日本进口设备吗?"

"如果新阳二化机的设备不行,滨海化工厅为什么不能选择更好的设备?"潘卫华反问道。

"那国家的产业政策还要不要执行了?国家明确提出要搞重大装备的国产化,重装办的冯处长就坐在这里,你跟他说去?"饶志韬说道。

潘卫华冷笑道:"产业政策本身就是一个保护落后的手段,咱们多少产业就是因为有政策保护,才不思进取,落到今天这样一个技不如人的境地。像重装办这种机构……冯处长,我不是针对你,我只是说一个普遍的现象,这种机构本来就不应当存在的,看看美国、欧洲、日本,哪个发达国家是靠产业政策来保护落后产业的?"

"你……"饶志韬差点就要被气出心肌梗塞了,这小子真他妈敢说啊,我们这些部委搞了几十年的产业政策,他一个毛都没长齐的小年轻,就敢把产业政策给全盘否定了。他用手指着潘卫华,想厉声斥责他几句,一时又找不出话来,憋得脸都紫了。

"饶司长不要激动。"冯啸辰向饶志韬摆了摆手,然后转向潘卫华,笑呵呵地说道，"潘处长，你听谁说日本不搞产业政策的？"

"日本有产业政策吗？"潘卫华不屑地问道。

冯啸辰轻轻叹了口气，这位仁兄思想倒是挺激进的，可见识还真是跟不上啊。日本算得上是全世界最喜欢搞产业政策的国家，这是全世界人民都知道的事情。就算潘仁兄不懂外语，看不懂外文文献，这几年国内研究日本产业政策的文章也出了一大批了，老潘随便多看看报纸也不会说出这么可笑的话吧？

"潘处长，日本不但有产业政策，而且搞得非常多。五十年代初，日本就提出了设备现代化和发展出口的目标，专门成立了'重型机械设备技术咨询机构'，用来指导成套设备的出口。1956年到1959年之间，日本先后出台了'机械工业振兴法'、'电子工业振兴法'、'轻型机械出口振兴法'、'成套设备出口振兴临时措施法'。日本通产省每个年代都要制订'通商产业构想'，提出10年之内产业发展思路，相当于我们的五年计划。前不久发表的《八十年代通商产业政策构想》明确提出，日本的追赶型现代化已经完成，要以技术立国取代贸易立国，要以创造性知识密集化作为产业结构的发展方向。作为国家计划部门的干部，你对于咱们最大的竞争对手的情况一无所知，凭着一知半解的西方经济理论来指导政策，可真让我们有点担心呢。"

冯啸辰说话的语气很平静，但说到最后，还是忍不住刺了潘卫华一下。他和潘卫华没有私仇，从机关里的规则来说，也不宜对他说得太重。但刚才潘卫华的表现实在是有些高冷过头了，让冯啸辰很不舒服。他直言对方对西方经济理论一知半解，一是反击潘卫华的骄狂，二则是希望能够点醒对方，省得对方在错误的道路上继续走下去。

至于说这话会不会得罪潘卫华，冯啸辰倒也不在乎了。当初他连孟凡泽都刺过，一个小小的潘卫华算得了什么？潘卫华刚才说重装办没必要存在，这就已经是不给冯啸辰面子了，既然你先挑衅，我不把你的脸打成猪头，回去怎么向罗翔飞交代？

冯啸辰也看出来了，这屋子里其他人对潘卫华都颇为不愤，其中也包括了王时诚。有王时诚给他撑腰，潘卫华想跳都跳不起来。再至于说回到国内之后，计委方面会不会就此事向冯啸辰发难，他就更不担心了，就潘卫华今天说的这些话，如果原原本本传到计委大主任的耳朵里去，倒霉的绝对是潘卫华，没准计委还要派人到各部委去赔礼道歉呢。

"这……"潘卫华被冯啸辰堵了个严实。他不知道冯啸辰说的这些是不是真的，但从冯啸辰敢说出来这一点看，估计总得有点根据吧。

他在社科院上课的时候，老师明明白白地说过发达国家是自由市场经济，政府不会对经济进行任何干预。可照着冯啸辰这个说法，人家日本政府对经济的干预可一点也不少，这个法那个法的，听起来就透着一股不自由的味道，难道老师讲的有问题吗？

这中间的事情就很复杂了。

首先，给潘卫华讲经济课的老师也不算是胡说八道，充其量是有些春秋笔法，没有把事情说得太清楚而已。

西方国家的政策也是摇摆不定的，最早的确是崇尚自由经济。到1929—1933年大危机之后，凯恩斯理论占了上风，各国都开始了政府干预经济的先河。这其中，还有一个重要的因素，就是苏联的示范作用。1929—1933大危机重创了市场经济国家，而采用计划经济模式的苏联却是凯歌行进，成为一枝独秀，西方各国自然也就产生了效仿的念头。

大危机之后就是二战。二战把整个欧洲打成了一片废墟，战后重建自然是无法依靠市场力量的，因此政府管制派便一度占了上风。及至六十年代后期到七十年代，西方出现严重的滞胀，国家干预手段越来越无法发挥作用，自由市场理论又重新回归，一时成为时尚。

中国正是在这个时期开始改革开放的，国内学者最早接触到的就是这些自由市场的理论，大家自己都没拎清其中的关系，给学生讲课的时候自然也就更不靠谱了。

还有一个原因，就是欧美在产业政策方面的确做得不如日本那么好。日本的产业政策很多时候都是在挖西方列强的墙脚，等到日本崛起，能够与西方分庭抗礼的时候，西方才恍然大悟，以至于出现了"臭名昭著的通产省"这样的说法。

"依你的说法，咱们就该保护新阳二化机这样的企业，让农民等上十几年再用上他们的化肥？"潘卫华易守为攻，向冯啸辰反问道。

冯啸辰嘻嘻一笑，说道："潘处长这可把我问住了，这样的政策问题，我怎么能做得了主？我只是说，日本也是有产业政策的，而且他们对自己的产业保护得非常厉害，才有了现在的水平。"

王时诚见潘卫华的气焰已经被打压下去，生怕再多说又会横生枝节，于是插进话来说道："小冯，就眼下这件事，你个人的看法是什么？"

说个人的看法，就是说这不代表重装办的意见，冯啸辰并不需要对自己说的话负责任。但冯啸辰毕竟是罗翔飞钦点过来的人，他的意思也能够反映出重装办的想法，王时诚作为考察团的团长，是需要听一听的。

冯啸辰道："那好，我就说说我的不成熟的想法吧，特此说明，只代表我自己，说错了各位领导不要见怪。"

"没事，你说吧，小冯。"另外几位副司长都纷纷鼓励道，潘卫华则只是冷哼了一声，也没法说什么。

刚才冯啸辰把潘卫华给挤兑了一通，让几位副司长都很觉痛快。部委里就是搞产业政策的，潘卫华把产业政策说得一团漆黑，谁听了能高兴？可潘卫华的知识结构比较新，扛着一面学习西方先进经验的大旗，大家还真没法反驳他。冯啸辰有理有据，用的又是发达国家的案例，算是以其人之道还治其人之身，实在是干得太漂亮了。

冯啸辰得到大家的鼓励，笑了笑，说道："我觉得，刚才潘处长分析的三方利益问题，还是有一定道理的。从农业方面来说，要想粮食增产，尿素是不可或缺的，咱们不可能等到自己的技术成熟了，再向农民提供尿素。至于化肥厂方面，希望得到技术成熟、质量过硬的产品，也是可以理解的，所以，郑处长的想法也并不为过。"

"你说的，只是一个方面。"饶志韬补充道，"郑斌他们希望全盘引进日本技术，除了能够摆上台面的想法之外，个人的私心也是有的。引进一套国外技术，前前后后又是谈判、又是签合同，能创造出多少出国的机会？再者，等到项目开始建设的时候，日本这边要派技术人员和工人到滨海去，滨海就可以用这个借口来兴建高标准的外宾楼、招待所，可以更新办公装备和各种高档家具，甚至可以买高级轿车，这一切都可以打着服务外事工作的旗号。你想想看，能有多少人从中受益？"

"呃……"冯啸辰瞠目结舌，居然还有这样的事情呢。

第 二 百 三 十 七 章

每一个冠冕堂皇的理由后面，都有一大堆不可告人的私心。

潘卫华有一点并没有说错，那就是人都是有利己动机的。毫不利己、一心为公的这种人，不能说没有，但绝对属于少而又少的类别。所谓好人，应当是那种能够把利己心控制在一定范围之内，在利己的同时兼顾甚至更多考虑他人利益的。而所谓坏人，就是利己心过于膨胀，以至于损人利己的。

政府官员在做指示的时候，都会号召大家公而忘私，一切从国家利益出发。但在真正制定政策的时候，则一定会充分考虑到各方的利益诉求。如果哪个政策不考虑平衡利益，而是一味要求下属作出牺牲，这样的政策是推行不下去的。

具体到引进大化肥设备这件事情，地方上的利益考虑是很多的。大化肥早一点投产，能够给当地的农业提供优质而充足的化肥，企业本身也能赚到丰厚的利润，这都是可以成为地方官员政绩的，官员们不可能不在意。而再往下，那就是在引进过程中享受到的各种私人好处，比如出国的机会、购买高档轿车的机会、收受外宾礼品的机会。这些都属于引进项目中的潜规则，上头的领导不是不知道，而是睁一只眼闭一只眼，毕竟水至清则无鱼嘛。

这一屋子人，都是有实际工作经验的，甚至夸夸其谈的潘卫华也是一个懂得基层想法的人。没人会认为基层有这些私心杂念是不对的，如果一点好处都拿不到，人家凭什么这样辛苦地工作呢？

冯啸辰恐怕是对这些情况了解最少的人，因为他的经验主要来自于后世。后世的官员不会像现在这样热衷于出国，有些外贸部门的官员甚至视出国为负担，换成谁，一年有一半时间在天上飞着也不是什么愉快的事情。

"我觉得，无论是于公还是于私，要想劝说郑处长或者滨海省放弃全盘进口日本设备的想法，都是办不到的。"冯啸辰总结道。

"的确如此。"饶志韬点头赞同道。

冯啸辰接着说道："但是，引进技术形成我国自己的大化肥装备制造能力的决策，是中央下达的。即便不说中央的要求，就咱们这么大一个国家来说，重大装备不攥在自己手上，毕竟是不行的。"

"冯处长这句话我不赞成。"潘卫华插话道，"据我了解，甚至包括美国在内，人家也不是自己非要掌握所有的技术，而是各有所长，通过国际合作来弥补自己的不足。"

"潘处长，你说的这是美国，咱们是中国。资本主义国家之间可以互通有无，咱们是社会主义国家，没有自己的技术，万一人家卡我们的脖子怎么办？"牛克安提醒道。

潘卫华略带几分讥嘲地笑道："牛厅长，你这种思想是不是太左了？咱们现在已经和美国建交了，我们从资本主义国家引进的设备，什么时候被人卡脖子了？相反，同是社会主义国家的苏联却在对我们进行封锁，我们过去吃亏就吃在太讲意识形态上了。"

牛克安无语了，潘卫华这话还真没法反驳。自从中美关系和解之后，中国从西方世界获得了不少工业装备，时下也正是中美关系的"蜜月期"，在这个时候说美国会卡中国的脖子，好像是有些不合时宜的。

冯啸辰微微一笑，道："潘处长说得没错，不过，你怎么解释巴统呢？"

巴统的正式名字叫"输出管理统筹委员会"，是由美国牵头，于1949年成立的一个非官方国际机构，因为总部设在巴黎，所以俗称巴黎统筹委员会，简称巴统。

巴统的宗旨是限制西方发达工业国家向社会主义国家出口战略物资和高技术，列入禁运清单的产品除了军事武器装备之外，还包括尖端技术和一些稀有物资，数量有上万种之多。

中国一直处于巴统禁运名单之中，近年来中美关系缓和之后，美国开始允许向中国出口一部分高技术产品，但也仅仅是把巴统清单上的项目减少了一些而已，并未全面取消。中国曾经希望能够从西方获得一些高性能计算机、数控机床等装备，但都因为巴统的缘故而未能如愿。

听冯啸辰说起巴统，潘卫华的脸色又有些难看了。他在那些老头们面前游刃有余，屡屡能够用一些新观念把人家顶得哑口无言，唯独在冯啸辰这里，他丝毫占不到上风，反而处处受制。

"冯处长，你说的这个，毕竟是一个历史问题嘛。咱们国家过去搞左的那一套，人家对咱们有所提防。现在咱们改革开放了，融入国际社会了，我相信，巴统对中国的限制迟早是会取消的。"潘卫华说道。

冯啸辰道："我也认为巴统迟早会取消，但并不意味着西方对中国的技术封锁就会结束。现在，我们和美国是盟友关系，有着防备苏联的共同目标，所以美国愿意向中国提供一些支持，帮助中国强大起来，以便有力量制衡苏联。但如果有一天，苏联衰落了，中国崛起了，中国成为美国最大的竞争对手，美国还会这样支持中国吗？"

"冯处长，你想得太天真了，苏联衰落，中国崛起，那恐怕得是50年后的事情吧？"潘卫华不屑地说道。

冯啸辰笑道："潘处长，咱们可以打一个赌，在坐的各位领导都可以当一个见证人。我认为，苏联最多在10年之内就会衰落，而中国则最多在20年之内就会成为美国最大的竞争对手。你敢和我赌吗？"

"这有什么不敢的？"潘卫华自信地笑道，"也就是20年时间嘛，咱们都能看得到的。"

唉，胜之不武啊。

冯啸辰在心里感慨道。

如果不是一个穿越者，站在1982年的这个时点上，恐怕他也不敢相信未来苏联的解体以及中国的崛起。此时的中国官员，跑到日本来觉得什么都新鲜，什么都先进得让人绝望，谁能想到中国会有GDP超过日本的那一天？

那个时候，东芝在国人心目中简直就是一座丰碑。谁能想到30多年后，它会徘徊在破产的边缘。它那曾经辉煌无比的白色家电业务早已花落中华，而收购这桩业务的那家中国企业，此刻才刚刚起步，弱小得让人觉得不堪一击。

"这话说远了。"王时诚不得不出来纠偏了，"重大装备研制是国家的政策，是咱们必须坚持的。受制于人的滋味不好受，我们这一代人都是尝过这个滋味的，所以中央领导才会作出这样的重大决策。小冯，你还是说说看，既然你觉得滨海省那边的要求我们无法推翻，那么引进技术的问题，我们又如何解决呢？"

冯啸辰道："我觉得，郑处长和邓厂长打架这件事，是一个很好的契机。我刚开始听到这个消息的时候，还以为是各位领导让他们俩唱的一出双簧呢。"

"双簧？"王时诚心念一动，"你说说看，怎么就成了双簧了？"

冯啸辰道："咱们有意引进大化肥设备，这一点乾贵武志是看得很清楚的。咱们是一个农业大国，极缺化肥，日本人完全可以在这个问题上卡我们的脖子。他们知道，即使他们不向我们提供技术，而只是卖设备，我们也得捏着鼻子认。这样一来，咱们想通过引进设备来获得技术的想法，就很难实现了。"

"说得有理。"饶志韬道，"咱们国家的思路是买设备，同时引进技术。但如果我们掌握了这些技术，日本人的设备就卖不出去了，所以他们肯定是不愿意卖技术的。现在他们发现我们急于要获得大化肥设备，相当于我们有短处捏在他们的手里，我们在谈判的时候是非常被动的。"

冯啸辰点点头："饶司长的意思，也正是我想说的。这些天，乾贵武志看起来是陪着咱们参观游览，其实一直在观察咱们的动静。郑处长在不经意间也向他流露过希望全盘引进设备的想法，这就让他们看到了我们的底牌。"

"什么不经意，他完全就是故意！"饶志韬道。

冯啸辰笑笑，不接这个茬，他当然看得出郑斌是在故意放风，只是这话他不便说而已。他转头对着王时诚说道："郑处长和邓厂长这一打架，就向乾贵武志传达了一个新的信息，那就是咱们内部是有矛盾的，而且这种矛盾还非常激烈。下一步，只要各位领导给邓厂长一些支持，哪怕只是表面上的支持，也会让乾贵武志感觉想单纯卖设备是不容易的，如果不带上一些技术转让，这桩生意就有可能做不成了。"

"妙！"王时诚拍案叫绝，"咱们可以明确地对乾贵武志说，机械部门这边的压力非常大，如果他们不肯转让技术，我们就没办法引进设备了。乾贵武志是想做成这笔生意的，面对这样的压力，他肯定要妥协。"

"这样一来，咱们就把坏事变成好事了。"牛克安笑着说道。

王时诚也笑道："老牛，你说什么呢，这件事从一开头就不是坏事啊，小冯不是说了吗，这是一出双簧嘛。"

第 二 百 三 十 八 章

郑斌和邓宗白打架，最恼火和最郁闷的莫过于王时诚。

出国期间，考察团团员在大庭广众之下打架，造成恶劣的国际影响，严重损害国家形象，这样一件事，如果被有心人拿去利用，后果将不堪设想。王时诚不知道考察团里有多少碎嘴子，又有多少人居心叵测地想看他的笑话。从事件发生开始，他一刻都没停止琢磨如何遮掩，如何洗地，让这件事对自己的仕途影响下降到最小。

冯啸辰的话，给了他一个启示，让他眼前豁然开朗。如果把这件事解释为自己故意导演的一出双簧，目的是为了欺骗日本人，以便达到迫使日本人转让技术，那么这件事就非但无过，反而有功了。

在此前，他一直在想能不能把这事瞒下去，如今，他已经不打算隐瞒了，而是准备当成一个天才的决策写到出国汇报材料里去。冯啸辰连说法都已经帮他编好了：日本厂商察觉到中方迫切希望引进大化肥设备，准备以此为要挟，拒绝向中方转让技术。本团长灵机一动，指使郑某、邓某二人在公开场合斗殴，向日方传达了一些中方存在矛盾的假信息，从而使日方意识到如果不转让技术，则大化肥设备采购有可能会受到影响……

上级领导当然不会是傻瓜，不至于看不出其中的破绽，但谁又会去揭穿这个破绽呢？下级单位在国外斗殴，这件事深究起来，上级领导也是脸上无光的。现在自己给大家都找到了一个体面的解释，大家何乐而不为呢？

赵丞、饶志韬等人也都迅速地明白了王时诚的想法，也知道这个点子其实来自于冯啸辰，都不禁对这个小年轻产生了几分佩服。连潘卫华也酸溜溜地承认，冯啸辰的脑子的确转得比自己更快，能够在这么短的时间里把一件坏事转化成好事，而且还为完成重装办的任务创造了机会。

冯啸辰的这个主意一出来，王时诚是不可能不接受的。而他如果要接受这个解释，后面就必须照着冯啸辰写的剧本演下去，那就是向乾贵武志施压，迫使日方答应在提供设备的同时转让技术。而众所周知，重装办要的就是这个结果。如果没有今天这件事，王时诚只会站在中间打酱油，不可能如此卖力地替重装办去说话。

在这一刻，每个人心里都泛起了一个念头，这不会真的是一出双簧吧？而幕后的导演没准就是这个冯啸辰！

"小冯，你觉得乾贵武志会就范吗？"王时诚有些忐忑地问道。这已经不像是一个上级在和下级说话了，简直就是学生在向老师求教。

冯啸辰道："这取决于我们能不能保证口径一致。只要我们所有的人都一口咬住，说对方不转让技术，我们就绝对不买设备，那么乾贵武志是不敢冒这个风险的。"

"各位，咱们大家能做到口径一致吗？"王时诚看着众人，问道。

"我肯定是举双手赞成的。"饶志韬第一个表态了，他是机械部的官员，引进技术是机械部的要求，他当然是全力拥护的。

牛克安道："我也赞成。"

从化工系统的角度来说，引进技术和引进设备都是有好处的，牛克安其实算是一个骑墙派。不过，王时诚问到他头上来，而且事情已经不纯粹是公事，其中还包括涉及王时诚仕途这样的私事，牛克安即便是心里不太赞成，嘴上也不好反对了。

来自于农业部的赵丞一向是更倾向直接购买设备的，化肥才是他关心的事情，装备制造什么的，与他无关。不过，饶志韬、牛克安都表了态，重大装备研制又是政治任务，他也只能是点头认可了。

潘卫华孤掌难鸣，于是也点点头，道："既然大家都赞成，我也赞成吧，总不能让外商看咱们的热闹吧。"

听他说得勉强，王时诚有些不悦，但两个人隔着部门，他也不便去斥责潘卫华。他转向冯啸辰，说道："小冯，你觉得现在这样行不行？"

冯啸辰摇摇头，说道："不行，这种口头的承诺，太靠不住了。"

"你不会是要让我们签字画押吧？"潘卫华忍不住了，黑着脸质问道。

冯啸辰笑道："当然不是签字画押，只是在书面表明一个态度而已。我想，大家的态度不必强求一致，同意或者不同意，都可以。不过，不论是同意或者不同意，态度都必须明确，外交无小事，万一王司长向外商表明了我们的意见，而我们内部却出现了其他的声音，那不就麻烦了吗？"

王时诚心领神会，跟着说道："小冯说得对，大家不必强求一致，不同意这个方案也是允许的，如果有同志不同意这个方案，我们就换一个方案好了。"

黑啊！真他妈的黑！

这是潘卫华在心里发出的一句感叹。

用书面形式表明态度，这就让人无法反悔了。冯啸辰表面上说同意或者不同意都无所谓，但谁敢在书面上声明自己不同意这个方案呢？

引进技术是中央领导的决策，反对这个决策就是自绝于仕途。郑斌、赵丞他们从内心来说是希望直接引进设备，不想搞什么国产化，但这种话打死他们也不会当面说出来，更不用说留下书面记录。他们到目前为止能够做的，就是向外商流露出中国迫切希望得到这些设备的信息，以便借外商之手来堵住重装办、机械部的国有化企图。

现在可好，冯啸辰让大家明确表态，并留下书面记录。潘卫华甚至连拒绝签字的选择都无法做，因为届时王时诚就可以拿着这份记录去向领导汇报：我们当时有这样一个想法，不过计委的潘处长没有签字。

政府里的签字画押，当然不是每人单独写一份声明。根据王时诚的指示，冯啸辰文不加点地写了一个"会议记录"，大致意思是说为了达到迫使日方同意转让技术的目的，考察团采取了一些特殊手段，参会的各部委同志一致同意，在未来的谈判中采取一致口径，如果日方坚持不同意转让技术，则考察团将拒绝单独采购设备。

众人对这个会议记录提出了一些意见，由冯啸辰重新抄写后，交给每个参会人员签字表示认可。潘卫华虽然满心不赞成，但在这种情况下也只能屈服，不敢公然声称自己反对引进技术的重大决策。

王时诚没有等到次日，一散会就让冯啸辰把郑斌和邓宗白二人分别找来了。这二位白天打了架，等气消了之后，才想到自己闯了天大的祸事，如果回国后王时诚把这件事汇报上去，一人一个严重警告恐怕是躲不过去的。

听到冯啸辰上门来说王时诚要找他们谈话，郑斌和邓宗白都没有一点耽搁，屁滚尿流地便跑到王时诚房间去了。

王时诚对这二人是分别谈话的。

对郑斌，王时诚首先是严厉批评了他此前在考察团里散布的各种言论，并指出他在外商面前也说了不少不该说的话。趁着郑斌惶恐不安之际，王时诚甩出了自己的方案，那就是要向乾贵武志传达一个不转让技术就卖不出设备的信息，这话还得让郑斌去说，最好是带着一副委屈的模样去说。

郑斌听完这个方案，还有几分迟疑。王时诚直接拍出了会议记录，说考察团的各部委官员已经达成了一致，此事已无商量余地。如果郑斌不予配合，那么大家将会众口一词地揭发郑斌的卖国罪行以及当众打架的流氓行径，届时他的下场就可想而知了。

打发走郑斌，下一个要对付的就是邓宗白。迫使日方转让技术这个方案，对邓宗白当然是有利的，不过王时诚也没有轻易放过他。王时诚先是劈头盖脸地训了邓宗白一顿，然后声称自己绞尽脑汁为他想了一个脱厄的方案，但需要他全力配合。

按照王时诚的要求，回国之后，如果有人前来调查，邓宗白必须声称自己与郑斌打架是一出自编自演的双簧戏，事先是得到了王时诚批准的。至于在打架过程中表现出的一些不雅言行，纯属演技不高，责任自负，与领导无关。

"没问题，只要郑斌那小子不穿帮，我就这么说了！"邓宗白忙不迭地答应道，只要不追究他当众打架的责任，让他说什么都是无所谓的。

"郑处长那边，我也打过招呼了。在日本期间，你们还可以装作有矛盾的样子，但一回到国内，你们就必须要握手言和，否则就无法解释了，明白吗？"王时诚沉着脸说道。

邓宗白咧了咧嘴，道："俺老邓倒无所谓，给那鳖孙一个面子也不是不行。"

"你胡说什么！"王时诚怒道，"邓厂长，你这是改正错误的态度吗！"

"不是不是，王司长，你别生气，我是……那啥，说习惯了。"邓宗白道，"哎呀，王司长，你真是救了我老邓了。我还寻思着，这回回去肯定要挨个处分了，让你这样一安排，我这不是非但无过，反而有功了吗？"

第 二 百 三 十 九 章

"郑先生，听说前几天你和邓先生发生了一些不愉快的事情？"

在广岛的一家小餐馆的包间里，乾贵武志单独宴请郑斌。酒过三巡之后，乾贵武志装作不经意地向郑斌问道。

郑斌和邓宗白打架的时候，日本化工设备协会的工作人员就在现场，这样的大事，他们当然不会不向乾贵武志通报。不过，关于这二人打架的原因，协会的人并没有搞清楚，两人吵起来的时候，各自说的都是家乡话，这不是光考过中文八级就能够听得懂的。

发生了这样的事情，乾贵武志当然会和同僚们进行研读，分析这件事中间透露出了什么样的信息，会对这一次的交易造成什么影响，此外，他们应当如何利用这件事来做文章。鉴于可参考的信息太少，大家也分析不出什么名堂来。于是，借着考察团到广岛参观的间隙，乾贵武志便单独把郑斌约了出来，想从他嘴里套一些情况出来。

乾贵武志带来的漂亮小秘书跪坐在二人旁边，一边为他们倒着酒，一边为他们充当着翻译。白花花的手腕不时在郑斌眼前晃过，让郑斌颇有些脸红身热，心痒痒地总想着一些不可描述的事情。

"唉，是啊！"

听到乾贵武志的话，郑斌把目光从小秘书的身上收回来，看着眼前的酒杯，惆怅地说道。

"是为什么事情呢？需不需要我们帮忙做些工作？"乾贵武志好心好意地问道。

郑斌苦笑一声，说道："这件事，说起来还真和你们有关呢。"

"哦，是吗？"乾贵武志心里一动，脸上却并不流露出来。

郑斌道："乾贵先生，实话说吧，这一趟到日本来，我可真是大开了眼界了。日本的工业技术，起码领先中国一个世纪，我们自己吹牛皮说要搞什么四个现代化，依我看，我们要想达到日本现在的现代化水平，本世纪末是没戏了，起码也要等到下个世纪末。"

"郑先生过谦了。据我所知，邓先生的厂子技术就非常高明嘛，和我们的差距也并不很大。"乾贵武志说道。

说"你们再努努力就能够追上我"这种话，怎么听都是在骂人。但以当年的情况，一家日本厂商这样描述一家中国企业，大多数人都会认为是一种表扬的话。郑斌对这种表扬颇不屑，他冷笑道："差距不大？他们就做梦吧，依我看，他们连给你们打下手都不够资格。"

"是吗？这我就不太了解了。"乾贵武志迅速地改了口，他可不想在这个问题上和郑斌纠缠，以免把话头岔开了。

郑斌道："可问题就在这了，姓邓的他们厂子技术不怎么样，搞关系却比我们强得多。他们提出来，如果我们要从日本引进大化肥设备，他们必须要参加建设，要和日本厂商搞联合设计、合作制造，否则就不许我们进口。"

"怎么能这样？"乾贵武志满脸气愤地说道，"这不是损害了你们的利益吗？作为用户，你们有权利选择最好的设备，拒绝那些……技术稍微落后一些的设备。"

以他的本意，是想说邓宗白他们的设备是垃圾设备，但话到嘴边还是改了口，同行相轻这种事情，表现得太过头也不合适。

郑斌却没这么顾忌，他说道："什么叫技术稍微落后一点，分明就是老古董嘛！他们焊条焊缝都要返工，怎么能比得上你们日本人的水平？"

"你们就是为这事发生冲突的？"乾贵武志问道。

"是啊。"郑斌答道，"我说我们坚决不让他们参与，他说这事由不得我，他们会去找上面的关系。我一气之下，就和他打起来了。"

乾贵武志道："他说上面的关系，是什么意思？"

郑斌道："当然就是中央，他们是部属企业，来头大，随便找几个领导出来说话，我们也只能是听着。"

"这么说，你们中国政府是支持他们一方的？"乾贵武志道。

郑斌点了点头，不吭声，只是把眼前的清酒端起来一口喝掉了，像极了一个失意者的样子。其实，郑斌这番表现也还真不能算是表演，他心里的确是觉得窝囊得很。如果没有打架这件事，他是能够旗帜鲜明地反对国产化的，相信王时诚他们也没法给他施加压力。可现在自己的把柄被王时诚握住了，王时诚又明确表示了要站在国产化一边，郑斌知道自己的使命恐怕很难完成了，那份郁闷真是无人可说。

"郑先生，你不用担心，合作制造这件事情，是不能单听你们中国一方的。我们对于合作制造并不感兴趣，你可以把这话带给你们的领导去听。"乾贵武志说道。

"那我们只能是白跑一趟了。"郑斌说道，"我们领导已经说了，如果日方不同意转让技术，他们就绝对不会同意引进设备，还说这事没商量。"

"这是为什么？"乾贵武志一惊，连忙问道。

"那个邓宗白上头有人！"郑斌恨恨地说道。

乾贵武志看着郑斌的脸色，觉得不像是作伪，于是沉声问道："那么，这样一来，你们的化肥厂怎么办？你从前不是跟我说过，你们省里的官员要求你必须把化肥厂的设备谈下来吗？"

郑斌道："有什么办法呢？我让他们拿住了把柄，我们那个团长说了，如果我不听话，他就把打架这件事情的责任全部栽到我身上，还要说我和你们串通起来要坑害国家利益。你是知道的，这样一个罪名在我们国家意味着什么。"

乾贵武志不吭声了，郑斌说的这个情况，让他感觉到了为难。在此前，他和几家化肥设备厂商都已经商量好了，要一口咬住，绝对不向中国人转让技术。他们相信，中国人对化肥的需求远比对设备制造技术的需求更为迫切，只要他们坚持不转让技术，中国人就只能屈服了。

可现在情况发生了变化，照郑斌的说法，邓宗白走通了上层的关系，考察团里的官员们都已经统一了口径，要么转让技术，要么就放弃采购。

连此前一直与他们勾勾搭搭要求全盘引进设备的郑斌，此时也改了口，这就意味着他们原来的如意算盘可能要落空了。

日本人自认为对中国极为了解，在他们看来，中国在历史上是一个非常要面子的国家，到现在又加上了一条非常讲政治的特点。只要是和政治相关的事情，中国人是会把经济利益方面的考虑放在一边的。

郑斌说的情况，恰恰就是一个政治问题，邓宗白找到了上层的靠山，将引进技术变成了一项政治任务，这就意味着日本人想打经济牌已经非常困难了。乾贵武志坚信，如果自己非要和中国人对着来，中国人绝对是有勇气拂袖而去的。

如果换成一家日本企业，就不会有这样的情况了。日本人在国际上被称为"经济动物"，一向是唯利是图，只要有足够的利润，他们可以抛弃一切。

他们基于日本人的价值观所设想的方案，在遇到中国人的时候，恐怕就不灵了。

当然，这也是乾贵武志等人对中国的了解还流于皮毛的缘故，中国的智慧远比这种标签式的刻板印象要高明得多。在这个项目中，中方的策略是虚实相交，让人摸不透真正的底牌。而乾贵武志他们的心思都在利润上面，反而能够被中国人一眼看穿。

"如果真是这样，那可就太遗憾了。"乾贵武志装出一副失望的样子，对郑斌说道，"我们是不可能把技术让渡出去的，所以，郑先生这一趟可能真的要白跑了。"

"是啊，太遗憾了。"郑斌道，"这些天让乾贵先生破费了，生意没有做成，真是挺对不起你的。"

"无妨，大家交个朋友也好嘛。"乾贵武志道。

"是啊是啊，乾贵先生有机会去中国的时候，千万抽时间到我们滨海去走走。我们滨海有一个天下第一汤，那可是乾隆泡过的温泉，至今那里还留着乾隆皇帝的御笔呢。"郑斌又做起滨海的旅游广告来了。

两个人虚与委蛇，互相都知道对方的轻松是装出来的。乾贵武志想看看郑斌到底想不想做成这笔生意，郑斌同样想看看乾贵武志会不会妥协。临到最后，乾贵武志也没能探出郑斌的虚实。其实这也不能怪他，因为从兵法来说，郑斌就属于那一类"死间"，连他自己都相信王时诚的决心已下，在乾贵武志面前，他又怎么会有别的表现呢？

"联系米内隆吉、川端弘嗣、内田悠等几位董事长，让他们到协会办公室去，我要向他们通报一下最新的情况。"

送走郑斌之后，乾贵武志对小秘书吩咐道。

第二百四十章

"俺们的家乡，在希望的田野上……"

这两天，邓宗白的心情异常地好，进进出出都哼唱着时下最流行的歌曲，"冯处长，吃了吗？"

在宾馆大堂里，看到刚从电梯间走过来的冯啸辰，邓宗白满脸堆笑地迎上前去，没话找话地问候着。

"邓厂长好心情啊。"冯啸辰笑着应道。

"我这个人一贯性格乐观。"邓宗白道，"我长这么大年纪，就不知道什么叫作犯愁。你看那个郑斌没有，成天拉着个脸，像吃了苦瓜似的，你说至于吗？"

说这话的时候，邓宗白脸上有一种幸灾乐祸的表情，他也并不忌讳把这种表情在冯啸辰面前表现出来。他说自己一贯乐观，这纯粹是说漂亮话了。前些天，郑斌在考察团里散布有关新阳二化机产品质量低劣的消息，邓宗白每天都气得五迷三道的，要不也不至于在宾馆大堂里与郑斌大打出手。

没曾想，打了一架，他的事情却峰回路转了。王时诚找他谈了话，虽然是严肃地敲打了他一番，但却给了他一个承诺，那就是这一次与日本人谈判的目标是引进技术、合作制造，而不会像郑斌希望的那样全盘引进日本的成套设备。这样一来，邓宗白到日本的目的就实现了，他要的就是能够从日本人这里引进技术，分包一部分设备的制造。

与滨海省的想法一样，新阳二化机希望引进技术，也是公私兼顾的。于公来说，提高自己的技术水平，培育自主能力，当然是一件大好事。于私来说，从日本引进技术就意味着大量的出国机会，还有大笔可支配的外汇，掌握所有这些资源的人要想从中为自己以及关系户谋点利益，那是轻而易举的。

邓宗白开心了，郑斌自然就郁闷了。看到郑斌成天愁眉苦脸，邓宗白岂有不加倍欢喜的道理。

在邓宗白看来，冯啸辰与自己应当是一条战线上的，因为重装办的任务就是帮助他们这些制造企业提高制造能力。如果郑斌得了势，滨海省的大化肥项目采取全套引进的方法，重装办的工作也会受到挫折的。

冯啸辰的确是希望采取合作制造的方式来建设滨海省的化肥项目，但郑斌向他讲述的那些情况，他也还是记在心上的。看到邓宗白如此得意的样子，冯啸辰心里有了几分不悦，他微笑着说道："邓厂长说得对，其实事情还没有尘埃落定，郑处长这样苦恼，完全没有必要的。"

"是啊是啊……咦？冯处长，你怎么会说事情没有尘埃落定呢？"

邓宗白下意识地附和了冯啸辰一句，才意识到冯啸辰话里有话。

冯啸辰道："关于是全盘引进还是合作制造的问题，我们最终还是要根据实际情况来定的。如果国内的企业没有能力承接日方的分包任务，那么虽然我们不太情愿，也只能是接受全盘引进的方案了。"

"怎么会没有能力呢？"邓宗白急了，"冯处长，你是知道的，我们新阳二化机，那可是国内响当当的化肥设备制造企业，分包一些非核心的设备，怎么会没有能力？"

冯啸辰淡淡地笑道："是这样吗？郑处长说你们给滨海省造的那套 5 万吨设备，返工很多次，这是不是实情？"

"这个不能算什么事情。"邓宗白脸上有些挂不住，支吾着说道，"分子筛容器那个事情，是我们出了一点纰漏，这也要怪他们催工期催得太紧嘛。我们有一个王牌电焊工，那段时间家里人生了病，他一时走不开，我们是派了他的徒弟去滨海焊的，技术有点不过关，这是实情。"

冯啸辰毫不留情地说道："这不是个别电焊工的问题，而是反映出你们新阳二化机缺乏质量控制体系。一个电焊工家里有点事情，就能够影响到产品的质量。如果承接这套 30 万吨合成氨项目分包的时候，你们又有哪个工人家里有点什么事，我们怎么保证你们的产品能够按时、保质地完成呢？”

邓宗白这个时候才彻底反应过来，冯啸辰似乎不是在跟自己开玩笑，或者是用某种方法敲打自己，而是真的在考虑是否要引进技术的问题。冯啸辰是重装办的干部，如果他突然倒戈，转而支持全盘引进的方案，那么整件事情是完全可能翻盘的。

“冯处长，咱们重装办这边，不是一直都在推进装备国产化吗？”邓宗白小心翼翼地问道。

冯啸辰道：“我们罗主任的态度很明确，推进装备国产化是为了国家建设的需要。如果我们在某个领域的装备制造能力的确跟不上，那我们也不能为了装备制造业一家的利益，而牺牲用户行业的利益。大化肥是关系到国家粮食增产、农民增收的大事，如果因为我们装备制造业的缺陷而耽误了设备投产，重装办也是不会答应的。”

“你凭什么说我们会耽误设备投产！”邓宗白瞪起了眼睛，大声地反驳道。事关企业的利益，他也顾不上去考虑冯啸辰的身份了。这一刻，他甚至怀疑郑斌是不是做通了冯啸辰的工作，或者说得更直白一些，郑斌给了冯啸辰什么好处，以至于冯啸辰会突然站到郑斌的立场上去说话了。

冯啸辰没有跟着叫嚷，而是平静地问道：“邓厂长，你确定要让所有人都知道这件事吗？”

“我……”邓宗白像是被人掐住了脖子，声音一下子就弱下来了。声音一弱，他的气势也就消了，这才想到冯啸辰是上级部委派来的人，自己还真没资格和他叫阵。他压低了声音，说道，“冯处长，这事情是明摆着的，国家有引进技术的政策，我们又是国内实力最强的几家化工设备企业之一，如果我们做不成，换成其他家来，也是差不多的。”

冯啸辰道：“邓厂长，如果的确像你说的那样，那我们只能是暂时放弃大化肥国产化的目标，先练好内功，然后再考虑这个问题。国家虽然确定了 11 套大型装备的研制任务，但并没有强制要求所有的装备都要同步完成。”

"不不不，不是这样的。"邓宗白结结巴巴地说道，"冯处长，王司长跟我说的并不是这样，他说你们都已经商量好了，这一次一定要逼着日本人转让技术的，你现在这样说，有没有和王司长他们商量过？"

冯啸辰道："我会和王司长他们商量的。没错，王司长他们最初的想法的确是要优先考虑国产化问题，但非常遗憾，我没有看到你们对这件事情的重视，只看到你们弹冠相庆，觉得只要有国家政策保护，你们就可以高枕无忧。如果你们是这样一种心态，那么引进技术就没有任何意义，它除了让国家多花一些钱，让用户遭受一些不必要的误工和质量损失之外，没有任何的好处。"

"这……"邓宗白明白过来了，自己这些天的得意，是让冯啸辰改变初衷的直接原因。他扪心自问，冯啸辰说的还真是没错，自从知道王时诚打算给自己支持之外，他的心态是极其放松的，用弹冠相庆来形容也不为过。至于说如何引进技术，引进之后该如何消化吸收，这些问题还真没有进入他的考虑范围。

也不仅仅是他了，新阳二化机从上到下对于这件事都没有做什么准备。在他出发来日本之前，厂长奚生贵对他的交代就是无论如何也要争取到合作制造的结果，其他的问题一概没说。照奚生贵的说法，只要合作制造的事情定下来，厂里就能够引进一大批进口设备，还要申请资金扩建厂房，顺带加盖两幢宿舍楼，届时全厂的日子都会好过得多。

至于说如何保证引进的技术能够全盘掌握，奚生贵没说，邓宗白也没琢磨过。在他们的潜意识里，就算不能全盘掌握日本人的技术，也不算什么过错，谁让咱们和日本人的技术差距太大呢？可是只要引进了设备，能够学到个仨瓜俩枣的，在国内市场上自己就有说话的底气了。

这些想法，邓宗白并没有向其他人说起，冯啸辰却看得清清楚楚。也正因为恼火于邓宗白的不求上进，冯啸辰才会放出狠话，表示引进设备的事情还没有尘埃落定。

"冯处长，那照你的想法，我们该怎么办呢？"邓宗白怯怯地问道。

第 二 百 四 十 一 章

冯啸辰看着邓宗白,问道:"邓厂长,我记得你说过你是搞技术出身的,大化肥设备的关键技术,你是否了解?"

"我当然了解。"邓宗白毫不犹豫地说道,"我好歹也是搞了20多年化肥的,冯处长,你不会觉我真的是个酒囊饭袋吧?"

冯啸辰道:"我可没这样说,我只是想问问,对于我国在大化肥设备上与国外的差距,邓厂长是怎么看的?"

"这个嘛……"邓宗白深吸了一口气,说道,"这个说来就话长了。简单说吧,化肥设备制造包括三个环节,第一是工艺技术和工程设计,第二是装备制造,第三是设备成套。对应的也是三个部门:设计院,化工设备厂,化工安装公司。从工艺技术和工程设计来说,我们只有中小型化肥厂的设计能力,对于大型化肥厂的设计完全没有经验,几种主要的工艺技术都掌握在外国人手里,咱们要进行独立设计有一定的难度。"

"嗯,这是第一个方面。"冯啸辰应了一声。

"第二个方面,就是装备制造。我们国内的情况可以用12个字概括:门类齐全,能力很大,水平不高。在52万吨尿素装置中,有83种主要设备,共计151台,我们粗略分析过,所有这些设备,我们都能够制造。"邓宗白道。

"都能够制造?"冯啸辰诧异道,"邓厂长,你这话可有点说过头了吧?"

邓宗白面带苦笑地说道:"一点也不过头。实话实说,我们的确都能够制造。前几年,咱们请国外设计院帮助设计的一套52万吨尿素装置,除了少量设备和仪表采用进口之外,其他设备都是咱们国内的企业制造的，目前已经建成投产了。"

冯啸辰在心里想了一下，说道："我知道你说的是哪一套设备了，就是海江化工总厂的那套吧？我记得那套设备的运行情况不是太好，投产一年多还没有达到设计能力的一半，海江化工总厂对这件事意见非常大。"

邓宗白尴尬地笑道："可不就是意见非常大吗？我前面说过了，我们门类齐全，能力很大，需要的各种设备我们都能够制造出来。可后面还有一句，那就是水平不高。确切地说，是总体水平不高。国内制造的装备，比国外进口的装备质量差一半还多。比如说，人家的高压设备衬里的年腐蚀率在0.05毫米左右，我们可以达到0.15毫米以上，超出设计许可范围一倍了。"

"为什么呢？"冯啸辰问道。

"管材质量不好，存在冶金缺陷。如果用进口管材，成本又太高了。还有焊接材料和技术不好，检验手段也跟不上……总之，问题多了。"邓宗白道。他还真不愧像自己标榜的那样，是个搞了20多年化肥设备的人，说起这些事情来如数家珍，全然没有前些天那种浑浑噩噩的样子。

"我明白了。那第三个方面呢，也就是设备成套能力方面。"冯啸辰继续问道。

邓宗白道："这方面的问题也不少，我们目前还没有非常成熟的化工设备安装公司，大多数安装企业只有中小型项目的施工经验，没有大型化工设备的施工经验。如果我们要自己搞大化肥，这方面也是一个难关。"

冯啸辰点了点头，有关化肥设备国产化方面的问题，他做过一些研究，但今天听邓宗白这样一说，他又多了一些直观的印象。他想了想，问道："邓厂长，如果我们这一次向日方提出转让技术和合作制造，你们是怎么打算的？"

"打算嘛，当然是多多益善了。"邓宗白说道，"最好所有的技术都能够转让给我们。大化肥的设计工艺是有专利的，我们可以购买他们的专利许可。既然是引进一次，那自然是要全学到手才行吧。"

"那么合作制造的部分呢？"冯啸辰又问道。

"这个……可能就需要量力而行了。"邓宗白道。说这话的时候，他的调门低了几分，显然自己也觉得有些不好意思了。

冯啸辰明白他的潜台词，这就是知难而退的意思了。他问道："你说的量力而行，包括哪些装备呢？"

"合成塔，这个是我们可以做的。二氧化碳气提塔，我们目前没有做过那么大的，但如果日方能够转让技术，提供一些指导，我想拿下来也不成问题。还有就是高压洗涤器、转化炉、废热锅炉，这些我们都不成问题。"邓宗白掰着手指头向冯啸辰说道。

"五大压缩机组呢，你们能接几项？"冯啸辰追问道。

"这个……恐怕有点难度。"邓宗白讷讷地说道。

所谓五大压缩机组，是指空气压缩机组、天然气压缩机组、合成气压缩机组、氨气压缩机组和二氧化碳压缩机组，这是大化肥设备中最核心的装备，也是制造难度最大的装备。制造这样的装备，考验的是材料、制造工艺、加工精度等方面的能力，而这些恰恰都是中国企业最为薄弱的环节。

邓宗白对于本企业的能力是心中有数的，他知道在短期内要想突破这些障碍，几乎没有可能性。而滨海那边又不可能给他们更多的时间，所以他只能是选择放弃这些设备了。

"那好，能不能请邓厂长写一个材料，把你们能够承担的部分列出来，作为我们和日方谈判进行合作制造的内容。至于五大压缩机组，我们可以要求日方转让技术，新阳二化机要会同其他几家大型化工设备企业，用最短的时间突破现有的技术障碍，尽快掌握五大压缩机组的制造技术，你看如何？"冯啸辰问道。

"完全可以。"邓宗白松了一口气。这种由自己点菜的事情，实在是太轻松了。五大压缩机组他们做不了，那些合成塔、气提塔之类的，他还是有把握做出来的。这些东西都是高达十几米甚至几十米，直径好几米粗的大家伙，虽然利润不能与压缩机组相比，但也足够让新阳二化机吃得饱饱的了。

没等他高兴完，冯啸辰又问了一句："对于你们承诺可以承担的部分，一旦与日方达成协议，你们就必须按时按质地完成，这一点能够做到吗？"

"当然能够做到，我老邓愿立军令状。"邓宗白拍着胸脯说道。

冯啸辰道："那就太好了。我考虑了一个方案，正准备和王司长、牛司长他们商量。我想，这一次引进工作，所有由日方分包给国内企业负责的设备，一律采取包干制。前期的货款作为企业的欠款，必须等设备交付日方验收合格后，才转为企业收入。如果企业提交的设备不能达到日方提出的质量要求，返工之后无法在规定时间内交货的，货款将一律追回。"

"你说什么？"邓宗白瞪圆了眼睛，"追回货款？"

"是啊。"冯啸辰坦然地说道，"你们的产品如果不合格，客户为什么要付款？非但不需要付款，你们还要按照合同要求赔偿项目违约金，因为你们提供的产品不合格会导致项目延期，客户是要遭受损失的。除此之外，国家投入用于给你们更新设备的资金，以及购买国外专利所花的资金，都要签订责任书。如果你们不能在指定的时间内掌握引进技术，或者制造出来的产品达不到引进时的要求，这部分款项国家也要追回。"

"这个条件我们不能接受。"邓宗白急赤白脸地说道，"这简直就是不平等条约嘛，我如果接受了，不就是丧权辱国了吗？"

冯啸辰道："我怎么没看出有什么不平等的？你们造出来的东西如果质量过关，按时提交，没人会扣你们一分钱。如果你们的质量不过关，提供的是次品甚至废品，客户有什么理由给你们钱？至于说引进设备的投入，本身就是用来帮助你们形成生产能力的，现在设备投进去了，你们却不能完成任务，国家的钱不就白投了吗？向你们追回有什么不对呢？"

"我不会答应这个条件！"邓宗白恼火道，他刚才还觉得冯啸辰好说话呢，没想到冯啸辰还有这样的狠招，这几乎就是要置新阳二化机于死地嘛。

关于引进技术的问题，邓宗白心里是真的没底。在以往，他们也不是没有引进过外面的技术，有些技术很快就被消化吸收了，有些技术则出现了消化不良的情况，甚至一些国家花费了大量外汇采购进来的设备，现在还在车间里躺着，没有发挥作用。但不管是成功与否，他们都不需要承担什么责任，充其量就是妙笔生花地写个材料，把成绩吹大一点，把失败归于客观原因，事情就过去了。哪有什么追回投资的事情。

大家喜欢引进技术，是因为引进技术这件事对厂子有百利而无一害。引进成功了自然是皆大欢喜，引进即使失败了，厂里也不需要付出一分钱的代价，这样的事情谁不喜欢呢？可照着冯啸辰的方案，厂子非得赔得当裤子不可。

"如果是这样，那我们退出，不揽这个瓷器活了。"邓宗白斩钉截铁地说道。

第 二 百 四 十 二 章

在冯啸辰与邓宗白摊牌的时候，日本化工设备协会的办公室里，也正在进行着一场激烈的争论。

"中国人这是讹诈，我不相信他们会拒绝采购我们的设备。"

说话的是日本秋间化工机株式会社的副总裁米内隆吉，他是一位50来岁的粗短汉子，满脸横肉，脾气急躁。

刚才乾贵武志向大家通报了自己了解到的情况，称中国考察团提出了要求日方转让相关技术的要求，以此作为引进化肥成套设备的条件。如果日方不能答应这个条件，中方就将放弃这一次的采购计划。听到这话，几名被邀请来商议对策的日本化工设备制造商都急眼了，米内隆吉是蹦得最高的一个。

森茂铁工所的董事长川端弘嗣稍微老成持重一些，他向米内隆吉笑了笑，说道："米内君，你不要着急，我觉得，我们还是认真分析一下中国人的意图为好，不要轻率地下结论。"

"他们的意图是非常明白的，那就是学习我们的制作技术，以便有朝一日能够取而代之。"米内隆吉说道。

"我觉得米内君的这个担心是多余的，中国人的技术水平和我们相比，差出了一个世纪，我们完全不用担心他们能够取代我们。"池谷制作所的销售总监内田悠说道，他说话的语气和他的名字一样，都是慢悠悠的，透着一种傲慢之意。当然，大家都知道他的傲慢并不是冲他们这几位同行来的，而是针对这些天访问过他们各自工厂的中国考察团。

川端弘嗣摇摇头道："我的意思不是这个，我是说，他们向乾贵理事长传递的信息，到底是真的，还是假的。如果我们拒绝向他们转让技术，

149

他们是否真的会放弃这一次的采购。"

乾贵武志道："我感觉，有八成以上的可能性是真实的。我与那个郑斌认真地谈过，我能够感觉到他受到了来自于上层官员们的压力。据他表示，有关从日本获得技术的事情，已经被列入了中国政府的工作计划，按中国人的话说，这是一项政治任务。"

"如果是这样，那么他们的决心将是非常大的。"内田悠道，看到几位同行没有反应过来，他便开始卖弄起自己对中国的了解了，"你们要知道，中国是一个非常讲究政治的国家。一件事情，如果和政治挂钩了，那么它的重要性无论如何高估都不为过。乾贵理事长说的事情，我也有所耳闻，据说中国政府推出了一项重大装备自主研发的计划，化肥设备也是他们觊觎的目标之一。"

"如果是这样，那我们就更不能让他们得逞了。"米内隆吉道，"如果他们掌握了大化肥成套设备的技术，我们将失去中国这个庞大的市场。"

"可如果这样一来，他们就会取消这一次的采购，我们依然会失去这个市场的。"内田悠反驳道。

米内隆吉道："他们怎么可能取消采购？难道他们不需要化肥了吗？"

乾贵武志叹了口气，道："米内总裁，你不要忘记了，并非只有我们日本一个国家能够生产大化肥设备。在几年前，中国引进了13套大化肥设备，从日本采购的只有两套，他们更倾向于采购法国、荷兰和美国的设备。"

"我们的设备，显然是更便宜的，他们不可能不考虑到这一点。"米内隆吉道。这一回，他的声音小了一些，显得有些底气不足。

"价格真的是他们考虑的最重要的因素吗？"川端弘嗣问道。

米内隆吉不吭声了，刚才内田悠已经说过，中国人对于政治上的要求远甚于对经济上的要求，如果中国人在这件事情带有一些政治压力，那么价格的确不是他们考虑的最重要的因素。

内田悠说道："米内总裁、川端董事长，我想提出一个问题。如果我们答应向中国人转让大化肥技术，给予他们制造许可证，他们大约需要多长的时间，才能达到我们的水平？"

"你是指赶上我们的水平吗？"川端弘嗣问道。

内田悠摇头道："不不，我只是说，他们达到我们现在的水平。至于在这之后我们发展了多少，还不在我考虑的范围之内。"

川端弘嗣想了想，说道："以我对中国企业的了解，他们大约需要15至20年时间，才能够达到我们今天的水平。"

"如果再考虑到产品质量的话，我觉得这个时间还要更长一些，起码是20至30年。精良的日本制造标准，是中国人很难学到的。"米内隆吉说道。

"乾贵理事长，你的看法呢？"内田悠又向乾贵武志问道。

乾贵武志沉吟了一会，说道："这个问题我恐怕很难回答上来。我觉得，以中国今天的情况，用20年时间达到我们目前的水平，可能是有一些难度的。但另一方面，我又认为不应低估中国人的能力，他们是创造过不少奇迹的。"

"如果是这样，那么我们答应转让技术，又有什么难处呢？"内田悠轻松地说道，"有20年的时间，我们已经发展出新一代的技术了，依然可以保持住对中国人的技术优势。而在这20年时间里，我们将占据中国的化肥设备市场。这可是一个有10亿人口的农业国家，他们对于化肥的需求是非常庞大的。"

"我总觉得，事情没有这么乐观。"米内隆吉皱着眉头道，"当年我们就是这样从美国人那里获得了大型化工装置的制造技术，而到今天，美国人在这个领域已经很难和我们竞争了。我们现在如果培育了中国这个对手，几十年后，他们或许就会成为我们的死敌。"

"我还没有说完。"内田悠微笑着打断了米内隆吉的话，说道，"我们可以答应他们的条件，但我们应当在供货策略上做一些调整。我们可以对大化肥设备进行降价处理，比如降低5％，甚至10％的价格。与此同时，我们要提高技术转让的费用，让他们觉得自己制造远不如全套进口。一旦他们的官员产生这种念头，那么即使他们出于政治考虑引进了我们的技术，在消化吸收方面肯定也是要打一些折扣的。这样一来，我们预想的20 年或者 30 年的时间，就有可能会拖得更长，比如说 50 年。大家想想，如果中国在 50 年后才掌握我们今天拥有的技术，我们有什么必要担心他们的竞争呢？"

"言之有理！"米内隆吉和川端弘嗣二人同声赞道，他们发现，自己此前的担心的确是跑偏了方向。中国是一个在工业上远远落后于日本的国家，这个国家就算拿到日本的技术，又有多少能力将其转化为自己的技术呢？所谓引进技术，不过是中国人出于一种大国情结而给自己找的一个台阶而已，如果引进技术就能够形成自己的技术，那么这个世界上还会有发展中国家这个概念吗？

乾贵武志名为化工设备协会的副理事长，其实不过就是一个高级中介而已。从他的角度来说，能够促成这一次的采购才是最为重要的，至于技术转让之类的事情，各家企业自己琢磨就好了。听到几位厂商的代表达成了一致，乾贵武志颇为高兴，马上把这个信息反馈给了中国考察团。

"成套设备降价，技术转让费提高……呵呵，小鬼子打的好算盘啊。"

得到乾贵武志反馈过来的消息，冯啸辰呵呵冷笑。日本人玩这种勾当的次数实在是太多了，多到让人一眼就能看穿。当然，这一手也的确是挺毒的，它会让中国人感觉到造不如买，既然市场上有如此廉价的成套设备，而自己引进技术来制造则需要付出高额成本，那么选择直接引进不就是理所应当的事情吗？

就算诸如新阳二化机这样的企业真的引进了技术，高额的技术转让费分摊到产品上，也会提高设备的造价，最终出现进口设备比国产设备价格更便宜的情况。那么新阳二化机的产品要想卖出去，就只有赔本赚吆喝这一条出路了，从企业这边来说，肯定不会选择这个结果的。

"引进技术的成本太高，对我们来说也很不利啊。"王时诚向冯啸辰提醒道。

冯啸辰道："王司长，围棋上有一句话，叫作'敌之要点即我之要点'，日本人如此担心我们引进技术，就更说明我们引进技术的必要性。

他们希望我们放弃这个领域，未来只能不断地从日本采购成套装备。而我们要做的，就是打破这种垄断，用我们自己的装备来实施进口替代。在这个过程中，我们肯定是要付出一些成本的。相对自己从头开始研发这些技术，引进的成本依然是很低廉的。"

"你说得也有一些道理，我想，国家推出重大装备国产化的计划，也是考虑到这一点吧。"王时诚道，"可是，小冯，听说邓厂长扬言不揽这桩瓷器活了，咱们还能照常引进技术吗？"

"当然能！"冯啸辰道，"死了张屠夫，不吃混毛猪。国内并非只有新阳二化机这一家企业能够生产大化肥设备，咱们可以搞一个化肥设备大会战，集中全国的力量，吃下这项技术，让日本的美梦化为泡影。"

第 二 百 四 十 三 章

大化肥设备考察团结束了在日本的考察，打道回府。在冯啸辰的推动下，日本化工设备协会联合十几家日本的化肥设备制造企业与中方达成了初步协议，同意向中国的化工设备企业转让 30 万吨合成氨设备的全部制造技术，用于换取中方的五套大化肥设备订单。

双方约定，中方的五套大化肥设备将由几家日本公司作为总包，中国的化工设备企业则作为分包商，承接其中一部分设备的制造任务，在此过程中，日方将向中国企业提供技术指导、人员培训等等。

合作的具体细节还需要进一步的谈判，这就不是考察团的任务了。至于说到中方企业如何受让日方技术，要讨论的问题就更多了。鉴于邓宗白等化工设备企业的代表在这个问题上都有些畏难情绪，王时诚决定把这个问题带回国内慢慢研究。

乾贵武志善始善终，把中国考察团一行送到了机场，又向每位考察团成员都赠送了颇为精美的礼物，考察团便带着日本人民的"深情厚谊"返回了国内。

"你在日本的事情，王司长都跟我说了。他对你的表现评价很高，专门拜托我要好好奖励你呢。"

在重装办的主任办公室里，罗翔飞笑呵呵地对冯啸辰说道。

"奖励就免了吧，我还担心我表现得太张扬了，回来以后会挨批评呢。"冯啸辰笑着回答道。

罗翔飞道："张扬一点有什么不好的？想做事情，就得张扬一些。当然啦，我也不是说不需要考虑一下策略，策略是需要的，但更重要的是对工作有热情，在遇到困难的时候能够主动请缨，迎难而上，在这一点上，你的确没让我失望啊。"

冯啸辰道："职责所在。我既然是代表重装办去的，自然就要把事情办好，否则哪有脸回来见您啊。"

两个人说了几句客套话，罗翔飞收起调笑的表情，严肃地说道："大化肥的事情，还真有点棘手啊。用户方面不愿意接受国产设备，希望全盘引进。制造企业这边呢，又缺乏克服困难的决心，只想着靠国家的保护来赚些轻松的钱。这一次你们虽然迫使日方答应了转让相关技术，但如果受让技术的企业措施跟不上，结果恐怕会是差强人意的。"

"的确如此。"冯啸辰道，"从新阳二化机的情况来看，与秦州重型机器厂完全不同。秦重方面，以胥总工、崔总工为代表的技术人员和工人都有赶超国际先进技术的决心和勇气，只要给他们一个机会，他们就能够把事情做好。而新阳二化机这边呢，就我和邓厂长接触的情况来看，他们只是一味地强调困难，只答应承接一些国内技术已经比较成熟的部件，不敢去碰五大压缩机组这样的硬骨头。"

"五大压缩机组本身也的确是有难度的，他们不敢碰也有他们的道理。"罗翔飞说道。他本来就是一名技术型官员，在担任重装办副主任的职务之后，便开始关注各个项目里的技术问题，所以对大化肥成套设备的技术难点有一些了解。

冯啸辰道："再难咱们也得啃下来啊。咱们是一个农业大国，化肥设备不攥在自己手上，实在是太被动了。"

"那么，你是怎么考虑的？"罗翔飞问道。

冯啸辰道："我在日本的时候，就琢磨过这件事。我觉得，热轧机的技术引进和消化吸收，到目前为止进展是比较顺利的，企业方面的信心也很足，这种模式是值得推广的。大化肥设备的引进与热轧机有所不同，一是咱们在化工设备方面的基础较差，引进和消化吸收的难度比较大；二是几家骨干企业的积极性不足，我们无法完全依靠他们的自觉性来完成国产化任务。鉴于此，我们应当设计另外一种模式，比如就叫作大化肥模式吧。"

"叫什么名字不重要，叫成冯啸辰模式也是可以的。"罗翔飞半开玩笑地说道，"重要的是这种模式有什么特点，你能说说吗？"

冯啸辰笑笑，说道："可别拿我的名字来命名，这是会给我拉仇恨的。我的想法是，对于大化肥设备，咱们可以采取全国攻关的方式，像当年石油会战一样，搞一场化肥设备大会战。我们要集中系统内以及系统外的企业，再加上高校、科研院所等等，立下军令状，几年之内拿下五大压缩机组，打破外国的垄断。"

"大会战这个提法，会不会显得太落伍了？"罗翔飞问道。时下从中央到地方都在大谈改革，像"大会战"这种带着明显政治色彩的说法，的确是有些不合时宜的。

冯啸辰不以为然地说道："一种模式如果有效，就谈不上落伍不落伍的。咱们是后进国家，要想和发达国家竞争，必须发挥我们制度上的优势，那就是能够集中力量办大事的优势。我看出日本人的想法了，他们认为我们的企业没有能力消化包括五大压缩机组在内的核心技术，所以才敢答应向我们转让这方面的技术。咱们就应当反其道而行，利用他们转让技术的机会，集全国之力消化掉这些技术，给他们一个有力的回击。"

在冯啸辰经历过的历史中，中国从八十年代初酝酿引进国外的大化肥成套设备制造技术，直到 2010 年之后才最终完成了技术消化吸收和完全国产化的工作。究其原因，除了这些技术本身的难度较高之外，国家投入不足、各家企业各自为战、力量分散，也是重要的因素。

既然时代给冯啸辰重新来一次的机会，冯啸辰自然不会让这样的情况再次出现。他全面思考了大化肥设备研发的各种障碍，认为唯有集中力量，调动举国体制，才能够一举攻克难关。

"这就是你设想的大化肥模式？"罗翔飞道。

冯啸辰道："我还没有想得特别明确，不过基本思路是这样的。"

罗翔飞点点头道："我赞成这个方案。咱们搞重大装备攻关，也需要有不同的模式。化肥设备是我们的薄弱环节，技术难度大，咱们用这种举国模式来攻克这个难关，是一个很好的想法。这样吧，你去和吴处长、薛处长他们再讨论一下，看看具体该如何做。我把这个想法提交给经委领导，请他们决策。如果经委领导同意这个方案，咱们就该开始组织大会战了，到时候，你就得准备当这个前敌总指挥了吧？"

他的最后一句话，带着几分调侃。冯啸辰连忙说道："罗主任才是前敌总指挥呢，我充其量就是给罗主任当个传令兵而已。"

离开罗翔飞的办公室，冯啸辰又来到了吴仕灿的办公室。一个多月没见，吴仕灿似乎又瘦了一点，但精神头却足得很，像是每天都打了一针鸡血一般。在他的办公桌上以及旁边的凳子上，堆放着大摞小摞的各种资料，弄得办公室差点都无处落脚了。他现在身兼两职，一是重装办规划处的处长，要负责编制重大装备研发的规划，二是国家工业实验室筹备组的副组长，主持筹备组的工作，两件事压在一块，也真把老先生给累得够呛。

"小冯回来了？怎么样，日本之行收获不小吧？"吴仕灿正在忙着，不过一见冯啸辰进来，他便把手头的事情放下了，还专门起身找出一个没被占用的凳子，摆到了冯啸辰的面前，"来吧，坐下说说。"

"我没打扰吴处长的工作吧？"冯啸辰客气地问道。

"没有没有。"吴仕灿道，"对我来说，和你小冯聊天，本身就是一个很好的学习过程，这也算是工作的一部分呢。"

"哈哈，我可没这么神。"冯啸辰笑道，"其实，我是专程来向吴处长请教的，只是怕耽误了吴处长的工作。"

吴仕灿道："请教不请教的，你小冯就别跟我客气了。怎么，是技术方面的问题吗？说出来听听。"

这就是学者的特点了，凡事不喜欢兜圈子。吴仕灿对冯啸辰也颇为了解，他知道冯啸辰不会凭空说要向他请教的，而且一般来说，让冯啸辰需要向人请教的问题，也都是有一定价值的问题，他非常愿意听听这些问题。

冯啸辰没有马上提问，而是先把自己日本之行的情况向吴仕灿通报了一遍，当然，他介绍的主要是日本化工设备制造方面的内容，包括他们的装备水平、技术前沿、产品构成等等。吴仕灿原本就是干化工的，对于这方面的情况也非常感兴趣，他一边听一边做着记录，不时还插上一两个问题，向冯啸辰了解更为详细的情况。

"这就是我们这次日本之行的收获。经过我们的努力，日本企业已经答应向我们全盘转让 30 万吨合成氨设备的制造技术。"冯啸辰最后这样说道。

"30 万吨合成氨设备，这可是非常有价值的技术啊。"吴仕灿感慨完话锋一转，又说道，"可是，我担心我们国内的企业没有足够的能力把这些技术吃下去。"

"这就是我来向您请教的原因了。"冯啸辰说道。

第 二 百 四 十 四 章

"你想了解什么问题呢?"吴仕灿问道。

冯啸辰道:"老吴,你是搞化工设备的专家,我想向你请教一下,咱们国内搞大化肥设备,有哪些难点。"

听到这个问题,吴仕灿脸上的表情变得严肃起来,他掰着手指头盘算了一会,说道:"难点倒是很多,不过如果我们下决心要去做,不计成本,或者说有足够的人财物力的投入,很多难关并不是不能突破的。一般来说,大化肥设备和其他化工设备一样,涉及三个方面的问题……"

"设计、制造、安装,是这样吧?"冯啸辰替他说出来了。这个问题冯啸辰在日本的时候就已经向邓宗白讨教过,而邓宗白列出的就是这三个方面。

吴仕灿点点头,说道:"没错,的确是这三个方面。我们来分析一下:设计方面,目前我们主要是受制于合成氨的工艺专利。当前国际上使用的几种合成工艺,包括德士古工艺、谢尔工艺、Kellogg 工艺等等,都已经注册了专利,我们如果要用,就需要向这些专利持有人支付专利使用费。我在化工设计院的时候,有几位专家也搞过合成氨工艺的开发,而且有一些进展。不过,国家在这方面投入不足,而搞工艺开发除了做理论研究之外,还需要有实验支持,因为缺乏经费,他们的研究就很难持续下去了。"

"如果我们购买了工艺专利,凭借咱们自己的力量,能够设计出全套的设备吗?"冯啸辰问道。

吴仕灿肯定地点点头,道:"这个是没问题的,咱们没吃过猪肉,还能没见过猪跑吗?国内已经引进了十几套大化肥设备,哪怕是依葫芦画瓢,我们也能够把设计做出来的。"

"那么这就是你说的第一个方面了。"冯啸辰道,"第二个方面呢?"

"第二个方面就是制造了,这应当是你比较了解的领域吧?"吴仕灿笑呵呵地说道。他知道冯啸辰对机械制造颇有一些了解,实践经验甚至比自己还丰富。

冯啸辰道:"化工设备的制造有自己的规律,我目前了解到的情况,国内企业对于大化肥装置的其他部分还有一些信心,尤其是如果能够引进日本技术,完成这些装置的制造难度并不特别大。主要的障碍是在五大压缩机组上,新阳二化机的邓厂长明确跟我说,他们不敢承接压缩机组的制造任务。"

吴仕灿道:"的确如此。其他部分主要是一些塔、罐、管道之类,咱们国内的工艺水平和国外有一些差距,但并不是不能追上的。但压缩机组涉及的技术问题很多,咱们国家在这方面一直都非常薄弱。不单是化肥装置上的压缩机,大乙烯上用的三大压缩机组也是三只拦路虎,几年前国家计委组织的 11 万吨乙烯攻关,最终就是卡在这上面了。"

"这件事我有所耳闻。"冯啸辰说道。

大乙烯装置也是重装办负责的 11 项重大装备之一。在七十年代中期,国家计委曾经组织了一些科研机构和化工设备企业进行联合攻关,试图解决年产 11 万吨乙烯装置的国产化问题,最终未能如愿。吴仕灿说的三大压缩机组,分别是乙烯压缩机、丙烯压缩机和裂解气压缩机,其制造难度极大,中国一直都只能依赖进口。

"这些压缩机的制造难度主要在于材料。"吴仕灿解释道,"这几种压缩机都是在零下几十度甚至上百度的低温条件下工作的,普通的金属材料在这种极端低温下会变得很脆,无法承受机械冲击和压缩气体的压力。耐低温材料的研究是我们的短板,即便采用进口材料,加工工艺也要从头开始摸索,难度很大。更何况,如果低温材料完全依赖进口,我们同样会陷入受制于人的境地。人家如果想卡我们的脖子,完全可以把材料卖得比设备还贵,而我们没有任何办法。"

"这次在日本和化工设备协会洽谈的时候,他们同意转让大多数的技术，但对于低温钢材的冶炼技术一点也不肯松口。他们声称这些钢材都是直接从日本的钢铁厂采购的，他们并不具有这方面的技术。"冯啸辰说道。

吴仕灿冷笑道："低温钢材是化工设备厂商的命脉所在，他们怎么可能不掌握这方面的技术？钢铁企业不会主动去研究这些钢材，他们都是和化工设备企业合作开展这方面研究的，成果自然也是为两家所共享。日本人这样推托，只是不想转让这些技术而已。"

"我明白。"冯啸辰道，"关于这一点，我们曾经据理力争，甚至以放弃所有大化肥设备的采购相要挟，但日本人坚持不能转让，我们也就没办法了。毕竟他们做出的让步还是很多的，我们的要求如果超出他们的底线，也就无法合作了。"

"这就是我说的第二方面的难题。"吴仕灿说道。

"那么，第三方面呢，也就是安装方面。"冯啸辰又问道。

"这方面的情况稍好一些。咱们这么多年也培养出了不少化工设备安装队伍，他们缺乏的只是大型化工设备的安装经验而已。国外的化工设备安排有许多专用设备和工具，咱们在这方面也比较欠缺。不过，如果我们能够引进一些装备，再让这些安装队伍在新引进的这五套大化肥设备建设中得到锻炼，形成我们自己的大化肥安装力量是完全可能的。"

"我明白了。"冯啸辰思索了一下，说道，"老吴，刚才我在罗主任那里向他汇报大化肥设备的事情，谈起一个思路，我想听听你的意见。"

吴仕灿笑道："这个思路，恐怕是你小冯提出来的吧？你总是能够有一些出人意料的好点子，我倒真有兴趣学习学习呢。"

冯啸辰笑着摆摆手，以示谦虚，然后说道："我向罗主任建议，对于大化肥设备，我们可以采取大会战的方法，集中全国的力量来攻克所有的难关。以你的经验，觉得这样做有可行性吗？"

"搞举国体制？"吴仕灿愣了一下，说道，"咱们这么多年还是积累下了不少科研和制造方面的力量，如果集中用在大化肥设备上，应当能够突破目前的障碍。只是，仅仅为了一个大化肥，我们值得投入这么大的力量吗？这有点得不偿失啊。"

举国体制这种事情，说起来很过瘾，但真正要做的时候，还是要考虑性价比的。当年中国搞两弹一星，靠的就是举国体制，但那是因为两弹一星关系到国家安全，其重要性无论如何高估都不为过。为了原子弹工程，国家压缩了许多基础建设，把大量宝贵的钢材、水泥以及人才等投进去，才换来了一声巨响。

但对于大化肥设备的国产化而言，采取举国体制的方法就有些小题大作了。毕竟大化肥设备是可以从国际市场上买到的，一套设备也就是几千万美元。如果为了实现国产化而付出几亿、几十亿规模的投入，就得不偿失了。这个时候的中国还非常穷，有限的资金应当用在更有价值的方面，为了赌一口气而在大化肥设备上投入过多，恐怕中央也不会同意的。

吴仕灿的这个疑虑，冯啸辰也是想过的，他甚至比吴仕灿更懂得权衡付出与收益之间的关系。他笑了笑，说道："其实也没有这么夸张吧？按你刚才的说法，咱们目前无法克服的障碍主要是两项，一是自有知识产权的合成氨工艺，二是压缩机组的材料。其他方面的技术我们都可以通过引进、消化、吸收的方法来解决。你能不能估计一下，发展出自己的合成氨工艺，以及研制出压缩机组所需要的低温材料，需要投入多少资金？"

"工艺方面，1000万到2000万，应当是足够的。至于低温材料嘛，结合我们现有的基础，恐怕还需要再投入5000万到1个亿。"吴仕灿说完，又赶紧补充道，"这只是我的一个粗略估计，科研这种事情，不确定性是很大的。有可能不需要投入这么多资金，我们就解决了问题。也有可能把钱投进去了，却颗粒无收。"

"这个我明白。"冯啸辰道，"这样吧，老吴，你琢磨一下该如何做，看看哪些单位、专家有能力解决这些问题。至于钱的问题，我来想办法。"

"你来想办法？"吴仕灿把眼睛瞪得老大，"小冯，这可不是几万块钱或者几十万块钱，这是几千万甚至上亿的资金，你能想出办法来？"

"事在人为吧。"冯啸辰自信满满地说道。

第 二 百 四 十 五 章

一亿元的资金，在后世的中国算不上一个了不起的数额。大都市里一个炒房客随便买一个单元的房子，也得花掉一两个亿。但在八十年代初，这可不是一笔小钱。1982 年全年，国家财政用于科学研究的支出总共也只有 65 亿元人民币，这些钱需要分配给数以千计的科研机构和众多的项目，一个项目能够拿到几十万的经费就已经很让人眼红了。

科研是一项烧钱的事情，没有钱，要想拿出一流的科研成果，除非是有无数的穿越者带着金手指去作弊。冯啸辰倒是能够记得一些支离破碎的知识，但这些知识尚不足以支撑起整个大化肥项目。要想突破大化肥设备国产化的障碍，需要有人财物的投入，其金额是以千万来计算的。

当年的人民币，可以说很不值钱，也可以说很值钱。说它不值钱，是因为它并不是国际通行的硬通货，要从国外引进技术和采购设备时，必须把它换成外汇，而中国又是一个外汇极其短缺的国家。说它值钱，那是因为中国国内的物价水平很低，尤其是人员工资水平更是低到极致。200 元人民币换成美元，在美国只能雇一个普通的技术人员工作一天，而在中国，却可以雇到一名教授干上整整一个月。

国外的那些大公司在研发大化肥设备的相关技术时，投入都是以多少亿美元来计算的，但冯啸辰却有把握用几千万人民币来做成这件事，原因就在于国内的人员成本极低，而在国外，科研过程中人员费用的支出是占大头的。

虽然有这样的把握，但冯啸辰也知道，自己并不可能从国家财政申请到这笔经费，罗翔飞也没有这样的能耐。从国家层面来看，比大化肥更重要的项目起码能够算出 100 个，如果每个项目都要申请几千万的投入，国家财政的那点钱根本就应付不了。要想完成大化肥设备攻关，只有一个办法，那就是自筹资金。

"自筹资金？"罗翔飞把眉毛皱成了一个疙瘩，他看着前来向自己汇报想法的冯啸辰，用不相信的口吻说道，"小冯，你不会是被过去的成绩冲昏了头脑吧？5000万的资金，你想怎么去自筹？"

"不是5000万。"冯啸辰认真地纠正道，"我和吴处长讨论过，5000万是一个比较保守的数字，如果要想确保这项攻关万无一失，我们应当有1亿元的资金来作为保证才行。"

"你先告诉我，你打算怎么弄到5000万。至于1个亿的事情，咱们稍后再说吧。"罗翔飞说道。

"我想发行债券。"冯啸辰抛出了自己酝酿已久的方案。

"债券？"罗翔飞简直怀疑自己是听错了。

冯啸辰认真地点点头，道："没错，就是债券，就像国家发行的国库券一样。"

罗翔飞没好气地瞪了冯啸辰一眼，道："我当然知道什么是债券，我是说，你凭什么能够发行债券，另外，你打算以什么名义来发行债券？"

冯啸辰道："我当然没资格发行债券，但咱们重装办可以啊！至于名义，自然就是筹措资金，实现大化肥设备国产化，我们可以把它叫作大化肥债券。债券可以定一个比较高的利息，未来国产化工作完成后，通过成套设备制造中的利润来偿还本息。"

"你又在给我揽事！"罗翔飞斥了一句，随后又说道，"咱们且不说由谁来发行吧，我只想问问你，你凭什么能够说服老百姓买这个大化肥债券，你又凭什么相信几年后咱们能够有足够的利润来偿还这些债券的本息？"

冯啸辰道："我先回答你后一个问题吧。咱们这一次和日本化工设备协会旗下的几家日本企业草签了引进五套大化肥设备的协议，除了这五套设备之外，在未来，咱们国家肯定还要新建其他的大化肥项目。如果届时我们能够使用国产化技术，就可以节省大量的外汇，而且国产设备的成本肯定会远远低于进口设备，我们可以向国家申请一个特殊政策，从设备的差价中拿出一部分来偿还大化肥债券的本息。"

"如果按每年5％的利息计算，10年期债券的本息就是1.5个亿，你觉得咱们新建大化肥项目的利润能有这么大吗？"罗翔飞问道。

"只多不少。"冯啸辰笑呵呵地应道。罗翔飞没有把通货膨胀的因素考虑进去，如果算上这个因素，10年后偿还1.5亿元根本就不是什么难事。冯啸辰知道这个时候跟罗翔飞说这一点也没用，罗翔飞脑子里根本就没有通货膨胀这根弦。

"我觉得你还是太乐观了。"罗翔飞道，"就算咱们再建5套设备，按你的计算，每套设备就要打进去3000万的债券本息。一套设备的造价才不到2个亿，如果是国产化设备，充其量也就是1亿出头，你加上3000万的本息，用户单位恐怕也不能接受吧。"

冯啸辰道："其实我想的并不是局限于国内的新建项目，如果咱们拥有自主产权的大化肥技术，我们完全可以去承接国外的项目。东南亚、印度、巴基斯坦这些国家，都是农业国，他们和我们一样，都迫切需要建设新的化肥厂。如果我们能够在国外拿到订单，那么1.5亿元的本息，还怕偿还不上吗？"

罗翔飞眼睛一亮："这倒也是一个主意。咱们搞重大装备，中央给咱们的指示就是先实现进口替代，然后寻求成套设备出口。如果咱们真的能够形成自主的大化肥技术，出口到东南亚那些农业国去，倒也不是不可能的事情。出口设备的利润比内销要高得多，这样一来，1.5亿元的本息，可能还真算不上什么事情了。"

"这么说，您也赞成我这个想法了？"冯啸辰笑着问道。

罗翔飞摇了摇头，道："想法的确有可取之处，但我还是觉得可行性太差了。国家发行国库券，是由国家担保偿还的，目前各地的发行情况都不理想，很多地方不得不通过摊派的方法才能够发行出去。咱们这个大化肥债券，总不能再搞一次摊派吧？财政也不会支持咱们这样做的。"

新中国成立之初，国家曾经发行过一些债券，最早称为"人民胜利折实公债"，后来又发行了"国家经济建设公债"，用于筹措建设资金。1958年之后，国家暂停了公债的发行，直到1981年，才恢复国债，并称之为国库券。

在当年，一方面是人们缺乏证券投资的意识，另一方面也是百姓手里并没有太多的余钱，所以国库券的发行并不顺利，往往需要通过摊派的方式，强迫各单位的职工购买。到了九十年代之后，国库券才真正变成了香饽饽，每次发行之前都有无数的投资者连夜排队等着抢购。

冯啸辰对于债券的认识，是基于后世的经验，觉得用债券来融资是一剂良方。而罗翔飞作为一名从计划经济年代过来的官员，觉得发行债券这种方式是很不靠谱的，他无法想象会有人愿意花钱来买这种十年后才能兑现的投资品。

听到罗翔飞的话，冯啸辰微微一笑，说道："罗主任，您的担心的确是有道理的。去年咱们重装办也被摊派了一部分国库券，每个人都买了20块钱，我记得当时就有不少同志发牢骚呢。"

罗翔飞道："是啊，国库券可以摊派下去，大家就算有点牢骚，出于支援国家建设的考虑，也还是能够接受的。可你凭空搞出一个大化肥债券，如果再给大家摊派一次，大家还不把咱们重装办的脊梁骨戳穿？"

"如果咱们根本就不搞摊派呢？"冯啸辰带着诡秘的笑容问道。

"不搞摊派，谁愿意买？"罗翔飞问道。

冯啸辰道："当然是找有钱人买了。"

"谁是有钱人呢？"罗翔飞又问道。

冯啸辰简洁地回答道："外国人。"

"外国人？"罗翔飞一愣，"你是打算到国外去发行这些债券？"

"没错。"冯啸辰道，"我考虑过这个问题。咱们国内老百姓收入低，大家手上都没有什么钱，要想让他们自愿掏钱来买大化肥债券，可能性是极小的。虽然咱们也可以用一些大道理来说服一部分人，但这对我们来说压力太大了。而国外的情况就完全不同了。首先，国外有证券投资的传统，国外的居民对于债券的接受程度远远高于国内。其次，外国人比咱们有钱，1亿元人民币对于中国人来说是一个大数目，而对于西方国家的投资者来说，就不算什么了。第三，目前西方正处于经济危机，股市低迷，而中国正在开展大规模的经济建设，前景良好。可以这样说，咱们的债券在国际债券市场上绝对是属于优质债券，别说发行1亿元人民币，就是发行个十亿八亿，也毫无难度。"

"你这事可就闹得有点大了……"罗翔飞咂舌道，"涉及国际市场的事情，而且还是在国外发行债券，咱们还真没有这个先例啊。"

冯啸辰道："任何先例都是人做出来的，既然过去没有这个先例，咱们就创造出一个先例吧。"

第 二 百 四 十 六 章

拗不过冯啸辰的花言巧语，罗翔飞最终还是答应把冯啸辰的方案提交给经委领导去定夺。其实，冯啸辰的这个主意也不算是特别离经叛道，社科院、央行等部门已经有一些学者提出了发行国际债券以筹集国内建设所需资金的建议，而且据说这些建议还得到了一部分高层领导的认同。

时下各行各业都在提倡解放思想、开动脑筋，领导们不怕下属的脑洞开得太大，只担心他们太过保守。冯啸辰提出来的这个建议，即便不能得到经委领导的批准，至少也不会受到批评，没准还会被视为一种大胆的创新，只是时机不够成熟而已。

到国外发行债券是一件大事，领导们当然不可能马上作出决定，而是需要再研究研究，没准还要向更上级的领导请示才行。不过，有关大化肥会战的意见，却已经批复下来了。经委、机械部、化工部、机械进出口总公司等部门与几个省区的主管部门一道，组织了一个谈判团队，开始与日方就引进五套大化肥设备的事宜进行磋商，其中主要的基调基本上是依据冯啸辰他们在日本时与日方商定的结果。

按照协议，中国将以整体打包的方式，向日本的四家化工设备企业采购五套大化肥设备，日方则需要在提供设备的同时，向中方让渡全部制造技术。每套设备都约定了国产化的比例，要由日方将这部分设备分包给中国企业进行制造，日方在此过程中要提供技术指导，并对设备的质量负责。

根据重装办的意见，产品设计和安装的环节也被纳入到日方需要让渡的技术范畴之内，中方将派出人员参与设计工作，最终的设备安装将有中方的安装队伍参加。

日方在谈判中自然也留了不少后手，例如有关压缩机组低温材料的冶炼工艺，便被排除在所让渡的技术之外了。照日方的说法，他们也只是从钢铁厂采购这类钢材，中方如果有意自己制造压缩机组，同样可以与日本的钢铁厂洽谈采购事宜，这就不是化工设备协会能够管得了的事情了。

在进行引进谈判的同时，国内的设备招标也在轰轰烈烈地展开。日方分包给中国企业制造的那部分设备，是由机械部和化工部承接的，他们将把这些任务再移交给国内的化工设备企业。至于哪些企业能够获得这些任务，那就需要看各自的努力和给出的承诺了。

"什么，签保证书？"

在经委的大会议室里，前来参加设备招标说明会的企业代表们听完罗翔飞以重装办名义所提出的要求，一下子就炸锅了。

正如冯啸辰在日本的时候向邓宗白提出来的，重装办要求所有承接分包任务的企业必须要签订保证书，承诺在指定的时间内提供出符合日方质量标准的产品，并接受日方的检验。如果检验结果显示这些企业提供的产品质量达不到要求，或者时间上无法保证，就要承担相应的罚款，甚至有可能拿不到货款，使前期投入的材料、工时等打了水漂。

"这个要求太苛刻了！"

北方化工机械厂的厂长程元定第一个跳起来抗议了。他可不在乎罗翔飞是重装办的副主任，按级别算，程元定自己也是正局级干部，与罗翔飞是平起平坐的。像这种大型企业的领导，与部委的关系一向都是非常密切的。从部委那里能够拿到好处的时候，他们会显得非常乖巧与温和，对部委官员百般奉迎。而如果遇到利益冲突，他们就会立即变脸，完全不拿部委里的司局长当一盘菜。

"罗主任，我不是故意跟经委领导唱反调，从来没有这样的事情，哪有一切都听日本人安排的道理？万一我们的产品提交过去，他们故意找茬，非说我们的产品不合格，难道重装办就不给我们钱了？"程元定质问道。

罗翔飞对于可能出现的情况早有准备，面对着程元定的挑衅，他端坐在会议主持人的位置上，面不改色，平静地说道："程厂长，你怎么就知道你们的产品会不合格呢？"

"我只是打个比方嘛。"程元定道，"我是说日本人故意找茬，明明是合格的产品，非要说不合格。他们又是总包方，说话有分量，那时候我们不是浑身是嘴也说不清了吗？"

"这是不可能的。"罗翔飞道，"在任务发放的时候，我们就会说明所有的质量要求。只要你们达到了要求，人家怎么可能找出茬来？如果他们真是故意找茬，上级主管部门怎么可能听他们的一面之词？"

程元定道："那可未必，现在崇洋媚外的人多得很，人家外国人放个屁都是香的，万一……"

说到这里，他撇了撇嘴，显出讳莫如深的样子。其实他也是不便再说下去了，这种自由心证的话，只能是点到为止，如果说得太实，罗翔飞是可以揪着这句话找他麻烦的。

罗翔飞并没有计较程元定的话，他淡淡地说道："那么依程厂长的意思，这次分包应当怎么做呢？"

"怎么做？"程元定看看众人，说道，"过去的方式就很好啊。我们虽然是分包，但我们的产品是直接面对用户单位的，不需要由日本人来做判断。罗主任，你想想看，用户单位是最终要使用这些设备的，他们能不关心设备的质量吗？如果我们的设备不合格，用户单位第一个就会不答应，哪里要日本人多一道手？"

"没错，我们过去和用户单位合作得很好，互相也熟悉，为什么要日本人再插一道手呢？"

"对啊，我们都是中国的企业，互相沟通也方便，有点什么事情也能相互体谅，让日本人在中间插一杠子，算怎么回事？"

另外几家企业的负责人也跟着鼓噪起来。

罗翔飞静静地看着众人，直到大家都说完了，他才说道："各位刚才都说应当直接面对用户单位，还说与用户单位沟通非常方便。可是我想问问，过去几年里，你们和用户单位没有发生过矛盾吗？发生这些矛盾的原因，又是什么呢?"

"这个嘛……舌头和牙齿有时候还干仗呢，我们和用户有点小矛盾，也不算个啥吧?"新阳二化机的副厂长邓宗白尴尬地辩白道。有关新阳二化机和滨海省之间的矛盾，在圈子里可是众所周知的，滨海省把官司都打到化工部去了。罗翔飞刚才说他们与用户单位有矛盾，邓宗白第一个就觉得这话是针对自己。

"有一些误会是正常的。"程元定也说话了，"就以我们北化机来说，前年帮定南省搞过一套石油炼化装置，当时也出了一些岔子，闹得有些不愉快。但后来事情解决了，大家就没什么矛盾了。定南省化工厅的那个王厅长，每次到我们这边来出差，我都会请他喝酒，大家关系好着呢。"

罗翔飞心里明白，真实的情况远不是他们说的那样轻描淡写，由于产品质量存在缺陷，这些企业与用户单位之间都发生过或大或小的冲突，有些设备几经反复才算是过关了，给用户单位造成了不小的困扰，这些用户单位因此也对制造企业充满了怨念。像滨海省这一次非要从日本引进原装设备不可，就是因为对新阳二化机失去了信心，邓宗白却坚持说这只是一些小矛盾，实在是文过饰非了。

"我们决定采用这样的方法，也是各省的用户提出的要求。他们担心直接与你们各家企业对口联系，矛盾还会激化。从我们重装办的角度来说，也认为以日方作为总包，对所有设备负责，是更为合适的，这不仅仅是为了保证产品质量的一致性，更是为了让你们各家企业都能够有机会接受国际先进企业的监督，了解国际规则。"罗翔飞对众人说道。

"罗主任，听你的意思，是说这事没商量了?"程元定阴恻恻地问道。

罗翔飞坚定地点了点头，道："是的，没商量了，未来我们其他的项目也会采取这样的方式，让咱们的产品接受外方的检验。"

"如果是这样……呵呵，那我还是先听听兄弟单位的意思吧。"程元定皮笑肉不笑地回答了一句，然后便把双手往胸前一抱，目视前方，做出了一个老僧入定的姿态。

罗翔飞没有在意程元定的不合作态度，而是转头向邓宗白问道："邓厂长，你们新阳二化机的意思呢？"

邓宗白干笑了两声，道："要不，我们也先听听兄弟单位的意思吧。"

北方厂、新阳厂都做出了这个姿态，其他企业的领导自然也不会出来拆台，他们纷纷把头转开，不与罗翔飞对视，就像会场上的一切都与他们无关一般，整个会场霎时就冷了下来。

罗翔飞微微一笑，说道："看来，大家都没有考虑好，那么也不必着急。这样的事情，还是考虑周全为好，省得到工作开展起来之后再反悔。这样吧，今天的会就开到这里，大家回招待所去好好思考一下，也可以互相讨论一下。两天以后，咱们继续开会。在此期间，如果哪家企业有一些自己的想法想和我们交流，欢迎到重装办去找我，我那里可是有好茶叶的哦。"

第 二 百 四 十 七 章

"呵呵，老程，你今天可是把老罗给得罪苦了。"

"你个李胖子，坐在旁边看笑话是不是？也不知道给老哥我帮帮腔。"

"老程出马，一个顶仨，哪轮得到我们哥几个说话呀。"

"我也不故意要和老罗过不去，实在是他们那个重装办提出的条件太苛刻了，好家伙，这是存心拿我们当阶级敌人防着呢。"

"可不是吗，咱们干活啥时候含糊过？过去没什么协议不协议的，我们不也一样保质保量把任务完成了？好家伙，这一改革，正事没改出来，整出个什么协议，哪有国家和国营企业签协议的，咱们不是一家人吗？"

"你就拉倒吧，老刘，你们厂过去给中原造漆厂搞的那套设备，没出毛病？依我看，重装办这一手，就是冲着你们厂来的！"

"去你的，那都是哪年的事情了，也就你老马还他妈的总挂在嘴上……"

"……"

一干企业负责人离开经委大院，在路边找了个餐厅进去坐下，一边点菜，一边互相挤兑着。这些厂子都是搞化工设备的，以往经常在一起开会，厂领导相互之间都比较熟悉，说起话来也是肆无忌惮。刚才开会的时候，大家就已经憋着一肚子话了，只是当着罗翔飞的面不便鼓噪，现在出来了，身边没有上头的官员，于是也就纷纷吐起槽来。

"依我说吧，老罗也有他的难处。这五套大化肥设备，都是各省出了钱的，省里对他也有压力，他担心咱们这些分包企业掉链子，也情有可原。可问题是，这个口子不能开啊，一旦开了这个口子，以后碰上啥项目都要咱们立军令状，咱们不是给自己找不自在吗？"

程元定坐在上首的位置，对众人说道。今天开会的时候，他是率先向罗翔飞发难的，算是替大家扛了雷，所以在排座次的时候，大家都把他让到了上首，他也就当仁不让地坐下了。

听到程元定这样说，邓宗白点点头，道："老程说的有理。其实吧，如果罗主任那边换个说法，向大家提出一点要求，咱们也不是不讲理的人，对吧？咱们都是国家骨干企业，哪有故意不搞好质量的道理？但非要咱们签字画押，出一点毛病就重罚，咱们不能惯他们这个毛病。"

"对，就是这个理。"海东化工设备厂的厂长马伟祥附和道，"依我看，国家成立这个重装办，统一协调重大装备研制，这是一件好事。可重装办应当是为咱们这些企业服务的，哪有专门跟咱们为难的道理？大家说是不是？"

湖西石油化工机械厂的副厂长时永锦插话道："依大家的看法，下一步咱们该怎么办？经委把咱们招过来，咱们如果彻底不合作，肯定是交代不过去的。"

"没事，先抻着呗，看谁能抻得住。"程元定说道，"咱们也别拒绝，就说有困难，死活不松口，看他罗翔飞能不能沉得住气。"

"老程，依你看，不会把老罗给逼急了吧？"马伟祥也有些怯怯地问道，他没怎么和罗翔飞打过交道，不了解罗翔飞的脾气，所以急于向程元定讨教。

程元定满不在乎地说道："不会，老罗的涵养好着呢。再说了，咱们也不是为了自己的事情，都是给国家做事，他凭什么跟咱们急，对不对？"

"对！"众人参差不齐地应道。

"哈哈，只要大家心齐，重装办就拿咱们没啥办法，法不责众嘛，他还能把咱们这些厂长都给撤了？"程元定大大咧咧地说道。

马伟祥笑道："撤了正好，老子早就想退休回去抱孙子了。革命大半辈子了，也该享享清福啰。"

"对，正好回去享清福去！"

众人你一言我一语地互相打着气，那头服务员已经把酒菜陆续地送上来了。大家各自倒上了酒，接着便觥筹交错了起来。

"马厂长，我给你介绍一下，这是我老乡，叫阮福根，在会安地区开了个小机械厂。正好他也在这里吃饭，碰上了，他非让我带他来见见你不可。"

随着马伟祥一道到京城来的厂技术处长董岩把一个满脸褶皱，看起来土得掉渣的中年汉子领到马伟祥面前，向他介绍道。

"哎呦，是马厂长啊，总听董处长说起你，一直没机会见一面。你抽烟，你抽烟。"叫阮福根的汉子赔着笑脸，忙不迭地从兜里掏出烟来，不容分说便塞了一支到马伟祥的手上。

董岩是厂里的技术权威，是马伟祥颇为倚重的手下，他介绍过来的人，马伟祥自然不便太过冷淡。他微笑着接过烟，就着阮福根凑上来的打火机点着了，吸了一口，随意地说道："老阮，不简单啊，随便一掏就是中华烟，我们这一桌子当厂长的，都没你抽的烟好呢。"

"哪里哪里，马厂长笑话我了。我就是个农民，带几包好烟出来，是为了做生意的需要。这几位都是领导吧，来来来，大家抽烟……"

阮福根说着，便开始绕着桌子给大家挨个发烟，脸上带着谄媚的笑容。厂长们一开始并没有注意到这个乡下汉子是从哪冒出来的，待看到马伟祥坐在那里会意地微笑，才知道这是马伟祥的熟人，于是都漫不经心地接过了阮福根递上的烟，有的当即就点上了，有的则夹在耳朵上或者扔在面前的桌上，倒是没人拒绝这份好意。

阮福根发完烟，并没有如大家希望的那样圆润地消失，而是站在马伟祥身边，探头看了看桌上的菜肴，夸张地说道："哎呀，各位领导真是太节俭了，这些菜配不上大家的身份啊。这样吧，我来做东，服务员，把你们最好的菜给我们这桌上上来。"

"老阮，你这是干什么？"马伟祥脸色微变，心里好生不痛快。这桌上的人都是国营大厂的领导，阮福根照董岩的介绍也就是在下面一个地区里开了个机械厂的个体小老板而已，哪轮得到他在这里说三道四？

海东省是改革步子走得比较快的一个省，省里已经出现了不少类似于阮福根这样的小老板。他们大多打着社队企业的旗号，其实经营的都是个人的企业。官员们也知道这其中的猫腻，只是民不举、官不究，只要这些小老板不闹出什么事情来，大家是乐于睁一只眼、闭一只眼的。

海东的小老板们脑子很精明，同时也非常吃苦耐劳，所以不少人的生意做得挺红火，家产过百万的也并不罕见。看阮福根这副样子，估计他也是一个"先富起来"的人，否则也不敢连价钱都不问，就叫服务员上最好的菜。

别看这些个体老板论个人财富，比这桌上任何一个厂长都多，但厂长们根本不会把他们放在眼里，大家能够接他一支烟已经算是很给面子了，他再要这样张罗，就是不自量力了。

"董岩，让你这位老乡不要破费了，我们这些厂领导好久没见，要叙叙旧，恐怕就没工夫和他说话了。"马伟祥把头转向董岩，冷着脸说道。

听到马伟祥这话，没等董岩说啥，阮福根便拼命地点着头道："我明白，我明白，马厂长，你不用客气，我在那边吃呢，就不打搅大家了。不过，这桌菜我做东了，一会你们吃完就走，我会结账的。"

说着，他向众厂长拱着手团团地拜了一圈，然后便带着一脸的笑容走开了。董岩赶紧追上去，陪着他返回他原来的桌子。

"这人，还真有点二皮脸。"

看着阮福根走开，马伟祥嘲讽地评论了一句。

"老马，你们海东出了不少这种小老板啊。我们厂里经常有你们海东人去搞推销，天上飞的，水里游的，他们都敢卖。"邓宗白笑着说道。

"你可别看他们土气，一个个都有钱着呢。"时永锦道，"你看，他还嫌咱们这一桌子菜寒碜呢，非要给咱们加菜。"

"可不是吗，他们这些个体户，吃饭可比咱们奢侈多了，一顿饭吃掉好几百都不算个啥呢。"

"我也听说了，现在很多饭馆里都有那种高档菜，就是给他们预备的。"

大家嘻嘻笑着，都把刚才冒出来的这个农民企业家当成了一个笑柄。

"福根叔，你别介意啊，那桌上都是大厂子的领导，像那个头发有点秃的胖子，他的级别和咱们地区专员一样高呢。"

在阮福根那桌上，董岩低声地向阮福根做着解释。阮福根是董岩的长辈，董岩的家人在老家受过阮福根一些照顾，因此董岩对阮福根颇为恭敬。刚才马伟祥给阮福根甩了个脸色，董岩还真怕阮福根心里不痛快。

"唉，没事，领导能接我一支烟，就很给我面子了。"阮福根却是对刚才的事情毫不介意，出来做生意的人，哪有没见过白眼的。他也没指望靠一顿饭就能够搭上这些高不可攀的国企负责人，之所以上赶着帮人家买单，只是出于一种本能，谁知道哪个关系日后能够稍微借用一下呢？

"董岩啊，你们这是到京城开什么会啊，怎么来了这么多领导？"

在聊了几句闲话之后，阮福根把话头又扯到了那边的桌上。

第 二 百 四 十 八 章

"是经委开的一个大化肥设备招标会。"董岩说道,"国家从日本引进了五套大化肥设备,和日本谈好了,要拿出30％的设备由国内企业分包,经委找我们过来是分配任务的。"

"啧啧啧,还是你们国营企业好啊,生意都有人送上门来。"阮福根不无羡慕地说道,"大化肥设备我是知道的,一套下来得一两个亿吧? 一共五套,拿出30％来分给你们做,你们不得分到两三亿?"

董岩苦笑道:"现在大家都不想接呢,刚才在经委开会的时候,还闹得挺僵的。"

"不想接?"阮福根瞪圆了眼睛,"有生意还不想接? 这是什么道理?"

董岩把事情的经过简单向阮福根介绍了一下,阮福根琢磨了一会,说道:"你的意思是说,日本的要求太高,你们怕做不下来,所以都不敢答应那个罗主任的要求?"

董岩道:"其实也不是这样。日本分包的这些设备,有一些难度不算特别大,我们努努力,也能做下来。更何况日方还有义务要向我们转让技术,帮助我们培训人员。那些厂长们的意思是说,一旦和重装办签了这种协议,未来就要受约束了,万一哪个地方出点岔子,被重装办抓住把柄,就麻烦了。"

"那怎么办?"阮福根问道。

董岩道:"还能怎么办? 拖呗,拖到重装办撑不住了,自然就会松口。不过,就我的想法来说,其实重装办的要求也是合理的,我们态度认真一点,也不至于会犯什么错。"

作为一名技术干部,董岩想得更多的一件事能不能做,而不是与上级的关系如何处理。程元定和罗翔飞叫板，马伟祥则以沉默来支持程元定，董岩心里是不太赞成的。他觉得罗翔飞的要求并不算过分，反而是程元定他们这些年舒服惯了，稍微有点约束就接受不了，这不是做企业的样子。可他毕竟不是厂长，这种大政方针的事情由不得他发言，所以只能是在心里嘀咕几句。现在遇到阮福根问起来，他也就正好发几句牢骚了。

"你们厂也没接？"阮福根又问道。

董岩道："那是当然，大家说好了同进退的，我们厂肯定也不会先服软。"

"你们要分包的都是些什么设备啊，你能给我说说吗？"阮福根道。

董岩看了看阮福根，诧异地问道："福根叔，你不会是想去接这个订单吧？"

"这怎么可能呢！"阮福根道，说完，他又露出一个不好意思的表情，说道，"不过，听听也不要紧嘛，万一我们能做点什么呢？"

"不会吧，福根叔，你还有这样的打算？"董岩都不知道该怎么说才好了。在他看来，大化肥设备只有他们这样的国营大厂才有资格来做，阮福根不过是个农民，开了个小机械厂，居然也敢觊觎这样高端的产品，这算不算是癞蛤蟆想吃天鹅肉呢？

阮福根看董岩一脸不相信的样子，便讪讪地解释道："董岩啊，你是不知道我们这些个体企业的苦。我干嘛见了谁都点头哈腰，不就是想着能从谁那里找点业务来做吗？我们厂子现在就发愁找不到业务，只要有业务，不管什么东西，我们都敢接。你刚才说的压力容器，我们也搞过，搞完以后送到省里的化工设备检测中心去检测过的，人家说我们的质量还很不错呢。"

"你们搞的是几类容器？"董岩问道。

阮福根态度软了几分，说道："当然是一类容器了，二类的人家哪敢让我们造啊。"

压力容器是化工设备里数量最大的一部分，包括各种球罐、热交换塔。根据容器承受的压力不同，可以分为低压、中压、高压、超高压四个级别。而从安全监察的角度来说，则分为一类、二类和三类容器。一类容器是要求最低的，仅限于盛装非易燃以及毒性较低的介质的低压容器。

不过，即便是一类压力容器，也是有一整套生产技术规范的，不是随便哪个企业都能够生产出来。阮福根的全福机械厂能够制造一类容器，而且通过了省里检测中心的检测，也算是不错了。

董岩心里也是这样想的，他说道："福根叔，像你们这样的小厂能够搞出一类容器，也真是挺不错的。不过，这批大化肥设备，大多数都是二类、三类压力容器，恐怕你们厂就接不下来了。"

阮福根道："三类容器我们现在不敢碰，可二类容器我们还是可以试试的。我们厂没有二类容器的许可证，可我们会安化工机械厂有啊，我可以借他们的证书和他们的工人来做。"

董岩被阮福根的脑洞吓了一跳，他说道："福根叔，这可不是开玩笑的事情，人家有二类容器证，哪能借给你们用啊。万一出了事，谁担得起责任？"

阮福根不以为然地说道："怎么会出事呢？我们造出产品来，肯定要送检的嘛。你刚才不是说了吗，是给日本人去检测，这日本人都检测通过了，能有什么问题？至于你说他们会不会把证借给我，这就更不成问题了。你福泉叔就是会安化机厂的厂长，他能不给我面子？"

董岩无语了，阮福根说的福泉叔是指他自己的弟弟阮福泉，董岩也是认识的。因为是省里同一个系统的企业，董岩和阮福泉见面的机会还比与阮福根见面的机会更多。他知道，如果阮福根真的要去找阮福泉帮忙，这位生性有些懦弱的福泉叔没准还真的会同意呢。

"福根叔啊，这件事，你自己好好考虑一下吧，我就不给你出主意了。你看，我那边还有领导，要不你就自己一个人慢慢吃吧。我们这几天还会在京城，回头找机会我们再聊。"董岩说着，就准备起身离开。

阮福根一把拽住了他，说道："董岩，你先别忙走，我就耽误你几分钟时间，你给我说说，上级部门招标招的都是哪些设备，以我们的实力，能做点什么。还有，如果我们想接这桩业务，该找哪个单位联系？"

董岩只好苦着脸又坐下了。还好，马伟祥他们那桌上一群厂长们聊得正高兴，也没人在意他这个小小的技术处长在什么地方。他把脑子里那些乱七八糟的念头甩开，结合着会安化工机械厂的技术实力，给阮福根列了一些他们或许能够承接的产品。阮福根摸出个小本子，几乎一字不漏地记录着董岩说的内容。看着阮福根这样一副认真的样子，董岩只能是在心里感叹了。

唉，如果我们马厂长有福根叔一半的积极性，这件事也不会闹成这样了。可惜了，福根叔空有一腔抱负，却也只是一个社队企业的小老板，他想接这些业务，说不定连重装办的门都进不去。

"你刚才说这个重装办，他们是在哪里上班？"阮福根把董岩说的情况都记录完毕之后，开始打听道。

董岩道："他们的地址是在永新胡同，具体多少号我也不知道。你如果真的想找，到永新胡同打听一下就知道了。不过，你可千万别说是我叫你去的。"

"我知道的，我知道的。"阮福根笑道，"你福根叔是这样蠢的人吗？董岩啊，我可先跟你说好，如果我们能把这桩业务接下来，你可得帮我。你是我们县里最有能耐的人。你放心，到时候劳务费少不了你的，我给你包一个这么大的红包。"

阮福根用手比画了一下，起码是两千块钱以上的厚度了。董岩可没这么乐观，他笑了笑，说道："福根叔，我可事先提醒你，重装办是国家机关，门不一定好进的。"

"我有办法，我有办法的。"阮福根自信满满地说道。

董岩长吁短叹地离开阮福根，返回自己那桌去了。阮福根等他离开，这才收起满脸的笑容，陷入了深思。

阮福根看起来很显老，其实今年才37岁。他从小就是一个不安分的人，总想着有朝一日要出人头地。无奈心比天高，命比纸薄，作为一个农村孩子，他只读了几年小学就辍学了，跟着父辈在自家的田地里劳作，等合作化以后，又改成在生产队里拿工分，总之便是看不到一点出头的机会。

六十年代末，国家提倡搞小农机，阮福根所在的公社也办了一家农机厂。他因为脑子活络，平时就喜欢捣鼓点机械，被招进了农机厂，成为一名工人。

农机厂里只有一名老师傅，是从浦江退休回来养老的，因为整个公社都找不出懂机床操作的人，他便被聘为农机厂的技师了。阮福根跟着这位老师傅学徒，进步之快，让师傅都觉得吃惊，经常感慨阮福根是投错了胎，如果不是生在农村，现在恐怕早就是工厂里的高级技工了。

由于管理者的无能，农机厂的经营很不景气，到 1975 年前后就已经资不抵债了。就在公社打算关掉这家企业的时候，阮福根站了出来，表示自己愿意承包这家企业，以两年为期，非但不要公社的一分钱补贴，还能够给公社上交一部分的利润。

第二百四十九章

1975 年的时候，国家的政策还远没有放开，但海东人一向头脑活络，阮福根提出的承包方案，居然得到了公社领导的批准，他也就走马上任，成了这家农机厂的厂长。

阮福根当上厂长后，一改厂子过去只局限于为本公社修理农机的业务思路，开始广泛撒网，从各个地方招揽生意。阮福根亲自拎着一个手提包，到地区、省里甚至浦江这样的大城市去找业务。他对工业知识有着天然的敏感，跟师傅学了几年，各方面技术都有所涉猎，不管遇到什么样的业务，他都能听懂个大概，并且迅速地判断出自己的厂子是否能够承接，以及承接下来之后会有多大的利润。

在他的努力下，农机厂只用了一年时间就扭亏为盈，当年给公社上交了 5000 元的利润，这是厂子建立起来之后破天荒的第一回盈利。

次年，农机厂赚到了 5 万元的利润，除去上交的部分之外，余下的一小部分被阮福根发给工人当成奖金，绝大部分则归了他这个承包厂长，这也是当初的承包协议所规定的。

改革开放以后，海东省的很多地方都出现了私人买断社队企业的事情，阮福根与公社友好协商之后，以 10 万元的一次性买断价格，买下了农机厂的产权，并更名为全福机械厂。全福机械厂在名义上仍然是公社的产业，但这只是为了规避国家政策，在事实上，这就是一家彻头彻尾的私营企业，所有的经营活动都是由阮福根一个人说了算的。

有了自己的企业之后，阮福根那颗不安分的心便跳得更厉害了。他聘请自己的师傅当了厂里的副厂长，主抓生产活动，自己则当起了专职业务员，一年有两百多天都不着家，天南地北地揽业务。

因为只是一家私营企业，全福机械厂很难有什么稳定的业务方向，阮福根能够做的，就是不管什么东西，拣到篮子里都是菜。轴承、阀门、钢结构甚至压力容器等，他都敢往自己的厂子里揽。也亏了他那位师傅是个全才，凭着几十名水平参差不齐的工人，加上一些简陋的设备，他们居然做下了不少大活，让许多原来对他们将信将疑的客户都不得不竖起大拇指，感慨他们一家社队企业能有这样的本事。

从1975年至今，七年时间过去了。阮福根已经有了三百多万元的身家，在今天这个万元户都值得登报纸吹嘘一下的年代里，他绝对算一个超级富翁了。如果只是想过上锦衣玉食的日子，他早就可以收手不干，或者至少不用干得这么辛苦。但阮福根却并不满足，他的财产越多，目标就变得越大。他希望自己能够做成一番大事业，至少要让诸如马伟祥、程元定这样的大型国企领导也能够平等地称他一句"老阮"，不会拒绝自己与他们同桌喝酒聊天。

正是因为这样的雄心作祟，在听完董岩介绍的大化肥设备招标情况之后，阮福根就无法摆脱插足此事的念头了。就在刚才这一会，他不止一百次地警告自己：这不是他这种农民企业家能够参与的事情，还是尽早放弃这种不切实际的想法吧。可是，无论他如何给自己泼冷水，心里那棵幼苗还是在如蔓条一般地疯狂滋长。

这是一个机会！

如果抓住这个机会，我就能够和那些大企业家们平起平坐了！

阮福根激动地想到。

上级部门在进行设备招标，而能够承接这些设备的企业却在与上级部门较劲。如果在这个时候，自己站出来，自告奋勇地为上级部门分担一部分压力，那么上级部门会如何看待自己呢？再如果在一年之后，自己能够交出合格的产品，赢得日本人的认可，那么日后自己再出去揽业务的时候，这个案例不就可以成为最好的证明吗？

你说我是小企业，是社队企业，试问，有哪家小企业能够承接进口大化肥成套设备的分包任务？哪家小企业出的产品能够得到日本人发的证书?

想到自己没准有机会和国家部委的官员谈话，还能够与日本人交流，未来办公室里能够挂上几张自己与这些人合影的照片，阮福根只觉得浑身燥热，恨不得马上就跑到重装办去，信誓旦旦地把业务拿下来。

"同志，你找谁啊?"

次日上午，在位于永新胡同的重装办院子里，刘燕萍拦住了正怯生生左顾右盼的阮福根，向他发问道。

重装办的规模不大，罗翔飞拒绝了刘燕萍要招募一名看门老头的建议，把重装办办成了一个外人可以随便出入的开放性场所。其实在当下京城的外来人口很少，基本不用担心有什么小偷会趁虚而入。能够到重装办来办事的，都是有点来头的人，设置一个门卫完全就是多余的。

阮福根找到重装办门口的时候，也是吃了一惊，总觉得门口没有一个把门的人显得不那么正式。他壮着胆子进了院子，正想找人问问，正好遇上刘燕萍从办公室出来，向他发出了怀疑的盘问。

"领导，我是来投标的。"阮福根本能地露出谦恭的笑容，手下意识地往兜里伸，打算掏烟，又想到眼前这位领导是女性，估计不会抽烟，这才没把烟盒拿出来。

"投票?"刘燕萍直接就听岔了，"投什么票，你不会是要去区工会吧?"

"不是不是，我是听人说，你们这个重装办正在招标，我是来招标的。"阮福根拼命地想把普通话说得更标准一些，无奈舌头就是转不过来。

刘燕萍倒是勉强听懂了，毕竟大化肥设备招标的事情，她也是知道的。她看了看阮福根这一身农民企业家的典型打扮，皱了皱眉头，说道："你是哪个单位的，是什么职务，你们单位想投什么标? 对了，你是听谁说的?"

这一串问题出来，阮福根忍不住有些慌了。照理说，他做了这么多年的业务，与人打交道是完全没有问题的。但有生以来，他哪进过这么大的单位，门口那块牌子上面赫然写着"国家重大装备办公室"的字样，能够挂"国家"二字作为头衔的单位，那得比会安地区行署高到不知道哪里去了。

"我我我，我是海东省会安地区会安化工机械厂的，我是个……业务科长。"阮福根迅速地给自己安上了一个头衔。他知道自己的全福机械厂身份不够，估计一说出来就会被眼前这位女领导赶出门去，会安化工机械厂的名头虽然也不怎么样，好歹也是地区里的重点企业，勉强能够说得过去。

"会安？这是个什么地方？"刘燕萍嘟囔了一句，正欲再问几句什么，只见人影一闪，冯啸辰从综合处走了出来，刘燕萍赶紧喊了他一句，笑吟吟地说道，"小冯，你出来得正好，这里有一位海东来的业务科长，说是来投标的。"

"海东来的？"冯啸辰打量了阮福根一番，点点头道，"那你跟我来吧。"

"这……"阮福根向刘燕萍递过去一个询问的眼神。

刘燕萍道："你不是要投标吗？这位是我们综合处的冯副处长，他就是分管这件事的，你们单位是什么情况，你跟他说就行了。"

"哦哦，那太感谢领导了，我这就去。"阮福根向刘燕萍道了谢，紧走两步跟上冯啸辰，同时把一盒中华烟递到了冯啸辰的面前。

"冯处长，请抽烟。"阮福根说道。

冯啸辰扭头看了一眼，淡淡一笑，说道："谢谢，不过我已经戒烟了。来吧，咱们先到会议室谈。"

阮福根摸不清冯啸辰的脾气，也不敢过分热情，他收起烟，赔着笑脸，跟在冯啸辰身后进了会议室。冯啸辰给阮福根指了个位子坐下，自己则坐到了对面的位置上。

"你是来参加大化肥设备招标的？"

坐下之后，冯啸辰没有与阮福根寒暄，开门见山地发问了。

"是的，我听说你们这里在招标，就冒昧过来了。"

"你是听谁说的?"

"嗯……其实我是在饭店里吃饭的时候,听到几个客人说的,他们好像是工厂里的领导。"阮福根支吾着应道,既然董岩专门交代他不能透露自己的信息,他也就只能编一个这样的托辞了。

冯啸辰听出阮福根的话里打了埋伏,但他也不打算就此事深究,于是继续问道:"你们是哪家企业的,企业的实力如何?"

"我们是海东省会安地区会安化工机械厂,我们厂是 1958 年成立的,现在有两百多人。我们做过很多化肥项目,现在有二类容器的生产许可证。"阮福根用最简单的语言介绍道。

"二类容器吗?"冯啸辰应了一声,点点头道,"有二类容器许可证,倒也符合我们的招标要求了。不过,二类容器的利润可能会低一些,你们要有心理准备。"

"没关系的,我们不在乎利润。"阮福根急切地说道。

"不在乎利润?"冯啸辰一愣,"那你们在乎什么?"

第 二 百 五 十 章

我在乎什么？

阮福根被冯啸辰给问住了。

他当然可以慷慨激昂地说自己是为了给国家分忧，是勇挑重担，是为了给中国人民争气等等，这也是许多官员在公开场合里喜欢说的话，作为理由无可厚非。但他能够明显地感觉到，坐在自己对面的这个年轻的副处长似乎更务实一些，用大话、套话来应付对方的结果，恐怕就是对方会对自己完全失去信任，进而用同样的大话、套话来敷衍自己，让自己根本无法得到这项业务。

一个人当然会有情怀，但情怀是要有物质基础的。一家企业可以有自己的社会责任感，愿意为国家、为社会作一些贡献，但这必须是在企业能够承受的经济负担范围之内。如果一家企业说自己完全不在乎利润，只想为国家作贡献，那么这家企业恐怕连生存下来都是一个问题，贡献就更谈不上了。

阮福根明白这一点，他知道冯啸辰也明白这一点，对着冯啸辰这样一个明白人，阮福根知道自己不给出一个恰当的理由是无法过关的。

"冯处长，老实说吧。"阮福根咬文嚼字地说道，"我们是一家小企业，有一点技术，但没有名气，人家瞧不起。我们想接下这桩业务，认真做好，得到中央领导和日本人的承认，这样我们才能够让人相信，以后就有更多的业务做了。我说我们不在乎利润，意思是我们在乎的是以后更多的利润。"

冯啸辰微微点了点头，阮福根的这个回答，让他觉得比那些豪言壮语更加可信。他是在市场经济里成长起来的，看问题更习惯于用市场的眼光。阮福根说自己的企业是想通过这项业务来提高名气，这是一个颇有雄心的目标。带着这样的心态去做事情，是能够把事情做好的，相比之下，如程元定、马伟祥那些人，在计划体制下舒服惯了，早就没有了上进的心态，一心只想着如何从国家那里争到更多的好处，把一个重点项目交给他们，他们恐怕很难有激情去追求尽善尽美。

这个体制内需要一些鲶鱼啊……冯啸辰在心里暗暗地想道。

"你说你是会安化工机械厂的业务科长，你的工作证和介绍信能给我看看吗？"冯啸辰随口问道。

此言一出，阮福根顿时就窘了。他哪是什么业务科长，他只是一家挂着社队企业旗号的私企小老板而已。他出来谈业务，带的是公社出具的介绍信，这介绍信倒是一直揣在他的怀里，可他怎么敢拿出来呢。

"嗯，介绍信……我今天出来匆忙，没带着，过两天，我再拿过来给冯处长看，可以吗？"阮福根说道。他已经想好了办法，如果这边的业务有希望，他就马上给自己的弟弟阮福泉打电话，让阮福泉给他开个介绍信，再安排人坐火车赶紧送过来。不过，这恐怕需要好几天的时间，届时自己只能是找个理由拖延了。

"没带介绍信？"冯啸辰心念一动，脸上却并不流露出什么异样，只是淡淡地应道，"嗯，没关系，你过两天记得带过来就行。这样吧，阮科长，你先坐一下，我去向我们主任汇报一下这件事情，听听他的指示再决定如何和你们合作。"

"好的好的，冯处长请便。"阮福根连声说道。

冯啸辰起身离开了。他先回了自己的办公室，安排周梦诗去给阮福根倒点水，顺便陪着阮福根聊聊天，自己则抄起电话，找到了远在海东金南地区的"轴承大王"姚伟强。

由于有佩曼出面撑腰，姚伟强在金南地区一下子由通缉犯变成了劳模。在杨海帆提供的资金支持下，他把自己原来的轴承店升级成了"中德合资菲洛（金南）轴承经销公司"，并取得了国家颁发的合资企业经营执照，一跃成为一名合资公司的董事长兼中方经理。

姚伟强原本就是一个能人，只是受制于个体户的身份，很多业务做不起来。如今有了一个合资企业的名头，他的牌子硬了，底气也足了，生意更是做得风生水起。短短几个月的时间，轴承经销公司已经在国内小有名气，很多机械行业的企业都知道金南有这么一家专业做轴承经销的机构，轴承品种之齐全、信息之灵通，甚至超过了政府的物资部门。一些企业要寻找合适的轴承时，首先想到的就是和这家菲洛轴承公司联系，如果菲洛公司无法提供这类轴承，估计国内也就很难再找到了。

业务规模扩大了，姚伟强当然就没法像过去那样仅凭自己一个人去打拼了。他雇了十几名员工，亲自进行培训，又给每个人划了分管的区域，让他们像自己过去一样去与企业打交道，背熟所有的轴承型号。至于他自己，则主要是坐镇公司，负责处理各种棘手的事务以及与大客户的洽谈。

冯啸辰的电话打到金南的时候，姚伟强正好就在办公室里。听到是冯啸辰的声音，姚伟强立马就站了起来，脸上也露出了毕恭毕敬的笑容，就像冯啸辰能够隔着电话线看到他的表情一般。

姚伟强深深地知道，自己能够有今天这样的辉煌，全仗着冯啸辰这个贵人的帮助。以他的精明，甚至已经从一些蛛丝马迹中猜出了佩曼与冯啸辰之间的关系，进而知道自己这家合资企业中那七成的外资股份其实是归冯啸辰所有的。对于冯啸辰这样一位国家官员居然以这样的方式参股他的企业，姚伟强没有任何一点愤懑，相反，他对冯啸辰充满了感激和佩服，觉得这才是真正的人生赢家，自己这个什么"大王"在人家面前啥都不算。

姚伟强还在心里打定了主意，冯啸辰这条大腿，他此生是抱定不放了。冯啸辰才 21 岁，前途无量，他姚伟强攀上这样一个能人，如果再三心二意，那就是愚不可及了。

冯啸辰帮姚伟强安排好金南那边的事情之后，就返回京城了。此后因为忙着轧机专利谈判的事情，以及到日本去洽谈大化肥的事宜，一直都抽不出时间与姚伟强联系，这是他从南江回京之后第一次给姚伟强打电话，姚伟强岂有不激动的道理。

"冯处长，你怎么亲自打电话过来了？我一直都想给你打电话汇报一下工作，又怕耽误你的时间。"姚伟强极尽谦恭地说道。

"哈哈，老姚，别客气，你就叫我啸辰好了。"冯啸辰客套了一句，不等姚伟强再说什么，他便直接转了话题，问道，"老姚啊，我今天给你打电话，是有一件事要向你了解一下。你们海东省的会安地区有一个会安化工机械厂，你熟悉不熟悉？"

"熟悉啊。"姚伟强果然没让冯啸辰失望，他这些年走南闯北，到处联系业务，但凡稍微大一点的企业，就没有他不曾接触过的。会安与金南位于同一个省，姚伟强最早做生意主要是针对省内的企业，与会安化工机械厂打过不少交道，至今也没断了联系，冯啸辰找他打听会安化工机械厂，算是找对人了。

"他们那个厂长，叫阮福泉的，和我是老朋友了，我们在一起喝酒都喝过四五次的。"姚伟强向冯啸辰炫耀道。

"阮福泉？"冯啸辰奇怪道，"那么他们的业务科长阮福根，你认识不认识？"

"阮福根？"这回论到姚伟强诧异了，"阮福根我也很熟啊，他是阮福泉的哥哥，每次喝酒的时候他都出席的，而且一般都是他结账。不过他可不是会安化机厂的业务科长，他是开厂子的，他的厂子叫全福机械厂，是一家社队企业，其实是属于他自己的，这种事情在我们海东多得很，你是知道的。这个人很有本事，生意做得比我大。"

"原来如此。"冯啸辰恍然大悟了。刚才阮福根说自己忘了带介绍信，冯啸辰就有些怀疑。作为一名业务科长，到国家部委来联系业务，哪有忘带介绍信的道理。在阮福根这样说的时候，冯啸辰甚至有些怀疑他是个骗子，是带着什么不可告人的目的来的。现在听姚伟强一解释，他就完全明白了。

在时下，乡镇企业还处于刚刚萌芽的状态，私营企业就更是不招人待见。无论是这些企业自己，还是社会上的大国企、政府主管部门，在心里对乡镇企业和私营企业都是充满了鄙夷和歧视的。如果阮福根以自己的真实身份来重装办这样的中央机关谈业务，恐怕一开口就会被人轰走，甚至被扭送到派出所去警告一番都有可能。阮福根想接这桩业务，就只有扯虎皮做大旗，借用自家弟弟企业的名义，以便蒙混过关。

冯啸辰是少有的对乡镇企业和私营企业不存在歧视的官员之一，他知道这些企业在日后将会成长成何等辉煌的存在。最多是在十年之后，乡镇企业就能够占据中国市场的半壁江山，冯啸辰没有理由怀疑这些企业的能力。

第 二 百 五 十 一 章

明白了这一点，冯啸辰接下来便开始向姚伟强打听有关会安化机厂和全福机械厂的技术水平、生产情况以及企业信用等问题。姚伟强也还真是对这两家企业了解颇深，对冯啸辰的问题一一作答，丝毫没有隐瞒和粉饰之辞。阮家兄弟于他只是业务上的朋友，冯啸辰则是他的贵人，他当然知道孰轻孰重，哪会说什么假话。

冯啸辰听罢，对阮福根有了一些新的认识。他向姚伟强道了谢，挂断电话，来到了罗翔飞的办公室。

"罗主任，有这样一件事，我向您汇报一下。"

冯啸辰说着，便把阮福根来访的事情介绍了一遍，又把从姚伟强那里听到的情况和盘托出。罗翔飞听完，眉头紧锁，沉吟半晌才问道："小冯，你判断，这个阮福根是在顺便为他弟弟的企业拉业务，还是想自己拉了业务，再借他弟弟企业的力量来做呢？"

"我判断是后一种。"冯啸辰肯定地说道。

罗翔飞点点头："我也是这样判断的。如果真是这样，那么这个业务就不能交给他了，甚至以后会安化机厂真正的业务科长来谈这件事，咱们都不能答应，因为他们存在串通的可能。"

"为什么不能交给他？"冯啸辰问道。

罗翔飞一愣："这不是明摆着的吗？他只是一家社队企业，照你刚才介绍的情况，其实是他私人的企业，我们怎么可能把这么重要的业务分包给他们？"

冯啸辰道："波音、通用、洛克马丁，都是民营企业，这并不妨碍他们成为全球最著名的装备制造商。"

罗翔飞被噎住了，好一会才无奈地说道："小冯，这完全不一样，你又在偷换概念了。"

冯啸辰笑道："怎么就不一样了？外国人能够做到的，咱们中国人做不到？"

罗翔飞斥道："全是歪理！咱们是社会主义国家，人家是资本主义国家，怎么可能一样呢？资本主义国家的企业，可不就是私人企业吗？可咱们是社会主义国家啊，虽然现在政策提倡发展乡镇和民营经济，但这些经济成分只能作为全民所有制的补充，不可能成为主体的。"

冯啸辰道："资本主义国家的经验表明，私人企业也可以成为重要的装备制造企业，为国家作贡献。如果我们因为它们的所有制性质，就剥夺它们的发展机会，就相当于我们亲手掐死了处于襁褓之中的波音和通用，也扼杀了像阮福根这样有闯劲、有雄心的企业家的发展机会，这难道不是国家的损失吗？"

"这么说，你是支持把任务分包给阮福根的？"罗翔飞看着冯啸辰，认真地问道。

"是的。"冯啸辰郑重地点点头，说道。

"你考虑过其中的风险没有？"罗翔飞又问道。

冯啸辰道："改革就是一项有风险的事业，这也是您经常跟我们说的话。"

罗翔飞哭笑不得："这完全是两码事。改革有风险，我们应当迎难而上。但把国家重点项目交给一家私人企业去做，这个风险的性质是完全不同的。私人企业都是唯利是图的，他们根本不可能守信用、重质量，这个风险和改革的风险完全是两回事。"

"这次承接咱们大化肥项目的日本企业，包括科间化工机株式会社、森茂铁工所、池谷制作所，都是私人企业。而咱们意向中的国内分包企业，包括新阳二化机、北方化机、海东化设，都是国营企业。罗主任认为，谁更守信用、重质量？"冯啸辰犀利地反驳道。

罗翔飞哑了，他有心说冯啸辰的话是歪理邪说，但理智又告诉他，冯啸辰说的是千真万确的事实。

滨海省化工厅对于进口设备和国产设备的态度就可以说明一切。他们宁可要日本企业提供的全套设备，也不愿意中国企业参与分包。这其中，中日两国企业的技术水平差异当然是一个重要的因素，但双方对于质量的态度，也同样是因素之一。

新阳二化机给滨海省建设的那套中型化肥装置，技术上并没有什么障碍，但质量方面却差强人意。说到底，这不仅仅是一个技不如人的问题，还有一个责任心的问题。

对于日本那些私营企业来说，产品质量出现问题，给他们带来的将是企业的灭顶之灾，一家无法让客户满意的企业，最终的命运就是破产倒闭。而对于北化机、新阳二化机这些国营企业来说，出了质量问题也就是落几句埋怨，罚酒三杯，然后就不了了之了。久而久之，这些国企的质量意识越来越淡漠，上进心也越来越弱，只想着干些轻松的活，赚些容易的钱。

罗翔飞看过一份有关国产大型汽轮发电机组运营情况的调查报告，那些生产技术方面的不足之处就不必说了，让他感到无语的是，报告中披露出了大量的质量问题，而这些质量问题很多仅仅是由于生产质量控制不力以及检验不认真而造成的。

例如，某电厂的一台发电机在大修时发现转子磁化、绕组匝间短路，究其原因，仅仅是线匝局部未铣通风孔，造成了绝缘严重过热。又如，某电厂的一台机组运营两年后，在检修中发现全部2208个转子风斗中有518个被异物损伤，进一步的检查发现，发电机内遗留的焊条、铁屑、焊渣等总计达到了1公斤之多，转子风斗就是因为与这些异物相碰击而损坏的。最具黑色幽默的是，还发生过检修人员居然从发电机里找出了一副眼镜的情况，也不知道是哪位近视眼的操作工遗留下来的，这与医生把手术刀留在病人肚子里有什么区别呢？

技术落后，还可以归于中国的工业底子太薄，无法与发达国家相比。忘了铣通风孔、在电机里遗留下1公斤之多的异物，这是用技术落后能够解释的吗？

罗翔飞是一直从事工业管理的人，对于这些情况是非常明白的。国家经委在两年前力推全面质量管理体系，也是源于这种情况。这一回，罗翔飞接受冯啸辰的建议，要求所有承担大化肥设备分包任务的企业要与重装办签订质量和交货时间合同，就是想用经济手段来促使企业重视质量和信用，结果遇到了程元定、邓宗白等人的抵抗。这就说明这些企业的负责人根本就没打算认真做事，他们对于本企业的质量控制能力没有信心，也不想去改变这种现状。

作为国营重点企业的负责人，他们理应有责任心，有荣誉感，能够对得起国家对他们的信任。但事实上，他们却是把这种信任当成了资本，套用一句老话，叫作躺在功劳簿上不思进取了。

而像阮福根这种草芥一般的私营企业厂长，却会把一个业务机会当成宝贝一般，生怕出一点纰漏。相比之下，谁更值得信任呢？

"可是，咱们这么大一个国家，未来的装备制造业毕竟还是要依靠这些大型国有企业，完全交给阮福根这样的私人老板，对国家安全是很不利的。"罗翔飞沉默许久之后，给出了一个新的理由。

私营企业能不能支撑起国家的装备体系，是一个复杂的学术问题，甚至到冯啸辰穿越之前也仍然没有结论。冯啸辰记得，后世的中国在装备制造业方面依然是依靠国有特大型企业作为支撑的，当然，这些国企都已经脱胎换骨，不仅仅是在技术水平上有了长足的发展，质量控制体系和经营管理理念也都经过了一番浴火重生般的升华。

对于罗翔飞的这个观点，冯啸辰不能也不想去质疑，他说道："罗主任，您说得对，我们国家作为一个公有制为主体的国家，的确是应当把国有大型、特大型企业作为装备制造业的骨干。但在此之前，我们必须要让他们动起来，摆脱目前这种懈怠的状态。为了达到这个目的，我们需要有一些鲶鱼来搅动这个体系，而阮福根这样的农民企业家，就是很好的搅局者。"

有关鲶鱼效应，罗翔飞是懂的。它说的是挪威渔民在运输沙丁鱼的时候，为了避免沙丁鱼因挤在一块而窒息死亡，在沙丁鱼槽中放入几条鲶鱼。鲶鱼是沙丁鱼的天敌，在它的威胁下，沙丁鱼会不停地流动挣扎，这样就能保持它们的活力。鲶鱼效应有时候也会被称为鳗鱼效应，指的也是类似的含义。

程元定、邓宗白这些人以及他们所管理的国有企业，目前就像是一群慵懒的沙丁鱼，看上去还活着，实际上已是暮气沉沉。在这个时候，需要有一些竞争者出现，对他们形成威胁，给他们以刺激，才能够激发起他们的上进心，让他们焕发出活力。

如果他们面对这种刺激毫无反应，那么就只能成为鲶鱼的口中之餐。市场就是如此残酷，不思进取就意味着被淘汰。

第 二 百 五 十 二 章

阮福根在重装办的会议室里足足等了有一个小时,虽然旁边有个年轻姑娘在陪着他聊天,但他还是觉得时间难熬。冯啸辰离开的时候说是去向领导汇报情况,但这么点事情需要花这么多时间来汇报吗?领导们讨论问题的时间越长,就说明这件事越麻烦。自己本身是顶着一个假旗号来联系的,一旦事情败露,自己将会遭受什么样的雷霆之怒呢?

罢了,伸头一刀,缩头也是一刀,死活就由天定吧。

阮福根在心里悲壮地想着,同时拼命地挤出笑容,向与他聊天的周梦诗介绍着海东省的各种名胜、小吃等等,热情地邀请周梦诗在方便的时候访问海东,并承诺会给予全程的接待。

终于,门外传来了脚步声,紧接着,冯啸辰陪着一位50来岁、气场十足的官员走了进来。原本坐在阮福根对面的周梦诗连忙起身让出位置,冯啸辰让那名官员先坐下,自己坐在旁边,然后向一脸忐忑的阮福根介绍道:"阮厂长,这是我们重装办主持工作的罗主任,有关大化肥设备分包的事情,他会向你介绍有关的政策。"

"罗……罗主任!"阮福根下意识地站了起来。头一天董岩是向他讲起过罗翔飞这个名字的,并且说罗翔飞是直接分管这件事情的领导。在阮福根的心目中,罗翔飞是一个高得让人目眩的大领导,现在居然亲自来和他谈话,他的心里畏惧远远多于欣喜。

"罗主任,您抽烟……"阮福根又摸出了那盒中华烟,迟疑着是抽出一根递给罗翔飞好,还是整盒烟都送上去好。

"阮厂长,不必客气,你还是坐下吧。"冯啸辰替罗翔飞说道。

"呃,好好,我坐下。"阮福根战战兢兢地坐下来,这时候才反应过来冯啸辰对他的称呼不对，他心中一凛，又连忙纠正道，"冯处长，你叫错了，我只是我们厂的业务科长……呃，你叫我小阮就好了。"

冯啸辰笑而不语。罗翔飞平静地说道："阮厂长，刚才听冯处长说，你是想承接我们国家五套大化肥设备的分包任务，我想具体了解一下，你是以你们全福机械厂来承接，还是替会安化工机械厂承接？"

听到罗翔飞点出了全福机械厂的名字，阮福根才明白，刚才冯啸辰并不是口误，而是已经把他的老底给调查清楚了。想到自己跑到国家机关来说谎，而且被人瞬间就识破了，他有一种后背发凉的感觉，不知道接下来的会是什么可怕的结果，一时间竟然连罗翔飞的问题都没听清楚了。

见阮福根一副惶恐的样子，罗翔飞无奈地笑了笑，对冯啸辰说道："小冯，你跟他说说吧，让他不要有心理负担。"

冯啸辰笑着说道："阮厂长，你不用觉得奇怪。是金南的轴承大王姚总跟我说了你的情况，他是我的好朋友，他对你的能力评价非常高呢。"

"姚……姚总？"阮福根好不容易回过神来了。他和姚伟强挺熟悉的，而且因为都是农民出身，彼此颇有些同病相怜的感觉。姚伟强被金南地区通缉的事情，他是知道的，此后姚伟强突然咸鱼翻身，成了一家中外合资企业的董事长，这让他觉得瞠目结舌。

在姚伟强翻身之后，他们也曾在一起喝过一次酒。姚伟强喝得半醉的时候，无意中漏出一句口风，说自己所以有今天，是得益于一位在京城的贵人相助。具体的情况，姚伟强就不肯说了。阮福根一直把这件事记在心上，此时听冯啸辰说起他与姚伟强是好朋友，阮福根脑子里灵光一闪，本能地猜到姚伟强说的贵人，就是眼前这个年轻处长。

"冯处长，罗主任，我向你们检讨！"阮福根再次站起来，垂着头，做出一副犯了错误的小学生的模样，说道，"我不该欺骗领导，我这完全是吃了猪油迷了心，我没想到领导无所不知，我……我我我真是该死！"

他的文化水平不高，平时谈业务的时候大多是面对着企业里的供销人员，说点粗话荤话都无所谓。此时面对着两名部委官员，又是在自己理亏的情况下，他还真不知道该怎么说才能消除掉对方心里的芥蒂。他抬起手，想扇自己几个耳光以示悔悟，但又担心这种粗鲁的举动反而会引来对方的不悦，所以犹豫着没敢扇下去。

"小阮，不用这样，坐下说。"罗翔飞向阮福根做了个手势，然后说道，"你的情况，冯处长都已经跟我说过了。你的顾虑，我们是完全理解的。社会上对社队企业有一些偏见，但国家是提倡发展社队企业的，我们作为国家机关，对于各种合法的企业形式是一视同仁的。"

冯啸辰在旁边撇了撇嘴，心中暗笑。他知道，虽然罗翔飞最终被他说服了，答应先和阮福根谈谈再说，但在罗翔飞的心目中，国有企业的地位是远远高于私有企业的，罗翔飞要的只是把阮福根当成一条鲶鱼而已。

阮福根却是被感动了，他虽然也清楚罗翔飞这话虚多实少，其中官腔的成分居多，但一个这么大的领导能够用这种态度对他说话，已经足够让他感激不尽了。更何况，这还是在自己欺骗了重装办之后，这简直就是天大的荣幸啊。

"谢谢罗主任，我一定不辜负罗主任对我的期望，好好生产，为人民做好事，为国家多作贡献。"阮福根不着调地表着忠心，他也不知道罗翔飞爱听什么，觉得反正这样说肯定是没错的。

罗翔飞打断了阮福根的话，重复着自己刚才的问题："阮厂长，你跟我说说，你这次来重装办要求分包任务，是想以全福机械厂来承接，还是仅仅是为会安化工机械厂联系业务？"

"这个嘛……"阮福根犹豫了一下，说道，"罗主任觉得怎么样好，我就照着做。"

罗翔飞微微一笑，说道："你不必客气，直接说你自己的想法就好了。我们这里提倡民主，既然是合作，当然应当是你情我愿，才能长久嘛，你说是不是？"

"是是是，罗主任说得对。"阮福根先恭维了一句，然后怯怯地说道，"既然罗主任要征求我的意见，那我就直接说了。说得不对的地方，请罗主任、冯处长、周秘书你们批评。从我的本意来说，我是想以我们全福机械厂来接这个业务的。我们厂虽然是社队企业，但生产能力还是很强的，尤其是我们非常重视质量，我们还专门请过省里的质量管理公司来帮助我们搞过一套质量管理体系呢。咦，我想起来了，那本书，就是冯处长你编的吧！"

说到这里，阮福根的眼睛瞪得滚圆，他突然想起来，省经委办的那个质量管理咨询公司派人到他们厂里去讲过课，还留下来几本质量管理教材。那教材的主编名单里分明就有一个名叫冯啸辰的人。刚才他没反应过来，现在才意识到冯啸辰正是那个主编者。

阮福根是个想认真做事的人，否则他也不会花钱请人来帮自己厂子做质量管理体系。在海东省的私营企业里，能够这样做的，他还是第一家。质量管理体系建设中的许多理念，让他觉得茅塞顿开，捎带着对编写这部教材的人也产生了强烈的崇拜感。在他心目中，冯啸辰应当是一位年过花甲、经验丰富的老工程师，或者老教授，没想到居然是年轻如斯的一个政府官员。

"呵呵，这个不重要，你接着说吧。"冯啸辰默认了阮福根的猜测，提醒他继续说下去。

阮福根向冯啸辰投去一束膜拜的目光，然后转回头来，对着罗翔飞继续说道："不好意思，罗主任，我接着说吧。我是想，如果由我们全福机械厂来承接，我就可以在生产过程中说了算，不会受到其他人的干扰。这样我就敢保证质量和时间。"

"可是，你们有生产资质吗？"罗翔飞问道。

阮福根不敢耍花招，他老老实实地说道："我们已经生产过一类压力容器，并通过了省里的检测，这是我们的产品检测报告。"

说着，他从包里掏出他一直引以为豪的那份检测报告，隔着桌子递了过去。罗翔飞接过来看了一眼，随便递给了冯啸辰，说道："你们一家社队企业，能够生产出合格的一类容器，的确很不容易了。不过，我们这次的设备，大多数都是二三类容器。三类容器事关重大，我们是绝对不可能交给你去做的。但二类容器方面，也需要你们有资质才行，这个问题你是如何考虑的？"

第 二 百 五 十 三 章

"我有个想法，如果说得不对，还请罗主任批评。"

阮福根先给自己装了个避雷针，生怕自己的主意雷人不成，反被雷劈。

罗翔飞摆摆手道："小阮，你不用有顾虑，有什么想法就尽管说。国家提倡锐意进取，改革就是要敢为天下先的。"

"嗯嗯，谢谢罗主任。"阮福根稍稍沉了一下，说道，"我的打算是，如果重装办能够把一部分二类容器的生产任务分包给我们，我可以租用会安化机厂的设备和人员来完成这项任务。会安化机厂有二类容器的生产资格，他们还有从日本、德国进口的设备，只要组织得好，应当能够生产出合格的产品。"

"可是如果这样，我们为什么要把任务交给你，而不是直接交给会安化机厂呢?"罗翔飞问道。

"这个……"阮福根说不下去了，眼珠子骨碌骨碌地转着，不知道该如何解释才好。

罗翔飞微笑道："阮厂长，我刚才已经说过了，畅所欲言，你有什么想法就直接说，没人会责怪你。你既然要承接我们的任务，我们之间必须建立起相互的信任。如果你有什么事情还要向我们隐瞒，我们怎么敢把业务交给你呢?"

"明白。"阮福根应道，他深吸了一口气，带着破釜沉舟的想法说道，"罗主任和冯处长既然知道我们全福机械厂，想必也应当知道，会安化机厂的厂长就是我弟弟，他叫阮福泉。我弟弟是个好人，公而忘私，不徇私情。可要说管理企业，他是真的没有魄力。不过，这也不怪他，国营企业里关系太复杂，福泉他想搞点改革，阻力非常大。会安化机厂的设备不错，也有一些技术过硬的工人，可是他们的生产效率远远不如我们全福机械厂。同样一个设备，他们用进口的机器来做，需要一个月。我们用老式的国产机器，一个星期就能够做出来，而且质量比他们的还好。如果你们的这些设备分包给他们做，他们很难按时完成，也不敢保证质量。但如果是交给我来做，我租用他们的设备和工人，绝对能够按时保质完成，而且花费的成本比他们还要小得多。你们相信吗？"

听到阮福根这样说，罗翔飞转头看看冯啸辰，得到的是冯啸辰一个意味深长的眼神。他的心里也是充满了无奈，他知道，阮福根说的话极有可能是真的，老国企的管理能力、质量控制手段以及责任意识，可能真的比不上有些社队企业。

也许是担心罗翔飞他们不相信，阮福根又进一步地说道："我给你们举个例子来说吧。会安化机厂有个王牌电焊工，叫毕建新，技术是没说的。他们厂能够拿下二类容器证书，全凭着老毕的那一手技术。可是，他在厂子里现在还是一个五级工，每次想给他提级，厂里都有一批人反对，福泉为这事没少怄气。"

"为什么呢？"周梦诗在旁边发问了。

"因为他是个新来的啊。"阮福根道，"他是从外省调过来的。厂子里好多工人都是五十年代建厂时候的老人，彼此间要么是老乡，要么就是儿女亲家，还有师徒关系。每次调级的名额是有限的，给了他，别人就没有了。厂里的领导和这些老工人关系当然更近，像这样的好事，怎么也得照顾自己人，哪轮得到他头上。"

"这都是什么事啊！"周梦诗怒道。

"这不奇怪。"罗翔飞淡淡地说道。中国就是个人情社会，五十年代还好一些，因为政权刚刚建立，还没有那么多的裙带关系。这30多年过来，什么老战友、老同事、老部下的关系网越编越密，身处网中的那些人很难脱俗，像这种照顾人情的事情，实在是太常见了。就算是罗翔飞自己，要想做点事情，也会去找找老关系，否则就寸步难行。

阮福根见罗翔飞接受了他的说法，勇气更足了，他说道："我这里就不一样了。在我的厂子里，能干就是能干，不行就是不行。能干的工人，我一个月给他200块钱也不算多；不能干的，哪怕是我的亲小舅子，我也一样开除掉。我上次做压力容器的时候，最重要的那些地方，就是请老毕来给我焊的。我给钱也痛快啊，老毕给我干了不到半个月，我给了他500块钱。你说说看，老毕能不给我卖命吗？"

"这……"周梦诗偷眼看着罗翔飞，不知道罗翔飞对此事会有什么看法。国企职工到私企去打黑工的事情，在今天的社会上有不少，基本上属于民不举、官不究的状态。阮福根当着罗翔飞的面把这事说出来，谁知道罗翔飞会如何反应呢。

罗翔飞并没有在意这件事，他转头对冯啸辰说道："小冯，看起来，咱们的国有企业管理体制，的确是存在着严重的问题啊。这种体制不改革，国企就很难发展起来。"

"可是，改革的难度也很大啊。"冯啸辰苦笑着说道。

从八十年代起，国企的管理体制改革一直都没有中断，可以说是步子迈得越来越大。可即便是改了30多年，很多问题依然存在。就以阮福根举的待遇问题来说，随便翻开报纸，经常能够看到这样的报道：某某技术高超，堪称大国工匠，他几次拒绝私企的高薪聘请，坚持在自己的岗位上为国家作贡献，他一家五口住在狭小的两居室里……

每次看到这样的报道，冯啸辰就有一种想骂娘的冲动。人家私企都知道人才难得，愿意出高薪聘请，你们就让自己的人才拿着微薄的薪水，住着狭小的住房，这不是生生地往外赶人吗？

这些先进人物的爱国主义精神是值得表彰的，但为什么要让他们流汗又流泪呢？你自己不珍惜人才，能怨得了别人挖你的墙脚吗？

这样的事情，罗翔飞也不便在阮福根面前说得太多。他想过了，下一次回经委开会的时候，他要好好提一下这个问题，让国家重视国企管理体制、分配制度方面的改进。光靠行政命令约束国企职工不去外面"打野食"是不够的，而是需要提高这些能工巧匠的待遇，让他们心情愉快地为国效力。

"阮厂长，你既然听说了我们招标的事情，应当也知道我们招标的要求吧？我们对于产品的质量和交货时间，是有严格规定的，而且裁判权交给了负责总包的日本企业，他们是铁面无私的。如果你们交付的产品质量不过关，他们有权拒收。如果你们耽误了交货时间，他们也会向你们征收巨额的罚款。"罗翔飞说道。

"我都知道。"阮福根道，"我愿意和你们签这个协议，如果到时候质量不行，或者时间耽误了，我愿受一切处罚。"

"军中无戏言。"罗翔飞道。

"愿立军令状！"阮福根毫不犹豫地答道。

人和人的差别，怎么就这么大啊！

罗翔飞从心底里涌出一句感慨。昨天自己上赶着让程元定他们签协议，他们一个个慷慨陈词，理由一个比一个冠冕，归纳起来就是四个字：我不伺候。而今天这个怯生生的私营小老板，却一点磕绊都没有，直接就发出了"愿立军令状"的豪言。

是不是正如冯啸辰所说，私营企业同样可以作为国家装备制造业的一部分，只要管理得当，监督到位，他们没理由比国企表现得更差。

"阮厂长，经济合同可不是凭着红嘴白牙就能够签下来的，你说愿立军令状，你拿什么作为担保？你可别说拿脑袋哦。"冯啸辰笑呵呵地说道。

"当然不是脑袋。"阮福根道，"罗主任，冯处长，我也不瞒你们，我的厂子现在有几十万的固定资产，我个人有300万的现金。我留出200万作为材料款，未来全部投入到设备生产中去，另外100万交给你们作为抵押，怎么样？"

"那……那万一你不能履行合同，不就破产了吗？"周梦诗惊诧地问道。

在周梦诗看来，阮福根有300万的现金家产，简直就是超级富翁了，即使什么事情都不做，这辈子加上未来20辈子的生活都不用发愁了。在这种情况下，他却要砸上全部的身家去接这个项目，这是何苦呢？

阮福根看看周梦诗，笑了笑，说道："没关系的，我当年起家的时候，连300块钱都没有，现在不也赚到了300万吗？这一次，就算我赔光了家底，大不了从头开始。我今年还不到40岁，还有机会。"

"小冯，你看呢？"罗翔飞转头看着冯啸辰，这件事情他也有些拿不定主意了，反而要向冯啸辰求教。罗翔飞感觉到自己似乎是有些老了，思想越来越保守，完全跟不上这个时代的发展。像阮福根这种情况，在以往是根本不可能出现的，所以罗翔飞也没有处理这种事情的经验。冯啸辰虽然只是他的下属，思想却要活跃得多，只有他才敢于去尝试这样的新生事物。

第二百五十四章

如果说一开始冯啸辰对于是否要让阮福根承接这项业务还有些迟疑，在听完阮福根的誓言之后，他就决定了，一定要说服罗翔飞答应阮福根的要求，让阮福根能够有机会参加这项分包工作。

因为冯啸辰在阮福根身上看到了一种叫作"企业家精神"的东西，而这种东西，是最为难能可贵的。

关于什么叫企业家精神，管理学者们有无数的论述。不过，大多数的学者都认为，创新精神和冒险精神，是企业家精神中最为重要的两个方面。一名成功的企业家，应当是热衷于追求新鲜事物的，这种追求不仅仅体现在他的好奇心上，还体现在他敢于为满足这种好奇心而付出代价。

阮福根缺钱吗？以时下人们的标准来看，他完全不缺钱，甚至可以说是富可敌国。这可不是夸张，重装办二十多号人，管着十一个重大装备项目的协调工作，一年的经费也就是几十万元，而阮福根却有三百万的个人资产。

在这种情况下，他有什么必要去冒这个风险呢？这是一个以他目前的实力完全可能接不下来的业务，存在着各种未知的风险。如果出了纰漏，他不但无法收回前期的投入，还要支付巨额的违约金，从而使辛辛苦苦若干年存下的家底一夜耗尽。

然而，他却义无反顾地选择了要与重装办签约。不为别的，就为了能够有一个突破自己的机会。如果这个项目他做成了，那么他的厂子就有了去承接更多、更大的项目的资本，从此就不再是一家被人们瞧不起的私人小企业，而是具有与国营大厂平等竞争资格的现代企业。

为了这个目标，他甘愿承担风险，这就是一种企业家精神。

中国要想成为一个工业强国，需要有许许多多具有企业家精神的开拓者，就为了能够让这些开拓者成长起来，冯啸辰也要想方设法给他们创造出机会。

想到这些，冯啸辰对罗翔飞说道："罗主任，我个人的看法是，既然是大化肥会战，那么只要是满足资质条件的企业，都可以平等地进行竞争，我们从竞争者中间挑选最符合条件的企业作为中标者。至于这家企业是国有大中型企业，还是社队企业，并不是我们要考虑的因素。此外，不管什么企业，只要承接了任务，就要按照要求与咱们重装办签订协议，如果不能按时保质地完成任务，都要按照协议规定承担违约责任。"

"嗯，很好，我也是这样考虑的。"罗翔飞点点头，然后对阮福根说道，"阮厂长，你的情况我们已经了解了。以你们全福机械厂的资质，是无法承接这项任务的。但如果你们能够与会安化工机械厂联合投标，使用他们的资质，并约定你们各自的权利义务关系，那我们可以考虑给你们参加竞标的机会。不过，这件事也要请你三思而后行，因为如果质量上存在问题，我们是不会给予任何通融的。"

"我知道，我知道的，谢谢领导给我这个机会。"

阮福根说着，情不自禁地站了起来，激动的泪水在眼圈里打着转。他想说点什么，却又说不出来，于是后退了半步，然后深深地向罗翔飞和冯啸辰鞠了一躬。

"谢谢罗主任，谢谢冯处长，谢谢你们……看得起我这个农民。"阮福根哽咽着说道。

看到阮福根这个样子，罗翔飞和冯啸辰也都坐不住了，同时站了起来。罗翔飞说道："小阮，你不用这样，其实，是我们应该感谢你才是。你勇于为国分忧，这种精神值得所有的企业好好学习啊。"

冯啸辰则说道："阮厂长，你先抓紧时间去准备资质材料，具体的分包任务，我们还要进一步协商。还有，你把你这段时间在京城的住处告诉我，也许我们会有一些事情要联系你的。"

"好的好的。"

阮福根说了自己住的招待所和房间号，然后再三道着谢，离开了重装办。冯啸辰让周梦诗把阮福根送出门去，自己则随着罗翔飞到了他的办公室。

"小冯，你觉得这事可行吗？"

关上房门，罗翔飞坐回自己的办公桌后面，有些不踏实地对冯啸辰问道。

"为什么会不可行呢？"冯啸辰满不在乎地反问道。他走到墙角的茶几边，拎过热水瓶来给罗翔飞的杯子里续了点水，又找了个杯子给自己也倒了杯水，然后坐在旁边的沙发上，一边慢慢地喝着水，一边看着罗翔飞，笑着说道，"罗主任，你刚才不是态度挺坚决的吗？跟阮福根的那几句话说得也挺好的，怎么这会又怀疑起来了？"

相处的时间长了，冯啸辰在罗翔飞面前也就没那么多拘束了，说话比较直，而罗翔飞也不再只把冯啸辰当成一个下属或者晚辈，而是看成了一个可以讨论复杂问题的同事，他端起水杯喝了一口水，说道："你刚才说的道理是对的，咱们既然是大会战，就应当动员一切可以动员的力量，社队企业也是我们的企业，如果有能力，我们是应当吸收他们参加的。但是，社队企业毕竟实力太弱，而且从领导的能力以及觉悟来说，也是参差不齐。这个阮福根可能算是一个觉悟比较高的同志，但我们也不能排除存在一些觉悟不够高的企业领导，如果到时候他们不能按时完成任务，甚至把咱们前期预付的款项侵吞了，该如何处理呢？"

"我们可以加强监管啊。"冯啸辰道，"质量和进度方面，我们可以增加检查的力度，如果发现存在违约的苗头，就进行及时的干预，甚至是提前中断协议。至于资金的风险，就更容易了，由咱们下拨的预付款，必须专款专用，由银行帮助管理，毕竟银行是可以信任的吧？"

"嗯，这方面，你们综合处是不是可以拿出一个细则来？一会我把谢皓亚找来，让他牵头来写。"罗翔飞道。谢皓亚是综合处的处长，分配给综合处的事情，肯定是要由谢皓亚来牵头的。

"没有问题，我一定配合老谢把这事办好。"冯啸辰应道。

罗翔飞感叹道："说真的，对于阮福根的这种勇气，我也是很佩服的。我考虑过了，如果不是因为他个人的原因，而是一些客观原因，未来如果出现一些轻微的违约或者其他情况，我们还是应当给予一定的照顾，总不能真的让他倾家荡产吧？"

"哈哈，罗主任果然是心软啊。"冯啸辰笑道。

罗翔飞道："他的这种精神是非常值得提倡的，搞建设不可能没有风险，我们不能把所有的风险都压到这种勇挑重担的企业身上，这样不利于鼓励企业为国分忧。"

冯啸辰道："罗主任，你说阮福根的精神值得提倡，你打算怎么提倡呢？"

"什么叫怎么提倡？"罗翔飞一愣，说值得提倡也就是一句官场套话而已，还需要如何落实吗？

冯啸辰道："罗主任，你有没有考虑过，咱们可以请媒体好好宣传一下阮福根的这种精神，让更多的人向他学习。"

"媒体宣传？"罗翔飞皱了皱眉头，"这样合适吗？"

冯啸辰道："怎么不合适？咱们并没有做错什么，阮福根更没有做错什么。在得知国家重点建设项目需要支持的情况下，一家社队企业勇敢地站出来承接国家交付的任务，而且喊出了'愿立军令状'的豪言壮语，这样的典型怎么能够不宣传呢？"

"这倒是一个不错的主意。"罗翔飞道，"现在各行各业都在提倡打破陈规，咱们让社队企业参与大化肥会战，也算是一种打破陈规的行为了。再加上阮福根这样一个典型，敢拿出自己所有的财产来作为抵押，发誓要把事情办好，这是很正面的一个形象啊。"

"这么说，您同意了？"冯啸辰问道。

罗翔飞道："你刚才是不是就已经想到这个主意了？否则你怎么会向阮福根要他的住址？"

冯啸辰笑道："我只是有这样的想法，没经过领导批准之前，肯定不敢擅自做主的。另外，如果真的要宣传阮福根的事迹，恐怕也需要罗主任你亲自去安排吧，我人微言轻，记者不见得买我的账呢。"

罗翔飞答应道："这事我来安排吧。事先我还得和张主任通个气，听听他的意见。如果张主任没有意见，记者那边，我倒是有一些比较熟悉的，可以打个招呼。不过，如果联系上了记者，具体到采访的时候，你还是跟一下，省得阮福根说一些不太合适的话，搞得影响不好。"

"我明白，您就放心吧。"冯啸辰应道。

罗翔飞道："我想过了，报道一下阮福根的事迹，也能刺激一下程元定、邓宗白他们，让他们有一些危机感，不要觉得我们离开了他们就不行。如果他们一直这样不顾全大局，一心只想着小集体利益，最终是会被历史淘汰的。"

第 二 百 五 十 五 章

"愿立军令状——农民企业家阮福根勇于担当，与国家重大装备办公室签订大化肥设备分包合同。

"大化肥设备国产化是我国实现农业现代化道路上的一只拦路虎，为了攻克这一难关，国家根据引进技术、合作制造的原则，一方面从日本引进大化肥成套设备和制造技术，另一方面积极组织国内企业进行攻关，通过分包等方式有步骤地提高设备国产化比率，以期达到实现完全国产化的目标。

"面对着技术上的差距和外方提出的巨额违约罚款，一部分国有大型企业的领导人畏缩了，不敢与国家重大装备办公室签订分包合同，用所谓'没有协议也会好好干'之类的托辞来掩饰自己不敢承担责任的怯懦。在这种情况下，阮福根厂长却响亮地喊出了'敢立军令状'的豪言壮语，声称愿意把自己多年的积蓄全部拿出来作为抵押。

"有人劝阮厂长不要这样冲动，因为分包合同的利润并不很大，甚至不如阮厂长过去做的一些小项目更赚钱。阮厂长却坚定地表示：国家的需要就是我们企业的责任，如果因为各种客观原因出现了违约，我可以从头开始，只要改革开放的好政策不变，不出几年时间，我还可以重新创出一份家业……

"好话全让这个乡巴佬给说了，我们一会畏惧、一会怯懦，全成了给他垫背的了！"

在厂长们住的招待所房间里，邓宗白把一张《工人日报》狠狠地甩在床上，气呼呼地对着一屋子的同僚骂道。

"重装办急眼了，弄出这么一个假典型来，就是存心要恶心咱们呢。"

程元定坐在沙发上，吸着烟，阴沉着脸说道。

"是啊，这篇文章虽然没有点名，可谁看不出来，这就是冲着咱们来的。人家一个农民企业家都是'勇于担当'，我们这些国有大型企业成了什么了？"邓宗白道。

"老马，这个阮福根不就是那天跑来给咱们敬烟的那个农村小老板吗？你认识他的，知道他是什么情况吗？"湖西石化机厂的副厂长时永锦向海东化工设备厂的马伟祥问道。

马伟祥恨恨道："我哪认识那个暴发户，他是我们厂技术处长董岩的亲戚，那天不是还抢着帮咱们付账了吗？没想到是憋着在咱们背后捅刀呢。"

"罗翔飞是怎么找到他的？"程元定问道。

马伟祥道："我估摸着，是我们那个董岩向阮福根漏了口风，阮福根自己找上门去了。罗翔飞正拿咱们没辙呢，这不，瞌睡等来了枕头，他哪有不做文章的道理。这个什么军令状，还有什么从头做起，估计都是罗翔飞编出来的故事，这些小老板哪有这样的觉悟。这样吧，我把董岩找过来问问，看看到底是怎么回事。"

厂长们扎堆聊天，董岩是没资格参加的，只能待在自己屋子里看书。听到马伟祥叫他，他怯生生地来到厂长们的房间，一进门就感觉到了一阵凛冽的杀气。

"董岩，你那个阮福根到底是怎么回事？他要去向重装办邀功，凭什么踩着我们的肩膀上去？"马伟祥没好气地斥责道。

董岩在马伟祥那里一向是有点位置的，因为他的技术好，工作也踏实，又不爱多管闲事，属于马伟祥用得很顺手的中层干部。可阮福根这件事，可把马伟祥给气着了，捎带着也就对董岩有了一些怨气。

那天吃饭的时候，厂长们拒绝阮福根与他们同桌用餐，结果董岩便离席陪着阮福根吃饭去了，二人还聊了挺长时间。马伟祥猜测，阮福根就是在那个时候知道重装办招标的事情的，于是跑上门去"截胡"，把他们这些国营大厂都给涮了。虽然这件事主要涉及的是阮福根和罗翔飞，但董岩的多嘴多舌毫无疑问是一根导火索。

早在那天阮福根从重装办出来之后，董岩就已经知道了这件事情，心中不禁叫苦不迭。他倒没有料到罗翔飞会做得如此强势，居然把事情捅到了报纸上，还指着这群国企厂长的鼻子说什么畏缩、怯懦。他只是觉得，一旦这件事被马伟祥知道，肯定是要狠狠剋他一顿的。

那天，阮福根专门跑到招待所，把董岩叫出去，除了满脸兴奋地告诉他自己已经和重装办达成了初步协议之外，还提出了一个要求，让董岩届时帮他把把关，看看可以接哪些业务。此外，他又表示未来等拿到分包业务之后，要请董岩去厂子里进行技术指导，毕竟董岩是海东化工设备厂的技术处长，比会安化机厂的那些技术人员水平高得多了。

董岩性格上多少有些懦弱，遇到这种事情都不知道该如何回绝才好。他既不便拒绝阮福根的要求，又怕马伟祥会不高兴，一时间便纠结了起来，结果，阮福根误以为董岩是在拿腔作调，当即表示，自己不会让董岩白干，未来他去厂里指导技术，一天起码给 100 块钱的劳务费，等事成之后还有加倍的酬劳。

董岩打发走阮福根，脑子昏沉沉地回到招待所，这几天一直都没缓过劲来。这其中，担心马伟祥不高兴的成分只占着很小的一部分，他想得更多的是阮福根向他许下的酬金。

一天 100 块！

大化肥设备的建设周期是两到三年，分包任务最起码也要干上一年以上。以会安化机厂以及全福机械厂的技术实力，即使是分包一些难度最小的业务，也必然需要有董岩这样的技术专家经常去提供指导。

就算每个月去两天，一年下来就是 24 天，那就是足足 2400 块钱啊！

如果一个月不止两天，而是 4 天呢？

天啊，这得是多少钱啊！

董岩每次回老家的时候，都能听到家里人说阮福根赚了大钱，董岩心中羡慕之余，也曾无数次的幻想过能够从阮福根那里得点外快，改善一下自己的生活。他万万没有想到，幸福居然来得这么突然，只是因为自己向阮福根泄漏了一点口风，就能换来如此大的回报。

作为一名国营大厂的技术处长，董岩的工资也算是挺高的了，可人的欲望是无穷的，改革以来，市场放开了，各种好东西层出不穷，相比之下，自己那点死工资够干什么用的？

厂里早就有些技术人员和工人在外面捞外快了，董岩也有这份心，却始终找不到机会。现在好了，机会就在眼前！

彩电！双开门的冰箱！双筒洗衣机！自家老婆唠叨了多少回的那些时尚家电，很快就将不再是梦想了！

就在他想入非非之际，马伟祥让人把他从房间叫到了这里，并把一张刊载了阮福根事迹的报纸杵到了他的面前。

"你看看，你那个什么老乡都干了什么好事！"马伟祥怒气冲冲地说道。

董岩接过报纸，看了几行，脸就白了。老叔啊老叔，你去接业务也就罢了，还说什么"愿立军令状"的话，这不是把马伟祥他们都给逼到墙角去了吗？他心里也明白，其实阮福根是否真的说了这话并不重要，即使阮福根没有这样说，罗翔飞也会让记者这样写，目的就是为了给马伟祥他们这些人上眼药。可这样一来，马伟祥肯定是要恨上了阮福根，而他董岩自然也就要受这无妄之灾了。

"马厂长，这件事……我真的不知情啊。"董岩结结巴巴地说道。

"重装办招标的事情，不是你告诉他的？"马伟祥问道。

董岩道："我没跟他说太多……当时他问我为什么来京城，我就说有这么一桩事，剩下的都是他自己问出来的。"

"你现在去跟他说，叫他自己到重装办去，把这件事推掉。你如果办不成，回了海东，你就不用去技术处上班了，直接去劳动服务公司吧。"马伟祥霸道地说道。

"这……"董岩都快哭出来了，自己好端端的一个技术处长，到劳动服务公司去上班算个什么事啊？那可是厂子里安置待业青年的地方，每天就是打扫打扫厂区的卫生，夏天卖卖冰棍之类的。

"马厂长，阮福根的事情，都是他自己决定的，我哪说得动他啊。"董岩用哀求的语气说道。

"算了，老马，你也别逼董处长了。"邓宗白发话了，他看出马伟祥是在大家面前有点下不来台，拿董岩当了个出气筒。他对董岩说道，"董处长，你还是先回房间去吧，这件事，也不能怪你。"

"谢谢邓厂长。马厂长，你看……"董岩看着马伟祥，请示道。

马伟祥向他挥了挥手，董岩像是蒙了大赦一般，赶紧溜了。看到董岩离开，邓宗白对马伟祥说道："老马，这件事情，现在怪谁也没用了，咱们还是商量商量看，该怎么处理才好。"

"还能怎么样？继续扛呗。"马伟祥赌气地说道。

时永锦道："恐怕不好扛了。有了阮福根这样一个典型做对照，咱们就显得太突出了。万一经委和化工部那边对这件事重视起来，咱们就不太好说话了。"

"依我看，罗翔飞绝对不会放过这个机会的，他肯定还要再做文章。"程元定说道。

第 二 百 五 十 六 章

程元定猜得没错。《工人日报》在报道了阮福根事迹的第二天，紧接着便刊登了一篇评论，题目叫《论"愿立军令状"的企业家精神》。作者在开篇声称自己是看了前一天的报道，有感而发、不吐不快，随后，便开始长篇累牍地讨论什么叫作勇于担当的企业家精神，以及建设四个现代化需要什么样的精神等等。文中还特别提到了前一篇报道中写过的"少数国有企业领导人"，批评他们缺乏责任意识、大局意识、创新意识、迎难而上的意识等等，难以成为国之栋梁。总之就是把前一篇报道中遮遮掩掩不好意思说出来的东西，在此全都挑破了。

文章的署名是国家社科院一位颇有名气的经济学家，但程元定他们用脚后跟去思考也能够猜出，这肯定是重装办授意写的，甚至有可能是重装办让人先写好了，再请这位经济学家署名背书。毕竟有关阮福根的报道是头一天才刚刚刊登出来的，一夜之间就有了评论稿，真以为经济学家都是闲得没事干的人吗？

这还没完。到第三天，报纸索性辟出了一个整版，讨论有关现代化建设中企业家责任的问题，参与讨论的有经济学家、部委官员、企业领导甚至普通百姓。普通百姓的意见是以所谓"读者来信"的形式表现出来的，打头便是一句："我是一名有着 30 年工龄的老工人，看过……之后，感慨万千，不吐不快……"

程元定差点把一口老血给不吐不快出来了。都是照着领导意图写的稿子，像是多么有正义感似的，有这么欺负人的吗？

"罗翔飞这是打算干什么呢？凭这样几篇文章，就想让咱们就范？"

"我看啊，他就是在隔空喊话，等着我们回答呢。"

"老子就不理，他能怎么样？反正来京城也这么多天了，厂子里还一堆事情呢，我明天就回去，让他唱独角戏去！"

"呵呵，你以为你真的能够一走了之？"

"他还能怎么样？"

"报纸上连发了三天文章，是个领导就能看出味道来，咱们如果不吭声，上头会怎么想？"

"操，这不是要逼良为娼吗？"

"……"

厂长们叫骂了一番，声音却是越来越小了。谁都知道，报纸是有关部门的喉舌，不会随便说话的。既然报纸这样说了，就表明有关部门对此事非常重视，领导很生气，后果很严重。在这种情况下，你装聋作哑是混不过去的，因为领导的上面还有更大的领导，这些更大的领导也会看到报纸上的内容，必然会表示关心。你如果不作出一点反应，就是给你的领导添堵，结果是可想而知的。

"他妈的，看来咱们也只能捏着鼻子认了。"

有人怯怯地开了头，说出了大家都在想却不好意思说出来的话。

"是啊，没办法，谁让人家官大呢！"

"官大一级压死人啊！"

"我看纯粹是瞎指挥，咱们要不就先去跟重装办把协议签了，回头等着看他们的笑话就好了。"

"哼，那个什么敢立军令状的暴发户，我看迟早要出事，到最后还得咱们这些骨干企业给他擦屁股。你信不信，重装办肯定要求到咱们头上来的。"

"我才不理他呢，签完协议，我就照着协议做，协议之外的事情，我一概不接，不是说什么商品经济意识吗，老子就给他来个正宗的。"

大家纷纷发着牢骚，同时期盼着阮福根之类的乡镇企业出点问题，以便让他们出口恶气。不过，牢骚发完，大家也就没啥好说了，只能一个一个地前往重装办，去接受分配给他们的任务，同时签下用他们私底下的话说叫作"丧权辱国"的责任书。

"罗主任，我们可是积极响应国家号召的，一点折扣都没打。到时候有出国学习的机会，你可不能厚此薄彼啊。"

"老罗，我也就是看在你的面子上，要不我们宁可不接这桩业务。我可是把乌纱帽都押在你这里了，你可别让老哥我坐蜡啊。"

"谢处长，我怎么听说你们那个先进典型，叫什么阮福根的，只接了点二类容器的任务，到我们这里怎么就成了三类容器了？怎么，他再敢立军令状，也不敢接三类容器吧？"

不同的人说着不同的话，有的是找个说法给自己遮羞的，有的则是在妥协的同时叫叫板。罗翔飞吩咐自己的手下，对待这些前来签约的企业，一概要笑脸相迎、骂不还口。只要他们肯改变初衷，让他们赚点口舌上的便宜又有何妨呢？

当然，这其中也有一些是此前被程元定、邓宗白他们裹挟进去的人，这些人的本意并不想与重装办为难，他们觉得做事情之前签个保证协议也是天经地义的事情，并不值得恼怒。在此前，因为厂长们要抱团取暖，这些人也不合适去当出头鸟。现在大家都怂了，他们也就没有心理负担了，一个个在签完协议之后还要到罗翔飞那里去坐坐，解释一下自己此前的不坚定。

除了这些骨干企业之外，全国各地的不少中小型化工设备企业也闻风而动了。阮福根的事迹还是挺有号召力的，一些苦于自己的企业缺乏发展机会的厂长、经理们，在看过这篇报道之后，都意识到这可能是一个刷声望的好机会，因此也纷纷来到京城，前往重装办了解具体的事项，询问是否能够给他们分得一杯羹。

罗翔飞把任务交给了综合处，谢皓亚带着冯啸辰、冷飞云两个副处长及一干工作人员，每天忙着应付方方面面的咨询，有时候还要帮着那些来咨询的企业探讨具体的分包任务。十几天下来，一个个都熬出了满嘴的燎泡，周梦诗等人天天嚷嚷着要把罗汉果、胖大海之类纳入部门办公用品的范畴。

"唉，总算是结束了。"

把最后一个热交换器的制造任务也分包出去之后，冯啸辰来到了罗翔飞的办公室。一进门就往沙发上一倒，半是抱怨、半是炫耀地向罗翔飞说道。

"你们辛苦了。"罗翔飞亲自给冯啸辰倒了一杯茶，端到他面前的茶几上。

冯啸辰见状赶紧坐直身子，用双手去接茶杯，同时笑着说道："不辛苦，为人民服务嘛，都是应该的。"

"这一次的事情，你是首功。"罗翔飞在对面的椅子上坐下，对冯啸辰说道。

冯啸辰道："罗主任言重了，这一段时间的工作都是谢处长在指挥，他才是首功呢。"

罗翔飞道："你的功劳在于发现了阮福根这样一个典型的作用，如果不是他这条鲶鱼搅动了整个水池子，程元定他们那些人不会这么快就妥协的。我还一直发愁找不到一个好办法来说服他们呢。"

"说到底，还是需要竞争啊。"冯啸辰认真地说道，"阮福根的作用，就是让程元定他们感觉到了威胁。不过，到目前为止，阮福根对这些骨干企业的威胁还仅仅限于道义的层面，在实质上他是无法与这些大企业相抗衡的。我们下一步就是应当把这些有进取心的企业扶持起来，让他们扩大规模，直至能够威胁到这些骨干企业的生存，这才能让程元定他们真正地感觉到疼，从而自觉地接受市场规律的要求。"

罗翔飞道："中央已经有这样的精神，要鼓励一部分社队企业甚至是个人企业发展起来。像阮福根这样的企业家，仅仅经营一家小型机械厂太屈才了，至少应当给他一个中型企业，我相信他是一定能够管好的。不过，小冯，你也要注意一下，阮福根这个典型我们已经树起来，如果未来他做得不好，甚至出现严重的质量问题，或者交货延期，那么影响就太恶劣了。我想，程元定这些人，肯定是等着看我们的笑话的。这件事我也不便直接让谢皓亚去关注，你是最早接触阮福根的人，所以，这个任务还是交到你头上为好。"

"哈哈，罗主任这是打算树一个假典型出来吗？"冯啸辰半开玩笑地问道。

政府里做事，一向是非常在乎面子的。如果自己树的典型最终掉了链子，政府的脸面就没地方搁了。所以，许多部门在推出典型之后，都会采取一些特殊关注的办法，让这些典型能够做得比别人更好，从而长久地保持典型的形象。罗翔飞刚才对冯啸辰交代的事情，不外乎也是如此。

听到冯啸辰的揶揄，罗翔飞争辩道："怎么会是假典型呢？阮福根的情况，你不是已经向人打听过了吗？他是一个能干的企业家，我只是担心他的技术实力有问题，无法按时保质地完成分包的任务。在允许的情况下，你可以帮他一把，不一定是用重装办的力量，用上你自己的力量也是可以的嘛。"

第 二 百 五 十 七 章

罗翔飞的意思，冯啸辰是明白的。阮福根是重装办推出来的一个典型，罗翔飞肯定不能让他出什么岔子，否则不仅仅是程元定这些人说风凉话的问题，还会有一些别有用心的人拿来向重装办发难，届时罗翔飞以及重装办都会变得非常被动。

但要给阮福根提供帮助，又不能做得太明显，因为这样同样会招来非议，说罗翔飞在扶持假典型。罗翔飞交代冯啸辰的，就是让冯啸辰以他自己的身份去帮阮福根解决一些困难，这样别人就无话可说了。

对于冯啸辰的能量，罗翔飞是非常有信心的，一个能够令冷水铁矿、平河电厂这样的大单位都折服的人，帮一个地方上的小企业解决一些实际困难，还不是手到擒来的事情吗？

"我在海东省也有一些熟人，到时候我会交代他们帮着关注一下全福机械厂的情况。如果阮福根真的遇到什么麻烦事，我再想办法给他解决吧。"冯啸辰没有再和罗翔飞开玩笑，而是郑重地作出了承诺。

听到冯啸辰这样说，罗翔飞倒有些过意不去了。他叹了口气，说道："唉，小冯，照理说，这样的事情也不该让你去办的，实在是现在的风气就是如此，做事的人不如挑刺的人。咱们如果不把阮福根推出来，就没法打破这个僵局。可真的把他推出来了，我心里又不踏实，你说，他这样一个小企业，能保证质量吗？"

冯啸辰笑道："罗主任，你这个问题已经问过很多次了，再这样下去，你都快变成祥林嫂了。阮福根的全福机械厂能不能按时保质完成任务，我不敢打包票，不过，未来中国的装备制造工业，肯定是需要有类似于全福机械厂这样的民营企业来加盟。我们不能因为担心一家企业不行，就放弃这个梯队，我们应当有敢于冒风险的精神。"

"你说得对！"罗翔飞点了点头，说道，"我也想通了，大不了就是阮福根有负我们的期望，没有能够完成任务。我们个人的尴尬算不了什么，能够扶持起一批有进取心的民间企业，是功在千秋的事情。"

"对啰，您能这样想，就不会有心理压力了。我们本来就是在做一项前无古人的事情，哪有什么事都一帆风顺的？"冯啸辰道。

罗翔飞笑道："这本来应当是我对你说的话吧，怎么反过来让你对我说了？也罢，在这件事情上，我的确不如你看得长远，你是我的老师，我愿意虚心求教。"

"罗主任这是打算轰我走呢……"冯啸辰装出惶恐的样子说道。

两个人哈哈笑了一通，罗翔飞回到自己的座位上去，对冯啸辰说道："大化肥的事情，就先这样告一段落吧，下一步就看各家企业的表现了，我会让徐晓娟他们继续跟进的。现在有另外一件麻烦事，我想来想去，恐怕还是得让你去协调，就是不知道你愿不愿意接受。"

冯啸辰假装惊讶道："不会吧，罗主任，我今天才知道原来重装办的工作还是可以讨价还价的，如果我不愿意接受，你就不布置给我了是不是？"

罗翔飞道："这不是讨价还价的问题，只是觉得你前一段时间太辛苦了，我有些不太忍心马上再给你安排工作。这件事本来是冷飞云在盯着的，不过他不太懂技术，做事有些难度，而这件事又比较麻烦，所以我才考虑让你来接手。"

冯啸辰道："罗主任，你就别跟我客气了。你这一客气，弄得好像我在重装办有多特殊似的。你说这是冷飞云在盯着的事，莫非是电动轮自卸车的事情？"

"正是。"罗翔飞道。

"这件事不是已经谈妥了吗？"冯啸辰道，"上次美国海丁斯菲尔德公司的人也已经过来了，和罗丘冶金机械厂签署了技术转让合同，与罗冶合作制造 20 辆 150 吨级的自卸车。据我所知，罗冶那边的王伟龙处长、陈邦鹏总工已经到美国去学习了三个月，一切不是都很顺利吗？"

罗冶的事情，冯啸辰了解得还是比较多的。为了罗冶自主开发的 120 吨电动轮自卸车工业试验的事情，冯啸辰去了两趟冷水铁矿，帮冷水铁矿解决了待业青年安置的问题，换来了冷水铁矿答应接受自卸车的工业试验。

工业试验的结果令人满意，120 吨电动轮自卸车通过了机械部、冶金部的联合认证，设计定型了。然而，这款车从一开始就存在着先天不足，在它立项的时候，国门还没有彻底打开，因此它的定位仅仅是填补国内空白，设计要求与国际先进水平还有着很大的差距。尤其是在材料和工艺方面，存在着大量短板，这一点无论是机械部还是罗冶自己，都心知肚明。

改革开放以来，中国与西方发达国家的关系迅速回暖，获得了从西方引进技术的机会。按照重装办的统一规划，国家采取"市场换技术"的原则，与美国自卸车制造巨头海菲公司签订了协议，规定从海菲公司进口 40 辆达到国际七十年代中后期水平的 150 吨电动轮自卸车，其中 20 辆为原装进口，另外 20 辆则由罗冶牵头的一组中国企业与海菲公司联合制造，海菲公司需要将相关技术转让给罗冶，同时向罗冶发放仿造 40 辆自卸车的制造许可证。

如果一切顺利，罗冶将通过前面 20 辆车的合作制造，掌握电动轮自卸车的核心技术。随后，利用这些技术自主完成后续 40 辆自卸车的制造。在完成这些工作之后，罗冶应当具备了独立开发具有自主知识产权自卸车的能力，从而摆脱对海菲公司的依赖，形成自己的研发和制造能力。

在这场谈判的过程中，罗冶此前完成的 120 吨自卸车成为中方的一个重要砝码。在参观过罗冶 120 吨自卸车之后，海菲公司的技术人员承认，中国在电动轮自卸车方面的技术经验已经有了很深厚的积累，海菲公司试图对中国进行技术封锁已经没有什么必要了，还不如趁着中国还没有赶上来的时候，用并不特别领先的技术换取一个足够大的订单。

八十年代初，整个西方世界都笼罩在经济危机的阴影之下，固定资产投资规模大幅度缩减，许多重大装备制造商都面临着开工不足的问题。中国在这个时候提出"市场换技术"的策略，迫使许多正在破产边缘的西方企业不得不答应让渡出一部分技术，以换取进入中国市场的入场券。

冯啸辰在此前促成的轧钢设备技术引进、大化肥技术引进等，都是借助于这样的策略。电动轮自卸车技术的引进谈判，是由机械部、罗冶以及重装办的冷飞云等人完成的。除此之外，还有其他几项重大装备也获得了引进机会的技术。这些技术引进的交换条件各不相同，但总体来看，中国在交易中并没有吃太大的亏。

参与电动轮自卸车技术引进谈判的人员之中，王伟龙和冷飞云二人都是冯啸辰的好朋友，尤其是王伟龙，与冯啸辰之间是有过经济往来的，关系更是不同寻常。从他们俩口中，冯啸辰知道这项谈判比较顺利。已经结束借调返回罗冶的王伟龙还带着一干技术人员到美国去学习了三个月时间，带回来许多先进的设计理念和一些具体的设计方法。

如今，第一批5辆合作制造的自卸车已经在罗冶放料建造，进展情况也很不错，那么罗翔飞说比较麻烦是指什么呢？

"首批装备的用户单位还没有落实，现在的生产工作缺乏支撑。"罗翔飞把问题向冯啸辰挑破了。

国产装备面临的最大问题，就是找不到愿意接收的用户单位。在前些年，国家计划部门的权力很大，可以指定一些单位接受国产设备，这些单位虽然颇有怨言，但也不得不做。这几年，国家的经济管理体制有所放开，从中央到地方，都在谈扩大自主权的问题，用户单位也就有了理由拒绝接受国产装备，转而强烈要求使用进口原装的装备。

如前一阶段大化肥引进的时候，滨海省就是希望采用全套原装设备，只是在冯啸辰的运作下，才不得不同意接受一部分国内与日方联合生产的装备。

电动轮自卸车的情况与此类似，罗冶已经轰轰烈烈地开始造车了，可用户还没有确定下来。国内目前需要使用电动轮自卸车的矿区并不多，包括冷水铁矿、湖西省红河渡铜矿、洛水省石峰铝矿等等，不过是七八处而已。冷飞云打着重装办的旗号，与这些矿山联系了一圈，得到的答复都是拒绝，这个问题便提交到罗翔飞手上来了。

"这好像是一个老问题吧?"冯啸辰问道。当初各处矿山都不愿意接受罗冶的自卸车工业试验，情况也是如此。一个工业试验尚且如此，更何况是真正的设备购置呢?

这一次，国家与海菲公司签的协议是购买 20 辆原装自卸车，再合作制造另外 20 辆。各家矿山听到消息，都希望能够得到那些原装车，拒绝接受合作制造的车，这样闹闹腾腾，已经有好几个月的时间了。

第 二 百 五 十 八 章

"您让我来接手，不会是又打上了冷水铁矿的主意吧？"冯啸辰问道。

罗翔飞摇摇头道："冷水铁矿那边基本上已经谈妥了，他们接收3台合作制造的自卸车，另外再加上5台进口自卸车。老潘愿意接收3台国产车，还是看在你的面子上呢，你帮他们解决了那么多难题，他欠着你的人情，所以我一张嘴，他就答应了，还专门说是冲着你才答应的。"

"呃……潘矿长这是要陷我于不忠不义啊。"冯啸辰假装郁闷地说道。罗翔飞是重装办的领导，潘才山却说自己是看着冯啸辰的面子才接收这3台车，岂不是说他冯啸辰的面子比罗翔飞还要大？换成一个心胸狭窄一点的领导，冯啸辰这会恐怕早就穿上小鞋了。不过，潘才山也是知道罗翔飞的为人，同时还知道冯啸辰是罗翔飞的心腹，才会这样说话，他知道罗翔飞是能够听得懂这话里的意思的。

罗翔飞自然也没有介意，否则他就不会转述给冯啸辰听了。他说完这事之后，转回了正题，说道："冷水矿接受了罗冶120吨自卸车的工业试验，已经做了不少工作，这一次分配自卸车的时候，我就不合适太强求他们了，不能总是让老实人吃亏。我的考虑是，应当让红河渡铜矿多接收一些国产自卸车。他们现在生产任务重，向冶金部已经打了好多次报告，要求购买自卸车。冶金部答应给他们10台车的指标，我准备给他们3台进口车，7台国产车，这样罗冶第一期的生产任务就有了支撑平台。"

冯啸辰咂舌道："红河渡恐怕不会接受这个安排吧？尤其是如果他们知道冷水矿这边拿到了5台进口车，肯定要闹腾的。"

"可不是吗？所以我就找你来对付他们了。"罗翔飞呵呵笑道，"拿出你当初对付冷水矿的办法，到红河渡再来一次，争取让他们心情愉快地接受重装办的安排。老实说，这件事交给其他人，我都没什么信心呢。"

"这个的确有些难度。"冯啸辰皱着眉头说道，"像冷水矿那样好的机会，不是任何时候都有的。需要给我一些时间，以便我了解一下红河渡的情况。"

罗翔飞道："时不我待，你可以有几天时间去了解，但务必要抓紧了。罗冶那边的首批自卸车已经进入了装配阶段，装配完毕后，经过试车就可以发往矿山了。如果红河渡那边坚决不接受这批国产车，我们就会面临很大的麻烦，而且会影响到后续第二批车辆的制造。"

"我明白了。"冯啸辰说道。

接受了任务之后，冯啸辰首先去找了冷飞云，向他了解有关的情况，算是做一个交接了。前一阶段，冯啸辰负责协调冶金设备和化肥设备，冷飞云则被安排协调矿山机械的研制工作，电动轮自卸车就是由他负责的。

冯啸辰与冷飞云聊天的地点，选在了重装办附近的一家名叫惠明餐厅的小饭馆，这里差不多已经成为冯啸辰的定点食堂之一了。这一年多来，国家的政策一天天放开，京城的私人小饭馆逐渐增加，经营规模也在日益扩大。冯啸辰是个吃货，过去因为找不到吃饭的地方，只能委屈自己的肠胃，现在可选择的地方多了，他手里又不缺钱，所以经常在外面吃饭。

这家惠明餐厅的老板名叫齐林华，曾在某个大餐厅里当主厨，五十年代公私合营的时候，这家餐厅逐渐转成了国营餐厅，他依然在餐厅里工作，还亲自接待过一些人们耳熟能详的大人物。运动年代里，他因为家庭出身方面的问题，被扫地出门，回到街道上当了一名清洁工，日子过得颇为困窘。运动结束后，他去找过原来餐厅的领导，申请回去工作。领导们答应"研究研究"，却研究了四五年时间，始终没有个结论。眼看着家里的孩子要结婚，凭着他和老伴那点微薄的工资根本凑不齐时下年轻人要求的"48条腿"以及"三转一按加彩电"的豪华家庭配置，情急之下，他壮着胆子申请了一个个体执照，拆掉自家住房的一面墙，办起了现在这个惠明餐厅。

齐林华虽当了十几年清洁工，那一手做菜的手艺却没有忘记。以高档餐厅大厨的手艺，办一个家庭小餐馆，绝对是绰绰有余的事情。惠明餐厅的菜肴价格比其他个体餐厅要高出两三成，味道却比人家好上一倍都不止。这样的经营特点使得这家餐厅主要是面对经济上颇为宽裕的高端顾客，而冯啸辰恰好就是这样的人。

"哟，小冯来了，快来边请吧。"

看到冯啸辰与冷飞云进门，齐林华的老伴曾翠云满脸笑容地招呼着，请他们往里屋走。冯啸辰是这里的常客，说话又颇有礼貌，齐林华两口子都挺喜欢他，甚至起过把自家的闺女介绍给他的念头，当然这个念头也只是一闪而过，他们也觉得冯啸辰这样一个国家干部不见得会相中一个个体户家里的姑娘。

"曾姐，这是我同事，我们一块来喝两杯，麻烦齐师傅给拾掇两个好菜。"冯啸辰笑吟吟地对曾翠云说道。曾翠云的岁数比冯啸辰的母亲还大出 10 岁，不过冯啸辰还是喜欢称她为"曾姐"，曾翠云对此也颇为受用。

曾翠云把冯啸辰他们安顿好，给他们端上一碟瓜子花生，然后便交代老伴做菜去了。冷飞云抓一把瓜子在手里，一边嗑着瓜子，一边笑着说道："小冯，看起来你对这挺熟啊。我听说惠明餐厅的菜比别的地方贵不少，也就是你这种人才能经常来光顾。"

冯啸辰道："我不能和你们比啊，你们下班回家就有热菜热饭吃，我可是个光棍，再不想着自己找点吃的，可就真是委屈自己了。"

"你也该找个对象了吧？结婚不急，可以先谈着嘛。"冷飞云热情地说道，"我原来在机械部的一位领导家里有个姑娘，正在读大学，和你挺般配的，要不要我给你牵牵线？"

冯啸辰一脑门子汗："老冷，你就省省事吧，这种当媒婆的事情，你也想干？"

冷飞云哈哈笑道："这不是关心你吗？对了，上次你帮忙解决出国培训问题的那个女焊工，我觉得也挺不错的，人长得漂亮，而且落落大方，你没跟她发展发展？"

那次杜晓迪参加电焊工大比武，只得了 21 名，失去了参加出国培训的机会。冯啸辰到机械部去帮她争取到了名额，机械部的司长安东辉专程赶到招待所去向杜晓迪报喜，当时冷飞云便是以安东辉的司机的身份同去的，所以见过杜晓迪，也知道冯啸辰为她做了什么努力。杜晓迪人长得漂亮，很引人注意，冷飞云便一直到现在还记得她。

听冷飞云提起杜晓迪，冯啸辰更窘了，支吾着说道："呃，老冷，你怎么也这么八卦了，再这样下去，你和刘处长该有共同语言了。"

其实，冷飞云的信息未免太不灵通了，自从冯啸辰从日本回来之后，他已经收到了杜晓迪的三封来信。这也就是杜晓迪节俭惯了，心疼跨国邮件的邮资，否则一星期写一封信的话，这会也该闹得整个重装办沸沸扬扬了。刘燕萍是行政处长，信件是要经她手过的，她曾经发现了这其中的玄机，还专门拽着冯啸辰打听这些字迹娟秀的域外来信是怎么回事，冯啸辰好不容易才打马虎眼混过去了。

"老冷，今天请你出来，一是咱们俩好长时间没在一块喝过酒了，趁着大化肥的事情告一段落，咱们好好聊聊天。另一方面嘛，就是想向你了解一下罗冶电动轮自卸车的事情，罗主任把推销国产自卸车的事情交给我了，我对这事也不了解，所以需要向你好好请教请教。"冯啸辰岔开话头，向冷飞云说道。

冷飞云还真不是八卦之人，听冯啸辰谈起工作，他也就把刚才的玩笑给放下了，说道："小冯，实不相瞒，是我向罗主任建议让你接手的。老哥我实在没这个能力，揽不下这个瓷器活。你知道吗，罗冶技术处的王处长和他们那个陈总工，对你的评价是非常高啊。尤其是陈总工，说起你来简直是佩服得五体投地，几乎就是把你当成他的老师了。"

冯啸辰笑道："老冷，你这话夸张了吧？我的确和陈总工讨论过一些技术问题，不过那也应当说他是我的老师，我怎么敢当他的老师呢？这事就不提了，你还是给我介绍一下罗冶与海菲公司合作制造 150 吨自卸车的事情吧。"

第 二 百 五 十 九 章

除了冯啸辰之前已经了解的基本情况，冷飞云又继续说道："整个谈判过程，以及后来的技术引进过程，我都参与了。不得不说，罗冶的领导和干部职工都非常有志气，在谈判中不卑不亢，而且表现出非常高的技术素养。陈邦鹏总工与美方讨论引进技术细节的时候，屡屡把美方的谈判人员逼得下不来台，不得不答应向我们转让关键技术。再后来，王处长和陈总工，还有罗冶的一大批技术骨干分批到美国去接受培训，据说学习非常刻苦，带回来了大量宝贵的技术。他们原来在制造 120 吨自卸车过程中遇到的很多技术难题，目前都已经迎刃而解了。我上个月还给王处长打过电话，他说第一批 5 辆自卸车的生产工作十分顺利，估计年底前就能够交付给用户。"

"依你看，他们生产的自卸车，质量情况怎么样？"冯啸辰又问道。他与王伟龙一直都有联系，从王伟龙那里也听到过一些消息，只是他并不敢完全相信王伟龙的一面之词，还需要再向冷飞云确认一下。他要说服红河渡铜矿接受罗冶的自卸车，前提是自卸车的质量要过关，如果国产自卸车三天两头出故障抛锚，他也没脸去推销了。

冷飞云苦笑道："小冯，你是知道的，我是当兵的出身，技术这方面和你比差得很远。凭我几次到罗冶去看的感觉，新的 150 吨自卸车质量明显比咱们自己设计的 120 吨自卸车要好得多，至少什么液压件密封度啊、齿轮配合度啊，我觉得都有很大的改善。至于说更深入的技术细节，我也只能听王处长、陈总工他们给我介绍。照他们的说法，国内生产的 150 吨自卸车，质量不会比美国原装的车子差出太多。"

"那也就是说，还是有差距的。"冯啸辰抓住冷飞云话里的破绽逼问道。

冷飞云倒没打算隐瞒，他说道："当然有些差距，这一点陈总工他们也是承认的。像车斗的焊接这块，美国用的是自动焊技术，焊缝的质量非常稳定。咱们还是用的手工焊，受到焊工的技术水平、身体状况甚至情绪的影响，焊缝质量有好有坏。以陈总工的分析，车斗的技术性能不会受到太大影响，但使用寿命估计就不如进口车了。"

冯啸辰心里踏实了一点，点点头道："陈总工倒是挺坦率的嘛，他既然这样说，那估计质量还是过得去的。"

冷飞云道："我觉得他挺和善的，也没啥架子，跟我也是有啥说啥，非常不错的一个老知识分子。"

冯啸辰笑道："那恐怕是你人品好，不知道怎么打动了老爷子。我第一次见他，他可就差指着我骂街了。"

"怎么会呢？"冷飞云诧异道，"我最早见他的时候，一说是你的同事，他就变得非常热情，又是给我倒水，又是给我递烟的，弄得我都不好意思了。"

冯啸辰摆手道："这其中有些缘故，后来我们关系就好了。你说他对你热情，没准还真是因为我。这个陈总工，真是读书读得有点迂腐了，喜欢的人就非常喜欢，讨厌的人就非常讨厌，一点都不会作假。"

"是啊，所以我才会相信他所说的一切。"冷飞云说道。

聊完罗冶这边的情况，冯啸辰又问起了几家大型露天矿的情况。冷飞云在这些矿区都跑过，也有一些了解，便根据自己了解的情况，向冯啸辰介绍了一遍，尤其重点介绍了这次冯啸辰要攻克的红河渡铜矿。

据冷飞云说，红河渡铜矿目前在国家的地位非常高，其生产出来的铜矿石，进行简单的选矿处理后，全部出口日本，用于换取外汇。因为换汇金额很高，各级部门对他们都给予了特别的重视。这一次他们要求采购10台电动轮自卸车，便得到了冶金部和国家经委的批准，其他矿山是很难得到这样大的支持的。

"罗主任打算只给他们3辆原装进口车，另外7辆都是罗冶组装的，估计他们该急眼了。"冯啸辰分析道。

冷飞云道:"的确已经急眼了。红河渡矿务局的局长叫邹秉政,是个60多岁的老干部,说话嗓门响亮,性如烈火。上次我向他透露了罗主任的安排,他当即就拍桌子了,说绝对不会接受这个安排,惹急了,他要到中央去告状,说我们重装办破坏他们的生产活动。"

"嗬,帽子够大的。"冯啸辰道,"罗冶生产的自卸车难道就不能用吗?不给他们原装进口的车,就是破坏生产活动,这是哪门子道理。"

"唉,谁让人家能够出口创汇呢?"冷飞云叹道,"我当时也不好跟他争辩,后来我回到省里,和湖西省经委的同志聊了聊,他们说邹局长是老资格了,在中央还真有一些关系,如果闹起来,省里也扛不住。"

"所以你就让罗主任派我去当这个恶人?"冯啸辰笑着对冷飞云抱怨道。

冷飞云带着歉意地笑道:"实在是没办法了。我不懂技术,也没法向他解释罗冶的情况,再说他也不给我这个机会。整个重装办里,谁不知道你小冯足智多谋,冷水矿的潘矿长,那也是出了名的刺头,不也被你驯服了吗?这个邹局长厉害归厉害,没准在你小冯面前,也得服输呢。"

冯啸辰知道冷飞云说的是实情。重装办里能人不少,但能够单挑邹秉政这种人的,估计就只是他冯啸辰了。如果连冯啸辰都拿他没有办法,恐怕重装办就只能改变初衷,另外找其他矿山安排罗冶的那几台自卸车了。

可是,要对付邹秉政,该从什么地方下手呢?

"老冷,你说邹秉政这个人,有没有什么弱点?"冯啸辰继续问道。

冷飞云坚决地摇摇头,道:"啥弱点都没有。他文化程度不高,过去是部队里的,解放湖西的时候,他被留在矿上担任军管代表,后来当了矿长。成立矿务局之后,他就成了矿务局的局长,一直干到现在。他的管理能力、工作作风,都是有目共睹的,无论是上级领导,还是普通矿工,对他都是一百个服气。最为重要的是,他为人极其正直,不搞歪门邪道,这一点人人皆知。你要想找出他的弱点,还真不容易。"

"极其正直?这算不算一种弱点呢?"冯啸辰道。

"正直怎么会是弱点?"冷飞云不屑地说道,"做人不就应该正直吗?"

冯啸辰道:"可你说的,是极其正直啊。凡事只要走上极端,就肯定是弱点了。我记得孙子兵法里说过:'故将有五危,必死可杀也,必生可虏也,忿速可侮也,廉洁可辱也,爱民可烦也。'他如果是极其正直,那么我们从这一点上入手,或许可以找出他的破绽来。"

冷飞云沉默了片刻,叹道:"小冯,你可真是一个阴谋家啊。你的想法或许有点道理,不过,对这样正派的一个老人,你可不能搞什么阴谋诡计,这会让老人伤心的。我倒是觉得,如果你能够有机会和他交流,可以劝劝他接受重装办的安排。至于其他的事情,还是慎重一点吧。"

冯啸辰笑道:"我还没想好要怎么对付他呢,你怎么就先紧张起来了?其实,光凭你这几句话,我也分析不出邹秉政有什么弱点,恐怕需要先接触一下才行。"

"是啊,该接触一下。"冷飞云说道,"你如果去红河渡,是不是需要我陪你一块去,也可以给你做个向导。"

冯啸辰道:"这倒不必了,我去红河渡,这边的工作也就放下了。综合处的工作千头万绪,光靠谢处长一个人肯定不行,你得给他当好助手。至于我嘛,我觉得还是拉协作处的老王去。我这几回和老王搭伙干活,还真是有些默契了。"

"哈哈,王根基现在言必称你小冯,也不知道你给他灌了什么迷魂汤了。你说说看,他这么傲气的一个人,就是跟你去了一趟秦重,就对你佩服得五体投地了,你到底有什么魅力,能够做到这一点?"冷飞云笑着问道。

冯啸辰也笑了起来,道:"我哪有什么魅力,只是王根基这个人本身也是性情中人,和我性格相合,所以就显得亲近了。我也是觉得他干活还有一些劲头,此去红河渡,我得让他去唱白脸,我来唱红脸,看看我们一唱一和,能不能把邹秉政给说动。"

"那我就预祝你小冯马到成功了。"冷飞云说道。

这时候,曾翠云端着托盘把菜送上来了,冯啸辰让她再拿来一扎散装

234

啤酒，分别给自己和冷飞云倒上了，然后端起杯子，说道："老冷，难得有个闲下来的时间，能够一起聊聊天。来，我先敬你这杯，祝咱们的重大装备事业蒸蒸日上。"

"对，祝咱们早日完成 11 套装备的研制任务，为国争光！"冷飞云也端起杯子，豪迈地说道。

第 二 百 六 十 章

中原省罗丘市，罗丘冶金机械厂。

冯啸辰在技术处长王伟龙、厂副总工程师陈邦鹏的陪同下，走进了罗冶的生产区。按照车间排列的顺序，他们先后参观了机加工车间、铸造车间、锻压车间、焊接车间等等。每到一处，陈邦鹏都要如献宝一般的指着满车间的新设备对冯啸辰炫耀道："冯处长，你看看，是不是鸟枪换炮了？"

罗冶的这一轮技术引进，除了获得美国海菲公司转让的设计资料、工艺资料之外，还有一个很重要的内容，就是从美、德、日、法、瑞典等国进口了一大批达到七十年代末至八十年代初最新水平的加工机械，把厂子里那些旧设备进行了全面的更换。

在更换设备的同时，车间组织也进行了大规模的调整。整个八十年代，中国工业向西方的学习是全方位的，也是全心全意的，除了极个别人之外，绝大多数的干部职工都没有任何一点敝帚自珍的念头。大家想的都是：外国的东西一定是最好的，哪怕是地上划的一条黄线，或者墙上贴的一张工序安排表，都透着"现代化"的气息，不把这些东西全须全尾地学习进来，我们怎么能够建成自己的现代化呢？

别说红河渡铜矿拒绝接受罗冶生产的自卸车，就说罗冶自己，又何尝不是把进口设备当成宝贝。谁如果要拿国产的同类设备去替代这些进口设备，估计王伟龙、陈邦鹏都得暴跳如雷了。

全面更新设备的效果，也的确已经体现出来了。罗冶先后派出了几批工人前往美国学习，又请了海菲公司的技术人员到厂里来讲课，工人的技术水平以及质量理念都有了全面的提升。表现在产品质量上，则是一种质的飞跃。这一路参观下来，陈邦鹏给冯啸辰讲了无数的例子，原来加工齿轮的精度如何，现在是如何；原来深孔镗削加工的误差多少，现在又是多少。

这些听起来枯燥乏味的指标，从陈邦鹏嘴里说出来，简直就像是在谈论一个有趣的故事。冯啸辰是懂行的人，一听就能明白这其中的差别，也深深地为罗冶的进步感到高兴。与此同时，他也能体会到冷飞云跟他说起的无奈，没有若干年的机械专业基础，要理解陈邦鹏介绍的这些内容可真是不容易。

"看起来有点现代工厂的味道了。"冯啸辰笑呵呵地回应着陈邦鹏的吹嘘，这个评价倒也不能算是恭维，而应当算是实事求是了。

陈邦鹏听到冯啸辰的夸奖，更是得意，他说道："我可不是吹牛，我老陈过去也去过国内的上百家工厂参观，比我们罗冶规模大的也有几十家。现在回想起来，有哪家工厂能够比我们更先进？不说有多少进口设备吧，就说这个车间里的整洁程度，我就敢说我们罗冶是全国最好的。"

王伟龙有点听不下去了，他和冯啸辰当过同事，私交极好，也了解冯啸辰的眼界。他知道陈邦鹏这番吹嘘在别人面前或许还有点效果，在冯啸辰面前简直就是班门弄斧了。看到陈邦鹏还有继续吹下去的意思，王伟龙赶紧半开玩笑地对他说道："老陈，你这可真是吹牛了。你说的那些，是过去的事情了吧？咱们罗冶过去是什么样子，小冯不清楚，我还能不清楚吗？到处脏兮兮的，下到车间来连个能坐的地方都找不着，只要有一个月没有上级来检查，这车间里就到处都是蜘蛛网，这些你都忘了？"

"呃呃，那不是过去的事吗？"陈邦鹏的老脸有些发烧，赶紧往回收自己的话，"王处长，我说的是现在嘛。你看，咱们和海菲公司合作，学习人家的先进技术，顺带着把人家的管理经验也学过来了。这就是咱们学习的成果，我向冯处长介绍一下，也是想请冯处长批评指正的意思嘛。"

"陈总工言重了，我就是来学习的。"冯啸辰谦虚地说道。

一行人边走边看边聊，最后来到了总装车间。一进门，冯啸辰就震惊了，这个车间几乎有一个足球场那么大，从地面到屋顶也有二十几米高，让人看着都有些眼晕。在车间的中间，顺序排开了五辆硕大无比的电动轮自卸车，每辆车的个头比冯啸辰此前在冷水矿见过的 120 吨自卸车又大了一圈。

这些自卸车的装配进度各不相同，有的已经接近完工，正在进行最后的调试和美化；有的才刚刚搭起一个架子，有工人在车上焊接着各种钢结构，焊花四射，架在车间顶上的行车吊着各种部件不断地送到车上，供安装工人进行组装作业。

"看看，这就是我们组装的第一批自卸车，电机、减速器、液压件，都是从美国进口过来的，在未来将逐渐转为国产。车架的钢材是进口的，锻造、焊接、热处理的过程则是在我们罗冶完成的。目前国内的钢材还不过关，我们拿到了海菲公司提供的钢材配方，正在协同省内的钢铁厂尝试冶炼合格的钢材，不知道什么时候能够完成。还有就是轮胎，这涉及橡胶工艺，国内和国外的差距还非常大，几年内恐怕很难实现国产化。不过这一块的技术攻关不是由我们罗冶负责的，我们想努力也使不上劲。"

陈邦鹏带着冯啸辰一直走到快要装配完毕的那台自卸车旁边，向他详细介绍着具体的技术情况。

冯啸辰缓缓地绕着车子走了一圈，不时伸手去摸一下车身，感受一下制造工艺。他不断地点着头，以示满意。与当初的 120 吨自卸车相比，引进技术生产的这台 150 吨自卸车不仅外形更为美观，而且工艺上更为成熟。焊接的部件看上去十分平整，没有出现变形的现象。螺丝帽等小零件的加工也显得精细多了，丝毫没有磕痕、毛刺等等。

"王处长，陈总工，咱们造的自卸车和从海菲公司原装进口的相比，能有多大差距？"冯啸辰问道。

王伟龙和陈邦鹏对视了一眼，最后还是王伟龙回答道："目前第一台车还没有完全装配完，具体的技术参数，需要等装配完毕之后才能拿出来。不过，以我们的经验来看，整车的制动性能、爬坡能力、转向稳定性等性能指标，至少能够达到原装车的 95％以上；油耗、噪音这些指标，可能略低于原装车，但差距不会超过 10％。大修周期方面，最多也就是

10％的差距，而且我们的备件价格远远低于美国原装进口备件，又不占用外汇，在这维修方面，我们的组装车应当是具有优势的。"

"你这些数据可靠吗？"冯啸辰追问道。

陈邦鹏点点头，道："这个问题，我们和美方的技术人员也探讨过，他们也认为我们制造的自卸车质量与海菲公司相差已经非常小了，而且我们一些关键部件仍然是使用了海菲公司提供的原装产品，这就进一步保证了我们的产品具有良好的性能。王处长刚才说的这几点，应当是能够保证的。"

冯啸辰道："你们敢把这几条写进供货合同吗？比如说，大修周期是多长时间，如果在此时间之前主要部件发生了不可修复的故障，而且责任不在用户方面，你们需要作出相应的赔偿。"

王伟龙打了个沉，说道："小冯，如果这样做，我们的压力就太大了。毕竟我们也是第一次按照国际标准生产自卸车，虽然一切都是按照海菲公司提供的规范做的，但总难免会有个别考虑欠周的地方。如果出现问题就要进行赔偿，钱多钱少倒是一个方面，我主要是担心会挫伤干部职工的积极性。"

冯啸辰微微地笑了，王伟龙最后的那句话，就属于扯虎皮做大旗了。干部职工的积极性是与经济挂钩的，自卸车生产能够赚到钱，大家能够多花资金，积极性自然就高了。但如果因为质量问题而需要作出赔偿，利润就会被冲薄，甚至有可能会出现亏损，届时大家拿不到资金，这才会伤害到积极性。

可是，如果没有这样的约束条件，冯啸辰如何去说服红河渡铜矿接受这批自卸车呢？人家也是有经济效益指标的，如果你提供的自卸车质量不行，三天两头趴窝，影响了人家的生产，人家的积极性又有谁来保护呢？

想到此，冯啸辰对王伟龙说道："老王，你是知道的，我这次出来，就是为了促成红河渡铜矿接收你们的自卸车。如果你们不敢对质量作出保证，我又有什么理由去说服他们相信你们呢？咱们之间是朋友，不代表红河渡那边也把你们当成朋友。"

"这点我清楚。"王伟龙道，"从前搞 120 吨自卸车工业试验的时候，我去过红河渡，和他们那位邹局长也打过交道，知道他的脾气。你说得对，如果我们不能作出一些承诺，邹秉政这个人估计是不会点头的。"

"你理解这一点就好。"冯啸辰道，"既然如此，那就请罗冶方面拿出一个有诚意的方案来，我带着你们的方案，去会一会这位邹局长。"

第 二 百 六 十 一 章

几个人正聊着,就见从面前的自卸车上,跳下来一位蓝眼睛、高鼻子的年轻人。他身上穿着一件卡其布的米黄色工作服,胸前印着一个 Logo,上面有 HF 的字样,是海丁斯菲尔德公司的名称缩写。他大大咧咧地走到冯啸辰他们面前,对陈邦鹏笑着用英语说道:"陈先生,你不会是又来催促我们的进度了吧?"

"这是海菲公司派来的工艺工程师科尔弗先生,技术很过硬,性格也好,是个乐天派。"王伟龙在旁边小声地向冯啸辰介绍道。

"看着挺年轻啊。"冯啸辰感慨道。他看到陈邦鹏已经走到一边,不知与科尔弗谈起了什么事情。陈邦鹏脸上的神色带着一丝谦恭,似乎是把对方当成了老师。那科尔弗也颇有一些当仁不让的意思,用手对着车辆指指点点,滔滔不绝,浑然不把眼前的这位中国总工程师当成什么前辈。

王伟龙叹息道:"是啊,岁数和老陈的孩子一样大,可技术上,连老陈都得佩服他几分。很多工艺上的问题,我们过去琢磨过很长时间都不能完美地解决,他来了,三言两语就找出问题所在了。有些解决方案听起来都挺普通的,比如预热啊、开应力槽啊,可我们原来就是摸不着门道。"

冯啸辰道:"这也不奇怪吧,这并不是他一个人的技术,而是整个美国的技术。人家毕竟是一个工业强国,积累了一两百年的经验,这种经验是会外溢到每一个技术人员身上去的。"

"啥时候咱们的年轻人也能有这样的水平啊。"王伟龙说道。

"会有那么一天的。"冯啸辰自信地应道。

两个人说到这的时候,陈邦鹏和科尔弗已经谈完了事情,陈邦鹏笑呵呵地领着科尔弗走过来,向冯啸辰说道:"冯处长,我给你介绍一下……"

"王处长已经向我介绍过了。"冯啸辰道，说罢，他转头向着科尔弗，伸出手去，用英语说道，"科尔弗先生，我是中国国家重大装备办公室的冯啸辰，非常高兴能够在这里见到你，感谢你为我们提供的帮助。"

科尔弗一时没听明白，王伟龙在旁边给他介绍了一下重装办的情况，科尔弗这才笑着伸手与冯啸辰握了一下，说道："很高兴认识你，冯先生。"

"怎么样，科尔弗先生，你在中国的生活还习惯吗？"冯啸辰照着一般的官方礼节问候道。

"非常习惯！"科尔弗脸上现出陶醉的表情，"中国的环境，尤其是空气，实在是太迷人了。完全不像美国那样，到处都是空气污染。我在这里感觉到非常舒服。"

"呃……"冯啸辰感觉有些哭笑不得。八十年代初，中国的工业规模还很小，机动车就更少，空气质量倒的确是很不错的。而此时的美国正处在向后工业时代转变的时期，空气污染问题颇为严重。科尔弗的这番话，如果放到 30 年后说，肯定会有人觉得是在反讽，而在八十年代，这就是实实在在的真心话了。

"我想，或许我们中国人更羡慕美国的污染吧。"冯啸辰半开玩笑地说道。

"不不不，冯先生，既然你是中国政府的官员，那么我要认真地规劝你们，千万不要追求工业化，美国在这方面已经走了很长的弯路了。谢天谢地，我们的国会议员们总算是知道环境保护的重要性了，制订了《国家环境政策法》和《环境质量改善法》，这几年美国的空气质量比前些年好了不少。你们可千万别走我们的老路。"

科尔弗用一种规劝的口吻说道，也许是在罗冶当专家养成的习惯，他说话的时候略微带着一些高高在上的姿态。冯啸辰倒是没和他计较这一点，他能够感觉得到，科尔弗这样说的时候并没有恶意，相反，他还是非常真诚地希望中国不要走美国的老路，这应当算是一种好意吧。

"科尔弗先生，非常感谢你的规劝，我们会努力避免环境污染的。"冯啸辰装出诚恳的样子说道，心里却多少有些不以为然。

饱汉不知饿汉饥，说的正是科尔弗这种心态了。美国是一个发达的工业国，大家关注的重点自然是在环境上。而中国作为一个经济落后的国家，发展经济才是重中之重，谁会在乎污染呢？

时过境迁之后，大家可以说什么"避免走先污染后治理的弯路"这样的话，而事实上，除了这条弯路之外，地球上何曾出现过其他的捷径？

冯啸辰也懒得与科尔弗去争论这个话题，他能够看得出来，科尔弗就是一个在优越环境中成长起来的新新人类，从来不知道啥叫艰苦奋斗，跟他解释中国的工业化进程完全就是对牛弹琴。

科尔弗却没有注意到冯啸辰的敷衍，他见冯啸辰接受了他的话，心里很是高兴，也就愈发地眉飞色舞起来："除了空气之外，最让我喜欢的，是你们中国的饮食。中国的饭菜真是太好吃了，我从来不知道食物能够有这么多种做法。亲爱的冯，你知道吗，当我吃到食堂大婶做的水煮牛肉的时候，我都哭了，你知道是为什么吗？"

"是不是太辣了？"冯啸辰笑着问道。

"当然当然，辣是一个方面，不过，我并不完全是被辣哭的。我是觉得，我一个人在这里吃这么美味的中国饭菜，而我的父母，还有我的祖父母，他们一辈子都没有吃过这么好吃的饭菜，我真是太不孝顺了！"科尔弗表情夸张地说道。

陈邦鹏、王伟龙也都是懂英语的，待到听明白后，两个人都是哑然失笑，也就是碍于科尔弗是个外国人，他们不便于瞎开玩笑，否则肯定要挪揄上几句了。

冯啸辰却知道科尔弗的话是真的，美国人的性格颇为张扬，心思也较为单纯，往往是想到什么就说什么，丝毫也不担心被别人笑话。这或许就是一种强国心态吧，他们也知道，无论他们表现得多么幼稚，都不会有人笑话他们，因为他们是来自于美国。

国家强大了，百姓才有尊严。早些年，中国人到国外去留学、考察，一举一动都要小心翼翼，到西餐馆里吃顿饭，也要看看别人是左手拿叉子还是右手拿叉子，生怕哪个地方做得不好，被人家瞧不起。

但随着中国国力的增强，民族自信也就逐渐提高了。到后世的时候，出国旅游的国人已经不再刻意讲究什么西方风俗，我乐意用哪只手拿叉哪只手拿刀，关你屁事？外国人到中国来吃饭的时候，有几个知道筷子怎么用的，我们不也没笑话他们吗？

"科尔弗先生，你难道没有想过要到美国去开一家中国餐馆吗？"冯啸辰笑着说道，"我想，这会比你现在的工作更赚钱的。"

"去美国开中国餐馆？"科尔弗一愣，随即似乎是认真地思考了一下，然后说道，"冯先生，你这个建议真是太棒了。不过，学会做这些中国菜，需要多长的时间呢？我在中国只能再待一个月的时间，现在开始学习，恐怕已经来不及了吧？"

冯啸辰道："你可以把罗冶食堂的大婶聘过去当大厨啊，为什么要自己学呢？我想，她肯定会很高兴地接受你的邀请的。"

"是这样吗？"科尔弗转头去问陈邦鹏，显然是有些动心了。

"冯处长是跟你开玩笑呢。"陈邦鹏无奈地说道，"就算她愿意跟你去美国，国家也不会放她出去的，现在出趟国多难啊。"

科尔弗有些失望，他耸耸肩膀说道："我明白了，你们肯定是担心中国厨艺被美国人学去了吧？我认为你们这种封锁技术的行为是非常不符合国际潮流的。"

"这个……恐怕不是这个意思。"王伟龙也无语了，这美国人的思维方式，和中国人真是对不上号。

好不容易把科尔弗打发走了，王伟龙转头瞪了冯啸辰一眼，说道："小冯，你就别瞎开这种玩笑了，你不知道这个科尔弗会当真的吗？"

"当真不好吗？你们食堂的大婶出国去当厨师，还能给国家挣到外汇呢。"冯啸辰笑嘻嘻地说道。

"这怎么可能！"王伟龙道，可为什么不可能，他也说不出个所以然来。

在随后的几天时间里，冯啸辰认真地考察了罗冶的生产情况，与罗冶的领导层以及工程师、普通工人都进行了交谈，对罗冶引进国外技术并消化、吸收的情况进行了评估。总体来说，这一轮技术引进的效果是非常乐观的，海菲公司在输出技术方面颇有一些诚意，派出的技术人员也非常友好，在传授技术时毫无保留，有些时候所介绍的技术甚至超出了双方协议的范畴，令中方受益匪浅。

罗冶的领导层讨论了冯啸辰提出的要求，在充分考虑自身实力的情况下，拟定了一个向红河渡铜矿提供电动轮自卸车的质量保障方案，对各项指标作出了承诺，并规定了出现质量问题后的赔偿方案。

带着罗冶的这份方案，冯啸辰启程赶赴湖西省，准备去会一会那位大家都觉得挠头的邹秉政。

第 二 百 六 十 二 章

红河渡铜矿是一个大型铜矿，位于湖西省的西部山区。从湖西省会振山市到红河渡有铁路相通，但只有两趟慢车。冯啸辰从罗丘出发之前，给红河渡矿务局的办公室打了个电话，对方告诉他，会专门安排一辆小车到振山去接他，省得他在拥挤的慢车上受煎熬。

"小冯，你可算是到了！"

冯啸辰在振山站刚走下火车，迎面就撞上了先他一步到达湖西省的王根基。王根基哈哈笑着，直接给了他一个熊抱，很是亲热的样子。

"老王，你怎么也到振山来了？不会是专门来迎接我的吧？"冯啸辰与王根基握了一下手，笑着问道。

在冯啸辰去罗冶考察的时候，王根基已经先去了红河渡铜矿。两个人原本是约好在红河渡碰面的，没承想王根基居然也跑到振山来了。

听到冯啸辰的问话，王根基脸上露出一个苦笑，他摆摆手道："唉，一言难尽，算了，这事一会再说。我先给你介绍一下，这是红矿办公室的熊主任，她才是专程来迎接你的。"

冯啸辰顺着王根基的指向转过头去，面前出现了一位体态丰满、颇有几分姿色的少妇。她脸上带着甜甜的微笑，走上前向冯啸辰伸出一只手，说道："冯处长，你好，我是红河渡矿务局办公室副主任熊小芳，是受我们邹局长的指派来接冯处长的，非常欢迎冯处长到我们红河渡来指导工作。"

"不敢不敢，我是来向大家学习的。"冯啸辰握住熊小芳那柔若无骨的手，谦虚地说道。

"冯处长，从振山到我们红河渡，开车要八个小时，今天已经太晚了，咱们还是先到办事处去住下吧。邹局长已经交代过了，让我告诉你，不要着急，在振山休息几天再说。如果冯处长和王处长想去看看我们湖西省的名胜，我也可以给你们安排一下。"熊小芳说道。

冯啸辰道："客随主便，具体怎么安排合适，由熊主任说了算。不过，参观名胜的事情就算了，我们主要是来工作的嘛。"

熊小芳笑道："哈哈哈哈，京城来的领导果然工作作风过硬，非常值得我们学习啊。不过，工作再忙，也要劳逸结合嘛。这样吧，咱们先去办事处，等到有空的时候，我再陪两位处长去逛逛我们这里的几处名胜，虽然比不上京城的故宫、长城，倒也是有一些南方特色的。"

大家在熊小芳的引导下上了红河渡矿务局的车，来到了矿务局驻振山市的办事处。办事处的规模不小，有好几幢两层的小楼，围成一个院子，院子的面积足有十几亩大小。据熊小芳介绍说，办事处除了负责矿务局领导来振山办事时候的接待工作之外，也要为红矿各个部门提供服务。有时候矿务局的运输车队路过振山，也会到办事处来休息，这个院子足够停下20辆大货车。

到了办事处，一切招待妥当之后，冯啸辰回到自己的房间，王根基跟在他身后也进了房间。关上房门之后，王根基一屁股坐在沙发上，紧接着发出了一声长叹。

"唉，小冯，你可算是来了，我可盼了你好几天了。"

王根基期期艾艾地说道，自从上次一道去秦重出差之后，王根基就把冯啸辰当成了自己在重装办里最亲密的小伙伴，甚至隐隐有把冯啸辰视为自家老大的意思。王根基的岁数比冯啸辰大了十岁，家庭背景也很硬，平日里颇有一些骄娇二气。不过在见识了冯啸辰的能耐之后，他就完全折服了，在谁面前装牛气，也不敢在冯啸辰面前装。

像王根基这种二世祖，从小到大都没经历过什么挫折，算是没长大的孩子。这种人一方面容易桀骜不驯，另一方面又特别容易对强者产生依赖感。冯啸辰在王根基面前，便是一个这样的强者，王根基遇到麻烦事情的时候，总会首先想到向冯啸辰求助。

这一次，罗翔飞派冯啸辰和王根基两个人一起去红河渡解决接收国产自卸车的事情。冯啸辰先去了罗冶，考察自卸车国产化的情况，王根基则是只身一人来到了红河渡。王根基原来的打算很美好，他觉得邹秉政是个老革命，只要他搬出一些老关系来，邹秉政不看僧面看佛面，也会答应自卸车这件事。谁承想，邹秉政这家伙油盐不进，王根基软磨硬泡了好几天，也没个效果，让他郁闷不已。

"他是什么理由呢？"

听王根基讲完在红河渡的情况，冯啸辰问道。对于这个结果，冯啸辰并不感到意外，在此前，冷飞云、王伟龙等人都已经来做过工作，罗翔飞也给邹秉政打过电话，邹秉政都没有松口。像这样一个人，王根基希望凭借显摆一下家族背景就让他屈服，实在是想得太简单了。

"什么理由，就是说国产货不可靠呗。"王根基愤愤然地说道，"他说了，国家派他到红河渡铜矿来，是让他多采矿，满足国家需要。除了国家利益之外，谁的面子他都不看。除非国家把他这个矿务局局长的职务撤了，否则他是绝对不会答应接收罗冶那批国产车的。"

"他真有这么硬气吗？"冯啸辰好奇地问道。

王根基点点头道："老头子的确是个老革命，他妈的比我家老爷子还要革命得多。我家老爷子多少还会照顾一下老关系，这个姓邹的老梆子，真是一点面子都不给。"

冯啸辰不以为然地说道："没准他只是对你的关系不感兴趣呢？你凭什么认为他对谁的面子都不在乎？难道他就没有什么私心吗？"

王根基坚定地摇摇头道："没有，这老家伙除了生产之外，六亲不认。这么说吧，你还记得你今天是坐什么车到办事处来的吗？"

"车？"冯啸辰有些诧异，他回想了一下，说道，"不就是吉普车吗？有什么特别的？"

"这还不特别？"王根基道，"你见过哪个这么大的单位办事处还用吉普车的？"

"呃……"冯啸辰有些语塞了。这两年，国家一直在搞简政放权，地方和企业的自主权不断增加，原来控制得很紧的汽车进口也放松了，许多有钱的单位趁机把老旧的国产吉普都换成了进口的小轿车。

红河渡铜矿生产的矿石，大部分都是用于出口换汇的，而铜矿的生产设备则有相当部分来自于国外。尽管这些进出口业务都是由专门的贸易公司负责的，但作为近水楼台，红河渡矿务局要想从国外进口几辆小轿车，实在是很容易的事情，随便找个什么理由也就能够办到了。

如果换成其他单位，有这样的机会，至少会把领导的座车以及办事处的接待用车换成进口车，比如林北重机的厂长冷柄国坐的就是一辆进口的皇冠车，其驻京采购站也换了一辆菲亚特，原来的国产吉普就只是给吴锡民这样的小干部用了。

冯啸辰到红河渡来联系工作，算是上级部门的领导，从矿务局专门派一名办公室副主任来迎接这一点看，也知道他们对冯啸辰还是比较尊重的，没有刻意冷落他的意思。在这种情况下，办事处派出的车子也只是吉普，就足以说明他们并没有配备进口小汽车。

"老邹自己坐的就是一辆吉普。"王根基补充道，"红河渡矿务局的那几幢办公楼，还是苏联人在的时候建的，现在都已经破破烂烂了，可老邹就是不同意翻建，连修缮一下都不肯。他说了，国家的钱一分一毫也不能浪费，用于改善职工生活的钱可以花，但用于领导享受方面，多花一分钱都是对人民的犯罪。"

"这真是他说的！"冯啸辰瞠目结舌。这种话，哪个领导也会说几句的，但说归说，该改善一下办公环境的时候，这些领导都会选择睁一只眼、闭一只眼。照王根基的叙述，这个邹秉政可不是简单说说而已，他是真的做到了两袖清风。

"既然是这样，熊小芳还说要安排我们去参观名胜？"

王根基撇着嘴道："这都是老邹的心眼。今天幸好你没答应，如果你答应了，熊小芳带着咱们俩去那几个地方转一圈，回头老邹就敢把这事捅到经委去，说我们吃拿卡要，让经委把咱们俩给弄回去。"

"至于有这么大的仇吗？"冯啸辰咧着嘴道。中央的干部到下面的企业去调研，接受一点吃喝宴请啥的，实在是太正常不过了。这种事大家都清楚，却是绝对不能拿出来公开说的。自己与邹秉政也是无冤无仇，他至于这样下黑手吗？

王根基也知道自己说得太夸张了，他解释道："对咱们俩怎么样，我不敢说。不过，我在红河渡听人说了，过去曾经有部委的官员到红河渡来，提了一些分外的要求，老邹就真的把他们给告了，弄得几个干部灰溜溜的。"

"看来，对这位老先生，咱们还真得多个心眼啊。"冯啸辰心有余悸地说道。

第 二 百 六 十 三 章

前一世的冯啸辰，干的就是协调关系的事情，对各种各样的人都接触过，也擅长于针对各人的性格特征去确定协调的方法。有些官员或者企业领导，凡事都带着私心，像这样的人，只要能保证他们的利益不受损害，甚至还能够获得一些额外的利益，他们就会欣然地配合工作。还有一些人，行事都是出于公心，不太考虑自己的私利，但多多少少还是懂得变通的，对于这样的人，只要晓之以理，同样可以说服他们提供配合。

冯啸辰最怕的，就是王根基所描述的邹秉政这类人，他们完全没有私利，同时还不知变通，可谓是铁面无私，让你找不出一点破绽。这样的人一旦认准了一件事，你哪怕是说破了天，他们也不会改变初衷，简直就像是一只刺猬，浑身都是利刺，让你无从开口。

"你说老邹就没有一点弱点吗？"冯啸辰不死心地问道。

王根基道："弱点肯定是有的，老顽固，不开窍，这算不算是弱点？"

冯啸辰摇头道："这个不算是弱点了，至少不是我们可以利用的弱点。"

王根基想了想，不敢确定地说道："老邹这个人自尊心和荣誉感都特别强，容不得别人批评他一句，也容不得别人说红河渡铜矿不好，这算不算是一个弱点呢？"

"自尊心和荣誉感？"冯啸辰沉吟了一会，说道，"这也可以算是一个弱点吧，不过，具体怎么利用，我一时还想不好。这样吧，咱们明天就出发，到红河渡去。我先不着急去见老邹，而是从侧面了解一下有关他的情况，然后再说。"

"明天出发？那可不行，我的事情还没办完呢。"王根基说道。

"你有什么事情？"冯啸辰奇怪地问道。

王根基愤愤然地说道："这不就是我跟你说的，一言难尽的事情吗？我去做老邹的工作，让他顾全大局，不要拒绝罗冶的自卸车。结果，他反过来将了我一军，说我们重装办既然是为大家服务的，那我也别待在矿上无所事事了，还是出来帮他们解决一点实际困难为好。这不，没等我反对，他就让熊小芳把我带到振山来了，还说完不成任务就别回去了。"

"不会这么狠吧？"冯啸辰笑了起来，王根基本身就是够跋扈的一个人了，居然碰上了更跋扈的。说穿了，其实就是老邹看小王不顺眼，找了个借口就把他赶出来了，老邹的强势，也可见一斑。

"对了，老王，老邹让你到振山来，具体是给他们解决什么困难？是要物资还是要资金？"冯啸辰笑完，开始认真地问道。

王根基道："说出来丢人，其实事情很小。红矿有一批进口配件，刚刚运到振山，需要联系振山铁路分局发两节专用车皮，把这些配件运到红河渡去。结果振山分局说车皮紧张，暂时无法安排，老邹就让我过来协调了。"

"这不是很简单的事情吗？"冯啸辰诧异道。车皮在时下的确属于很紧俏的资源，如果是姚伟强、阮福根这样的个体户去弄车皮，恐怕真得费尽九牛二虎之力。但对于红河渡矿务局这样的大单位，再加上一个国家重装办，安排两节车皮还不是手到擒来的事情吗？

王根基大发牢骚："谁说不是啊？老哥我不是吹的，过去我也帮人联系过车皮，慢说两节，就是三五十节车皮，也就是上嘴唇一碰下嘴唇的事，可这回就这么邪门，振山铁路分局的那个调度处，硬是一口咬死了，说最近有紧急运输任务，腾不出车皮来，不管是谁来联系，都必须等着。我好说歹说，就差给铁道部打电话了，可对方就是不松口。"

冯啸辰笑道："你为什么不给铁道部打电话呢？我记得你说过在铁道部也有关系的。"

王根基道："太丢人了。铁道部那边的关系，不是我的哥们，而是我的长辈。你说说看，我也是三十好几的人了，顶着个副处长的官衔，两节车皮的事情都解决不了，还要请长辈出马，这不是丢人吗？"

"说的也是……"冯啸辰点点头，又问道，"那么，振山分局这边到底是真的有紧急运输任务，还是有其他原因？"

"紧急运输任务是真的，但再紧急，也不至于连两节车皮都挤不出来。说到底，就是红矿把人家给得罪了，人家等着机会为难他们呢。红矿的这批进口配件，是矿上等着用的，好几台进口的挖掘机、自卸车都趴窝了，老头着急上火的，一天两个电话催办事处解决，人家铁路分局也就是知道这一点，所以才这样出手，就是要让老头难受。"王根基道。

冯啸辰咂舌道："这老头得把人家得罪成啥样子啊，人家才会这样刁难他。"

王根基道："我问过了，其实也没多大的事，就是老头不会做人，让人家觉得不痛快了。上次铁路局有位领导到湖西来视察工作，振山铁路分局安排他到红河渡那边的名胜去参观，下来的时候顺便到矿务局去看看，本来也是很正常的一件事，因为红河渡矿务局的矿石一直都是靠铁路运输的，算是铁路上的重要业务单位。结果呢，矿务局倒是让人家去看了，到中午接待的时候，老头非要坚持只能是四菜一汤，而且不许上山珍海味。好家伙，人家去红河渡，就是冲着红河渡那边的山里野味去的，老头愣是没让人家尝到一口。你想想，这还能不得罪人？"

"这么说，是铁路局那边的领导不高兴了？"冯啸辰问道。

王根基摇摇头道："这倒不一定，很可能是振山分局这边觉得折了面子，所以憋着要给老邹一个难堪。"

"我觉得也是这样。"冯啸辰说道。

事情是很明白的，铁路局下来一个领导，分局这边自然要悉心照顾。结果红河渡矿务局给这位领导一个冷遇，或许都算不上是冷遇，只是没有达到分局所希望的那种热情而已。领导对于这样的事情也许不在乎，但分局肯定是觉得不爽。在铁路分局和红河渡矿务局的关系上，前者是提供服务的，后者对前者没有任何用处。你作为求人办事的一方，不给别人面子，别人还能不收拾你吗？

当然，鉴于红河渡矿务局的地位，振山铁路分局也不会把事情做得太明显，以免落下把柄。他们借口有紧急运输任务，把红矿的物资压上几天，这是谁都挑不出毛病的事情，但却足够让老邹难受一阵子了。

问清楚了这些情况，冯啸辰也就理解王根基为什么不去联系在铁道部的关系了。这是红矿得罪了铁路系统的人，算是私仇，王根基动用私人关系来解决，相当于替邹秉政背了锅，这种事情就算是办成了，也足够恶心的。

"那么，你是怎么和振山分局交涉的？"冯啸辰问道。

王根基道："我去找了调度处，他们用紧急运输任务来搪塞我。后来我又去找了分局领导，见到一位副局长，他还是这套说辞。我跟他讲了大道理小道理，还亮了我的工作证，他对我倒是挺客气，还让人给我安排饭菜，请我喝了酒，但车皮的事情，就是一点通融的余地都没有。"

"人家是等着老邹亲自上门呢。"冯啸辰猜测道。

"没错，我也看出来了。"王根基附和道，"他们也不是真的想坏红矿的事，因为他们担不起这个责任。他们就是想让老邹亲自出马，上门去服个软，人家有面子了，这件事也就过去了。只要老邹不出面，别人谁去都是白搭。"

"但老邹肯定不会去的。"冯啸辰道。

"问题就在这啊！"王根基拍着大腿道，"以这老头的脾气，眼里容不下一粒沙子，哪会愿意去服这个软？可是，他不来，事情就解决不了。人家肯定要拖够日子，然后才放行。这样一来，办事不力这个责任，就要算在我头上了。到时候我还有什么面子去跟他谈自卸车的事情？我看出来了，老头肯定也知道这是一招死棋，人家用这件事来恶心他，他就反过来用这件事恶心我们重装办，真他妈的阴险。"

"这样吧，明天我和你一起去铁路分局走走，看有没有什么机会能够说服他们放行。"冯啸辰说道。

第 二 百 六 十 四 章

冯啸辰答应和王根基一道去振山铁路分局看看，但心里对于解决问题并没有什么成算。这件事是红河渡矿务局与振山分局之间私下里的矛盾，根本就不能提到桌面上来说的。从大道理上来说，红矿当然没什么错，邹秉政坚持原则也是对的。但按着时下的风气来说，你这就是不给人家面子，人家找机会折腾你一下，那是再正常不过的。

王根基去分局交涉的时候，对方对他极为客气，给安排了饭菜，还请他喝了酒，这就表明了一种态度，即人家并不打算与重装办为敌，但同时也希望重装办不要狗拿耗子多管闲事。

从级别上说，铁路分局的副局长和王根基、冯啸辰他们是平级，并不存在谁是谁的领导这样的问题。人家看你是京官的分上，称你一句上级领导，那只是客气，你千万别真的把自己当成领导了。面子这种东西，是互相给的，人家给了你面子，你就得知难而退。如果觉得自己代表着上级，强迫人家做不乐意做的事情，就叫作给脸不要脸了。

冯啸辰对于这些关系是非常清楚的，他声称要去分局走走，只是想看一下能不能找出一些机会，用某种方式来说服对方帮忙。王根基此前也已经这样做过了，不过冯啸辰知道，以王根基的傲气，肯定是不会向人家低头的，这样也就很难达成妥协了。

第二天，冯啸辰、王根基在红矿办事处主任郭若腾的陪同下，来到了振山铁路分局。因为此前已经来过几回，门卫对他们也熟悉了，知道其中有一位是京城来的干部，所以并不阻拦，在征得领导同意之后，让他们上楼，到了分局副局长陈卓的办公室。

"王处长，又来指导我们工作了？"

见到冯啸辰一行进门，陈卓从办公桌后面站起来，上前与王根基握手打招呼。他知道郭若腾的身份，自然不会和他费什么口舌。至于冯啸辰，陈卓此前没有见过，又见他如此年轻，料想不过是个什么办事员，也就懒得去招呼了。

"来来来，王处长请坐。小刘，给王处长沏茶！对了，王处长，这几天在振山，有没有去周围转转？振山市有个振山书院，在历史上很有名气的，没去看看吗？"

陈卓拉着王根基往沙发上落座，直接把郭若腾和冯啸辰当成了透明人。

王根基和陈卓握了一下手，然后抽回手来，指着冯啸辰说道："陈局长，我给你介绍一下，这是我的同事，国家重装办综合处的副处长冯啸辰同志，他可是我们整个经委系统最年轻的副处级干部，深得我们张主任的赏识呢。"

"哦，是吗？"陈卓一惊，他上下打量了冯啸辰一番，连忙伸出手去，说道，"哎呀，失礼了，失礼了，冯处长，你看我这双眼睛，真是有眼不识泰山啊。哎呀呀，冯处长真是年轻有为，青年才俊啊！"

"陈局长客气了，我就是重装办的一名普通干部而已。"冯啸辰与陈卓握了握手，淡淡地说道。

听说冯啸辰也是副处长，陈卓赶紧吩咐手下人给冯啸辰也沏一杯茶来，为了不显得太难看，郭若腾也终于得到了被敬茶的待遇。如果这一行人中只有王根基一个副处长，陈卓是打算只给他倒茶，让其他两人在旁边晾着的。

宾主分别落座，又寒暄了几句之后，冯啸辰说道："陈局长，我知道你的工作很忙，咱们也就别浪费时间了。我和王处长这次过来，是想协调一下红河渡铜矿那批进口配件运输的问题，你看有什么困难没有？"

冯啸辰这个问题当然是在陈卓预料之中的，唯一不确定的只是冯啸辰会如何提出来而已。见冯啸辰直言不讳地说出来，陈卓脸上露出一个为难的表情，说道："这件事情嘛，前两天王处长来的时候，我已经向他解释过了。红河渡是我们省里的重点企业，又承担着为国家出口创汇的重要任务，红河渡的事情，我们肯定是要高度重视的。可是，我们目前正有一个紧急的运输任务，这也是国家的重点工程需要，由不得我们懈怠。我已经向王处长以及红矿的同志都表示过了，只要我们能够腾出车皮来，就一定会优先解决红矿这批进口配件的问题，这一点冯处长和王处长都是可以放心的。"

冯啸辰微微一笑，说道："陈局长，咱们都是明白人，就不用绕这些弯子了。关于红矿和振山分局之间的一些矛盾，我也有所耳闻，不过这与我们重装办没什么关系，我们也不打算过问。现在的情况是，红矿把进口配件运输这件事情推到我和王处长身上，如果我们不能解决这个问题，我们后续的工作就会受到影响。这次领导派我们两个出来，是要考验一下我们解决问题的能力。如果因为这两节车皮的事情就把我们卡住了，我们也没法回去向领导交代。我想以我和王处长个人的名义请求陈局长，帮我们这个忙。至于日后你们和红矿还有什么冲突，我们就不管了。"

"冯处长真是快人快语……"陈卓苦笑了。官员之间打交道，讲究的是含蓄，谁料想，这个冯处长根本就不按规则来，直接就把真相给挑破了，并且声明这件事是涉及他们自己的事情，与红河渡无关。换句话说，陈卓如果不答应解决问题，就不再仅仅是与红河渡方面为难，而是与重装办的两位年轻处长为难了。

"冯处长，王处长，既然大家把话说到这个程度，我也不好说啥了。其实，要说我们和红矿之间有什么矛盾，也不是这样的，只是邹局长这个人比较讲原则，我们过去有不少事情都弄得不太愉快，我们分局有一些同志对红矿是有些意见的。具体到车皮这件事情，我一个人也做不了主。如果是两位处长自己要用几节车皮，在不违反原则的情况下，哪怕是再困难，我老陈也会帮这个忙。但现在这事牵扯面太广，还请冯处长、王处长理解我们的苦衷。"

陈卓字斟句酌地解释着。他现在也的确是有些坐蜡了，本来是和红河渡较劲，现在惹上了两位国家重装办的处长，事情就有些闹大了。此前王根基来交涉的时候，口口声声谈的都是工作，他还好应付一下。冯啸辰直接就说这是涉及他们私人的事情，陈卓如果不帮忙，就不仅仅是有公仇，还结下了私怨。

这两个副处长都非常年轻，尤其是后来的这个冯处长，简直年轻得不像样，谁知道未来他会发展到什么样的级别。欺老莫欺少，得罪这样一个年轻干部，风险真是太大了。

冯啸辰看出了陈卓的为难之意，也明白自己的话发挥了作用。他点点头，说道："陈局长，你的苦衷，我们都能理解。不过，我们的苦衷，也请你理解一下。现在的情况是很明白的，那就是红矿已经把你们当成敷衍我们的工具了，相当于你们也被利用了。这件事如果不能妥善解决，难受的不仅仅是邹局长，也包括我们两位以及我们的领导。我知道这件事也不是陈局长你安排的，所以想请陈局长帮个忙，把我们的困难向分局的其他领导说一下，看看他们能不能体谅一下我们工作上的难处，在这个问题上网开一面。"

"嗯，好吧，我和其他同志再商量一下……"陈卓无奈地表示道。

话说到这个程度，冯啸辰他们也没必要再坐下去了。逼着陈卓当面屈服是不现实的，冯啸辰让他找其他领导商量，其实也是给了他一个台阶，不至于太难堪。至于陈卓经过思考之后会如何处置，就不是冯啸辰能够预测的了，他能做的仅仅是见招拆招而已。

一行人站起身，告辞离开，陈卓把他们一直送出了办公室。宾主双方握过手，冯啸辰一行正待转身下楼，只听得有人在旁边喊了一声："咦，这不是冯处长吗？"

冯啸辰一愣，转头看去，只见楼道里走过来一位30来岁的女子，穿着铁路制服，满脸喜色，刚才说话的正是她。冯啸辰觉得有几分眼熟，一时又想不起是在哪里见过她，不禁下意识地问道："同志，你刚才是在说我吗？"

"是啊，冯处长，你不认识我了？我是金英惠啊。"那女子热情地说道。

"小金，你认识冯处长？"站在一旁的陈卓奇怪地问道。

金英惠笑道："我当然认识冯处长，我和我家老杜能够结束牛郎织女的生活，全亏了冯处长帮忙呢。老杜跟我说了好多次，说要找机会去京城请冯处长吃顿便饭，没想到冯处长竟然跑到我们振山来了，这回可不能错过了。"

第 二 百 六 十 五 章

听金英惠这样一说，冯啸辰算是想起来了。去年，因为帮秦重的崔永峰解决夫妻两地分居问题而受到启发，冯啸辰说服罗翔飞启动了一个专项行动，由重装办牵头出面，帮助各家重点装备企业里那些饱受两地分居之苦的干部职工解决调动难的问题。

这个金英惠当时是北方一家装备企业里的电子工程师，而她的丈夫杜旭则在振山市工作，是湖西省的一名处长。两口子分居已经有七八年时间了，夫妻感情一度面临危机。金英惠一直想调回振山市工作，但她所在的企业则一直不肯放人，因为她的岗位无人可以替代。后来，是冯啸辰帮着那家企业招到了一名与金英惠同专业的技术人员，再加上重装办发函催促，金英惠终于完成了调动，圆了牛郎织女鹊桥相会的梦。

当时因为办这件事比较麻烦，冯啸辰往金英惠所在的企业跑过好几回，所以金英惠能够一眼就认出他来。

"原来是金工啊，瞧我的记性，差点都想不起来了。"冯啸辰略带抱歉地说道。

金英惠笑道："不是冯处长记性差，而是冯处长帮助过的人太多了，所以想不起来也正常。不过，对于我和我家老杜来说，你可是我们的大恩人啊，我们经常会说起你的，你和我家老杜在京城合影的照片，现在还挂在我家客厅正当中呢。"

冯啸辰哑然失笑道："杜处长和金工真是太客气了，其实这都是我们分内的事情。对了，金工，原来你回振山之后，是到铁路分局工作来了，干的还是你的老本行吗？"

陈卓在旁边听出了一些端倪，他笑着说道："哈哈，原来小金能够到我们分局来，还是冯处长帮的忙呢？你是不知道，小金现在在我们分局机务科当副科长，一来就帮着我们解决了好几个重大的技术难题，实在是非常了不起的人才。"

金英惠不好意思地说道："陈局长过奖了，我原来在厂子里就是搞电子的，分局这边电子方面的人才比较缺，我正好专业对口，误打误撞，解决了几个问题而已。"

"什么叫误打误撞，我们铁路局从国外引进的电子设备，出了故障没人能修，请外国人来一趟，花费就是几万美元。小金一来，把这些问题都解决了，我们铁路局的大局长都亲自夸奖过小金是个人才呢。"

"金工的水平这么高，难怪人家不肯放你走呢。"冯啸辰笑道，"就因为重装办压着你们厂把你放走了，你们厂长一直埋怨我们呢。"

"这事多亏冯处长帮忙了。"金英惠道，"冯处长，既然到振山来了，无论如何你也得到我家去吃顿饭，要不我家老杜可饶不了我。对了，冯处长，你到我们分局来，是有什么事情要办吗？"

听金英惠这样一问，陈卓脸上的表情立马就变得非常复杂了。冯啸辰看了陈卓一眼，又转回头来对金英惠说道："也没什么事情，刚刚和陈局长谈了点车皮调度的事情，陈局长已经答应帮忙解决了。"

"是吗？"金英惠转头去看陈卓，眼神中带着一些询问的意味。

陈卓笑了笑，说道："小金，你是知道的，就是红河渡那批进口配件的事情，他们请冯处长和王处长二位来协调，我刚跟他们说了一下咱们的困难，他们也表示理解了。"

金英惠一听就明白了。红河渡的这件事，在分局机关里传得挺厉害的，大家都知道分局是在故意找茬，要整一整红河渡铜矿。对于这样的事情，大家都知道不合理，但谁也不会提出反对，因为这毕竟是在维护铁路分局的利益，对大家都有好处的。

金英惠是刚到铁路系统工作，不了解"铁老大"的霸气，乍听此事，颇有一些愕然，觉得这样做不太好。不过，红河渡铜矿和她个人没有任何一点关系，她当然也不会去多管什么闲事。

可现在的情况就不一样了，冯啸辰亲自出马来协调这件事，而她又口口声声说冯啸辰是她夫妻俩的恩人。恩人遇到了麻烦事，而自己又是这个单位的人，她如果在这个时候不出场，可就真是忘恩负义了。

金英惠在振山铁路分局的地位非常微妙。从级别上说，她不过是一个副科长，与陈卓差着两级。但她丈夫杜旭是省里的处长，颇有一些实权，分局有时候要找省里或者市里解决一些问题，还得求到杜旭头上去，所以平日里分局的一干领导对金英惠都颇为客气，丝毫不敢拿她当个普通下属来看。

此外，正如刚才陈卓介绍的那样，金英惠技术过硬，在整个铁路局系统里都算是一个技术骨干。铁路局的大局长曾经放过话，要调她到铁路局机务处去当个副处长，只是因为她不愿意再次与丈夫两地分居，这才没有答应。照着她目前的势头，估计过不了一两年，就有可能会升任分局里分管技术的副局长，届时就与陈卓是平级了。

有了这样两层因素，金英惠在陈卓面前也就有了底气。她是一个搞技术的人，也不懂什么说话艺术，见冯啸辰有难处，便直接对着陈卓说道："陈局长，这件事我知道，咱们不管红河渡是怎么回事，既然冯处长出面了，你们几位领导就算不看冯处长的面子，也得给我家老杜一个面子吧？这件事如果不能办成，我家老杜可不依我的。"

"哈哈，没问题没问题，小金发话了，我哪敢不答应啊。"陈卓笑道，他又转头对着冯啸辰说道，"冯处长，你看看，连我们小金同志都替你们说话了，你们这真叫作得道多助啊。这样吧，没啥说的，我马上向局长请示一下，如果不出意外的话，今天下午就给你们发车，你们看怎么样？"

"啊？竟然这么简单！"

没等冯啸辰说什么，同来的郭若腾便傻眼了，一句话脱口而出，说完了才知道是失言，不禁窘得满脸通红。为了这两节车皮的事情，自己跑了多少趟，好话歹话说了几箩筐，能找的关系也都找过了，结果还不如眼前这位少妇的一句话有效。这人和人之间的差距，怎么就这么大呢？

其实，早在冯啸辰向陈卓施加压力的时候，陈卓就已经有要妥协的打算了。要想刁难红河渡矿务局，他有的是机会，并不一定就要揪着眼前这件事不放。为此而得罪两位来自于京城的处长，这是很不划算的。但是，他此前的话说得太满，现在肯定不能一下子改口，因此才说要和其他领导商量一下，其实也就是找一个台阶而已。

照他原来的想法，是要把这事再拖上一两天，然后再通知王根基、冯啸辰，说自己经过努力，已经把这事摆平了，这样双方的面子也都照顾到了，料想王、冯二位也不会有什么意见。

可现在横生出来一个金英惠，情况就不同了。金英惠的出现，也相当于给了他一个现成的台阶。把这个面子送给金英惠，无论如何也比送给冯啸辰他们更为实惠，同时对上对下也都有了交代。即便是铁路局那边的领导说些什么，他也可以推说是金英惠帮着说情的结果。金英惠现在在大局长那里很是吃香，她出面说话，连大局长都是会考虑一二的。

冯啸辰自然也能想透这其中的关节，他不禁在心中感慨，看来做点好事还是有用的，在这么一个地方居然都能找到替自己帮忙的人。他笑着对陈卓说道："如果是这样，那可太好了，真要谢谢陈局长，谢谢金工。"

"不客气，不客气，这是我们应该做的，你要谢，就谢小金吧。"陈卓卖着乖说道。

金英惠则是不以为然地说道："瞧冯处长说的，我们是在系统内，这样的事情也就是顺手的事，哪比得了冯处长帮我们的忙。对了，冯处长，你在湖西还有什么难办的事情，尽管来找我。我家老杜在省里还有点小权力，一般的事情应当都是能够办成的。"

冯啸辰再三表示了感谢，又与金英惠商定等自己从红河渡返回振山的时候，一定上门叨扰，这才与王根基、郭若腾一道，出了铁路分局的门，上了办事处的吉普车。

"冯处长，我真是服了。我们办了这么久都没办成的事情，你一出马就办成了，真不愧是中央来的领导。"郭若腾半是恭维半是真心地说道。

王根基也撇着嘴说道："小冯啊，你这个人可真是有狗屎运，这样的事情居然也能碰上。这个什么金工，跟你可是八竿子也打不着的关系啊。"

冯啸辰摆摆手道："这些话都不说了。郭主任，你下午务必再过来确认一下车皮发车的事情，如果有什么变故，你就找金科长联系，她欠着我的人情，肯定会上心的。老王，现在事情办成了，咱们是不是就可以回红河渡了？"

王根基神采飞扬地说道："没错，咱们回到办事处就出发，估计等咱们到红河渡的时候，这边的车皮也已经发出了，由不得老邹抵赖。"

第 二 百 六 十 六 章

听说振山铁路分局已经承诺当天下午就把车皮发出，熊小芳也没有理由再阻拦王根基、冯啸辰二人返回红河渡了。她打电话向矿务局本部请示了一下，得到了邹秉政的许可，当即安排小车载王、冯二人前往红河渡矿务局。

吉普车离开振山之后不久，就进入了丘陵山区。年久失修的道路坑坑洼洼，颠簸得很厉害，幸好王根基和冯啸辰两人都还年轻，身体好，算是能够撑得下来。饶是如此，经过近八个小时的车程，吉普车抵达红河渡的时候，二人还是脸色煞白，连从车上走下来的力气都没有了。

"欢迎欢迎，欢迎我们的功臣回来。"

一个中年胖子走到吉普车前，满脸笑容地为冯啸辰他们拉开车门，扶着他们走下来车，接着便伸出手，要与他们握手。

"这是我们办公室主任傅武刚，傅主任。"

先下车的熊小芳在旁边介绍道。别看她是个女性，坐车的适应性却比王根基和冯啸辰这两个大男人还强得多，这会不但能够站得稳，说话也依然底气十足。

冯啸辰和王根基分别与傅武刚握了握手，寒暄了两句，傅武刚说道："两位一路辛苦了，我们邹局长指示给你们安排了晚宴，他已经在那等着了，你们二位是先到招待所去休息一下，还是直接去小食堂？"

这话问得也是够艺术的。按道理来说，人家坐了八小时的车子，都快被颠散架了，无论如何也是应当先去招待所洗漱一下，休息一会，才能考虑吃饭的问题。可傅武刚却声称邹秉政已经在食堂等着了，他的级别远比冯啸辰他们高，年纪更是相当于冯啸辰的三倍，冯啸辰他们还有理由说休息的话吗?

"既然是这样,那我们就直接去食堂吧。"冯啸辰与王根基对视一眼,然后苦笑着说道,"不过,我们得先找个卫生间洗洗脸,这一路过来,脸上全是土,没法见人了。"

"哈哈,没问题,小食堂那边已经给你们两位准备好了热水、毛巾,你们到那里去洗洗就行了。"傅武刚说道。

一行人向着小食堂走去,趁着傅武刚向熊小芳询问路上情况之际,王根基小声地对冯啸辰说道,"小冯,你看出苗头没有?老邹这是憋着坏呢。"

"怎么?"冯啸辰脑子有点晕,一时还反应不过来。

王根基道:"咱们坐了这么久的车,中午也没正经吃饭,这会肚子空空的。老邹摆出这样一个阵势,肯定是打算把咱们灌倒,让咱们出出丑,后面也就没脸跟他说自卸车的事情了。我可提醒你一句,这个傅武刚,人称傅不倒,起码是三斤白酒的量,多少部委下来的干部都栽在他手里过。"

"有这回事?"冯啸辰愕然道,"不是说这个老邹作风极其正派吗,怎么也搞这样的名堂?"

"这不矛盾啊。"王根基道,"正派人就不搞阴谋了?"

冯啸辰无语了,半天才讷讷地说道:"你说得对……"

众人来到矿务局的小食堂,那里果然已经为他们预备好了热水、毛巾。冯啸辰、王根基以及熊小芳洗过脸,稍稍拾掇了一下衣服,便随着傅武刚走进了餐厅。餐厅里摆着一张能坐八个人的圆桌,上首端坐着一位头发花白的老者,穿着褪了色的旧军装,面色冷峻,看到冯啸辰一行走进来,也不起身,只是用眼睛瞟着他们,等着他们上前说话。

"这就是我们邹局长。"傅武刚向冯啸辰介绍道。

"邹局长,你好,我是国家重装办综合处副处长冯啸辰,打扰了。"冯啸辰走上前去,恭恭敬敬地对邹秉政说道。

邹秉政没吭声,虎着脸上下打量着冯啸辰,眼神里颇有一些挑衅之色。冯啸辰早有心理准备,同样一声不吭,面含微笑地看着邹秉政,等他出招。旁边的人也都不敢说什么，场面一时间居然有些僵住了。

好一会，邹秉政突然嘿嘿一笑，说道："不错嘛，这么年轻就能当上副处长，果然是有点道行。振山那边的事情，郭若腾都已经跟我说了，我们的车皮已经发运了，今天晚上就能够到红河渡。这件事你是首功，来吧，坐我边上来。"

这番话说得霸气十足，同时也像是一个信号一样，立马就让餐厅的气氛又重新活跃了起来。傅武刚忙着拉冯啸辰往邹秉政身边坐，熊小芳则向旁边的位置引导着王根基。

"等等。"冯啸辰一把拦住了傅武刚，指了指王根基，说道，"傅主任，王处长比我年长，还是请他坐上首吧。"

"这……"傅武刚这才意识到自己还没有征求过两位客人的意见。两个人都是副处长，一个坐上首，一个坐下首，那就得有个说法了。按照常理，他应当先问客人自己是怎么安排的，不能越俎代庖地替客人分出座次，否则是会让人家内部产生矛盾的。可是在红河渡，他已经习惯了唯邹秉政的指示是听，邹秉政说了让冯啸辰坐在自己旁边，傅武刚哪敢把这个位置让给王根基呢？

王根基最先反应过来了，他知道邹秉政的强势，也不敢去触他的霉头，于是连忙说道："小冯，邹局长让你坐，你就坐吧，我坐边上没事的。"

冯啸辰却是不依，说道："老王，你是我的老大哥，自然应当是你坐在邹局长旁边，我坐边上就好了。"

他这样一番做作，邹秉政、傅武刚等人看在眼里，心里都如明镜一般，知道冯啸辰是在挑战邹秉政的权威。冯啸辰、王根基二人虽然级别低，但却是代表重装办下来的，邹秉政无论如何也应当给他们一点面子，不应当像对待自己的下属一样，直接指定他们的座次。冯啸辰不接受邹秉政的安排，非要让王根基坐在上首，这就是向邹秉政表明一种态度，显示自己有自己的想法，不会被邹秉政牵着鼻子走。

王根基以及傅武刚等人都捏了一把汗，生怕邹秉政勃然大怒，要知道，在红河渡，还真没人敢这样去违逆邹秉政的意志。冯啸辰与邹秉政刚打了个照面，就直接和他扛上了，谁知道邹秉政会如何反应呢。

"真是啰嗦！"邹秉政发话了，"什么上首下首，你们就喜欢搞这种乌烟瘴气的名堂！坐哪不是坐？小冯处长，你坐我这边，让你那个老大哥坐我另一边，两边都是上首，这不就行了？"

"哈，是啊，我们怎么糊涂了？"冯啸辰假意一拍脑袋，笑道，"还是邹局长有经验，来来来，老王，你坐邹局长那边，咱们俩可以一起听听邹局长的指示。"

王根基也哈哈笑起来，绕过桌子，坐到了邹秉政的另一侧。用圆桌吃饭的好处就在于此，需要分位置的时候，可以指定上首的两个位置为主；遇到有好几位贵宾的时候，又可以声称不分上下。邹秉政把自己的位置向中间挪动一点，左右两边的地位就平衡了，这样既照顾了冯啸辰要以王根基为上的要求，又没有违背邹秉政此前说的让冯啸辰坐自己身边的安排。

傅武刚和熊小芳都松了口气，作为办公室的负责人，刚才那会，他们还真怕双方僵持起来。让自家的局长不高兴，自然是不行的。但让京城来的干部不高兴，后患也很大。现在这样，双方似乎是达成了和解，那就是皆大欢喜了。

这两人同时也在心里暗暗称奇，刚才他们还在琢磨着如何打个圆场，没料想邹秉政居然会主动让步。他的话听起来依然霸道，但其实已经是向冯啸辰妥协了。这个年轻的小处长，到底有什么魅力，居然能够让一向强势的局长向他低头呢？

其实，冯啸辰又何尝不是在暗自庆幸，他这样挑战邹秉政，也是在进行一场赌博。赌赢了也就没事了，赌输了则可能会让邹秉政拂袖而去，让大家都觉得灰头土脸。

不过，冯啸辰这样做也是经过了盘算的，他认为，自己是初来乍到，与邹秉政根本没打过交道，而且年纪只有邹秉政的三分之一，邹秉政要是因为这么一点事情与自己翻脸，恐怕面子上也挂不住。再说，自己刚刚帮邹秉政解决了车皮的事情，这完全是分外的工作，纯粹是在给邹秉政义务帮忙，邹秉政如果对他发脾气，传出去难免会让人说邹秉政忘恩负义、为老不尊。

如坊间所传，邹秉政是一个自视作风正派的人，这种人往往都很爱惜自己的羽毛，不会给别人落下话柄。冯啸辰赌的正是此，他知道，邹秉政是不愿意在他这样的年轻人面前栽面子的。

当然，冯啸辰也做好了邹秉政不高兴的准备。如果真的这样，也没关系，反正冯啸辰这次来，就是为了捋一捋邹秉政的老虎胡须，正面的冲突是不可避免的，早点冲突起来，也不见得就是坏事。

现在老邹退了一步，冯啸辰自然是乐见其成。他赶紧拍了老邹几记马屁，便与王根基分别落座。服务员上来给众人倒上白酒，宴席便正式开始了。

第 二 百 六 十 七 章

"来来来，冯处长，我代邹局长敬你一杯，感谢你为我们红河渡矿务局作的贡献！"

酒宴开始，邹秉政向大家敬了一杯酒之后，便把敬酒权交给了傅武刚。傅武刚果然如王根基说的那样，战斗力爆表，他换了一个二两装的大酒杯，咕嘟咕嘟地倒满了酒，然后便选中了冯啸辰作为开火的目标。

"谢谢傅主任，不过，我还是先垫垫吧。"

冯啸辰含含糊糊地说着，头也不抬，筷子飞舞，不停地往自己嘴里塞着肉菜。红河渡的酒宴，按照邹秉政的要求，一律是四菜一汤的标准，不过这四个菜还是挺扎实的，用小脸盆装着的清炖鸭、红烧草鱼、猪肉烧腐竹、排骨烧莲藕，都是"硬菜"。这种菜，对于习惯了山珍海味的官员来说，显得太粗糙了，但冯啸辰不在乎这个，他只求能够赶紧吃饱，再来应付傅武刚的挑战。

冯啸辰不肯接茬，傅武刚还真拿他没有办法。人家毕竟是上级单位来的干部，你总不能怪人家不给你面子吧？再说，冯啸辰只是说先垫垫肚子，没说不喝酒，你能挑出什么理来？

"要不，王处长，咱们先走一个？"傅武刚在冯啸辰那里碰了钉子，又把矛头对准了王根基。

"呃，呵呵，要不，我也先垫垫吧。"王根基尴尬地笑着，同时也学着冯啸辰的样子，拼命地吃起东西来。

前几天王根基来的时候，就中过傅武刚的招，刚下车还没缓过来，就被一通酒给放倒了。这一回，他可没那么傻了，见冯啸辰只顾埋头吃东西，他受到启发，同时深深感慨自己没有冯啸辰那么厚的脸皮。人家把酒都敬到你面前了，你还只顾着往嘴里大块大块地塞肉，这算个什么形象啊。

可细一琢磨，人为刀俎，我为鱼肉，这个时候你还在乎什么形象？现在装个饿死鬼投胎的样子，总比一会烂醉如泥，变成一条死狗要强得多吧？

两个重装办来的人都不接招，傅武刚也是没辙了。他看看邹秉政，用眼神请示该如何做。邹秉政微微点了一下头，示意他先别急，既然客人们想吃点东西再说，那就由他们吃吧。反正有傅武刚的酒量在那放着，两个人就算是吃饱了，又能撑得过几个回合呢？

冯啸辰的表现，也真让邹秉政开了眼界。以往从上面下来的干部，要么装着平易近人的样子，想通过打打感情牌来达到目的，要么就把自己当成钦差大臣，下车伊始就发号施令。对于这两类人，邹秉政都有办法对付，在他这里碰过钉子的官员已经不计其数了。

可这个冯啸辰却与那两类人都不同，他似乎压根就没觉得自己是个官员，而只是一个懵懂无知的小青工。他假装看不懂邹秉政的眼神，又假装不懂得酒桌上的规矩，一切都是由着自己的性子来。王根基虽然也在猛吃东西，但好歹还讲究个斯文，再看冯啸辰吃东西的样子，哪有一点京城干部的模样，分明就是一个半年没吃过肉的乡下农民嘛。

一干人眼睁睁地看着，冯啸辰把四个小脸盆里的菜扫荡掉了一半有余，这才抬起头来，笑呵呵地对众人说道："不好意思啊，真有点饿了。傅主任，你刚才说要敬酒是吧？你的酒先不急，我得先敬一下邹局长。邹局长，来之前，我们重装办罗主任专门叮嘱我，说邹局长是咱们工业界的前辈，他一向都很仰慕您，所以要替他敬邹局长一杯。要不这样吧，这杯我替罗主任喝了，您随意。"

说罢，他也不等邹秉政答应，便端起酒杯，一仰脖子把杯中酒一饮而尽，还向邹秉政亮了亮杯底。

冯啸辰的杯子，比不上傅武刚手里的二两装的杯子，但也有快一两酒的分量。这样一口闷下去，的确很是豪爽。邹秉政抬起眼皮，看了冯啸辰一眼，说道："既然是罗主任的酒，我不能不喝。不过，我年纪大了，医生不让我多喝，我就喝半杯吧。"

"您随意就好。"冯啸辰丝毫不介意，笑呵呵地说道。

邹秉政端起酒杯，喝了一口，大约也就是四分之一杯的样子。他并不是不能喝酒，也不存在遵照医嘱不敢喝酒的问题，他只是不打算跟着冯啸辰的节奏走，要让冯啸辰的打算落空。

冯啸辰从桌上抄起酒瓶子，先给邹秉政满上，又给自己倒了满满的一杯。他放下酒瓶的时候，傅武刚又凑了上来，举起杯正待说什么，却见冯啸辰把手一抬，说道："且慢，傅主任，先别急。"

"又怎么啦？"傅武刚端着酒奇怪地问道。

冯啸辰没有理他，而是端着酒杯，继续冲着邹秉政而去，说道："邹局长，这杯酒，是我个人敬您的。我在您面前，是个小辈，我这一次到红河渡来，主要是来向您学习的。这杯酒，就当作我的敬师酒吧。我干了，您随意。"

此言一出，大家都傻眼了。刚才见冯啸辰忙着吃东西，还觉得他是怕喝酒喝醉了，大家一直都在猜测他会以什么样的借口应付傅武刚和熊小芳的轮番进攻。谁承想，傅武刚还没出手呢，冯啸辰先自己灌起自己来了。他向邹秉政敬酒，如果自己喝多少，邹秉政也喝多少，那完全可以解释成擒王战术，想通过放倒邹秉政，来躲过傅武刚的进攻。可现在他一口一个"我干了，您随意"，分明就是给对方"送人头"的表现，这是玩的哪一出呢？

邹秉政也有些诧异，但冯啸辰说得这样低调，他当然不好拒绝。见冯啸辰和他碰杯之后，又是一口干完，他只是端起杯子，抿了一小口，然后便把杯子放下了，静静地看着冯啸辰，等着看他下一步怎么办。对方让他随意，他就真的随意了，这口酒连嘴唇都没沾湿，像这样的敬酒，敬多少回他都不惧。

"邹局长，这第三杯酒，是为了一个不情之请。"

冯啸辰又倒上了一杯酒，高高举起来，这一回，他的脸色变得严肃了几分，看着邹秉政，认真地说道。

来了，邹秉政等人都在心里嘀咕了一句。

看起来，这个年轻的小处长是打算用这种自己灌酒的方法，玩一出悲情戏，最终甚至来一个喝几杯酒就接受几辆自卸车的赌局，靠打感情牌来完成领导交付的任务。在此前，曾有一些乡镇企业的推销员在矿务局这样做过，死乞白赖地要求矿务局采购他们生产的小产品。人家那是给私人干活，卖出去东西能够拿到提成，这样玩命也就罢了。你是个国家干部，事情办不成也不是你的责任，你又何苦这样自残身体呢？不过，这一套拿到红河渡来，能管用吗？老邹可是眼里容不下沙子的人，会吃他这一套激将法？

邹秉政心里也是这样想的，他丝毫没觉得有什么感动，反而感觉眼前这个年轻人太过精明，或者说是过于自作聪明，让他生厌。他面无表情，等着冯啸辰继续说下去。

冯啸辰见邹秉政没有阻拦他，便说道："这个不情之请，想必邹局长和各位领导也都猜到了，没错，就是关于罗冶与美国海菲公司合作生产的自卸车的问题。我听此前的冷处长，还有这一次的王处长都说过，红河渡坚决不愿意接受罗冶生产的自卸车，我能问问是什么原因吗？"

"你的不情之请，是要问问原因，还是要我们接受这些自卸车？"邹秉政问道。

冯啸辰道："仅仅是问个原因而已。"

"你是说，如果我们告诉你原因，你就把酒喝了？"邹秉政有些诧异地问道。

冯啸辰点点头："正是如此。"

"小冯……"王根基忍不住了，出声提醒道。问个原因就喝杯酒，你这算是怎么回事？莫非是知道躲不过傅武刚的敬酒，索性自暴自弃，想先把自己灌醉？就算是这样，也没必要找一个这么拙劣的理由吧。

傅武刚也懵了，这剧本不对啊。你想问红河渡为什么不接受罗冶的自卸车，直接问就是了，有必要自己先罚酒一杯吗？斗酒的乐趣，在于想办法让对方多喝，然后看着对方被放倒，可对方一上来就自己灌自己，就算最终喝倒了，自己这边也没啥意思啊。

想到此，他又向邹秉政递了个眼神，邹秉政垂下眉毛，说道："既然冯处长要问，小傅，你就给他解释一下吧。"

"好的！"傅武刚应了一声，然后放下酒杯，换了一副正式的表情，向冯啸辰说道：

"冯处长，有关这件事情，上次冷处长来的时候，我们邹局长已经向他解释过。前几天王处长在这里，我们也解释过。既然你现在又问起来，我就再向你解释一遍吧，免得咱们双方有一些误会，不利于后续工作的开始。"

"好的，我洗耳恭听。"冯啸辰平静地说道。

第 二 百 六 十 八 章

"我们红河渡铜矿，是国家最重要的铜矿，截至 1981 年底，全矿保有储量为 18 亿吨，铜金属量 864 万吨。在国内同类型的矿床中，我们矿的采选条件最好，勘探研究程度最高，储量最可靠，而且矿体埋藏浅，矿石品位分布均匀，最适合进行大型露天开采。"

傅武刚像背书一样地介绍着红河渡铜矿的情况。

冯啸辰微微点着头，这些资料他在出发之前已经查过了，知道红河渡铜矿的地位。事实上，他向邹秉政他们发问，只是为了给自己后面的话做铺垫，这些介绍对于他来说是完全多余的。

傅武刚却没有意识到这一点，或者说即便是意识到了，他也不介意多费一遍口舌。以往，不管是各部委的官员下来视察，还是兄弟单位的同行过来学习，他都要这样介绍一番，而且屡屡能够让人叹为观止，产生出对红河渡铜矿的膜拜之意。

"根据冶金部和湖西省的规划，红河渡铜矿在'六五'期间的建设规划是实现日采选 4 万吨矿石的能力，到'七五'期间达到 8 万吨，'八五'期间达到 12 万吨，最终实现年产铜金属 20 万吨的规模，使红河渡成为全国，乃至全球最重要的铜业生产基地。"

傅武刚的声音越来越洪亮，脸上也焕出了光彩。邹秉政坐在一旁，虽然一声不吭，但明显也有了一些得意之色。

年产 20 万吨铜金属的大型铜业基地，的确是放到全球来看都是首屈一指的，值得骄傲。如果照着这个计划执行下去，到"八五"期末，红河渡将可以实现年利润超过 10 亿元的水平，这还不算大批铜精矿出口所带来的创汇贡献。

谁都知道，现在国家方方面面都在搞建设，外汇十分短缺，而能够出口创汇的产品却很少，铜精矿就是这少有的出口创汇产品之一。以红河渡目前的生产规模，一年有将近 3 万吨铜金属出口，随着国际铜价的不断上升，每吨铜金属的价格已经接近 2000 美元了，红河渡一年就能够为国家创造 6000 万美元的外汇收入，这是何等辉煌的功绩。

正因为红河渡有这样的底气，所以邹秉政才能拿谁都不当一回事。在这样的功绩面前，你跟我谈什么国产自卸车？你跟我说什么你是中央派来的干部？对不起，我们可以一概不认。

"嗯嗯，规划挺宏伟的。不过，这和你们拒绝接受罗冶的自卸车，有什么关系呢？"冯啸辰面带诧异地问道。

"我们需要争分夺秒地搞建设，没有时间可以浪费在替罗冶磨合这些国产技术上。如果罗冶的自卸车在其他矿山进行了实验，证实各项性能指标能够达到进口自卸车的水平，不，只需要达到进口自卸车 80％的水平，我们也会接受。"邹秉政沉声说道。

"我明白了。"

冯啸辰点点头，端起杯子，又是一饮而尽。不过，这一回傅武刚却没有急着上前敬酒，他有些捉摸不透冯啸辰此时的心理，也不知道他下一步会再说些什么，因此只是站在旁边等着。

冯啸辰连喝了满满三杯酒，脸色已经有些发红，显出了几分醉意。他拿过酒瓶，给自己又倒满了酒，然后对着邹秉政，用诚恳的语气说道："邹局长，这一次到红河渡来之前，我专程去了罗冶，全面地考察了他们的生产情况，也参观了他们正在组装的国产自卸车。罗冶自从引进美国海菲公司的技术之后，整体技术水平有了明显的提升，而且实施了全面质量管理，自卸车的各项性能指标已经大幅度提高，完全满足您所说的达到进口自卸车 80％以上水平的要求。在这种情况下，我们为什么不能给他们一个机会呢？"

邹秉政心中冷笑，暗道眼前这个小年轻果然是想打悲情牌，用三杯酒塑造了一个真诚的形象，然后就打算来说服自己了。这样的伎俩，在自己这种老江湖面前，未免显得太幼稚了，或者说是太拙劣了。如果喝三杯酒就能够把自卸车推销出去，罗冶那帮人早就这样干了。

"冯处长，我是一个搞工业的，我不相信各种豪言壮语，我要看的是真实的实验报告。罗冶引进的自卸车，目前进行过哪些工业实验？达到了多少小时，多少吨公里？凭着他们一句话，就让我们这样一个承担着国家重要任务的矿山去给他们当实验品，这是对国家的不负责任。"邹秉政冷冷地回答道。

冯啸辰道："邹局长，你这话就不讲道理了。工业实验肯定是要做的，重装办与冶金部协商，请红河渡接收7辆国产自卸车，就是希望在实践中检验引进技术的效果，及时发现问题，予以改进。红河渡不愿意接收这些自卸车，其他矿山同样可以不接收这些自卸车，那么到最后我们如何能够完成工业实验呢？"

"这我管不了，这是你们重装办应当考虑的事情，而不是我们红河渡需要考虑的事情。"邹秉政淡淡地说道。

冯啸辰道："那么，请教邹局长，红河渡需要考虑的事情是什么？"

邹秉政毫不犹豫地回答道："当然是提高产量，创造利润，出口创汇。"

"目的呢？"冯啸辰追问道。

"目的？当然是建设国家，实现四化。"邹秉政不屑地说道，这种话是写文件时候的套话，也是邹秉政的心里话。他在红河渡铜矿已经待了30多年，当一把手的经历也有20年了，他一向的理念就是如此。

"我看未必吧？"冯啸辰冷笑道。

"你是什么意思？"邹秉政把眼睛立了起来，质问道。

冯啸辰端起酒杯，慢慢地往嘴里倒着酒，直到把整整一杯酒又全部喝干了，这才一边拿酒瓶续酒，一边说道："我倒觉得，你们这样做的目的，不过是为了给你邹局长脸上添光彩，为红河渡几万职工谋点小集体的私利。"

"你放肆！"邹秉政脸色铁青，厉声喝道。

"冯处长，你这是什么意思！"傅武刚脸上也挂不住了，当着我们局长的面，说我们干活是为了谋私利，为了脸上添光彩，这不是骂人吗？

"小冯，你……你没事吧？"王根基也慌了，老邹的脾气他可是知道的，别说是冯啸辰，就算是罗翔飞甚至经委的张主任下来，也得顺着毛捋，不能和他较劲。这个冯啸辰可好，喝了两杯酒，就口无遮拦了，老邹最引以为豪的就是自己的一身正气，你直接说他是为自己挣脸面，这种话老邹哪能受得了。

熊小芳是个女性，在这个时候也只能由她来打圆场了。她走到冯啸辰身边，说道："冯处长，你不会是喝多了吧？我们邹局长是老革命，三八式的干部，连中央的领导同志下来视察都称赞过邹局长的高风亮节，你刚才这话，可真有些不合适，我觉得你还是向邹局长道个歉为好。"

"邹局长是老革命？"冯啸辰瞪着已经开始充血的眼睛向熊小芳问道，没等熊小芳回答，他又转向邹秉政，用带着几分嘲讽的口吻问道，"邹局长，你是老革命？"

邹秉政真是被气疯了，这哪是什么部委干部，这分明就是一个问题青年嘛！虽然觉得冯啸辰肯定是喝醉了，才会如此胡说八道，但他依然不打算放过对方。他已经想好了，一定要把冯啸辰今天的话直接捅到国家经委去，让经委领导评价评价，自己到底是不是为了给自己挣脸面才如此努力工作的，你们派下来的干部，到底有没有一点基本的素养。

"我参加革命的时候，连你爸爸都还在穿开裆裤，你觉得我是不是老革命？"邹秉政怒气冲冲地反问道。

冯啸辰哈哈笑了起来："哈哈，这真是一个笑话。参加革命早，就是老革命了吗？这是谁规定的？"

"那依你说，我是什么人？"邹秉政呛道。

冯啸辰道："依我说，你就是一个倚老卖老的老落后！老不要脸！"

"啪！"

邹秉政猛地拍了一下桌子，这一下的力气是如此之大，桌上的酒瓶酒杯都稀里哗啦地被震倒了。他腾地一下站起来，用手指着冯啸辰的鼻子喝道："冯啸辰，你今天给我说清楚，我怎么是老落后，老不要脸？今天你如果说不清楚，我不管你是真喝醉了还是假喝醉了，我让你爬着滚出红河渡！"

众人全都慌了，好端端地喝着酒，怎么就变成这个场面了？王根基、傅武刚、熊小芳等人一齐上前，有劝邹秉政的，有劝冯啸辰的：

"邹局长，您别生气，小冯他真的酒量不行……"

"邹局长，您消消气，我来跟他说！"

"冯处长，你真的喝醉了，快向邹局长道歉！"

邹秉政却是不依不饶，他一把把挡在自己面前的王根基划拉到一边，瞪着冯啸辰，眼睛里几乎要喷出火苗来了。

第 二 百 六 十 九 章

"你真想知道?"

冯啸辰也已经站起来了,他同样一把把试图拦在自己面前的熊小芳划拉开,迎着邹秉政那能够杀人的目光,毫无怯意地问道。

"你说!你今天要能说出一个道理,罗冶的自卸车我全接受了。你如果说不出道理,我把你交给我的那些矿工,看看他们同意不同意你说的话!"邹秉政应道。

"邹局长,刚才傅主任说的红河渡铜矿的规划,是否属实?"

"一字不错!"

"照这个规划,十五年后,红河渡的生产规模将达到年产 20 万吨铜金属,是不是这样?"

"没错!"

"红河渡的铜金属储量不足 900 万吨,照这样的生产规模,45 年后,红河渡将无矿可采,你算过没有?"

邹秉政一滞,下意识地应道:"……那,那又怎么样?"

"怎么样?"冯啸辰冷笑道,"我知道,那时候你邹局长早已不在人世,在你的墓碑上刻着先进工作者、优秀党员等荣誉。但你的后人还在,你的子孙将会面对着一座被挖空的矿山。你们,也包括我们这一代人,可以靠贱卖这些矿石来换取外汇,吃着大肉,喝着小酒,可你想过没有,这是在透支我们子孙后代的财富,在透支我们整个民族的根基,我想不出,你这样一个靠卖子孙财产获得光环的人,怎么有脸自称是老革命!"

"这……"

邹秉政傻眼了,他万万没有想到,冯啸辰居然会从这个角度杀出来,一番话说得理直气壮。他本能地觉得，冯啸辰的话肯定是错的，因为他所说的思想与自己这几十年来所信守的观念完全相悖。但"子孙后代"四个字，又深深地刺痛了他的心，让他觉得无言以对。

有关红河渡铜矿的开采年限，没有人比邹秉政更为清楚。按照目前的规划，到"八五"期末，红河渡铜矿将达到最高设计产能，也就是年产20万吨铜金属的规模。照这个规模，到2030年至2040年期间，红河渡的可采储量将全部耗尽，除非有新的地质发现，否则这个矿山将被放弃。

2040年，这是一个非常遥远的时间点，远得根本不足以去思考。邹秉政偶尔也的确琢磨过这个问题，等到矿石采完了，矿山该怎么办呢？每次这样想的时候，他就会自嘲地笑笑，觉得自己真是太多虑了。还有60年时间呢，那么远的事情，自己管得了吗？

可眼前这个年轻人，却把这个问题血淋淋地摆在了他的面前。没错，60年后，他邹秉政的确不在了，甚至他的小孙子都已经退休了，但子又有子，子又有孙，这座矿山是子子孙孙的财富，是整个民族的财富，他这一代人把矿山挖完了，让子孙吃什么呢？

"那依你说，国家开发矿山是错误的吗？"邹秉政语气和缓了几分，他意识到，眼前这个年轻人看东西的眼光似乎比自己更远，他说自己是老落后、老不要脸，莫非真的有什么深意？

冯啸辰也收起了刚才那咄咄逼人的姿态，说道："国家开发矿山没有错，目前我们国家还很落后，不得不靠出口矿产来换取外汇，以便引进技术。但这绝非长久之计，我们不能把这当成我们的既定国策。"

"那我们的国策是什么？"邹秉政问道。

"发展制造业，靠制造业立国。"冯啸辰说道，"用10年时间，完成进口替代，使我们不再需要用宝贵的矿石去向外国人交换设备。再用10年时间，完成出口替代，用我们生产的机器设备，去换外国人的矿石。智利的Andina铜矿，铜金属储量一亿两千万吨，相当于十几个红河渡；Escondida铜矿，储量1亿吨。还有秘鲁、刚果、澳大利亚、印尼，都有储量超过2000万吨的超大型铜矿。我们的目标是，有朝一日用我们生产的装备，包括大型挖掘机、自卸车、发电设备、冶金设备，去换取他们手里的铜矿。而我们自己的铜矿，则封存起来，留给我们的子孙后代。"

"说得好！"

王根基大声喝彩道。他现在已经明白了冯啸辰的策略，那就是借着醉意激怒邹秉政，再用这些道理去打动这个一身正气的老革命。把自己的矿保留下来，用别人的矿石来造福国民，这样崇高的目标，由不得老爷子不动心。而要实现这一点，就得先振兴中国自己的装备制造业。再往下，那自然就是应当大力支持诸如罗冶这样的装备制造企业，帮助他们迅速地成长起来。

听到王根基的喝彩，邹秉政、傅武刚等人都向他那边瞟了一眼。邹秉政再把目光收回来的时候，气焰已经全都消了。王根基悟出的道理，邹秉政也同样领悟到了。他突然发现，自己引以为傲的那些成绩，真的很难载入史册，子孙后代只会指着他的名字说：就是这个老头，把我们国家的矿都挖光卖掉了，给我们留下了满目疮痍。

想到此，邹秉政只觉得浑身的力气都没有了，他颓然地坐下来，端起面前的酒杯，仰着脖子一口喝了个干净。冯啸辰也坐了下来，他向邹秉政微微一笑，陪了对方一杯酒。对方毕竟是长辈，而且的确是老革命，他这样骂了对方一通，不陪一杯酒实在是说不过去的。

"如果我们接受了罗冶的自卸车，他们就能够做到进口替代了？"

邹秉政哑着嗓子对冯啸辰问道。

听到邹秉政这样说，傅武刚和熊小芳都傻眼了，怎么，老邹这是认栽了？被人家骂成老不要脸了，这样的奇耻大辱，他就不计较了？而且看这意思，好像还有答应这位冯处长要接受罗冶自卸车的意思，这是什么节奏啊？

不提这两个人心里如何翻江倒海，冯啸辰也是暗暗松了口气。刚才那一会，他可是豁出去了，谁知道老邹是什么样的暴脾气，如果真的出手给他一个耳光，他恐怕都没法还手。还好，老邹真不愧是个老革命，发火归发火，好歹还让人讲道理。自己把道理讲透了，老邹就真的低头了，就冲这一点，以后不叫他老不要脸了，还是尊称一句老革命吧。

"邹局长，我不能保证罗冶能够做到哪一步，毕竟还有事在人为的一面。罗冶这边如果自己不争气，别人给再多的机会也是枉然。但是，从我们重装办来说，我们会努力地推进每一个项目，只要有一半的项目能够成功，我们就能摆脱目前这种卖矿石换设备的被动局面。其实，不单是你们红河渡铜矿，全国的铁矿、煤矿、铅锌矿、油田，都在用不可再生的资源进行出口创汇，换取各行各业所急需的机器装备。我们目前无法改变这个情况，但我们必须有改变它的决心和勇气。如果每一个矿山、每一个油田都满足于用进口设备来开采资源，浑然不觉这是一种自毁根基的做法，那我们国家就永远无法自立于世界民族之林。"

"你说得有道理。"邹秉政沉重地点点头，说道，"这件事情，我们的确犯了本位主义的错误，你对我们的批评是正确的。不过，具体到罗冶的自卸车，我们还需要了解他们的真实情况，毕竟我们也是有生产任务要求的。全国一盘棋，也需要每一个棋子都走得到位。"

"我理解。"冯啸辰从善如流，既然老邹已经低头了，他自然会把姿态降得更低。他取来自己的公文包，从包里拿出罗冶拟定的赔偿方案，递给邹秉政，说道，"邹局长，这是罗冶作出的质量承诺，如果他们提供的自卸车存在质量问题，他们愿意按照上面的条款予以赔偿。当然，我知道红河渡不在乎他们的赔偿，但这的确能够约束他们，让他们做好工作。"

邹秉政接过文件，草草地看了几眼，点点头道："不错，有这个态度，倒的确是一种合作的诚意。这样吧，这件事我还需和其他领导再商量一下，今天我们就先说到这里。小冯，谢谢你给我上了宝贵的一课，我以我个人的名义，敬你一杯。"

说到这里，他郑重地端起酒杯，向冯啸辰示意了一下。

冯啸辰连忙举杯，和邹秉政碰了一下，然后两人会心地相视一笑，各自饮尽了杯中酒。

见邹秉政与冯啸辰握手言欢，傅武刚又活跃了起来。这一回，终于轮到他敬酒了，他给冯啸辰添满了酒，举着杯子热情地说道："来来来，冯处长，也感谢你给我们上了宝贵的一课，我敬你一杯……咦，冯处长，冯处长！"

在众人惊愕的目光之下，刚才还杀气腾腾的冯啸辰，突然脚下一软，瘫到桌子底下去了。

第 二 百 七 十 章

冯啸辰有点酒量，但也没到能够一杯接一杯猛灌的程度。他坐了一天的车，已经很累了，又带着情绪喝酒，两杯下去就有些醉意了。他原本的打算，也就是借酒撒疯，把一些正常状态下不便说的话向邹秉政说出来，看看能不能打动这个老革命的心。不过，酒喝到一定程度，他自己也控制不住语气了，这才会把一句"老不要脸"脱口而出，险些落一个被乱棍打出红河渡的下场。

看到自己的计策得逞，邹秉政至少在口头上答应了考虑接收罗冶自卸车的要求，冯啸辰支撑着自己的最后一根神经也放松了。酒劲袭上头来，傅武刚他们在说什么，他已经毫无知觉了，他只感到脚下一软，便瘫倒在了地上。

"这……"傅武刚傻眼了，"冯处长，冯处长……"他蹲下身子，用手推了推冯啸辰的肩膀，对方只是呼着粗气，没有一点反应。傅武刚抬头看看邹秉政，摇了摇头，意思是说冯啸辰真的喝醉了，这桌子饭已经吃不下去了。

"这臭小子！先饶了他这次，等过两天，得好好灌他一回！"

邹秉政黑着脸，甩下一句话，起身便离席了。他的话说得狠，但谁都听得出来，这话里颇有一些爱惜的成分。即便以王根基那不高的情商，也知道老邹已经被冯啸辰给折服了。

他在庆幸之余，又深深感慨着人与人的差距，这个才20岁出头的小处长，真是太有本事了。早知道这个老邹吃硬不吃软，自己为什么就不能提前把老邹骂一顿呢？好吧，自己没有冯啸辰那样的本事，如果真敢这样指着老邹的鼻子骂街，恐怕真会被人打成猪头的。

傅武刚找来几个服务员，大家七手八脚地把冯啸辰抬回了招待所。冯啸辰这一醉，直到第二天中午才醒过来，一睁开眼，便看到一张半老徐娘的俏脸，离着他也就是一尺来远的距离，当即把他给吓了一大跳。

　　"熊主任，你……"冯啸辰慌乱地问道。

　　"冯处长，你醒了！哎呦，你醉成这个样子，可把邹局长给担心坏了。他命令我寸步不离地守着你，还和我们矿务局医院打好了招呼，万一有什么情况，他们就会马上来抢救。"

　　熊小芳用手抚着胸口，做出一副如释重负的样子，对冯啸辰说道。

　　冯啸辰缓了缓神，坐起身来，看看四周，发现自己正坐在招待所的客房里，门是开着的，窗户的窗帘也是拉开的，阳光照耀在房间里，甚是温暖和明亮。他的心放下来了。

　　"熊主任，让你们担心了。唉，都怪我酒品太差，太丢人了。"冯啸辰说道，同时用眼神寻找着自己的衣服，迟疑着要不要请熊小芳先回避一下，以便自己起床穿衣服。

　　熊小芳颇有几分眼色，见状连忙走到一边，拿过来一套衣服，递到冯啸辰面前，说道："冯处长这是要起床吧？来来来，你的衣服在这里。对了，你昨天晚上回招待所的时候，吐了一身，你原来的衣服都脏了，我已经安排后勤的同志帮你洗掉了。这是邹局长指示我们给你临时买的衣服，也不知道合身不合身，你将就换上吧。"

　　"呃……好吧，要不，能不能请熊主任先到外面待一下……"冯啸辰讷讷地说道。

　　熊小芳咯咯笑道："怎么，冯处长还不好意思呢？我都是能当你姑姑的人了，你在我面前还有什么不好意思的。来来来，我扶你起来……"

　　"免了免了，我自己能起……"看着熊小芳凑上前来，冯啸辰吓得满身残余的酒精都变成了汗水，醉意是彻底没有了。他赶紧掀开被子跳下床来，接过熊小芳手里的衣服，三下五除二地给穿上了。

　　时下正值初冬时分，冯啸辰是穿着秋衣秋裤睡觉的，也算不上有多暴露，他只是觉得当着女性的面穿衣服显得有些不太礼貌罢了。既然熊小芳都不在乎，而且她的岁数也的确够当自己的姑姑，他也就没必要装什么样子了。

熊小芳笑着上前帮冯啸辰整理着衣领，一边说道："冯处长真是年轻有为，而且一表人才。唉，可惜我生的两个孩子都是男孩，如果有个姑娘，无论如何也得拖着冯处长不放的。"

幸好你没生个姑娘……

冯啸辰在心里暗暗地想着。在振山的时候，熊小芳对他也颇为殷勤，但绝对只是一种职业化的照顾，热情的背后隐藏着冷漠。而这一刻，冯啸辰感觉到的是一种从里向外的亲近，或许还有几分恭维。熊小芳是矿务局办公室的干部，是最能够察觉出领导意图的。她的这种态度上的改变，反映出邹秉政对冯啸辰的态度已经发生了根本性的变化。

距离昨天的晚宴，已经过去了大半天时间，这就说明邹秉政经过一番深思熟虑之后，接受了冯啸辰的批评，并没有对他那些酒后的狂言产生恶感。有了这个基础，再往后的工作就好做了。邹秉政这一类老同志，很多时候是容易感情用事的，他对你有好感，你说的话就容易被接受。冯啸辰深信，只要邹秉政愿意听他解释，他肯定能够说服对方的。

"谢谢熊主任，你看我这一喝醉，是不是耽误你的工作了。"冯啸辰穿好了衣服，客气地对熊小芳说道。

熊小芳道："冯处长说哪里的话，照顾领导的生活，本来就是我们办公室的职责嘛。来来来，我给冯处长挤上牙膏，你先洗漱一下，然后咱们一块到小食堂去用餐，邹局长到时候也会过去的。"

在熊小芳的侍候下，冯啸辰刷了牙，洗了脸，还在脸上抹了熊小芳带来的友谊润肤脂，弄得香气扑鼻，再加上一身新衣服，真像是红河渡矿务局哪户人家新招的上门女婿。二人离开招待所，步行五分钟来到昨天吃饭的那个小食堂，进了餐厅房间，只见邹秉政、王根基、傅武刚和另外几名矿务局的领导都已经在那等着了。

"酒醒了？"

看到冯啸辰进门，邹秉政的脸上闪过了一丝尴尬之色，然后板起脸，用生硬的口吻问道。

"醒了。"冯啸辰老实巴交地回答道。

"那就坐下吃饭吧！"邹秉政用手一指自己身边的位置，命令道，接着又嘟哝了一句："年纪轻轻，这么贪酒，成何体统！"

"是的是的，邹局长批评得对，我发誓，在红河渡期间，我保证滴酒不沾了！"冯啸辰抬起一只手，做出一个宣誓的样子，然后乖乖地走到邹秉政的身边坐了下来。

"看见没有？这就是一个小滑头！"邹秉政用手指着冯啸辰，对其他几位领导说道，"我早就听说了，这小子是重装办罗翔飞从南江省网罗来的一个人才，惯长于搞阴谋诡计。临河冷水矿的那个潘才山，多倔的一个老家伙，就栽在他手里了。"

"哈哈，是吗？老潘可是一个狠角色，居然会栽在一个小年轻手里。"

"也难怪啊，要不冯处长这么年轻就能当上处长？"

"想滴酒不沾，那可不行，听说昨天冯处长路上辛苦了，没怎么喝好，等休息两天，我老张陪冯处长好好喝一个，豁出去这把老骨头了。"

众领导们纷纷附和，大家都感觉出了邹秉政对冯啸辰的欣赏之意，岂有不凑趣的道理。这么多年，从中央下来视察工作或者联系工作的官员数以千计，还没有哪个年轻至此的官员能够得到邹秉政如此的青睐呢。

冯啸辰向大家傻笑着："各位领导还是饶了我吧，其实冷水矿的事情，也是潘矿长德高望重，不和我这个小年轻一般见识。"

大家嘻嘻哈哈地说笑着，开始用餐。冯啸辰也罢，邹秉政也罢，都没有再提昨天晚上的话题，似乎二人没有发生过冲突，而是一见如故。出于活跃气氛的需要，冯啸辰的私人问题自然也就成了聊天的热点，在听说冯啸辰还没有女朋友之后，现场的众人立马就给他推荐起来。

冯啸辰也知道大家是在没话找话，用这种调侃来化解双方曾经有过的那些芥蒂。他装出腼腆的样子，把自己当成了大家的一颗开心果。反正大家高兴了，自己的事情也就好办了。

吃过饭，大家又聊了几句闲天，便纷纷离开了。王根基也被一位矿务局的副局长找了个借口带走了，最后只剩下了邹秉政、冯啸辰和熊小芳三人。

"小熊，你去安排个车，我带小冯到矿上去走走。"

邹秉政向熊小芳吩咐道。他也没有征求冯啸辰的意见，冯啸辰自然也不会反对，他知道，邹秉政是有话要对他说，而这些话关系到他此行任务的成败。

第 二 百 七 十 一 章

"这是四号矿区，也是红河渡最早开发的矿区。刚解放的时候，这里还是一片小山坡，只有几个矿坑，你看，现在都已经挖到一百多米深了……这条铁路支线，是 1957 年的时候修通的，为了修这条铁路，牺牲了 5 位同志。这个选矿厂，是目前亚洲最大的铜精矿选矿厂，全部引进日本技术建造的。这是从美国引进的挖掘机……"

邹秉政指挥着吉普车在矿区巡游着，一边走一边向冯啸辰介绍着矿区的一切。到一些重要的地方，他还会让车子停下来，自己带着冯啸辰下车实地勘察。他真不愧是红河渡铜矿的掌门人，对于矿上的一切都了如指掌。说起当年开发红河渡铜矿的历程，他娓娓道来，眼睛里还不时闪过几丝泪光。

冯啸辰能够体会得到这位老人的感情，他不知道该如何评论才好。头一天，他借着酒劲说红河渡采矿是在透支子孙的财富，这相当于是全面否定了红河渡存在的意义。现在邹秉政一点一滴地跟他讲前人流下的血汗，他再要这样说，就未免亵渎了前辈。

"我从十几岁就参加革命，先是打鬼子，然后是打反动派。湖西省解放之后，组织上让我来到红河渡，恢复红河渡铜矿的生产，从那时候到现在，我只干过一件事，那就是采矿。"

站在矿场外的山顶上，看着往来穿梭的采矿车，邹秉政缓缓地说道。

"您是老资格了。"冯啸辰恭维道。

邹秉政没有接茬，继续沉浸在自己的回忆中："那时候，国家说需要矿石，我们就加班加点，流血流汗地多产矿石。五十年代末，苏联向我们逼债，我们国家没有外汇，只能用矿石还债，我带着矿工们挑灯夜战，提前三个月完成了国家交给的任务，得到了中央领导同志的表扬。这两年，国家搞改革开放，各行各业都要进口设备，农村还需要进口化肥，国家又要求我们提高产量，出口创汇。我顶着各种压力，争设备、争投资，目的就是尽快扩大产能，把红河渡建成中国最大的铜业基地。你说，我做这些事情，都错了吗？"

"这个……当然没错。"冯啸辰有些语塞了，他总不能说邹秉政不应当听国家的安排吧？

邹秉政道："我今年已经 65 岁了。去年，我就已经向上级提出了申请，要求组织批准我离休。但组织不同意，说希望我在红河渡再顶一阵子，等目前的扩产计划完成再离开。组织有这样的需要，我个人还有什么可说的呢？说真的，我也舍不得离开这个岗位，我还想能够为国家多作一些贡献。"

这种话，如果换一个人的嘴说出来，冯啸辰或许会认为只是一些空洞的套话，但出自于邹秉政之口，冯啸辰知道，这是他的心里话。邹秉政的为人是众所周知的，在红河渡这么多年，没有为自己谋过私利，的确可以说是一门心思都扑在了矿山建设上。他已经过了离休的年龄，可以去享清福了，但他却还在这里殚精竭虑，甚至为了保证矿山增产而不惜与上级部门干仗。

邹秉政拒绝罗冶的自卸车，理由正如他说过的那样，是担心国产自卸车的质量无法保障，影响矿山的正常生产。从他作为一名矿务局局长的立场来说，这样做是完全没有错的。他的错误仅仅在于，他没有站到更高的位置去思考这个问题，看不到国家的全局安排。

"邹局长，你的心情，我完全可以理解。但是，我昨天说的那些话，也请你认真地思考一下。我们国家不能永远都靠卖矿石来发展，这只是暂时的权宜之计，制造业才是我们最终的立国之本。"冯啸辰说道。

邹秉政点点头，道："你昨天说的那些话，的确是振聋发聩。你当时醉倒了，我让小熊他们把你送到招待所去，我自己回到家，也是一夜没合眼。"

“这个……真的很抱歉。”冯啸辰低声说道。

邹秉政摆摆手道："没什么抱歉的，你说得很对。我干了一辈子的矿山，脑子里只有采矿这一根弦。在我看来，多采矿就是对国家作贡献，但采矿是为了什么，我们反而没去多想了。

红河渡铜矿搞扩建，用的都是进口设备，从挖掘机，到运输车辆，再到选矿设备。产能是提高了，可提高了产能之后采出来的矿石，大部分都要用于偿还这些设备款。结果，我们辛辛苦苦干了大半年，全是在为小日本采矿。我们过去也嘀咕过这件事，但却不知道该怎么办。昨天听了你的话，我才恍然大悟，我们的确不能再这样下去了，应当自己搞设备。我们自己的铜矿，应当是为自己服务的，怎么能便宜了外国人呢？"

“邹局长这样想就对了。”冯啸辰欣慰地说道，"这也就是我们重装办为什么要力推罗冶的自卸车的原因。我们用市场换技术的方法，引进了海菲公司的技术，为此付出了大量的外汇。等我们全部掌握了这些技术，那么我们的矿山就不再需要进口自卸车，而是可以用我们自己生产的自卸车，那时候我们就不需要出口矿石去换取外汇了。此外，我们的自卸车还可以出口到国外，去交换别人的矿产，这是多么美妙的事情。"

“你去过罗冶，你觉得他们有希望做到这一点吗？”邹秉政问道。

冯啸辰肯定地点点头，说道："我觉得他们有希望做到。邹局长，你要相信，我们这一代人的热情不会比你们逊色。在五十年代那种困难条件下，你们能够做到的事情，我们在今天这样好的环境下就更应该做到了。我前几天在罗冶，和罗冶的工人、技术人员接触过，他们的心里也都憋着一股劲，希望能够用最短的时间，掌握引进的技术。他们付出的辛苦，丝毫也不比你们少。"

“看来，我也应该到罗冶去走走，看看他们在做什么。”邹秉政道。

冯啸辰笑道："邹局长如果要去罗冶，我想罗冶方面肯定会扫榻相迎的。除了罗冶，邹局长还可以去林北重机、秦州重机这些厂子看看，他们和罗冶一样，都从国外引进了技术，目标就是实现进口替代。我们过去忙着搞运动，耽误了不少时间，现在开始补课，虽然很难，但还来得及。"

邹秉政道："上次你们那个冷处长来的时候，也跟我说过类似的话，但我还不太相信。这一次，从你身上，我看到了这样一种心气，我开始有些相信你们能够做成一些事情了。"

"呃，我有什么特别吗？"冯啸辰诧异地问道，他想来想去，好像自己也没说过什么豪言壮语啊。

邹秉政瞪了他一眼，说道："昨天晚上你说了什么，全都忘了？你一个小年轻，为了说服我接受罗冶的自卸车，就敢指着我的鼻子骂我是老不要脸。我想，你不会不知道这样做的后果，但你还是做了。就冲你这份胆色，我就知道你是一个真心想做事的人。"

冯啸辰尴尬地笑道："邹局长，我也是情急无奈，才出此下策，您是长辈，可千万别跟我计较。"

邹秉政一指下面的矿场，说道："我如果要跟你计较，就把你送到矿场上去了，只要我招呼一句，看那些矿工会不会把你揍扁。"

"看来，我还得谢邹局长不杀之恩。"冯啸辰开着玩笑道。他已经能够感觉得到邹秉政对他的善意了，很显然，老邹现在把他当成了一个忘年交，能够对他说一些掏心窝子的话，他也就可以与老邹开开玩笑了。

"不容易啊，初生牛犊不怕虎，和我年轻的时候一样。有这样一股子劲，就没有做不好的事情。"邹秉政用长辈的口吻说道。

"这么说，邹局长已经决定接受罗冶的自卸车了？"冯啸辰把谈话引回了正题。和邹秉政谈到这个程度，应当可以落实这件事情了。

邹秉政点点头，道："今天上午，我和几个领导认真分析了罗冶提出的方案，认为他们的方案是有诚意的，同时，对于自卸车的质量保障也有一套行之有效的方法。为了支持咱们国家自己的自卸车发展，我们红河渡愿意当这个吃螃蟹的人。"

"那就太感谢邹局长了，感谢红河渡矿务局的领导们。"冯啸辰由衷地说道，"你们放心吧，我们重装办也会督促罗冶抓好质量控制，尽量不给你们增添麻烦。"

邹秉政道："麻烦不麻烦的，我们已经有心理准备了。我们考虑过，准备拿出一笔资金，和罗冶合作，在红河渡建立一个研究中心，共同改进自卸车。未来，我们还要把林北重机这些厂子也都吸收进来，一起开发咱们中国自己的矿山机械。正像你说的那样，红河渡的铜矿迟早是要挖完的，我希望在矿石挖完之前，我们能够拥有制造装备的能力，到时候，我们就不再需要靠挖矿来为国家作贡献，而是能够出口我们自己的装备，去换国外的矿石。"

"太好了！"冯啸辰拍手赞道，"我在罗冶的时候，他们那边的人还提出过这个想法呢，说希望能够和矿山方面一起搞设备的开发，这样直接面向实践部门，才能够做得更好。邹局长有这样的想法，他们可真是求之不得啊。"

第 二 百 七 十 二 章

这一趟红河渡之行，可谓是大获成功，红河渡矿务局不仅答应了接受罗冶的自卸车，还表示要拿出资金来与罗冶共同建立一个研究中心，进行矿山装备的研究。红河渡矿务局财大气粗，同时又是矿山生产一线，有丰富的实践经验和进行工业试验的条件，如果能够与罗冶联手，对于罗冶消化吸收引进技术以及未来开发出自主技术，都是非常有帮助的。

冯啸辰把这个消息通知罗冶的厂方之后，罗冶马上派出了由厂长、总工程师带队的一个代表团，赶赴红河渡与邹秉政见面，那个热情洋溢的场面，自不必细说了。

冯啸辰和王根基在红河渡又待了几天，邹秉政一反以往铁面无私的常态，专门叮嘱傅武刚、熊小芳要做好对他们俩的招待工作，每天好吃好喝不说，还给他们安排了一次到旁边景区去游览的机会。冯啸辰知道这是老爷子欣赏他的一种表示，所以也没有拂了这份面子。

在这几天时间里，邹秉政找冯啸辰谈了好几次，就国际经济形势、国内装备产业发展、国家振兴等问题进行了充分的沟通。冯啸辰有两世的记忆，说起中国工业发展的前景，有理有据，让老爷子听得心驰神往，连声叹息自己年纪太大，不知道能不能看到中国成为世界工厂的那一天。

办完后续的一些事情，冯啸辰、王根基二人返回了京城，有关冯啸辰借醉怒骂邹秉政的事情，由王根基之口泄漏出来，立马传遍了整个重装办，连经委的张主任都有所耳闻。罗翔飞为此还专门把冯啸辰找去斥责了一通，让他以后少干这种出格的事情。这一回冯啸辰也只能算是侥幸过关，如果邹秉政不是那种心底无私的老前辈，而是更狭隘一点，或者更傲慢一点，仅凭冯啸辰骂他一句"老不要脸"，就够闹成一起中央与地方之间的重大纠纷了。

日子在忙碌中匆匆流过，转眼已是1983年的春节前夕。这个春节，冯啸辰没有请假回南江，倒是冯立、冯飞两家人齐刷刷地来到了京城，等着迎接回国省亲的老太太晏乐琴。

自从通过冯啸辰接上了国内的关系之后，晏乐琴便有了回国的念头。但这几年正值中国改革开放的前期，在涉外关系上颇有一些敏感的考虑。晏乐琴的回国计划也是一波三折，直到这个时候，她才拿到了签证，带着小儿子冯华一家，踏上了归途。

"妈！"

"奶奶！"

"小立，小飞！"

"大哥，二哥！"

"叔叔……"

各种各样的称谓在首都机场的接机大厅里响起来。晏乐琴拉着两个儿子的手，泣不成声。冯立和冯飞一边一个挽着离别近四十年的母亲，也都是满脸泪痕。冯华站在旁边，拍拍这个哥哥，又拍拍那个哥哥，那种融化在血脉之中的兄弟之情是怎么也压抑不住的。

几个妯娌是过去见过面的，此时站在一旁，互相说着一些女人间的闲话。再至于第三代人，就更轻松了，冯文茹挽着大堂哥冯啸辰的手，偏着头看着冯凌宇、冯林涛这两个没见过面的小表哥，颇为好奇地问长问短，倒是这两个男孩子在漂亮堂妹的注视下有些手足无措。

类似于这样的亲人相见的场面，在首都机场几乎每天都会上演若干出，所以来来往往的人们对此也并不觉得奇怪。大家互诉了一番离情之后，晏乐琴和冯立、冯飞等人的情绪都平静了一些，冯啸辰牵着冯文茹的手走上前去，说道："奶奶，爸，二叔，三叔，咱们也别总站在这里说话了，还是先去宾馆吧。"

"对对对，先去宾馆。"冯立连声应道，接着又转头对着母亲和三弟冯华说道，"妈，老三，啸辰已经在友谊宾馆帮你们订好了房间，咱们先到宾馆去住下，然后全家人一起吃顿团圆饭。唉，说来惭愧，这些都是啸辰给安排的，我这个当爸的还不如他能干呢。"

晏乐琴笑着伸手拍了拍冯啸辰的后背，对冯立说道："小立，啸辰的确是非常能干，上次他去德国的时候，我就已经知道了，小华和舒怡对他评价也很高呢。听啸辰说，你爸爸把他的本事都教给啸辰了，如果他能够看到啸辰今天的出息，还不知道有多高兴呢。"

说起冯维仁，晏乐琴忍不住眼圈又有些发红。冯啸辰连忙打岔道："奶奶，你可别这样说，我这点本事，算不上什么。这一次，你把凌宇和林涛两个都带走，到德国以后，你可以亲自教他们，然后看看是爷爷教的水平高，还是奶奶你教的水平高。"

晏乐琴被冯啸辰的话给逗乐了，她转悲为喜，笑着说道："哈哈，没错没错，你爷爷只教了你一个，剩下凌宇和林涛两个，我带到德国去亲自教一教，就不信会比你爷爷教得差。"

晏乐琴这一趟回来省亲，事先说好了回德国时要把冯凌宇和冯林涛兄弟俩也带走，他们俩将会在德国上一段时间的补习学校，如果成绩好，则可以考德国的大学，即便是成绩不行，晏乐琴也会给他们安排到当地的技校去学习，总之是要拿一份洋文凭回国来的。在此前，冯啸辰已经把他们俩安排在辰宇公司，跟着厂里的老工程师陈晋群学了一段时间的德语，基本的生活会话已经不成问题了。

大家说笑着出了接机大厅，登上冯啸辰租来的中型客车，前往友谊宾馆。晏乐琴坐在前排，一直把脸贴在窗户上，贪婪地观看着外面的景色。其实此时的京城还没有像后世那样扩张，从机场到城区的一路上大多是农田，间或有一些建筑物。但晏乐琴却觉得这就是最美的风景了。他乡虽好，终不及故土。

到宾馆安顿好，洗漱完毕，冯啸辰领着众人到了宾馆的餐厅，那里已经安排下了一桌丰盛的酒宴。一家人围着圆桌坐下，先端起酒杯祭奠了一下冯维仁，然后就按着长幼顺序开始敬酒。敬酒的名目众多，每句话都透着浓浓的亲情。因为是家宴，大家每一轮并没有喝得太多，但渐渐也都有了一些醉意。

"啸辰，你的事业越做越大了，用你叔叔的话说，叫作令人刮目相看啊。"

酒过三巡，大家各自开始聊天的时候，冯舒怡坐到了冯啸辰的身边，笑嘻嘻地对他说道。

"哪里哪里，我现在哪有什么大事业。"冯啸辰谦虚道。

冯舒怡道："你以为我不知道吗？辰宇公司的产品，目前在德国市场上销售得非常好。我向佩曼了解过，他说你们不仅仅是继承了菲洛公司原有的技术，还在这个基础上进行了开发，有些新产品的性能已经超过了菲洛公司原来的产品。佩曼表示，如果照现在的势头发展下去，辰宇公司不但能够恢复原来菲洛公司的市场份额，还有可能进一步增长。我预感到，未来整个冯家都要以你为中心了。"

冯啸辰笑道："婶子又在笑话我了，有奶奶在，大家自然是以她为中心的。就算奶奶退休了不管事情，还有各位叔叔婶婶，什么时候能够轮到我来当中心了？"

冯舒怡瞥了冯啸辰一眼，道："在婶子面前，你还说这种客套话吗？这一年多时间里，你奶奶经常说，年轻的一代中，就数你最有出息。你继承了你爷爷的技术，又有经营头脑，未来肯定会有很大的发展。她已经决定了，要全力支持你的事情，还让你叔叔和我也要助你一臂之力。我们这次过来，除了回南江老家去看看之外，另一件重要的事情，就是来帮你建立中国装备科技基金的。"

"怎么，这件事已经有眉目了吗？"冯啸辰惊喜地问道。

"有眉目了，是你叔叔一手推动的，不过，这主要也是因为你奶奶一直都在催促着他办。现在德国那边的事情基本上已经办好了，你叔叔所在的德国明堡银行答应作为装备科技基金的担保银行和债券发行商，只要中国政府方面能够提供必要的担保文件，这个基金就可以开始运作了。"冯舒怡简单地介绍道。

"太好了！"冯啸辰以拳击掌，兴奋地说道："明天我就向我们领导汇报，请经委安排财政部、外贸部的官员一起来商谈此事。不瞒你说，国内的官员对于这种模式还很不熟悉，届时恐怕需要叔叔和婶子给他们讲解一下。"

冯舒怡道："没问题，我们这次来，就是来给你帮忙的，你说需要我们做什么，我们就照着做。"

冯啸辰道："婶子，你这样说我可担当不起了。这件事情主要还是国家的事情，我想，奶奶也是出于报效国家的想法，才付出这么多心血去推动这件事，这也算是完成爷爷的未竟事业吧。"

冯舒怡摇摇头道："对于你奶奶来说，这件事不仅仅是国家的事情，还是你的事情。我能够感觉得出来，她推动这件事情，起码有一半的原因是想为你铺路，让你有一份很闪光的成绩。如果不是因为这个原因，她是不会这样努力的。"

第 二 百 七 十 三 章

建立一个基金来促进装备科研发展的想法，是冯啸辰从日本考察大化肥设备回来之后就形成的。根据他了解到的情况，中国在大化肥装备制造方面存在着理论和实践两方面的不足。实践方面的不足，可以通过引进技术，再加上足够多的项目支撑，来逐步弥补。而在理论研究上的不足，就需要有大量的科研经费投入，吸引大量科研院所和高校的研究人员集体攻关，才能有突破。

八十年代前叶，中国可谓是百业待举，各个领域都在大干快上，而国家的实力还非常弱，财政资金入不敷出，捉襟见肘。有许多关系到国计民生的项目都需要投资，大化肥项目以及其他一些装备领域的科研项目虽然也是被列入国家重点扶植范围的，但每年能够分配到的科研经费却非常有限，用这些人来支付科研人员的人头费尚嫌不足，哪里谈得上开展高水平的科研活动。

面对着这种情况，冯啸辰灵机一动，提出了发行大化肥债券的想法，准备用债券融资这种方法，筹集几千万乃至上亿的资金，用于大化肥的科研。至于这些债券的偿还，则要依靠研发出来的技术所产生的回报。冯啸辰有十足的把握，相信这些钱会有丰厚的回报，届时不仅可以偿还所有的债券本息，还能够有大量的节余，用于后续的进一步研发。

考虑到国内百姓手里没有什么余钱，更不可能接受需要五年乃至十年才能获得回报的债券，冯啸辰提出可以把债券的发行范围转移到国外，利用国外的闲散资金来为中国的现代化服务。

这个想法得到了罗翔飞以及经委领导的认同，但具体到这种债券如何发行，大家就没有经验了。冯啸辰自己也不太清楚这方面的程序，他把自己的想法写成一份报告，邮寄给了远在德国的晏乐琴、冯华和冯舒怡，请他们帮忙论证。

晏乐琴是对这件事情最为积极的，她原本就是带着实业报国的理想出国去学习的，这些年远在海外，空有一身知识却无法报效国家，让她颇为难过。在与冯啸辰相认之后，她就一直想着如何能够为国家做一些事情，尤其是工业科研方面的事情。冯啸辰的这个提案，让她眼前一亮，觉得这是一个帮助国内科研发展的好思路，而她自己也可以在这件事里发挥一些作用。

见母亲对此事极为重视，冯华和冯舒怡夫妻俩也开始认真地分析起来。冯舒怡是做专利事务的，对于技术的价值有很深的认识。她认为，中国是一个技术落后的国家，技术上的改进余地很大，科研资金的投入能够产生出比在西方更大的回报。冯华则是从一个银行家的角度来思考这件事的，他不但看到了技术的价值，还看到了中国市场的价值。他认为，在这样一个正在蓬勃发展的市场中占据领先地位，将能够为银行带来长久的收益。

带着这样的想法，冯华把冯啸辰的方案进行修改之后，提交到了明堡银行的董事会上，并就此议案作了一个长篇的说明。也不知道是冯华的演说打动了各位董事，还是这件事本身让银行家们嗅出了商机，董事会通过了一个决议，授权冯华与中国政府洽谈，成立一个由明堡银行和中国政府双方持股的装备科研基金，专门在欧洲市场上吸纳资金，用于支持中国的装备制造业科研。

这个决议的内容，远远超过了冯啸辰最初的设想。冯啸辰原本只是从大化肥入手，希望筹集一些资金用于大化肥的科研。而明堡银行的决议却是把资助的范围扩展到了整个重大装备制造领域，或者说就是冯啸辰所在的重装办目前所管辖的这些领域。如果这个基金能够建成，那么不仅仅是大化肥的科研能够得到充足的资金保障，冶金、电力、采矿、交通等方面的装备制造也能获得好处。

建立这样一个基金，对于明堡银行来说是有充分好处的。首先，董事会接受了冯啸辰的观点，同时也是冯华、冯舒怡的观点，即认为中国作为一个技术落后的国家，技术研发能够带来的价值增量是非常可观的。其次，董事会还意识到这是一个与中国的装备制造主管部门建立良好联系的机会，而这种联系本身就有极大的价值。可以这样说，即便是基金的投入无法收回，仅凭着能够形成强大的人脉关系这一点，明堡银行就值得花费这些财力和人力。

冯华这次回国来，有一项重要的使命就是代表明堡银行与中国政府进行谈判，确定建立基金的事宜。明堡银行方面给出的条件非常优厚，他们表示将提供5000万马克作为原始投入，在基金里只占20％的股份，而把余下的80％股权留给了中国政府。中国政府在这个基金中不需要支付现金作为投入，只需要为基金背书，承诺通过基金筹集到的经费将全部用于装备研发，而未来这些研发成果不论用于中国国内，还是全球其他市场，都要按专利授权的规则收取使用费，用于偿还贷款，多余部分则作为基金的红利。

晏乐琴、冯华他们如此努力地推动这件事，除了有爱国的成分之外，还有一点就是冯舒怡说的，希望能够给冯啸辰提供一些助力。以冯啸辰的年龄和资历，当然不可能在这个基金会中担任什么要职，但晏乐琴他们要让中国政府知道，这个基金得以建立，很大程度上来自于冯啸辰的推动，希望上级部门不要忘记冯啸辰的贡献。

冯啸辰今年才22岁，有着广阔的前途。晏乐琴、冯华他们觉得，为冯啸辰送上这样一份政绩，将能够帮助冯啸辰更快地获得提升。他们虽然并不很清楚中国的官员级别，但看到自己的晚辈能够走到更高位置上，他们还是十分欣慰的。

"婶子，你觉得，这个基金能够在欧洲吸收到投资吗？"冯啸辰好奇地问道。这个主意虽然是他出的，但他对于国外的情况还真不是太了解，生怕自己异想天开，最后闹出笑话。

冯舒怡笑道："能不能吸收到投资，取决于债券发行商的实力以及宣传力度。明堡银行在德国是很有影响力的银行，由明堡银行出面来筹集资金，效果会远远地好于中国政府直接去欧洲市场融资。另外，你奶奶也打算利用她的影响力帮着进行宣传，她是著名的冶金装备专家，在工业界有不小的名气，她如果亲自出面宣传，也会让更多人相信的。"

"这可真是太感谢奶奶和叔叔、婶子了。"冯啸辰由衷地说道。

冯舒怡伸出手指在冯啸辰的脑门上戳了一下，嗔怪地说道："都是一家人，我们是你的长辈，帮你做点事情还不是应该的吗？能够帮助中国发展现代化，也是我们的心愿呢。"

"啸辰，你和你婶子在聊什么呢？"冯立注意到了这边的谈话，隔着桌子好奇地问道。

"他们应该是在谈基金的事情吧。"晏乐琴替冯啸辰回答了。

冯立有些错愕："什么基金的事情？"

晏乐琴笑道："你这个当爸爸的，可很不合格啊。啸辰做了这么大的一件事情，你一点都不知道吗？"

"是吗？什么事情？"冯立问道。

"让小华给你说吧。"晏乐琴指着冯华说道。

冯华把基金的事情向冯立和冯飞二人说了一遍，两个人听罢，都有些目瞪口呆。在他们的心目中，冯啸辰也就是有些机缘巧合，才能够到重装办来工作，却不知道冯啸辰居然能够提出这样的点子。他们不懂得融资、债券之类的概念，但听冯华的意思，似乎这是一件非常高大上的事情。尤其是冯华所披露的融资规模，更是让冯立和冯飞感到震惊，动辄上亿马克的资金，这居然就是冯啸辰打算要做的事情。

"小华，这事靠谱不靠谱？你可不能为了惯着啸辰，就拿这么大的一笔资金去开玩笑啊。"冯立惴惴地说道。

冯华笑道："大哥，你可太小看啸辰了。他提交给我们的方案，有理有据，对于资金筹集和资金运用的思路非常严谨，让我们董事会里那些金融圈子里的老人都叹为观止。再说，这件事是明堡银行和中国政府双方的事情，我们这次来，还要让啸辰给我们引见中国政府的高官，这些人总是不会随便乱来的吧？"

"我真是怕这孩子心太大了……"冯立说道。

冯飞则咂舌道："真看不出来。上次我来京城，和啸辰见了一面，当时就觉得啸辰长大了不少，变得成熟了，能力也强了。可我还是没有想到，他居然有这样大的魄力，敢策划一个几亿元基金的提案，唉，这一点上，我估计我家林涛是永远都赶不上他了。"

晏乐琴道："小飞，林涛到我那里去，我会好好教他一些东西的，他将来肯定也会有很大的出息。不过，我觉得啸辰是个有想法的孩子，人很聪明，做事也很踏实，我已经跟小华和舒怡说过了，我们会全力支持他的事业。"

"妈，我明白你的意思。"冯飞在这个问题上可不笨，他当即表态道，"啸辰是我的侄子，我自然也会全力支持他的。"

"没错。你们三兄弟分离了这么久，现在总算是联系上了。你们这一代人已经定型了，也不必多说。下一代这四个孩子，你们要不分彼此，不管哪个孩子的事情，做叔叔、做伯伯的都要全心全意地支持，让他们能够成才。"晏乐琴叮嘱道。

第 二 百 七 十 四 章

晏乐琴、冯华一行与国家经委的会谈被安排在他们抵达中国后的第三天。经委方面参加会谈的有主任张克艰，还有几个职能部门的负责人，包括重装办副主任罗翔飞。冯啸辰也参加了这次会谈，他的身份极为特殊，是作为谈判双方的联络人，虽然坐在最末端的座位上，却被谈判双方频频谈起。

这场会谈，真正的主题是有关中德合作建立装备科技基金的事情，但名义上却是国家经委领导欢迎晏乐琴教授一行回国探亲，这也符合中国官场上公事当成私事办的传统。晏乐琴在这次会谈中有两个身份，一是作为一名在海外小有成就的爱国科学家，二是老科学家冯维仁的遗孀，这两个身份都是值得国家一个部委的官员亲自出面迎接的。

会谈开始，张克艰首先与晏乐琴谈起了冯维仁回国之后的贡献，以及晏乐琴在过去这些年里在德国从事的一些爱国活动，从而把这次合作的基调定在了海外华人为国效力的高度上。对于这个定位，晏乐琴是非常高兴的，眉宇之间甚至带上了几分激动与自豪。

接下来，会谈进入了正题。冯华向张克艰介绍了明堡银行对于建立中国装备工业科技基金的整体设想，这个设想虽然是由明堡银行方面提出的，但因为有冯啸辰的参与，所以非常切合国家经委方面的考虑，与会的经委官员们认真地分析之后，发现竟然没有太多需要修改或者调整的余地，完全就是一个有利于中方的方案。

"好啊，冯先生，太感谢您和明堡银行了。你们这个方案，完全就是为我们量身订制的，是为我们雪中送炭啊。"张克艰由衷地对冯华说道。

冯华笑道："张主任说哪里话，我也是炎黄子孙，我的父亲和两个哥哥都已经为国家作了这么多年的贡献，我还什么都没有做，能够办好这件事情，也算是我这个中华民族的不肖子孙在为国家尽一份绵薄之力了。"

"哈哈，说得好，说得好啊，不愧是冯老的后代。"张克艰笑着赞道，接着又转头向罗翔飞问道，"翔飞，刚才冯先生说起的他的两个哥哥，是不是有一位就是小冯的父亲啊？"

罗翔飞此前是做了准备的，他赶紧回答道："是的。冯老的长子冯立同志，在南江省工作，是南江省新岭市二中的老师，多次获得先进工作者的称号，他正是小冯的父亲。冯老的次子冯飞同志，在青东省东翔机械厂工作，是厂里的工程师，也是劳动模范。小冯您就很熟悉了，现在是我们重装办的骨干。"

"小冯同志可不仅是你们重装办的骨干，也是我们经委的骨干啊。"张克艰毫不吝惜溢美之辞。冯啸辰的才华和贡献，在经委是有目共睹的，张克艰这样评价并不为过。此外，在与晏乐琴、冯华的交谈中，他已经感觉到，这家人对于冯啸辰这个家族第三代是颇为看重的，当着他们的面夸奖一番冯啸辰，能够强化他们做好基金这件事的决心。

"晏老，您不但有三个好儿子，孙辈也很优秀啊。"张克艰转头对晏乐琴说道。

"这都是领导栽培的结果，我听啸辰说过，经委的领导对他非常关心，也非常器重，我代表我们全家感谢张主任和各位领导了。"晏乐琴说着场面话，心里则有着压抑不住的欢喜。

在此前，她曾听冯啸辰说起他自己已在国内所做的那些成绩。冯舒怡上次来中国，在冯啸辰的陪同下见过孟凡泽，回国之后告诉晏乐琴，说冯啸辰在部长面前也颇为得宠。对于所有这些听来的消息，晏乐琴都有些半信半疑，总担心是冯啸辰和冯舒怡有所夸大，把普通的一些领导关怀夸成格外的青睐。

这一回，晏乐琴亲眼看到了冯啸辰在一干经委官员面前所受到的宠爱和信任，许多官员在发言的时候都会提到冯啸辰，张克艰、罗翔飞他们还会不时向冯啸辰提出一两个问题，让他帮着回答。而冯啸辰在这些领导面前的表现，极为从容，显示出他并不是第一次与这些领导对话，而是平常就经历着这样的场面，而且还是作为一个有发言权的下属出现。

看到这一切，晏乐琴的心忍不住就变得火热了。她是一位年近七旬的老人，自己的荣辱已经无足轻重，能够看到子孙辈飞黄腾达，才是最为欣慰的事情。而如果她能够为子孙的事业发展出一份力，那就更是高兴了。

"张主任，当年我和啸辰的爷爷一道去德国留学，就是为了实业报国的理想。因为阴差阳错的原因，我和华儿没能在国家最困难的时候回到国内，和啸辰的爷爷一起为国出力，这是让我抱憾终生的事情。现在有这样一个机会，我愿意倾尽我所有的力量。张主任有什么吩咐，我定当义不容辞。"晏乐琴说道。

"晏老的爱国热情，真是值得我们学习啊。"张克艰先给晏乐琴又戴了一顶高帽子，然后说道，"听晏老这样一说，我倒有个想法，也不知道合适不合适。"

晏乐琴道："张主任请讲，只要我能做到。"

张克艰道："冯先生代表明堡银行提出的这个方案，非常符合我们国家发展的需要。我们国家要搞现代化建设，科技必须先行，而要搞科技，就必须要有资金支持。我们国家人口多，底子薄，资金十分短缺。如果能够把这个装备科技基金建立起来，对于促进我们国家的装备工业发展，将起到关键的作用。经委会马上召开会议讨论这个问题，并听取计委、科委、教委、机械部、化工部等各部委的意见，尽快拿出一个我们这方面的实施方案来。我有个不情之请，想请晏老担任这个基金会的理事长，您看如何？"

"请我当理事长？"晏乐琴一怔。虽然在这次会谈中，她是坐在主宾位置上的，但她一直觉得自己在这件事情里只是一个牵线的人，是作为冯华的母亲以及冯啸辰的奶奶出现的，这件事本身与她并没有太大的关系。谁承想，张克艰居然提出让她担任基金会的理事长，虽然她也知道自己只是一个象征性的负责人，但依然感觉到了一种尊重以及责任。

"这怎么行呢，我只是一个退休的教师罢了，而且还是海外华侨，担不起这样的重任啊。"晏乐琴忐忑地推辞道。

张克艰笑道:"晏老,我想来想去,您是最合适的人选。您看,您是知名的冶金装备专家,懂得工业科研的规律,负责这个基金的运作是最为合适的。其次,您在德国从事了多年的教学工作,桃李满天下,在欧洲甚至美国都有着很强的号召力,这是别人无法替代的。最重要的一点是,您虽然身处海外,但这颗爱国心始终是滚烫的,要论对祖国的忠诚这一点,谁也比不上您啊。"

这么高的一个评价,一下子就把晏乐琴给砸昏头了。她说到底也就是一个知识分子,没有多少官场经验,哪能经得起官员的这种吹捧。她嘴里说着谦虚的话,脸上却笑开了花,连声说道:"张主任这样夸奖我,我可担当不起。这样吧,如果国家确实有这个需要,我这个老太太没什么说的,理应发挥出这点余热。我可以暂时把这个理事长的位置接下来,等国家找到更合适的人选,我再让贤。不过,我现在年纪大了,光是挂个名没什么问题,实际的工作恐怕做不了多少。毕竟我身在国外,国内的事情很不熟悉啊。"

张克艰道:"晏老放心,您主要就是起一个掌舵的作用,具体的事情,我们会安排得力的干部来负责的,您的宝贝孙子不还坐在那里吗,他可就是我们经委最年轻最得力的处级干部呢。"

"哎呀,啸辰可不行,他还太年轻了,不够稳重。"晏乐琴言不由衷地说道。

张克艰道:"您放心,我们会尽力培养他的。至于晏老刚才说的身在海外,我是这样想的,一来呢,您在海外是一个优势,能够帮助我们在海外进行宣传,发挥我们无法发挥的作用。二来,我们也欢迎晏老经常回国来走走、看看,指导一下国内的建设。小郝,我交给你们工交司预算处一个任务,在这几天时间内,在京城找一个闲置的小四合院,以后就作为晏老在京城的住处。至于平时嘛,就让小冯住在那里看家,也方便小冯谈恋爱搞对象嘛。"

最后一句话就是玩笑了,这也体现出了张克艰的谈话艺术。众人一下子都笑了起来，身为工交司预算处长的郝亚威更是笑着连连点头，大声应道："张主任，您放心吧，保证完成任务。"

他此时正坐在冯啸辰的身边，说完上面那些话，他转过头，对着冯啸辰低声说道："小冯，你真好福气啊，主任亲自给你批一个小四合院用来谈恋爱，你知道现在年轻人结婚找房子有多难。哎，这样吧，我有个远房侄女，长得非常漂亮，就便宜你小子了……"

第 二 百 七 十 五 章

这次会谈过后，晏乐琴带着冯华一家，在冯立、冯飞两家人的陪同下，返回了南江，在新岭的公墓祭拜了冯维仁，又回老家祭拜了先人，然后便是与亲朋故旧见面。

冯家的上一辈人已经都不在了，晏乐琴自己的父母也早已故去，倒是还有一些在世的堂亲表亲，以及他们各自的子孙等等。听说有海外亲戚回来，冯家和晏家的后人都纷纷赶来看望，有叙旧的，有指望着拿到点什么外国礼品的，也有想搭上关系以便送孩子出国留学的。

冯立、何雪珍都是懂得这些人情世故的，少不得替晏乐琴当参谋，教她如何应对。冯啸辰在此前就已经借着菲洛公司的名义从德国买回来一批衣物、化妆品、文具之类的小商品，供晏乐琴赠送给上门来的亲友们。大家各自得了一些在时下颇为稀罕的外国礼品，都心满意足，说了一些很暖心的话，让晏乐琴的这次探亲之旅显得颇为圆满。

南江省、东山市以及桐川县的各级领导也都露面了，话里话外都有希望晏乐琴或者冯华回乡来投资的意思。晏乐琴许了不少空洞的诺言，宾主其乐融融，会谈场面极其和谐。

一行人中最开心的莫过于冯文茹了。她一直生活在西方世界，从来没有见过第三世界是什么样子。虽然偶尔也会因为住房的破旧，尤其是厕所的肮脏感到不适，但更多的时候她都是欢天喜地的，在路上看到一堆牛粪都要兴奋地围着端详半天。

家乡的各种美食更是让她觉得新鲜，几乎到了舍不得回德国去的地步。传统的南江菜口味偏重，往往要放很多的辣椒和酱油、豆豉之类用以调味。冯啸辰知道冯华一家三口都不太能吃辣，晏乐琴在海外多年，吃辣椒的能力也已经下降，因此专门让陈抒涵安排了一个二级厨师跟着他们，专门做一些较为清淡的菜肴，满足他们的口味。

在新岭的时候，陈抒涵也亲自下了一回厨，给一家人整治了一桌好菜。冯文茹吃得满嘴流油之际，与这位比自己大将近20岁的大姐姐也结下了深厚的友谊。

在老家过完春节，晏乐琴一行回到京城，经委与其他各部委的磋商也已经有了成果。综合各部委的意见，经委与冯华代表的明堡银行草签了合作协议，决定联合成立"中国装备工业科技基金"，在欧美市场发行中国装备科技债券。

债券由中国政府和明堡银行联合担保，分为五年期和十年期等不同种类。所筹集的资金将用于中国的装备技术研发，由国家重装办负责分配给各个研发项目，并以这些项目的回报来偿还本息。中国装备科技债券除了具备一般政府债券的良好信用和较高回报率之外，还随带着另外一些优惠条款，例如债券的持有者将优先获得与中国工业部门、科技部门合作的机会，债券还可以作为与中方开展经贸合作时的抵押品。

按照张克艰主任的提议，基金会将聘请晏乐琴担任理事长，经委和明堡银行方面各安排一些人员担任副理事长、理事等职务，其中罗翔飞担任常务副理事长，负责日常事务。郝亚威被安排担任基金会的财务负责人，重装办综合处处长谢皓亚担任项目分配负责人。

此外，冯舒怡被聘请为基金会的法律顾问，冯啸辰则被委派了一个理事长助理的职务，主要任务是作为晏乐琴的助手，做一些上传下达的工作。冯啸辰在基金会中的这个身份可大可小，说它大，是因为他可以代表晏乐琴对基金会的工作发表意见，说它小，则是指他本人并没有什么直接的权力，这也与他在经委的职务和资历相匹配，不至于让人感觉到一步登天。

洽谈完这些事情，晏乐琴一行便离开中国，返回了西德。他们来的时候是四个人，回去的时候则变成了六个人，增加的两个正是冯凌宇和冯林涛兄弟俩。在时下，出国留学还是比较稀罕的事情，能够由一位在国外小有名气的教授奶奶作为担保去留学，就更是难得。经委的一干官员都在私下里嘀咕，说冯家的第三代除了冯啸辰之外，另外两个男孩子未来的前途恐怕也是难以限量的，可谓是"一门三进士"，值得大家关注了。

在整个春节期间，冯啸辰又要管工作上的事情，又要管生活接待上的事，忙得七窍生烟。好不容易把奶奶一家送上飞机，没等他缓过气来，一个不速之客又出现在了他的办公室里。

"阮厂长，你怎么来了？怎么，到京城来联系什么业务吗？"

看着风尘仆仆站在自己面前的全福机械厂厂长阮福根，冯啸辰笑呵呵地问候着。

阮福根却没有一点轻松的表情，他一张嘴就带着哭腔："冯处长，出事了，出大事了，你可千万要救救董岩啊！"

"董岩，海化设的技术处长董岩？他出什么事情了？还有，为什么是你来找我们帮忙？"冯啸辰惊愕地问道。

上一次阮福根来申请项目的时候，透露过自己与董岩有一些亲戚关系，还说未来董岩可以作为他们的技术顾问，帮助他们解决分包任务的技术难题。可不管怎么说，董岩也是海东化工设备厂的人，如果董岩真的出了什么事，也该是海化设的厂长马伟祥来找重装办求助吧？

"董岩被抓起来了，是海化设报的案！"阮福根的话，一下子就回答了冯啸辰的疑惑。

"海化设报案抓董岩？为什么？老阮，你别急，来，我们到小会议室去，坐下慢慢说。"冯啸辰说道。

阮福根随着冯啸辰到了小会议室，冯啸辰还叫上了处里的冷飞云、周梦诗和顾施健，众人围着阮福根坐了半圈，等着阮福根介绍情况。

"唉，都怪我财迷心窍，害了我董家大侄子！"阮福根懊恼地捶着自己的脑袋，忏悔道。

事情还得从阮福根分包重装办的大化肥项目设备说起。那一次，阮福根从董岩那里得到消息，壮着胆子跑到重装办来申请业务。为了给程元定、马伟祥等一干装备企业负责人一个刺激，罗翔飞不仅同意了让全福机械厂分包一部分业务,还请来工人日报的记者,为阮福根做了一个报道,又组织了一系列的媒体攻势,狠狠地挫败了程元定等人的气焰,让他们不得不低下头来,接受重装办的安排。

在那件事情上,董岩作为一名泄密者,受到了马伟祥的痛斥。不过,骂过之后,马伟祥对董岩倒也没有什么进一步的刁难,毕竟董岩的技术水平在那放着,马伟祥还要指望他干活的。

阮福根的全福机械厂本身并不具备制造二类压力容器的能力,他的实力也不足以消化所承担的任务量。他采取以蛇吞象的做法,以租借的名义,把弟弟阮福泉管理的会安地区化工机械厂的设备和人员全部包下来,轰轰烈烈地开展了生产活动。

会安化工机械厂是一家地区所属的中型机械厂,有一定的实力,其实以自己的名义独立承担这些设备制造任务也是可以的。但阮福泉没有这样的魄力和重装办签订军令状,更确切地说,他也没有权力拿着国家资产作为抵押去承接这样的业务。而阮福根是个私人老板,财产是属于自己的,可以自由支配,所以才敢于冒这样的风险。

此外,就是私企与国企的内部管理体制问题了。阮福根能够实行多劳多得的政策,用高额的奖励驱使工人们加班加点,发挥聪明才智。而阮福泉连给职工多发二十块钱奖金都得向地区工业局备案,很难调动得起工人们的积极性。在设备简陋的情况下,人的因素是更为重要的,你无法让工人去拼命,要想完成分包任务就是纸上谈兵。

在技术方面,阮福根的倚仗就是董岩。会安化工机械厂的技术科有一些技术人员,应付常规的技术问题是足够的,但遇到一些难点就一筹莫展了。大化肥设备制造中涉及不少国外的新技术、新工艺,在这些方面,阮福根只能请董岩帮忙,甚至有些从日本拿过来的工艺说明书,都得董岩亲自翻译才能保证不出现讹误。

阮福根知道重赏之下必有勇夫的道理,他舍得花钱,每次请董岩帮忙,给的报酬少辄一两百,多则上千,几乎就是拿钱在往董岩身上砸。

董岩是个技术处长,一个月也就不到两百块钱的工资,偶尔有点奖金，也就是十块八块钱的，哪里见过像阮福根这样大方的老板。一开始，他拿报酬的时候还有些腼腆，同时有些胆怯，不知道这钱该不该拿，算不算犯法。拿得多了，他的胆子也就大了，觉得自己反正没耽误单位的工作，付出的也只是自己的智力，没用单位一张纸、一支笔，何惧之有。

可偏偏祸事就从天而降了。

第 二 百 七 十 六 章

在八十年代初，像董岩这样利用业余时间去为其他单位，尤其是为一些乡镇企业、个体企业提供服务的技术人员，并不在少数。这些人有一个名称，叫作"星期天工程师"。

在这个年代里，有点技术的人才都集中在国营的科研院所和工矿企业，乡镇企业和私营企业是不可能拥有这类人才的。乡镇企业和私营企业需要技术，也能够拿出可观的薪水来聘请技术人员。而许多国营单位里的技术人员待遇不高，人浮于事，也有时间、有愿望去乡镇企业干点私活，赚点外快。

利用业余时间赚外快这种事情，在国营单位里并不算什么秘密。冯啸辰刚到冶金局的时候，也见过王伟龙、程小峰他们这样的机关干部通过为杂志翻译外文文献的方法赚钱。这种事是属于民不举、官不究的，哪个单位的领导也不会多管闲事。

董岩以往也曾应某些乡镇企业的邀请，去帮过一些小忙，赚过一点小钱。这一回，他给阮福根帮忙，也是带着这样的心态。谁承想，阮福根给钱如此痛快，短短几个月的时间，董岩居然赚到了相当于自己一年多的工资，这可让他有些得意忘形了。

俗话说，钱是穷人的胆。因为来钱容易，董岩一家的花销也就水涨船高了。董岩的太太用这些外快买了好几件一直想买的漂亮衣服，在厂子里颇为招摇了一阵。董岩的儿子和女儿也分别拥有了自行车、足球、旅游鞋等孩子们眼中的奢侈品。就连董岩自己，也颇为烧包地买了一块新手表，戴在手上明晃晃的，还时不时摸出一包中华烟来分给同僚们抽，口口声声说是什么发了财的朋友送的。

大家都在苦哈哈指着几个工资生活的时候，你一家人如此显摆，不招人忌恨才怪。虽然谁都有个出去捞外快的时候，可人家一个月捞十几块钱，你一个月能捞到上千，用报纸上的话说，这就叫是可忍，孰不可忍。

很快就有人把这件事捅到了厂长马伟祥那里。马伟祥乍听此事，还颇不以为然，笑着骂举报者红眼病，说谁有本事就去赚钱，只要不是挖厂子的墙脚，不影响工作，厂里也不会干涉。可当听说董岩是为阮福根干活而赚到这些钱的时候，马伟祥的脸色就蓦然变了。

阮福根的事情，是给马伟祥的一记耳光。不单扇在他的脸上，更是痛在他的心里。由于出了阮福根这个变故，他们这些国营大厂的负责人被弄得灰头土脸，不敢再和罗翔飞较劲，被迫签了城下之盟。目前，分包给海化设的任务已经开始生产，进展情况也还算顺利，但马伟祥始终觉得心头有一根刺，既觉得这样接来的任务有些憋屈，又担心万一哪个地方出现点质量差错，会受到重装办的处罚。

对于阮福根，马伟祥一直耿耿于怀，天天盼着阮福根所分包的业务出现问题，届时他就可以狠狠地出一口恶气，看看罗翔飞的笑话。以马伟祥的想法，全福机械厂不过是一家乡镇企业，技术力量薄弱，分包这样的尖端设备，出问题是肯定的。他唯一担心的就是阮福根能够从什么地方找到外援，解决技术上的困难，这样马伟祥的愿望就落空了。

可怕什么就来什么，这个阮福根还真的就去找外援了，偏偏这个外援还是自己眼皮子底下的技术处长，差不多是整个海东省最牛的化工设备技术专家之一，这不是存心在恶心自己吗？

在接到举报之后，马伟祥马上召见了董岩，质问他有关为阮福根帮忙的事情。董岩知道不妙，含糊其辞，推说自己这些天频繁往会安市跑的原因是自家的老娘生病了，自己是去探病的。当然了，在探病期间，捎带着帮一个亲戚指点了一点生产的技术问题，收了一点土特产当报酬，这也是难免的。如果厂里认为这种行为不当，他坚决改正，以后再也不收土特产了。

"董岩，我告诉你，上次你把经委会议的事情透露给那个阮福根，我还没跟你算账呢！如果你敢吃里扒外，把厂里的技术秘密泄露出去，损公肥私，我可不管你为厂里作过多少贡献，我都会让你吃不了兜着走！"马伟祥这样警告道。

因为知道马伟祥的霸道，董岩还真是不敢违逆他的意志。在随后的两周里，董岩都找了借口，没有回会安去给阮福根帮忙。可阮福根哪里是那么好糊弄的人，他亲自跑到省城建陆市，拎着大包小包的礼物进了董岩的家。见面之后，阮福根不谈技术的事情，只是聊家常，又巧立名目给董岩的儿子、女儿各发一个硕大的红包，这一来，董岩就没法拒绝他的要求了。

圣人说得好，如果有100％的利润，资本家就敢于冒绞首的危险，如果有300％的利润，资本家就敢于践踏人间一切的法律。面对着阮福根的金钱攻势，董岩的妻子谢莉先溃败了。她给董岩吹了一个晚上的枕头风，从改革开放的大好形势，说到儿子娶媳、女儿出嫁之类的小道理，最终归结为一条：有钱不赚是傻瓜，捞外快这种事情，厂里谁没干过，凭什么我们就不能干？

董岩也进行了剧烈的思想斗争，他想象了马伟祥可能给他的各种惩罚，比如严肃批评、扣发奖金、坐冷板凳等等，甚至想到了被撤销处长职务的最严厉手段。他同时也给自己找了无数的理由，比如说只要偷偷摸摸去帮忙，就不会被发现，还有以后不要在经济上太招摇。他还想起马伟祥警告他的时候所说的话，按照这些话来理解，似乎只要他不出卖厂里的技术秘密，不动用厂里的资源，厂里似乎也是不会管的……

于是，董岩的星期天工程师生涯，又重新开始了。他自欺欺人地相信，马伟祥日常工作很忙，不会专门去调查这件事。他更是很天真地认为，最最最最严重的处分，也就是撤职而已。

撤了职就算了，老子如果能赚到几万块钱，一个处长又有什么舍不得的？

董岩忍着心疼对自己这样说道。

可他万万没有想到，马伟祥对于阮福根的仇恨是如此强烈，进而导致迁怒到董岩头上的惩罚也变成了万钧雷霆。就在一次董岩结束了在会安的工作，搭乘长途汽车刚刚回到建陆的时候，两名警察出现在了他的面前，给他戴上了锃亮的手铐。

到这一刻，谢莉才知道事情大了，她哭哭啼啼地跑到马伟祥那里去，声称愿意退赔所有的"赃款"，求厂里放董岩一马。马伟祥给了她一个冷漠的回答，声称董岩犯的是侵犯国家利益的大罪，厂里无能为力。

谢莉在厂里找遍了所有的领导，一直到有人向她透露了真相，她才知道这件事情的背后是马伟祥与阮福根的恩怨，董岩无论如何都算是躺着中枪。她想到解铃还须系铃人的道理，马上给阮福根打了电话，请阮福根出面调停。

阮福根闻听此事，也是如五雷轰顶一般震惊。他是做生意的人，对于世态炎凉有着特殊的敏感，早在自己被罗翔飞、冯啸辰他们利用的时候，他就知道自己已经与马伟祥等人结了怨，这个怨恐怕是解不开的。董岩是他的远房侄子，因为帮他做事而面临牢狱之灾，他不可能不管。

于是，阮福根带了昂贵的礼品，赔着笑脸，来到了海化设，求见马伟祥。他决定把自己面子当成一块抹布，任凭马伟祥用脚去踩，只求换得马伟祥放过董岩。然而，马伟祥根本就没有给他一个见面的机会，还让秘书带话，说阮福根如果敢把这些礼品送进来，他就会再次报警，让警察把阮福根这个企图"贿赂国家干部"的不法商人绳之以法。

到了这个地步，阮福根知道马伟祥是铁了心了，绝对不是他的几句软话或者一些礼品能够打动的。阮福根在省里也不认识什么有权势的人，无法借助别人的力量来说动马伟祥。情急之下，他只能连夜赶往京城，到重装办求救。

"这件事全怪我，全怪我啊！"阮福根连声说道，"冯处长，冷处长，你们就帮帮忙吧。如果警察一定要抓人，就让他们抓我吧，董岩是吃国家饭的，一旦被判刑，他这辈子就完了。我是个农民，坐几天牢没什么了不起的，我不能害了董岩啊，这让我怎么向他爸妈交代！"

说到这里，阮福根泪水纵横，全然没有了一个企业家的那份从容自信。

"这些人怎么能够这样做呢?"周梦诗愤愤然地说道,"董处长是利用自己的业余时间,并没有影响工作,厂里凭什么处分他?而且还走了司法渠道,这不是小题大作吗?"

顾施健没有周梦诗那样不食人间烟火,他摇摇头道:"这种事情,肯定是违反规定的。如果他赚的钱少呢,倒也无所谓,就算是小节问题吧。可是,听阮厂长刚才的意思,董处长赚的钱好像挺多的,超过一定金额,这就算是经济案件了吧?"

第 二 百 七 十 七 章

"没有没有，董处长给我帮忙，完全都是义务的，最多就是拿了一点土特产，钱真的没拿多少……"阮福根赶紧声明道。他有心说董岩一分钱都没拿，又想起自己刚才没留神，透露出了董岩买手表之类的事，要说没拿钱，似乎说不过去。

冯啸辰微笑道："阮厂长，你应该相信，重装办是站在你和董处长一边的。现在你需要做的是和我们合作，我们双方共同讨论一个营救董处长的方案。如果你连我们都要瞒，恐怕我们就没法帮忙了。"

"冯处长说得对……"阮福根脸上露出一个尴尬的笑容，说道，"冯处长是知道的，我是个农民，无权无势，只有几个钱。董岩每个星期天就来给我帮忙，在建陆和会安两头跑，这么辛苦，我给他一些报酬也是应当的。"

"他总共从你这里拿过多少钱？"冯啸辰问道。

"这个……"阮福根犹豫了一下，见冯啸辰脸上掠过一缕不悦之色，只得实话实说，道，"总共的数字我也没算过，两三千块钱的样子吧。"

周梦诗和顾施健都倒抽了一口凉气，从去年的化肥设备分包到现在，才多长时间啊，董岩居然只靠星期天去帮帮忙，就赚了这样一笔大钱，也难怪会有人眼红了。

冯啸辰却是不以为然，区区两三千块钱，算个啥事？如果放在后世，像董岩这种技术水平的人，一次的出场费也不会少于这个数。就算是现在的货币比后世更值钱，半年赚两三千块钱也真不算多。

"除了现金收入之外，你送给他的东西，大约还能值多少钱？"冷飞云在旁边问道。

"一点土特产，都是地里产的，不值钱。"阮福根看到冯啸辰的眼睛向他微微瞪了一下，他又赶紧改口，说道，"除了土特产以外，我还给他老婆谢莉送过化妆品套装，给他儿子和女儿送过一些文具，加起来嘛，千把块钱的样子吧。"

"总计三四千块钱，还真是够立案了。"顾施健说道。

"啊?"阮福根傻眼了。

冯啸辰摆摆手道："老顾，话不能这样说，这是董岩的劳动所得，并不是靠出卖国家利益换来的，不能算是受贿。"

"对对，绝对不是受贿。"阮福根说道。

冷飞云提醒道："冯处长，这是法律上的事情，咱们不能越俎代庖，现在就下结论。我觉得，这件事因为涉及全福机械厂承担的大化肥设备分包任务，与咱们重装办有一定的关系，所以咱们应当先向领导汇报一下，然后再作决定。至于最终对董处长如何处理，我觉得还是要尊重法律上的规定，你觉得呢。"

"我明白。"冯啸辰点了点头。冷飞云这话算是老成持重之语，作为官员，冯啸辰的确不宜过早地对事情作出结论，尤其是不能向阮福根作什么承诺，否则就会被人抓住辫子，影响仕途发展。

不过，冯啸辰也知道，董岩事件不过是改革过程中的一个小事件。星期天工程师这种事情，在今天或许会有一些争议，过上一两年，就不会再被视为什么离经叛道的事情了。事实上，如果没有马伟祥与阮福根之间的宿怨，这件事也不会发展到由警察出面的地步，充其量就是单位里批评几句而已。

说到底，事情的症结是在马伟祥身上，要解决这个问题，也得从马伟祥那里入手。

"阮厂长，这件事我们已经知道了，像冷处长说的那样，我们需要先向领导汇报一下，然后再根据领导的指示，作进一步的一些了解，你要有一些耐心。不过，我可以向你保证，董处长只要没有出卖国家技术机密，没有损公肥私，那么就不会有什么问题。"冯啸辰向阮福根说道。

"那可就太谢谢你们了，谢谢冯处长，谢谢冷处长，谢谢顾同志、周同志！"阮福根转着圈地向众人鞠躬，唯恐怠慢了哪位，影响了事情的处理。

送走阮福根，冯啸辰吩咐顾施健和周梦诗去查查资料，了解一下类似的事情一般是如何处理的，自己则与冷飞云一道，来到了罗翔飞的办公室，向他汇报此事。

"真是乱弹琴！"听完冯啸辰的转述，罗翔飞皱着眉头骂道，"我们有些同志，精力不是放在搞建设上，而是放在搞各种阴谋诡计上。"

"没错，这件事情最根本的原因就是马伟祥对重装办的安排存在不满，阮福根不过是他迁怒的目标，而董岩就更是无端受过了。"冯啸辰评论道。

冷飞云道："也不能这样说吧。按阮福根的说法，董岩在半年的时间里从他这里拿到了两三千块钱的现金报酬，还有价值一千多块钱的礼品，数额非常大了，这也是警察抓他的原因。"

罗翔飞抬起眉毛，问道："对于公职人员的这类收入，法律上是怎么规定的？"

冯啸辰道："我已经安排顾施健和周梦诗去了解了。据我的印象，法律上规定过贪污、受贿的罪名，但董岩这种情况既算不上是贪污，也算不上是受贿。因为受贿应当是以出卖国家利益为前提的，董岩是用自己的知识赚钱，不能算是受贿吧？"

冷飞云道："从感情上说，我也认为不算。但法律上具体如何规定，我们还得听法院的。"

"是啊，咱们不能干预法律。"罗翔飞说道。

冯啸辰道："这其实是一个法律没有规定的灰色地带。按照法律原则来说，法无禁止皆可为。海东省这样做，其实是执法部门不懂法的结果。"

"你确信吗？"罗翔飞问道。

冯啸辰道："如果公职人员赚外快就算是违法，那恐怕各个国营企业、事业单位甚至咱们行政机关，都剩不下几个不违法的人了。就说罗主任您，也在违法之列呢。"

罗翔飞一愣："我？有吗？我什么时候赚过外快了？"

冯啸辰笑道："上星期您不是还收了一张汇款单吗？是我从刘处长那里替您拿过来的，十五块钱呢。"

罗翔飞道："那怎么是外快，那是我写的一篇关于装备工业发展的文章在经济日报上发表了，人家给我付的稿费……咦，你说得对啊，如果照董岩这个案子的说法，我这也算是外快了吧？"

冯啸辰道："您的性质比董岩还严重呢。董岩给阮福根的企业进行指导，用的是他在大学里学的知识，没有涉及海化设的技术资料。而您那篇文章，用了很多资料都是我们在工作中搜集来的，有些观点也是我们在会议上谈到的思路，这算是职务作品了。"

"真的?"罗翔飞脸色有点凝重，他细细琢磨了一下，说道，"小冯，你这样一说，我还真觉得是这么回事。要不，我把十五块钱的稿费交公吧……"

"别别别，罗主任，您可千万不能这样做。"冯啸辰知道自己玩笑开大了，赶紧说道，"我刚才说过了，法无禁止皆可为。法律上并没有规定您不能写文章发表，而发表文章的稿费收入，也是不违法的。国家机关里，哪个官员不会写几篇文章？如果真的要求大家把稿费都交公，大家还能不翻了天了。"

"可是……"罗翔飞有点懵了，他当然知道写文章拿稿费是惯例，许多官员还以赚稿费赚得多为荣。在经委开会的时候，有时候大家会拿那些领了稿费的同僚开玩笑，让他们用稿费请大家抽烟、吃糖，这都是一桩风雅韵事。可照冯啸辰的说法，拿着工作上得到的资料和集体讨论出来的观点，写成文章，为自己赚稿费，这好像真的很不合理啊。

冷飞云只好出现打圆场了："罗主任，您别听小冯胡扯，他是在说歪理呢。其实，您写文章也是为了宣传咱们的政策思路，这是您分外的工作，而咱们重装办也没给您付加班费，这些稿费也就算是加班费了。您想想看，您在业余时间写这样的文章，总比有些同志业余时间只是打牌下棋好多了吧？"

"嗯，你这也算是一个歪理。"罗翔飞笑了。冷飞云的这个解释，真有些强词夺理的味道，但又还能说得过去。他现在也想明白了，把稿费上交，绝对是一件出力不讨好的事情，自己损失了钱，别人还会说他出风头，而且此事一旦传开，会让那些同样拿过稿费的同僚感觉不爽。以罗翔飞的阅历，怎么可能去做这种事情。

不过，让冯啸辰这样一搅，罗翔飞对于董岩的事情倒是多了几分肯定，甚至于想到了一些政策层面的事情。时下，国家鼓励解放思想、开动机器，在国家技术人才不足的情况下，让一部分有能力的技术人员利用业余时间为其他单位提供服务，是有利于经济建设的好事。而一旦要提倡这种行为，那么对应的报酬就是不可避免的，总不能让人家总是义务劳动吧？

从这个意义上说，董岩事件算不算推动政策破局的一个契机呢？

第 二 百 七 十 八 章

"对于这件事，你是怎么考虑的？"罗翔飞向冯啸辰问道。

冯啸辰答道："第一，建陆公安部门抓董岩没有理由，必须立即放人，赔礼道歉，并消除名誉影响；第二，马伟祥不顾装备工业发展大局，采取极端手段，打击报复董岩，意在破坏全福机械厂的生产活动，这种恶劣的行为，必须要严肃处理。"

"小冷，你的看法呢？"罗翔飞又向冷飞云求证道。

冷飞云苦笑道："小冯的这两点考虑，都太过激了，我怕我们办不到啊。"

冷飞云与冯啸辰的私交非常不错，这一年多来，冷飞云经常在业余时间向冯啸辰讨教工业知识，私底下还称冯啸辰是他的老师。不过，他一向信奉"君子不党"的原则，觉得交情归交情，工作上有不同意见还是要说出来的，而且直言不讳反而更是朋友的表现。对于董岩这件事，冷飞云的态度比冯啸辰更为保守一些，他觉得董岩即便不算有罪，至少也是违背了一般潜规则的，能够做到不追究就已经不错了，至于说还要赔礼道歉，要严肃处理马伟祥之类，未免就太想当然了。

"是啊，小冯，你看看，你还是不如小冷稳重啊。"罗翔飞就着冷飞云的话头，对冯啸辰批评道。

冯啸辰挨了批评，丝毫没有气馁的样子，而是呵呵笑着说道："罗主任批评得对，我的确是太心急了。不过，董岩这个案子是有代表性的，如果我们不能给董岩正名，帮他撑腰，那么未来各单位的技术人员就没有胆量为社会提供服务，这不利于人尽其才。现在我们国家人才十分短缺，而有些拥有人才的单位却是人浮于事，许多技术人员都被闲置着，不能为国家创造财富，这非常可惜。"

"你说的也有道理。"罗翔飞点点头。他刚才也想到了这一点，只是没有想好该如何破局而已。见冯啸辰能够把董岩的事情提到这样一个高度来论证，他还是颇为欣慰的，这说明冯啸辰的眼光并不仅仅是盯着一个董岩，而是看到了整个国家科技人才使用的大局。

"可是，给董岩正名，不就意味着咱们支持董岩的做法了吗？"冷飞云质疑道。

冯啸辰反问道："这有什么不对吗？"

冷飞云道："这当然不对。董岩是国营企业的职工，在本职工作之外干私活赚钱，这是不合理的。如果大家都这样做，那国家的工作谁来干呢？"

"董岩并没有耽误本职工作啊。"

"可是人的精力是有限的，他把精力都用在干私活上了，用于本职工作的精力肯定是不足的。"

"他利用的只是业余时间。"

"业余时间难道不能加强点业务学习吗？"

"老冷，你这就是强词夺理了。你老冷业余时间不干点私活？我怎么听说你在业余时间还研究精确叫牌法，难道就不会影响工作吗？"

"这……"冷飞云哑了，这能算是一回事吗？

"好了，你们俩也别吵了。"一直在听着他们俩争论的罗翔飞说话了，"小冷的观点是有道理的，小冯的观点呢，也有道理。的确，业余时间做什么，国家是管不着的，干私活也好，打桥牌也好，没什么区别。按照小冯的说法，利用业余时间为社会作些贡献，可能比研究精确叫牌法更有意义呢。"

最后一句话，罗翔飞带上了几分调侃。时下国内稍有点文化的人都热衷于学习打桥牌，重装办也有不少桥牌迷，大家平时聊天的时候都不时会说几句桥牌术语。冯啸辰以此为例来证明大家业余时间没有钻研业务，也算是信手拈来的例子。

冷飞云最近刚刚开始学桥牌，也正处于牌瘾最大的时候。听到罗翔飞这样说，他不禁有些尴尬，同时想到，自己在业余时间打桥牌，与董岩业余时间去给阮福根干活，似乎并没有什么区别。好歹董岩的所作所为还是在帮重装办排忧解难，自己又有什么理由去指责他呢？

"但是呢……"罗翔飞支持完冯啸辰的观点，话锋一转，又说道，"如果我们鼓励职工去乡镇企业兼职，又难免会导致这些人把精力都放在乡镇企业方面，对待本职工作得过且过。未来说不定就会有人以国家有政策为由，拿着单位上的资料去谋私利，或者把外面的工作偷偷带到单位去做，对于单位自己的工作反而漫不经心，这样的教训不是没有过的。"

"一管就死，一放就乱，的确是难啊。"冷飞云感慨地说道。

冯啸辰道："这不就像是包产到户之前的农村吗？允许农民种自留地，他们就不愿意在集体的田里花力气。而如果不允许他们种自留地呢，整个经济又陷入僵化，最后农民的生活也无法改善。"

"农村可以分田单干，单位上怎么办？"冷飞云说道。

冯啸辰想了想，说道："我觉得，还是应当有个规定吧。据我所知，现在类似于董岩这样的星期天工程师数量不少，大家都游走在政策规定的边缘上，谁也不知道这样做是否合理。也不仅仅是技术人员会这样做，企业里的工人也同样有在业余时间干私活的情况，而且规模也不小。与其这样大家都睁一只眼、闭一只眼，还不如出台一个明确的规定，划出公私的边界。比如说，规定只要不使用本单位的设备、材料、技术资料、专利和其他业务秘密，不占用工作时间，利用自己的能力为社会提供服务，不作为非法行为，不得打击。对于技术人员，还应当鼓励他们在不影响本职工作的前提下，为社会提供技术服务，弥补我国技术人员不足的缺陷。"

罗翔飞道："把大家偷偷摸摸做的事情，明确规定下来，划出公与私的边界，倒不失为一种好办法。"

冯啸辰道："这就叫把潜规则变成显规则。在潜规则之下，老实人吃亏，钻空子的人得便宜。如果把这些潜规则变成显规则，那么老实人就可以光明正大地去做事。"

"这个提法不错。嗯，潜规则，这个词好。"罗翔飞点头赞道。

"这么说，罗主任也赞成我的意见？"冯啸辰喜道。

罗翔飞道："我觉得你说的有些道理，既然我们无法避免这种情况，还不如认真研究一下，然后进行规范化。这样下面的单位在管理类似事情的时候，也有章可循。像董岩这样的技术人员，在为乡镇企业提供服务的时候，也知道自己的边界在什么地方，不至于出现过头的现象。"

"嗯嗯，罗主任说得对，那咱们什么时候能够出台一个这样的规定呢？"冯啸辰问道。

罗翔飞道："这样一个规定，肯定不是咱们重装办能够出的，应当是由经委来提出。这样吧，下次经委开会的时候，我向张主任提一下，看看能不能列入日程。如果顺利的话，说不定今年之内这个规定就可以出台了。"

"今年之内……"冯啸辰捂着腮帮子，做出一副牙疼的样子，"罗主任，你没搞错吧，现在刚刚是年头呢。"

罗翔飞笑道："怎么，你嫌太慢了？其实也没那么难，如果张主任对这件事比较重视，抓紧一点，让办公厅法规处那边赶赶进度，说不定有个半年时间就足够了。"

"那董岩怎么办？"冯啸辰问道。

"董岩？"罗翔飞才想起来，是啊，他们讨论这件事的出发点，是因为董岩的事情。如果真要花上半年时间去出台这样一个规定，董岩岂不是要在牢里蹲上半年时间？这不符合他们的初衷啊。

"董岩这个问题，还是由重装办想办法和海化设协调一下吧。"罗翔飞道，"解铃还须系铃人，是海化设向警察报案抓人的，如果海化设能够撤回自己的报案，警察也就不会再扣着董岩了。毕竟董岩的行为并没有危害社会嘛。这样吧，我给马伟祥打个电话，让他去撤了案子，我想马伟祥会给我这个面子吧。"

"可这样一来，我们还是很被动啊。"冯啸辰说道，"先不说马伟祥是不是会照着您说的做吧。就算他答应放人，这就相当于咱们重装办求了他一回，以后再想要求他做什么，恐怕就难了。他与阮福根的矛盾是无法化解的，除非我们重装办收回分包给阮福根的任务，这样一来，咱们就相当于自己扇自己耳光了。"

冷飞云这回的观点倒是与冯啸辰一致了，他摇头道："罗主任，光给马伟祥打电话，恐怕不行。就算他答应放过董岩，等董岩回到厂里之后，一双小鞋是肯定要穿上的，而且以后肯定也不敢再去给阮福根帮忙了。阮福根那边技术力量不足，离了董岩，我担心他完不成任务，到时候我们就被动了。"

"最关键的是，一旦有了董岩这个例子，其他单位的技术人员也会有顾虑。咱们前面把阮福根宣布得这么好，如果他那边的业务出了问题，咱们下不来台啊。"冯啸辰皱着眉头说道。

罗翔飞懊恼地斥道："这不是你小冯惹来的麻烦吗？当初是你拼命推荐阮福根，联系工人日报的事情，也是你出的主意。如果我们当初没把阮福根捧到这样一个高度上，现在也不至于骑虎难下了。"

第 二 百 七 十 九 章

罗翔飞这话就是纯粹不讲理了。当初冯啸辰把阮福根介绍过来，又利用阮福根做文章，逼迫程元定、马伟祥等人就范，这一系列手段是得到罗翔飞表扬的。如果没有这桩事，罗翔飞还真找不出什么好办法来对付这些大型国企的负责人。现在阮福根这边出了事，罗翔飞把责任推到了冯啸辰头上，实在是说不过去。

还好，冯啸辰是了解罗翔飞的，知道他这样说话其实并不是真的在埋怨自己，只是感觉到为难，随便找个理由抱怨抱怨罢了，领导也是人，也会发牢骚，当下属的不就是天生背锅的吗？他笑着说道："主任，咱们当初捧阮福根，也是有目的的。我们搞装备研发，需要动员全社会的力量，阮福根这样的农民企业家，也是我们依靠的力量之一。过去我们捧他没有捧错，现在我们依然需要支持他，不能因为有了一点挫折就否定咱们原来的思路，你说是不是？"

"算你有理。"罗翔飞也知道自己怪罪冯啸辰是没道理的，他应了一句，然后说道，"现在的问题是，咱们没有明确的政策，董岩这件事到底对与不对，我们没法作出结论。让董岩进监狱，肯定是不行的，这会挫伤基层的积极性。但要把董岩放出来，除了向马伟祥妥协之外，还能有什么更好的办法吗？"

"如果不是妥协，而是硬扛呢？"冯啸辰道。

"硬扛？什么意思？"罗翔飞问道。

冯啸辰道："我们不能向马伟祥低头，一旦低头，我们此前做的工作就白费了，我们希望建立起来的质量责任制度，就会变成一纸空文。在这种情况下，我们要想营救董岩，只能是和马伟祥打擂台，逼他放人。不但要放人，而且还要承诺不对董岩进行打击报复。"

"这个难度太大了。"冷飞云咂舌道，"马伟祥也是一个副厅级干部，哪是那么容易低头的。要和马伟祥打擂台，谁去打？"

罗翔飞笑着一指冯啸辰，说道："还用说，当然是小冯去了，他敢出这个主意，自然就有这个办法。"

"你真的有办法？"冷飞云看着冯啸辰问道。

冯啸辰皱着眉头想了想，说道："我现在还想不出什么好办法，不过，我相信总会有办法的。马伟祥这样做，很不合情理。既然是没理的事情，就必然存在破绽。如果我们能够找出他的破绽，针锋相对，让他下不来台，最终他只能是乖乖地服软，让警察把董岩放出来。"

"办法总比困难多。"罗翔飞道，"不过，这种斗心眼的事情，我可不擅长，小冯，你如果有把握，就交给你去办，如何？"

"恐怕也只能如此了。"冯啸辰没有拒绝，答应了下来。

这件事情，罗翔飞、冷飞云和冯啸辰三个尽管看法各有不同，但有一点是有共识的，那就是应当尽快让警察把董岩放出来，绝对不能让董岩真的遭受牢狱之灾。董岩是一名出色的技术人员，他去给阮福根的企业帮忙，做的也是重装办的事情。罗翔飞他们如果不知道这件事，也就罢了。现在既然已经知道了，如果漠不关心，听凭马伟祥把董岩送进监狱，那么未免太不近人情了，而且最终折的也是重装办的面子。

因为暂时想不到什么好的办法，罗翔飞答应联系一下海东方面的公安部门，先把董岩的事情压下来，至少别让董岩受委屈。至于海东化工设备厂那边，则再想别的办法去协调，尽量能够大事化小、小事化了。冯啸辰所希望的让马伟祥受到惩罚的想法，只能说是一个美好的愿望，在现实中是没有可能性的。

从罗翔飞那里出来，冷飞云先去忙自己的事情了，冯啸辰一个人在重装办的院子转圈，想着主意，不觉转到了薛暮苍的办公室来。

薛暮苍现在可是一个大忙人了，他兼着重装技校的校长，而技校现在的规模已经达到了近千学生的水平，专职的教师也有几十位，兼职教师就更不用说了，有些华青、京大的教授都会不时来给学生讲讲机械原理、材料力学之类的课程。

技校招收的学生都是各家装备企业里的熟练技工，经过短辄三个月、长辄大半年的培训之后，这些人回到各自的厂子里，都成了技术骨干，能拿下许多别人拿不下的任务。工厂里是讲究用实力说话的，这批高级技工手里有技术，说话也就有了分量，隐隐能够影响到厂里的决策。许多企业的厂长、书记啥的到京城来开会，遇到薛暮苍都要礼敬三分，尊称他一句"薛校长"。没办法，老薛现在说句话，还真有点号召力了。

"小冯，哪阵风把你吹到我这来了？稀客啊，快请坐，快请坐。"看到冯啸辰进门，薛暮苍忙不迭地起身相迎。对于这位年纪比自己小好几十岁的小老弟，薛暮苍是又喜欢又佩服。不说冯啸辰为重装办解决的那些难题，就光是给重装技校支的几个招，就让薛暮苍叹为观止了。现在重装技校搞的工业艺术品在港岛和国外市场上卖得特别火，不单解决了重装技校办学经费的问题，还为国家创造了大量的外汇，薛暮苍因此而得到了经委领导的好几次表扬。

冯啸辰笑呵呵地在薛暮苍办公室的沙发上坐下，接过薛暮苍递给他的水杯，说道："薛处长，我可不是什么稀客，是你平常不到重装办来上班，所以我想见你一面都难。你问问刘处长他们，我是不是经常到你们行政处来转悠的。"

薛暮苍端着自己的水杯在冯啸辰旁边的沙发上坐下，说道："对对对，是我来得少。可是没办法啊，技校那边一大摊子事情，经委派去的两个副校长年纪比我还大，基本上就是半退休的状态，我只好把大事小情都挑下来了。说老实话，如果不是看在罗主任离不开你的分上，我早就想让罗主任把你派到技校去了。你如果愿意去，我把这个校长让给你当，我给你跑腿打杂。"

"那可不敢当，这不是折煞我吗？"冯啸辰装出惶恐的样子说道。

两个人说笑了几句，薛暮苍问道："怎么，小冯，我刚才从窗口看到你在院子里来回转圈，是碰上什么难事了吗？说出来听听，我还真想知道，能把你小冯给难住的事情，到底是怎么回事。"

冯啸辰苦笑道："瞧你说的，好像我无所不能似的。其实我还真没多大本事，这不，一个小小的企业厂长，就将了我的军了。当然了，他也不单是将我的军，连罗主任都被他给将住了。"

"有这么厉害？谁呀，说出来，我替你收拾他去！"薛暮苍夸着海口道。

"马伟祥，海东化工设备厂的厂长。"冯啸辰说道。

"马伟祥？我有点印象。"薛暮苍皱着眉头说道，"他怎么将咱们重装办的军了？他也就是个副厅级的厂长吧，敢和咱们叫板？"

"不是直接叫板。"冯啸辰道，接着，他把事情的前因后果向薛暮苍说了一遍。薛暮苍乍听此事，也是颇为震怒，但细细一琢磨，也觉得不好办了。

"企业技术人员去乡镇企业干私活，而且收取好几千块钱的报酬，这件事的性质很恶劣啊。"薛暮苍道。

"你也觉得是一件性质恶劣的事情？"冯啸辰问道。

薛暮苍自知失言，连忙改口道："不是的，我是说，这样的事情放在过去来看，是挺恶劣的。不过嘛，咱们现在搞改革，中央提倡解放思想，很多过去不能做的事情，现在都成了中央鼓励的事情。就说农村包产到户吧，搁在十年前，那可就是要坐牢的事，可现在呢，直接写到中央一号文件里去了。要我说，董岩这事，应当也是符合改革精神的，他一不偷、二不抢，没有用公家的设备、材料，也没有出卖企业机密，他的收入完全应当算是合法收入嘛。"

冯啸辰笑道："老薛，你的态度怎么会变得这么快？刚才还说恶劣呢，这会就成了合法收入了，你不会是怕我不高兴，专挑好听的说吧？"

"不是不是，真不是挑好听的说。"薛暮苍道，"我只是刚才想了一下，觉得这件事和我们聘请工艺美院的老师来帮忙是同样的性质。他们这些人在原来的单位里无所事事，也发挥不了什么作用，到了我们这里，却成了宝贝疙瘩，能够为国家创造财富。你说如果不允许他们出来给我们帮忙，那不就是浪费了吗?"

"还是有点不一样吧,咱们重装技校好歹还是国营单位,肉烂在锅里。董岩是为乡镇企业工作,这就是区别了。"冯啸辰道。

薛暮苍道:"这就是观念上的问题了。既然咱们承认集体所有制,甚至个体所有制,都是社会主义的有益补充,那么国营单位和乡镇企业,又有什么区别呢?再说了,全福机械厂本身也是在承担国家的重点生产任务,董岩这样做,也是为国家作贡献嘛。"

"哈哈,老薛你的思想果然是够前卫的,这也正是我们的想法啊。"冯啸辰笑着说道。

第 二 百 八 十 章

其实也并不是因为薛暮苍前卫，但凡是做实事的人，对于这件事都会有相似的判断。所谓技术人员不能出去干私活，说到底就是一种割资本主义尾巴的心态在作祟，总觉得其他经济形式壮大了，国有经济就会吃亏。但对于实际做事的人来说，他们知道一些国有单位人浮于事的现状，也知道乡镇企业缺乏人才的窘境，他们对于乡镇企业也并没有太多歧视的看法，所以对董岩的遭遇就会持更多的同情态度了。

同情归同情，薛暮苍也承认，如果由重装办直接去和马伟祥协商，马伟祥也许会找一堆冠冕堂皇的理由，直接把重装办的要求顶回来。也可能会装出唯唯诺诺的样子，答应马上放人，但需要重装办收回此前对于他们的分包任务质量要求。无论是哪一种情况，都是重装办无法接受的。

"罗主任是什么意思？"薛暮苍问道。

"他觉得董岩的做法没错，但目前我们并没有明确的政策允许这样做。他的意思是促成经委出台一个鼓励科技人员利用业务时间提供社会服务的政策，但这个政策要出台，估计也得半年以上的时间了。"冯啸辰简单地说道。

薛暮苍大摇其头，道："半年时间，肯定是不行的。就算到时候把董岩放出来，咱们的脸也已经被打肿了。咱们重装办丢不起这个脸。"

"我也是这样想的。"冯啸辰道，"可现在我们对马伟祥并没有直接的管理权，我们说话他也不会听。如果为这么点事情，再去动用更高层的关系，又未免显得小题大作了。再说，就算找上面的人说话，逼着马伟祥把人放了，我们依然是没面子的。"

"是啊，咱们重装办的面子，不能折啊。"薛暮苍叹息道。

如果仅仅是为了营救一个董岩，薛暮苍倒是能够想出一些办法来，比如托过去的老关系去说说情，想必马伟祥也不至于为了一个董岩而甘愿得罪更多的人。但只要是求人，就涉及了面子问题。薛暮苍自己的面子倒是无所谓，可这件事关系到的是重装办的面子，这就不能不在乎了。

　　重装办是一个协调机构，权力说大也大，说小也小。说权力大，是指重装办上可通天，在装备研制这个问题上，经委、计委以及各职能部委都要征求重装办的意见，重装办是有一定话语权的。说权力小，则是因为重装办并不掌握装备制造企业的人、财、物等各方面的管辖权，人家可以听你的，也可以不听你的。上一次大化肥设备分包的事情，所以会陷入僵局，就是这个缘故。

　　在这种情况下，重装办的面子就与权威直接相关了。一旦向下属企业低了头，那么以后这些企业就更不会把重装办放在眼里，重装办要推行什么措施，将会遇到更大的障碍。就以董岩这件事来说，如果重装办不能用强力逼迫马伟祥认输，就相当于重装办自己输了，以后还有谁愿意帮重装办做事呢？

　　"我刚才跟罗主任说了，在这件事情上，咱们必须和马伟祥打一场擂台，而且必须打赢。唯有如此，才能让别人看到咱们重装办的实力，不敢随便跟咱们龇牙。"冯啸辰道。

　　薛暮苍道："没错，的确如此。但是，怎么打这个擂台呢？"

　　冯啸辰苦笑道："我不正在想主意吗？刚才在院子里转了半天，也没想出一个办法来，结果就走到你这里来了。老薛，你是老把式了，下面的企业你都熟悉，你帮我出个主意吧。"

　　"你就别笑话你薛大哥了，你是整个经委公认的智多星，你都想不出主意，我能有什么好主意？"薛暮苍笑着说道。

　　冯啸辰道："智多星不就是吴用吗？我现在就是无用，百无一用，还请薛大哥不吝赐教。"

　　听冯啸辰说得如此低调，薛暮苍也不好再说啥了。他点着一支烟，吸了几口，说道："马伟祥这一手，纯粹就是耍流氓了。董岩就算有什么错，他作为厂长，也完全可以在厂里进行处理，哪有报警的道理。他这样做，是做给我们看的，这有点不讲规矩了。"

"没错，正是如此。"冯啸辰道。

"既然他不讲规矩，那么咱们是不是可以针锋相对呢？"

"你是说，咱们也不讲规矩？"

"不，我的意思是说，咱们跟他讲规矩。"薛暮苍呵呵笑着说道。刚才这会功夫，他已经想出了一个主意，他压低声音向冯啸辰如此这般地说了一番，冯啸辰脸上浮出了笑意："老薛，我觉得可行，走，咱们去向罗主任汇报去。"

三天后，位于海东省省会建陆市郊的海东化工设备厂迎来了三名不速之客，领头的是一位 50 岁上下，脸色和善的官员，自称是国家经委某司的副司长，名叫王时诚。跟在他身后的，另有一男一女，都是年轻人，看起来却是非常严肃的样子。

"哎呀，是王司长啊，不知大驾光临，失礼了，失礼了。你怎么有时间跑到我们这个小厂子来了，是来视察工作的吗？"

厂长马伟祥得到通报，忙不迭地从办公楼跑出来，笑脸相迎。他与王时诚见过几回，但不太熟悉。不过，国家经委随便下来一个干部，马伟祥也是要当成领导来接待的。

"马厂长，打扰了。"王时诚与马伟祥握了握手，说道，"视察工作不敢当，是经委领导派我下来了解一些情况。如果马厂长方便的话，我们是不是到你们的会议室去谈谈？"

"没问题！"马伟祥答应得极其痛快，他一边招呼着王时诚一行上楼，一边向跟在身后的办公室主任吩咐准备饭菜，以便会谈之后款待上级领导。

一行人来到海化设的厂部小会议室坐下，马伟祥请示道："王司长，你要了解什么情况，看看我需要把哪些同志请来。"

王时诚摆摆手，道："马厂长，不急，我先向你介绍一下。这位是我们经委监察室二处的副处长任浩同志，这位是二处的索佳佳同志。这一次，主要是他们过来了解情况，经委领导担心他们和基层的同志不太熟悉，让我这个老同志陪同他们过来，也是帮着引见一下的意思。"

"监察室？"马伟祥一愣，顿时就有些心慌的感觉。监察室可是专门揪人辫子的单位，经委专门派了两名监察室的干部到海化设来，莫非是海化设有什么事情做得不好，经委要找他们麻烦了？

"任处长，你向马厂长介绍一下情况吧。"王时诚向任浩说道。

名叫任浩的那名男性官员点点头，掏出一个小本子，翻开到一页，然后抬起头对马伟祥说道："马厂长，我们监察室接到群众举报，称你们厂有一位名叫董岩的干部，贪赃枉法，触犯刑律，已经被公安部门绳之以法了，请问有没有这样的事情？"

"是董岩的事情？群众举报？"马伟祥有些没弄明白。董岩被抓的事情，他当然是最清楚的，但他没有想到，这件事居然会传到国家经委去了，而且还招来了两位监察室的干部。他隐隐觉得这事有些不妥，原本只是想惩戒一下董岩，顺便给阮福根以及重装办一点难堪，但真到发现事情已经被捅到经委去的时候，他又有些忐忑了，谁知道经委对这事会不会有啥想法呢？

"这个事情嘛，现在还不太明确。"马伟祥决定先含糊其辞，听一听对方的意思再说。他知道，涉及这种敏感的事情，自己说得越多，就越容易被人抓住把柄，不如先了解一下对方是什么意思，然后再发表自己的意见。

索佳佳不满地问道："马厂长，什么叫不太明确，你们到底有没有一位名叫董岩的干部，这个也不明确吗？"

"董岩，当然有，他是我们的技术处长。"

"那么他是不是被公安部门带走了？"

"这个……呃，是有这么回事。"

"公安部门带走他的原因是什么？"

"这个我还真不太清楚。"马伟祥道，"这样吧，我让我们保卫处的同志来向你们介绍一下情况，你们看好不好？"

任浩点点头道："那就麻烦马厂长了。"

马伟祥站起身，出了小会议室，吩咐人叫来保卫处的处长李志伟。他在门外对李志伟密授了一番机宜，这才带着李志伟重新进了小会议室。

"事情是这样的……"李志伟照着马伟祥的交代说道，"我们也是得到一些干部职工的反映，说我们厂的技术处长董岩不务正业，经常去帮某乡镇企业干私活，收受巨额报酬。根据这种情况，我们向公安机关报了案，公安机关就把他带走了。"

"收受巨额报酬？具体金额是多少？"索佳佳问道。

李志伟道："目前还没有调查清楚，不过根据群众提供的线索，总金额应当在 1000 元以上，甚至有可能更多。"

"竟然有上千元？这么重大的案子，你们向海东省经委通报没有？"任浩瞪大了眼睛，对李志伟质问道。

第 二 百 八 十 一 章

听到任浩的话，马伟祥心中暗喜。看起来，这位监察室的处长也认为董岩的事情是一个大案子，这样一来，整件事的性质就不再是自己挟私报复，而是董岩的确触犯了国法，连国家经委来的干部都觉得他有问题。

老实说，让警察把董岩抓起来，马伟祥心里也是很不踏实的。他其实并没有什么过硬的理由让警察抓人，而公安那边也只是因为海化设报案，所以才把董岩给抓了。八十年代初的执法不像后世那么严谨，海化设这样的大型企业报案，当地公安部门肯定是要配合的，配合的方法就是不管当事人有罪没罪，先抓起来再说。

抓人容易，但要给董岩定罪，却有些麻烦。董岩给乡镇企业帮忙，收取报酬，这是属于法律边缘上的事情，很难找到一个确定的法条用到他的头上。因为还没拿到什么确凿的证据，所以马伟祥当然不可能把这件事情上报到省经委去。如果没有王时诚、任浩他们上门来查问，经委系统可能根本就不会知道出了这样一件事。一家企业处分自己的职工，也不算什么大事，经委除非闲得没事，才会专门去过问一个技术处长的境遇。

听任浩这样质问，马伟祥赶紧解释道："任处长，这件事情因为发生得比较匆忙，我们还没来得及向省经委汇报。目前董岩也只是被公安部门带去讯问了，还没有正式立案，具体的结论并没有出来，我们也担心贸然向省经委汇报会有些小题大作了。"

"小题大作？"任浩面有怒色，"涉及金额上千的贪污案件，怎么会是小题大作呢？李处长，你刚才说的金额，有没有问题？"

"这个……"李志伟看了马伟祥一眼，应道，"应该是没有问题的，董岩在收了这些报酬之后，在厂子里向不少职工都说起过，这些职工都可以作证的。"

任浩道:"既然是这样,那这个案子我们就接手了,经委领导指示,在改革开放中,要特别注意经济犯罪案件的发生,对于一切贪污腐化问题,要严惩不贷。"

"太好了,经委领导真是太英明了!"马伟祥由衷地说道。董岩收了阮福根给的报酬,这一点是绝对不会有问题的,至于金额,马伟祥相信,即便没有上千元,起码也有七八百以上,光是董岩自己烧包买的那块手表,就得三四百块钱了,这样算下来,说不定上千元都说低了呢。

如果经委方面认为上千元的金额就是严重的犯罪,那董岩这一回可就在劫难逃了。马伟祥与董岩倒没什么私人仇怨,平心而论,过去董岩在厂子里也算是兢兢业业,对他马伟祥也非常尊重。但是,董岩帮助阮福根这件事,犯了马伟祥的忌讳,马伟祥觉得自己已经敲打过董岩一回了,董岩还不知改悔,那么落到这样一个结果,也就怪不了马伟祥了。

如果是由经委直接办董岩的案子,最终哪怕只是给他判个两年三年,这一巴掌也算是狠狠地打到罗翔飞脸上去了,这正是马伟祥想要得到的结果。

"老李,你把咱们手头掌握的材料,都交给任处长,看看对他们调查有没有帮助。你可要注意,虽然董岩是咱们厂的中层干部,咱们和他私人关系都非常不错,但在党纪国法面前,可不能徇私,明白吗?"马伟祥假意地板起脸,向李志伟交代道。

不等李志伟答应,只见任浩把手一摆,说道:"不急,马厂长,董岩既然已经被公安机关控制起来了,他的事情也就不用那么着急了,反正他也跑不掉。我们出来之前,经委领导对我们有过一个指示。他认为,董岩的事情绝非偶然,海化设能够出一个董岩,就可能出十个、一百个董岩。他指示我们,要借董岩事件为契机,对海化设的贪污腐化问题进行一个彻底的调查。马厂长,李处长,你们手里还有没有其他干部涉嫌贪污的材料,我们想一并察看一下。"

十个、一百个董岩!

马伟祥差点没吐出一口血来。我整个海化设才多少干部，你说十个董岩也就罢了，居然说出一百个来，这不是要把我的中层班子全部掏空吗？不，岂止是中层班子，把领导班子全搁进去，也不够这个一百个董岩的指标啊。

"任处长说笑了，董岩这事，完全就是他一个人的事情，怎么会有十个、一百个呢？"马伟祥讷讷地否定道。

任浩依然是虎着脸，像是谁欠了他一百担谷子似的，他说道："马厂长，你怎么知道海化设没有第二个董岩呢？你能打包票吗？"

"我当然打不了包票。不过，你说的十个、一百个，肯定是没有的，害群之马，也就是一两个而已。"

"这可不一定了。在董岩的事情出来之前，你马厂长不也没看出他的问题吗？其他的干部，包括你们厂领导和中层干部，你就相信不会有类似的情况出现？"

"这……任处长，您是什么意思？"马伟祥终于感觉到有些不对劲了。刚才还在说董岩的事情，怎么一下子就转到海化设的干部队伍上去了？而且听这位任处长的意思，好像有些醉翁之意不在酒，是想借董岩这个由头，来查一查海化设的整个班子呢。

马伟祥自己倒还真没什么贪污腐败的事情，这个年代里干部搞点吃吃喝喝、以权谋私的事情是难免的，但要说直接收受贿赂，还不太多见。可是，谁的事情经得起这样调查呢？尤其是，他刚刚以收取乡镇企业报酬的名义把董岩送到公安机关那里去了，如果查出其他干部也有类似的事情，是不是也要一并交给公安机关呢？

马伟祥可是知道的，海化设的领导也罢、中层干部也罢，要说绝对没有在外面干过私活、拿过好处费的，几乎是凤毛麟角。也正因为如此，董岩才有胆子去给阮福根帮忙，他倚仗的也就是法不责众罢了。如果听凭任浩他们在海化设进行调查，把这些陈芝麻烂谷子的事情都翻出来，恐怕大家都要倒霉了。

"任处长，我们接到的群众反映，主要也就是针对董岩来的，其他人的没多少。"李志伟也在帮着说话，想打消任浩进一步调查的念头。

谁承想，他这话恰恰给了任浩一个口实。

"你说针对其他人的没多少，那么到底是多少呢？"任浩机敏地问道。

"这……"李志伟真恨不得给自己一个耳光，谁让自己犯贱，要说什么"其他人没多少"。所谓没多少，那就是还有一点点的意思，不管是涉及谁的一点点，落到任浩手里，还不就成了一个把柄？届时那些被牵扯到的干部，还不把他李志伟给吃了？

"李处长说话就是这个毛病，没个把门的。其实，我们只是收到过关于董岩的举报，其他人的一概没有。"马伟祥只好亲自出面说话了，把李志伟拉出来的东西硬生生地咽了回去。

任浩是有备而来，哪会被马伟祥一句话就堵住了。他冷冷一笑，说道："没有针对其他干部的举报，也不代表其他干部就没有问题。既然你们没有收到举报，那我们就在海化设住下来，公布我们的举报电话，相信海化设的职工是会勇于举报不良社会现象的。"

"这没必要吧？"马伟祥哭的心都有了。任浩如果真在海化设住下来，不说有没有人举报，光是造成的负面影响，就够呛了。

省领导一旦听说国家经委派了监督室的干部蹲在海化设不走，能不怀疑自己有问题吗？厂里那些八卦心极重的干部职工，能不到处散布小道消息吗？为了对付一个董岩，惹出这么大的麻烦，值得吗？

"这事还很有必要的。"王时诚一脸严肃地说道，"经委领导对于董岩这件事非常重视，他们认为，如果仅仅是一个董岩的问题，千把块钱的金额，抓与不抓，意义都不大。最重要的，是要弄清楚海化设为什么会出这样的事情，是不是厂里的风气有问题，干部队伍是不是普遍堕落，这才是最值得关注的。领导派我带着任处长、佳佳他们到海东来，就是让我们把这个问题调查清楚。海化设具体是怎么回事，我想，马厂长你应当是最了解的吧？你说说看，我们是不是需要在海化设住下来？"

一席话，说得冠冕堂皇，马伟祥却是一下子就听懂了其中的潜台词。

第 二 百 八 十 二 章

这帮人是来给董岩撑腰的！

直到这个时候，马伟祥才看清楚了事情的真相。

马伟祥让公安机关抓走董岩，目的是为了给重装办难堪。重装办是经委的机构，经委对于此事肯定是不能坐视不管的。

按马伟祥原来的估计，经委应当会和他沟通，或者说得更直白一些，是与他谈判。无论是装出强硬的姿态，还是装出温和的姿态，总之双方都是要进行谈判的。一旦进入谈判，那么经委的面子就撑不住了，必然要向他马伟祥作出一些妥协，以换取他不追究董岩的责任。

以罗翔飞的级别，是没资格对马伟祥发号施令的。即便罗翔飞求到国家经委领导那里去，经委领导要向马伟祥下命令，也必然要提些交换条件才行。马伟祥处分的是自己厂子里的职工，经委领导不能越级干涉，这就是马伟祥的底气所在。

他万万没有想到，经委根本没打算和他谈判，而是选择了硬碰硬地对磕。你不是让人抓了董岩吗，那好，我们经委就以这个名义，派监督室的干部进驻你海化设，彻底调查你们厂有多少类似于董岩这样的情况。厂子里的干部也罢、工人也罢，业余时间出去干点私活是再正常不过的事情，但人家一旦查起来，那可就是铁面无私了。查出一个就抓走一个，真抓上十个八个，他马伟祥能不着急吗？

最关键的是，对于被抓的人来说，这完全就是无妄之灾。如果不是马伟祥脑子抽风，把董岩抓了，其他这些人根本就不会有什么风险。马伟祥以一己之私给大家惹来了这么一个灾星，大家还不得把他恨死？

王时诚刚才那番话，说得也很艺术。海化设到底有没有贪腐问题，你马厂长是最清楚的。换句话说，你说没有，那我们就认为没有，董岩的事情自然也就是子虚乌有了。你如果说有，那么好，我们就开始查，一直查到你受不了为止。

是战是和，王时诚已经把选择权交给了马伟祥的手里，马伟祥还能怎么做呢？

"哈哈，王司长说笑了。"马伟祥想明白了这其中的关节之后，脸上的表情一下子就变得灿烂起来了，他笑着向王时诚说道，"王司长，我们海化设是海东省的重点企业，省里的监督部门，也是三天两头往我们这里跑的，如果我们有什么问题，不是早就查出来了吗？董岩这件事嘛，我估计十有八九只是一个误会，公安部门请董岩过去，也只是说协助调查，并没有确定他有问题嘛。李处长，你去给建陆公安局打个电话，问问他们什么时候能让董岩回来，如果再这样毫无根据地扣着我们的中层干部不放，我们可得找市里去说一说了。"

"明白！"李志伟倒也不笨，一下子就听懂了马伟祥的意思，他答应了一声，就跑出去打电话去了。

马伟祥叫来会议室的服务员，让她们去给王时诚等人拿水果、糕点之类，同时赔着笑脸对众人说道："这件事，纯粹是误会。你们不知道，我们这个保卫处长李志伟，脑子有点不太灵光，有时候听个风就是雨，董岩这桩事情，就是他给弄出来的。回头等董岩回来，我一定要叫李志伟到董岩那里去做一个深刻的检讨，赔礼道歉，绝对不会让董岩白受这些委屈的。"

李志伟的电话打到建陆公安局的时候，董岩正坐在会谈室里，与前来探视他的冯啸辰、阮福根倒着苦水。冯啸辰是与王时诚一起来到海东的，为了避免引起马伟祥的怀疑，冯啸辰没有跟着去海化设，而是与阮福根一起到了公安局，要求与董岩见面。

在此前，罗翔飞已经通过他的关系托付过建陆公安局，让他务必照顾好董岩。因为有了这样的交代，董岩在公安局并没有受什么苦，住的也不是监室，而是公安局的招待所，总体来说，算是比较幸运了。

不过，公安方面也表示，他们是应海化设的要求抓人的，如果没有海化设点头，他们也不便直接把董岩放出去。冯啸辰来了之后，对办案的民警承诺道，最多半天时间，他们就能够让海化设撤案。果然，他们坐了没一会，李志伟的电话就打过来了，声称董岩的事情完全是一个误会，海化设收回此前的报案。

"董处长，马伟祥说了，要让李志伟给你赔礼道歉呢。"

听到值班警察转述的李志伟的电话内容，冯啸辰呵呵笑着，对董岩调侃道。

"唉，赔礼道歉有个屁用，马伟祥已经把我恨到骨头里了，我回到厂里去，恐怕这辈子都得穿着小鞋过了。"董岩满脸哀怨地说道。

阮福根也是一副懊丧之色，讷讷地说道："董岩啊，是我对不起你啊。我没想到你们那个马厂长这么记仇，下手会这么狠。如果早知道是这样，不管多难的事情，我也不敢来麻烦你的。现在你看……"

"现在说这个有什么用？"董岩抱怨道。这几天待在公安局的招待所里，他也思前想后了很长时间，一开始觉得自己是被阮福根给害了，再往后又觉得是因为自己太贪心所致，如果在马伟祥警告他的时候，他就收手，也不至于闹到这个地步。再后来，他的一肚子气就全转移到了马伟祥身上：他妈的，厂里出去干私活的人又不止我一个，凭什么专门盯着我？不就是因为阮福根的事情扫了你的面子，你这是假公济私。

不过，他考虑得最多的，莫过于自己未来的出路问题。马伟祥把他送进公安局，两个人之间已经是敌我关系了，日后不管董岩做什么努力，都不可能再像从前那样得宠。马伟祥心里有疙瘩，他董岩心里同样有疙瘩，带着这样的疙瘩待在一个厂子里，董岩的日子能好得了吗？

董岩也想过，自己毕竟是有级别有技术的人，只要以后谨小慎微，不再干这种事情，马伟祥也没有太多的理由来整他。可是，这就意味着自己以后不能再去干私活赚钱了，只能守着几个死工资过日子。由俭入奢易，由奢入俭难，在过惯了日进斗金的日子之后，再让他紧巴巴地过日子，他哪受得了。

"唉，倒霉啊，我怎么就碰上这么一个领导！"董岩只能是仰天长叹了。

冯啸辰在旁边问道："董处长，这件事过后，你还打算回海化设吗？"

"什么意思？"董岩有些不明白，"我不回海化设，上哪去？"

冯啸辰道："这一回，我们是反过来将了马伟祥一军，逼着他撤了案，让你回厂里。但正如你自己说的，马伟祥在这一次低了头，日后肯定会给你小鞋穿，你在海化设不会有好日子过。与其窝窝囊囊地待着，为什么不考虑跳出来呢？古人说，退一步海阔天空，你干嘛非要在海化设这一棵树上吊死？"

"跳出来？往哪跳？"董岩还是没反应过来，他从大学毕业就被分配到海化设工作，至今已经有 20 多年，从来没有想过这辈子还要换一个单位的事情。乍听冯啸辰这样一说，他不禁有些茫然。

"去我哪里啊！"阮福根倒是眼睛一亮，"董岩，你干脆别给姓马的干了，到我那里去，我一个月给你开 500 块钱的工资，绝不反悔。"

"你那里？"董岩脸上的表情有些古怪。堂堂一个国营大厂的技术处长，跑到一个乡镇企业去工作，自己丢得起这个人吗？再说，国营企业是铁饭碗，乡镇企业算是个什么饭碗？自己读了那么多书，不是为了端这么一个泥饭碗的。

阮福根也反应过来了，他尴尬地笑了笑，说道："当然，我那里肯定容不下你的，我那就是一个乡镇企业。要不，你申请调到福泉那个厂子去，他那里也是国营企业，而且福泉这个人你是知道的，自家亲戚，好说话。到时候你照样到我那里帮忙，劳务费少不了你的。"

董岩还是有些犹豫，相比成天看马伟祥的脸色过日子，到阮福泉的会安化工机械厂去工作，倒也不失为一个出路。可会安化机厂只是一家地区级的企业，自己跑到那里去，日后如何见人呢？

"董处长如果不想留在海化设，我们重装办倒也可以帮着你安排一下，把你调到省里的化工设计院，或者其他大厂子去。不过……"冯啸辰说到这里，拖了一个长腔，似乎有什么话不方便说出来。

"冯处长，你有什么话就说吧，我现在都这样了，还有什么受不了的话？"董岩用凄凉的口吻说道。

冯啸辰道："我想问问董处长，你还能过得惯光靠工资过日子的那种生活吗？"

一句话就把董岩给问窘了，他涨红了脸，支吾了好一会，才点点头，变相地承认道："过不惯又怎么办？就算是换了一家单位，再让我像过去那样跑出来干私活，我还真没胆子。这一回的事情，真是把我吓破胆了。"

冯啸辰道："既然如此，董处长有没有想过自己出来单挑一摊子呢？挣多少都是属于自己的，谁也管不了你，这样的生活不是很好吗？"

第 二 百 八 十 三 章

"单挑一摊子，什么意思?"

董岩懵懵懂懂地问道，他隐约觉得冯啸辰的建议里有一些亮点，一下子却又抓不住。

冯啸辰微笑道："如果我是董处长，有这样好的技术，在单位却又不得志，我就干脆办个停薪留职跳出来，自己开个技术服务公司，专门接类似于阮厂长这样的活。如果一心一意去做，一年赚到十万八万也不足奇。"

"停薪留职!"董岩瞪圆了眼睛，吃惊地说道。

停薪留职这种方式，在前两年就已经出现了。最早是一些集体性质的企业里，职工一方面羡慕农民分田单干的方式，另一方面又舍不得自己拥有的饭碗，虽然比不上国企的铁饭碗，但好歹也算一个过得去的保障了。纠结之下，天才的人们便发明出了"停薪留职"这样一种方法，意思是自己先离开单位，不领单位的工资，也不归单位管，可以出去赚大钱。与此同时，自己在单位上的编制还要保留着，万一有朝一日在外面混不下去，或者政策有变，自己还能回来接着吃皇粮。

集体企业里出现的这种方式，很快就传到了国营企业以及一些机关事业单位里，被这些单位所借鉴。停薪留职这种方式对于单位上的一些"能人"尤其具有吸引力，这些人本身就不太安分，在单位上往往因为喜欢折腾而不讨领导的喜欢，他们的过剩精力也屡屡得不到宣泄。采用停薪留职的方式，他们可以安心地跑到外面去赚钱，不用再看领导的脸色。而领导也乐于把这些人礼送出去，以便省下工资、福利以及办公条件等支出。

不过，真正敢于选择停薪留职下海的人，还是很少的。大家都不知道现在的政策会不会发生变化，尽管单位上可以作出种种承诺，谁又知道这些承诺未来能不能兑现呢？再说，停薪留职这种方式，虽然能够保留编制，单位里升迁的机会必然是轮不上了，万一在外面没混出名堂，回来又得坐冷板凳，岂不是两头落空。

董岩此前也知道停薪留职这种方式，甚至还动过这方面的念头。不过，这也就是一个念头而已，他很快就把这种想法给放弃了。他是一家国营大厂的技术处长，风光无限，如果好好干下去，过几年提个副厂长啥的，也并非不可能，他又何必去冒这种风险呢？选择停薪留职的那些人，大多数都是被人当成"二流子"的落后职工，自己有着大好前程，怎么能去与这些人为伍。

可如今，当冯啸辰说出"停薪留职"这四个字的时候，董岩蓦然发现，自己离这个选择竟然如此接近，没准它已经成了自己唯一能够选择的道路。

随着与马伟祥的决裂，升迁的大门已经永远向董岩关上了。回到厂里，他能够保住现在的技术处长职务，都值得庆幸了，他哪里还敢奢望当副厂长的事情。有了这一回的经历，他也不可能再出去接私活，否则就是屡教不改，马伟祥仍然可以再次把他送进公安局。此外，虽然马伟祥撤回了对他的指控，但他曾被警察带走这件事，是无法抹掉的，他恐怕走到哪里去，都会被人在背后议论，这种感觉也是他无法忍受的。

到了这个地步，自己还有必要再在海化设待下去吗？

"董岩，我觉得冯处长这个提议太好了！"阮福根凑上前来说道，"你的技术这么好，何必去看马伟祥的脸色呢？你如果出来开一家公司，专门给人家做技术指导，肯定能够赚大钱的。不说别的，我这个小厂子，一年起码给你3万块钱的业务，你要做的，也就是原来那些事情而已。"

"你是说真的？"董岩看着阮福根，不敢相信地问道。

一年3万块钱的业务，相当于一个月有2500块钱的进项，是自己目前工资的十多倍。至于成本，那是根本就不存在的，因为技术指导这种事情，不过就是他自己出点力气而已，连员工都不用雇。全福机械厂的那些业务，也占不了他所有的时间，他还可以再去接其他单位的业务，最起码一个月也有个千儿八百的进项吧？

能赚这么多的钱，自己还有必要在乎那个铁饭碗吗？铁饭碗再好，里面没有肉也是白搭。

至于说到名声，那就看怎么理解了。从海化设调到会安化工机械厂去，那是绝对的被贬，出去肯定是没面子的。但如果自己是下海办公司，意义就不同了，遇到过去的同行，没准人家还会夸自己脑子活络呢。今天的社会，大家在公开场合或许会贬一贬那些私营老板，说人家是二道贩子、暴发户之类的，但私底下，谁不羡慕这些小老板的阔绰？笑贫不笑娼的风气，已经渐渐形成了，只要自己一年能赚到 3 万块钱，谁敢瞧不起自己呢？

"冯处长，你觉得这个方案可行吗？"董岩怯怯地向冯啸辰求证道。

"绝对可行。"冯啸辰斩钉截铁地说道。

"国家的政策……不会有什么变化吧？"

"你放心，要变也是向着更开放的方向变，不可能再回到传统体制下了。"

"那么，你说的这种科技服务公司……国内有过先例吗？"

"有！1980 年 10 月，科学院就有 7 位研究人员下海开办了一家民营高科技企业，叫作先进技术发展服务部，这件事是上了报纸的，你没有看过吗？"

"哦，你这样一说，我倒真有点印象了。"董岩眼睛一亮。他想起来了，当年那件事挺轰动的，他和一些同行还议论过，有人觉得那些研究人员挺大胆，有人则担心未来政策发生变化，这些人会吃不了兜着走。两年多时间过去了，政策非但没有收紧，反而变得越来越开放，有关下海的消息越来越多，似乎有点渐成潮流的趋势。如果真如冯啸辰所说，政策不会变回传统体制，那么自己离开海化设去开个科技服务公司，似乎真是一个不错的选择啊。

"好，既然是这样，那我就试试看，不管怎么说，也比去侍候那个姓马的强多了。"董岩摩拳擦掌地说道。下海的心思一旦动起来，就无论如何也压抑不下去了，他想到了下海的无数好处：自己当老板、再也不用看马伟祥的脸色，大把大把地挣钱，想做什么就可以做什么……

这样好的生活，自己原来怎么就没想过呢？

"董岩，你真的想好了？这可真是太好了！"阮福根喜出望外，如果董岩真的跳槽出来自己单干，那么全福机械厂再要请董岩帮忙，就方便多了，不必非要等到星期天才能请到。至于他承诺的每年不少于3万元的业务，算得上什么呢？如果能够把重装办交付的大化肥任务完成，以后自己还愁订单吗？从这些订单的利润里拿出3万元养一个董岩，何足挂齿？

董岩意气风发，他对冯啸辰说道："冯处长，谢谢你的建议，我想好了，我董岩也是七尺高的汉子，凭什么要去看马伟祥的那张臭脸，我早就受够他了。停薪留职的事情，我回去就跟马伟祥说，到时候连我老婆谢莉一起，都不给他干了。我们开个夫妻店，一年赚个三五千块钱的，也够我们生活了。"

"哈哈，那我就预祝董老板生意兴隆了。"冯啸辰哈哈笑着祝福道。

董岩说干就干，从公安局回到厂里，马上就与妻子谢莉商量了停薪留职的事情，并于第二天向厂部提交了停薪留职的申请。依着马伟祥的想法，董岩夫妻俩的这个申请是绝对不能批准的，他还打算把董岩扣在手里好好收拾收拾呢。可是，王时诚他们还在厂里待着，明显地摆出一副要罩着董岩的架势，马伟祥又何苦去触这个霉头呢？他匆匆忙忙地开了个厂务会，然后便批准了夫妻俩的离职申请。

随后，在冯啸辰的推动下，省经委出面帮董岩办好了开办技术服务公司的相关手续，董岩选了一个黄道吉日正式开张，成为一名公司老板。阮福根没有食言，果然和董岩签了一个一年的技术服务协议，总金额是3万元。

董岩的夫人谢莉此前对于停薪留职的事情还有些犹豫，看到3万元的款项进了自家的公司账户，她的一颗心也就放下来了。不管怎么说，有这3万元钱，就算海化设那边把他们夫妻俩彻底开除了，他们也用不着担心生计问题了。

王时诚在董岩的停薪留职手续办妥之后就带着任浩、索佳佳一行启程返回京城了。他们这趟出来，是由经委领导直接安排的，马伟祥的举动不仅是打了重装办的脸，也是打了经委的脸，经委这样做也在情理之中。也幸好马伟祥知难而退，没有和经委继续扛下去，否则任浩他们真的会把整个海化设查个底朝天，让马伟祥都得灰溜溜地下台。

冯啸辰没有跟着王时诚他们一道回京，而是先随着阮福根去了一趟会安，考察了一下他们分包的设备的生产情况。随后，他继续前往金南市，去拜访轴承大王姚伟强。

第 二 百 八 十 四 章

穿越到这个世界来之后，冯啸辰并没有到过金南，虽然前一世的他知道金南是一个商业气氛极强的地区，但当下的金南是什么样子，他却完全没有感觉。

从会安出来，冯啸辰坐上了长途汽车，前往金南。其实阮福根还提出了要去找一辆小车直接送冯啸辰去金南，但被冯啸辰婉拒了。他觉得自己还年轻，坐坐长途车也无妨，用不着麻烦阮福根了。

冯啸辰坐的长途车是从建陆开往金南的。冯啸辰上车的时候，就被吓了一跳，只见车上挤得满满当当的，全是各种各样的麻袋、纸箱等等，乘客倒反而像是附属品，只能在这些货物的夹缝里找一个空隙待着。冯啸辰在乘务员的帮助下，找到了一个坐的地方，那是在两边座位中间的过道上，屁股底下是三个码在一起的纸箱。因为纸箱本身堆得比较高，冯啸辰坐在上面，必须要弓着一点腰，才能避免脑袋磕到车顶棚上。

"这不会坐坏吧？"冯啸辰一边小心翼翼地坐下，一边担心地对乘务员问道。

"坐不坏，这都是铁器。"旁边一个汉子回答道。他倒是坐在座位上的，但屁股下面也垫着箱子，手里还抱着一个硕大的旅行包，把脸都挡上了。冯啸辰刚才差点都没认出这还有一个大活人。

"这车上怎么这么多东西？"冯啸辰诧异地问道。

那汉子笑道："老弟，第一次去金南吧？我们金南的货，都是这样运过去的，等你采购完东西回来的时候，也得这么出来。"

"什么意思？"冯啸辰更纳闷了，"还有，你怎么就认定我是去金南做采购的？"

"不做采购，你去金南干什么？"那汉子不解地问道。

冯啸辰道："我就不能去探亲访友吗？我有个朋友在金南，我去看看他去。"

"哦，原来是这样。"汉子这才恍然。

车开动起来了，歪歪扭扭地出了汽车站，驶向通往金南的公路。因为严重超载，车子的速度提不起来，驾驶员拼命地踩着油门，让引擎发出一阵阵令人心悸的喘息声。车子里坐着的四五十号乘客绝大多数都是男人，车子一上路，大家便纷纷掏出香烟来抽，同时大声地用海东方言聊着天，冯啸辰只觉得眼前一片烟雾，耳畔则是呕哑嘲哳的乡音，也不知道他们在谈些什么。

道路坑坑洼洼，汽车像是一叶在波涛中翻涌的小舟，起伏不定，冯啸辰的脑门不时与车顶来一次热烈的亲密接触，每一次碰撞都让他有一种智商快速流失的担忧。这样撞下去，等他抵达金南的时候，估计该成个傻瓜了吧。

"老哥，你们干嘛大包小包地往回拉东西啊，这都是些什么货物？"

反正也是坐着无聊，冯啸辰便与邻座那位汉子搭讪开了。

"你既然有朋友在金南，不知道金南是怎么回事吗？"那汉子问道，"你朋友是干嘛的？"

"他是开店的，卖轴承，在你们金南还有点小名气吧。"冯啸辰道。

"卖轴承的？谁啊？"汉子问道，"说不定我还认识呢。"

冯啸辰反问道："金南卖轴承的人很多吗？"

汉子笑道："当然多，起码有四五十家店吧。你看坐在前面那个癞痢头没有，他家就是卖轴承的。这不，他这次办的几箱货，都是从建陆的海东轴承厂进的。"

"那你呢，是卖什么的？"冯啸辰好奇地问道。

"唉，就是你屁股底下坐的，工厂里用的连接件。"汉子又指了指周围的人，继续说道，"现在我们金南是全国闻名的标准件集散地，全国各省都有跑到我们金南来采购标准件的。不过，具体卖哪种东西，又有分工。

像我卖连接件，我就是在松强县，齿轮是在平济县，螺栓是在象河县，你那个朋友卖轴承，肯定是在石阳县吧？"

"没错，的确是在石阳县。"冯啸辰笑道，"他做得比较早，当初就是在石阳起家的。为了卖轴承的事情，他去年这个时候还差点被政府给抓了。"

"你说的不会是姚总吧？"汉子脸有肃穆之色，向冯啸辰问道。

冯啸辰道："他叫姚伟强，你说的姚总，是指他吗？"

"哎呀，你竟然是姚总的朋友！"汉子脸上的表情立马就变得灿烂多彩了，他松开抱着旅行袋的手，在兜里摸索出一包大前门香烟来，不容分说就要给冯啸辰敬烟，嘴里还说着失敬、眼拙之类道歉的话。

冯啸辰让他给弄糊涂了，好不容易谢绝了对方的好意之后，冯啸辰问道："怎么，老哥，老姚在你们金南很有名吗？"

"怎么没有名！"汉子拍着大腿道，"我们金南能有今天，都亏了姚总啊，他现在就是我们金南这些商家的总司令，不是不是，我的意思是说，他是我们的领头人啊！"

这汉子本来就是一个健谈的人，听说冯啸辰是姚伟强的朋友，他的谈兴就更高了。冯啸辰对于姚伟强的情况知道得并不多，只是偶尔通个电话，在电话里也没法说太多。借着这个机会，他便开始向汉子打听姚伟强以及金南的情况，而汉子也是知无不言，说的话虽然有那么三五分演绎的色彩，但多少还是能够反映一些情况的。

原来，去年冯啸辰让佩曼去金南帮姚伟强唱了一出双簧之后，金南地区对于姚伟强以及其他一些"大王"的限制就取消了。在政府的帮助下，姚伟强办起了一家中德合资菲洛（金南）轴承经销公司，从各地的轴承厂采购轴承，放在自己的门店里销售。

由于他的货品齐全，一些很冷门的轴承品种也能够提供，全国各地的工业企业都喜欢到他这里来配货。在原来，有些企业生产中需要用到几十种不同的轴承，采购员要跑好几个省，找七八家企业才能配齐，现在只要找到姚伟强这家店，就能够实现"一站式配货"，即便不能做到百分之百满足需要，至少也可以配齐七八成，给采购员们省下许多时间和路费。

看到姚伟强的生意做得好，旁边的一些小老板开始心痒了，于是便模仿姚伟强的样子，也做起了轴承生意。金南人大概天生就有商业基因，每个人都懂得如何经商。这些模仿者会专门去研究姚伟强卖的轴承品种，然后想方设法找到一些姚伟强那里缺少的轴承品种，作为自己的特色，再把其他大路货的轴承搭售出去。

正如那汉子向冯啸辰描述的，短短几个月时间，石阳县就出现了几十家轴承经销企业，形成了国内闻名的"轴承一条街"。这些经销商各有特色，有些专门做滚动轴承，有些专门做滑动轴承，有些做塑料轴承，有些做微型轴承。在档次上，也同样存在着差异，有些店坚持只卖高档货，讲究质量，有些店则专门卖廉价低质的轴承，满足一些乡镇小企业生产低端工业品的需求。

这些模仿者的出现，对姚伟强的菲洛轴承公司来说并不完全是竞争，而是形成了一定的互补。姚伟强虽然能干，但也做不到把国内各种轴承全部包揽下来，尤其是从自己的品牌声誉出发，他不能经销那些低端轴承产品，而他的邻居们则可以填补这些方面的空白，从而起到了相得益彰的效果。

随着石阳县的轴承生意越做越大，周围几个县的商家也动了心思。他们想到，那些跑到石阳去买轴承的采购员们，没准也会有采购连接件、螺栓、齿轮之类其他工业标准件的需求，轴承的生意都已经被石阳人做了，那么他们能不能在其他的工业标准件上做出一些名堂呢？

在金南，除了姚伟强这个"轴承大王"之外，原本就还有其他九个"大王"，都是分别做某种特定产品的。在这些人的带动下，松强、平济、象河等几个县都形成了自己的特色产业，出现了诸如螺栓一条街、齿轮一条街之类的地方。这样一来，整个金南地区就成了全国的工业标准件集散地，也成为工厂采购员们的圣地。

"整个金南，起码有一万人在外地跑，采购各种标准件，运到金南来。我不是吹的，除了那些特别大的标准件，我们运回来卖不划算，其他的东西，只要是在国内有的，在金南都能找到。我们这里的货，比国家物资部的货都齐全。"汉子眉飞色舞地说道。

"你刚才说老姚是你们的总司令，又是怎么回事？他卖轴承，你卖连接件，你们有什么瓜葛吗？"冯啸辰问道。

听到冯啸辰这个问题，汉子压低了声音，装出一副神秘的样子，说道："这个事，就得从你说的姚总差点被政府抓的这件事说起了。你知道为什么后来政府不但没抓他，还让他把生意做得更大了吗？"

冯啸辰道："这个我倒是听老姚说起过，听说是他找到了一家德国企业跟他合资，所以政府就对他网开一面了。"

"可不是吗！"汉子道，"你可别小看这个背景，乖乖，能够找到德国人当靠山，那还得了？现在姚总是我们金南地区的人大代表，又是什么致富模范，说话管用着呢。"

第 二 百 八 十 五 章

说话间，汽车已经开到了石阳县，在汽车站外面停了下来。冯啸辰告别邻座的汉子，拎着自己的旅行袋下了车。同样在石阳下车的还有汉子此前给冯啸辰指过的那个癞痢头，此人大名叫作茅万全，也是做轴承生意的，听说冯啸辰是姚伟强的朋友，他和先前那汉子的表现颇为一致，也是满脸笑容，热情地邀请冯啸辰与他同车前往轴承一条街。

"同车"这个词听起来很牛气，其实坐的只是一辆人力三轮平板车而已。早在冯啸辰刚刚下车的时候，就有七八辆这样的三轮车迎上前来，询问冯啸辰是否需要雇车，有多少货等等。冯啸辰只带着一个旅行袋，没什么货物，倒是茅万全从建陆运回来好几箱轴承，死沉死沉的，必须雇个三轮才能回去，冯啸辰便搭上了他的便车。

一路说着闲话，茅万全让车夫先把三轮车骑到菲洛轴承公司的门前，他与冯啸辰一道下了车，又交代车夫把货送到自己的店里去，然后陪着冯啸辰一起走进了菲洛公司的店门。进门后，没等冯啸辰说啥，茅万全便冲着店里的负责销售的小姑娘用当地方言聒噪了起来。冯啸辰听不懂他的话，似乎是说自己帮姚总接来了一位客人，请姚总赶紧出来迎接，云云。看那样子，茅万全与姚伟强店里的店员很熟悉，说话的语气也是极其随便的。

趁着小姑娘跑到后面去叫姚伟强的功夫，冯啸辰粗略地打量了一下这家店。这是一个面积颇为可观的门面，有些像后世超市的那种格局，一面是柜台、洽谈区，另外一面就是十几排钢筋焊起来的货架，货架上摆满了各种型号的轴承，旁边还挂着标签，注明了轴承的型号等信息。

看冯啸辰在观察店面，茅万全不无嫉妒地说道："冯师傅，你可能还不知道吧，姚总这家店的规模，在我们整个金南地区都是排得上号的。他这个店面里摆的只是一些常用的轴承，后面还有两个仓库，里面的货更多。我那个小店跟姚总的店比起来，连个脚趾头都不如。菲洛公司还能弄到进口轴承，正宗德国货，好家伙，这些德国货可不得了，一个轴承的利润，比我们卖一箱轴承都高。"

"有这么夸张吗？"冯啸辰笑着问道。姚伟强这个菲洛公司是与冯啸辰在德国的那家菲洛公司合资的，冯啸辰占着这里七成的股份，所以姚伟强每个月都会通过杨海帆向冯啸辰提交一次经营报表，有关公司的利润状况，冯啸辰肯定比茅万全更清楚。

金南菲洛公司能够通过德国菲洛公司进口一些欧洲的轴承产品，用于满足国内一些企业对高端轴承的需求，利润的确是非常可观的。不过，要说一个进口轴承比一箱国产轴承利润还大，就是茅万全的夸大其词了。

"冯师傅，我跟你说。"茅万全似乎很享受这种向外乡人炫耀见识的过程，他压低声音，对冯啸辰说道，"我们石阳这边，有不少人开了厂子，仿造姚总这里的进口轴承，也能赚大钱呢。"

"什么，仿造？"冯啸辰这回可真有些惊了，轴承这东西也是有专利保护的，可不是随便谁想仿造就能够仿造的，这不就是传说中的"山寨"吗？居然这么早就出现了！

"是啊！"茅万全没有一点不好意思的感觉，反而觉得很是自豪的样子，"我们金南工厂很多，你别看这些厂子小，技术可一点也不差。什么东西只要让那些老师傅看一眼，他们就能仿得七八成像。姚总这边能够从欧洲弄到轴承，可是价钱太高，有些厂子用不起。我们自己仿出来的，价钱能够便宜六七成，尤其是不需要用外汇，所以很多采购员都乐意买呢。"

"质量呢？也能一样吗？"冯啸辰问道。

茅万全尴尬地笑笑，说道："这个肯定要差一点嘛。人家德国的轴承，轻轻一推，就能转几十圈都不停下来。我们本地仿的，转三五圈就停了。不过，咱们国家的厂子也没人家欧洲那么讲究，差不多就能用了。"

"是啊，聊胜于无吧。"冯啸辰讷讷地说道。

山寨这种事情涉及知识产权保护的问题，肯定是不对的，但其实在这个年代里，非但金南的这些小企业在仿造国外产品，就算是罗冶、秦重这些国家一流的大厂子，有不少传统产品也是从国外产品那里仿冒过来的，知识产权这个概念，在国人心目中没有那么严格。

茅万全说的这些小企业，仿的是姚伟强从欧洲进口过来的产品，直接抢的是姚伟强的市场。不过听茅万全这个口气，姚伟强对此也并不介意，否则茅万全就不可能在冯啸辰面前提起这件事，毕竟冯啸辰自称是姚伟强的朋友。对此，冯啸辰也能想得通，姚伟强没有能力打击这些仿冒产品，同时，购买仿冒产品的那些厂商，也并非姚伟强的目标客户。

会买山寨货的，肯定就不会去买原装货。原装货的价格过高，会推高这些企业的产品成本，这是一些企业无法承受的。如果他们买不到便宜的山寨货，他们会宁可换一个品种。

两人正说着，姚伟强跟着先前那个小姑娘从后院过来了，他一眼就看见了冯啸辰，脸上立马堆上了笑容，他紧跑两步，来到冯啸辰的面前，伸出双手，喊道："冯处长，你怎么来了，哎呀，怎么不早说啊！"

"我到建陆办点事，顺便过来看看姚总。"冯啸辰一边与姚伟强握手，一边笑呵呵地说道。

"什么姚总，叫我小姚就好了！"姚伟强瞪起眼，装出生气的样子，但脸上的笑意却丝毫没有减少。

茅万全在一旁看得目瞪口呆，姚伟强自从与德国人合资之后，在金南的地位见长，脾气也跟着就长起来了。虽说还达不到欺男霸女的程度，至少是有些颐指气使，连石阳县长来了，也没见他如此热情和低调。眼前这位冯师傅，啊不，应当是冯处长，是何许人也，居然能够令姚伟强如此低眉顺眼，明明比人家大十几岁，非要让人家叫他"小姚"，这简直就是太阳从西边出来了。

"姚总，这位冯处长是……"茅万全怯怯地问道。

"老茅，是你陪冯处长来的？多谢多谢！"姚伟强伸手拍了拍茅万全的肩膀，然后用自矜的语气说道，"我给你介绍一下，你可站稳了，别把你吓着……"

"老姚，你就别吓茅老板了，我们一道坐车过来的，也是朋友呢。"冯啸辰笑着说道。他此前称姚伟强为姚总，也就是凑个趣，以往在电话里，他称姚伟强也一直是叫老姚的。他转头对茅万全道，"茅老板，你别听老姚瞎吹，我在京城工作，在一个小单位里当个副处长，芝麻大的官，老姚跟我客气呢。"

"看看，看看，人家京城的干部就是谦虚，哪像咱们县里那几个小领导，成天牛哄哄的，好像是多大的干部一样。"姚伟强啧啧连声地说道，听冯啸辰打岔，他估计冯啸辰是不愿意透露真实身份，于是也就不说了，只是招呼道，"冯处长，我一直想请你来视察一下我们公司的工作，又怕耽误你的时间。现在好了，你既然来了，就多待几天。我们金南别的没什么，海鲜那是足够的。小芳，你马上去富豪大酒店订个他们最好的包间，你跟富豪的李老板说，是京城来的大干部，让他给我安排得好一点！"

最后这话，他是向先前那个小姑娘说的。冯啸辰欲阻拦他的安排，姚伟强满不在乎地摆摆手，然后又继续吩咐道："还有，你跟县里的张书记、王县长都通知一声，还有……"

说到此，姚伟强又转向冯啸辰，小声问道："冯处长，要不要请行署的领导一块过来？从金南到这里，有 30 多公里，请行署领导专门过来一趟，不太合适……"

冯啸辰哭笑不得："老姚，你还真把我当领导了？我充其量也就是一个副处长，行署领导是正厅级好不好，那是我的领导，你能让他们专程跑来见我？还有什么张县长、王书记啥的，都别叫了，咱们就是朋友见面，叫这些领导干什么？"

"是张书记和王县长。"姚伟强纠正道，接着又说道，"行署的领导不叫也就不叫吧，明天我陪你去金南，咱们到金南请他们。张书记和王县长也不算什么领导，平时跟我玩得都挺好，他们可专门交代过，你啥时候来石阳，一定要安排一起见个面。至于老茅……"

听姚伟强说到自己头上，茅万全赶紧点头哈腰地说道："姚总，不用管我，不用管我，我把冯处长送到就完成任务了，我那边还有刚进的货，要去安排一下。冯处长，我改天过来请你吃饭……"

第 二 百 八 十 六 章

打发走了茅万全，姚伟强把冯啸辰请到后院自己的办公室里坐下，又给他沏了一杯茶，据说是什么正宗大红袍，闻起来倒是清香无比，比冯啸辰两辈子喝过的茶都要更好。

冯啸辰端坐在真皮沙发上，一边吹着茶杯里的水汽，一边笑呵呵地说道："老姚，你现在派头大了，书记、县长都是你的座上宾，随随便便就能够叫来。还有这个茅老板，在你面前一副唯唯诺诺的样子，我看他在长途车上的时候可是挺张扬的。"

"唉，什么派头！"姚伟强有些不好意思说道，"主要是因为我开的是一家合资公司嘛，所以行署那边也比较重视，三天两头有领导过来视察，县里的人也就不敢太放肆了。我说的那个张书记，还有我们王县长，过去哪看得上我们这些人，自从上次佩曼先生来之后，他们对我的态度就完全变了，客气得很。我也不跟他们计较过去的事情，有时候还会拉着他们一起打打牌，输点钱给他们，大家关系也就好起来了。"

"你这算是行贿了吧？"冯啸辰半开玩笑地说道。其实他也知道，这种事在地方上是难免的，姚伟强作为一个商人，如果不会搞这一套，倒反而显得另类了。

"至于老茅他们，我没找他们算账就算不错了，都是乡里乡亲的，我也不好多说什么。"姚伟强愤愤然地说道。

"怎么，他们还有对不起你的地方？"冯啸辰问道。

姚伟强道："可不是对不起我吗？过去我因为卖轴承被县里公安局抓的时候，也没见他们一个出来帮我说话。现在看我生意做大了，一个个都来学样，你看这条街上，全是卖轴承的，抢了我多少生意！"

"也不能这样说吧。卖轴承的多了，买轴承的不也多了吗？光靠你一家店，也做不起名气来。经济学上，这叫产业集群效应，对你这家店也是有好处的。"冯啸辰说道。

"我当然知道有好处。"姚伟强承认了，他刚才那话也是随口一说，以显出他的重要性，听冯啸辰这样一解释，他赶紧改口道，"就像冯处长你说的这样，大家一起做，名气大了，生意才能做得更大。不过，他们仿造我从德国进口的轴承，这事就不地道了吧？"

冯啸辰点点头道："我刚才听茅老板说过了，怎么，仿造轴承的厂子很多吗？"

姚伟强道："也不算特别多，不过，只要我这里有一个新产品，他们就能够马上仿出来。这些家伙的技术也还真不差，仿出来的轴承虽然精度、寿命差一些，外观却是八九不离十的。有些单位进口设备里原装的轴承坏了，又没外汇去进口配件，就到这里来找，基本上都能够找到。有些轴承我这里也进口，客户拿着拆下来的旧轴承到石阳来找人仿造，也能仿出来。"

冯啸辰心念一动，道："老姚，你能不能回头给我安排一下，我想去这些仿造轴承的企业看看。"

"怎么，你想找他们的麻烦？"姚伟强有些迟疑地问道。

冯啸辰摇摇头道："找他们的麻烦不是我的工作，我是想看看他们到底有什么实力。你也知道，我是国家重大装备办公室的人，我们要搞重大装备，标准件的需求很大。我想看看咱们有没有国产化的能力。"

"这个简单！我回头打几个电话，让他们准备好，你随时可以去看。"

姚伟强听说冯啸辰不是去找麻烦，马上就轻松了，满口答应下来。他此前说起这些山寨企业的时候，咬牙切齿的，好像和他们有多大的仇怨，而事实上，他平日里与这些企业的小老板们关系非常融洽。正如他说的，都是乡里乡亲的，谁不认识谁呢？有几个搞山寨加工的老板，本身就是姚伟强的亲戚，否则也不可能在第一时间就能够从姚伟强这里弄到进口的轴承。

这时候，那位叫小芳的姑娘跑进来了，说县里的车子已经到了门口，请冯处长和姚总去赴宴。冯啸辰与姚伟强一道出了门，果然见着门口停了一辆皇冠轿车，一个瘦高个的男子正站在车边，等着他们。姚伟强小声地向冯啸辰介绍道，此人正是石阳县长，名叫王建峰。

"这位就是冯处长吧，欢迎欢迎！"王建峰颇有眼色地迎上前来招呼道。

"是王县长吧，叨扰了，还让你亲自上门来接，真不好意思。"冯啸辰也笑着与王建峰握手寒暄。

"姚总，张书记直接去富豪大酒店了，咱们也赶紧过去吧。"王建峰对姚伟强说道。

三个人一道上了车，王建峰死活要让冯啸辰坐在副驾的位置上，在地方上，副驾算是尊贵的位置，是领导的专座。冯啸辰有心推辞，无奈姚伟强也站在王建峰一边说话，两个人一起推着冯啸辰坐进副驾，冯啸辰也只能从命了。

轿车向酒楼的方向开去，姚伟强坐在后面，不断地向冯啸辰介绍着两边的建筑。据姚伟强说，由于到金南来采购标准件的外地客商越来越多，金南市和下属各县的住宿、餐饮业也都得到了充分的发展。石阳原来只有几家招待所，十几处餐馆，这一年时间，就发展出了几十家宾馆、客栈，至于大大小小的餐馆，更是不计其数。

"一个产业带动了一方经济啊。"王建峰感慨地插话道，"不光是姚总说的宾馆、餐馆这些，运输业、农业、渔业，都被带起来了。那些外地来的采购员，走的时候谁不要带点虾干、紫菜之类的特产回去，光这一块，我们县今年渔民的收入就翻了一番呢。"

"这都是咱们县里的领导指挥有方，组织得当，否则，光靠农民自发地发展这些产业，肯定做不到这样的规模的。"冯啸辰恭维道。

"哈哈哈哈，还是京城的领导有水平啊，一下子就把我们的工作高度给提升了。"王建峰笑着说道。

轿车开到富豪大酒店的门前停下，冯啸辰拉门下车，抬头一看，也不由得赞叹起来。这个富豪大酒店，还真是颇显富豪之气，四层楼的建筑，装饰得金碧辉煌，极尽暴发户特色。用后世的眼光来看，就一个字：俗。可放在时下，大家就觉得唯有如此才能显出气派。

姚伟强在旁边介绍说，这个酒店原来是县里糖烟酒公司的办公楼，是石阳少有的几幢四层楼之一。去年，几个搞餐饮的小老板联手租下了这幢楼，进行了内外装修，颇费了一番心思。墙上描金用的金粉都是专门从港岛买来的，国内找不着。目前，这家酒楼是石阳最高档的酒楼，没有"之一"。石阳的企业家们但凡要宴请什么重要的客人，都是在这个地方摆酒席。

"冯处长，快请吧，我包了这里最好的富贵牡丹厅，上次省里农业厅的副厅长到石阳来考察工作，就是在这个牡丹厅吃的饭。"姚伟强炫耀地说道。

"太奢侈了，老姚，咱们没必要这么隆重嘛。"冯啸辰说着客气话，虽然他并不觉得自己能够在一个副厅长待过的包间里吃饭有什么了不起，但姚伟强表现得这样热情，他总得说点好听的话，不能扫了主人的面子。

一行人在服务员的引导下进了富贵牡丹厅，屋子里已经坐了好几位客人。见冯啸辰他们进来，众人都站了起来，笑脸相迎。姚伟强给冯啸辰介绍着，这干人中有县里的书记张福林，有县经委的主任，有公安局长，还有一位是刚刚从金南赶过来的，是行署机关里的一个科长，名叫包成明。姚伟强悄悄告诉冯啸辰，包成明与他有些亲戚关系，当初金南地区抓十大王的时候，就是包成明向姚伟强通风报信，让他躲过了牢狱之灾。

排座次入席的时候，自然又有一番谦让。张福林非要让冯啸辰坐上座，冯啸辰以自己年龄轻，级别也比张福林、王建峰二位低为由，坚持不肯。到最后，还是张福林与冯啸辰分坐了上首的两个位置，其余的人倒是好安排，各自按官衔大小坐下。姚伟强被安排坐在张福林的另一侧，冯啸辰的另一侧坐的是县长王建峰。从这个座次安排上也可以看出，姚伟强如今在县里的地位非同一般，一干县里的中层官员在场，他居然也能混到坐在书记身边的待遇。

祝酒敬酒这些事情自不必细说了。酒过三巡，宾主开始聊起了闲话。说到冯啸辰所供职的国家重装办，张福林便感慨起来，借着酒劲说道：

"冯处长，不是我说发牢骚，国家对我们金南真是苛刻，整个地区都没几家像样的工业企业，更不用说你们讲的什么重大装备工业了。三十多年了，我们石阳还是一个农业县，如果不是出了姚总这样的大能人，带起一方产业，我们石阳百姓还不知道要过多少年的穷日子呢。"

第 二 百 八 十 七 章

"国家穷啊,所以大工业只能优先保障布局在大城市,或者三线地区。咱们金南地区地处海防前线,加上交通条件也不是很理想,所以国家在进行重工业布局的时候,就没有考虑到金南了。"

冯啸辰简单地解释着。他知道这个道理张福林、王建峰他们也是懂的,之所以在他面前发这个牢骚,不过是习惯性地叫苦,以便未来能够争取一些好处,这也是地方官在上级领导面前的常态了。

果然,听到冯啸辰的解释,张福林和王建峰都是点头不迭,正待再说点什么,冯啸辰话锋一转,说道:"张书记,王县长,其实我这趟到石阳来,还是挺震惊的。听说咱们石阳县的一些乡镇企业,能够仿造出欧洲市场上的轴承产品,性能也相差无几,这可是一个非常了不起的成绩啊。"

"这个……"张福林看了看王建峰,有些迟疑,不知道冯啸辰的话到底是夸奖还是讽刺。

"冯处长,你说的这种情况嘛……的确是有,这个……呃,有时候也是因为应顾客的需要……"王建峰结结巴巴地说道。

冯啸辰听出对方的话里有话,不禁有些诧异,问道:"怎么,王县长,这事还有什么不妥吗?"

"冯处长,你真的没听到什么风声?"张福林看出一些端倪,试探着向冯啸辰问道。

冯啸辰摇头道:"我还真没听说过什么。前一段时间我一直都在出差,这次还是因为到建陆办点业务,顺便到金南来走走。关于金南这些小型企业的事情,我也是刚听姚总介绍的,难道还有什么其他的情况吗?"

"唉,这个事情吧……说起来也是一件丢人的事情。"王建峰叹了口气，开始给冯啸辰介绍开了。

原来，石阳的这个轴承一条街，也是鱼龙混杂，有好的一面，也有坏的一面。石阳作为全国轴承集散地的名气大了之后，一些不法商人就动了歪心思，开始用一些假冒伪劣的轴承产品来以次充好，赚取超额利润。

在石阳的各乡镇里，分布着一大批轴承加工企业。有一些的确是讲究诚信经营的，生产的轴承产品质量还过得去，即便是仿造进口轴承，也主要是为了填补国内空白，替国内用户节省外汇。而另外一些企业就不同了，他们在选用材料、选择工艺等方面，都是能省就省，把成本压到极限，生产出来的产品压根就不过关，全靠欺骗采购员的眼睛，或者靠给采购员行贿来进行推销，因此而惹出的质量纠纷越来越多。在国内，甚至已经有些企业把金南地区叫作了骗子地区，像石阳的轴承一条街，有时候也会被人称为骗子一条街。

张福林、王建峰他们到外地去开会，一开始听到的还都是赞美之词，后来味道就有些变了。有些熟悉的同僚甚至会直言不讳地要求他们好好管管治下那些奸商，别让他们再害人了。

正因为有这样一些非议，冯啸辰提到仿造欧洲轴承的时候，两个石阳的父母官都有些脸上挂不住了，以为冯啸辰是来兴师问罪的。

"原来是这样。"冯啸辰点了点头，他想起了一些后世的事情，便说道，"张书记、王县长，这个情况我原来还真不太清楚。如果真是这样，我觉得咱们石阳县，或者整个金南地区，都应当注意了，伪劣商品会败坏一个地区的名声，拖累那些诚实经营的企业。树立一个品牌要花很大的工夫，败坏一个品牌只需要一件事就足够了。咱们石阳是靠轴承起家的，石阳这块牌子，绝对不能被那些伪劣产品败坏了。"

张福林赶紧应道："冯处长说得对，我们县委和县政府，一直都在打击这些伪劣产品，不容许伪劣产品败坏我们石阳的名声。"

"是这样吗？"冯啸辰向姚伟强求证道。

"张书记和王县长他们的确是很努力的。"姚伟强给出了一个回答，话里透出来的意思却是耐人寻味的。

王建峰也听出了姚伟强的意思，他尴尬地笑了笑，说道："姚总这是在批评我们呢。唉，这事吧，不太容易。你说人家的产品是伪劣产品，有什么证据呢？咱们国家的轴承本来质量也是参差不齐，可能人家顾客就用不着那么好的轴承，你说这些商店是以次充好，人家说自己是以次充次，你怎么办？"

"可是人家冒用我们菲洛公司的牌子，这事总可以管吧？"姚伟强呛了一句，显然这也是他和县里交涉过许多回的事情了，借着冯啸辰在场的机会，又提了出来。他现在地位高了，即便面前坐的是书记、县长，他也敢呛声，看张福林和王建峰的意思，好像还真拿他没办法。

"你是说上次那个菲络轴承的事情吧？人家是联络的络，不是你那个洛阳的洛，怎么能算是冒用呢？充其量也就算是模仿吧。"王建峰说道。

"这样也行？"冯啸辰哭笑不得了。刚才还在和姚伟强聊山寨的事情，现在看起来，石阳的山寨产业发展得很兴盛啊，后世出现的康帅傅、肯麦基之类的伎俩，原来现在就已经有了。

"王县长，这是明显侵犯商标权的事情，咱们政府应该管的。"冯啸辰向王建峰说道。

"我们也知道，可是没有依据啊。"王建峰辩解道。

"怎么没有依据？"冯啸辰道，"咱们国家的商标法已经发布了，明确规定：未经商标注册人的许可，在同一种商品上使用与其注册商标近似的商标，或者在类似商品上使用与其注册商标相同或者近似的商标，容易导致混淆的，属于商标侵权。菲洛轴承是注册商标，把洛阳的洛改成联络的络，就属于近似商标，怎么就不能取缔了？"

"商标法？"王建峰用眼睛看了看坐在对面的商业局长，对方向他点了点头，意思是说冯啸辰说的事情属实。王建峰把头转回来，对冯啸辰再次吐着苦水，道，"冯处长，这法律规定了是一码事，具体到我们下面做事情，还是有些困难的。这些乡镇企业，都是下面农民集资办起来的，如果照着法律规定，对他们进行罚款、没收设备之类的，这些农民的生活就受影响了。"

"王县长的意思是说，咱们石阳的农民如果不造假，就活不下去？"冯啸辰这一回可真是嘲讽了，一下子就把王建峰给噎得说不出话来。

张福林见状，出来救场，道："冯处长，也不能这样说。其实我们一直都在教育老百姓，要诚实经营，守法经营。我们觉得，大多数的企业都是好的，存心搞伪劣产品的，只是极少数。像刚才姚总说的那个菲络轴承，我们已经提出过警告了，如果他们再不整改，我们下星期就把他们取缔掉。毛局长，你们公安局配合一下商业局，把这件事情做好。"

"是！"公安局长毛忠洋响亮地回答道。

承诺了要打击"菲络轴承"，张福林又向冯啸辰叫苦道："冯处长，我们也有我们的难处，其实吧，很多企业并不是存心要造假，而是技术水平不过关，想把轴承造得好一点，也造不出来。我亲自下去调研过，有些企业的负责人表示，他们造那些劣质的轴承，卖不出价钱，几乎没有什么利润，也就能赚到一点工人的工资。如果能造出好轴承，他们也愿意的，最起码价钱能够卖高一点吧？"

"是这样？"冯啸辰在心里盘算了一下，然后抬头对姚伟强问道，"姚总，对这件事，你有什么看法？"

姚伟强看看左右，说道："办法倒也有，可是这事得县里下决心才行，我一个自己做企业的老百姓，说话不算啊。"

"你是人大代表，又是全区的致富模范，地委柴书记亲自给你发过奖状的，你说话不算，谁说话能算？"王建峰恭维了姚伟强一句。

张福林也接着道："姚总，大家都说你是石阳轴承产业的总司令，你说句话，比我们县委说话都管用。你有什么好想法，就当着冯处长的面说出来吧。万一我们县里解决不了的，不还有冯处长能够从中央给你讨个政策来吗？"

他这话，就是在转移矛盾了。没等姚伟强说出自己的主意，他先把锅甩到了冯啸辰的头上。万一姚伟强的主意有些差强人意，他就可以让冯啸辰去做主，是好是坏，有冯啸辰来负责。

冯啸辰哪里听不出张福林的意思，不过他也不在乎。罗翔飞甩给他的锅，比这要大得多了，他不也一个一个都背下来了？红河渡的老邹，那可是人挡杀人、神挡诛神的老革命，被自己一句"老不要脸"也骂得没脾气了。区区石阳县的一个书记、一个县长，能奈自己如何？

"老姚，既然张书记、王县长都鼓励你说出来，那你就说吧，有什么好办法能够解决目前的乱象？"冯啸辰向姚伟强说道。

"办法嘛，也很简单，那就是……挂牌！"姚伟强斩钉截铁地说道。

第 二 百 八 十 八 章

"挂牌？挂什么牌？"王建峰诧异地问道。

"就像电视里播的那种，质量信得过产品的牌啊。石阳这些卖轴承的，只要是产品质量好的，就由县里发一个质量信得过的标牌。质量差的，就不发。这样一来，外地的客人来了石阳，专门挑那些挂了牌的商店买东西，就不会受骗。如果他们故意去没挂牌的商店买，那就怪不了我们了。"姚伟强侃侃而谈。很显然，这样一个主意，在他心里已经盘算了很久，只是没找到一个合适的机会说出来而已。

"这个恐怕不好办。"王建峰却是眉头紧锁，"姚总，你这个建议听起来挺好，但实际执行起来，难度还是很大的。你说质量好不好，谁说了算呢？"

"我……"姚伟强有心说自己说了算，话到嘴边，连忙又咽回去了。他的确是懂轴承，而且菲洛公司也有轴承的检测设备，可以鉴定轴承质量的好坏。但问题在于，他并不能代表政府。如果石阳县以菲洛公司的检测结果来给轴承商家挂牌，那些没挂上牌的商家绝对会指责政府搞不公平竞争，进而闹得不可开交。姚伟强虽然不是官员，但经商多年，这点社会经验还是有的，知道这样做绝不可行。

"我觉得，商业局可以做这件事吧？"姚伟强改口说道。

商业局长刘枫马上便举手反对了："姚总，你可别难为我们。这轴承好不好，我们哪懂啊。你这个挂牌的方法一出来，可就关系着大家的饭碗，万一我们弄错了，砸了人家的锅，人家是要砸我们玻璃的。"

"砸玻璃事小，姚总可以帮你们补上。关键是政府砸了人家的锅，人家会去告状，我们担不起这个责任啊。"张福林纠正道。

"轴承检测这个事情，是有标准的，我们可以把标准给你们……"姚伟强讷讷地说道，说到最后的时候，他的声音已经有些听不清了，估计是自己也没了底气。

"冯处长，你们是国家机关，有实力，也有权威，要不你们帮我们来做这个鉴定吧。你们说谁的产品合格，我们就给他们挂牌，你们说谁不合格，我们就不给他挂牌。老百姓嘛，对我们不信任，对你们京城的机关肯定还是信任的。"

王建峰把球踢到了冯啸辰的脚下。他明知重装办是绝对不可能来管这种小事的，但还是装出一副诚恳的样子，其实是在挤兑冯啸辰。

冯啸辰在姚伟强说出挂牌的主意时，就在分析这个方法的可操作性。听到王建峰这样说，他微微一笑，说道："王县长这可是给我们出难题了。石阳县政府不便于参与这样的鉴定，我们重装办就更不适合了。现在国家在这方面的规定还有些欠缺，有关部门也正在制订产品质量标准，不过，在标准出台之前，政府的确不宜自行其是来给企业挂牌，这属于干预自由竞争了。"

"冯处长总结得太好了。嗯嗯，干预自由竞争，这样的确不合适。"张福林迅速地给了冯啸辰一记马屁，同时瞟了姚伟强一眼，似乎是想对他说：连你的靠山都表示你的办法不可行，你还有什么话说？

"不过……"没等张福林高兴过来，冯啸辰笑呵呵地又开口了，"政府办不了的事情，可以鼓励民间自己办啊。如果由姚总牵头来挂这个牌子，那些不法商家就算是有意见，也没地方提去，谁也不能逼着姚总非要给自己挂上这个牌子吧？"

"冯处长，这怎么行，我怎么有资格给人家挂牌？"姚伟强惊了，赶紧提出质疑。

冯啸辰道："姚总，你怎么就没资格了？我跟你说，你可以联合一些诚信经营的企业，成立一个石阳轴承联盟。这完全是民间性质的组织，谁也没法资格对你发号施令。然后，你们就以联盟的名义来吸收会员，条件就是尊重产品质量，尊重商标权，同时愿意服从联盟的管理。你给这些会员企业分发联盟资格证书，这不就名正言顺了吗？"

"联盟？"姚伟强的脑子飞快地转动了起来，他渐渐明白了冯啸辰的意思。

"可是，冯处长，他们这种民间性质的联盟，有资格和没资格，又有什么区别呢？"刘枫不解地问道。

冯啸辰道："有没有区别，取决于他们的名气大小。就说咱们吃饭的这家富豪大酒楼，据说在石阳县就是身份的象征，这个象征，难道是政府规定的吗，还不是大家口口相传的结果？姚总如果能够牵头搞一个轴承联盟，慢慢地国内的厂家就会发现，联盟的产品都是可信的，非联盟的产品则不太可信。到时候，大家选哪家企业的产品，不就有了一个依据了吗？"

"可是，你怎么能够保证联盟的产品就是可信的呢？"刘枫抬杠道。

"我们如果要搞联盟，当然要保证质量！"姚伟强已经想明白了冯啸辰的意思，抢着解释道。

刘枫道："姚总，我是说，人家凭什么相信你们呢？"

冯啸辰道："这个很简单，联盟可以对客户作一些承诺，比如说假一赔十，出现问题优先赔付，等等。姚总的菲洛轴承是大企业，和那些打一枪换一个地方的小商家不同。用句俗话，叫作跑了和尚跑不了庙。客户也会相信，像菲洛轴承这样的企业，是万万不会为了贪图一点小便宜而故意造假的。这样一来，信誉就逐渐建立起来了。"

"这个……"

张福林和王建峰也都听明白了，脸上不禁有了一些迟疑之色。

冯啸辰的主意，其实就是一种优胜劣汰的方法。菲洛轴承是已经有了一定名气的，讲信誉，产品质量可靠。由菲洛轴承牵头来成立一个联盟，是一种民间自发的行为，不涉及政府干预，所以其他商家想反对也找不出理由。菲洛轴承可以用自己的标准去鉴定各个商家的产品质量，质量合格的，就允许他们加入自己的联盟，获得联盟认证；质量不合格的，就无法获得联盟认证。

这个消息一旦传开，客户们到石阳来采购轴承，自然就会选择那些得到联盟认证的商家，而没得到认证的商家，就会被市场淘汰。当然，也不排除一些采购人员出于吃回扣之类的考虑而故意接受那些不合格的产品，这就不是姚伟强他们管得了的事情了。客户单位自己出了蛀虫，关别人什么事？

不得不说，这的确是个好主意，但随之而来的问题也是很明显的。一来，姚伟强的菲洛轴承将当仁不让地成为石阳县的轴承业盟主，具备了与县政府相抗衡的实力，县里以后就更没法约束姚伟强了。第二，联盟一旦成立，各个商家将会受制于姚伟强，姚伟强看谁不顺眼，谁的日子就会很难过，这难免会带来一些隐患。最关键的一点，在于这种方法一旦实施，那些技术水平低下的小企业就真的要被淘汰了，这可是关系到县乡两级财政收入的大事。

张福林、王建峰他们不打击假冒伪劣，能力不够只是一个借口，真实的原因还是怕影响了地方收入。当年虽然还没有 GDP 的提法，但收入的概念大家始终都是懂的。造假贩假这种事情，虽然名声不好，但能赚到钱就是硬道理，石阳县委、县政府更愿意睁一只眼、闭一只眼。

说穿了，张、王二人也是有任期的，只要在他们的任期内，石阳的名声还没有烂到极点，经济还能发展，他们就不会在乎。至于说过几年石阳的牌子彻底砸了，经济一落千丈，那时候他们都已经升迁了，或者调动到别的地方去任职了，这事与他们又有何相干呢？

姚伟强就不同了，他还指望着干上十年、二十年，甚至把自己的金南菲洛公司做成一家百年老店。如果石阳的名声坏了，菲洛公司就要受到连累，这是姚伟强无法接受的。也正如此，他才会不遗余力地呼吁县里打假。

张福林、王建峰对姚伟强的呼吁采取了一个"拖"字诀，反正政府要找点理由总是很容易的，姚伟强再强势，也没法强迫政府就范。现在好了，冯啸辰直接出了一个釜底抽薪的主意，如果让姚伟强真的办成了这样一个联盟，县里的经济可就要受到影响了。

"冯处长，姚总的菲洛公司，是一家中外合资公司。由合资公司出面来搞一个联盟，会不会和政策有冲突啊?"王建峰略一思索，找出了一个破绽，对冯啸辰说道。

"政策好像没这方面的规定吧?"冯啸辰明白王建峰的意思，淡淡地应道，"再说，菲洛公司也只是一个发起者，成员单位还可以有其他企业，内资肯定是占主流的。还有，姚总是人大代表，又是行署表彰的致富模范，我想，他的人品应当是可以相信的吧?"

第 二 百 八 十 九 章

"那是，那是。"王建峰尴尬地点着头，脸上却带着一些不情不愿的表情。

"咦，今天不是说给冯处长接风的吗？怎么又谈到工作上去了？来来来，大家喝一个，工作的事情不急，过几天我们再向冯处长请示也来得及嘛。"

张福林端起酒杯，岔开了话题。众人也都心领神会，纷纷说起了一些闲话，酒桌的气氛又再次活跃起来。

酒足饭饱，姚伟强提议大家转移战场到舞厅，张福林、王建峰均以明天还有工作为由婉拒了。冯啸辰也称今天坐长途汽车比较辛苦，跳舞这种高强度的运动，还是等休息好了再说。大家嘻嘻哈哈地说着一些没营养的祝福话，离开了餐厅。

送走张福林等一干石阳县的官员，姚伟强领着冯啸辰以及在行署机关工作的远房亲戚包成明回到了自己的办公室，他亲自给大家沏上茶，然后坐下来，苦笑着对冯啸辰说道："冯处长，今天的场面，你都看到了吧。张书记和王县长他们，其实根本就不想管这件事情。下面那些小厂子，都是各个乡的财源。如果把他们给打击了，乡里就没钱了，肯定要找县里去帮忙。张书记他们可不想当这个恶人。"

冯啸辰道："我已经看出来了，这两位父母官的确是不想得罪人。不过，如果任凭骗子横行，最终咱们石阳的轴承产业就会彻底烂掉，到时候后悔都来不及。"

"现在已经有这个迹象了。"姚伟强道，"如果不是有一些老关系还比较信任我，我这个金南菲洛公司也得受影响。这条街上有些仿冒的欧洲轴承，比我销售的轴承看起来还像进口货，可质量根本就不行。这些商家还模仿我们的公司名称，我刚才说的菲络公司，就是其中一个。有些外地慕名而来的采购员分不清菲络和菲洛，买了他们的产品，回头却说我们造假。为这事，我差点和那个菲络公司的老板打一架。"

包成明道："这种情况不单是石阳有，其他县也同样有。像平济县的齿轮、象河县的螺栓，都有造假的。这里的情况非常复杂，有些厂家的产品质量不行，走的是低端的路子，这也无可厚非。但有些厂家则是故意以次充好，仿冒别人的商标，为这事，行署已经收到很多地方的抗议了。有些国内鼎鼎有名的企业，产品被我们仿冒了，人家能不找我们的麻烦吗？"

"那么，行署是什么意见呢？"冯啸辰问道。

包成明道："地区的柴书记和行署的董专员都有过专门的批示，要求各县严查造假现象。不过，情况和今天晚上冯处长看到的一样，县里对于打击假冒产品的积极性不足，雷声大，雨点小，没什么效果。"

"柴书记和董专员的批示，是真心的，还是随便说说？"冯啸辰追问道。

包成明道："依我看，应当是真心的。柴书记是一个干实事的人，他不止一次在地委的会议上说过，假冒伪劣产品会毁掉金南的前途，我觉得他的态度是真实的。"

"我看不见得。"姚伟强没好气地说道，他和冯啸辰不见外，和包成明更是熟悉，所以说话也不需要遮掩，他说道，"柴书记是一把手，他如果真的想管，怎么会管不了呢？"

冯啸辰道："老姚，你倒也不必这样说。一把手也有一把手的难处，有些事情总还是需要下面的人去办的。不过，如果柴书记真心支持这件事，那就好办了。咱们不用管张书记和王县长怎么想，先干起来就是了。"

姚伟强道："怎么，冯处长，你真的觉得我们可以搞一个轴承联盟？"

"没错，完全可以。"冯啸辰道，"有些事情，政府不好出面做，我们可以自己做。政府管不了的事情，我们可以让资本来说话。在绝对的实力面前，一切偷鸡摸狗的行为都无法藏身。"

"冯处长，你说说看，我们该怎么做。"姚伟强问道。

"我粗略地想了一下，我们可以这样做……"冯啸辰开始给姚伟强说述起来。

按冯啸辰的设想，姚伟强将以自己的金南菲洛公司作为核心，联络一些信得过的商户和本地轴承生产企业组成一个"石阳轴承产业诚信联盟"，打出诚信经营的旗号。

冯啸辰说的这个"诚信经营"，其实是有所保留的。比如说，仿造国外的进口轴承，从国际知识产权保护的角度来说，是不应当做的，但冯啸辰觉得在目前的情况下，山寨一些进口产品也不算什么大不了的事情，美国、德国、日本这些国家也都干过侵犯知识产权的事情。

不过，如果是仿造的产品，就一定要在标牌中声明，让客户自己去选择。诚信联盟要做的，只是打击假冒进口品牌的事情。如果你向客户声明了自己卖的只是山寨货，价格也合理，那么同样可以为诚信联盟所接纳。

为了取信于客户，诚信联盟将公开承诺"假一罚十"，鼓励客户和同行进行举报，只要发现有造假的行为，必将进行严惩。至于那些不接受处罚，以及屡教不改的商家，诚信联盟将取消其资格认证。

"可是，人家又凭什么相信我们这个联盟能够说到做到呢？"姚伟强继续问道。

冯啸辰对这个问题是有过考虑的，他说道："办法很多啊。首先，老姚你在行业里就小有名气，而且金南菲洛公司还是合资企业，在很多人心目中都是比较可靠的，你用你自己以及菲洛公司的名义来作为担保，别人就先信了几分了。"

"嗯，这个我倒是有点把握。"

"其次，我们要把宣传做起来，可以在长途汽车站发传单，甚至到媒体上去做广告，让大家都能看到。"

"冯处长，你说到这里，我倒有一个想法。"包成明说道。

"什么想法？"

"咱们可以找报纸来发新闻稿，标题就叫'石阳县成立轴承产业诚信联盟，誓与假冒伪劣斗争到底'。如果冯处长你能够亲自参加这个联盟的成立仪式，那么效果就更好了。"包成明说道。他在行署机关工作，对于这些套路是颇为熟悉的，说起来头头是道，连一个磕绊都没有。

"这倒是一个主意。"冯啸辰也是眼睛一亮，这不就是后世常说的软文公关吗？时下国内还不流行这种软宣传的方法，如果姚伟强能够做起来，不怕那些企业不相信。

姚伟强满怀期待地看着冯啸辰，问道："冯处长，你能亲自参加我们的成立仪式吗？"

冯啸辰迟疑了一下，说道："不知道到时候有没有时间。"

"不用'到时候'啊，你如果能够在石阳多待几天，我们就能够搞起来。"姚伟强道。

这回倒是让冯啸辰觉得吃惊了，他问道："老姚，你有这样的本事？几天时间就能够把这样一个联盟建起来？"

姚伟强嘿嘿笑道："冯处长，我老姚在石阳还是有几分小名气的，随随便便招呼一句，拉上十几二十家企业不成问题。不瞒你说，我们一些老兄弟过去在一起打牌的时候，也聊过类似的事情，说想联合起来，反击那些造假的家伙。不过，我们没有你冯处长水平高，想不到叫什么诚信联盟之类的。听冯处长你这样一说，我现在很清楚了，一会我就去联络人，说不定明天就能够凑出一个班子了。"

"一会？"冯啸辰无语了，"老姚，现在已经是晚上十点多了，你打算把人家从床上拖起来商量事情？"

"这算什么，我们平时打牌、喝酒什么的，闹到晚上一两点钟的时候也有。我老姚去找他们，是看得起他们，谁敢说个不字？"姚伟强牛哄哄地说道。

冯啸辰想了想，说道："老姚，你的号召力，我不怀疑。不过，我倒在想一件事，你们这个联盟如果要搞起来，你不能当理事长。一来，你过于强势了，平时打打闹闹也就罢了，如果要作为一个长期的组织，你这样做会破坏联盟的民主氛围，最后会导致联盟的瓦解。其次，菲洛公司本身就是卖轴承的，你来当领导，难免有瓜田李下的嫌疑，也不利于开展工作。我觉得，你可以作为联盟的核心，但名义上的领导人，还得另外挑选一个。"

"那还用挑吗，当然就是你冯处长了！"姚伟强毫不犹豫地说道。

以姚伟强原来的想法，他挑头搞这个联盟，他自己当然就是理事长，估计那些联盟企业的老板们也不会不服气。但听冯啸辰这样一说，他又觉得有些道理，自己如果出头露面太多，说不定会招人嫉恨。尤其是这件事与县里的利益有所冲突，真惹得张福林、王建峰他们对他有怨言，也不好。

他还有另外一层心思，就是觉得冯啸辰这样说是想自己来当盟主。既然冯啸辰已经发了话，姚伟强还敢和冯啸辰去争这个位置吗？

第二百九十章

"现在我宣布，金南地区石阳县轴承产业诚信联盟，正式成立！"

伴随着金南地委书记柴承祖一声铿锵有力的宣告，石阳县一中大操场上掌声雷动，放置在会场四周的 20 枚大烟花同时被点燃，五颜六色的焰火冲天而起，噼里啪啦的鞭炮声也响起来了，整个会场顿时被笼罩在一片噪音和硝烟之中，让坐在主席台上的冯啸辰有一种穿越到了战争年代的错觉。

自那天晚上定下策略之后，姚伟强便连夜去联系了一些平日里关系不错的商家，还有几家自己亲友开的小轴承加工厂，商议成立轴承诚信联盟的事情。其实，早在这之前，姚伟强就已经与一些同行们讨论过石阳的轴承乱象，也提出过组织一个什么商会来遏制假货泛滥的问题，只是因为没有靠山，一时还做不起来。现在有了冯啸辰给他们撑腰，姚伟强对同行们虚多实少地忽悠了一通，顿时就把大家的积极性给煽动起来了。

在姚伟强忙着搞串连的时候，冯啸辰给罗翔飞打了一个长途电话，介绍了金南这边的情况，说自己想在金南待几天，帮助他们把轴承联盟建立起来。罗翔飞初听此事，还有些摸不着头脑，不知道冯啸辰为什么要掺和到这件事里去。待冯啸辰如此这般地解释了一番之后，罗翔飞才意识到此事对于国家装备发展的意义，于是不仅给冯啸辰批了假，还允许冯啸辰以重装办的名义出席成立大会。

工业是一个体系，既需要有能够制造 300 吨电机定子的重点企业，也需要有生产普通轴承、齿轮、连接件的小型配套企业。配套企业的技术实力和产品质量，对于重型装备的研制也具有重要的影响。

王伟龙曾经向冯啸辰讲述过他们研制 120 吨电动轮自卸车的情况，为了找到自卸车上需要的一个轴承，采购员需要跑遍大江南北，有时候还不一定能够找到合适的产品。要想发展起强大的装备制造业，标准件的配套体系建设也是非常重要的。金南目前已经成为国内重要的标准件集散地，依托交易市场，周围形成了一大批制造企业，这是可喜的现象。但如果不能对这些制造企业进行规范，放任假货泛滥，那么这个市场就不但不能成为装备制造业的助力，反而有可能成为一个隐患。

冯啸辰能够敏锐地发现问题，并采取手段规范市场活动，这是一件有益的事情，也可以算是重装办的工作，罗翔飞也就不会阻拦他了。

当然，如果不是冯啸辰，而是其他的什么下属陷到这种事情里去，罗翔飞难免是要嘀咕嘀咕的。但冯啸辰是不需要罗翔飞担心的人，他的分寸感一向拿捏得非常不错。罗翔飞有充足的信心，相信冯啸辰会把这件事做得漂漂亮亮的。

得到罗翔飞的首肯，冯啸辰也就有底气了。他与姚伟强一道来到金南市，前往地委大院求见地委书记柴承祖。柴承祖听说是国家重装办的处长和姚伟强一起来访，连忙让秘书把他们领进了自己的办公室，寒暄一通之后，便问起了他们的来意。

冯啸辰没有隐瞒，把自己在金南的所见所闻向柴承祖陈述了一遍，然后抛出了在石阳县成立轴承诚信联盟的方案。柴承祖一开始没听明白，待问清了冯啸辰的用意之后，马上表示地委会对此事给予大力的支持，并主动提出愿意去参加联盟的成立大会。

柴承祖和行署专员董兆安对于金南地区假货泛滥的情况都是有所了解的，与张福林他们的看法不同，柴承祖、董兆安更在意金南的名声，毕竟一个"假货之乡"的名头背在金南地区的身上，他们是无法向省领导交代的。

地委和行署不止一次联袂下发过关于打击假冒伪劣的通知，要求各县约束本地的经营行业。但所有这些通知都没有得到落实，各县的领导在接到通知的时候都把胸脯拍得山响，声称一定会不遗余力地打击那些制假贩假的不法商家，但真到执行的时候，却是一个比一个更懈怠，往往到最后就是关掉三五家企业用以应付差事。

究其原因，不外乎就是担心地方经济受到影响，另外就是县里的各级领导与县里的企业有着千丝万缕的联系，让他们下不了手。金南这个地方可谓是人人都有商业头脑，县里的领导以及下面的公务员大多都会在本地的企业里参上一股，打击假冒伪劣就相当于是动了他们自己的奶酪，他们岂会有积极性？

正在无计可施之际，出来了这么一个国家重装办的副处长，声称受到重装办的委派，来帮助石阳县成立轴承诚信联盟，依靠民间资本的力量打击假货，这不正是给瞌睡中的柴承祖送来了一个枕头吗？其实，这个联盟的成立是不是能够遏制住假货横行的趋势，柴承祖并不抱太大的信心，他看中的，是成立联盟这件事的意义。有了这样的诚信联盟，他就可以向省里交代了：不错，我们金南的确有一些假冒伪劣的现象，但我们也在积极纠正啊，你没看见我们还扶持起了一个诚信联盟吗？

柴承祖的表态，让冯啸辰松了一口气。他还有些担心柴承祖也像张福林一样，出于经济方面的考虑，不愿意支持联盟的成立。虽说联盟是民间组织，但如果没有官方的支持，联盟是很难发挥作用的。

举个例子来说，那些没有被联盟接纳的企业，如果假冒联盟的名义，姚伟强能对他们如何？但如果有了地委的支持，情况就不同了。谁敢冒用名义，联盟可以直接向政府举报，政府可以名正言顺地对这样的企业进行处罚，而不存在偏袒、歧视之类的嫌疑。

从金南回到石阳，姚伟强的腰杆子又硬了几分。他发出英雄帖，把石阳县所有做轴承生意的老板都请到了菲洛公司，向他们摊牌：要么执行联盟的章程，拒绝假货，要么就站到联盟的对立面上去，未来被市场淘汰。

大约有七成的老板选择了加入联盟，声称愿意接受联盟的监督，包括"假一罚十"之类的惩罚条款。另外三成的人则以各种借口婉拒了姚伟强的邀请，在他们看来，这个联盟并不会有什么前途，他们才不会因为姚伟强的几句威胁而放弃制售假货的高额利润呢。

听说姚伟强真的在策划成立联盟的事情，张福林和王建峰都有些恼火，正准备派人去给姚伟强递话，地委和行署的指示已经下发下来了，要求石阳县委、县政府全力支持联盟的建立，把这项工作上升到政治高度去认识。这样一来，张、王二位就算是有再多的意见，也不敢表示出来了，只能假惺惺地表示支持地委的决策，全力以赴地帮助姚伟强完成联盟的组建工作。

联盟的成立大会选择在了石阳县一中的大操场上举行，柴承祖和董兆安二人同时出席，相当于给联盟扯起了一面大旗。在成立大会上，柴承祖高度评价了诚信联盟成立的意义，说了诸如"坚决向假冒伪劣宣战"的豪言壮语。冯啸辰则代表国家重装办向联盟的成立表示了祝贺，他的级别虽低，但所代表的单位来头极大，因此说出来的话也显得极有分量。

在这个会上，最为忙碌的莫过于刚被选举担任联盟理事长的包成明，他又要照顾领导，又要招呼前来采访的记者，累得汗流浃背，但却是满面春风。

推举包成明担任联盟理事长，是姚伟强和冯啸辰商量之后的结果。一开始，姚伟强是打算自己来担任这个理事长的，但被冯啸辰否决了。冯啸辰认为姚伟强过于强势，同时自己又是经销轴承的商人，并不适合担任理事长的职务。姚伟强对于冯啸辰的这个意见颇为认同，转而提出希望冯啸辰来当理事长，结果也被冯啸辰给否定了。冯啸辰是国家重装办的干部，管的是全国的装备工业，哪能屈尊来当一个县里的行业联盟负责人。就算他不嫌弃这座庙太小，他也没有时间来管这些事情。

就在这时候，包成明进入了两个人的视线，姚伟强当即提出可以让包成明来当理事长，并说出了一番理由。

原来，包成明早就已经参与到石阳的轴承销售中了。最初，他只是因为与姚伟强的亲戚关系，在姚伟强的轴承店里参了一些股份，这些股份在后来姚伟强与冯啸辰合作时，也算进了菲洛公司的股本之中。后来，石阳的轴承市场逐渐发展起来，商户数量不断增加，轴承品种日渐复杂，让一些外来的采购员都有些摸不着头脑。常年坐办公室，以写资料为业的包成明灵机一动，想出了一个赚钱的办法，那就是到石阳的市场上去搜集轴承信息，编写成目录，印刷出来，专门销售给那些前来采购轴承的外地人。

第 二 百 九 十 一 章

"做目录卖钱，你怎么能想到这样一个好办法？"

乍听到包成明做的生意时，冯啸辰有些惊讶的感觉，或者更确切地说，是一种惊艳的感觉。一份目录卖不出多少钱，但这种观念实在是太超前了，超前到冯啸辰都疑心对方也是一位穿越者了，而且姓马……

包成明却没有这样的觉悟。编目录赚钱这件事，纯粹是出于他那与生俱来的商业本能。看到石阳的轴承业做得这么好，他也有想分一杯羹的念头，无奈自己不懂轴承，也没有时间去经营轴承店，某一天脑子里灵光一闪，就想出了这样一个主意。

搜集目录这种事情，费时不多，各家店铺也都乐于支持，所以做起来很容易。包成明在机关工作，有自己的便利。他给行署打字室的小姑娘送了一包吃食，就成功地让小姑娘加了个班，把那些目录打成蜡纸。随后，他把目录油印了一千多份，雇了个乡下的亲戚到汽车站、招待所等地兜售，一份收费 5 毛钱。扣掉成本以及付给亲戚的劳务费，他足足赚了 400 块钱，也算是淘了一小桶金。

关于这件事，包成明自己还是挺得意的，不过也仅限于在老婆面前吹嘘一下，在姚伟强面前就不太好意思说了。姚伟强知道这件事之后，虽然也夸了他几句生财有道，但包成明能够感觉到姚伟强言不由衷，想必是觉得这种旁门左道的买卖太上不了台面。这一回，姚伟强把此事当成一个笑话讲给冯啸辰听，却不料引来了冯啸辰的由衷赞叹，弄得包成明都有些分辨不清，到底冯啸辰的夸奖是真心还是嘲讽。

"其实我也是闲着没事，随便搞搞，谁知道还能赚到钱呢……"包成明有些尴尬地解释道。

冯啸辰问道："老包，你现在还在做吗？"

"倒是还在做，因为有人需要这样的目录。有些采购员一买就是十几份，他们说是带回去给其他厂子的同行看的。现在石阳的那些轴承商户也知道我在搞这个东西，都抢着给我送目录呢。"包成明道。

冯啸辰饶有兴趣地问道："他们抢着给你送目录，你就没想着找他们收钱？"

"找他们收钱，什么意思？"包成明有些懵。那些商家主动把目录整理好送给他，省了他到店里抄目录的功夫，这是帮他的忙，他怎么还会找人家收钱呢？

冯啸辰笑了，包成明这一刹那间的错愕，显示出他并不是一个穿越者，还缺乏后世的商业经验。

包成明搞的这种目录，在后世叫作"商情"，上面登记着各家经销商所经销的产品，顾客只要拿到一本商情，就可以通过电话向经销商询价，也可以按图索骥，到中意的经销商那里去看实物，省去了满市场搜索的成本。当顾客习惯于靠商情来找货的时候，没有在商情上出现的商家就会失去许多销售机会，而能够在商情上处于醒目位置的商家，则可以吸引到更多的眼球。

这样一来，原本是靠商家提供信息才支撑起来的商情，就变成了套在商家脖子上的绳索。商家们必须向商情的编纂者付费，以保证对方能够把自己的名字和商品信息写上去。而一些财大气粗的商家则会额外付费，在商情中买一个好的版面，甚至是夹带自己的广告。在九十年代末，全国各地的计算机市场上都有专门的商情，有些商情每周出版，厚达数百页，而编辑商情的公司仅凭这一项业务，就能年收入上千万之多。

再至于有人把商情做成电子版，上传到网络中，再基于网络促成交易，就更是传奇了。冯啸辰记得的某位马姓大亨，就是靠一个叫"芝麻开门"的网站起家的，这个网站不就是靠卖信息赚钱的吗？

"冯处长，你这可是在教老包学坏呢！"

姚伟强最先反应过来了，他是站在商家立场上的，稍一琢磨就理解了冯啸辰的意思。在包成明编的目录中，菲洛轴承是排在最前面的，这一方面是因为菲洛轴承本身就是石阳县最大的轴承经销商，另一方面也有二人的私人关系在起作用。如果照着冯啸辰的主意，包成明按出钱多少来决定排序，姚伟强可就得有所破费了。

"哪能啊！"包成明也明白了冯啸辰的意思，他眼睛顿时一亮，看到了无限的钱景。听到姚伟强抗议，他连忙说道，"姚总，你放心，不管我这个目录怎么编，你们菲洛公司肯定是排在最前面的。"

"不但要排在前面，而且还要用大字号，最好能够夹个彩页。不过嘛，工本费方面，就需要姚总稍微支持一下了。"冯啸辰笑呵呵地戳穿了这层窗户纸。

"这的确是一个金点子啊！工本费不成问题。"姚伟强并不恼火，区区一点广告费，他还是掏得起的。他看到的，是这个点子带来的机会。如果包成明的轴承目录能够长期地做下去，成为一份轴承采购指南，那么不愁没人看出其中的奥妙，并且主动送钱上门，来争取一个更好的版面位置。再如果包成明做的不仅是一份轴承目录，而是整个金南地区所有标准件的目录，那么将意味着所有商家的喉咙都被这份目录给扼住了，它带来的好处，可不仅仅限于一点广告费和卖目录的收入了。

"老包做的事情，不就是未来联盟该做的事情吗？"冯啸辰说道，"我一直在想，联盟需要一个什么样的平台，现在看来，老包的这份商情，就是一个非常好的平台啊。"

"你说什么？商情？"包成明敏锐地问道。

"对啊，你做的这个东西，不要叫什么轴承目录，应当叫作轴承商情，这个名字听起来才能显得高端、大气、上档次。"冯啸辰大方地把名字也送给了包成明。

包成明品味了一下这个词，不由喜形于色，大声说道："轴承商情？太好了，以后就叫这个名字了！石阳轴承商情，的确是高端。"

姚伟强撇着嘴说道："什么石阳轴承商情，你应当叫金南标准件商情，石阳的叫作轴承分册，还有齿轮分册、螺栓分册，要出就出一套，找印刷厂铅印出来，别弄得像你原来那份那样，黑乎乎、脏兮兮的，一看就卖不出价钱。"

"对啊，我可以把所有的标准件都做进来。全国哪家工厂用不上标准件？那么多采购员全国各地到处跑，就是为了找合适的标准件。如果有了这份商情，他们能省下多少路费。买一本放到供销科，想要买什么东西的时候，查一下就都有了。这样一份商情，卖 10 块钱只怕都有人愿意要呢！"包成明美滋滋地想道。

姚伟强道："老包，这样一来，你就不得了了。整个金南卖标准件的，都要看你的脸色，连我都要对你点头哈腰了，要不我的轴承可就卖不出去了。"

"不会的，姚总，看你说到哪去了，我给谁脸色看，也不敢给你脸色看啊……"包成明谦虚地说道，声音里却带上了几分自矜，显然是对姚伟强的预言颇有信心。

这回轮到冯啸辰服气了，要不说金南人会做生意呢，自己只是提了一个头，人家立马就把细节都补充进来了。自己原本还打算给对方支支招，让他们借鉴一下后世的一些成功经验，现在看来，这是完全不必要的，人家想得比自己细致得多。

商情的事情就这样说过去了，而联盟理事长的职务，也由姚伟强、冯啸辰二人私相授受，落到了包成明的身上。从商情这件事情上，冯啸辰看出了包成明的商业头脑以及经商的热情，要想把一个联盟做得有声有色，这样一个理事长是必不可少的。

当然，最终大家还是走了一个民主程序，让有意加入联盟的那些商户举手表决了一次。商户们都是比猴还精的，知道这个联盟背后有地委柴书记的支持，前台是京城的冯处长和本地的姚总主持，他们推举出来的人选，大家照着要求举手就是了。

包成明的这个理事长职务，也得到了地委和行署的认可。毕竟包成明是行署机关的干部，由他来主持这个联盟，有助于行署的意图得到更好的贯彻。

联盟的成立大会完全是由包成明策划和组织的，除了金南地委、行署的领导之外，他还请来金南下属各县的代表，有些是县领导出席，有些则是由县经委、商业局等单位的干部出席。包成明长袖善舞，也不知道通过什么关系，还请到了一大帮记者来为联盟造势。

　　"各位记者，我这里准备了一个新闻通稿，供大家作为参考。成立轴承诚信联盟的事情，是我们金南地委、行署的重要举措，也说明我们金南地区的企业知耻而后勇，我们的口号是，要把骗子一条街的帽子扔到太平洋去，要让石阳成为全国乃至全世界最著名的轴承之乡。"

　　在成立大会之后的记者招待会上，包成明慷慨陈辞，把一个联盟理事长的形象表现得无比高大。

第 二 百 九 十 二 章

联盟成立了，但效果如何，还需要时间来检验。董兆安让包成明把手头的工作移交给其他同事，专注于做轴承联盟的事情，并承诺一旦有了成绩，会给他安排调薪、晋升等待遇。

包成明在机关里兢兢业业干了快 20 年时间，早就厌烦了按部就班的生活，一下子得到这样一个广阔空间，只觉得浑身上下都是力量，从里到外都透着智慧，各种点子层出不穷，让那些没有加入联盟的商家恨得咬牙切齿。

包成明在联盟成立的时候请来了许多记者，让他们发稿子吹捧联盟，这也就罢了。最关键的是，他还向记者暗示，所有未加入诚信联盟的，自然就是不够诚信的，外地的采购员除非是拿了这些商户的好处，否则是绝对不应该在这些商户进货的。

为了区分联盟会员与非会员，包成明设计了带有联盟 Logo 的专用发货凭证，把联盟的"假一罚十"等条款都印在凭证的背后。外地来的采购员看到这样的凭证，再对比一下那些非联盟会员商户的凭证，心里自然就有了想法。采购员之间口口相传，有关诚信联盟的事情慢慢地便传开了。有些采购员即便是贪图回扣，也不敢去那些非联盟会员的店里买东西，生怕回去之后被单位领导追究。

《金南标准件商情》也正式出版了，最先出的是轴承分册，其他标准件分册的出版也是指日可待的事情。姚伟强拿出一笔钱入了股，包成明不再需要请单位的打字员去打蜡纸了，而是找到了金南印刷厂，用胶印方式进行印刷，里面还夹带了铜版纸的广告，让这份商情的确有了高端、大气、上档次的感觉。

冯啸辰也积极给予了赞助。他的赞助方法就是让杨海帆在辰宇公司找了几位技术人员，加上南江工学院的闫百通在内，为商情撰写了一些技术稿件，诸如"如何选择轴承"、"滚动轴承与滑动轴承的五大区别"、"轴承以次充好的识别"之类，使这本商情又多了一些技术含量，更加受到采购员们的喜爱。

再至于说包成明把商情的业务越做越大，还在外地雇了人专门向当地的工业企业推销《金南标准件商情》，并且还成立了一个代购公司帮外地企业在金南采购产品，那就是后话了，暂且不表。

冯啸辰见证了联盟的成立，自己的使命也就完成了。他向姚伟强、包成明道了别，起程返回省会建陆市，准备从建陆坐火车回京。他万万没有想到，在建陆火车站，他居然遇到了一位意想不到的人……

还在冯啸辰忙着帮姚伟强策划轴承联盟的时候，会安的全福机械厂，出了一件大事，阮福根从会安化工机械厂用高薪聘来的王牌电焊工毕建新，下夜班的时候一不留神，从一处挺陡的台阶跌下，摔了个头破血流。幸好当时旁边还有其他人走过，见状连忙上前，七手八脚地把毕建新送到医院。阮福根闻讯匆忙赶到医院，见毕建新已经醒过来了，据说也没有生命危险，但一只胳膊上却裹着厚厚的纱布，里面是还没有完全凝固的石膏。

"老毕，怎么回事！"阮福根急吼吼地向毕建新问道。

"唉，别提了，今天下夜班以后，我在厂门口的小馆子喝了几口，想解解乏。结果也不知道怎么的，脚下就不太稳了，下台阶的时候一下没踩稳……"毕建新一脸沮丧地报告道。

"没摔出什么毛病吧？"阮福根又问道。

"医生说了，师傅没啥大碍，头上破了个口子，已经缝上了。再就是手臂骨折了，已经打了石膏，不过医生说不会留下残疾的。"守在毕建新身边的徒弟讷讷地回答道。

"骨折了？"阮福根看着毕建新的手，脸色有些不好看了。

"是啊，阮厂长，你看这事闹的……"毕建新知道事情的严重性，也不知道该说啥好了。

伤筋动骨一百天，这可不是瞎说的。毕建新这只手，虽然已经接好了，医生也打了包票，声称不会留下什么残疾。但另外一句话是那徒弟没说出来的，那就是医生要求毕建新在未来三个月内不能用这只手干活，否则后果自负。

毕建新是什么人？那是会安化工机械厂王牌焊工，也是阮福根手里唯一能够进行二类容器焊接的工人。阮福根敢于从重装办接下那些大化肥分包任务，其中一个很大的倚仗就是毕建新。这段时间，阮福根开出高价，把毕建新从会安化机厂借出来，天天加班加点地赶造分包设备，唯恐耽误了交代日期。毕建新可好，一跟头栽下去，就是三个月不能干活，这不是要了阮福根的老命吗？

"医生有没有说，你这手什么时候能够恢复？"阮福根黑着脸问道。

"医生说了，得三个月！"徒弟飞快地抢答道。

毕建新白了徒弟一眼，然后赔着笑脸，对阮福根说道："阮厂长，你别听他瞎说，我估计也就是十天半个月的样子，就能恢复了。"

"我看悬！"阮福根可不是没经验的人，他目测了一下石膏的厚度，基本上就有数了。骨折可不是小毛病，希望十天半个月就能够恢复，这话骗谁呢。

毕建新也知道这个回答站不住脚，他苦着脸说道："我咬咬牙，过个十天半月的，去上班倒是没问题。不过，我担心这只手用不上劲，拿焊钳拿不稳，那可就耽误事情了。这些设备的焊接质量要求高，开不得玩笑的。"

"是啊，开不得玩笑。"阮福根长叹道。事已至此，他也知道再说啥都是白搭，指望毕建新带伤工作更是不可能的，别说毕建新愿不愿意，就算他愿意，阮福根也不敢用，万一手底下哆嗦一下，焊坏了产品，那可就更麻烦了。

想到此，他从怀里摸出一个厚厚的信封，掖到毕建新的枕头底下，说道："老毕，你也别多想了，还是好好养伤吧，万一落个残疾，我可就真是对不住你了。你放心，你这也算是工伤，所有的医药费、营养费，我都会包下来的。"

毕建新眼泪哗哗的，伸出那只没受伤的手，拉着阮福根道："阮厂长，这怎么行。都怪我自己嘴馋，多喝了两口，现在还耽误了阮厂长的事情。我知道这桩业务时间紧得很，我现在恨不得马上爬起来去加班呢。"

这番话说得颇为真切，阮福根也相信毕建新是真心的。可惜，真心不能代替残酷的现实，毕建新在未来三个月之内无法工作，这是摆在阮福根面前的一个难题。

"我们厂里其他的焊工都指望不上。"

在会安化机厂的厂长办公室里，阮福根的弟弟，会安化机厂厂长阮福泉摊开手向哥哥表示着无奈。他这个厂子是地区所属的企业，算不上什么大庙，能够有毕建新这样一尊小神就已经非常不错了，还能指望厂里的工人个个都是王牌？会安化机厂当年能够拿下二类压力容器证书，靠的也是毕建新。现在毕建新受伤了，无法拿焊钳了，阮福泉也是一筹莫展。

被叫来一块商量事情的董岩献计道："当务之急，只能是去其他企业聘人了。没有一个技术过硬的高级焊工，重装办的这批业务咱们是无论如何都完不成的。"

阮福根道："我当然知道要去聘人，可是上哪聘啊？我过去出去跑业务，到过的厂子倒是挺多，可我也没打听过人家厂子里有没有技术过硬的老师傅，还有，就算人家有这样的人，我们又随随便便地能够聘到吗？董岩，你搞了这么多年化工设备，你能不能帮我去找找人？"

"这个恐怕有点难度。"董岩直接就缩了，他可真不是擅长于与人沟通的人，让他去找人，难度实在是太大了。

"最起码，你能告诉我，海东省哪些企业里有技术过硬的焊工吧？"阮福根气急败坏地说道。

"这个倒是可以。"董岩听说不用他去抛头露面地聘人，心里也就放松了。他拍了拍脑袋，给阮福根写了一串名字以及对应的工作单位，那都是省里排得上号的一些焊工。他是搞压力容器的，对于焊工的情况的确是了解得更多一些。

"没办法了，只能是一家一家去求人了。"

阮福根拿着董岩写的纸条子，心里发了狠。他知道去其他企业借人，尤其是借这种高级技工，是多么困难的事情。但不管多困难，他都得去试一试，因为他已经没有退路了。

如果不能按时完成重装办的任务，罚款倒是小事，关键在于会让重装办对他失望，从此不再给他机会。他辛辛苦苦争下这个分包任务，不就是为了让人能够高看自己一眼吗？如果最终他还是掉了链子，那么此前的努力就全白费了，在未来也不会再有人相信他的能力。

阮福根不愿意向命运低头，他觉得自己应当是一个叱咤风云的大企业家，岂能在这个时候折戟沉沙。

第二百九十三章

"什么，借工人？开什么玩笑！"

"你们是怎么知道我们刘师傅的？他是我们厂的宝贝，怎么可能借给你们用？"

"去去去，再不走我给派出所打电话了！"

"滚……"

在随后的一星期时间里，阮福根带着一个名叫梁辰的小跟班，马不停蹄地拜访省里的各家重点企业，拿着董岩给他写的名单，上门央求别人借给他一个高级焊工。他深知自己无权无势，唯一能够拿得出手的，只有钱了，于是做好了赔本雇人的心理准备，打算不管别人开出什么样的价钱，他都绝不还价，只要人家愿意把焊工借给他，帮他完成重装办的任务。

可让他绝望的是，几乎所有的厂子听到他的要求之后，都毫不犹豫地拒绝了。态度好点的，会跟他讲讲国家政策之类的问题。态度差的，那就是直接轰人了。乡镇企业在国企面前毫无地位可言，能够拥有高级焊工的企业，都是有一定级别的，在这些企业的领导人眼里，乡镇企业不过就是一群农民在瞎起哄，而阮福根这样的乡镇企业厂长，就是靠坑蒙拐骗起家的暴发户，十个有八个都是人品不佳的，谁愿意听他们聒噪。

更有听说过阮福根承接重装办大化肥分包任务一事的国企领导，心里早就对阮福根存着一丝恼火了，现在听说阮福根承接的任务出了麻烦，陷入困境，他们高兴还来不及，怎么可能会伸出援手呢？同一个省内部的大型企业相互之间都是有些往来的，大家与马伟祥的关系远比与阮福根的关系要近得多，该帮谁，该踩谁，他们还需要思考吗？

阮福根也不是没想过私底下找找那些焊工，让他们利用业余时间去帮忙。但一来有董岩的事情在先，阮福根在私下请人的时候多少有些忐忑，生怕一不留神又连累了别人。二来这些大厂子多半都在建陆，还有一些是在其他地区，师傅们如果要用业余时间去帮忙，就只能选择周末，其他时间肯定是来不及的。一个周末，工人坐车到会安，干完活再坐车回建陆，一来一去就得占用半天的时间，实际能够用于工作的时间也就剩下了半天，实在干不了多少事。

阮福根需要的，是对方能够有一段较长的时间，能够在会安踏踏实实地干几天活，而要做到这一点，就离不开对方单位的首肯。

"阮厂长，要不，咱们还是去京城找一下冯处长吧，让他说句话，这些厂子就都肯帮忙了。"

在把全省能够联系的企业都联系过一圈之后，小跟班梁辰一边捶着酸疼的腰，一边向阮福根建议道。有关冯啸辰出马救董岩的事情，梁辰是知道的，在他心目中，冯处长简直就是无所不能的万金油，只要冯处长动动嘴，他们也就能免去跑断腿的辛苦了。

"不行！"阮福根断然地拒绝了梁辰的建议。

"为什么？这也是他们重装办的事情，他们给我们帮忙，理所应当啊。"梁辰说道。

阮福根摇摇头道："分包任务是我主动接的，人家没强迫我接。为了董岩的事情，我已经麻烦过他们一次了，他们也够仗义，还派了一个副司长过来帮忙说情，救了董岩。现在碰上这桩事，我如果再去求他们，别说他们会不会烦我，我自己也没面子。我接这桩活，就是为了证明我们乡镇企业不比国营企业差，如果碰上点鸡毛蒜皮的事都要让人帮忙，我又怎么证明我们有能力呢？"

"这一回可不是小事，毕师傅摔伤了，咱们找不到好焊工，所有的活都窝在焊接这一个地方了。省里这些厂子又不肯帮忙，咱们不找冯处长，还能找谁呢？"梁辰一筹莫展地问道。

"只能是接着找了，我就不相信，中国这么大，我们就请不到一个技术过硬的焊工！"阮福根咬着牙说道。

"董处长写的名单，咱们都已经找过一遍了，没一家厂子肯帮忙。下一步咱们上哪找去？"梁辰问道。

"去浦江！"阮福根道，"浦江的厂子多，我过去跑业务的时候，去过一些厂子。那些厂子和马伟祥没什么关系，我去好好地求求他们，说不定会有一家厂子愿意帮忙的。"

"如果浦江的厂子也不行呢？"梁辰抬杠道，他是个小年轻，没受过什么挫折，也不像阮福根那样能吃苦。在省里跑了几天，他就已经累得不成样子了，听说又要去浦江，他先打起了退堂鼓。

阮福根道："如果浦江的厂子也不肯帮忙，咱们就去京城，或者去东北，总之，不找到合格的焊工，我是绝对不会回去的。"

"好吧，你是老板，你说了算……"梁辰唉声叹气地应道。

带着这样一股狠劲，阮福根与梁辰二人来到了浦江，继续照着此前的套路到各家企业去联系。仗着过去在浦江跑业务的时候所积累的地理知识，阮福根带着梁辰一家企业一家企业地跑，光是攒下的公交车票根就存了半个手提袋，但找到合格焊工的希望却是越来越渺茫。

"阮厂长，你们的情况，我真的很同情。可是这件事，的确不太好办。你想想看，我们是国营大厂，你们是乡镇企业。我们把工人借给你们用，这算是什么名目呢？万一上级领导追究下来，我也不好交代的。"

在浦江锅炉厂，厂长孙国华语气诚恳地向阮福根解释道。这是这么多天以来，阮福根和梁辰遇上过的最和蔼的厂长，至少人家认真地听完了阮福根的叙述，还表示了理解和同情。但这些并没有什么作用，孙国华给出的答复，依然是不行。

"孙厂长，我们也是在给国家做事情啊。我们造的设备，是国家重装办分包的任务，到现在为止，我们做这个任务已经不是为了赚钱了，我们完全就是想为国家做点事情而已。看在同是为国家做事的分上，你们就伸出手帮我们一把吧。我们的要求其实也不多，就是请你们派一位老师傅到我们那里去，最多有一个星期的时间，就能够完成我们目前的工作。这样我们就可以按时向重装办交货了。至于我们的下一批任务，焊接工作还要再等两个月，那时候我们那位受伤的焊工就基本上恢复了，不需要再麻烦你们。"阮福根低三下四地说道。

孙国华道："阮厂长，你说的这个情况，我已经了解了。你们是在完成国家重装办的任务，这一点也不假。可是，你们的任务应当由你们自己完成，我们没有义务配合你们呀。你希望我们借一个高级焊工给你们，也是可以的，但你们需要让重装办给我们发一个通知，这样我们就名正言顺了。"

"我们有和重装办的合同，也不能算数吗？"阮福根问道，他是下了决心不想再去求重装办了，这涉及他的荣誉问题。

"这个恐怕不行，毕竟这个合同不是专门针对我们的，我们要派人去兄弟企业协助，总得有个说法，要不工业局那边就该查我是不是收了你们的贿赂了。"孙国华道。

"贿赂？"阮福根一听此言，顿时眼睛一亮，他左顾右盼了一番，见办公室里除了他们三人之外并无外人，而办公室的门也是关着的，便立马站起身来，走到孙国华的办公桌前，递上了一个鼓鼓囊囊的信封，同时赔着笑脸说道，"孙厂长，你看，我们来得匆忙，也没给你带点烟酒，这点小意思……"

"阮厂长，你这是什么意思！"孙国华的脸霎时就变黑了，他瞪着阮福根，喝道，"我跟你说的话，你没听明白吗？我是同情你们乡镇企业，才跟你好言好语，你居然对我来这一套。我告诉你，我孙国华不是你想象的那种人，你马上把东西给我收回去，滚出我的办公室！"

"这……"阮福根一下子懵了，他没弄明白，孙国华这话到底是真心地生气了，还是在故作姿态。

孙国华看出阮福根的想法，他抓过阮福根递上来的信封，狠狠地扔了出去，然后用手指着门，说道："带上你们的东西，现在就给我走，要不我就打电话叫保卫处来，到时候别怪我不给你们留情面！"

说到这个程度，阮福根也看出来了，孙国华的确是没有向他们索贿的意思，他是一个颇为清廉的厂长，反倒是自己自以为是，把孙国华给得罪了。他连忙吩咐梁辰把地上的信封捡起来收好，自己则带着满脸歉意的笑容说道："孙厂长，我错了，你就原谅我这一回吧。我实在是以小人之心度君子之腹……"

"你不用再说这些。我的态度已经说得很明白了，不行就是不行，你们现在可以走了。"孙国华冷着脸说道。

"孙厂长，你就给我们一个机会吧……"阮福根坚持道。

"这是不可能的，你们走吧！"孙国华坚决地说道。

"那……"阮福根回头看了看梁辰，见对方的眼里也流露出一股失望至极的神色，不禁悲从心来。他转回身对着孙国华，突然双膝一软，扑通一声就跪下了。

第 二 百 九 十 四 章

"阮厂长，你这是干什么，快起来，快起来!"

孙国华被阮福根的这个动作惊住了，他连忙从写字台后面站起身来，绕到前面，伸手去搀阮福根。他本是一个心地善良的人，对农村人也颇有感情，所以才会对阮福根和颜悦色，跟他解释了半天原因。

阮福根听孙国华提到贿赂二字，以为孙国华是在向他暗示，于是拿出钱来，这让孙国华很是愤怒，觉得阮福根这个人完全不堪造就，浪费了自己那么多的好心。可待到阮福根跪地央求，孙国华就无法淡定了。面前这位乡镇企业的厂长，也是堂堂七尺男儿，居然跪在自己面前，让自己情何以堪呢?

阮福根这一跪，可不是存心要秀悲情，而是因为高度紧绷的神经已经无法承受更大的压力，在这一瞬间崩溃了。他有一种万念俱灰的感觉，想放弃一切，包括自己那个经营了多年的厂子，此生再也不碰工业二字了。他也知道男儿有泪不轻弹的道理，但在这一刻，他怎么也收不住自己的眼泪，只觉得半个脸都湿透了，泪水滴滴答答地滑落到地面上。

"孙厂长，你就可怜可怜我们的农民吧!"

阮福根痛哭流涕地说道:"我们那个地方，人多地少。我小时候，几乎没吃过一顿饱饭，每年有大半年时间都要吃地瓜，锅里难得有几粒米饭，那是要挑出来孝敬我奶奶的。活不下去了，只能是搞工业。可我们天生是农民，搞工业一没有技术，二没有原材料，三没有市场，出去跑业务，看人家的白眼不说，还经常被警察抓起来，不容分说就关上几天。再后来，国家政策好了，我们那个小企业也慢慢做起来了，我也赚了点钱，再也不用吃地瓜了。可是，我们照样没有地位，人家说到我们，都要说一句'暴发户'，说我们就是靠偷工减料、假冒伪劣发家的。"

"你说的这些，我都明白……"孙国华蹲在阮福根身边，感慨地拍着阮福根的手臂，安慰着他。

阮福根一旦说开了头，也就不再隐瞒什么了，他继续说道："我就是不服气，凭什么我天生就是农民，别人天生就是工人。我过去是农民不假，可我现在有厂子，有工人，我怎么就不能算是工人了？我想证明给他们看，证明他们那些国营大厂子能够做到的事情，我这个农民办的小厂子也能做到。结果呢？我从人家厂里聘一个技术员，人家厂长就敢让警察把这个技术员抓去坐牢，原因就是他帮了我这个农民。这一次，我请的焊工摔伤了，我想再去请一个，结果这么多厂子，没一个答应的。原因还是因为我是农民，我的那个厂子不是国营企业。"

孙国华面有惭色，说道："阮厂长，你也别介意，其实吧，我们国企也有国企的难处，实在是上面管得太严了，我们不能像你那样随心所欲。"

"我明白，孙厂长，你是一个好人，刚才是我老阮做错了。我想通了，命里无时终归无，我天生就是一个泥腿子，就不该做这样的梦。我先前害了我的亲戚，让他好端端的处长都没当成。后来又害了我请的电焊工老毕，让他摔断了手。我不能再祸害人了。我这就去京城，向重装办的冯处长承认我老阮没这个本事，任赔任罚，我这个厂子不做了……"

"阮厂长，你可别这样说，我们这上百号工人还都指着厂子活呢！"梁辰这会也已经蹲到阮福根身边来了，正想扶他站起来。听到阮福根说要关掉厂子，梁辰吓出了一身汗，连忙喊道，"阮厂长，都怪我，我不该叫苦叫累的……"

"不怪你，只怪我太贪心了，没有这个金刚钻啊……"阮福根脸上泪水纵横，多年的委屈都在这一刻释放出来了。

"阮厂长，你别急，别说这种气话，让我帮你想想办法……"孙国华说道。

阮福根抬起头看着孙国华，道："孙厂长，还能有什么办法？我也知道，从你们厂里请个人到我那里去帮忙，过得了你这关，也过不了你的上级领导那关。你是一个好人，我不能害你。"

孙国华郁闷地拍了拍脑袋，突然眼睛一亮，说道："阮厂长，你别说，好像还真有一个办法！"

"有办法？"阮福根一下子就精神起来了，脸上的泪水还没干，嘴却已经咧开了，让人怀疑他刚才的哭相全是装出来的。

"孙厂长，你快说，有什么办法？不管要求什么人，花多少钱，我都认！"阮福根急切地说道。

孙国华道："这件事，我也没多大的把握。不过，我给你指条路，行与不行，就看你的本事了。在我们厂招待所，住着两个松江省来的电焊工，技术那是绝对没说的。听他们说，他们有几天假期，你如果能够求动他们……"

"我去！我马上去！"阮福根腾地一下就站起来了，倒把两个刚才蹲在旁边安慰他的人都给闪了个跟头。他把孙国华扶起来，道了声歉，然后便飞也似的跑出了办公室，梁辰则是紧紧地跟在他的身后，一溜烟就跑得没影。

"这家伙，我的话还没说完呢！"孙国华无奈地摇着头叹道。

阮福根跑出了办公楼，才想起自己忘了向孙国华打听那两个松江省的电焊工是叫什么名字，这会再回去问似乎也不太合适了。他有一点担心，那就是这两个电焊工已经离开了，那他可就是竹篮打水一场空了。

"劳驾，你们厂招待所在哪？"阮福根随手拽住一个路过的职工问道。

那职工白了阮福根一眼，但还是抬手指了一下，道："那边那个小楼就是。"

阮福根带着梁辰一路小跑来到了招待所，进门就向服务员打听松江省来的电焊工住在哪个房间。服务员告诉了他们房间号，阮福根道了声谢，便直奔那个房间去了。

"笃笃笃，笃笃笃！"

阮福根敲响了房间的门，他再心急，临到这个时候也得控制住自己了。孙国华说了，松江省来的电焊工技术绝对没法说，估计是两位德高望重的老师傅吧？他是来求人帮忙的，如果直愣愣地推门进去，让人家觉得自己没礼貌，后面的话就不好说了。

门开了，出现在阮福根和梁辰面前的，是一张青春俏丽的脸，这是一位看起来也就 20 岁上下的小姑娘，眼睛水汪汪的，很是貌美可人。跟在阮福根身后的梁辰眼睛都看直了，好在阮福根上了点年纪，而且心里还惦记着其他的事情，眼前是西施还是无盐，对他是没啥影响的。

"请问，松江省来的电焊师傅，是住在这里吗？"阮福根向那姑娘问道。

"我是从松江来的。"姑娘应道。

"你……"阮福根一愣，狐疑地问道，"你是电焊工？"

"嗯。"姑娘点点头。

"那……我们想找你师傅。"阮福根一下子就反应过来了，孙国华说的，肯定是这姑娘的师傅了。也怪他刚才向服务员没说明白，人家来了一个师傅、一个徒弟，服务员把徒弟住的房间指给他们看了。

"找我师傅？"姑娘诧异了，"你们怎么会到浦江来找我师傅？你们该去通原找才是啊。"

"通原？"阮福根瞪大了眼睛，"你是说，你师傅没在这里？"

"没在啊。"

"那你是跟谁一起来的？"

"我师兄。"

"你师兄多大岁数？"

"你问这个干什么？你们是谁啊？"姑娘有些不高兴了。这都什么人啊，上来就说要找师傅，自己说师傅不在，他们又问师兄的事情，还问多大岁数。饶是姑娘的脾气好，也受不了这种盘问。

"呃……是这样的，小师傅……"阮福根这才冷静下来，知道自己太过于唐突了。他把自己的情况向姑娘简单做了个介绍，又说是孙国华给他们指点迷津，让他们到招待所来请松江省的电焊师傅去帮忙。他们需要请的，是能够焊二类压力容器的高级焊工，眼前这位小姑娘自然不是他们要找的对象。至于小姑娘的师兄是不是合意，也要看看这位师兄是多大岁数。

"你是说，你们要焊的设备，是国家重装办交给你们做的？"姑娘眼睛里放出一些异样的光彩，盯着阮福根问道。

"是啊，这是国家的重要任务。"阮福根答道。

"国家重装办有一位……呃，姓冯的处长，你们认识吗？"姑娘脸上不知为何出现了一抹红晕，可惜阮福根根本就看不出来。

"你是说冯啸辰处长吗？怎么，小师傅也认识他？"

"嗯，我……我认识。"姑娘的声音又低了几分。

"我们这个项目，就是冯处长交给我们做的，他前些天还专门去视察过我们厂呢，叮嘱我们要抓紧时间完成任务。"阮福根说道，他不知道眼前这位姑娘与冯处长是什么关系，但既然人家问起来，他自然要添油加醋地渲染一下，以证明自己的真实性。

"是这样啊？"姑娘眼睛瞪得老大，"既然是国家的事情，那你们也不用去找我师兄了，我去帮你们焊吧！"

"你！"阮福根一下子就傻了。

第 二 百 九 十 五 章

站在阮福根面前的这位姑娘，自然就是杜晓迪了。

杜晓迪和高黎谦等赴日本培训的电焊工，是前几天才结束培训，从日本回国的。他们乘坐的是从东京至浦江的航班，抵达浦江之后，机械部组织他们在浦江进行了几天的参观走访，还让他们分头到一些企业去做经验交流。杜晓迪和高黎谦二人是被安排到浦江锅炉厂来做交流的，他们演示了一番在日本学到的焊接技术，镇住了全厂的干部工人。孙国华对阮福根说他们俩技术过硬，正是因为见识过他们的身手。

完成交流工作之后，电焊工们便各自返回自己的原单位去了。杜晓迪和高黎谦给通原锅炉厂打电话请示自己的行程安排，厂长爽快地给他们俩批了半个月的假期，让他们在浦江好好地玩一玩，如果他们愿意在回程换车的时候到京城或者其他地方游玩，也是可以的，这也算是厂里对他们的一种奖励了。

虽说有十几天的假期，高黎谦却是归心似箭。这也难怪，出去一年了，家里的老婆孩子还不知道是啥样，他能不想家吗？他和杜晓迪商量，打算在浦江玩一两天，逛逛商业街，看看外滩之类，然后就打道回府。关于返程的安排，二人有些不同。高黎谦是准备直接回通原的，而杜晓迪则是扭扭捏捏地表示还想到京城玩几天。高黎谦明白杜晓迪的意思，倒也没有去说破。

阮福根到招待所来找松江省的电焊师傅的时候，杜晓迪正在收拾东西，打算下午就离开浦江。阮福根如果晚半天过来，杜晓迪和高黎谦恐怕就已经上了火车。听说阮福根是来雇人去一家乡镇企业帮忙的，杜晓迪没有太在意，也没打算接下这件事。可再往下听，得知阮福根的这批设备是为重装办做的，而且冯啸辰不久前还去视察过，杜晓迪心里一动，直接就表示愿意去给阮福根帮忙了。

杜晓迪主动请缨，一方面是由于她生性善良，听阮福根说得那么困难，动了一些恻隐之心。但更重要的一点，那就是她想到此事与冯啸辰有关，她不能袖手旁观。

照杜晓迪原来的打算，离开浦江之后，她便要前往京城，去见冯啸辰。在满心的期待之外，她还有一些隐隐的顾虑，那就是见了面之后该和冯啸辰聊些什么呢。

去年，冯啸辰去日本洽谈大化肥设备引进的事情，与杜晓迪见了一面，事后又偷偷交代杜晓迪的房东为他们安排膳食，还自掏腰包贴了不少钱。杜晓迪和高黎谦一开始并不知道冯啸辰出钱的事情，后来还是听房东说漏了嘴，才知道这个细节，这让杜晓迪心里感觉好生温暖，高黎谦也在她面前说了不少冯啸辰的好话，而且还频频暗示说冯啸辰是一个难得的白马王子，建议杜晓迪要抓住不放。

在过去这一年中，杜晓迪与冯啸辰通过十几封信，关系越来越密切。但由于杜晓迪的腼腆，以及冯啸辰的没心没肺，二人之间那层窗户纸始终都没有戳穿。杜晓迪心里觉得冯啸辰对自己应当是有几分好感的，但这种好感到底是革命友谊，还是超越了革命友谊，她就有些拿不准了，这让她好生感到患得患失。

这一回决定去京城见冯啸辰，杜晓迪也是思想斗争了许久才下的决心，但即便是火车票都已经拿到手上了，她还是忐忑不安，不知道该如何面对冯啸辰。万一人家问自己干什么来了，自己该如何回答呢？仅仅是感谢他在日本时对自己的照顾吗？这似乎不是一个能聊得起来的话题。

阮福根的出现，让杜晓迪发现了一个机会。她可以去帮阮福根把这批设备做完，然后再到京城去见冯啸辰，届时就有了聊天的由头。如果对方对自己有那么一丝情愫，从这个由头出发，就可以谈一些更深入的话题了。如果对方并没有什么想法，自己完全是剃头挑子一头热，那么大家光是聊聊电焊的事情，也不算尴尬了。

杜晓迪大包大揽，表示愿意去给阮福根帮忙，阮福根却是懵了。自己分明是来找电焊师傅的，眼前这位小姑娘，能称得上是师傅吗？自己厂子里面随便找个电焊工出来，都比这小姑娘岁数大，如果自己仅仅是想请一个这样的人，又何苦这样东奔西走呢？

"小师傅，这个……我们要焊的设备，要求比较高，所以……"阮福根支支吾吾地说道，希望杜晓迪能够理解他的意思。

杜晓迪却没觉得自己的年龄是什么硬伤，在自己的厂子里，谁不知道她杜晓迪是个天才焊工，谁敢因为她年轻而小瞧她一眼？看阮福根这样一副为难的样子，她轻松地说道："阮厂长，你不是说你们做的只是二类压力容器吗？二类容器焊接的要求能有多高？"

"二类容器要求还不算高？小师傅，你焊过二类容器吗？"阮福根略有些不愤地反问道。

杜晓迪摇摇头道："这个倒是焊得少，我们厂子也做二类容器，不过一般不会让我去焊的。"

"是啊，我也是这个意思嘛。"

阮福根想当然地说道，谁料想，杜晓迪的后一句话，直接让他想吐血了。

"我是说，我在厂里一般是负责焊三类容器的。"杜晓迪自豪地说道。

"小师傅，你不会是在耍我吧！"阮福根的脸色有些难看了。你知道啥叫三类容器吗，就你这岁数，还只负责焊三类容器，不焊二类容器，你怎么不说你焊过铁路桥呢！

"阮厂长，我真的没耍你。"杜晓迪觉得有些委屈，自己明明是说实话，怎么这位大叔看起来一副不相信的样子，难道自己长得不像是诚实的好孩子吗？

"小师傅，我想问一下，在这个招待所里，除了你和你师兄之外，还有没有其他松江省来的电焊师傅？"阮福根决定不去探讨二类容器和三类容器的问题，还是先搞清楚自己有没有弄错人吧。唉，自己刚才真的应当向孙国华问清楚的，到底他说的是哪位师傅。

杜晓迪摇头道："应该是没有吧。别的省的人我不清楚，但如果你要找的是松江省来的电焊工，肯定就是我和我师兄两个人了，没有其他人。"

"那……我们能见一见你师兄吗？"阮福根又问道。

"可以啊。"杜晓迪道，"他住在楼上，我带你们去吧。不过，我师兄急着回厂子去，估计不会同意去给你们帮忙的。"

阮福根心里一咯噔，苦着脸说道："呃……那我们也见见吧。"

三个人来到楼上，到了高黎谦的房间。高黎谦听罢阮福根的要求，又低声问了一下杜晓迪的意思，然后便笑着说道："阮厂长，真不好意思，我有事情要急着回厂子去，恐怕就没时间去给你们帮忙了。既然小杜答应了去你们那里，那有她一个人就足够了，她的技术比我好得多，我去了也没什么作用啊。"

"你说杜师傅的技术比你好得多？"阮福根有些不敢相信，以为这只是高黎谦的托词。

高黎谦道："没错啊，我师傅一直说，小杜的天分比我们几个都好，我们这些徒弟里，就数她技术最好呢。"

"她说她在厂里焊过三类压力容器，这是真的吗？"阮福根又问道。

"三类容器算什么？"高黎谦不屑地说道，"我跟你说件事，我们省有一座跃马河铁路大桥，有一回出现了险情，找了很多大厂子里的电焊工去维修，都拿不下来，最后就是小杜给焊好的，京城的专家都夸她水平高呢。"

阮福根差点一口气上不来了。刚才自己还在腹诽这位小杜师傅，说她吹牛皮，怎么不说自己焊过铁路桥呢，谁承想，她还真的焊过啊！三类压力容器的焊接质量要求，当然比铁路桥要高得多，可人家能够参加铁路桥抢修，而且还得到京城专家的夸奖，这应当是有几把刷子的。整个招待所里只有这两位是松江省来的电焊工，而这位高师傅又明确说自己的水平不如小杜师傅，难道这个小杜师傅才是孙国华大力推荐的电焊专家？

"要不，能不能麻烦小杜师傅到我们那里去试试？"阮福根半信半疑地说道。这也就是死马当活马医了，反正现在也找不到其他人，还不如就让这位小姑娘师傅去试一试。万一她真的有点本事，能够帮自己解决燃眉之急，岂不是更好？孙国华是个厚道人，他既然如此真切地推荐这两位年轻人，没准他们还真的是技师呢。

"师兄，你帮我去把火车票退掉吧。还有，我的行李，也麻烦你帮我带回通原去。见了我爸妈，你就跟他们说，我去给阮厂长他们帮点忙。"杜晓迪交代道，随后，她又对阮福根问道，"阮厂长，咱们什么时候去会安，还有，车票和食宿，你们应该能够解决吧？"

第 二 百 九 十 六 章

阮福根又向孙国华求证了一次，证实杜晓迪正是孙国华所说的"技术过硬"的那两个松江电焊工之一，杜晓迪也向阮福根出示了自己在日本接受培训的证书，这让阮福根心里踏实了几分。

因为任务时间紧张，阮福根没敢耽误，马上带着杜晓迪回到了会安。毕建新听说阮福根请到了新的电焊工，吊着打了石膏的手臂也来到了车间。待见到杜晓迪的模样，毕建新的想法与阮福根如出一辙，都觉得杜晓迪是在耍大家玩。"焊工要小"这句话是大家都知道的，可也没说一个20岁的小姑娘就能够独当一面啊。这可是焊二类压力容器，不是焊点铁皮、钢管之类，焊接质量不过关，这些容器在高压之下是会开裂的，那可不是闹着玩的事情。

"毕师傅，你就放心吧，这个道理我懂。"杜晓迪换上了一身电焊工作服，英姿飒爽地站在毕建新和阮福根的面前，轻描淡写地说道。

"要不，你先焊点别的东西，让我……呃，还有阮厂长看看?"毕建新说道。

杜晓迪道："没这个必要吧? 阮厂长不是说时间很紧张吗? 这样吧，我先进去焊一条缝，毕师傅看看合格不合格。如果不合格，我马上就走，路费和在会安的住宿费我都自己出了。"

"这……"毕建新无语了，人家是来帮忙的，据说连报酬都没提，自己这样挑三拣四，是不是显得太不通人情了? 可是，这小姑娘的技术如何，自己一点都不清楚，能让她直接在设备上焊接吗? 万一没焊好，损失的可不仅仅是时间，还有已经造好的半成品，毕竟焊坏了的东西要想再补焊，就麻烦多了。届时仅仅是她自掏路费和住宿费就够了吗? 厂子的损失，谁来承担呢？

"算了，小杜师傅说得对，时间宝贵，就先开始焊吧。"阮福根倒是迅速地作出了决断。他想，孙国华推荐的人，应当不会那么不靠谱吧。照毕建新说的，先让杜晓迪拿废旧材料焊几个件试试手，然后再让她钻到容器里去焊接，无疑是更保险的。可是，这样一来，不就显得不信任这位小杜师傅了吗？万一人家真有点本事，因为自己的不信任而一气之下走掉了，自己可就抓瞎了。

想到此，他也豁出去了，不就是一个换热器吗，大不了焊坏了，就重新做一个吧，也就是十几万的事情嘛。

杜晓迪也是有意要跟毕建新抬抬杠。人家说要考校一下她的技术，这其实也算是合理的要求。但杜晓迪有自己的想法，她觉得自己已经向阮福根出示过在日本的培训证书，这足以证明她的水平了，再做这种考校是完全没有必要的。再说了，毕建新的技术还不如她呢，他有什么资格能够考校自己？

听阮福根答应了，杜晓迪微微一笑，提着焊钳便钻进了狭窄的换热器里。压力容器都是一个一个的罐子或者大型圆柱体，许多焊接工作都是在这些容器内部完成的。杜晓迪身材娇小，钻这种罐子比男工更有优势。

"注意，开始了！"

随着杜晓迪在容器里发出一声号令，众人都紧张起来。透过容器的观察口，阮福根和毕建新能够看到容器内部弧光闪闪，一阵阵嗞嗞的声响从焊接点传出来。

"不错，手艺挺娴熟的。"毕建新侧耳听着电弧发出的声音，满意地点着头。这就是行家里手的技能了，他不需要用眼睛看，只要听着这声音，就能够想象出焊接的情况。这电弧声连绵不绝，音调均匀，没有什么起伏，焊点的移动十分平稳，充分显示出了操作者精准的控制能力。

"咦，怎么回事，焊点怎么移到上面去了？"

正听着，毕建新的眉头皱了起来，有些不敢相信地问道。

"什么？移到上面去了，这不成了仰焊吗？"阮福根也听出来了，发出声音的地方，分明已经从底部顺着侧面移到了上方，现在应当是处于仰焊的状态了。

化工容器大多数都是球状或者圆柱状，这个换热器就是一个大圆筒，是平放在地面上加工的。一条环绕圆筒一周的焊缝，自然包括了一半的仰焊。仰焊是一项非常复杂的技能，以毕建新的能耐，也不敢说掌握得非常精到。

在以往，他们焊接这种环型焊缝的时候，采取的是一种分步的方法。就是先焊位于下方的部分，焊完之后，焊工从容器里出来，其他工人帮助把容器旋转180度，使需要仰焊的部分转到下面，然后焊工再进去继续焊接。

这样做当然是比较保险的方法，避免了使用技术要求更高的仰焊方法，从而能够减少出错的风险。但与此同时，制造的工时就大幅度延长了，焊工进去再出来，还要把容器进行旋转，都是需要花费时间的。如果有若干条环形焊缝，这样的工作就要重复若干次，也会消耗更多的时间。

也许有人会说，为什么不能把一侧的焊缝都焊好，然后再统一转过来焊另一侧。这就涉及工艺设计的问题了。就像装配的时候拧螺丝一样，你不能先把一侧都拧紧，再去拧另一侧，因为这样会导致两侧受力不均，装配出来的工件是偏斜的。

刚才听到杜晓迪把位于下方的焊缝已经焊完，站在外面的工人们就已经做好了准备，打算等杜晓迪出来，再用吊车把换热器转一个圈。谁料想，杜晓迪根本没用这一招，她直接就用上了仰焊手法。这一手，在阮福根和毕建新他们看来震撼无比，对于杜晓迪来说却是家常便饭了。

通原锅炉厂是一家专业从事压力容器制造的国家重点企业。正如杜晓迪说的那样，二类压力容器对于通原锅炉厂来说，属于不需要杜晓迪这种高级焊工出手的产品，她和她师傅、师兄等人只负责三类容器的焊接。由于生产任务繁多，他们不可能像阮福根的厂子这样依靠转动产品来规避仰焊，否则就别想完成任务了。仰焊对于杜晓迪这些人来说，根本就是基本技能，她在钻进这个换热器的时候，压根就没想过还要中途出来把容器旋转一下再焊，这不是多此一举吗？

"这是标准的仰焊手法！"毕建新几乎要把耳朵贴到换热器上去了，他只恨换热器的空间太小，他没法钻进去一睹杜晓迪的风采，只能靠听声音来想象里面的操作。

简单地说，电焊就是要用电弧把两块工件接触面上的金属熔化，待凝固后便会合为一体。金属熔化会形成一个液体区域，叫作熔池。仰焊的难度，就在于熔池是悬在空中的，液态的金属会因重力而坠落下来。仰焊的诀窍，在于快速地间断引弧和熄弧，每次只熔化一个金属薄层，让其来不及坠落就已经处于半凝固的状态。

这期间，引弧和熄弧的节奏控制就是非常重要的，没有千百次的实践，再加上良好的悟性、平稳的心态，那是很难做到的。毕建新听着换热器里传出来的小鸡啄米一般快速而均匀的电弧声，便能够猜出杜晓迪在引弧和熄弧间娴熟地做着转换，这是何等惊艳的手法啊！

"好了，阮厂长，请探伤工师傅去检查一下吧。"

没等大家从惊奇中缓过来，杜晓迪已经完成了一条焊缝的操作，钻出了换热器。她放下焊钳和面罩，摘下手套，笑吟吟地对阮福根说道。看她那副轻松的神情，似乎不是刚刚完成了一次高难度的焊接，而是在哪喝了一杯清茶过来。

探伤员拎着探伤仪正准备钻进换热器里，只见人影一闪，毕建新抢在前面钻进去了。他身材高大，一只手还打着石膏，但动作却十分快捷，把众人都吓了一跳。

"太棒了，太棒了！"

少顷，换热器里传出来毕建新那激动的赞扬声，接着，他又从换热器里钻了出来，也顾不上去擦满头满脸的铁屑和灰尘，只是大声地说道："不用看了，肯定是一级，我从来没见过这么漂亮的焊缝！真是太了不起了！"

听到毕建新这样说，刚才还一脸自矜的杜晓迪一下子就不好意思了。她其实就是一个挺低调的人，此前在毕建新面前显出强势，只是不满于毕建新对她的小觑。如今见毕建新一把岁数的人如此夸奖她，她倒是有些受用不起了。

"毕师傅，您过奖了，其实这算不上什么的。"杜晓迪说道。

探伤工还是尽职尽责地钻进换热器里去做探伤了，这是必要的程序，阮福根不会因为信任杜晓迪或者毕建新而省掉这个步骤。毕建新左右看了一眼，找到一个水杯，拎起水壶倒上大半杯水，然后双手端着，来到杜晓迪面前，恭恭敬敬地举起水杯，说道："杜师傅，我老毕有眼不识泰山，刚才多有得罪。如果杜师傅不计较，能不能收下我做个徒弟，教教我这个仰焊的手法。"

第 二 百 九 十 七 章

"拜师!"

现场众人除了毕建新自己之外,全都惊得站不住脚了。毕建新这个动作,可不就是端茶拜师的礼节吗?现在虽已不讲究跪地磕头,但端茶这个仪式,在许多厂子里还是有的,阮福根、杜晓迪都能够看得懂。

"毕师傅,您这是干什么呀,我……我担不起啊!"杜晓迪窘得满脸通红,哪还有什么天才女焊工的英武之气。

"老毕,你这……"阮福根也不知道说啥好了。这个老毕也真是变脸变得太快了,刚才还一副老师傅的样子,对人家小姑娘挑三拣四,这一转眼间,就开始拜师了。你好歹也是四十来岁的大叔好不好,有这样没皮没脸的吗?

"师傅,你是说小杜……"先前陪着阮福根去请电焊师傅的梁辰也懵了,他虽然是阮福根的手下,但也跟毕建新学过徒,算是毕建新的徒弟,也知道毕建新的技术有多牛。现在见毕建新在一个小姑娘面前执弟子礼,他不禁觉得天地都凌乱了。

毕建新回过头,瞪了梁辰一眼,斥道:"什么小杜,以后你得叫杜师傅做师爷,明白吗?"

"师爷……"梁辰只觉得眼前一黑,像是被千万头狂奔的羊驼踩过一般。不会吧,这么漂亮可人的小姑娘,怎么就成了师爷了?

"一级,全是一级!"

这时候,探伤员也从换热器里出来了,他满脸喜色地向众人报告着探伤结果,倒也打破了现场的尴尬局面。杜晓迪转过头对阮福根说道:"阮厂长,既然已经检测过了,你看我是不是可以上岗了?"

"当然可以，瞧杜师傅说的……"阮福根脸上的表情显得极为夸张，深为自己此前对杜晓迪的怀疑感到懊悔。人家孙国华郑重推荐的人，又是拿过全国电焊工比武大奖并且被送到日本去培训过的，技术能不过硬吗？幸好也就是这个姑娘心地单纯，不计较大家的冒犯，换成一个脾气大一点的，恐怕早就拂袖而去了。

在任何一个领域里，牛人都是必须拍着哄着的。工厂里的八级工，那是敢和厂长吹胡子瞪眼的主儿，因为厂子里有什么要求比较高的生产任务，都得指望这些人来挑大梁。杜晓迪因为年龄的缘故，虽经几次破格晋升，现在也就是个四级工，但假以时日，她晋升到八级是毫无悬念的事情。这样一个让毕建新都忍不住要低头拜师的牛人，自己居然还心存疑虑，这不是瞎了狗眼了吗？

"小梁，还不给你师爷拿东西！"

毕建新在那头向着梁辰发飙了，如果不是自己的手受了伤不能干活，他都打算自己亲自去给杜晓迪拿面罩、焊钳这些装备了。

梁辰苦着脸，拿过装备，递到杜晓迪的面前，怯生生地说道："杜……呃，杜师爷，你请……"

杜晓迪扑哧一声就笑出来了。从浦江到会安这一路上，眼前这个小伙子可没少在她面前献过殷勤，可那会他是一口一个"小杜"地喊着，眼睛里还流露着一些火辣辣的神情，只差在脸上写着"我是流氓"四个大字了。可现在这会，他满脸都是沮丧，那声师爷虽然叫得软弱无力，毕竟也是清晰可辨的，恐怕借他一个换热器那么大的胆子，他也不敢想什么君子好逑之类的问题了吧？

杜晓迪在会安待了五天时间，把阮福根原来觉得需要半个月才能完成的焊接任务全都完成了。探伤检测的结果显示，她焊出来的焊缝全部是一级，连一条二级焊缝都没有出现过。按照二类压力容器的检测标准，有些非承压部位是可以允许一定比例的二级焊缝的。但杜晓迪出手，哪会留下这样的缺陷，但凡是她焊的工件，看起来都如艺术品一般令人赏心悦目，毕建新等一干工人对于杜晓迪的佩服也逐步升级到了高山仰止的境界。

在这段时间里，杜晓迪也抽时间给毕建新和他的徒弟们讲了几次焊接课。毕建新因为手上的伤，无法亲手实践，但他把有关的知识和技巧记了个真切，只等着手伤一好，就要试试新学的手艺了。

工作完成，阮福根大摆宴席，款待杜晓迪，阮福泉、董岩、毕建新等人悉数到场作陪，席间大家说了不少恭维话，让杜晓迪又窘了一通。随后，阮福根提出要安排杜晓迪在海东旅游几天，被杜晓迪婉拒了。她声称自己的假期快要结束，还要赶紧回厂销假。阮福根也知道规矩，他专门花钱从一家政府部门雇了一辆进口小轿车，载着杜晓迪和满满一后备箱的土特产，亲自把她送到了建陆火车站。

"咦，这不是阮厂长吗？"

站在候车室里等车的时候，阮福根只觉得背后有人轻轻拍了自己一下，回头一看，不禁惊喜地喊道："冯处长，你怎么会在这里？你……你这一段时间一直都在海东吗？"

和阮福根打招呼的，正是刚刚从金南过来的冯啸辰，他也要乘坐从建陆到京城的火车，正好在此候车。不经意间，眼角扫到一男一女两个熟悉的身影，女的那个他只是感觉身材有些眼熟，衣服是他从来没有见过的。但男的这位特征就很明显了，体态和服装都是阮福根的模样，所以冯啸辰才大胆地上前打起了招呼。

"阮厂长，你这是……晓迪！怎么会是你！"

"啊……冯处长，是你啊！"

冯啸辰正待和阮福根寒暄，阮福根身边的杜晓迪也转过头来了。两个人四目相对，目光直接就擦出了火光，闪得阮福根误以为自己又到了电焊现场。

"冯处长，杜师傅，你们俩……很熟吗？"阮福根再是后知后觉，也看出问题来了。在此前，他的确听杜晓迪说过自己认识冯啸辰，但他觉得这种认识也就是打过照面而已，甚至可能只是冯啸辰去视察过工作，杜晓迪混在好几千围观群众中间看过冯啸辰一眼。可一听到二人打招呼的声音，以及那足以晃瞎他眼睛的激情，阮福根才恍然大悟，这两人那不是一般的熟啊……

杜晓迪这一刻只觉得自己都被幸福给淹没了。过去这大半年时间,她远在异国他乡,想家的感觉那是无法言状的。可细细说来,她想父母的时间,居然还不如想这位年轻处长的时间更多。她有时候也觉得自己做得不对,怎么能不惦念父母呢?可自己的心是骗不过去的,回国之后她第一个想见到的,绝对不是父母,而是眼前的这个人儿……

在浦江待的那几天,杜晓迪是没有办法,毕竟机械部有安排需要他们去做经验交流。交流完毕之后,高黎谦又跟她说难得有到浦江的机会,如果不玩一两天,实在是太可惜。再往后应阮福根的邀请到会安去帮忙,杜晓迪觉得是为了积累与冯啸辰见面的资本,干的是冯啸辰交付给全福机械厂的工作,也算是在帮冯啸辰的忙了。

任务完成,阮福根要留杜晓迪在海东玩几天,杜晓迪哪肯应允,她的一颗心早就飞到京城去了。刚才这会站在候车室里,看着墙上挂着的大钟,她只觉得那不紧不慢走着的秒针实在是太可气了,为什么还没到发车的时间,为什么你不能像飞轮一样地转动呢。

　　火车快开,别让我等待
　　火车快开,请你赶快
　　送我到远方家乡,爱人的身旁……

好吧,杜晓迪并不是穿越人士,不知道这首三年后才会风靡全国的流行歌曲,但她此刻的心情,的确便是如此。

就在她心急如焚盼着快点开车的时候,耳朵边上突然传来一个如此熟悉的声音,紧接着便是阮福根在喊"冯处长"。冯处长!难道是他吗?杜晓迪带着惶恐的心情转回头,正遇到了冯啸辰那充满欣喜、爱怜、热情的目光,杜晓迪简直有一种扔下行李直接扑到对方怀抱里去的冲动。

"晓迪,你怎么会在这?"冯啸辰笑呵呵地问道。

"我……我回国了,然后阮厂长他们有任务,然后我就去给他们帮忙,然后……"杜晓迪已经是语无伦次了，一双眼睛像是黏在冯啸辰身上一般，想挪都挪不开。

冯啸辰倒是猜出了几分，他打了个哈哈，对阮福根说道："老阮，你可真行啊，挖墙脚都挖到我们家晓迪身上了。是不是你那边缺焊工了，就抓了晓迪的差。让晓迪给你们全福机械厂去帮忙，这不是高射炮打蚊子吗？"

"冯处长，你瞎说啥呢！"杜晓迪只觉得脸像是烧红的钢板，啥叫"我们家晓迪"啊，谁就跟你是"我们家"了？这种话亏你说得出口哟！就算要说，你也不能当着外人的面说吧？如果是在夜深人静、花前月下，你这样说说也就罢了。好吧，其实我想说的是，你如果不这样说，我还不依你呢……

第 二 百 九 十 八 章

天地良心，冯啸辰还真的不是故意要占杜晓迪的便宜，他这样说话，完全就是出于一种本能的亲近。其实在单位里，长辈说起晚辈同事的时候，也经常会这样说的，比如刘燕萍就经常在外人面前说什么"我们家小冯"，好像冯啸辰是她的上门女婿一般。冯啸辰刚才那句话，十足十地模仿了刘燕萍的口吻。

但说者无心，听者有意。杜晓迪被冯啸辰这句话给撩拨得芳心凌乱，阮福根则是又惊又喜，脸上笑开了花。若不是担心杜晓迪会不高兴，他恐怕早就要向冯啸辰拱手道贺，说几句"早生贵子"之类的吉祥话了。这个时代男女关系已经不像前些年那么敏感了，搞对象、谈恋爱也不再需要遮遮掩掩，不过，在对方还没有公开恋情的情况下，作为外人乱加猜测，十有八九会让人恼火的，阮福根不是那种不识趣的人，自然就不会胡说八道了。

"冯处长，你也是坐这趟火车吗？你买的是什么票，哪个车厢？"阮福根问道。

冯啸辰答道："硬座，八车厢。"

"冯处长怎么会坐硬座呢？你们不给报销卧铺票吗？"阮福根愤愤不平地问道。

冯啸辰道："倒是可以报销，不过我从金南过来，来得晚了，没买到卧铺票。其实硬座也没事，大家聊聊天，反而还热闹一点呢。"

"这怎么行，你是处长，怎么能去挤硬座呢！"阮福根显得像是自己没享受到待遇一般，他指了指杜晓迪，说道，"杜师傅买的也是硬座票，我已经安排好了，她上车就可以去找列车长，补一个卧铺。冯处长，你等着，我再去说一句，给你也安排一个……"

说罢，不等冯啸辰出言阻拦，他就跑得没影了。冯啸辰冲杜晓迪扮了个鬼脸，说道："这个老阮，真是风风火火的。对了，晓迪，你怎么会碰上老阮的？"

杜晓迪此刻已经从最初的激动中缓过来了，她低声地把阮福根到处找电焊工的事情向冯啸辰说了一遍，还把从梁辰那里听到的有关阮福根在孙国华办公室里下跪痛哭的事情也说了。冯啸辰听罢，唏嘘不已，说道："门户之见，实在是太严重了。其实，乡镇企业也是咱们国家的工业企业，不应当受到这种歧视的。过上几年，乡镇企业就能够占据中国工业的半壁江山，我们应当予以扶持才对。"

"是啊，我在阮厂长那里待了几天，觉得那些师傅们干活挺努力的，工作热情比我们厂里的师傅还要高。我觉得，如果有人好好地教教他们技术，他们不会干得比国营企业差的。"杜晓迪附和道。

冯啸辰笑道，"晓迪，你又干了一件好事啊。奇了怪了，我每次遇见你，都是你在做好事，这是怎么回事呢？"

"哪有嘛！"杜晓迪不好意思地否认道，随后又白了冯啸辰一眼，用微不可闻的声音说道，"啸辰，你刚才在阮厂长面前瞎说什么呀，他肯定误会了……"

"误会什么？"冯啸辰没反应过来。

"误会咱俩的关系呀。"杜晓迪道。

"咱俩的关系？"冯啸辰这才明白杜晓迪所指，他差点颇为嘴欠地说一句"咱们能有啥关系"，幸好两世为人积攒下来的情商还够用，他硬生生地把这句冷场金句咽了回去，转而打岔道，"晓迪，你到京城以后，是直接回通原，还是打算在京城玩几天？"

杜晓迪在心里盼着冯啸辰能够回一句诸如"误会也无妨"，或者"本来就不是误会"之类让人脸红耳热的话，听他岔开话题，不由得松了口气，心里又有些隐隐的遗憾。她答非所问地应道："我们厂给了我和师兄半个月的假，现在还剩一个礼拜。"

冯啸辰再懵懂无知，也能听懂姑娘的潜台词了。他马上接话道："那就太好了，你上次去京城，还没好好玩吧？那这几天可以好好玩一玩了。"

"我不知道上哪玩……"杜晓迪话里有话。

"没事，我请假陪你。"冯啸辰一点磕绊都没打，直接就应承下来了。眼前这姑娘，人长得漂亮，人品好，性格也好，照着冯啸辰两世的眼光，也觉得是打着灯笼都难挑的。如果人家姑娘无意，冯啸辰倒也不一定会动什么念头，但现在姑娘上赶着又是抛秋波、又是话带机锋的，他还能无动于衷吗？

"正好，我们单位给我安排了一个大四合院，才住了我一个人，你也不用住招待所了，就去我那里住，可以给我做个伴。"冯啸辰热情地发出了邀请。

他说的大四合院，是经委的张主任亲自批给晏乐琴作为在国内落脚之处的。晏乐琴一年也难得回来一趟，在平时，这个四合院就成了冯啸辰的住处了。重装办的单身汉不多，像周梦诗、郑语馨这些，都是京城的干部二代，自然也不会觊觎冯啸辰的房子，所以冯啸辰现在是一个人住着一个四合院。

即便这个四合院并不属于所谓的"大四合院"，只是一个一进的小四合院，但也有三间正房和若干间厢房、倒座房，足够住进去十几口人。以当前京城的住房条件，冯啸辰一个单身汉能够单住一个四合院，实在是奢侈得令人发指了。

在冯啸辰搬进这个四合院开始，以刘燕萍为首的一干老人就不断地在他耳朵边上吹风，让他要赶紧去找个女主人住进来，最好再生上十个八个的孩子。好吧，就算现在国家正在提倡独生子女，你也可以生个双胞胎、三胞胎，再加上七姑八姨，总之得把院子填满吧？浪费是最大的犯罪，更何况浪费的是住房呢？

冯啸辰对于这个凭空落到自己头上的四合院也觉得很不好意思，但这是人家安排给奶奶住的，他岂能推辞？晏乐琴在离开中国返回德国之前，还到这处四合院去看过，脸上颇有欣慰之色。人老了，总有叶落归根的念头，在国内有一处房子，能够让老人觉得自己有了归宿，这不是五星级酒店能够替代的。

四合院的房子照着长幼尊卑的顺序，由晏乐琴分配给了全家人。她自己住的自然是北边的正房，但同时又要求冯啸辰在她不在国内的期间，住在自己那间房子里，名义上帮着增加人气，实际上就是照顾冯啸辰了。毕竟晏乐琴在国内的日子并不多，她总不能让常年在京城的冯啸辰住在偏房里吧。

两边的六间厢房，按照一家两间的标准，分配给了冯立、冯飞和冯华三家。房间里由冯啸辰负责配齐了家具和被褥，保证任何人到京城来都随时可以入住。

冯啸辰住在这个院子里，脑子里也动过要找个女主人进来的意思，这样想的时候，十次倒有八九次闪过的就是杜晓迪。他现在的年龄才22岁，以后世的标准，还远未达到谈婚论嫁的时候，所以并没有想好这辈子就认准杜晓迪了，只是准备一切随缘而已。如今听杜晓迪说想在京城玩几天，他连脑子都没过，直接就让杜晓迪去自己那里住了。当然了，他说的是各住各的房间。

听冯啸辰说得这么直截了当，杜晓迪窘得都想找个地缝钻了。什么叫去我那里住，还给我做伴？她当然也知道，面对这种居心叵测的邀请，她最应该做的，就是义正辞严地予以拒绝，再帮着冯啸辰好好地剖析一下思想，看看灵魂深处有没有什么不良的意图。可是，拒绝这个邀请，真的合适吗？

人家只是想帮自己省住宿费，京城居不易，能省为什么不省呢？杜晓迪给自己找着答应的理由，脸上阴晴不定，让冯啸辰看着就想发笑。

"好了好了，都搞好了！"

阮福根恰到好处地出现了。他递给冯啸辰一张条子，上面有一个鬼画符一般的签名，还有其他一些比中医草书还难辨认的内容。

"冯处长，杜师傅，你们俩上车以后，就拿这个条子去找列车长，他会给你们安排卧铺。你们放心，我都说好了，列车长是我远房外甥，他除了给你们安排卧铺，还会给你们安排吃饭的。"阮福根说道。这种远房外甥之类的亲戚，他认了无数，其实维系这种关系靠的都是逢年过节的丰厚礼物，这就不足为外人道了。

"多谢阮厂长。"冯啸辰笑呵呵地接过条子，接受了阮福根的好意。不说他此前帮过阮福根多少，就说这次杜晓迪去救场，就相当于救了阮福根的命，他们俩享受一回阮福根的招待，也是理所应当的。

"冯处长，还有一件事……"阮福根把冯啸辰拉到一边，低声嘀咕了几句，又塞了一个信封到冯啸辰的手里。

冯啸辰哈哈一笑，掖好信封，说道："没问题，包在我身上了。"

"冯处长，你看，开始检票了！"杜晓迪提醒一声，大家扭头看去，只见检票口已经开了，候车的人们像潮水一般涌向那个小小的栅栏门。冯啸辰向阮福根道了声谢，帮杜晓迪拎着大包小包的土特产，向前挤了过去。杜晓迪紧随其后，一只手揪住了冯啸辰的衣角，生怕被挤散了。

第 二 百 九 十 九 章

"到家了!"

摘下院门上的挂锁,冯啸辰推开院门,高喊了一声,然后转过身来,向跟在自己身后带着几分兴奋、几分羞怯的杜晓迪做了一个邀请的手势:"晓迪师傅,您请。"

这一路同车回京城,在卧铺车里冯啸辰没少和杜晓迪调侃,杜晓迪已经由最初的手足无措,进化到应对自如了。听到冯啸辰又在搞怪,她也没有客气,抬腿便跨进了小院子,举目四望,不禁惊奇地叫道:"啸辰,这就是你说的经委拨给你奶奶住的院子?这也太大了吧?"

"一般一般,也就是十几间房子,以后我如果要娶个三妻四妾,再生上十几个孩子,怕还不够住呢。"冯啸辰随口胡说道。

"呸!你想着美吧!"杜晓迪掩嘴浅笑,把冯啸辰的伟大理想当成了痴人说梦。

冯啸辰把阮福根送给杜晓迪的那些土特产都搬进了院子,然后掩上院门,说道:"晓迪,这几天,你就住在这里吧。我现在住在北房东边的那间,你可以住西边那间,床和被褥都是现成的。"

"这么好啊?"杜晓迪笑道,"那我就谢谢冯处长了。"

冯啸辰装出不满的样子说道:"光嘴上说谢谢管什么用,总得有点实际行动吧?"

"什么实际行动?"

"呃……最起码,你这些天得负责帮我做饭吧?"冯啸辰讷讷地说道。他其实更希望的是让杜晓迪以身相许,最起码,来个啥亲密接触之类的。不过,以八十年代初的社会风气,他如果敢这样说,相信杜晓迪会在一刹那间就翻脸，然后先把他暴打一顿，再扭送派出所，判他个十年八年的。没办法，入乡随俗吧，谁让自己穿越到了这个年代呢。

"做饭没问题，我饭做得可好了。"杜晓迪却没有想过冯啸辰会有这些花花肠子，她是做好了来当几天女主人的心理准备，做饭这种事情，根本就难不住这个穷人家里长大的女孩子。

两个人各回各屋。杜晓迪从院子里的水龙头接了些水，回房间洗漱了一番，脱掉在火车上穿脏的衣服，换上一身俏丽的春装，头发也细细地梳过了，再走出来的时候，让冯啸辰看得傻了眼。

"乖乖，原来我家晓迪长这么漂亮，我原来怎么没注意呢?"冯啸辰挑着女孩子喜欢听的话恭维道。

"我原来不漂亮吗?"杜晓迪假意地噘着嘴质问道。

"原来嘛……"冯啸辰想了想，说道，"原来是英姿飒爽，穿着工作服，戴着工作帽，看上去很帅气，但少了点女人味。"

"现在呢?"

"现在就不同了，花枝招展，天真烂漫，像个邻家小妹，让我忍不住就想……"

"就想什么?"

"就想咱们该出去吃饭了……"冯啸辰紧急改口，避免了一场可能发生的斗殴事件。

因为是刚刚回来，家里啥吃的东西都没有，两个人只能到外面的饭馆去吃饭。出了院子门，与冯啸辰并肩走在一起，杜晓迪只觉得浑身都不自在，似乎满大街的人都在看着他们，每一个窃窃私语的人都在议论她与冯啸辰的关系。她侧过头看了看冯啸辰，低声说道："啸辰，你离我这么近干什么，让人看到多不好?"

"近吗?"冯啸辰看看自己与杜晓迪之间足有两尺远的距离，哭笑不得地说道，"晓迪，你让我还能走得多远? 不会是打算差出一里地吧? 知道的说咱们俩是朋友，不知道的还以为我是警察，在盯梢你呢。"

怕啥来啥，杜晓迪最担心他们二人被熟人看见，结果还真就遇上了一个熟人。虽然这个熟人只认识冯啸辰，而不认识杜晓迪，但她却是冯啸辰所认识的人中最八卦的一个。

"咦，小冯，你从海东回来了？这是你的女朋友吧，哎呀呀，长得真漂亮……"

重装办行政处处长刘燕萍手里拎着两个装着蔬菜的布袋子，站在他俩跟前，一边上下打量着杜晓迪，一边啧啧连声地称赞道。

"杜师傅，这是我们重装办行政处的刘处长。刘处长，这是松江通原锅炉厂的杜师傅，是在日本学习过焊接技术的高级电焊工。我和她也是刚认识，是因为她帮海东的会安化工机械厂做了一些电焊工作。"

冯啸辰的瞎话张嘴就来。刘燕萍又岂是能够被骗过去的人，她稍一琢磨，便笑了起来，说道："小冯，你跟你刘姐打埋伏呢？你上次在大营帮着机械部抢修钳夹车，我怎么记得有一位通原锅炉厂的女同志也参加了？不会就是这位小杜师傅吧？"

"是吗？"冯啸辰知道谎言被戳穿，脸上没有一点窘迫，反而显出惊讶的样子，转头向杜晓迪问道，"杜师傅，大营抢修那次，也是你吗？哎呀呀，看我这脸盲症，怎么就没认出来呢？"

杜晓迪被冯啸辰的无耻雷倒了，人家都已经说到这个程度了，你还装样子有意思吗？还什么脸盲症，你再脸盲能盲成这个样子？她瞪了冯啸辰一眼，然后微笑着对刘燕萍说道："刘处长，您好，我叫杜晓迪，是通原锅炉厂的电焊工。您说得没错，上次大营抢修，我和冯处长见过的，这次……呃，我们也是巧遇。"

"巧遇？哦哦，巧遇好啊，无巧不成书嘛，还有啥来着，对了，叫作有缘千里来相会，是不是这个意思？"刘燕萍嘻嘻笑着打趣道。这两个年轻人是怎么回事，刘燕萍一眼就看出来了，最起码，这姑娘瞪冯啸辰的那个眼神，就不是什么普通电焊工对一名副处长的表情，没有点故事，怎么可能会这样亲昵。

不过，既然冯啸辰、杜晓迪都不承认，刘燕萍也不好多说了，她打了个哈哈，便识趣地消失了。倒是杜晓迪红了脸，索性退后了几步，再也不敢和冯啸辰走成并排了。

冯啸辰把杜晓迪带到了惠明餐厅，老板齐林华见冯啸辰带了一个姑娘过来吃饭，心领神会，专门给他们安排了一个僻静的角落，又特意地给他们炒了几个好菜，说了一句"慢用"便自觉地回避开了。

"来吧，吃了一天的盖浇饭，咱们换换口味吧。这位齐师傅原来是在国营大餐厅里当过主厨的，手艺非常好，今天做的，可都是他的拿手菜呢，晓迪，你尝尝看。"冯啸辰给杜晓迪递了双筷子，笑呵呵地说道。

尽管阮福根交代了他的那个远房外甥给冯啸辰和杜晓迪二人安排膳食，但火车上的饭菜也就是勉强能够吃饱而已，谈不上好吃。闻到桌上菜肴发出的香味，杜晓迪肚子里的馋虫也被勾起来了，她接过筷子，腼腆地笑了笑，然后便夹了一筷子菜塞进嘴里，刚嚼了几口，眼睛里便露出了异样的光彩。

"真的很好吃呢！"杜晓迪说道，"在日本待了一年，天天吃日本饭菜，都吃腻了，还是咱们中国的饭菜好吃。"

冯啸辰笑着问道："你前几天在阮福根那里帮忙，他难道没有给你安排点好饭好菜？"

杜晓迪道："阮厂长倒是挺热情的，好像也是专门在市里请了一个厨师来给我做饭。可是他们那个地方的口味我真的不习惯，太清淡了，有的菜还放糖，跟我们松江的口味完全就是两码事。"

"你怎么不说呢？可以让他们改啊。"

"这怎么好意思，人家也是好意。"

"唉，面子害死人啊！"冯啸辰夸张地叹道，"那好吧，到我这里好好补一补，以后咱们天天到这里来吃饭。"

"那怎么行？这多花钱！"杜晓迪斥道，"一会你就告诉我菜市场在哪里，我去买点菜，以后咱们在家里做着吃。"

"嗯嗯，也好，唉，这家里没个女主人是真不行啊。"冯啸辰道。

杜晓迪嗔怪道："你说啥呢，什么女主人！对了，啸辰，你平时都是怎么吃饭的？你们单位有食堂吗？"

冯啸辰道："我们单位才二十多个人，哪有什么食堂。其他同事都在京城有家，早晚在家里吃，再带一份饭到单位来，中午热一热吃。我是个单身汉，家又不在京城，所以只能成天在外面吃了。这家惠明餐厅，就是我的定点食堂。"

"啊？你天天在这里吃饭，那还不得吃穷了？"杜晓迪惊讶地说道，甚至还隐隐有些心疼的感觉。她在厂子里的时候，一年也难得有几回到外面吃饭的机会，在她的潜意识里，在外面吃饭是一件很隆重的事情，而且很花钱。想不到这个冯啸辰居然把饭店当成了食堂，这样下去，家里有座金山也得吃穷啊。

冯啸辰笑道："还不至于吧。这里的菜也没多贵，我一个人吃肯定不用点这么多菜的，也就是一个菜，两碗饭，三四块钱的样子吧。"

"一天三顿，就算早餐简单点，一个月也得 200 多块钱吧？啸辰，你哪来这么多钱？"杜晓迪瞪圆了眼睛，看着冯啸辰质问道。

第 三 百 章

"我不是跟你说过吗，我有海外关系，我奶奶会补贴我一点钱，起码够我吃饭了。"冯啸辰轻松地说道。他和杜晓迪还没有熟到可以把一切秘密都说出来的程度，有关辰宇公司之类的问题，他是不会说的，即便不必怀疑杜晓迪的人品，万一她嘴不严，漏出一些风声，对冯啸辰也是很不利的。有关晏乐琴的情况，是公开的事情，冯啸辰一贯都是用这个理由来为自己的财产做解释的。

杜晓迪点了点头，说道："嗯，你是跟我说过。对了，啸辰，我一直没顾上问你，你那次在日本的时候，是不是偷偷给了我和师兄的房东多田太太一笔钱，让她每天给我们做好吃的？"

"这也是组织对你们的关心嘛。"冯啸辰敷衍道。

杜晓迪却是认真地说道："我问过到其他公司培训的那些师傅了，他们都没说有这样的待遇。高师兄当时就跟我说了，肯定是你私人掏的钱。"

冯啸辰没法再抵赖了，他做出轻描淡写的样子，说道："其实也没多少钱，穷家富路嘛，你们在外面这么辛苦，我看着怎么能够忍心。"

杜晓迪低下头，又伸出筷子夹了一口菜放在自己碗里，然后缓缓地说道："还有一件事，你也不许瞒我。"

"你说吧。"

"我去日本培训的名额，是不是你私人赞助的？"

"这个……"冯啸辰有些措手不及，他愣了一下，才讪笑着说道，"这怎么可能呢？安司长不是说过了吗，这是一家德国企业赞助的，我只是帮着牵了一下线而已。"

"我不信。"杜晓迪还是低着头，不去看冯啸辰的眼睛，而是用筷子无意识地拨拉着面前的米饭，说道，"机械部一直都没说过这件事，到刘师兄去找你的时候，才有了这么一回事。这么仓促的时间，要去找一家德国企业，还要让人家愿意出钱资助，而且只资助一个名额，这太奇怪了。而你奶奶正好是在德国，你又有外汇，所以，我认定，这笔钱肯定是你个人出的，只是找了一家德国企业做掩护罢了。"

"这不会是你刚刚分析出来的吧？"冯啸辰惊愕道。这件事情里的破绽的确是太多了，旁人要想看出毛病的确不难。关键之处在于，大家很难想象冯啸辰自己能够拿出这么多钱，同时也不敢相信冯啸辰会为了一个只有过一面之缘的工人拿出这笔钱，即便这个工人是个漂亮姑娘。足足 2000马克，而且还是外汇，冯啸辰花了钱，还不肯承认，这种事谁能相信？

杜晓迪道："其实我也是猜的。一开始我没往这想，后来知道你个人掏钱让多田太太补贴我们的伙食，我就觉得有些奇怪……"

"仅仅是奇怪，不是感动吗？"冯啸辰笑嘻嘻地问道。

"感动还用跟你说啊！"杜晓迪抬起头，羞恼地瞪了冯啸辰一眼，然后又红着脸低下头去，继续说道，"然后我就突然想到了名额赞助这件事，越想越觉得里面有蹊跷。在写信的时候我不方便说，怕一两句话说不清楚，现在你告诉我，是不是这样的？"

"这事吧，说来话长。"冯啸辰知道再隐瞒就是歧视人家的智商了，能够在电焊上表现出天才的人，智商丝毫不会比后世清北人师的高才生们差，只是术业有专攻而已。杜晓迪琢磨了这么久的事情，绝对不是他几句话就能够糊弄过去的。

不过，如果要承认这件事，那么更多的事情就解释不清了。拿出2000马克，藏头缩尾地资助一个漂亮女工，动机何在？你说你是学雷锋，人家能信吗？

可我真的是在学雷锋好不好！冯啸辰在心里大声地喊着冤。

"资助那个名额的德国菲洛公司，和我有一些关系，我让他们出点钱，他们也就出了。其实也就是区区 2000 马克而已，对于一家德国大公司来说，算不上什么。"冯啸辰道。

杜晓迪问道:"你有没有拿什么原则性的事情和他们做交易?"

"当然没有!"冯啸辰断然否认,看到杜晓迪一脸不相信的样子,又说道,"好吧,我承认,这家公司里面,有我奶奶的股份,我叫他们出钱,其实是用了我奶奶的钱,这个解释你总相信了吧?"

"唔。"杜晓迪对于这个解释还是有几分相信的,得到了答案之后,她终于抬起头来,看着冯啸辰,用微不可闻的声音问道,"啸辰,你为什么对我这么好?"

冯啸辰无语了,傻妹子啊,这种问题能当面问吗?你让我怎么回答呢。迟疑了好一会,他才说道:"其实,也不是什么大不了的事情吧。大营抢修,你是为国家做事,国家不能给你补偿,我作为当事人,补偿你一下,也是应该的吧?再说,以你的能力,本来也应当有这个机会的。"

"可是,你花了2000马克啊。我听人说了,2000马克差不多要抵我们2000人民币呢,如果是在黑市换,换3000人民币都能换到。"杜晓迪道。

"我刚才不是说了吗,这是我奶奶的钱。"冯啸辰道。

杜晓迪正色道:"那就更不应该乱花了,我们做晚辈的人,怎么能够这样乱花长辈的钱呢?"

说到这个程度,冯啸辰想不露富也不成了,再遮掩下去,说不定自己在杜晓迪的心目中就成了一个啃老的纨绔。他说道:"算了,不瞒你说吧,其实我奶奶也不是什么富人,我花的钱并不是她给我的,而是我自己赚的。"

"你自己赚的?"杜晓迪这一惊可非同小可,天天在饭馆里吃饭,随便资助个路人就是2000马克,这么多钱居然是自己赚的?

"啸辰,你不会是贪污了吧?"杜晓迪压低声音问道,同时眼睛里闪出了惊恐和痛心的神情。

"你想哪去了。"冯啸辰叹道,"我过去当知青的时候,有一个跟我关系很好的大姐,叫陈抒涵。我在南江时,和她一起开了一个饭馆,现在这个饭馆已经是南江省会新岭市最知名的私人的饭馆,一个月就有2万多块钱的利润，分到我名下也有 1 万多。你说说看，2000 马克对我来说算得了什么？"

"你说的是真的？"杜晓迪瞪圆了眼睛，感觉自己像是在听天方夜谭一般。

"你自己去打听吧。"冯啸辰道，"我相信你们厂里也有去南江出过差的，最好是那种经常跑南江的采购员，你问问他是不是知道南江的春天酒楼，那家酒楼有一半的股份是我的。你放心，我冯啸辰绝对不是那种贪赃枉法的人，我花的每一分钱，都是自己赚的。"

"原来是这样……"杜晓迪喃喃地说道，冯啸辰的这个解释是她从来没有想过的，但从冯啸辰的语气中，她能够感觉得到这件事应当是真实的。通原锅炉厂的业务遍及全国各地，杜晓迪要找到一个去过南江省的业务员并不难，冯啸辰如果要说谎，是很容易被戳穿的。

然而，得到了答案，却不能让杜晓迪心里轻松下来，反而让她有了一种沉重的感觉。在此前，她就一直觉得自己与冯啸辰不般配，对方是个年轻的处长，自己只是一个工厂里的工人，身份上差异太大了。现在，她又知道了冯啸辰居然是一个隐藏很深的万元户，或者说是十万元户、百万元户，而自己的家庭却是普通的工薪家庭，两个人的落差又大了几分。

在这种情况下，自己上赶着往对方身上贴，会不会让对方觉得自己存着攀附之心呢？

"怎么啦，晓迪，怎么不说话了？"

冯啸辰感觉到了杜晓迪的沉默，不禁奇怪地问道。

"哦，没什么。"杜晓迪讷讷地答道。

"是不是突然觉得我太庸俗了？"冯啸辰半开玩笑地问道。

杜晓迪愣了一下，又赶紧摇头道："没有没有，我觉得你挺有本事的，又能当处长，又会赚钱，我……"

说起赚钱，冯啸辰想起一事，收敛起笑容对杜晓迪问道："对了，晓迪，有件事在火车上不好问你，现在没有旁人在场，我想问你一下，你给阮福根的厂子帮忙的时候，有没有做什么损害国家利益的事情？比如说，透露了你们厂里的什么技术秘密。"

"这怎么可能!"杜晓迪有些恼怒地否认道,"我怎么会是这种人?"

"真的没有?"

"当然没有!"

"那就好。"冯啸辰点点头,然后伸手从兜里掏出一个厚厚的信封,递到杜晓迪的面前,说道,"如果你没有做什么对不起国家的事情,那么,这些就是你应得的报酬,你收下吧。"

"这是什么?"杜晓迪有些诧异地接过信封,只看了一眼,就吓得把信封扔回了桌上,"怎么有这么多钱,哪来的?"

冯啸辰笑着说道:"你不是说我会赚钱吗?这些钱是你自己赚的。这是阮厂长付给你这些天的报酬,一共是两千块钱。"

第 三 百 零 一 章

　　这厚厚的一叠钱，的确是阮福根付给杜晓迪的报酬。整整两扎大团结，抵得上杜晓迪三年的工资，但阮福根拿出这些钱的时候，连眼睛都没眨一下，一点都不觉得心疼。

　　杜晓迪帮阮福根解了燃眉之急，这当然是阮福根愿意掏出重金的理由之一。另外一个理由，那就是杜晓迪那令人惊艳的技术，彻底折服了阮福根，让他觉得自己如果给的钱太少，简直就是污辱了一个天才焊工。

　　这些钱，在会安的时候阮福根就已经拿出来了，但却被杜晓迪坚决地拒绝了。这也就是老阮弄巧成拙了，如果他只是给杜晓迪一百、两百的劳务费，杜晓迪没准也就收了。他一出手就是两千，让杜晓迪怎么敢拿？

　　阮福根把杜晓迪送到建陆火车站，一路上都在琢磨着如何让杜晓迪把钱收下。及至遇到冯啸辰，他才算是找着机会了，直接把钱给了冯啸辰，让冯啸辰想办法劝说杜晓迪接受。阮福根知道，冯啸辰不是那种拘泥的人，否则就不会千里迢迢跑来解救董岩了。冯啸辰明确向阮福根表示过，董岩利用业余时间给阮福根帮忙，收取报酬是天经地义的事情。既然董岩能收，杜晓迪当然也能收。

　　果然，在他向冯啸辰提出这个要求时，冯啸辰二话不说就把钱收下来。不过，冯啸辰并没有急于把钱交给杜晓迪，而是直到现在，确认杜晓迪在阮福根那里只是帮忙做了电焊，没有出卖什么国家利益，这才把钱掏出来，交给了杜晓迪。

　　"这是你的劳动所得，为什么不能收下？"冯啸辰笑嘻嘻地问道。

　　"这么多钱，我怎么能收？"杜晓迪用极低的声音说道，同时左顾右盼，生怕被什么人听见。还好，惠明餐厅的老板齐林华颇有一些眼色，见冯啸辰带了一位姑娘来吃饭，便非常自觉地与他们保持了足够的距离，还把其他的客人也安排在离他们比较远的地方，给这两个年轻人留出了说悄悄话的空间。

"阮厂长是个私人老板，他觉得你的劳动对他有价值，愿意给你这么多钱，这是合情合理的，你有什么理由不收？"

"我只干了五天时间，就算一天按 10 块钱算，有 50 块钱也就够了，可是这里有 2000 块钱呢。"

"你觉得以你的技术，一天只值 10 块钱吗？"

"当然，10 块钱都算多了，我一个月的工资才 60 多块钱呢，合一天也就是 2 块钱。"

"这个……"冯啸辰不知道说啥好了。可不是吗，就算是李青山这样的八级工，一个月的工资也就是 120 块钱，算上奖金、加班费之类，一个月能到 200 块钱就不错了，这样摊到每个工作日，也就是 6、7 块钱的样子。就算是私营企业里给钱给得多，翻上两番，也就是 20 几块钱一天吧。杜晓迪给阮福根帮了 5 天的忙，阮福根给 100 块钱，杜晓迪就已经能够高兴得跳起来了，可现在一给就是 2000，让杜晓迪怎么敢收呢？

"这件事，也要区分情况吧。"冯啸辰只好耐下心来给杜晓迪做工作了，"按照正常的情况，阮厂长的确不应该给你这么多钱。但这一回不同，因为你给他救了急，正如你告诉我的，阮厂长跑遍了整个海东省，到最后甚至给浦江锅炉厂的孙厂长下跪了，也没找到能够帮助他的人。在这种情况下，你挺身而出，帮他解决了问题，他出多少钱都是心甘情愿的。"

"可这也太多了……"杜晓迪道，她话虽这样说，眼睛却是盯着那个信封，怎么也挪不开。在她的心里，也是在作着激烈的斗争，一方面觉得拿这么多钱不合适，另一方面又有一种强烈的愿望，希望能够拿到这些钱，这样就可以极大地改善家里的经济状况了。

杜晓迪是家里的长女，下面还有一个弟弟和一个妹妹。她父亲原来是厂里的工人，因为受伤致残，已经办了病退，她是顶父亲的班进厂当工人的。一家人靠着父亲的退休金、她的工资以及母亲做家属工的收入生活，只是说算不上拮据，要说有多宽裕就谈不上了。这几年，各家各户流行买电视机，她家也在存钱准备买一台，为此父亲把烟酒都戒了，嘴上说是出于健康考虑，其实就是为了省钱。

除了眼前的经济压力之外，杜晓迪作为老大，还知道家里的隐忧。弟弟妹妹都在读中学，未来如果能够考上大学，必然又是一笔不小的支出。再往后，她自己和弟弟、妹妹都面临着成家的问题，这也是需要花钱的。父母嘴里不说，心里如何忧虑，她是非常清楚的。

在这种情况下，如果自己能够一下子带回去两千块钱，情况就大不相同了。这些钱能够让父母一下子就有了底气，不再需要节衣缩食去存钱了。父亲可以偶尔喝点小酒，母亲可以添一件心仪的衣服，弟弟、妹妹也可以打扮打扮，有了钱，这些愿望都可以实现……

还有更重要的一点，是杜晓迪心里不敢承认的，那就是这些钱能够让她刚才涌起的失落感得到缓解，她突然觉得自己与冯啸辰之间的差距缩小了一些。

不错，你在新岭和别人合作开了一个酒楼，一个月能够赚到上万块钱。可是我杜晓迪也不需要眼红你，你看，我也能赚到钱，虽然比你赚得少，但也能够丰衣足食了。

想啥呢，我为什么要跟他比这个呢？杜晓迪在心里对自己骂道，我和他有什么关系！

冯啸辰可不知道杜晓迪这一刻的心思，他只是把信封向杜晓迪那边推了推，说道："晓迪，你就收着吧，不偷不抢，你是凭自己的本事挣到这些钱的，拿着是你的光荣。你在日本培训过，应当知道在日本的一个高级技工是什么样的收入。我们国家还很穷，不可能给你这么高的工资，但通过私人老板给你这样的高级工人一些补贴，也是应当的。"

有了冯啸辰这些花言巧语，加上杜晓迪自己也没那么坚定的信念，她最终还是半推半就地收下了这笔钱。两个人吃过饭，离开餐厅顺着大街走回冯啸辰住的那个四合院。杜晓迪心里充满了喜悦，早忘了什么男女大防的事情，她与冯啸辰肩并肩地走在了一起，只觉得眼睛里看到的一切都那么美好。

"啸辰，我一直想问你呢，你是哪个大学毕业的？"杜晓迪问道。

"华青……"冯啸辰下意识地脱口而出，说罢才想起这只是自己前一世的学历，不由得尴尬地笑笑，说道："跟你开玩笑呢，我也就是个初中学历而已。"

"你骗我。"杜晓迪不满地说道，"你这么大的本事，怎么可能是初中毕业？"

"你没听说过自学成才这种事情吗？"冯啸辰道。

杜晓迪扭头看看冯啸辰，见他脸上没有戏谑之色，这才认真起来，问道："你真的是初中毕业？"

"这还能有假？我初中毕业就去当知青了，运动之后才返城，当了几个月临时工就被我们罗主任看中，调到京城来了。你算算看，我哪有时间上大学？"

"你真是太了不起了。"杜晓迪用不无崇拜的口吻说道，"你才初中毕业的文凭，就能够懂这么多东西。我记得你说日语，对了，你说你还会德语。大营抢修那次，我听你和机械部的那位司长讨论抢修方案，那几个工程师都很服你呢。"

"这不算什么。"冯啸辰难得地谦虚了一句，又反问道，"晓迪，你呢，你是什么学历？"

"我也是初中毕业。"杜晓迪有些不好意思地说道，"我本来打算上高中的，结果我爸出了工伤，残疾了，我只好顶我爸的班进了厂。"

"嗯嗯，也是苦孩子啊。"冯啸辰发着悲天悯人的感慨。

"啸辰，你有没有想过要去读个大学？"杜晓迪怯怯地问道。

"读大学？我都这么大年纪了，还读什么大学？"冯啸辰反问道。

"你怎么就大了？"杜晓迪没好气地斥道，"你不是说你才22岁吗？22岁上大学的多了。我听我们厂里的干部说，现在中央要求年轻化、知识化，以后没有文凭就不能当干部了。你现在这么年轻，怎么不去想办法拿个文凭？"

"呃……"冯啸辰被杜晓迪给说懵了，这番话，其实他已经不是第一次听了，罗翔飞、冯立等等都这样劝过他，只是他总能找出借口推托。可没想到，眼前这个小姑娘居然也这样劝他，而且似乎还带着一些命令的感觉，小姑娘不会是已经把自己代入到贤内助的角色里了吧？

"你光说我，你不是比我还小吗？你有没有想去上大学的想法？"无言以对的冯啸辰只能是以进为退了，反过来对杜晓迪问道。

一句话让杜晓迪顿时就哑了，她显出一副窘态，好半晌才低声地说道："啸辰，你觉得我去上个电视大学好不好？"

第 三 百 零 二 章

一夜无话，也没发生什么不该发生的故事。次日一早，冯啸辰给杜晓迪画了一张京城的交通草图，让她先去几个景点游玩，自己则回单位去报到销假了。他虽然承诺过要陪杜晓迪在京城逛逛，给杜晓迪当导游，但他毕竟是有单位的人，又在海东晃悠了这么久，如果不回去报到，罗翔飞是不会放过他的。

"回来了？怎么，对象也过来了？"

罗翔飞见到冯啸辰的第一句话，就让冯啸辰无语了。

"罗主任，你的消息也太灵通了吧？"冯啸辰道。

罗翔飞这会也觉得不好意思了，作为一个岁数奔六的大领导，一见下属就谈这种话题，的确有些不合适。他尴尬地笑了笑，说道："不是我消息灵通，是刘处长一早就在单位替你做宣传了，据说女孩子长得还挺漂亮的。"

"讹传，讹传。"冯啸辰连连摆手，同时对刘燕萍的八卦能力深感佩服，他解释道，"不是我对象，只是在回来的火车上遇到的一位熟人而已。对了，您也知道她的，就是上次大营抢修的时候那位通原锅炉厂的女电焊工。她刚从日本培训回来，还利用单位给她的假期，去帮全福机械厂解决了一些技术问题呢。"

"哦，是她呀，我有印象。"罗翔飞倒也想起来了。那一次杜晓迪因为抢修劳累，在电焊工大比武中发挥失常，失去了去日本培训的机会，还是罗翔飞给冯啸辰出了主意，让他去机械部协调的。

见罗翔飞的注意力被引开了，冯啸辰连忙开始汇报自己此次海东之行的成果，罗翔飞听得很认真，不时还记录几句。听冯啸辰说完，罗翔飞点点头，道："不错，你做的事情很有意义。咱们要搞大装备，也不能忽视标准件的生产。标准件是大装备的基础，要建立完整的装备制造体系，这些小小的标准件也是至关重要的。"

"罗主任说得对，我也是这样想的。"冯啸辰连忙附和道。

"金南那边的事情，你还要继续保持关注，有问题随时帮助他们协调解决，解决不了的，你就及时向我汇报，我来想办法。"罗翔飞叮嘱了一句，接着问道："怎么样，昨天刚回来，辛苦不辛苦？"

冯啸辰明白罗翔飞的意思，他坐直身体，摇摇头道："不辛苦，有什么工作您就安排吧。"

"那好。"罗翔飞也不客气，他说道，"非洲阿瓦雷共和国，有意向咱们订购一条1700毫米热轧机生产线，这件事情你了解吧？"

"我了解，这事当初还是我和王处长一起促成的呢。"冯啸辰回答道。这是前年的事，当时他与王根基去秦重协调引进德国克林兹技术的事宜，为了说服胥文良放弃敝帚自珍的念头，他请王根基去了解一下亚非拉国家的轧机需求情况，结果联系上了这个阿瓦雷共和国，对方表示希望从中国引进一条年产80万吨成品钢材的热轧生产线。

这一年多时间里，机械部、冶金部、机械进出口总公司等机构一直都在与阿瓦雷共和国工业部进行谈判，秦重作为设备提供商，也是谈判成员之一。冯啸辰不时能够从胥文良、崔永峰那里了解到一些谈判的细节，知道双方谈得非常融洽，秦重也已经提供了初步的设计，只差最终的签约了。按照原来的计划，签约也就是这一段时间的事情。

"没错。"听冯啸辰大致说了一下自己知道的情况之后，罗翔飞点点头道，"原本双方应当是在上星期就签约的。可是就在签约前几天，对方突然提出一个要求，希望我们把合同价格下调15%，而且声称如果我们不答应这个要求，他们就将去寻找其他的供应商。"

"价格下调15%？"冯啸辰瞪圆了眼睛，"这怎么可能，这又不是买大白菜，说打折就能打折？这也太儿戏了。"

罗翔飞道："是啊，秦重这边当然无法答应，所以事情就僵在那里了。"

冯啸辰道:"这个情况我了解。秦重承接这个项目的主要目的,是想通过这个项目验证一下自己的轧机设计能力,同时也为了做一个样板工程,在亚非拉市场上创出牌子。所以,他们在报价的时候本身就没有留太多的利润。如果降价15%,秦重基本上就是在赔钱做生意了,咱们可赔不起这些钱。"

"我也听小田跟我说过,秦重那边的底价最多能够有5%的浮动。要降低15%,是绝对办不到的。可对方对价格咬得非常死,坚持就是要降15%,否则他们就不肯签约。"罗翔飞说道。他说的小田,正是他从前的秘书田文健。冶金局撤销后,田文健没有跟罗翔飞一道来重装办,而是去了冶金部,当了一名处长。这一次与阿瓦雷工业部的谈判,田文健是作为冶金部的代表出席的,这一点冯啸辰也早就知道。

"怎么会有这样的变故呢?"冯啸辰大惑不解,"阿瓦雷当初找到咱们,就是因为咱们的报价低。相比克林兹、三立这些国际大牌企业,咱们的轧机报价能够低出20%以上,他们没理由要求我们再降价啊。"

"会不会是有其他企业报出了更低的价格呢?"罗翔飞猜测道。

冯啸辰道:"除非是咱们国内的同行在压价,比如浦海重机。"

"这不可能!"罗翔飞断然否定道,"浦海重机不敢这样明目张胆地拆台,而且机械部方面也已经了解过了,国内其他企业没有和阿瓦雷接触过,更谈不上向他们报价。"

"那就奇怪了。"冯啸辰道,"除了咱们中国企业,还有谁能够把价格压得这么低?克林兹、三立他们的人工成本都很高,如果把价格压到比我们更低的水平上,他们只怕会赔得更多的。"

罗翔飞道:"这也是我们百思不得其解的地方。秦重的贡厂长、胥总工、崔总工他们都已经到京城来了,原本是来参加签约仪式的,现在都被晾在那里了。还有机械部、冶金部、机械进出口总公司的同志们,也都在商量对策。咱们这边,因为你没回来,所以我派王根基去了,他和阿瓦雷方面有过接触,但他不太了解冶金行业,鬼点子也没你多,所以既然你回来了，那就辛苦一下，去看看情况，说不定能够给大家想想办法。"

冯啸辰哑然失笑，道："罗主任，我怎么就成了一个鬼点子专家了？每次遇到这种需要搞阴谋诡计的事情，你就第一个想到我，这可不是什么好差事。"

罗翔飞也笑了起来："谁让你给大家就留下这么一个印象呢？其实也不是我要点你的将，是秦重那边的同志集体要求你出马。上次和三立谈判专利互换的事情，你给大家留下的印象可不错呢。"

"我看是恶名吧。"冯啸辰开着玩笑说道。他话虽这样说，但这件事他还是打算去看看的，毕竟阿瓦雷的事情是由他而起，他无法袖手旁观。

"你那个对象……哦不，那个女焊工，你要不要陪着？如果你要陪她在京城玩几天，我可以给你批假。"罗翔飞半开玩笑地问道。

"算了吧，我知道您没这么好心。"冯啸辰装出一副无奈的样子说道。他心里明白，如果他要说杜晓迪是自己的对象，自己又打算陪杜晓迪到京城转转，罗翔飞没准真的会给他批几天假期。但他真要这样做，就属于恃宠而骄了，会给罗翔飞留下极其糟糕的印象。冯啸辰本身也不是这种人，所以也就把罗翔飞的好意看成是一种客套了。

从罗翔飞办公室出来，冯啸辰先回了综合处的办公室。一进门，他就被吴浦、周梦诗等人给围上了，嘻嘻哈哈地叫他去买糖吃。一打听，才知道刘燕萍一大早就来散布了一圈消息，说冯啸辰找了一个漂亮无比的女朋友，昨天带着一块吃饭去了。

冯啸辰虽然是个副处长，是吴浦等人的领导，但年龄是他的硬伤，大家在工作之余都是把他当成小老弟的，而且也经常关心他的个人问题。听说他找了女朋友，大家岂有不起哄的道理。这也是机关里的常态了，冯啸辰只能是装出一副腼腆的样子，说一些模棱两可的话，好不容易才把这一轮攻势给化解掉了。

接下来，冯啸辰便进了旁边的小屋子，那是处长谢皓亚的专用办公室。他向谢皓亚汇报了一下自己这些天的工作，又说罗翔飞安排自己去处理阿瓦雷热轧机的事情。谢皓亚道："你去吧。这一段处里也没什么紧要的事情，西南红水河输变电示范项目那边出了一些小问题，我已经安排小冷带着赵静凯去协调了，问题不大。阿瓦雷热轧机的事情本身就是你联系的，你就善始善终地帮着处理完吧。"

"我明白。"冯啸辰点头道，接着又说道，"谢处长，这次我在金南，当地的朋友送了我一些鱿鱼，品质不错，我给你带了两只，下班的时候拿给你。"

谢皓亚笑道："那我就谢谢了。对了，刚才大家都在传，说你新处了一个对象，长得挺漂亮的，啥时候带着一块到我家吃饭去。"

"还早，八字还没一撇呢，如果有眉目了，一定请老大哥帮我参谋参谋。"冯啸辰打着马虎眼地说道。

第 三 百 零 三 章

重装办虽是个小机构，业务却有千头万绪，有些事情罗翔飞是直接插手管理的，用后世的概念来说，就是扁平化管理，不需要太多的层级。谢皓亚在名义上是冯啸辰的直接上司，但大多数时候冯啸辰都是向罗翔飞请示工作的，对此谢皓亚也没啥话可说。不过冯啸辰也是个懂规矩的人，不管做什么事情，他都会向谢皓亚汇报一下，至少要让处长知道自己正在干什么。

和大家都打过了招呼，冯啸辰没有耽搁，出门坐上公共汽车，来到了贡振兴、胥文良他们住的冶金部招待所。正巧，他去的时候众人正在贡振兴的房间里开会，参会的除了秦重的一干人等之外，还有重装办的王根基和冶金部的田文健。冯啸辰闯进去，立马受到了热情的欢迎。

"冯处长！"

"小冯！"

"啸辰！"

大家用各种各样的称呼和冯啸辰打着招呼，冯啸辰也挨个与大家握着手，一个一个地叫着对方的官衔："贡厂长、胥总工、王处长，田处长……"

"啸辰，你这样叫我可就见外了，咱们俩谁跟谁啊？"田文健装出嗔怪的样子说道，"你过去怎么称呼我，现在还是照旧，要不我可不认你这个小老弟了。"

冯啸辰知道田文健就喜欢玩这一套，当下便呵呵笑着改口道："哈哈，那我就冒昧了。田哥看起来气色好多了，是不是冶金部的伙食比过去咱们冶金局更好啊。"

"对嘛，叫田哥多亲切！"田文健用力地拍着冯啸辰的胳膊，用力之猛，让冯啸辰觉得对方准是打算把自己的胳膊废掉。

这时候，一个冯啸辰从未见过的女孩子凑上前来，她上三路下三路地看了冯啸辰好一会，然后才扭转头对田文健说道："田叔叔，这位莫非就是……"

"没错。"田文健接过女孩子的话，然后对冯啸辰说道，"啸辰，我给你介绍一下，这是罗雨彤，燕京大学经济管理系三年级的学生，这次是专门来参加咱们和阿瓦雷工业部的谈判的，算是专业实习吧。"

"冯叔叔好！"罗雨彤向冯啸辰微微一欠身，向他伸出一只手，彬彬有礼地说道，"我叫罗雨彤，是学经济管理的，请多指教。"

"冯叔叔……"冯啸辰只觉得一阵恶寒，眼前这位姑娘，和自己岁数相当，一米六几的个头，眉目清秀，亭亭玉立，却一本正经地管自己叫叔叔，这算是哪门子的辈分啊，难道自己长得这么老相吗？

"罗同学好。"冯啸辰和罗雨彤握了一下手，同时说道，"罗同学，我比你大不了几岁，咱们还是……呃，你还是叫我小冯吧。"

冯啸辰原本是想说大家以兄妹相称的，话到嘴边，又赶紧咽了回去。时下的社会还没那么开放，兄妹这种称谓，容易让人觉得有那么一点暧昧，万一对方觉得自己太轻佻，就不太合适了。他隐隐觉得，自己似乎在什么地方听过罗雨彤这个名字，仓皇之间又想不起来了。

"确切地说，你比我大一岁零九个月。你是 1961 年 9 月出生的，对不对？"罗雨彤一脸调侃的神色，对冯啸辰说道。

冯啸辰傻眼了，对方分明是有备而来，连自己的生辰八字都知道，可自己偏偏想不起对方是谁，这可太被动了。他把头转向田文健，露出一个求救的眼神。

田文健看出了冯啸辰的窘态，他笑着上前解开了谜底，说道："啸辰，你还没想起来呢？雨彤就是罗主任的女儿啊，咱们冶金局的同志们都知道的。"

"原来是你啊！"冯啸辰恍然大悟，难怪自己觉得这个名字这么熟悉，原来她正是罗翔飞的女儿。冯啸辰此前还在罗翔飞办公室看过罗雨彤与罗翔飞的合影，只是那张合影是前几年拍的，那时候罗雨彤还是一个高中生，看起来挺青涩的样子，哪有现在这副天之骄子的自信模样。

"我爸成天在我面前夸你，把你夸得像朵花似的，今天见了真人，也不过如此嘛！"罗雨彤被拆穿了身份，刚才装出来的那副矜持模样便一下子消失掉了，露出几分京城干部子女的刁蛮。她嘬着嘴道，"冯啸辰，一会你得请我吃饭。你知道吗，自从我爸认识你以后，在我面前夸了你起码有 100 回，每次夸你的时候，都不忘贬我一通。你得弥补我的精神损失。"

"应该的，应该的！"田文健在旁边起着哄。罗雨彤说的这种感觉，他也同样有。自从罗翔飞把冯啸辰从南江省带回京城之后，他这个罗翔飞的大秘承受的心理压力一点都不比罗雨彤少。就说这回吧，听罗翔飞说要把冯啸辰派过来帮忙，田文健当时就觉得天上飘来四个字：压力山大。造成的阴影面积别提多大了。

知道了罗雨彤的身份，冯啸辰就轻松了，他装出一副长者风范，对罗雨彤说道："雨彤啊，罗主任那是在鞭策你，鼓励你进步，你应当理解。还有，在本叔叔面前，你要注意一下自己的修养，怎么能直呼叔叔的名字呢？这不像是一个好孩子的作为嘛！"

"冯啸辰！说你胖，你还真喘上了是不是！"罗雨彤杏眼圆翻，怒斥道。她倒忘了刚才是她自己搞怪，非要叫冯啸辰为叔叔，原以为冯啸辰会觉得尴尬，谁承想这家伙脸皮真是够厚，居然还占上自己的便宜了。

"就是！小冯也太不像话了，小小年纪就敢装叔叔，让我们这些当叔叔伯伯的怎么办？"贡振兴也上来打趣，大家一时都哄笑了起来。

闹过这段，大家各自坐下，说起了正事。冯啸辰道："贡厂长，老王，田哥，阿瓦雷这事是怎么回事，怎么突然就变卦了呢？"

"谁知道啊。"贡振兴叹道，"我们和对方谈了一年多，一直都谈得挺好的，他们还总是说咱们的产品便宜，物美价廉。一转眼就改了口，非说我们的性价比不如别人，要我们降价。"

"他们说的别人，是指哪家？"冯啸辰又问道。

"不清楚。"王根基道，"我托了外贸部的人去打听，也没打听出个结果来。田处长猜测，对方可能是虚张声势，目的就是逼我们降价。"

田文健道："我了解过国际市场的行情，西方国家的同类产品，价格起码比我们高出20％，而且后期的维护成本也比我们高得多。阿瓦雷方面声称能够找到性价比更好的产品，我觉得是一种讹诈。"说到这，他把头转向罗雨彤，问道，"雨彤，你说呢？"

作为领导的秘书，与领导的家人一向都是比较熟悉的。田文健最早跟着罗翔飞的时候，罗雨彤还是个初中生，赶上罗翔飞工作忙的时候，田文健甚至还代替罗翔飞去给罗雨彤开过家长会。这一回，罗雨彤跟罗翔飞说想找个地方参加点社会实践，正好遇到阿瓦雷项目谈判，罗翔飞便把罗雨彤托付了田文健，让田文健带她一块去见识见识。

罗雨彤参加过几次谈判会，在旁边做些记录、翻译之类的工作。在谈判会上，田文健当然不敢让罗雨彤发言，怕她口无遮拦，说了一些不合适的话。但在私底下的会上，田文健总是要给罗雨彤创造一点说话的机会，这也是为了完成罗翔飞的托付吧。

听田文健问到自己头上，罗雨彤抬头看了看屋子里的众人，然后说道："我同意田叔叔的判断，阿瓦雷的人肯定是在讹诈，并不是真的想换另外的一家。"

"理由呢？"冯啸辰平静地问道。

"理由很简单，我们已经明确表示了降价15％是绝对不可能的，但他们并没有退出谈判，这就说明他们不想退出。"罗雨彤说道。

"这的确是一个理由。"冯啸辰点点头，"还有吗？"

"还有，我感觉他们的几个谈判代表态度上有差异，那个叫盖詹的副部长态度最坚决，一口咬定不降价就要换其他的供应商；而另外一个叫甘达尔的家伙好像没那么坚决，总是在强调他们是希望和我们合作的。"罗雨彤道。

"甘达尔是阿瓦雷巴廷钢铁厂的总工程师，这一次引进的轧机，就是他们厂使用的。"胥文良在旁边解释了一句。

"一个唱红脸，一个唱白脸，也不奇怪了。"王根基在旁边插话道。

罗雨彤道："我倒是觉得他们不像是串通好的，更像是有些意见分歧。"

"是吗，你怎么看出来的?"冯啸辰饶有兴趣地问道。不管这个姑娘的判断是对是错，有这种意识就非常难得了。看来真是虎父无犬女，罗翔飞的这个女儿多少还继承了一些罗翔飞的基因。

罗雨彤道："我从他们在会场上的表情能够看得出来。你们可能都在关注发言的人，我却在关注其他人。我注意过了，盖詹和你们讨价还价的时候，甘达尔脸上是一副不耐烦的神气。因为当时也没别人注意他，所以他不可能是在故意伪装。"

第 三 百 零 四 章

"老甘这个人我知道,是个老实人。"

崔永峰在旁边补充道。他说的老甘,自然就是指甘达尔了,至于甘达尔是不是姓甘,大家是不在乎的。甘达尔作为巴廷钢铁厂的总工程师,是这一次轧机引进项目的技术负责人,与胥文良、崔永峰他们接触很多,有一些共同语言,崔永峰出来给他作证,倒也是够资格的。

冯啸辰道:"既然如此,你们有没有去向老甘了解过情况,问问他姓盖的为什么硬要我们降价,另外,声称能够给他们更低价格的厂商,又是哪一家。"

崔永峰摇了摇头,道:"我私底下问过他了,他只是叹气,说自己是搞技术的,管不了采购上的事情,让我们还是和盖詹去谈。这个也好理解吧,搞技术的人没啥地位,这在哪个国家都是一样的。"

此言一出,田文健和王根基的脸色都变得难看了,王根基直接便反驳道:"老崔,你说这话可得凭良心,我老王什么时候对不起你了?"

"呃……失言,失言。"崔永峰才知道自己说错话了,连忙赔着笑脸向王根基和田文健道歉。其实技术人员没地位的事情,还真不算是诽谤,但你你当着行政官员的面说出来,就未免有些指桑骂槐之嫌了。

田文健在这个时候也出来打了个圆场,说道:"王处长,崔总工这也是无心之语吧,他说的是有些单位的不合理现象。不过,胥总工、崔总工,我们这次和阿瓦雷方面的谈判,我和王处长可没有不尊重你们两位技术人员的意思哦,这一点我得澄清。"

"哈哈,田处长平易近人,对我们是非常尊重的。"胥文良给田文健戴了顶高帽子,算是把这个话题给揭过去了。

冯啸辰没有参与这段小插曲，他皱着眉头想了一会，对众人问道："这一次阿瓦雷引进轧机，是工业部出钱，还是巴廷钢铁厂出钱？"

"是工业部吧？"田文健猜测道。

"我倒觉得应当是巴廷钢铁厂，阿瓦雷是资本主义国家吧？企业是属于个人的。"王根基道。

罗雨彤道："这个问题我了解过了，阿瓦雷是一种混合的社会制度，有私营企业，允许自由竞争，同时国家又拥有大量的国有企业，类似于社会主义的性质。巴廷钢铁厂是阿瓦雷最大的钢铁企业，是属于国有的，所以阿瓦雷工业部能够决定他们的引进项目。"

"不错，雨彤，不愧是燕大的高才生啊！"田文健翘起一个大拇指，毫不吝啬地给了罗雨彤一个夸奖。

罗雨彤轻描淡写地说道："田叔叔过奖了，有小冯同志在这里，我哪敢自称是高才生啊。按我爸的话说，我连给小冯同志当个秘书都不够格。"

"我怎么又中枪了？"冯啸辰笑呵呵地抱怨道，"罗同学，成天打击你自尊心的人，是我的领导罗翔飞同志，你应当找他抗议，而不是拿我这个无辜群众出气。我也就是一个初中生，连毕业证都是作弊混来的，你这个燕大高才生就别跟我一般见识了，OK？"

"冯处长过谦了，小女子不敢当。"罗雨彤装出不在乎的样子说道，心里却是美滋滋的。搁在平常，其实罗雨彤还是挺低调的，这些天与胥文良、崔永峰他们相处，给他们留下的印象也不错。但就是在冯啸辰面前，她总忍不住要显摆一下，和冯啸辰比一比高低上下，看到自己能够压过冯啸辰一头，她便觉得好生得意。

说到底，根源还是在罗翔飞那里，换成任何一个人，父亲成天在自己面前夸奖另外一个同龄人，自己也是受不了的，更何况罗翔飞夸的那个人只是一个初中毕业生，而自己却是堂堂的燕大学生。罗雨彤早就盼着要找机会和冯啸辰过过招，现在得到机会了，她怎么能够放弃。

她那点小心思，在两世为人的冯啸辰眼里看得清清楚楚的。冯啸辰实在没心情去和她较劲，一来，她毕竟只是一个在校大学生，冯啸辰何必去计较？其次，她毕竟是罗翔飞的女儿，真把她给气哭了，罗翔飞心里也会有疙瘩的。

带着这样的想法，冯啸辰自然是能躲就躲，听罗雨彤自谦，他也就不再提这个话题了，而是继续问道："盖詹这个人，你们对他是什么印象？"

"官僚，和冯……呃，和我爸爸一样。"罗雨彤本打算说和冯啸辰一样，话到嘴边，又觉得不合适，只好赶紧改口，让罗翔飞也挨了一枪。人家冯啸辰在她面前一味低头，她如果再咄咄逼人，就显得太没修养了，别人对她也会有看法的。她虽然很想拉着冯啸辰唇枪舌剑地斗上三百回合，非要斗得对方丢盔弃甲不可，但她也毕竟是有良好家教的人，知道她如果真这样做了，大家都会瞧不起她了。

对于罗雨彤的这个类比，在场的众人都是不太赞同的。罗翔飞虽然的确是官僚，但却并不是"官僚主义"里面的那个官僚，相反，他还是一个非常勤政、非常专业的官僚，用官方语言来说，应当叫作"好干部"。而这个盖詹，与罗翔飞根本就没法比。

"这个人嘛，专业方面很差，说是狗屁不通也不为过。"

"能力的确不太强，谈判的时候反应很慢，有些时候甚至无法理解我们的意思。"

"外强中干吧，态度上表现得很强硬，但我能感觉到他心里有软肋。"

"……"

众人纷纷说着自己对盖詹的印象，在冯啸辰的面前勾勒出一个庸碌官员的形象。后世的冯啸辰与发展中国家的官员打交道不少，对于这种官员实在是再了解不过了。

"你们还有一点没说，这个人……贪财吗？"冯啸辰问道。

"贪财？"胥文良一愣，"这个我倒是没注意。"

"看不出来。"崔永峰也说道，他和老胥都是技术人员，平时的关注点也都在技术上，哪会去了解对方贪不贪财的问题。

"贪财不贪财不好说，但他比较喜欢占小便宜，倒是真的。"田文健说道。

"有什么证据吗？"冯啸辰道。

田文健道："这种证据就太多了。比如说吧，上次我代表冶金部请他们几位外宾吃了一顿饭，饭桌上用了餐巾是真丝的，非常漂亮。他吃完饭，就把餐巾偷偷揣兜里带回宾馆去了。"

冯啸辰笑了起来，说道："哈哈，田处长观察真仔细。"

田文健拽了一句文，道："不是观察仔细，而是心有戚戚焉。"

王根基愣了一下，旋即就明白过来了，指着田文健的鼻子说道："原来你也偷了一条餐巾！"

田文健笑道："我倒是没偷，不过主要是不好意思。那餐巾真的很漂亮，带回家去盖个电视机啥的，都挺合适的。"

众人一起哄笑了起来，丝毫没有人觉得田文健有这种想法是什么丢人的事情。换成其他人，如果不考虑面子问题，估计也会把真丝餐巾带回家去的，在物资紧缺的年代里，能够拿一条免费的丝巾回家，也是挺高兴的事情。

不过，连田文健都知道把餐桌上的餐巾带走是不合适的，盖詹作为一名出访国外的官员，这样做就未免显得太小家子气了。田文健说他喜欢占小便宜，这个评价还真没错。

"如果是这样，那我大概明白一些了。"冯啸辰点了点头，说道。

"怎么，冯处长的意思是说……这个盖詹是想捞点个人的好处呢？"胥文良瞪大了眼睛问道。

"这只是一种可能性吧。"冯啸辰没有给出一个肯定的回答。

"如果是这样，那就麻烦了。"胥文良忧心忡忡地说道，"咱们是社会主义国家，怎么可能给他们什么个人好处呢？还有，刚才小罗不是说阿瓦雷也是搞类似于社会主义的吗，他们怎么能够容许官员捞个人的好处呢？"

听他这样说，非但田文健、王根基嗤之以鼻，连崔永峰都轻轻叹了口气，估计是觉得老爷子太迂腐，惹人笑话。罗雨彤看看这个，又看看那个，然后怯生生地问道："怎么，你们都觉得这个盖詹故意刁难我们，是为了给个人捞好处？"

众人无语，胥文良沉默了片刻，说道："还真不好说。我原来没往这想，光琢磨着价格的问题呢，听小冯处长这样一提，没准还真是这么回事呢。"

"那，我们不能去举报他吗？我们可以通过大使馆，向阿瓦雷政府举报他呀。"罗雨彤热心地出着主意。

冯啸辰笑了笑，说道："这个问题还是从长计议吧。毕竟我们现在也只是猜测，并没有什么证据，中间隔着一个国家，我们非要说人家是什么想法，不太合适。胥总工、崔总工，你们俩下来以后和老甘聊一聊，从侧面了解一下有没有这种情况。我们这边也想办法去打听一下。"

"明白！"胥文良和崔永峰同时答道，脸上则露出了一些为难的神色，让两个老实人去刺探这种情报，实在有些强人所难了。

第 三 百 零 五 章

因为没有更多可以参照的信息，所以大家对这个问题的讨论也就到此为止了。冯啸辰留下来和胥文良他们又商量了一下谈判中的其他问题，并且共进了午餐之后，与王根基一起离开了冶金招待所，返回重装办。

出了门，王根基看看左右无人，低声地对冯啸辰问道："小冯，你今天上午问的那个问题，是什么意思？"

"哪个问题？"冯啸辰一时有些反应不过来。

"你问盖詹是不是贪财啊。"

"这不是很明白的问题吗？我怀疑盖詹这样刁难我们，是想要一些好处。"冯啸辰答道。这一点其实大家都已经看出来了，只是不宜公开讨论。王根基选择在私底下和冯啸辰谈这个话题，冯啸辰当然不会隐瞒什么。

国际贸易中间，这种收取好处的事情实在是太常见了，其中又尤以我们一衣带水的"友好邻邦"最为谙熟。欧美国家在这方面做得更绅士一些，他们建立了各种各样的制度，诸如"道德委员会"、"反不正当竞争法"等等，用以防止这种商业贿赂行为。然而，熟练的商人们还是能够找出其中的破绽，或者说是制度建立者故意留给他们的破绽，来实现利益的输送。

八十年代初，中国刚刚打开国门，大多数官员对于国际贸易中的这些伎俩还不了解，甚至一些人还带着若干美好的想象，觉得国外肯定不会像国内那样讲究"走后门"，人家外国人肯定都是非常清廉和讲规则的。田文健、王根基这些官员眼界稍微开阔一点，但也只限于知道这种现象的存在，而没有太多直观的认识。

冯啸辰就不同了，他来自于后世，那时候中国人已经把生意做到了全世界，对于世界上的这些潜规则也都了如指掌。21 世纪的中国人也不再带有先前那种强烈的自卑心态，不会觉得外国人就有什么神圣的。网络上流行的说法是：没有什么是一顿撸串解决不了的，如果有，那就来两串。

最初听到阿瓦雷项目受到影响的时候，冯啸辰还真没有往商业贿赂这个方面去想。待到罗雨彤提到盖詹和甘达尔存在意见分歧的时候，他才猛然想到这一点，同时深深懊恼自己融入这个时代太久，许多后世的知识都有些淡忘了。

亚非拉的许多发展中国家，腐败现象都是非常严重的。政府官员在国际合作中捞取好处的事情，可谓是司空见惯，遇上个别不想捞好处的官员，反倒让人奇怪。当年日本厂商到中国来开展商业活动的时候，也屡屡把这种做法带进来，用各种好处收买中国的各级官员，以达到自己不可告人的目的，对此，王根基也是早有耳闻的。

听冯啸辰坦承自己的想法，王根基道："如果真是这样，那么，依你看，咱们应当如何处置呢？"

"当然是入乡随俗了。"冯啸辰说道，说完，又觉得这个成语不太准确，于是笑着解释道，"我说的是，我们既然要和阿瓦雷做生意，也就需要考虑到阿瓦雷的国情。不能以我们的道德标准去要求他们的官员，该有所表示的时候，就得有所表示。"

"你是说，咱们应当给他们回扣？"王根基有些犹豫地问道。

冯啸辰肯定地点点头，道："那是自然，否则我们的生意就做不成了。"

"可是，咱们这样做，合适吗？"

冯啸辰笑道："没啥不合适的。咱们不去做，自然也会有人做。我敢打包票，拆咱们台的，肯定是日本企业，说不定就是三立制钢所。他们不希望我们抢走他们的传统市场，肯定会使各种阴谋。而据我所知，日本人搞这种名堂是最为擅长的。"

"这个我倒是听人说起过。"王根基皱着眉头说道，"可是，小冯，咱们是社会主义国家，怎么能够去给外商送回扣呢？这钱由谁出？以什么名义送？反正我是不敢送的，要不光一个财经纪律，就得让我说不清楚了。"

冯啸辰道："这个你倒不必担心，车到山前必有路，总有办法的。现在我们首先要搞清楚盖詹是不是想要好处，阿瓦雷政府的风气如何。如果要给回扣，大致是什么样的标准。不搞清楚这些问题，我们是没法进一步开展工作的。"

"这个我倒有些办法。"王根基道，"我回去找一下我家老爷子，让他帮忙联系一下咱们驻阿瓦雷的大使馆，了解一下有关情况。"

"这样也好。"冯啸辰道，"知己知彼，掌握了对方的情况，我们就主动了。"

说完这些，王根基又嘻嘻笑着说道："小冯，你今天过来，是罗主任让你来的，还是你自己要求过来的？"

"当然是罗主任让我来的。"冯啸辰道，"如果没有领导安排，我怎么会擅自跑过来呢？怎么，老王，你觉得我不该来吗？"

王根基连连摆手，笑道："不是不是，你误会了，我是觉得你应该来，实在是太应该来了。"

"此话怎讲？"冯啸辰有些不明白。

王根基道："你刚才见到了罗主任的女儿，就没什么感想吗？"

"感想？什么感想？"

"你真的不知道？"王根基做出惊讶的样子，道，"重装办谁不知道，罗主任是把你默认为未来的女婿的，他今天安排你过来，不就是给你创造和他女儿的见面机会吗？"

"这都哪跟哪的事儿啊！"冯啸辰哭笑不得，"老王，你的想象力也太丰富了。罗主任就这么一个宝贝女儿，又是燕京大学的高才生，再怎么样也不会让她下嫁给我这样一个初中生吧？"

"怎么不可能？"王根基认真地说道，"你是初中生不假，可你的本事，重装办哪个不服气？你会好几门外语，机械、冶金都懂，办事能力又强，咱们重装办那么多大学生，哪个敢和你比？"

冯啸辰道："那也不可能，老王，你可别乱点鸳鸯谱，回头弄得我在罗主任面前不好做人了。我告诉你说，我和这个罗雨彤是绝对不可能的，她看不上我，我嘛……也看不上她。"

"你还来劲了？罗雨彤要模样有模样，有学历有学历，家境又好，你凭什么看不上她？"王根基有些急眼了，好像罗雨彤是他家妹妹似的，深为冯啸辰的不识好歹而恼火。

冯啸辰都不知道该说啥好了。他其实早就知道罗翔飞有一个女儿，但因为素未谋面，所以只是把对方当成一个路人甲的角色，从来没想过这个姑娘会与自己有什么交集。这一次罗翔飞派他过来处理阿瓦雷项目的事情，一半原因是秦重的各位向罗翔飞提出了要求，希望他出马来破局，与罗雨彤没啥关系。

不过，机关干部平常工作太过严肃，因此很喜欢扯一点桃色新闻，用以调剂一下神经。罗翔飞有个出色的女儿，而重装办又有冯啸辰这么一个出色的小伙子，再加上罗翔飞对冯啸辰青睐有加，因此有关罗翔飞想把冯啸辰收为女婿的传言，自然就不胫而走了。如果硬要去究其源头，估计就是在刘燕萍那里，这位老大姐可一向都是热衷于当红娘的。

"老王，这事到此打住。我就是一个普通工薪家庭出来的，又是个初中生，实在不敢高攀这种天之骄子，而且还是高干子弟。我觉得，我还是找个普通工人比较合适，比如说……咦？"

冯啸辰正准备随便在街上找个什么中年大妈之类的当个例子，目光所及，却发现了一个熟悉的身影，分明正是杜晓迪。只见她一只手拎着一个菜篮子，里面装了一些瓶瓶罐罐，好像是油盐酱醋之类，另一只手则扶着肩上的一个面口袋，那口袋看起来就显得沉甸甸的。

"晓迪，你这是干什么呢！"冯啸辰甩开王根基，大步走上前去，伸手便欲去接杜晓迪肩上的口袋。

"啸辰，这么巧？"杜晓迪也有些惊喜的样子，她摆摆手，示意不用冯啸辰帮忙，说道，"没几步路了，我自己来吧，省得把你的衣服又弄脏了。"

"我帮你拎篮子吧。"冯啸辰伸手接过杜晓迪手里的篮子，诧异地问道，"你买这么多东西干什么，这是给谁买的？"

"当然是给家里买的。"杜晓迪脱口而出，说完才觉得有些不合适，连忙又红着脸纠正道，"就是给你买的呀！你那里啥东西都没有，哪像个过日子的样子。你不能天天出去吃饭，得学着自己做饭了。"

"我一年难得在京城待几天，弄不好过几天又要出差，买这么多东西干什么？"冯啸辰抱怨道。其实刚刚分到那个四合院的时候，冯啸辰是想过要自己开伙做饭的，还买了一些米面油盐之类的东西，后来觉得实在太麻烦，也就放弃了。没想到杜晓迪看不过眼，居然越俎代庖地又帮他采购了一批回来。

这时候，王根基也走过来了，他狐疑地看了杜晓迪好几眼，又转头看看冯啸辰，脸上露出一个恍然的神色，说道："难怪，小冯，原来你早就有对象了！"

第 三 百 零 六 章

"不是不是!"

冯啸辰和杜晓迪异口同声地否认道,随后又都做贼心虚地互相对视了一眼。这一对视不要紧,冯啸辰倒没什么,杜晓迪的脸腾地一下就红到了脖子根。

"瞧瞧,还跟我保密呢!"王根基洞若观火,一下子就看出了二人的言不由衷,他笑着对冯啸辰问道,"弟妹怎么称呼啊,在哪工作?"

冯啸辰无奈地应道:"老王,现在这样叫还太早了。我和她只是普通朋友关系,她叫杜晓迪,在通原锅炉厂工作。"

"通原锅炉厂?我知道。咦,上次你在大营帮着抢修钳夹车,是不是就有一位通原锅炉厂的电焊工,我好像听冷飞云说起过呢。"王根基问道。

"就是这位杜师傅。"冯啸辰道,见王根基兴致勃勃,一副宜将剩勇追穷寇的样子,冯啸辰赶紧打岔道,"老王,你先回单位吧,我帮小杜把买的东西送回家去。你看,人家一个女同志,扛着一袋面粉站在这跟你聊天,你看合适吗?"

"对对,赶紧回去吧。对了,小杜同志,需要我帮你扛吗?"

"不用了,谢谢王哥。"杜晓迪应道,她不知道王根基的身份,听冯啸辰叫他老王,于是就索性称他一句王哥了。

王根基自己回重装办去了,冯啸辰帮杜晓迪拎着东西往自己家的方向走,心里暗暗叫苦,万一这位仁兄回去说点什么,加上刘燕萍早上传的消息,估计自己与杜晓迪在搞对象的传闻,在重装办就会被坐实了。不过转念一想,这样也好,这一年多来,重装办的同事们可真没少琢磨着给他介绍对象的事情,甚至还有关于罗翔飞要招他当上门女婿的传闻,有杜晓迪当个挡箭牌，他倒是可以少受点骚扰了。

他在那里想着心思，杜晓迪先开口了。她没有转过头来，而是眼睛看着前头的地面，低声地说道："刚才这位老王，是你们同事吗？"

"是啊，他是我们协作处的副处长，还是个官二代呢。"

"是吗？我觉得他挺平易近人的。"

"哈哈，他也就是在我面前低调一点吧，在别的场合，也是眼高过顶的。"

"啸辰，他回你们单位去，会不会乱说啊？"

"乱说啥？"冯啸辰愣了一下，随后便明白了过来，笑着说道，"没事，由他说吧。"

"那怎么行，我们又没有……"杜晓迪说到此处就没有声音了，她不知道该怎么说才好。说自己和冯啸辰没有什么关系吗？那她上赶着又是帮冯啸辰收拾屋子，又是帮他买油盐酱醋，算是怎么回事呢？可要说有关系，冯啸辰会怎么想呢？会不会因此而看轻了自己，觉得自己这个女孩子太主动了，太轻佻了，还有，他会不会误会自己想攀龙附凤呢？

冯啸辰情商不算太高，但如果要说连杜晓迪的这点小心思都看不透，也未免太迟钝了。他有心跟杜晓迪开个玩笑，话到嘴边又咽回去了。这可不是在后世，后世的时候，青年男女之间互相撩一撩，过后大家也就忘了，谁也不会当真。时下的人对于感情话题是非常认真的，随便开个玩笑就可能会被对方当成是表白，到时候就麻烦了。

"对了，晓迪，我不是给你画了张京城的旅游图吗，你怎么没出去玩呢？"

慎重考虑之后，冯啸辰决定避开这个话题，转而问起了别的问题。

杜晓迪说完前面的话，心里也是颇为忐忑，不知道冯啸辰会如何接话。听冯啸辰回避了敏感问题，她感觉心里放松下来了，随之而来的就是一种空空落落的感觉。

"我本来是想出去玩的，后来看到你的屋子实在太乱了，脏衣服泡在桶里也不知道泡了多久，床单也是黑的，实在看不下去了，就帮你收拾了一下。"杜晓迪装出轻松的口吻说道。

"你不会是把我的脏衣服和床单都洗了吧?"冯啸辰有些吃惊。

"可不是吗。"杜晓迪笑道,"这么脏的环境,也亏你能待得下去。"

说话间,两个人已经走到了四合院的门前。杜晓迪掏出冯啸辰给她的钥匙开了锁,推开院门。冯啸辰跟在杜晓迪身后进了院子,一进门就被眼前琳琅满目的场景惊住了。只见在小小的院子当中,牵了好几根绳子,上面晒着床单、被面、枕巾、衣服、袜子等物,数量之多,让冯啸辰自己都觉得震撼,他从来都没有想过自己居然有这么多的脏衣服,真不知道杜晓迪是从什么地方翻出来的。

冯啸辰不算是个懒人,但毕竟只是一个 20 刚出头的单身汉,个人卫生方面是好不到哪去的。比如说,他换下来的衣服,一般都是泡在水桶里,撒一把洗衣粉,泡上三五天再拿出来搓一搓,换一两桶水就算是洗好了。有些出门穿的外衣,那更是能不洗就不洗,脱下来之后,挂在屋子里,隔几天再重新拿出来穿。

这一次去海东之前,他原本已经泡了一桶衣服准备要洗的,结果因为忙着准备出门前的一些工作,就把这事给忘了。他在海东一口气待了一个多月,那桶里的衣服没有长出蘑菇来就算是不错了,杜晓迪看到此情此景,如果还能忍下去,才是奇怪呢。

冯啸辰住的这个四合院,是有厨房和储藏室的。冯啸辰帮着杜晓迪把买来的东西在厨房和储藏室放好,这才开始逐个房间地欣赏杜晓迪收拾的成果。每个房间都细细地打扫过了,门窗也都擦拭过,用窗明几净来形容毫不夸张。

冯啸辰自己住的那个房间收拾得尤为细致。桌上的书报资料都整整齐齐地码好了,所有的笔都插在一个洗干净的罐头盒里,甚至每一支铅笔都重新削过了,削得如此用心,让人怀疑是用卷笔刀卷出来的。墙上新贴了两幅画,冯啸辰记得,那好像是自己去某个单位的时候人家送的年画,自己带回来之后就随便扔在墙角了,也不知道杜晓迪是怎么给翻出来的。

"买那些油盐酱醋,还有面粉、面条,用的是你自己的钱和粮票,都是我在收拾房间的时候在边边角角的地方找出来的。你也真是个公子哥，钱和粮票就那么随便乱扔，我整理了一下，钱有 130 多块，全国粮票有 220 斤，你知道吗，这在我们厂子里就是一个家庭全家的财产呢！尤其是粮票，你知道有多金贵吗！"

杜晓迪拉开一个抽屉，指着里面用橡皮筋扎好的一堆零钱和粮票，对冯啸辰说道。

冯啸辰无语了，用一般工薪家庭的眼光来看，自己的确有些不像话，十块钱的大票子，有时候也是随手乱放，一不留神就不知道掉到哪个犄角旮旯里去了。也就是他不差钱，换成那些每个月都要数着工资过日子的人，哪怕是掉了两块钱，恐怕也要上天入地找出来才行了。

"这些粮票，你拿走吧。"冯啸辰拿出那叠粮票，递到杜晓迪的手上，说道。

"我要这些粮票干什么？"杜晓迪赶紧把手反到身后，做出一个拒不接受的姿态。

冯啸辰道："你刚才不是说粮票很金贵吗？你家里还有弟弟妹妹，都是长身体的时候，估计你家的粮食定量不一定够吃吧？我一年起码有半年时间在外地出差，粮票根本用不完，放着也是放着，还不如让你带走呢。"

"可是，你可以拿粮票换鸡蛋的。"杜晓迪怯生生地提醒道。

冯啸辰笑了起来，他伸出手，把杜晓迪的一支胳膊拽过来，然后托着她的手背，硬把粮票按到了她的手心里，说道："你就拿着吧，就冲你帮我收拾了屋子，还帮我洗了那么多脏衣服，我也该给你付报酬啊。"

"我……"杜晓迪想说点什么，心却一下子乱了。她的一只手被冯啸辰握在手心里，有一种暖暖、酥酥的感觉。平日里能够举着焊钳把几十吨的工件焊接在一起的她，这一刻连把手从对方手里抽回来的力气都没有了。

"啸辰……"杜晓迪用微不可闻的声音喊道，听起来像是在央求着什么。

去拽杜晓迪的手时，冯啸辰并没有什么特别的想法。但当他把姑娘的手握在自己手里的时候，心里忽然涌起了一种异样的感觉。姑娘的手是那样柔软，那样温顺，让人有一种征服的愿望。两个人站得很近，杜晓迪的头正抵在冯啸辰的鼻尖前面，一股淡淡的发香飘进了冯啸辰的鼻翼，让这个生理年龄仅有 22 岁的男孩子不禁心旌摇荡起来。

"晓迪，做我的女朋友吧！"冯啸辰脱口而出。

"什么！"杜晓迪吃惊地抬起头来，看着冯啸辰，眼睛里透着惶恐、羞涩以及压抑不住的喜悦。幸福来得那样快，她甚至没有一点心理准备。这就是传说中的恋爱吗？眼前这个优秀得让自己无数次梦见，又无数次自惭形秽的男孩子，真的是在向自己表白吗？

"做我女朋友吧！"

冯啸辰盯着杜晓迪的眼睛，认真地说道：

"我想明白了，有你才有家的感觉！"

第 三 百 零 七 章

"啸辰，我们这样，是不是太快了？"

"快什么，我们认识都快两年了吧，这还算快？"

"可是我觉得像做梦一样，真不敢相信……"

"要不要我掐你一下，保证疼！"

"就知道欺负我！唔，啸辰，你到底喜欢我什么？"

"我说是因为你电焊烧得好，你信吗？"

"当然不信！"

"其实是真心话，当然，更重要的原因是你帮我洗了衣服。"

"呸，你把我当保姆了！"

"……"

阳光明媚，两个年轻人肩并着肩坐在四合院的院子中央，两边已经晒干的衣物散发着阳光的芬芳，让人联想到诸如岁月静好之类的词汇。尽管冯啸辰已经表白，但杜晓迪能够接受的，也仅仅是让对方拉着自己的手而已，就这样，她还觉得是发展得太快了呢，让冯啸辰真有些欲哭无泪的感觉。搁在后世，两年时间都可以换上十个八个女友了，仅仅是拉拉手还能叫快吗？

"啸辰，我总觉得自己配不上你。"在说过许多没有营养的废话之后，杜晓迪终于鼓起勇气，提到了最为关键的问题，这也是她心里最不踏实的一点。

"怎么会配不上？"冯啸辰不以为然地说道，"你是个初中生，我也是个初中生，不是正好相配吗？"

"可是，你很有本事啊。"

"你的本事也不小吧？啧啧，王牌电焊工，还会日语，我还担心你看不上我呢。"

"你是处长，我只是一个小工人……"

"晓迪，你要知道，今天的中国正处在有史以来最大的一次变革之中，我们周围的一切都会面临着天翻地覆般的变化。你不会永远都是一个小工人，我也不会永远都是一个处长。我们之间是否合适，不取决于我们双方的身份，而取决于我们有没有共同语言，有没有默契。"

"共同语言？"杜晓迪看着冯啸辰，怯怯地问道，"啸辰，你觉得我们有共同语言吗？"

"当然有。"冯啸辰笑道，"我刚才不是说了吗，我喜欢你的原因，在于你电焊烧得好。时下很多年轻人都不愿意学技术，有些技术还过得去的人，也不够踏实。而你却是一个能够认真钻研技术，而且能够沉下心去做事的人，这一点和我是一样的。我们虽然岗位不同，分工不同，但在敬业这一点上，是完全相同的。"

杜晓迪轻轻点了点头，道："唔，我也是喜欢你身上这种敬业的精神。那次大营抢修，本来不关你的事情，可你爬上爬下的，比谁都辛苦，最后还陪着我一起待在钳夹车上守夜，当时我就觉得，这个处长和别的处长真的不一样。"

"其实我是因为看你长得漂亮，才坚决要求陪你守夜的。"冯啸辰笑呵呵地说道，回答他的，当然是杜晓迪的一记白眼，加上温柔的一掐。

初恋男女的情话一旦说起来，就是没完没了的。幸好冯啸辰和杜晓迪都是自诩比较敬业的人，聊了一会，杜晓迪便催着冯啸辰去上班了，并温情脉脉地表示，她会在家里做好晚饭，等着冯啸辰回来吃。

"哎，套牢啰！"

离开四合院前往重装办的路上，冯啸辰不无感慨地对自己揶揄道。

关于选择杜晓迪作为自己的女友这件事，冯啸辰不是没有考虑过，甚至远在大营抢修那次，他就动过这样的念头。杜晓迪是个漂亮姑娘，这当然是让冯啸辰心动的最初原因。在随后，她身上那种单纯、阳光、积极向上的性格，也给冯啸辰留下了深刻的印象。

说不在乎双方身份上的差距，那是假话。不在同一个层次上的夫妻，很难有共同语言，即便是出于一时冲动走到了一起，最终还是要分道扬镳的。不过，冯啸辰并不认为杜晓迪无法达到他的层次，杜晓迪之所以没有接受过高等教育，只是因为家庭和时代的原因，并非因为她缺乏这方面的能力。一个能够在自己的专业上表现出杰出天赋的人，智商是不会低的。

照冯啸辰原来的想法，自己年龄还轻，杜晓迪也是刚刚 20 岁而已，并不着急要确定双方的关系，还可以再观察和接触一段时间，然后再说。可是，变化总是比计划要快，刘燕萍、王根基的八卦，加上关于罗翔飞要招自己当上门女婿的传闻，都让冯啸辰觉得自己这个单身汉的身份实在是太危险了。杜晓迪帮他洗衣服、收拾房间的举动，更是触到了冯啸辰心里最柔软的那个地方，他突然想要有个家了。

家，这么一个简单的词汇让冯啸辰感觉到了肩头的压力。从此以后，自己就不再是那种一人吃饱、全家不饿的状态了，而是要挑起一些责任。经济上的负担他是不用在意的，以他目前的身家，要让素未谋面的泰山泰水小舅子小姨子一步踏入小康社会，并非什么难事。他现在急于要解决的问题，是想办法把杜晓迪调到京城来，然后再送她到哪个学校去深造一下，提高一点文化水平。

这样想着心思，不觉已经来到了单位。上班时间已经过了，不过冯啸辰是经常在外面跑的人，所以也没人会在意他迟到与否。他径直来到罗翔飞的办公室，向罗翔飞报告了上午与田文健、胥文良他们交流的情况。

"王根基刚才也向我汇报过了。"罗翔飞听完冯啸辰的汇报，说道，"你推测盖詹可能有索取个人好处的想法，我觉得不能排除这种可能性。当然，在获得确凿证据之前，我们也不能贸然断定就是这么回事，而是要多考虑几种可能，把功课做足。现在的问题是，如果你的猜测是正确的，我们作为一个社会主义国家，怎么能够去和盖詹做这种个人利益上的交易呢？"

"这正是我要和您商量的事情。"冯啸辰道，"我们要搞商品经济，就不能无视商品经济的规则。外国厂商为了进入中国市场，一向是无所不用其极的。我们要进入国外市场，同样需要学会这些方法，否则就成了宋襄公，一味讲仁义道德，最终被丛林规则所吞噬。"

"你说的有一定道理，在国际合作中，我们不能当宋襄公。"罗翔飞点头赞同道。其实，老一代的官员并非都是迂腐保守之辈，相当一部分人还是非常开放、睿智的。想想看，经历过战争年代，又经历过多年的政治运动，如果不是精明得像狐狸一样，恐怕早就被历史淘汰了。

"可是，话归这样说，具体做的时候，我们还是要考虑一下影响的。国家的财经纪律也不允许我们去与私人做利益交换，最起码，盖詹收受回扣，不可能给我们开出发票吧？"罗翔飞半开玩笑地说道。

冯啸辰道："咱们当然不能让盖詹开发票。事实上，那些国际大牌企业在贿赂客户的时候，也很少有直接进行金钱交易的，他们会采取一些合法的手段。"

"你对这些手段了解吗？"罗翔飞问道。

冯啸辰道："略知一二吧。"

罗翔飞道："那你说说看，国际大牌企业一般是怎么做的。"

这个问题当然难不倒冯啸辰，他与这个时代的其他官员相比，最大的优势就在于拥有丰富的市场经济知识。他说道："比如说，医药企业为了推销自己的药品，会选择一些旅游胜地，以召开学术研讨会的名义，邀请各大医院的院长、采购主管、科室主任等有权力的人员去参会，负责他们所有的交通、食宿费用。三四天的研讨会，其实只有一两个小时是坐在会议室里，其他时候都是在旅游，临结束的时候还能够拿到一些纪念品。你想想看，这些人回到单位之后，能不投桃报李吗？"

"我们进行装备采购的时候，也遇上过这样的情况。"罗翔飞评论道，说罢，他又自嘲地笑了笑，"其实我本人也接受过一些这样的邀请，对方的用意，我是完全能够感觉得到的。"

"没错。"冯啸辰点点头，接着说道，"再比如说，有些企业会以各种名义设立一些留学基金，用于资助发展中国家的学生到西方国家去留学。

对于那些子女正在寻求出国留学机会的官员来说，如果能够为自己的孩子争取到这样的基金支持，那么拿一些国家利益去交易，又有何妨？"

罗翔飞的脸色有些难看了，他说道："你说的这个情况，在咱们国家还真的挺严重的。我知道有好几个部委里都有厅局级干部子女拿着国外资助出国留学的事情，现在想起来，其中说不定真的有利益交换呢。"

冯啸辰道："不是说不定，而是肯定有。您如果不信，可以让纪检部门去查一查，保证一查一个准。国外企业设立留学基金，不一定会挂着自己的企业的名号，而是用一些公益组织的名义，但实际上这些公益组织只是企业的代言人而已。咱们的官员子弟何德何能，如果不是因为父辈有一些权力，人家凭什么上赶着给你资助？"

第 三 百 零 八 章

听冯啸辰这样说，罗翔飞无奈地笑了，说道："为这样的事情就让纪检部门去查，也未免小题大作了。这种事说穿了就是打政策的擦边球，很难明文禁止。不过，你的提醒也有道理，下次经委开会的时候，我会把这个问题拿到会上说一说，要求各个部门在这方面提高一点警惕性，不要为了个人私利而出卖原则。"

"也只能如此吧。"冯啸辰无奈地说道。

罗翔飞的话里是有玄机的。他说不能出卖原则，其实就是说在非原则的问题上，做一些交易也是无可厚非的。在中国的官僚话语环境中，"原则"二字奥妙无穷。古人就知道水至清则无鱼的道理，要求手里掌握着一些权力的官员能够拒绝一切诱惑，恐怕是不太现实的。于是就出现了所谓的原则，原则之内的事情是不能违反的，而原则之外则有一些通融的余地，否则大家就没有干活的动力了。

就说罗翔飞自己，也不是那种绝对不讲变通的人。当初他把冯啸辰这样一个临时工带到京城来，委以重任，严格地说就算是一种长官意志，并不符合一般招聘人员的规定。还有，这一次他让田文健安排罗雨彤参加与阿瓦雷的谈判，要追究起来也算是以权谋私，不是哪个在校大学生都能够获得这种社会实践机会的。

但所有这些，都可以列入擦边球的范畴，不属于"违反原则"的事情，所以罗翔飞也就做了，而且并没有什么负疚的感觉。相比那些徇私舞弊、没有底线的干部，罗翔飞应当算是十分清廉的了。

冯啸辰接着又说了其他一些国际贸易中常见的商业手段，罗翔飞一一记下，表示要提高警惕。这些手段，有的是罗翔飞曾经听说过，或者接触过的，只是不了解更多的细节，有的则干脆就是罗翔飞闻所未闻的，乍一听觉得十分震撼。听冯啸辰说完，罗翔飞笑着问道："小冯，我就奇怪了，你参与的国际合作项目也不算特别多，怎么会懂得这么多歪门邪道的东西呢？"

"罗主任，您别忘了，我可有一个在欧洲做专利律师的婶子。这些知识对于咱们国家来说显得比较陌生，在西方国家就是常识了。我婶子这两回来中国，我向她请教过很多事情的。"冯啸辰眼也不眨地说着瞎话。

罗翔飞点点头，感慨道："看来，下次冯女士过来，我们应当请她给经委的领导和中层干部讲讲课，说说西方国家的商业规则。咱们要搞改革开放，不懂这些规则是要吃大亏的。"

"正是如此。"冯啸辰道，"就说这次的阿瓦雷项目，人家不就是在撬咱们的墙脚吗？咱们不懂这些猫腻，光在技术、价格这些问题上转圈圈，跟人家再怎么谈也是鸡同鸭讲，没有什么效果。"

"依你看，这个盖詹，是想要什么呢？"罗翔飞把话头拉回了正题，向冯啸辰问道。

冯啸辰摇摇头道："这个我还不能确定。王处长说他会去想办法找些了解阿瓦雷国内情况的人问一问，咱们得到确切的消息再说。"

"假如……"罗翔飞道，"我是说假如，盖詹是想在这个项目中拿到回扣，咱们该如何做呢？"

"如果是在合理的范围内，那就给他呗。"冯啸辰毫不迟疑地答道。

"回扣还有合理范围？"罗翔飞半开玩笑地问道。

冯啸辰认真地说道："这个合理，并不是指合法。从法律上说，任何回扣都是贪污行为，当然是不合法的。但对于阿瓦雷这样的国家，法制不够健全，政府管理也存在很多漏洞，官员收受回扣是默认合理的行为。咱们又不是阿瓦雷的纪检部门，没有必要去管他们的腐败现象。我觉得，只要盖詹提出的要求是在默认的规则之内，我们就可以答应。"

"那么，咱们怎么付这些回扣呢？难道要由进出口总公司直接给他汇一笔款？"罗翔飞问道。

"这当然不行。"冯啸辰道，"我们是社会主义国家，进出口总公司是社会主义企业，怎么能够公然给一个官员汇款呢？咱们应当是找一家咨询公司，向他们支付一笔咨询费，让他们帮着做一些诸如设计、培训之类的工作。至于说支付的咨询费金额稍微高了一点点，超过了这些工作本身的价值，那是不会有人追究的。"

"通过咨询公司来转账。"罗翔飞听懂了冯啸辰的意思，不由得皱了皱眉头，说道，"这也是你说的商业惯例吗？"

"正是如此。"冯啸辰答道。

罗翔飞又迟疑了一会，说道："这样做，有两个障碍。首先，国家是不是能够允许这样的行为，这一点，由我去向领导请示，如果是国际商业惯例，咱们也不必太过于拘泥。其次，那就是这样的咨询公司该如何寻找，这种事情肯定不能让国营机构来操作的。"

"咱们可以找国际咨询公司来做。"冯啸辰道，"咱们国家没有这样的机构，但国际上有许多专门干这种事情的咨询公司。别说是这种商业合作，就是美国大选，都有无数咨询公司在帮着幕后金主出头，这是西方国家法律允许的行为。"

"这就是典型的又要做婊子，又要立牌坊了。"罗翔飞忍不住说了句脏话。

冯啸辰附和道："天下之事，熙熙攘攘皆为名利啊。"

"找个国际咨询公司的确是一个好办法。"罗翔飞说完，他又盯着冯啸辰，严肃地说道，"不过，小冯，有一点我要事先提醒你，这家公司绝对不能和你有什么关系。或者更准确地说，不能和你的叔叔或者婶子有关系。你还年轻，不要让这样的事情影响到你的前途。"

"我明白！"冯啸辰郑重地答道。

其实，在分析到盖詹可能存着拿回扣的想法时，冯啸辰就在琢磨具体的应对策略。通过国际咨询公司来实现利益输送，是不折不扣的国际惯例，西方企业玩得谙熟无比，在西方商业社会中也是公开的秘密。冯啸辰首先想到的，就是可以通过婶子冯舒怡的关系找到这样一家公司，甚至直接用冯舒怡所在的鲁滕伯格专利事务所来做，也是可以的。

平心而论，冯啸辰在考虑这个问题的时候，根本就没想过自己要从中得到什么好处。他要想赚钱，只会靠自己的本事，赚些光明正大的钱，比如通过辰宇公司来赚钱。作为一名穿越者，他有无数金手指可以让自己富可敌国，有什么必要去搞些见不得人的名堂，赚那种挖国家墙脚的黑心钱呢？

不过，罗翔飞的提醒，倒是给了冯啸辰一个很重要的警示。自己参加的项目越来越多了，在这种瓜田李下的时候，就算自己做得问心无愧，也还是要考虑一下别人的看法的。给盖詹回扣的事情，是他首先提出来的，如果他找到的咨询公司与冯华、冯舒怡等人有关系，那么必然会有一些人要说三道四，届时自己就是跳进黄河也洗不清了。

虽说在没有证据的情况下，领导也不会对自己怎么样。但在机关里，有这样的疑点，对于自己的发展是极其不利的。如果再被一些别有用心的人拿来颠倒黑白，自己未来恐怕就得疲于应付那些流言蜚语，哪还有时间去干正事。

王根基托人去了解阿瓦雷的情况，还需要一些时间。与阿瓦雷的谈判还在继续，即便是价格方面没有谈妥，双方还是有一些技术、服务之类的细节可以先谈一谈。中方的接待人员也不是迂腐之徒，经常在谈判之余给外宾们安排一些游览长城、品尝烤鸭之类的节目，盖詹、甘达尔等人对于这些糖衣炮弹来者不拒，诸如"中阿友好"之类的话天天挂在嘴上，可就是不见什么行动。

在这些天里，冯啸辰是忙并幸福着。每天早上睁开眼，杜晓迪就已经把早饭做好了，两个人坐在院子里边喝粥边说点闲话。白天，冯啸辰去单位上班，杜晓迪则拿着冯啸辰画的地图在京城游玩。冯啸辰曾提出要请两天假陪杜晓迪一起玩，被杜晓迪拒绝了，理由是工作为重，冯啸辰也就不好说啥了。

下午，冯啸辰下班回到家里，如果遇到杜晓迪回来得早，则是两个人一起做晚饭，如果杜晓迪回来得晚，就一道去惠明餐厅共进晚餐。吃过晚饭之后，冯啸辰会陪着杜晓迪去北海、后海等地散步，聊些天南海北的话题。冯啸辰有两世的阅历，尤其是来自于一个信息爆炸的时代，能够聊的东西是很多的，屡屡让杜晓迪听得如醉如痴，对情郎的崇拜犹如黄河之水，滔滔不绝。

两个人的关系在快速地升温，但身体上的接触却仅限于在没人看见的场合里拉拉手。杜晓迪是个乖乖女，在没跟父母通报之前，对于感情问题是非常谨慎的。冯啸辰自然也不会去做一些违背女孩子意志的事情，毕竟这个时代还是挺保守的。

图书在版编目（CIP）数据

大国重工．叁/齐橙著．-上海：上海文艺出版社．2019.4(2020.1重印)
ISBN 978-7-5321-7044-9
Ⅰ.①大… Ⅱ.①齐… Ⅲ.①长篇小说－中国－当代
Ⅳ.①I247.5
中国版本图书馆CIP数据核字(2019)第029931号

上海市新闻出版专项资金数字出版领域资金扶持
2017年度中国作家协会重点扶持作品

发 行 人：陈 徵
策 划：林庭锋 侯庆辰 李 霞
责任编辑：江 晔
网络编辑：李晓亮
美术编辑：丁旭东

书 名：大国重工．叁
作 者：齐 橙
出 版：上海世纪出版集团 上海文艺出版社
地 址：上海绍兴路7号 200020
发 行：上海文艺出版社发行中心发行
 上海市绍兴路50号 200020 www.ewen.co
印 刷：常熟市华顺印刷有限公司
开 本：890×1240 1/32
印 张：15
插 页：2
字 数：430,000
印 次：2019年4月第1版 2020年1月第2次印刷
I S B N：978-7-5321-7044-9/I·5633
定 价：55.00元
告 读 者：如发现本书有质量问题请与印刷厂质量科联系 T：0512-52605406